ÁGUAS de MARÇO

ÁGUAS de MARÇO

1

EDITORA EUPHORIA

1A EDIÇÃO, 2024

CAPA:
Maldição Art & Design
Triz Schaper
ILUSTRAÇÕES:
Triz Schaper
DIAGRAMAÇÃO:
Editora Euphoria
EDIÇÃO DE TEXTO:
Andrea Santos
Clarissa Rachid
Isabella Lazaroni
Rafaela Silva
Jhessica Matos Santana

DADOS INTERNACIONAIS PARA CATALOGAÇÃO NA PUBLICAÇÃO (CIP) (CÂMARA BRASILEIRA DO LIVRO) [2024]

Kaiser, Hannah
Águas de março / Hannah Kaiser, Gisele Cerqueira ; ilustração Triz Schaper.
-- 1. ed. -- Rio de Janeiro : Editora Euphoria, 2024.
ISBN 978-65-84923-28-7
1. Erotismo na literatura 2. LGBT - Siglas 3. Romance brasileiro I.
Cerqueira, Gisele. II. Schaper, Triz. III. Título.
24-233299 CDD-B869.3
Índices para catálogo sistemático:
1. Romances : Literatura brasileira B869.3
Aline Graziele Benitez - Bibliotecária - CRB-1/3129

ÁGUAS DE MARÇO, VOLUME 1 - 1ª EDIÇÃO, EDITORA EUPHORIA, 2024
CNPJ: 39.317.627/0001-06
Contato: sac@editoraeuphoria.com.br
Site: editoraeuphoria.com.br

SUMÁRIO

O problema não estava no jeito em que a felicidade aparecia, ele estava quando escolhíamos não a vivenciar.

Carolina Bittencourt

Dedicamos este livro a todas as pessoas que não possuem medo de amar. A todas as almas aprisionadas que buscam ser livres, mas não percebem que liberdade também é sinônimo de amor.

Esta obra contém cenas e menções a temas sensíveis que podem gerar gatilhos em leitores mais sensíveis, tais como: racismo, homofobia, machismo, questões religiosas, luto, uso de bebidas alcoólicas e cenas de sexo explícito. Não é recomendada para menores de 18 anos.

Prólogo

Carolina

Minha mãe sempre me dizia que a única certeza da vida é que, um dia, iremos morrer e que devemos aproveitar todos os segundos como se fossem os últimos. Nunca fui de deixar para o futuro o que podia fazer no presente, e minha vida se desenrolou banhada a exageros. Eu era exagerada da cabeça aos pés, transbordava nas novas sensações que experimentava todos os dias. Se eu queria fazer, fazia, não havia nada que me impedisse. As consequências? Lidava com elas. Se errava? Pedia perdão e seguia em frente. Superava qualquer coisa e qualquer pessoa que, em algum momento, tenha me causado alguma dor. Aprendi com a vida que ou somos fortes ou viramos descartáveis, e se existia alguém no mundo que ficava com o poder de descartar algo, esse alguém era eu, mais ninguém.

Mamãe morreu de câncer no pulmão, quando eu tinha 15 anos, e levou com ela mais do que a metade de mim. Desde que ela se foi, continuei morando com meu pai, Eduardo, e minha irmã, Eduarda, em nosso apartamento na Vieira Souto, Ipanema. Por mais que eu viesse de família rica, sempre batalhei para realizar meus sonhos com o meu próprio esforço. Estudei, como uma condenada, por um ano inteiro, para entrar na faculdade federal, e passei em segundo lugar para Engenharia Química. Aquela vitória dediquei à minha mãe, foi por causa dela que me tornei quem deveria ser.

Meu pai, um cirurgião cardiovascular muito experiente, ficou decepcionado quando não escolhi seguir seus passos, mas eu não tinha vocação para ser médica, meu negócio era outro. Eu queria ser diferente e mostrar que poderia me sair bem na profissão que escolhi para ganhar o futuro. Minha relação com Eduardo era meio conturbada, por conta do meu modo exagerado de ser, e a minha forma livre de viver fazia com que brigássemos quase sempre. Meu pai não aceitava o fato de eu já ter 20 anos e ter o direito de fazer com a minha vida o que eu bem entendesse. Para ele, Eduarda e eu tínhamos a mesma idade. Eu me perguntava quando ele iria entender que eu não era mais a sua pequena garotinha. Os pais não entendem que os filhos crescem e que passam, assim, a ser donos de suas próprias vidas, que fazem suas escolhas e seguem seus caminhos. Por eles, com toda a certeza, viveríamos eternamente sob suas asas. Mas eu era Carolina, carioca e leonina, não havia nascido para viver debaixo das asas de ninguém. Eu era livre! Meu prazer era sentir que o mundo inteiro era meu e que o céu não era o limite. A noite, sim, era uma eterna criança. Para mim, era nela que tudo acontecia.

Eram 23h, a última vez que olhei o relógio, e minhas pernas agitadas deixavam bem clara a minha impaciência. Se existia uma coisa que eu odiava na vida, era esperar.

— Alicia, se você demorar mais um pouco, eu vou pegar a Norminha e ir sem você — avisei de onde estava, debruçada na janela do quarto dela, enquanto fumava um cigarro.

Noite de sexta-feira, noite de Lapa. Meu corpo já vibrava, na ansiedade de curtir a madrugada inteira, em uma roda de samba, sentindo o suor molhar a pele, e esquecer a semana cansativa que tive.

— Espera, Carolina! Não é como se a Lapa fosse sair do lugar.

Revirei os olhos, dando um último trago no meu cigarro.

— É a sua cabeça que vai sair do lugar se você me fizer esperar mais vinte minutos.

Alicia e eu éramos melhores amigas há anos, desde que ela se mudou, bem novinha, para o Brasil. Morávamos no mesmo prédio e decidimos cursar a mesma faculdade. Posso dizer que fazíamos tudo juntas e, quando eu digo tudo, é tudo. Compartilhávamos o banho depois da balada, a cama, o drama, o pensamento e, muitas vezes, os homens também. Éramos como a mesma pessoa em corpos diferentes.

— Você é filha de Oxum, Carolina, deveria ser mais amorosa. — Alicia apareceu no quarto com uma leve corridinha, ajeitando o vestido prateado que moldava o seu corpo. Sua pele era branca, e seus cabelos brilhavam em um loiro tom de mel. Eu sorri de canto para ela e joguei o cigarro fora, me virando de frente e me apoiando na janela com os cotovelos.

— Meu amor acaba quando a sua prática de me fazer esperar começa. — Olhei-a da cabeça aos pés. — E preciso dizer que, se eu curtisse uma boceta, essa noite, eu levaria é você pra cama.

— Você é nojenta. — Ela me encarou através do espelho, dando uma risada, deslizando um fino colar pelo pescoço. — Seria como transar com a minha irmã.

— Se a sua irmã fosse igual a mim, até eu transaria com ela — comentei, ao pegar meu celular sobre a cama, vendo algumas chamadas perdidas de Norminha, e bufei, impaciente, ajeitando a pequena bolsinha de lado, pendurada em um de meus ombros.

— A melhor parte de você é que você mesma vende o seu peixe. — Alicia negou com a cabeça e se curvou para calçar os saltos. – Eu acho que adoro isso.

— Você me ama, isso diz muita coisa. — Disquei o número de Norminha e esperei chamar algumas vezes, enquanto caminhava até a janela para observar o movimento na orla. A noite do Rio de Janeiro era uma verdadeira perdição. Não existia nada melhor do que ver os quiosques lotados nas praias da Zona Sul, música ao vivo, luau, bares com mesas até quase o meio da rua, boates abarrotadas, ricos e pobres subindo o morro para o baile de favela, todas as tribos compartilhando o espaço na Lapa. Ah, Cidade Maravilhosa!

— Norminha, onde você está? — perguntei quando ouvi sua voz abafada por uma falação, me fazendo erguer as sobrancelhas.

— *Porra, Carol, eu já estou, há meia hora, aqui, na porta do morro, esperando vocês. Daqui a pouco, vão achar que eu comecei a fazer programa.*

Norma da Silva Ramos também era considerada uma melhor amiga. Aquela mulher era uma das minhas pessoas favoritas no mundo. Filha da empregada dos pais de Alicia, ela cresceu com a gente. Sua mãe, Rita de Cássia, era muito querida por todos e batalhou muito para criar a filha e dar bons estudos a ela. Moradoras do morro do Cantagalo, localizado ali mesmo, em Ipanema, elas viviam uma realidade bem diferente da nossa. Nós víamos de perto, com grande desprazer, o tamanho do problema que chamamos de classes sociais. Alicia e eu sabíamos muito bem como era ser a classe dominante, e Norminha, a classe dominada. No Rio de Janeiro, a desigualdade era quase um cartão-postal da Cidade.

Norminha passou para o curso de Comunicação Visual na faculdade federal, que se resumia em Design. Era, sem dúvida, a criatura mais estilosa que eu já havia visto. Estudava de dia e, à noite, trabalhava como garçonete, em um bar de Copacabana. Suas folgas eram às sextas. Dona de um corpo perfeito e de uma bissexualidade mais do que aproveitada, ela era sempre o destaque de todos os lugares em que nós estávamos. Desejada por homens e mulheres, Norminha me fazia sentir que não havia limites para a sedução, e não havia mesmo.

— Espera mais dez minutos, preta! — eu disse, chutando a panturrilha de Alicia e fazendo um gesto com a mão para que ela se apressasse. Ela me olhou de cara feia, levantando-se. — Já estamos chegando.

— *Estão onde?*

Norminha era impaciente como eu, e por mais que morasse no Cantagalo desde que nasceu, não gostava de ficar dando mole na porta do morro, como se ser mulher nesse mundo fosse fácil.

— Chegando, Norma, chegando — menti, pois se eu falasse que ainda estava em casa, provavelmente apanharia. — Até!

— *Anda logo!*

Desliguei, depois de lhe mandar um beijo, pegando Alicia pelo braço, sem permitir que ela terminasse de passar o batom.

— *Vambora*! Cansei de esperar, e Norminha não pode ficar a vida toda lá, no pé do morro.

— Carolina! — Alicia esperneou. — Me deixa pegar a minha bolsa ao menos.

— Você não vai precisar da bolsa pra nada, apenas do fígado, para aguentar o álcool, e ele, graças a Deus, já vem acoplado a você.

Arrastei-a pelo corredor, sob resmungos, até a sala, com o som de nossos passos apressados preenchendo o ambiente pouco iluminado. Norah e Antony, meus tios — como eu considerava — estavam sentados no sofá, em frente à TV. Seus olhos nos alcançaram, e eu enxerguei neles a mesma preocupação de sempre.

— Tia, tio, nós já vamos — avisei, ao largar Alicia que, enfezada, abaixava a barra do vestido, para parecer mais longo do que realmente era.

Antony se levantou, aproximando-se de nós e retirando, do bolso detrás, sua carteira.

— Juízo, as duas. Não demorem! E, Alicia, não beba muito. Se for possível, não beba. — Com um olhar repreensivo, ele tirou duas notas de cem da carteira e as entregou na mão de Alicia, que dobrou as cédulas azuis e as colocou dentro do sutiã. — Voltem de táxi, nada de pegar carona com gente desconhecida.

— Pai, posso ser tudo, menos irresponsável. — Alicia negou com a cabeça e se colocou na ponta dos pés, dando um beijo na bochecha de Antony. Fiz o mesmo, ganhando um sorriso pequeno em troca. — Estamos indo, ainda vamos pegar a Norminha.

— Cuidado, meninas! — Norah nos ofereceu um sorriso acolhedor. — E divirtam-se!

Nós nos despedimos deles e cruzamos a porta, caminhando na direção do elevador. Olhei para Alicia com o canto dos olhos quando entramos na caixa de aço, apertando o botão do térreo.

— Não adianta abaixar o vestido, para parecer santa na frente dos seus pais, Lysh, se, por trás deles, tudo que você menos tem é santidade.

— Não há nada melhor do que ser a irmã má, Carol. — Alicia deslizou os dedos pelos cabelos e os sacudiu de forma rápida. — Se existe alguma coisa melhor do que ser o mau exemplo da família, Deus guardou só pra ele.

Eu soltei uma gargalhada, enquanto o elevador descia, dando uma piscadela para a mulher ao meu lado. Ela e eu éramos cúmplices de uma vida toda, cientes de que, mesmo que a noite terminasse com o nascer do sol, a diversão só iria acabar quando o corpo entrasse em exaustão. E talvez, exaustão fosse uma palavra inexistente na minha vida.

Lizzie

Não posso dizer que tive uma vida mole, mas não precisei me matar para conseguir o melhor que tinha. Havia uma balança entre as duas coisas. Meu pai, um neurocirurgião aposentado, se mudou para o Brasil quando minha irmã completou 9 anos. Não conseguiu negar o convite para liderar a equipe de uma nova pesquisa em um dos melhores hospitais do país.

Eu, com 22 anos na época, preferi ficar na Califórnia e terminar meu curso em Stanford. Então, como presidente do setor de marketing e desenvolvimento do XLegion, na WorldOfX, conseguia ver meu futuro muito à frente. Morava em um apartamento perto da empresa, em Washington, e fui pega de surpresa quando recebi a notícia de que abriríamos uma filial no Rio de Janeiro que, por coincidência ou não, era o local onde meus pais e Alicia moravam desde que foram para o Brasil. Naquele momento, com 33 anos nas costas e solteira, estava pronta para buscar uma nova posição na empresa.

— Acho que todos nós sabemos por que estamos aqui, não é? — Helena, CEO da filial de Washington, bateu palmas, para os representantes dos setores prestarem atenção nela. — A escolha do CEO da nossa filial do Rio ocorreu na parte da manhã. Eu e os outros membros do conselho pensamos bastante, mas chegamos a uma conclusão. Antes de anunciar o nome, quero dizer que estamos felizes com a escolha e temos certeza de que essa pessoa fará a WorldOfX dominar o Rio de Janeiro. Lizzie, meus parabéns!

Todos os olhares viraram na minha direção, mas eu estava distraída, desenhando uma possível campanha do XLegion. Seria interessante explorar as cores do console com as da bandeira do Brasil. Tinham tantas possibilidades.

Helena pigarreou, e olhei para ela, que estava com um sorriso divertido no rosto. Reparei no semblante divertido dos outros chefes de setores e franzi o cenho, mas foi a CEO quem caminhou na minha direção, com a mão estendida.

— O que está acontecendo? Perdi alguma coisa? — perguntei.

— Já imaginava que você não prestaria atenção, mas quero que saiba que foi escolhida para ser CEO da nossa filial no Rio de Janeiro. Parabéns, O'Connell! Deixe-nos orgulhosos!

A sala de reuniões explodiu em aplausos e gritinhos de comemoração. Eu estava catatônica, sem acreditar que a oportunidade, que sempre esperei, tinha chegado sem me preparar. Meu grande sonho, enfim, se tornou realidade.

Continuei olhando, com cara de paisagem, para Helena e permaneci desse jeito até a sala de reuniões ficar vazia. Um sorriso começou a brotar no canto dos meus lábios, quando me dei conta do quanto minha vida estava para mudar. Algumas pessoas me cumprimentaram nos corredores e outras apenas ofereceram um sorriso educado, irritadas por eu ter sido escolhida, tendo tão pouca idade.

Tratei de recolher minhas coisas, antes de encerrar o expediente, e marquei com amigos para tomar um drink de comemoração.

— Olha só, é a nova CEO da WorldOfX no Brasil. Quem diria, hein? — a voz divertida de Joana, no outro lado da linha, me fez revirar os olhos, e sorri. *— Nos encontramos no bar de sempre, certo? Vou avisar o pessoal. Por favor, não demore, estou com sede.*

— Você está sempre com sede, sua alcoólatra.

— Hmm... Você tem razão, mas a vida foi feita para ser aproveitada, querida O'Connell. Nos vemos lá!

— Você é inacreditável, Jo!

Nos anos em que passei sozinha em Washington, depois da faculdade, colecionei amigos fiéis, que trabalhavam no mesmo setor que eu. Era entre um almoço e um bar que acabávamos criando algo novo. A amizade se fortaleceu cada vez mais, e os laços perduraram até alguns saírem da empresa e outros mudarem de setor.

Quando saíamos para nos divertir, por ser a única lésbica do grupo, era alvo constante de provocações quando uma mulher bonita me olhava de um jeito diferente, mas sempre levei na brincadeira. Contudo, nos últimos meses, me sentia acanhada quando tentavam arrumar alguém, para que eu me esquecesse um pouco de Valerie.

Motivo de muitas inspirações, como todo ser humano dotado de uma beleza de tirar o fôlego, Valerie me abandonou depois de perceber que seu espaço na minha vida era menor do que meu trabalho. Minha ex-namorada não foi capaz de entender que uma vida se constrói com as duas coisas, não soube dividir.

Namoramos dos meus 22 anos até o primeiro ano completo na WorldOfX, quando fiz 25. Depois que fiquei sozinha no apartamento de dois quartos, no centro de Washington, transformei minha solidão em algo construtivo. Além de me tornar uma pessoa mais fechada e, até certo ponto, fria, me afundei ainda mais no trabalho e percebi que nenhuma depressão acabaria comigo, enquanto tivesse designs de consoles para criar e campanhas de marketing para novos jogos.

Mesmo solteira há oito anos, nunca deixei de transar quando a vontade batia. Conhecia muitas mulheres, me divertia e não tinha envolvimento amoroso. A regra era clara: nada de sentimentalismo.

Era na hora de dormir que me lembrava dela, mas às vezes chegava tão cansada da empresa que nem mesmo o nome de Valerie passeava pelos meus pensamentos. Ao amanhecer, não era uma voz doce e sedutora que me acordava, mas latidos escandalosos de Joker, um *corgi*, de um ano, que ganhei de presente, depois da cachorrinha de uma grande amiga ter filhotes. O que eu podia fazer? Não tinha como dizer não a uma bolinha de pelo caramelo com uma marquinha branca perto da boca.

Depois de passar do meu limite de álcool, com Joana e alguns amigos, cheguei em casa, às 4h30, e fui recebida por Joker latindo como um desesperado, pulando nas minhas pernas. Agarrei o *corgi* e o enchi de beijos, dando a atenção que ele estava procurando. Larguei o casaco em cima da cadeira e rumei ao banheiro, pois precisava tomar um banho antes de começar a organizar minha mudança.

A cadeira do escritório parecia me engolir, e quase dormi sentada, mas as lambidinhas de Joker no meu rosto me despertaram parcialmente, afastando minha sonolência quase por completo. Tomar café estava fora de cogitação. Sabia que precisava dormir, se quisesse render alguma coisa durante o dia, então me contentei em beber uma garrafa de água.

Enquanto rolava as inúmeras ofertas de apartamentos, me lembrei de que não tinha dado as boas novas aos meus pais. Agarrei o celular de qualquer jeito e esfreguei os olhos, até ter alguma noção do que estava fazendo. Álcool não era minha bebida favorita, não costumava beber em dia de semana, muito menos por diversão, mas tive vontade de comemorar e merecia aquela sensação de dever cumprido.

Disquei o número do fixo e, quando estava prestes a desligar, arrependida por ter acordado todos, escutei a voz grave do meu pai atravessar a linha:
— Não sei quem está ligando, mas, para ser às 7h30 de um sábado, é bom que seja importante.

Engoli em seco e bati com a mão na testa, tomando consciência de que existia algo chamado fuso horário.

— Tudo bem, engraçadinho, vou rastrear o seu número e descobrir quem tem a calhorda de passar trotes tão cedo e...

— Acalme-se, doutor, sou eu.

— Lizzie?

— Claro. Por acaso, tem outra filha que está fora de casa?

— *Sua irmã ainda não voltou de uma festa, por isso estou acordado até agora. Que voz carregada é essa? Andou bebendo? Sabe que não gosto que você seja assim. Já não basta a Alicia e...*

— Tenho mais de 30 anos e posso fazer o que eu quiser. Escuta, pai, liguei porque tenho que te dar uma notícia importante. — O silêncio sepulcral do outro lado da linha mostrou que ele, enfim, estava prestando atenção. — Você já deve ter visto por aí que a WorldOfX vai abrir uma filial no Rio.

— *Li algo a respeito no jornal, mas não dizia quando ou onde.*

— Bem... Hoje, anunciaram o CEO. Adivinha só?

— *Não tenho saúde para adivinhações, Lizzie O'Connell. Me diga logo, por favor!*

— Estou indo para o Brasil, meu velho. Arrume um quarto pra mim, sr. O'Connell, preciso ficar aí até arrumar um apartamento. O que me diz? Consegue me aguentar por alguns dias?

— *Está brincando? Essa é a melhor notícia que eu recebi desde que a Alicia passou para Engenharia Química na faculdade federal. Filha, estou muito orgulhoso de você! Meu sono até passou, vou acordar sua mãe. Quando chega? Quero te buscar no aeroporto.*

— Em uma semana. É só o tempo de eu organizar tudo e assinar alguns papéis na empresa. Prepare a festa, Doutor O'Connell, estou chegando.

— *Pode deixar que tudo estará pronto. Ah, sua irmã acabou de chegar e sinto o cheiro de cachaça de longe. Vou dar um esporro e colocá-la para dormir. Me mantenha informado sobre as próximas etapas, sim? Nos vemos em uma semana, filha. Te amo!*

— Vou saber a data exata durante essa semana, te mando assim que tiver as passagens em mãos. Hey, não pegue pesado, Alicia só tem 20 anos. Até breve, pai. Te amo!

Quando meu pai afastou o telefone para desligar, ainda consegui ouvir sua voz escandalosa, berrando com minha irmã: "*Alicia O'Connell, não pense que vai escapar de mim mais uma vez*". Saber que Lysh estava crescendo e tomando porres por aí me deixava um pouco incomodada; não conhecia quase nada dessa fase adolescente dela. Não via minha irmã há cinco anos, e saber que perdi grande parte disso era realmente incômodo.

Esfreguei os olhos e fechei o notebook. Não tinha a menor condição de ver qualquer coisa naquele momento, muito menos imóveis. Agarrei Joker e cambaleei com ele até minha cama, apagando depois de alguns segundos.

Vamos lá, Universo, nada de pegadinhas. Que o Rio de Janeiro seja bom!

Capítulo 1

Goodbye, USA![1] Olá, Brasil!

Lizzie

21 de dezembro de 2015

— *Senhores passageiros, em poucos minutos pousaremos no Aeroporto do Galeão, no Rio de Janeiro. A temperatura está entre 36 e 38 ºC, com céu limpo. A American Airlines agradece a preferência, tenham uma excelente estadia.*

Eu me espreguicei, assim que ouvi o piloto anunciando que estávamos perto do destino final, e aproveitei para dar uma olhada pela janela oval. O Cristo Redentor saudava a nossa chegada, e abri um sorriso satisfeito ao saber que faltava pouco para abraçar minha família, depois de cinco anos de distância. Estava louca para ver Alicia, receber um beijo carinhoso da minha mãe e um abraço de urso do meu pai. Minha cabeça vibrava com as ideias para um futuro apartamento, minha presidência da sede carioca da WorldOfX e a chance de criar algo do zero.

Será que Joker já acordou? Não duvido nada que já esteja impaciente, olhando todas aquelas bagagens, pensei, ainda sorrindo, e apertei o cinto quando o aviso luminoso acendeu. Deu aquela sensação de frio na barriga, quando o avião fez a descida, quicando, dando a impressão de que subiríamos de novo, e logo diminuiu a velocidade, estabilizando, para virarmos em direção ao aeroporto. A cada metro que ele voava, sentia meu coração bater mais rápido. *Eles estão tão perto, não acredito que, enfim, vou vê-los.* Bastou o avião parar, o aviso luminoso do cinto apagar, que as pessoas começaram a levantar, apressadas, pegando as bagagens nos compartimentos superiores. Pouco me importei, pois não adiantaria nada ficar parada no corredor, só poderia sair quando abrissem a porta.

— *Tenham uma boa estadia, obrigada por escolherem a American Airlines.* — A voz robótica das aeromoças, enquanto se despediam dos passageiros, me fez abrir um sorriso sem muita emoção e tratei de apostar corrida com muitas pessoas que estavam correndo em direção às esteiras.

Se tinha uma coisa que sempre odiei, era ter que brigar por espaço enquanto esperava a mala. Minha situação, naquele momento, estava dez vezes pior: precisava pegar minha bagagem e um cachorro que

1 Tradução: Adeus, Estados Unidos da América!

estaria mais do que estressado, por ter sido apagado por tanto tempo. Puxei um carrinho, coloquei a mochila nas costas e consegui um lugar perfeito na frente da esteira. Minha paciência foi abençoada e tive o prazer de ouvir os latidos de Joker, assim que as malas começaram a rodar. Coloquei o *corgi* no carrinho, esperei mais um minuto pela bagagem e saí, com pressa, do salão de desembarque, sendo recepcionada por um abraço de urso e gritos da minha irmã.

— Ah, minha filha, como está bonita! — Minha mãe deu um beijo estalado na minha bochecha e segurou meu rosto. — Você não faz ideia do quão feliz eu fiquei quando seu pai contou que estava voltando pra cá, nem consegui dormir. Já faz tanto tempo que não nos vemos, meu coração está quase pulando do meu peito.

— Mãe! Minha *mama*. Você não sabe o alívio que eu sinto só de te ver. Senti tanto a sua falta. Seus abraços e conselhos, de tudo um pouco. — Abracei dona Norah e senti meu ombro ficar um pouco úmido. Então, me afastei dela e limpei seus olhos. — Vamos lá! Não chore. Olha, estou bem aqui, na sua frente, nossa família está unida de novo. Isso não é motivo de chorar, e sim de comemorar. Espero que não se importe que eu passe alguns dias com vocês até encontrar um apartamento. Podemos fazer aquele jantar caprichado, e eu adoraria que você preparasse arroz com leite.

— Meu amor, faço qualquer coisa por você. Claro que não tem problema que fique um pouco conosco, fiquei tão feliz. Enchi o saco do seu pai, durante a madrugada, pra arrumarmos o quarto como se você morasse conosco desde o início. — Minha mãe secou as lágrimas com um lenço e beijou a ponta do meu nariz. — Falei até para os vizinhos que você estava vindo.

— É verdade, ela não falava de outra coisa.

Meus olhos encontraram com os de Alicia, e sorri para uma jovem encorpada, levemente bronzeada de praia e muito bonita.

— O que foi? Tem alguma coisa no meu rosto? — ela perguntou.

— Não tem nada no seu rosto, Lysh, só estou impressionada com o quanto você cresceu. Virou uma mulher — elogiei, e as bochechas dela coraram, então lhe dei um beijo na testa. — Estou muito feliz de voltar pra perto de vocês e...

— Um cachorro! Não acredito que você tem um *corgi*. — Alicia soltou um grito e tratou de tirar Joker de dentro da casinha, que pareceu já conhecer minha irmã, como se ela fosse sua dona há muito tempo. Dei de ombros, e meu pai me ajudou a levar o carrinho com a bagagem para o carro, conversando sobre como a cidade do Rio me traria coisas boas, que teria muito tempo para organizar minha vida profissional e amorosa.

— Precisamos ter uma conversa séria sobre isso, Lizz. Quero saber tudo que você fez em cinco anos de ausência — a voz de Alicia me chamou a atenção, enquanto meu pai dirigia para fora do aeroporto e pegava a Linha Vermelha, em direção à Zona Sul.

Por mais que eu nunca tivesse ido ao Rio, tratei de conhecer muito bem as áreas, pois era essencial que não me perdesse. Odiava pedir informação na rua, e meu sotaque não ajudava nem um pouco. Quando passamos perto do Sambódromo, acabei dormindo. Nunca consegui cochilar em aviões, pois o medo de turbulência me mantinha acesa por todo o voo.

Acordei com o carro já dentro da garagem, e Joker pulou no meu colo, lambendo meu rosto para me despertar, como todas as vezes. Ajudei meu pai a tirar a bagagem da mala, pegamos o elevador e reparei no botão da cobertura aceso. Nunca gostei de ostentar tanto dinheiro, já o meu pai, Antony O'Connell, apesar de ter um coração de ouro, nunca deixou de mostrar a si e aos outros tudo que seu trabalho foi capaz de lhe dar. Troquei olhares com ele, e o velho pareceu entender, porque abaixou a cabeça e brincou com os pés.

Alicia sempre teve tudo desde pequena, mas seu nariz continuava na altura ideal. Era como eu. Minha mãe, uma design de interiores aposentada, gostava de mostrar o que tinha, compartilhava do mesmo sentimento que meu pai. *"Trabalhamos a vida toda, nada mais justo que provarmos que alcançamos nossos objetivos, certo?":* era o que ela sempre dizia quando o assunto entrava em pauta. Todas as vezes, eu fugia e Alicia me acompanhava, mas depois que eles vieram para o Brasil e fiquei nos Estados Unidos, imaginei se minha irmã continuava ignorando ou entrava na onda dos dois. Pelo visto, ignorar era a palavra dela.

— Lizzie, você precisa ver a vista, temos a praia de Ipanema toda pra nós. A Farme de Amoedo fica a um quarteirão de distância. Só é um pouco ruim no Carnaval, porque a barulheira é infinita, mas como nunca estaremos em casa, não vai se incomodar. Ah, também vamos pra Lapa. Tem uma roda de samba que você vai adorar conhecer, tenho muitas amigas para te apresentar e...

— Ei, ei! Calma, Lysh, não vou morar aqui mais do que um mês — ao falar, reparei que minha irmã, que estava sorrindo de orelha a orelha, ficou com uma expressão magoada e abaixou a cabeça. — Pequena, você sabia disso. Olha, eu vou continuar no Rio, aqui na Zona Sul mesmo, só não nesse prédio. Vou procurar um apartamento amanhã.

— Mas... eu achei que...

— Não vou te deixar de lado, Alicia, isso eu prometo. O que acha de me ajudar a procurar o apartamento perfeito? Podemos dar umas voltas, você me apresenta os lugares, almoçamos. Vamos?

— É, ter você em outro bairro ou prédio é melhor do que não te ter aqui. — Alicia me deu um beijo na bochecha e, quando o elevador abriu, me puxou pela mão. — Vem, somos os únicos moradores da cobertura. Você precisa sentir a brisa maravilhosa que vem do mar. A praia está cheia, podemos dar uma caminhada, e à noite, saímos.

— Hoje, eu não posso, Lysh, tenho muito trabalho para organizar. Não vai ficar chateada comigo, não é?

— Tudo bem, tudo bem! Mas você não vai escapar de mim pra sempre. Tenho certeza de que não quer sair comigo porque odeia noitada, mas vou te fazer mudar de ideia. Anda, coloca logo as malas no seu quarto e vamos dar uma volta no calçadão, com essa bolinha de pelos fofa.

— O nome dele é Joker. — Soltei uma risada, mas meu ar escapou dos pulmões, quando meu pai abriu a porta do apartamento e fui surpreendida com a vista da praia. — Uau! Que lugar maravilhoso!

— É, mana, bem-vinda ao Rio de Janeiro! Vamos logo, pega a coleira do Joker, coloca um short e uma camisa regata. Minha mãe comprou havaianas, espero que caibam nos seus pés. Por favor, não demora, hoje meu dia está todo programado.

— Você consegue ser pior que minha chefe. Não sai daí, eu já volto!

Quando descemos para dar uma volta no calçadão, Joker parecia uma criança na Disney, olhava para tudo e todos, latia para outros cachorros e se esfregava nas pernas de Alicia, como se ela fosse a dona dele. Nossa caminhada acabou nos levando até Copacabana, onde implorei para que nos sentássemos em um dos quiosques e tomássemos água de coco. Alicia tratou de conversar com o garçom, já que meu português estava horrível demais para ser posto em prática tão rápido. Depois de alguns minutos, estávamos à vontade, enquanto Joker dormia tranquilo, no meu colo, de tanto cansaço. Algumas pessoas jogavam vôlei na areia, outras tomavam sol. Eu me incomodei até certo ponto, por ser tão branca, mas sorri quando dois casais, tão pálidos quanto eu, deitaram na areia.

— Então... não vai me falar nada sobre a sua vida nos Estados Unidos? — Minha irmã estava com a ponta do canudo na boca e me encarava através dos óculos escuros. — Sei que namorou alguém, me lembro do papai comentar alguma coisa.

— Não sei por que você quer saber do passado, já não importa mais. Se tem uma coisa que nossos pais me ensinaram, é que não se deve remexer no que já está enterrado. Acaba fedendo bastante.

— Lizzie, sabe muito bem que eu gosto de saber da sua vida, assim como tenho certeza de que você está curiosa para saber o que eu ando aprontando, não é? Por isso, pouco me importa se vai feder, só preciso conhecer a vida da minha irmã mais velha, por conta do tempo que fiquei ausente.

Então, é assim que os cariocas vivem: praia, sol, água de coco e sombra.

Alicia estava tão entretida em mexer no canudo com a língua, enquanto observava um cara jogando futevôlei, que tive a oportunidade de reparar no quão brasileira minha irmã tinha se tornado. Imaginei como seria minha vida dali a alguns meses, se acabaria como ela ou permaneceria na mesmice do meu trabalho.

Respirei fundo, e o cheiro da maresia atravessou minhas narinas, me fazendo sorrir e relaxar. Quando suspirei, Alicia me olhou e recolocou os óculos escuros, sorrindo para mim como uma criança inocente. No fundo, eu sabia que minha Lysh continuava ali, mesmo que estivesse adormecida por tempo indeterminado.

— *Olha a canga, biquíni, chapéu de sol, óculos escuros, brinquinho, pulseira.* — Um vendedor passou por nós, e minha irmã levantou para dar uma olhada nos produtos.

Não me atrevi a abrir a boca, pois sabia que, se o homem percebesse que eu não era brasileira, triplicaria o preço. Alicia tirou um biquíni preto, que estava pendurado, e alternou seu olhar entre mim e a peça. Revirei os olhos e comecei a fazer carinho em Joker, que permanecia sonolento no meu colo.

— Ah, sim, adorei! Vou levar dois e essa canga também.

Escutei a voz dela conversando com o vendedor, e sua risada me fez negar com a cabeça, sabendo que seus caprichos eram um pouco exagerados.

Algumas palavras depois e reais desperdiçados, Alicia sentou-se do meu lado, estendendo uma sacola plástica na minha direção. — Considere um presente de boas-vindas bem carioca.

Abri o saco e peguei o biquíni e uma canga com as cores do arco-íris. Alicia gargalhou e deu de ombros.

— Achei que fosse combinar com você. Pelo menos, não some na areia, quando formos à praia.

— Engraçadinha. Eu agradeço o presente, Lysh, mas você sabe que eu não vou à praia e nem pretendo.

— Enquanto você estiver sob o meu teto, vai aonde eu quiser. Fui clara? — ela disse, e eu suspirei e resmunguei, fazendo minha irmã me dar um beijo na bochecha. — Só quero que você comece a se adaptar ao Rio de Janeiro, entende? Sei que é uma mudança bem drástica, mas, com o tempo, você se acostuma até com o samba, pagode, funk. Tenho tantos lugares pra te mostrar.

— Você é impressionante, sabia? Eu aprecio de verdade o seu esforço pra me fazer sentir como se estivesse em casa, mas não pretendo sair muito do meu apartamento. Tenho trabalho pra fazer e...

— Ai, Lizzie, cala a boca e me escuta! Agora, você está em território brasileiro. Aqui, as regras são outras, não permitimos trabalho por mais de doze horas por dia.

Alicia encarou o mar, e observei seus traços com um sorriso no rosto. Minha irmã estava crescida, com uma aparência de mulher, que fazia muito homem babar. Eu me perguntei o que ela andou fazendo, durante os cinco anos em que estivemos separadas, e torci o nariz ao imaginar certas coisas que não condiziam com a Alicia de 15 anos. Ela sugou o coco mais uma vez e sorriu para mim, colocando os óculos na cabeça para me observar melhor. *Deus, como me arrependo por ter deixado tanto tempo passar entre nós duas.* Minha irmã pareceu ler meus pensamentos, porque seus olhos encheram d'água e ela virou a cabeça para secá-los.

— Ei, não se esconda de mim, não precisa chorar.

— Eu sei que não preciso, mas ficamos tanto tempo afastadas que toda vez que olho pra você, bem na minha frente, imagino que vou acordar a qualquer segundo e tudo não vai ter passado de um sonho. — Ela colocou o coco de lado e respirou fundo. — Queria que você estivesse aqui na minha formatura do Ensino Médio, quando passei para a faculdade federal, na minha festa de 15 anos. Você perdeu tanta coisa que, até pouco tempo, eu te odiava por ter me abandonado. Sei que o trabalho é importante, mas o papai sempre disse que a família vem em primeiro lugar, e você não fez isso. Será que, se a WorldOfX não tivesse te oferecido emprego, você teria vindo?

Encarei minha irmã com um pouco de surpresa e vergonha, abaixando a cabeça para olhar meus pés. Eu sabia que não viria para o Brasil se não fosse o trabalho, mas nunca me senti bem em ter deixado minha família para trás. Não era questão de sacrifício, mas tive que lutar bastante para ter o que tinha e para chegar aonde cheguei.

O que importava era que estava perto deles de novo, especialmente de Alicia, por quem eu tinha uma paixão fora do comum. Faria tudo por ela, minha irmã era meu maior tesouro. Quando Chris faleceu, por causa de uma doença rara, aos 5 anos, pensei que não conseguiria cuidar de Alicia depois disso e, pelo visto, tinha razão. *Ela é uma mulher agora, e nada disso teve contribuição sua, Lizzie, mas não se desespere, ainda dá tempo*, pensei comigo mesma e acariciei a bochecha dela no segundo em que Joker acordou de sua soneca, implorando para dar uma volta.

— Acho que você sabe bem a resposta pra sua pergunta, Lysh, mas agora estamos juntas. Prometo que não vou embora de novo.

— De dedinho?

— De dedinho — falei, então nós duas entrelaçamos o dedo mindinho e Joker deu um latido, lambendo nossas mãos. — Muito bem, acho que já podemos voltar, não é? Estou morrendo de fome, e o papai me prometeu que almoçaríamos em uma churrascaria.

— É verdade, você deve estar com comida de avião no estômago, e não tem nada pior. Vamos, você vai conhecer o que é comida de verdade. Arroz, feijão, carne, farofa... Estou com água na boca só de imaginar que, daqui a pouco, vou comer tudo isso.

— Como consegue comer tanta coisa e continuar magrinha?

— Eu faço academia, caminho todos os dias na praia... É um hábito que você precisa ter também, se não quiser ficar acima do peso e virar sedentária na sua idade.

— Cala a boca, Alicia! Você está me chamando de velha mesmo? — perguntei, e minha irmã deu de ombros, com um sorriso divertido no rosto, me fazendo bufar, falsamente enfezada. — Não quero mais falar sobre isso.

— Então, me conta... E sua última namorada? Não deu certo por quê?

— Temos mesmo que falar disso, enquanto andamos debaixo de um sol de 39ºC? — mesmo reclamando, ela pareceu não ter me dado atenção, então respirei fundo antes de começar a falar. — Valerie não soube manter nosso relacionamento. Olha, eu sei que sou *workaholic*[2], amo o que faço e prefiro passar horas trabalhando do que jantando com alguém, mas eu amava aquela mulher. Tudo que estava juntando era para nós duas. Valerie trabalhava em uma cafeteria simples, perto do nosso apartamento, não ganhava muita coisa. Não estou dizendo que terminamos por eu bancar a casa e ela não, mas não soubemos equilibrar a vida profissional e amorosa. Às vezes, eu acho que ela encontrou outra pessoa, talvez alguém que gostasse de passar mais tempo à toa do que trabalhando, sei lá. Bem, nós acabamos brigando certa noite, Valerie recolheu as coisas dela e foi embora, foi morar com uma amiga, a poucos quarteirões de mim. Desde então, não a vi mais. Essa é a minha história.

2 Tradução: viciado em trabalho.

— Está me dizendo que essa mulher terminou com você porque não aguentou a pressão de estar com uma *workaholic*?

Dei de ombro e sorri, mas Alicia franziu o cenho, parecendo irritada.

— Que idiota! Aposto que muitas mulheres se matariam pra ter alguém como você, que além de ter um foco na vida profissional, é bonita e gente boa. Olha, ainda bem que nunca encontrei essa vaca, senão faria questão de dar umas boas surras nela e...

— Ei, Lysh, fica tranquila. — Segurei minha irmã e lhe dei um beijo na testa. — Esqueça isso, assim como eu fiz. Está vendo? Por isso que não é bom cavar o passado, é bem fedido. Mas e quanto a você? Por que não me fala um pouco do que anda fazendo?

— A faculdade é legal, conheci muita gente e... Ei, aquele é o carro do pai da Carolina. Ela deve estar uma fera, porque não liguei desde que você chegou. Nunca passamos muito tempo sem nos falar.

Meus olhos seguiram para onde Alicia estava apontando, e reconheci a fachada do nosso prédio. Um carro preto estava entrando na garagem. Conversar com minha irmã fazia o tempo passar tão rápido que mal percebi quando já estávamos subindo o elevador, em direção à cobertura. Cutuquei Alicia com o ombro e ela sorriu, encostando a cabeça em mim, suspirando. Joker começou a dar voltas dentro do elevador, e só consegui soltá-lo quando passamos da porta de entrada da nossa casa.

Segui minha irmã até o quarto dela e me joguei na cama, enquanto observava a garota escolher a roupa para sairmos. — Acho que já sei de onde você puxou toda essa atitude.

— O que quer dizer com isso?

— Sua amiga, a tal da Carolina... Não é aquela que você conhece desde pequena? — perguntei. Alicia confirmou, com um som afirmativo, e eu me deitei. — Aposto que é com ela que você sai e faz suas besteiras. Uma bela companhia, hein?

— Fala sério, Lizzie, se nem a mamãe implica com a Carolina, não vou aguentar você. Nos conhecemos desde pequenas, e se sou assim, não é porque ela me influenciou. Nem adianta vir com esse papo de irmã mais velha pra cima de mim, não vai colar.

— Não estava dizendo nada demais, mas que é estranho, é. Bom, deixarei você se arrumar e vou colocar ração para o Joker, antes de tomar um banho — falei.

— Você é uma idiota quando quer, sabia? Só não chamo a Carolina porque é um almoço de família e nós duas já vamos sair de noite.

— Eu chego hoje e você vai sair com sua amiga? Isso é muita falta de consideração — reclamei.

— Se você me falar que não vai pensar em trabalho ou pegar o notebook pra ver alguma coisa da empresa, durante a noite toda, eu fico em casa — minha irmã comentou.

Engoli em seco e abaixei a cabeça, fazendo Alicia gargalhar.

— Está vendo? Eu conheço você, Lizz. Anda, vai tomar um banho logo.

Quando saímos para almoçar, descobri que meus pais planejaram uma tarde toda em família, o que fez Alicia torcer o nariz e ficar boa parte do seu tempo livre no celular, falando com alguém. Muitas foram as vezes que li o nome "Rainha Bittencourt" no visor do WhatsApp, mas Alicia se virava, para que eu não visse a conversa.

Almoçamos em Santa Tereza, demos uma volta no Jardim Botânico e terminamos a tarde bebendo, jogando pôquer e matando a saudade na varanda do nosso apartamento. Quer dizer, apenas meus pais e eu estávamos apostando, pois Alicia corria de um lado para o outro, catando peças de roupas e sapatos, com Joker em seu encalço, atrapalhando o percurso. Quando o relógio da sala bateu 21h, minha irmã estendeu a mão para o meu pai, que lhe deu três notas de cem. Neguei com a cabeça e fiz uma piadinha sobre ela sair com más influências, o que me rendeu um tapa na cabeça e uma Alicia mal-humorada saindo de casa.

— Não gosto quando ela sai desse jeito, sempre volta bêbada. — Minha mãe tomou um gole do Martini e apostou mais cinquenta. — Isso me preocupa bastante.

— Por que vocês não proíbem? Só não dar dinheiro e dizer que ela não vai sair. Ela ainda depende de vocês. Alicia tem muita liberdade, pelo que posso ver. — A vodca desceu queimando minha garganta, e fiz uma careta antes de cobrir a aposta da minha mãe. — Além disso, não gosto dessa garota com quem ela anda, Carolina. Não acham que a Lysh mudou muito desde que começou com isso?

— Lizzie, não se preocupe, elas cresceram e se tornaram assim juntas. Não é influência negativa da Carolina, fique tranquila. Conheço o Eduardo, e ele é tão pulso firme quanto eu — meu pai afirmou.

Pulso firme? Mesmo? Franzi o cenho para o meu pai e soltei uma risada sarcástica.

— Tudo bem, nem sempre eu sou durão, mas ele não amolece pra filha, ainda mais que tem uma pequena também.

— Contanto que essa garota não coloque a Alicia em maus lençóis, estou despreocupada, confio no julgamento de vocês. Bem, vamos parar de falar delas e jogar. Daqui a pouco, preciso me afundar no trabalho.

— Muito bem, pode virar as cartas.

Já passava das 5h, quando esfreguei os olhos e respirei fundo, em frente ao notebook. A abertura da filial no Rio de Janeiro estava chamando a atenção da imprensa, então passei a madrugada toda conversando com os presidentes da empresa de origem, decidindo o que faríamos quando eu precisasse conversar com os jornalistas. Algumas entrevistas seriam comigo e algumas contratações passariam por mim, o que já me dava dor de cabeça só de pensar. Contratar alguém não é fácil, confiar, então, nem se fala. Ser CEO da WorldOfX me renderia tufos de cabelos brancos em poucos meses de trabalho. Eu me afastei um pouco da tela e me espreguicei, reparando que a luz da cozinha estava acesa. *O que é isso? Eu apaguei tudo antes de começar a trabalhar. Será que acordei meu pai com a conferência?*, pensei, me levantei com cuidado da cadeira e dei alguns passos até a cozinha, vendo a geladeira aberta. Quando limpei a garganta e a pessoa saiu de trás da porta, soltou um grito, deixando a garrafa de água cair no chão.

— Por que apareceu desse jeito? Quase me mata do coração! — A garota colocou a mão no peito e me encarou mais uma vez, sorrindo. Sua estatura era baixa e sua pele, branca, mas diferente da minha, pois havia lá um leve bronzeado de sol, deixando-a um pouco corada e praiana. Seu cabelo era castanho-escuro, e os fios caíam por seus ombros e costas, em um comprimento longo e ondulado que beirava a cintura, com lindos cachos abertos. Seu olhar, ao mesmo tempo que expressava alarme, brilhava de curiosidade. — Ah, você é a irmã gringa da Alicia, né?

— *What the hell*[3]? — respirei fundo e me esforcei para falar português, mesmo estando cansada de pensar. — Suponho que seja a amiga de infância.

— Você fala engraçado, sabia?

— O que está fazendo aqui? Pelo que eu saiba, você mora um andar abaixo.

— Eu só...

— Cristo, o que aconteceu? — Alicia apareceu, com a cara borrada de maquiagem, e eu cruzei os braços, enquanto a garota olhava para mim com um sorriso sarcástico. — Carolina, foi você quem quebrou a garrafa? Por que não recolheu?

— Derrubei sem querer, Lysh. Sua irmã me deu um susto. É comum os norte-americanos aparecerem do nada? — Ela se abaixou para ajudar e fiquei encostada na bancada central. — Então, gringa, devo falar com você em português ou inglês? Que tal *portunglês?*

— *Go fuck yourself!*[4]

Virei as costas e saí da cozinha, deixando minha irmã e a amiga, que ria, divertida, da minha reação, sozinhas. Ainda no corredor, fui capaz de ouvir Alicia dando um puxão de orelha em Carolina:

— Pega leve, ela acabou de chegar e o português está muito enferrujado. Minha irmã não tem muita paciência. Anda, vamos dormir.

Tratei de me apressar em pegar minhas coisas na sala e ir para o quarto. Joker me acompanhou, e assim que cheguei à porta, vi as duas garotas saindo da cozinha, rindo e de mãos dadas. Tranquei-me no quarto e, quando caí na cama, contei até dez para não pensar no que deveria ter dito à Carolina. *Bem que eu imaginei... Essa menina é abusada e uma bomba relógio.*

3 Tradução: Que porra é essa?
4 Tradução: Vai se foder!

Capítulo 2

Coisas que eu sei

Carolina

Depois do meu breve e catastrófico encontro com a irmã de Alicia, na cozinha, fiquei me perguntando o que diabos eu havia dito de tão grave para tê-la irritado tanto. Nunca antes alguém me tratou daquele jeito em uma primeira topada, e como sou uma pessoa que agrada fácil, por motivos que nunca consegui entender, era exatamente o fato de ter sido xingada que estava me fazendo pensar sobre aquilo mais do que precisava.

— Sua irmã não gosta muito de mim, e pelo que pude perceber, esse desgostar não surgiu, naquele momento, na cozinha — eu comentei com Alicia em um tom mais baixo, quando entramos no quarto dela. A janela aberta trazia a maresia e o vento forte da praia para dentro, deixando um frio gostoso e meu corpo arrepiado. Esfreguei os braços.

— Ela meio que está implicando com você, Carol. — Alicia deu um sorriso amarelo, enquanto passava o vestido por sua cabeça. — E supõe que hoje sou livre demais por influência sua, mas não ligue para isso, Lizzie não tem mais a nossa idade. Na verdade, eu acho que nunca teve.

— Aposto que não tem mais de 27. Mas do jeito que falou comigo, parecia ter uns 50 anos.

Rolei os olhos e sorri, retirando o meu vestido, para ficar apenas de calcinha e sutiã. Norminha estava desmaiada no chão, em uma cama fofa que Lysh havia forrado para ela. Entre nós três, eu era sempre a que bebia mais, mas, naquela noite, Norma resolveu tomar o meu posto e tomou todas, desde caninha da roça até champanhe. Ajeitei suas pernas e me sentei ao seu lado, me acomodando melhor, para poder me deitar. Estava cansada, mas ainda encararia boas horas de sexo, se tivesse opções.

— Ela tem 33 — Alicia disse, ao terminar de vestir o pijama, se arrastando, de joelhos, sobre a cama de casal.

Minhas sobrancelhas se ergueram.

— O quê?

— Lizzie tem 33 anos, Carol.

Fiquei encarando o rosto de Alicia, como se ela fosse um fantasma. Como aquela mulher tinha mais de 30 anos? Eu não me lembrava da idade dela nas histórias que Alicia me contava, mas jamais diria que ela tinha saído da casa dos 20. Ela tinha um charme diferente, uma aura suave, mas, ao mesmo tempo, pesada. E aquele corpo? De onde saiu aquele corpo? Não que eu tivesse reparado, naqueles poucos minutos, mas... Okay! Eu reparei. Senti um pouco de inveja ou, talvez, tenha admirado. Quem eu queria enganar?

— Nossa! — Desviei meus olhos e os fixei no breu à minha frente, completamente impressionada. — Ela é intrigante.

— Intrigante?

— Sim. — Coloquei uma mecha de cabelo atrás da orelha, dando uma olhada em Norminha antes de voltar a falar. Alicia me encarava de cima da cama, com pernas de chinês e o travesseiro no colo. Fiz o mesmo. — Sabe quando você olha pra uma pessoa na rua, em questão de segundos, e sente que ela tem muito mais para mostrar do que aquilo que está exposto? Eu senti isso quando ela me assustou na cozinha. Eu não sei. Mesmo que ela tenha sido uma grossa, sinto que tem algo nela que...

— Lá vem você com essa mediunidade aflorada. — Alicia riu baixinho e negou com a cabeça. — Lizzie é um poço de mistérios, Carolina. Nem eu, que sou irmã, a conheço de forma profunda. Não tente desvendá-la, pode morrer afogada.

— Não quero desvendar ninguém, só me intrigou. — Cocei o queixo, dando de ombros. — Enfim! Vamos dormir, amanhã só um mergulho no mar vai me curar da ressaca.

— Acordo vocês às 9h, então. — Lysh puxou o edredom para cima e se enfiou embaixo dele, ajeitando o travesseiro embaixo da cabeça.

Eu me deitei ao lado de Norminha, encarando o teto.

— Boa noite, Carol!

— Boa noite, Lysh! — Desejei à minha melhor amiga o mesmo que eu queria ter: uma boa-noite.

Em seguida, virei de lado e abracei meu travesseiro, sentindo Norminha me abraçar por trás e jogar a perna direita em cima do meu quadril. Bastava eu estar de lado durante a noite para dormirmos nessa posição. Quer ter melhores amigos? Não pode impedir que sejam folgados.

— Minha cabeça tá rodando tanto — Norminha resmungou mais para ela do que para mim.

— Só dorme, preta. Amanhã, acordará melhor.

Entrelacei nossos dedos das mãos — ela deixou a sua caída em minha cintura — e fechei meus olhos, respirando fundo. E o engraçado, se posso dizer, foi que a última coisa que pensei, antes de pegar no sono, foi naquela gringa intrigante mandando eu me foder.

Acordei pela manhã, antes mesmo do despertador da Alicia tocar, vesti minha roupa e peguei minhas coisas. Precisava passar em casa para tomar um banho, antes de descermos para a praia. Avisei as meninas e peguei o caminho da sala. Minha cabeça latejava, teria que me lembrar de tomar um remédio assim que pisasse em casa. Estava verificando as horas em meu celular quando cheguei à sala, observando a grande mesa de vidro, que cortava o ambiente, com um lugar ocupado.

Era Lizzie. Estava concentrada no notebook à sua frente, sorvendo um líquido, que imaginei ser café, de uma xícara branca. Seu longo cabelo castanho acobreado estava preso no alto da cabeça, em um coque estiloso, e os óculos de armação preta enfeitavam seu rosto. Ela não me viu, mas eu a estava vendo, e muito bem, o bastante para reparar em tudo isso. A grande porta de vidro, que separava a sala da varanda, mostrava o mar de Ipanema ao fundo, em mais uma manhã de verão, naquele 22 de dezembro.

— Bom dia! — eu disse com um tom normal, usando a boa e velha educação que meus pais me deram.

Lizzie não me olhou, muito menos pareceu interessada em mim. Seus olhos varreram a tela do notebook mais uma vez, antes de ela me responder:

— Bom dia!

Seu sotaque era tão engraçado. Eu quis rir, não por mal, mas imaginei que ela ficaria irritada, então resolvi engolir a risada. Não era um bom momento para a minha cabeça.

Eu me peguei querendo saber mais dela, mesmo não tendo tempo para uma conversa. Queria tirar a impressão ruim que tivemos uma da outra na noite anterior.

— Nosso primeiro encontro ontem não foi dos melhores, então... — eu disse, ao me aproximar um pouco, parando a, mais ou menos, um metro e meio de distância. — Sou Carolina Bittencourt, melhor amiga da Lysh. Me desculpe por aquela situação.

Seus olhos verdes encontraram o meu rosto, e ela me encarou por um tempo, antes de apoiar seus cotovelos na mesa e descansar o queixo sobre seus dedos entrelaçados. Nunca me senti desconfortável sob o olhar de uma mulher, mas, estranhamente, estava me sentindo assim sob o dela.

— Sou Lizzie O'Connell, irmã mais velha da sua melhor amiga. E tudo bem, não foi nada.

Sorri de canto.

— Você nem é tão velha assim — eu me peguei dizendo antes que pudesse parar.

— Como? — Suas sobrancelhas se ergueram.

— O quê? — Neguei com a cabeça, dando uma risada rápida. — Nada... Bem, eu já estou de saída.

Fui me afastando, um pouco atrapalhada, rolando os olhos para o espírito adolescente que dominou o meu corpo naquele momento. Credo! Precisava me recompor, parecia que havia ficado em frente à minha ídola.

— Até mais, gringa! — não pude deixar de dizer, ao parar perto da porta, sorrindo de forma divertida, para uma Lizzie de olhos estreitos.

— Até mais, menina!

Saí do apartamento de Alicia com um pequeno sorriso no rosto, apesar da dor de cabeça. Minha manhã havia começado muito melhor do que a noite havia terminado.

Quando entrei em casa, nas pontas dos pés, meu pai não estava com uma cara muito boa. Sentado em uma das poltronas da sala, com os braços cruzados, ele me encarou de esguelha, como se eu fosse uma garotinha de 5 anos, que brigou no colégio.

— Oi, pai!

— Isso são horas de chegar, Carolina? — ele perguntou.

Respirei fundo e fui tomando o caminho do meu quarto. Tudo que eu não queria era brigar.

— Onde você estava? — Ele se levantou e foi atrás de mim, me fazendo massagear minhas têmporas, depois que larguei a bolsa em minha cama.

— Na casa da Lysh. Onde mais eu estaria?

— E você pergunta isso pra mim? Desde quando eu sei onde você realmente está?

Fechei meus olhos por um momento e levei minhas mãos até a cintura. Aquela situação me aborrecia tanto. A desconfiança de Eduardo para comigo era tanta que ele acabava agindo como se eu fosse uma mentirosa de plantão.

— Você sabe, mas até hoje não entendo por que insiste em não ver. — Neguei com a cabeça. — Agora, pode me dar licença, pai? Não vamos discutir a essa hora da manhã, okay? Se quiser brigar, deixe para mais tarde.

— Você nunca quer falar sobre nada, você só quer conversar sobre o que lhe convém.

— Pai, por favor!

Eduardo estava começando a me chatear, e eu dificilmente me chateava. Talvez ele fosse a única pessoa no mundo que tinha o desprazer de conseguir essa façanha. Dez segundos foi o tempo que ele me encarou, antes de sair do meu quarto sob resmungos, me deixando aliviada. Amava meu pai mais do que podia dizer, mas sabe quando o convívio com uma pessoa se torna difícil e desgastante, mesmo que o amor esteja lá? Era esse o caso.

Depois de demorar algum tempo para decidir o biquíni que usaria, tomei uma ducha rápida e um café reforçado, passando no quarto de Duda para lhe dar um beijo antes de sair. Ela dormia, agarrada ao enorme leão de pelúcia que eu lhe havia dado, quase como um chamego. Sorri com a cena. Eduarda era meu ponto de paz, não havia nada que eu amasse mais do que ela no mundo.

Peguei minhas coisas e desci para encontrar as meninas. Por mais que a vontade de entrar no apartamento dos O'Connell's de novo fosse enorme, tentei manter o meu elástico no lugar com todas as minhas forças. Maldição! Curiosidade era algo que me destruía por dentro, e quando a curiosidade era relacionada a uma pessoa, então... Bufei, impaciente, na entrada do prédio, pronta para pegar o celular e ligar para Alicia, quando a vi surgir, com Norminha em sua cola.

— O que estava fazendo, que demorou tanto? — perguntei quando elas estavam próximas o bastante, colocando os óculos de sol.

— Estava tentando convencer Lizzie a vir conosco, mas como pode ver... — Alicia resmungou e rolou os olhos. — Preferiu ficar com a cara enfiada naquele notebook.

— Por mim, ela poderia ficar com a cara enfiada no meu decote.

— Norminha! — Alicia e eu dissemos ao mesmo tempo, ao ouvi-la comentar, capturando o sorriso mais do que branco presente em seus lábios.

— O quê? — Norminha olhou para Alicia e ergueu suas mãos, em sinal de defesa, dando de ombros. — Sinto muito, Lysh, mas sua irmã é gostosa demais. É ou não é, Carol?

— É — eu disse tão rápido que acabei deixando Norminha com as sobrancelhas erguidas.

Alicia me olhou com espanto, erguendo os óculos de sol para me enxergar melhor.

— É? — ela perguntou, interessada.

Eu me senti extremamente intimidada. Tão intimidada que minhas bochechas coraram, e eu acho que aquela foi a primeira vez que corei na vida. Bufei, incomodada, e fiz um gesto rápido com as mãos.

— É. Ela é bonita, ué! Eu hein! Parece que falei algo demais.

Alicia e Norminha deram de ombros, encerrando o assunto. Credo! Será possível que não se pode achar uma mulher bonita sem que as pessoas achem que você quer foder com ela?

Depois daquela situação um pouco constrangedora, atravessamos a rua e tomamos o calçadão da orla de Ipanema. A praia ainda estava um pouco vazia àquela hora da manhã, o que era bom. Odiava quando ela ficava cheia demais, porque, quanto mais cheia uma praia, mais arrastões aconteciam. A Zona Sul sempre foi um local bem perigoso, assim como vários outros locais do Rio, e quem mora aqui precisa andar com os dois olhos bem abertos e desenvolver uma esperteza, para evitar infortúnios. Positivamente, quem nasce no Rio de Janeiro é esperto por natureza; nos é ensinado, desde a infância, a ter malícia, para que o lado negativo da nossa cidade — ou seja, a violência — não nos faça virar mais uma estatística.

Nós ficamos próximas à água, eu estendi uma canga azul e me sentei sobre ela. O mar estava calmo, parecia despertar. Apesar de preferir água doce, era sempre bom estar em conexão com Yemanjá. Eu me sentia leve, como se nada nem ninguém pudesse me atingir. Uma paz avassaladora tomava conta de mim todas as vezes que eu entrava no mar e, ao sair, meu corpo parecia flutuar livre de todas as cargas negativas. Era por isso que, em todas as manhãs, depois de uma noitada, só um banho naquelas águas para me deixar renovada.

— Qual será a boa de hoje à noite? — Lysh perguntou, depois de retirar o short e se sentar ao meu lado.

— Trabalhar — Norminha respondeu, enquanto ajeitava os lacinhos laterais presentes em seu fio dental branco.

— Acho um absurdo você trabalhar aos sábados — comentei, cheguei o corpo para trás e me apoiei em minhas mãos, enterrando os pés na areia.

— Eu também, branquela. Mas, infelizmente, não posso escolher. Não trabalhar aos sábados é um privilégio. — Norminha sorriu, divertida, e retirou uma mecha do cabelo cacheado, que voou contra seu rosto. — Até que eles estão me pagando bem, sabia? Mesmo eu achando que deveria receber muito mais, só pelos assédios que tenho que aguentar.

— *Argh!* — Alicia rolou os olhos, imitando a minha posição. — Homens! Eu realmente não entendo como posso ser hétero. Por que será que eles acham que possuem algum direito sobre o corpo de uma mulher? E pior, não percebem que um simples "psiu" é, de fato, a porra de um assédio.

— Alicia, a sociedade é machista — olhei para ela, dizendo o óbvio. — Nós vivemos em um mundo onde as mulheres só possuem espaço se alguém der oportunidade. E acredite, quase ninguém dá. Preto, pobre e mulher nasceram para se foder na sociedade, essa é a verdade.

— Agora, imagina ser as três coisas ao mesmo tempo: preta, pobre e mulher. — Norminha soltou uma risada sem humor, ajeitando a parte de cima do biquíni.

— E bi — Alicia e eu dissemos juntas, dando um riso rápido.

— Viram só? Nasci para me foder mais ainda. É difícil, mas quem nasce no morro vai levando. É só não deixar o samba morrer.

— Se depender de mim, ele não vai morrer é nunca. — Eu me levantei rápido e retirei o short, jogando-o em cima de Alicia.

— Vamos cair? — Norminha apontou, com a cabeça, na direção do mar.

— Agora! — Mordi o lábio inferior e encarei Lysh que, sentada sobre a canga, derramava quase um quilo de protetor solar nos braços e pernas. Neguei com a cabeça.

— Vão indo, eu vou depois.

Eu nem precisei chamar, ela já havia me dado sua resposta. Puxei Norminha pela mão, e nós corremos na direção do mar, rindo de tudo e nada ao mesmo tempo. Ficamos um bom tempo dentro da água e, quando os olhos começaram a arder, por conta do sal, saímos, em meio a uma conversa. Meu biquíni era sem alças, com a parte de cima branca e a de baixo vermelha, criando um contraste perfeito na minha pele bronzeada de sol. Eu sabia disso porque não havia uma pessoa que não me olhasse, enquanto eu voltava para a areia. Eu deveria ficar envergonhada, mas acho que já havia me acostumado. Quando se mora no Rio de Janeiro, não existem muitos lugares para se esconder.

— O sol tá quente pra caralho — Norminha resmungou, depois de tirar o excesso de água do cabelo. — Ainda bem que sou preta e não tenho como ficar vermelha que nem um camarão cozido.

— Babaca! — Soltei uma gargalhada, enquanto me sentava ao lado de Alicia, que estava concentrada na leitura de um livro. — Amo sua cor. Você tá simplesmente radiante agora, brilhando com esse sol, um pecado.

— Meu amor, você não imagina o tamanho do pecado que é isso daqui, não imagina.

Eu ri mais ainda, quando Norminha apontou para o próprio corpo, fazendo aquela cara de "sou gostosa pra caramba", que eu conhecia muito bem. Pior que ela era mesmo, e eu tinha um pouco de inveja. Ser abençoada pela melanina, realmente, não era para todas.

— Norminha, a essa hora da manhã não, por favor! — Lysh reclamou, sem retirar os olhos do livro.

— Invejosa! — Norminha lhe respondeu e trocou uma piscadela comigo, antes de se deitar de bruços, em sua canga.

Com um sorriso no rosto e o corpo todo molhado, eu foquei os olhos no mar, querendo me afogar naquela *vibe*[1] gostosa que sempre surgia depois de um mergulho. O silêncio reinou do lado exterior por algum tempo, mas dentro da minha cabeça havia um falatório quase insuportável. Eu disse *quase*. Eu precisava calar um pouco a minha curiosidade.

— Lysh, Lizzie trabalha em quê? — perguntei, sem encará-la.

— Ela recebeu o cargo de CEO para a filial que a WorldOfX abriu aqui no Rio, por isso se mudou, mas antes era presidente do setor de marketing e desenvolvimento do XLegion.

Uau! Ela era mais legal do que imaginei. A imagem de poder que ela passava estava mais do que explicada, e aquilo só a tornava mais interessante.

— Duda vai adorar saber que sua irmã ajuda a desenvolver o passatempo favorito dela — eu disse, e Alicia riu, divertida, fechando o livro e me dando total atenção. — Deve ser foda trabalhar lá.

— E realmente é. Bem, ao menos Lizzie diz que é. — Lysh colocou o livro ao seu lado, abraçando os joelhos dobrados. — Mas ocupa a maior parte do tempo dela, sabe? Acho que isso acaba prejudicando um pouco.

— Prejudicando? — perguntei, me virando de frente para ela. — No que trabalhar na WorldOfX pode prejudicar a vida de alguém?

— Ah, Carol, Lizzie não tem tempo para mais nada, ela passa 24 horas grudada naquele notebook, no tablet. Não sai, não se diverte, não esfria a cabeça, não conhece novas pessoas. Tenho medo de que ela envelheça sozinha, sem um amor, sem alguém para dividir os problemas e as alegrias, entende? É minha irmã, me preocupo com ela.

Aquelas informações me deixaram um pouco incomodada, e o pior era não saber o porquê. Talvez fosse o fato de ver alguém se isolar dessa forma. A vida é tão rara, qual é a graça de passar por ela e não viver intensamente? E Lizzie era tão... Não sabia qual palavra usar para descrevê-la, mas era algo bom. Sempre fui muito sensitiva e nunca me enganei em relação a alguém.

Fazia menos de vinte e quatro horas que eu a havia conhecido, e quase nada falamos, mas era o suficiente para me fazer, de alguma forma, gostar dela. Seria muito dizer que queria me aproximar? Foi assim com todas as minhas amizades. Norminha, por exemplo, quando nos conhecemos, quis saber mais dela logo de cara, chamou minha atenção. Gosto de pessoas que despertam curiosidade em mim, aquelas que me mostram pouco, para que eu sinta vontade de cavar até o fundo e descobrir tudo. E Lizzie me mostrou muito menos do que eu esperava.

— As pessoas se afundam em suas responsabilidades e esquecem que a vida passa, Lysh. — Sorri, triste, encarando o mar. — Isso é triste. E a maioria delas não percebe até que seja tarde. Você deveria ajudar sua irmã com isso.

— Como? Ela não quer ajuda nisso, ela só quer trabalhar e trabalhar, foda-se o resto. Eu disse que, enquanto ela estiver lá em casa, vai fazer o que

---

1 Tradução: vibração.

eu quiser que faça, que vou levá-la para conhecer o Rio, dançar e etc. Mas sinceramente? Duvido que ela vá, Carol. — Lysh bufou, abaixando seus ombros.

— Lizzie deve ter um motivo para ser assim, Alicia. Ninguém se fecha à toa — Norminha comentou, ao se virar de barriga para cima em sua canga. – E aposto que foi decepção amorosa.

Alicia não disse nada, apenas se calou e deixou que o silêncio tomasse conta do espaço que nós ocupávamos. O assunto estava encerrado, mas como fazer minha mente entender isso?

Lá pelo meio-dia, nós decidimos subir, pois o sol estava quente demais e estava quase na hora do almoço na casa de Alicia. Meu pai, eu e minha irmã fomos convidados, mas apenas ela e eu iríamos, já que Eduardo teve que sair para fazer uma cirurgia de emergência. O que era melhor assim ou eu correria o risco de receber sermão no meio de todo mundo.

Parei, com Duda, na porta dos O'Connell's, depois da uma hora da tarde, me curvando um pouco, para que pudesse ficar na altura dela.

— Tudo bem, mocinha. — Ajeitei o vestido amarelo que ela usava, apertando o laço do lenço, da mesma cor, que ela tinha prendendo o cabelo. — Quais são as regras?

— Cumprimentar todo mundo, falar "obrigada" sempre que me oferecem alguma coisa — ela dizia, enquanto eu ia ajeitando o que tivesse para ajeitar nela. — Não falar alto, não rir alto, não me meter em conversa de adulto, não mexer nas coisas e me comportar direito.

— Muito bem! — Beijei sua testa, segurando em sua mão esquerda e me erguendo para tocar a campainha. — E não coloque os pés em cima do sofá — foi tudo que consegui dizer, antes que Norminha abrisse a porta, revelando a sala do apartamento, com todos os membros da família O'Connell acomodados nas poltronas e no sofá.

— Demorou, piranha! — Norminha disse perto do meu ouvido, quando me aproximei, me fazendo rir baixo.

— Desculpa! Estava arrumando essa bebezinha aqui — respondi, sacudindo a mão de Eduarda e fazendo minha amiga abrir um sorriso enorme, ao olhar para ela.

— Carol, para de me chamar assim. Eu já tenho 10 anos. — Duda curvou os ombros, corando nas bochechas. Ela odiava que eu a tratasse como se ela ainda fosse o meu bebê, mas ela era e sempre seria para mim.

— Você está linda, Duda! Amei esse amarelo, muito bonito.

Eduarda abriu um sorriso enorme, animada com o elogio de Norminha.

— Carolina, que bom que chegou, só faltava você — foi tia Norah quem disse, sentada no sofá, ao lado de Alicia.

A mãe de Norminha, tia Rita, estava arrumando a mesa e me ofereceu um sorriso. Nós nos cumprimentamos de forma descontraída, e meus olhos traidores foram parar em Lizzie, sentada em uma poltrona branca, no canto esquerdo. Sua coxa direita descansava sobre a esquerda. Ela usava um vestido marfim, que me parecia ser um palmo acima dos joelhos, cabelo solto, caindo por seus ombros, até abaixo dos seios, com uma ondulação leve, e maquiagem quase imperceptível. Passaria despercebida diante dos olhos de uma pessoa distraída, mas não para mim. Ela me olhou de volta e me ofereceu um sorriso pequeno e educado, rápido. Retribuí, e ela desviou o olhar, o que me deixou frustrada. Mais frustrada ainda porque não conseguia entender o motivo da minha frustração. Dá pra entender? Não, eu sei.

Eu me sentei ao lado de Alicia e tia Norah, enquanto esperávamos o almoço ser servido, e observei, de longe, Lizzie iniciar uma conversa com Eduarda. Eu não conseguia ouvir o que era, mas sabia que deveria ser algo engraçado, pela forma que minha irmã ria. Vez ou outra, ela tocava o rosto de Lizzie, o cabelo, e eu me peguei desesperada para repreendê-la. Será que Lizzie a achava inconveniente? Eu choraria, se qualquer pessoa achasse minha irmã mal-educada, afinal o papel de mãe era meu. Quando nos sentamos à mesa, para almoçar, elas ficaram lado a lado. Entre um sorriso e outro, Lizzie olhava pra mim, e da mesma forma rápida que olhava, desviava. Independentemente de qualquer coisa, eu estava feliz que ela estava fazendo o meu bem mais precioso rir.

O almoço seguiu sem imprevistos. A comida estava deliciosa, tia Rita arrasava na cozinha. Quando a sobremesa chegou e eu vi o que era, quase chorei de emoção. Como não chorar diante de um pudim caseiro? Como? Em que lugar deste mundo gente rica faz pudim de sobremesa? Essas coisas só aconteciam na casa de Alicia, e eu não sabia como agradecer isso.

A tarde passou devagar, e às 16h em ponto, Norminha se despediu de nós, pois ainda teria que passar em casa antes de ir para o trabalho. Então, saiu do apartamento de Alicia sob orações e bênçãos de tia Rita. Assim, ficamos eu, Alicia, Lizzie e Eduarda sentadas na sala, já que Antony e Norah jogavam uma partida de cartas na varanda.

— Carol, Lizzie disse que vai me dar um jogo novinho do XLegion que ainda ninguém tem — Eduarda me contou, animada, arrancando um sorriso de Lizzie que estava sentada ao seu lado direito, enquanto eu estava ao seu lado esquerdo.

— É mesmo? E você disse "obrigada" a ela?

— Ela disse, sim — Lizzie respondeu por minha irmã, afagando a cabeça dela com calma. — É uma garota muito educada. Gosto disso.

Isso, isso, isso, isso. Eu repeti para mim várias vezes, querendo dar pulos de euforia. Abri um sorriso enorme, havia ganhado o dia.

— Muito bem! — eu disse à minha irmã, com vontade de abraçá-la bem forte. Não sei se mais por ela ou por mim.

— Depois, a Lizzie pode ir lá em casa, me ensinar a mexer no jogo novo, Carol? — Eduarda cutucou minha barriga, me deixando meio sem jeito. Olhei para Lizzie na mesma hora, e ela olhou para mim. Ficamos assim por alguns segundos. Ela, constrangida, eu... eu não sabia dizer ao certo.

— É... — comecei, dando um sorriso amarelo. — Se ela quiser, claro que pode.

— É claro que ela quer — foi Alicia quem respondeu, soltando uma risada. — Lizzie ama qualquer pessoa que ame o que ela faz. Estou mentindo, mana?

— Não, não está. — Lizzie se ajeitou no sofá, com um sorriso pequeno, deslizando os dedos pelo cabelo e o jogando para o lado. Aquele era um gesto novo, que eu havia acabado de descobrir nela. Desejei que ela fizesse outra vez, queria poder ver de novo. — Assim que eu trouxer o jogo, nós vamos até lá e eu te ensino tudo que quiser.

— Isso vai ser demais! — Duda riu, animada, batendo palmas. Aquela garotinha era quase um videogame ambulante.

— Eu tenho alguns aqui, Duda. Não são tão novos, mas eu sei que você não tem. São exclusivos, e Lizzie me mandou faz um tempo — Alicia comentou, já se levantando. — Vamos lá, ao quarto, que eu vou te emprestar alguns.

Cocei a nuca e me ajeitei no sofá, sorrindo ao ver Duda se levantar mais que depressa.

— Posso ir, Carol? — ela me perguntou, como sempre fazia quando queria algo.

— Claro! — Passei a mão no rosto dela, para limpar a marca de batom que Norah havia deixado em sua bochecha. — Comporte-se!

— Pode deixar. — Ela deu uma corrida na direção de Alicia, agarrando a mão estendida da minha melhor amiga e sumindo com ela no imenso corredor.

— Sua irmã é uma princesa, Carolina — Lizzie disse, em seu sotaque carregado, me fazendo sorrir. Eu descobri que gostava dele e achava engraçado ao mesmo tempo. — Muito educada, inteligente, engraçada. Sua mãe deve sentir muito orgulho dela.

Eu abaixei meus olhos, sorrindo triste. Era estranho pensar que minha mãe não podia mais ter controle sobre a situação, que ela havia morrido e deixado aquela missão para mim. Era estranho ter que falar sobre isso e pensar nisso. Olhei para Lizzie outra vez. Seus olhos verdes me encaravam intensamente, como se ela estivesse esperando a minha resposta.

— Tenho certeza de que, onde quer que ela esteja, está muito orgulhosa da educação que venho dando à Eduarda.

— Ah, Carolina! — Lizzie descruzou as pernas e as cruzou de novo, incomodada. — Me desculpe, eu não sabia. Eu...

— Está tudo bem, gringa. — Eu ri da cara que ela fez, quando usei o apelido, a fazendo estreitar os olhos. — Não se preocupe.

Nós ficamos em silêncio por alguns segundos, mas eu não queria que o assunto acabasse, então logo comecei um novo.

— Está gostando daqui? — perguntei, interessada. Queria saber o que ela pensava, como pensava. — Digo, de tudo. Do lugar, das pessoas...

Lizzie respirou fundo, cruzando os braços embaixo dos seios, antes de voltar a me olhar.

— Ainda não tive muito contato com as pessoas, então não posso dizer com clareza, mas o lugar é maravilhoso. Não temos essa vista nos Estados Unidos, por exemplo. — Ela riu rapidamente.

Acabei descobrindo, também, que gostei daquele som. Sorri para ela, colocando uma mecha de cabelo atrás da orelha.

— Acho que você vai adorar a noite, a Lapa. É tão bom! Gosta de samba?

— Eu gosto do ritmo, mas eu não sei sambar. — Ela riu, sem graça, quando eu ergui minhas sobrancelhas.

— Eu posso te ensinar, se quiser.

— O quê? Não, não. — Lizzie ergueu suas mãos para mim, negando com a cabeça. — Eu realmente não levo jeito para isso, menina. Deixo para você, Norminha e Alicia.

— Ah, qual é, Lizzie! — Me virei de frente para ela, apoiando meu braço direito sobre o encosto do sofá. — Vamos tentar, você vai gostar. É uma sensação deliciosa, você precisa sentir isso.

Por que diabos eu queria que ela sentisse como era bom sambar? Por que eu queria que ela se soltasse, curtisse? Que porra estava acontecendo com a minha cabeça?

— Eu dispenso. Agradeço o convite, mas eu não levo jeito para dança nenhuma. — Ela me olhou de canto, parecendo incomodada. Será que eu estava sendo inconveniente? — Alicia me disse que você faz Engenharia Química com ela. Está gostando do curso?

Ela estava claramente mudando de assunto, mas eu não me importei. Fiquei feliz por ela estar interessada em algo sobre mim.

— Estou amando. Sinto vontade de me matar nos períodos das provas, mas logo passa.

Lizzie riu da minha careta, fazendo um gesto de negação com a cabeça. Seus olhos estavam calmos, um verde-água tão brilhante. Fiquei presa neles. Havia cruzado com poucas pessoas de olhos verdes em minha vida.

— Você vai ver quando se formar, tudo isso valerá a pena — ela dizia, enquanto sacudia o pé da perna cruzada devagar, e eu só conseguia prestar atenção nela, como se estivesse de frente para Elis Regina ou qualquer outra cantora de quem eu era muito fã. — A faculdade exige muito de nós, Carolina. São anos e anos de dores de cabeça, noites maldormidas, refeições reduzidas... — Ela suspirou de forma profunda, deslizando as pontas dos dedos pela lateral do pescoço. — Mas quando amamos a ideia daquela profissão, quando imaginamos o futuro brilhante que podemos ter, por estarmos fazendo o que nós amamos, é... Não tem explicação. Trabalhar e construir um império faz bem pra alma. A questão é nunca perder o foco. Se você tem um, vai em frente, não olhe para trás.

A forma apaixonada que ela falou sobre trabalho, sobre futuro profissional, me encantou de um jeito que fiquei olhando para seu rosto fixamente, a fazendo rir sem graça.

— Desculpa... Às vezes, eu acabo falando demais — ela se desculpou, enquanto se levantava, deslizando as mãos pela barra do vestido, ajeitando-o. Eu a imitei e me coloquei de pé.

— Não, você não fala demais, não precisa se desculpar. — Sorri para tranquilizá-la, querendo desfazer a expressão indecifrável que se formou em seu rosto. — Eu só admirei a forma que você falou sobre isso. Conheço poucas pessoas que falam sobre faculdade e trabalho com tamanha intensidade. Acho que é um exemplo.

— Então, que seja um exemplo. — Ela sorriu, mas já não era o mesmo sorriso de antes. Senti-me confusa. — Não se esqueça do que eu lhe disse.

— Não vou esquecer — respondi de imediato, ouvindo as vozes de Eduarda e Alicia surgirem no corredor. Lizzie olhou para trás, e eu segui seu olhar.

— Bem, eu vou me retirar, Carolina. Obrigada pela conversa!

Quem é que agradecia uma conversa? Aquela mulher não podia ser real. Ela nem mesmo me esperou responder, apenas me ofereceu um gesto educado com a cabeça e foi se afastando. Tomada por um impulso que não sei de onde veio, a chamei.

— Lizzie... — Ela parou e me olhou, com as sobrancelhas erguidas. Eduarda correu na minha direção, e Alicia parou para falar com os pais. Ficamos nos encarando, enquanto ela esperava e eu pensava. O que eu queria dizer? Afinal, por que a chamei? Muito de mim queria dizer muito de diversas coisas, mas o pouco que me restou apenas sorriu para ela, dando de ombros. — Obrigada a você!

Ela sorriu, fazendo um leve sinal de positivo com a cabeça.

— Até mais, princesinha!

Lizzie se curvou para frente e beijou a bochecha de Eduarda, se virando de costas e sumindo pelo corredor, me deixando ali, parada, ouvindo apenas o som de seus saltos ao fundo.

— Carol, olha os jogos que a Lysh me emprestou. Vamos embora jogar logo, por favor! — Eduarda começou a dizer, sem pausa para respirar, chamando a minha atenção. Desviei o meu olhar para ela, tentando calar a minha mente que, de uma hora para outra, se tornou insana.

— Vamos, sim, vamos nos despedir do pessoal.

Peguei na mão de Duda e a levei até Antony e Norah que terminavam uma partida. Nós nos despedimos, e Alicia nos levou até a porta.

— Vamos pra onde mais tarde? — Lysh me perguntou, encostada na parede do lado de fora.

— Preciso beber — eu disse, enquanto deslizava os dedos pelo cabelo, realmente perturbada. — Vamos ao bar onde a Norminha trabalha em Copacabana. Assim, ficamos perto dela e enchemos a cara.

— Nossa! — Alicia riu da careta que eu fiz. — O que aconteceu contigo?

— Me deu sede — respondi de brincadeira, rindo para ela, e olhei para Eduarda que me encarava, com um ponto de interrogação imenso na testa. — Nunca pense em encher a cara, mocinha. Esqueça que eu disse isso.

— Mas eu só gosto de Toddynho — Eduarda respondeu inocentemente, sem entender nada, fazendo com que Alicia e eu caíssemos na gargalhada.

— Fique pra sempre no Toddynho — Lysh brincou, ao bagunçar o cabelo da pequena, que riu, divertida. Olhei para a minha melhor amiga, enquanto segurava a mão de Eduarda.

— Às 21h em ponto, esteja arrumada. Vou ligar para Norminha e avisar que vamos pra lá.

— Pode deixar! — Fui me afastando de Alicia, depois de lhe dar um beijo na bochecha, com Eduarda na minha cola, lendo e relendo as capas daqueles jogos.

— Não se atrase! — gritei por cima dos ombros, ouvindo sua resposta em forma de xingamento, e ri, perdida em pensamentos, esperando mesmo que o álcool me ajudasse a esquecer o que não queria sair da minha cabeça. Como podia alguém entrar na sua vida, de forma inesperada, e em menos de vinte e quatro horas, a transformar em um mar de curiosidade e dúvidas? Das coisas que eu sei, isso nem de perto é normal. Minha mãe sempre me disse que ser exagerada e curiosa, uma hora ou outra, não me faria nada bem. E olha só, ela estava repleta de razão.

Capítulo 3

Mais do que oculta

Lizzie

"Não se luta contra o destino; o melhor é deixar que nos pegue pelos cabelos e nos arraste até onde queira alçar-nos ou despenhar-nos." [1]

23 de dezembro

— Acho que esse é grande demais pra mim, Lysh — comentei com minha irmã no segundo em que colocamos os pés no que deveria ser o nono apartamento que visitávamos em duas horas. Ela já estava de saco cheio; eu, mais ainda, e o corretor, nem se fala. A questão é que eu precisava de um espaço nem tão grande, nem tão pequeno. Era difícil achar alguma coisa no Rio de Janeiro que não fosse de extremos, essa cidade não tinha nada de mediano. Dei alguns passos em direção à varanda e suspirei, ao ver a praia de Copacabana cheia. Não é o mesmo bairro dos seus pais, mas nada que uma caminhada não resolva, pensei comigo mesma e sorri, alisando o corrimão da varanda. O celular de Alicia começou sua sinfonia insuportável, e decidi dar uma volta pelo apartamento, buscando ver se era um bom espaço para uma mulher e um cachorro de pequeno porte.

O ambiente era bom, muito bom, para dizer a verdade. A sala ampla me daria o privilégio de colocar um piano, quem sabe. Eu só precisava comprá-lo, mas o problema é que eu não sabia se queria. Fiquei vagando pela varanda, enquanto Alicia falava ao telefone, e quando ela terminou, veio de encontro a mim, com um sorriso amarelo no rosto.

— Era Carolina — ela disse, sem que eu tivesse perguntado. A menção do nome daquela menina me deixava um pouco incomodada. Eu não sabia dizer o motivo, mas Carolina me deixava bastante desconfortável. Não que ela fosse impertinente, pois não era, mas tinha algo comigo, dentro de mim. Todas as vezes que ela aparecia, com sua personalidade animadinha ou com caras e bocas, Carolina deixava o ar um pouco diferente, mais vivo e interessante, e é claro que eu não fazia ideia de como lidar com ela.

---

1 Machado de Assis, Esaú e Jacó (1904).

— Ah, sim! — Abri um sorriso, sem dentes, para a minha irmã, enfiando minhas mãos nos bolsos traseiros do jeans que eu usava. — O que ela queria com você a essa hora?

— Lizz, já são 14h. — Alicia rolou os olhos, e eu soltei uma risada. — Quer ir ao cinema, ver um filme que lançou há pouco tempo.

— Entendo. — Dei de ombros e voltei a olhar a paisagem, me sentindo confortável com o lugar. — Lysh, falando na sua melhor amiga... Precisa me dizer do que ela gosta, me falar um pouco sobre ela. Quero ter uma noção do que comprar.

Como se eu já não me sentisse desconfortável o bastante com Carolina, ainda a havia tirado no amigo-oculto que minha família resolveu fazer de última hora. Acho que não tinha como as coisas se tornarem mais estranhas. Alicia cruzou os braços embaixo dos seios, me olhando com olhos estreitos. Sua expressão era de quem pensava em algo, me fazendo trocar o peso de uma perna para outra, porque eu sabia que levaria bons minutos.

— Bem, Carol gosta de presentes simples, não é chegada a muito luxo, por mais que leve uma vida rica. Ela prefere ganhar coisas que tenham um valor sentimental — Alicia ia dizendo com interesse, enquanto gesticulava como uma professora. — Ama livros, MPB, é fissurada em Elis Regina e Chico Buarque, que são os ídolos dela. É filha de Oxum... Hmm, mais o quê? Ah, e coleciona disco de vinil de qualquer cantor, ela apenas coleciona vinil. Eu acho isso meio estranho, mas Carol é estranha, então tanto faz. — Lysh deu de ombros, e eu abri um sorriso involuntário. Quer dizer, então, que a menina gostava de discos de vinil? Eu havia apreciado aquilo e ficado com uma curiosidade maior em outra questão.

— Oxum, é? — perguntei, com as sobrancelhas erguidas, um pouco envergonhada por não saber.

— Oxum é um Orixá do Candomblé, que é a religião da Carolina — Lysh me explicou, enquanto se aproximava, parando ao meu lado e se apoiando na grade da varanda. — É um pouco complicado para te explicar, você teria que se sentar e estudar muito sobre, mas esse é o básico. Dentro da religião que, como você sabe, é de matriz africana, há o sacerdote ou a sacerdotisa, que inicia as pessoas para o Orixá, e aí essas pessoas são chamadas de filhas ou filhos de santo, entende? E Carolina é filha de Oxum.

— Como Yemanjá? — perguntei, ao olhar para ela, colocando uma mecha de cabelo atrás da orelha. — Eu só escutei falar de Yemanjá e liguei os pontos.

— Isso, Yemanjá também é um Orixá, considerada rainha do mar, das águas. Vai ver muita oferenda para ela, na praia, durante a virada do ano. É um ritual muito bonito.

— Tenho certeza de que é.

Sempre admirei religiões e seu poder de crença, por mais que fosse ateia. O sobrenatural nunca foi algo que me chamou tanto a atenção e, com o tempo e certos acontecimentos, isso foi diminuindo mais ainda. Para mim, as coisas aconteciam em decorrência das nossas escolhas, e nós éramos responsáveis por elas. Não acreditava que havia uma força superior comandando tudo e todos, mas, a quem acreditava, meu eterno respeito e admiração. E passei a admirar Carolina por isso também.

— Então, pense em algo baseado em tudo isso para dar a ela. Amanhã, compraremos. Agora, vamos decidir logo sobre esse apartamento, porque Carolina já deve estar chegando por aí.

— Ah... Você a convidou para vir até aqui? — Alicia abaixou a cabeça e sorriu como se tivesse sido pega em uma encrenca. — Não se preocupe, sei que vão sair e não faz sentido você ficar na rua esperando por ela.

— O plano original é te levar também.

— Como? Lysh, você sabe que estou atolada de trabalho pra fazer. A empresa abre logo depois do ano novo, tenho contratações pra cuidar e...

— Ai, quanto blá-blá-blá! Não quero saber quando sua preciosa empresa abre, você prometeu que me daria um pouco de atenção. Por favor, Lizz, é só um cineminha, não vai matar o seu precioso tempo. Além disso, você precisa conhecer a Carolina melhor.

— Por quê? Acho tão desnecessário quanto ir ao cinema com vocês, ao invés de trabalhar.

— Porque você precisa saber o que falar na hora de descrever seu amigo oculto, né? — Dei de ombros, e Alicia ouviu a campainha do apartamento, se afastando para atender. — A propósito, você pode fazer o show que quiser, sei que está louca pra conhecê-la também.

Minha irmã me deixou sozinha na varanda, com meus pensamentos, e eu parei por alguns segundos, pensando, refletindo no que Alicia quis dizer. Sim, eu queria conhecer Carolina melhor, mas, ao mesmo tempo, achava que seria uma perda de tempo tentar desvendar alguém como ela, tão jovem e tão diferente de mim. A garota era como o vento, impossível de se pegar.

Escutei a voz das duas invadindo o apartamento vazio e virei nos calcanhares, para dar uma olhada na Carolina. O velho look carioca de verão estava presente em cada peça, mas com um toque sutil de estilo. Quando nossos olhos se encontraram, ela abriu um sorriso, mostrando todos os dentes, e caminhou até mim, estendendo a mão.

— Belo apartamento, gringa! Quando se muda?

— Não sei se vou ficar com ele, ainda temos uns quatro para ver. — Esfreguei o pescoço, com um pouco de desconforto, e vi o corretor por cima do ombro de Carolina. — Apesar de achar que esse homem não está interessado em me mostrar mais nada, sempre acho algum defeito nos apartamentos que ele me mostra.

— Defeitos? Não vejo nenhum neste lugar. Se não se importa, vou dar uma olhada por aqui. Se eu encontrar alguma coisa de errado, você não compra.

— Mas...

Carolina virou as costas e iniciou seu próprio tour pelo apartamento de dois quartos. Era, de fato, muito bonito, com uma vista de tirar o fôlego, mas faltava alguma coisa para torná-lo perfeito. Talvez, se eu tivesse levado Joker, ele poderia dar o toque final. Alicia me abraçou pela cintura, em um ato inesperado, e eu lhe dei um beijo na testa, me esquecendo um pouco do que estava acontecendo à nossa volta. A família era o meu bem mais precioso, e tê-los por perto seria essencial para que eu vivesse tranquila no Rio de Janeiro.

— Francamente, ela está louca! — Ouvi a voz de Carolina falando alguma coisa com o corretor e fui de encontro a ela, na sala. Cruzei os braços embaixo dos seios, e Alicia fez o mesmo movimento, observando a garota sorrir, enquanto apertava a mão do homem.

— Sabe quais foram as minhas conclusões? — Carolina perguntou, se aproximando um pouco de mim, e abriu os braços. — Esse lugar combina com você: é iluminado, arejado e cheio de espaços vazios, prontos para serem preenchidos. Pode fechar negócio.

Alicia começou a gargalhar e puxou a garota para a varanda, me deixando a sós com o corretor. Ele ergueu uma prancheta e me convidou para sentar na única mesa com duas cadeiras que tinha no apartamento. Enquanto eu assinava os papéis no modo automático, a imagem de Carolina continuava indo e vindo. Ela conseguiu dar o toque final, mostrou que não precisava de mais nada, mas... como? Rodei aquele apartamento duas ou três vezes e tinha sempre alguma coisa faltando, mas bastou ela aparecer, dar algumas voltas e, pronto, fechei o contrato? O corretor apertou minha mão com força e estendeu um chaveiro com três chaves prateadas — duas para a porta da frente e a terceira para a portaria. Alicia se aproximou e as puxou da minha mão, tirando uma e colocando em seu próprio chaveiro.

— Sabe como é, preciso ter um acesso a esse lugar, garantir que você não vai se isolar mais ainda e nunca mais sair.

— Não se preocupe, Alicia, ela não vai ficar reclusa. Esse apartamento não é pra alguém ficar preso nele, sinto como se fosse um ninho que os pássaros vão e vêm o tempo todo. Entendem o que eu quero dizer? — Carolina falou, com os olhos fechados, e quando nos encarou, deu de ombros, rindo do próprio monólogo.

Levantei da cadeira e decidi explorar o apartamento de novo. As falhas tinham de estar ali, afinal as vi da primeira vez que entrei. Nada nos quartos, nem no banheiro ou na cozinha. Era como se o furacão Carolina tivesse passado e levado tudo, sem deixar vestígios de destruição. Fiquei parada, alguns segundos, no meio da sala, e Alicia me puxou pelo braço, apontando para o corredor.

— Vamos chegar atrasadas ao cinema, e não estou nem um pouco a fim de perder esse filme. Gringa, você não se importa de ver um filme nacional, né? — Carolina perguntou. Tranquei a porta do apartamento e me virei para ela, dando de ombros. — Imaginei. Bom, mesmo que se importasse, eu não podia fazer nada quanto a isso. Querendo ou não, você vai ao cinema conosco, apostei uma rodada de tequila com a Alicia que ia conseguir te tirar de casa, e não costumo perder.

Nunca fui muito fã de cinema, ainda mais de uma língua que eu não tinha total controle, mas o filme que Carolina e minha irmã escolheram me ganhou nos primeiros vinte minutos. Uma trama envolvendo a polícia e os bandidos do Rio de Janeiro, cheio de denúncias ao governo e às milícias. Volta e meia, quando não conseguia entender o que eles estavam falando, parava para observar as pessoas dentro do cinema. Gostava de ver suas reações, de imaginar o que estariam pensando, mas foi o olhar impressionado de uma pessoa que me prendeu por algum tempo: Carolina.

Enquanto devorava o balde de pipoca com minha irmã, a garota não desgrudava os olhos da tela, fascinada com o conteúdo do filme. A pouca luminosidade dava, ao seu rosto, contornos que a deixavam ainda mais bonita. Espera. Bonita? Tem alguma coisa errada, ao pensar isso, me mexi com desconforto na poltrona e voltei a olhar para a tela. Mesmo que não estivesse entendendo algumas palavras, era melhor encarar o filme que o rosto da melhor amiga de Alicia.

A verdade era que eu estava encantada pelo jeito livre, leve e solto de Carolina. A maneira de ela ver as coisas, sempre de forma positiva, era capaz de colocar um defunto de pé. O exemplo claro disso foi o momento em que fomos comprar as pipocas: quando Alicia reclamou do excesso de manteiga, Carolina deu de ombros e mostrou a língua, comentando com indiferença, enquanto caminhávamos, com o mar de gente, até a sala do filme:

— Vamos morrer de um jeito ou de outro, por isso não vou desperdiçar a chance de comer o que eu gosto. Se quiser, compre outro balde pra você.

Confesso que não segurei o riso, me rendendo a um olhar feio de Alicia e um a sorriso divertido de Carolina. A menina sabia chegar ao limite sem ultrapassar a linha.

— Ei, está entendendo bem? — Fui tirada do meu transe parcial pela voz dela, me fazendo encará-la. — Algum problema? Se não gostou, podemos sair e ver outro.

— Não, está tudo bem. Não é muito difícil de entender o que eles estão dizendo, só algumas gírias que complicam.

— Tipo qual? Talvez eu possa traduzir algumas pra você.

— Hmmm... Caralho, porra, puta que pariu, coé, mermão, tá ligado — usei um português carregado, e Carolina segurou o riso. Talvez por educação. — Acho que são palavrões em sua maioria. Não consigo pronunciar direito.

— Olha, até o "puta que pariu" você pode usar o "fuck". Convenhamos, o inglês não tem muitas variações de palavrão, essa dádiva é dos brasileiros. Quanto ao coé, é como um "hey" ou "hi". Algo bem informal.

— Entendi. Obrigada pela dica, agora vou compreender oitenta por cento do filme.

Carolina não se segurou e riu um pouco mais alto, fazendo uma sinfonia de "shh" se elevar na sala. Alicia olhou para nós duas com curiosidade e me encarou por alguns instantes, com um sorrisinho no rosto, mas parou quando Carolina falou alguma coisa no ouvido dela. As duas cochicharam entre si e voltaram a assistir ao filme. Naquela sala escura, me peguei imaginando muitas coisas impróprias, tendo pensamentos intrusivos que me fizeram, por alguns segundos, perder o ar.

Deus, eu preciso sair daqui e respirar um pouco. Isso não é normal. Levantei da cadeira, em um solavanco, e disparei para fora da sala da sessão, deixando Carolina e Alicia com cara de paisagem. Voltar a ver o filme estava fora de cogitação, e como ainda faltava uma hora e meia para terminar, decidi dar uma volta pelo shopping e, talvez, encontrar o que dar de presente à Carolina.

Visitei dez lojas, e todas pareceram clichês demais, caras demais para gostos tão peculiares como os da garota. Comprei um sundae de chocolate e sentei do lado de fora do shopping, observando o sol se pôr entre os prédios. A cada colherada, tentei imaginar o que cada uma daquelas lojas podia me oferecer e que combinasse com Carolina, mas o estoque que minha memória fotográfica tinha organizado foi descartado na mesma velocidade que apareceu. *"Vou acabar não encontrando nada e vou ter que dar biscoitos caseiros ou uma poesia meia-boca. Droga, Lizzie, assim não dá!"*, pensei enquanto limpava um pouco de sorvete que tinha sujado meu queixo.

Talvez fosse a quantidade de glicose ou o esporro mental, mas ao jogar o copo do sundae na lixeira, reparei em uma loja pequena, que as portas davam para a rua. O dizer "A casa do antigo mundo da música" estava iluminado por luzes em neon, recém-acendidas, e a fachada era coberta por discos de vinil antigos, fitas cassete e fotos de cantores famosos nos anos 50, 60 e 70. O verdadeiro túnel do tempo estava bem ali, a poucos passos de distância. Coloquei as mãos nos bolsos, e quando passei pela porta, o cheiro antigo preencheu minhas narinas. Então, abri um sorriso, me sentindo estranhamente confortável. Joana, minha amiga de setor na WorldOfX, nos Estados Unidos, seria capaz de ter oito filhos com a emoção de achar um lugar como esse.

Parecia que o Rio de Janeiro tinha crescido à sua volta e a loja ficado intacta, talvez por ninguém ter tido coragem de colocá-la abaixo ou reformá-la. Não havia muitas pessoas, talvez duas ou três, tirando o atendente que caminhava entre os corredores, e uma senhora de idade atrás do balcão. A melodia de Garota de Ipanema ressoava pelo ambiente, através das caixas de som, e reparei nos outros clientes murmurando com ela.

Parei em frente a uma sessão de MPB e tirei um vinil do Chico Buarque, avaliando seu estado. A capa estava um pouco gasta, mas isso só mostra quantas vezes ele foi pego para que os outros pudessem apreciá-lo. *"Será que ela vai gostar desse aqui?"*, fiz inúmeras perguntas mentais, até que um rapaz se aproximou, com um sorriso simpático.

— Posso ajudá-la? Sou Cauã.

— Lizzie. — Apertei a mão do rapaz, e ele me lembrou dos adolescentes cheios de hormônios que conheci na época de faculdade. — Olha, eu não sou brasileira, como você já deve ter reparado no meu sotaque, por isso, preciso da ajuda de alguém que entenda muito da música daqui.

— Ah, muitos gringos vêm aqui à loja durante a alta temporada, já estou acostumado — ele falou, e a palavra "gringos" me fez revirar os olhos. O menino percebeu, pois coçou a nuca.

— Temos uma grande variedade de bons cantores brasileiros, mas os mais procurados no vinil são os da velha-guarda da MPB. Muita gente vem procurar por Tom Jobim, Chico Buarque, Elis, Bezerra da Silva, Toquinho. Você pode escolher qualquer um, que não vai se arrepender.

— Acho que vou precisar de uma cesta. Vocês têm uma por aqui?

O adolescente saiu, desembestado, para trás do balcão, acordando a idosa que cochilava tranquilamente, sentada na cadeira. Quando me estendeu a cesta, me pediu para ficar à vontade para escolher o que quisesse e, se precisasse de alguma coisa, era só chamar. *"As pessoas no Brasil são mais simpáticas que nos Estados Unidos, não tem comparação"*, pensei, com um sorriso no rosto, enquanto tirava dois ou três vinis de cada sessão e colocava na cesta.

A melodia de Garota de Ipanema continuava a tocar nos alto-falantes, e só foi interrompida por uma mais agradável. Minha vontade de deixar aquela loja estava nula. Se tivesse um café, seria impossível me fazer sair de lá. A baixa luminosidade dava um ar confortável ao lugar, sem contar a decoração. Poderia pedir por um painel igual ao da loja para colocar no apartamento.

Nem percebi que, ao invés de escolher os discos para Carolina, estava pegando alguns para mim. Teria que comprar uma vitrola, mas isso não seria problema, pois a modernização dos aparelhos antigos trouxe facilidade para encontrá-las em qualquer loja de som. Depois de procurar por mais alguns, levei a cesta, com belos vinte discos, e a idosa, atrás do balcão, ajeitou os óculos no rosto enrugado.

— Você parece muito interessada na música brasileira, moça.

— Ah... Vim procurar um presente de amigo-oculto e acabei me interessando. A bossa-nova é muito bonita. Aliás, a senhora sabe dizer onde posso encontrar uma vitrola?

— Tem uma loja no shopping, eles têm muitos estilos. Eu, para falar a verdade, prefiro a velha e clássica. Gosto de coisas antigas — ela respondeu. — Observei a idosa passar as pontas dos dedos por um aparelho, com uma película mínima de poeira cobrindo a tampa, e sorri. — Os antigos passam a verdadeira essência da música, você consegue sentir o que as pessoas, há anos atrás, sentiram, na mesma sintonia. Essas vitrolas novas não passam a mesma coisa. Vá por mim, já tentei. Se você ainda estiver interessada em comprar uma nova, a loja fica no segundo andar do shopping, mas, se quiser uma antiga, posso te vender uma, que chegou ontem na loja. Está nova.

— Se está nova, por que gostaria de vender pra mim? Por que não troca a sua velha por essa que chegou ontem?

— Porque meu marido passou a vida toda escutando seus discos nessa vitrola. Quando a agulha desce e se encontra com um vinil, liberando a música que ele esconde, sinto meu velho comigo. Entende, moça? Não é porque chegou algo mais bonito e decente que vou trocar minha velha companheira. Como eu disse, se quiser comprar, faço por 400 reais tudo: a vitrola e os discos.

Apertei a mão da idosa, e quando Cauã trouxe a vitrola do estoque, meus olhos brilharam. Um belo gramofone, precisando apenas de um polimento, foi colocado na minha frente. A idosa, que descobri se chamar Olga, soltou uma risada com minha aparente admiração pelo objeto que eu tinha acabado de comprar. Conversamos por mais uma hora. Ela parecia conhecer de tudo um pouco, inclusive me deu dicas de como presentear uma pessoa que mal se conhece no amigo-oculto.

— Olha, quando tive que fazer isso, acabei casando com a pessoa que eu tirei. Não se assuste, não estou dizendo que isso vai acontecer com você, mas nunca se sabe o que pode nos esperar, quando abrimos o papel e lemos um nome que não é familiar — foram as palavras dela, antes do meu telefone explodir em um toque comum. O nome de Alicia brilhava no visor, e pedi licença à Olga, me afastando, para atender à chamada.

— Você sabia que é muito feio sair no meio da sessão e não voltar? Tudo bem que o filme não é lá essas coisas, mas, caramba, Lizzie, isso foi golpe baixo — esperava ouvir a voz da minha irmã, mas foi Carolina quem começou o falatório do outro lado da linha.

Ela parecia se divertir às minhas custas, mas, ao mesmo tempo, se preocupava se eu estava confortável com uma coisa ou outra. Tratei de encurtar o assunto e disse onde estava, fazendo Carolina soltar um gritinho empolgado. A paixão por discos de vinil. Só espero que ela não compre os que eu planejei dar de amigo-oculto, pensando, voltei para o balcão, e Olga voltou a sorrir, me analisando por trás das lentes dos óculos de grau. Carolina e Alicia apareceram dez minutos depois, e o furacão carioca se espalhou pelas seções de discos antigos. Minha irmã decidiu ignorar o pequeno surto da amiga e se aproximou de mim com um sorriso, me dando um beijo na bochecha.

— Você não perdeu nada, o filme era mesmo uma droga e...

— Alicia, você precisa ver isso. São maravilhosos. Ai, meu Deus, que capa linda!

Escutamos a voz de Carolina nos fundos da loja, e Alicia pediu licença, se arrastando em direção à amiga. Olga gargalhou e negou com a cabeça, enquanto a garota corria de um lado para o outro, puxando discos e mostrando à minha irmã, que parecia pouco interessada. Bastaram meros dez minutos para Carolina escolher quinze vinis, levando-os, com um sorriso infanto-juvenil, até o balcão. Nossos olhares se cruzaram, e ela piscou, brincando, com a aparente inocência que a situação dava ao seu jeitinho. Reparei no perfil dela, no quanto o queixo foi desenhado com perfeita sintonia com a boca, fazendo uma curva cuidadosa que, contra a luz, dava à Carolina uma beleza de tirar o fôlego.

Vi o brilho nos olhos, enquanto ela passava disco por disco para Olga, parecendo uma criança que recebeu o melhor presente da vida. Consegui ver que nenhum deles era igual aos que eu comprei, e dei meu trabalho por completo. Recolhi minhas coisas e me afastei, balançando a cabeça para afastar certos pensamentos que me incomodavam. Esperei minha irmã e Carolina perto da porta e me despedi de Olga, agradecendo mais uma vez pelo gramofone. Quando nos aproximamos do carro, senti alguém segurar o meu braço e suspirei, aliviada, ao ver os olhos de Alicia me encarando com curiosidade.

— Sabe, você esteve bem estranha hoje. Acho que foi desde o minuto em que a Carol te fez assinar os papéis do apartamento. Quer dizer, se não tiver gostado, não precisa...

— Eu gostei do lugar, só que estava vendo defeito onde não tinha. Talvez por não querer sair de casa tão cedo. Tudo que a Carolina fez foi me ajudar, só isso.

Abri a porta do carro e olhei em volta, procurando pela amiga da minha irmã que vinha, toda desengonçada, carregando duas sacolas com discos. Não consegui evitar, me condenando mentalmente quando um sorriso pequeno brotou em meus lábios. Ela tinha um jeitinho meigo e, ao mesmo tempo, audacioso que me fazia sentir confusa, com uma inquietação dentro do peito que eu não fazia ideia de onde vinha.

— Me deixe te ajudar. — Estendi minha mão, fazendo menção de pegar as sacolas que ela carregava. Carolina passou-as, para mim, sem objeções, demonstrando alívio por não estar mais segurando pesos. — Podemos ir embora?

— Por mim, sim. Ainda tenho algumas coisas para fazer em casa, e esse passeio no shopping me cansou — a garota disse, enquanto entrava no carro, arrancando uma careta de Alicia que, sentada de pernas cruzadas, mexia no celular.

— A gente nem andou direito, Carol. Nem parece que você fica batendo perna pela Zona Sul inteira, com aquelas suas amigas ridículas da faculdade, sem reclamar de cansaço.

— Que amigas? — Carolina perguntou, indignada, olhando para Lysh com a testa franzida. Eu apenas entrei no carro, me ocupando em colocá-lo em movimento, para que pudéssemos sair dali. — Uma hora dessa, Lysh! Eu hein!

— Que amigas, né? Uhum, eu não falo é nada, faz é tempo que só te observo.

— Ah, pronto! — Carolina fechou a cara, claramente impaciente com a crise de ciúme de Alicia, fazendo com que todo o caminho de volta para casa fosse feito entre indiretas, resmungos e grandes reviradas de olhos que eu conseguia capturar pelo espelho retrovisor.

— Jovens... — suspirei e me deixei rir baixinho, já que eu nada podia fazer.

Quando chegamos ao prédio, Carolina se despediu rapidamente, deixando uma Alicia de cara emburrada do meu lado, que logo tratei de ignorar, para não estender o desconforto.

Assim que entramos em casa, Joker pulou nas minhas pernas, e decidi me sentar na varanda com meus pais, contando sobre o apartamento e mostrando as fotos. Ambos acharam o lugar perfeito, enfatizando que o bom gosto de Carolina foi crucial para que ele fosse escolhido. Sorri sem jeito para os dois e olhei o mar se perdendo no seu próprio horizonte. Talvez uma desculpa não faça mal a ninguém.

24 de dezembro

— Lizzie, tire o Joker agora mesmo de perto da árvore de Natal!

O grito da minha mãe me acordou por volta das 10h — horário que eu não planejava, sob hipótese alguma, já estar de pé. Alicia se encontrou comigo no corredor, e a expressão dela dizia a mesma coisa: estava puta. Passamos a madrugada inteira jogando conversa fora, ouvindo alguns dos vinis e embrulhando presentes. Nossa árvore parecia uma montanha colorida, e no meio de tantos embrulhos, estava Joker. O filhote parecia se divertir, porque cada vez que minha mãe se enfiava entre as caixas, para tirar o cachorro de lá, ele se escondia, saindo e voltando para o mesmo lugar.

Foi a minha presença que o fez sossegar, pulando no meu colo, quando me joguei no sofá para voltar a dormir.

Lógico que, na véspera de Natal, meus pais não me dariam folga, por isso nem soube contar quantas horas perdi na rua, comprando coisas esquecidas das listas do mercado ou um enfeite que faltava aqui e ali. Quando consegui parar em casa, para tomar um banho, já beirava 11h. Faltava pouco mais de uma hora para a Carolina chegar.

— Já sabe o que vai falar sobre a Carolina? — Alicia entrou no meu quarto, com um vestido vermelho, e abri um sorriso, analisando seu corpo. — Por favor, pare agora mesmo de me olhar de cima a baixo. Precisa de alguma ajuda? Posso chamar a Norminha.

— Só estou com dificuldade de fechar esse zíper e...

— Eu ajudo.

Minha irmã e eu olhamos na direção da porta, e Carolina estava com um sorriso no rosto e os braços cruzados embaixo do peito.

— Você nunca ia fechar esse vestido sozinha. De onde tirou essa ideia? Nunca usou um desses?

— Já, mas acontece que não sou um polvo pra ter vários braços. Emergências ocorrem o tempo todo, por isso você está aqui pra me salvar.

Minha pequena comparação fez Carolina respirar fundo e revirar os olhos. Ela terminou de fechar o meu vestido e saiu do quarto, com Alicia em seu encalço. Ajeitei o vestido branco com detalhes em vermelho, coloquei o salto e fiz meu caminho até a sala, onde minha mãe já estava se preparando para fazer o amigo-oculto. Chequei o relógio, e faltavam dez minutos para a meia-noite.

Carolina e Alicia conversavam na varanda, e gesticulavam tanto que pareciam maestros regendo uma orquestra. Peguei a primeira taça de champanhe e me sentei no sofá, tirando o ipad da mesa de cabeceira, para ver algumas coisas da empresa. Quando dei por mim, todos já estavam sentados, apenas esperando que eu largasse "o maldito e estúpido trabalho", como dizia Alicia.

Tive a sorte de não ser a primeira. A oportunidade de ver e conhecer um pouco mais sobre os outros era fascinante. Troquei olhares com Carolina muitas vezes, e ela sorriu, dizendo, de longe, que estava tudo bem. Acompanhei o movimento dos lábios dela e fiquei hipnotizada, só voltando ao normal quando Norminha anunciou Alicia como sua amiga-oculta e as duas fizeram alguma dança no meio da sala, arrancando risadas de todos.

Respirei, aliviada, quando minha irmã me descreveu um pouco e me deu um livro com poesias brasileiras. Meus olhos brilharam ao verem a capa verde e amarela com letras douradas. Enchi a bochecha da minha irmã de beijos, e quando tentei me sentar, minha mãe me interrompeu.

— Filha, agora é a sua vez de falar quem é seu amigo-oculto.

— Ah... Claro, eu já sabia. — Coloquei os óculos de grau, segurei o embrulho e parei no centro da meia-lua, com todos os olhares em mim. — Bem, como todos já sabem, eu sou nova aqui, por isso não tenho ideia de como isso vai sair. Desculpa a todos os envolvidos, primeiramente — quando parei de falar, houve uma sinfonia de risos, e Carolina sorriu para mim, parecendo mais tranquila do que no nosso primeiro encontro. — A minha amiga-oculta é uma pessoa que, pra mim, continua sendo oculta. Olho pra ela e não consigo ver, com clareza, o que há por dentro. Talvez, seja essa a maior aventura pra quem acaba de ter um primeiro contato. Quando eu digo que as pessoas são difíceis de decifrar, não estou mentindo. Posso programar um jogo novo em algumas horas, talvez eliminar um vírus perigoso de um software. Posso inventar uma campanha para determinado produto em quinze minutos, mas as pessoas... Nossa! São mais complexas que códigos e sistemas. A minha amiga-oculta pode ser comparada a um ataque viral ao computador central, cheia de artimanhas para escapar das minhas redes de bloqueio e... — Reparei que todos ficaram em silêncio e respirei fundo, me arrependendo um pouco por ter feito algumas comparações. — Cortando todo o papo nerd, vamos direto ao ponto. Minha amiga-oculta é uma garota cheia de sonhos, com um coração enorme, pelo que já ouvi falar, e excelentes habilidades de bebedeiras. Minha amiga-oculta é filha de Oxum, Orixá que representa o amor, a beleza, o ouro, e tudo isso parece habitar dentro dela. Dança samba e só pensa em se divertir. Minha amiga-oculta é uma garota que eu tenho certeza de que será uma grande mulher. Feliz Natal, Carolina!

O silêncio foi quebrado por Alicia batendo palmas, seguida dos outros presentes. Eduardo estava com o cenho franzido, assim como meu pai, mas os dois começaram a gargalhar com uma dancinha da felicidade feita por Eduarda. Eu me abaixei, para dar um beijo na cabeça da pequena, e quando me endireitei, estava frente a frente com Carolina. Estendi o presente para ela que, com um sorriso acanhado — o que era impressionante, vindo da parte dela —, desembrulhou o pacote e soltou um berro de comemoração. A garota me apertou em um abraço forte e caloroso, que devolvi na mesma intensidade. Quando nos afastamos, parecia que o mundo tinha parado de rodar por alguns instantes.

Eu sabia quem ela era, pois Alicia já tinha feito o trabalho de me informar até sobre o tipo sanguíneo de Carolina, mas não pude deixar de reparar no quão bonita ela estava com aquele sorriso no rosto. Precisei me sentar, para que ela anunciasse que tinha tirado Rita de Cássia como amiga-oculta, mas meus olhos me impediam de voltar ao trabalho, pois Carolina tinha roubado toda a minha atenção.

— Vamos comer, por favor! Papai, estou com fome e já deu meia-noite, você prometeu! — a voz de Eduarda me tirou do transe parcial, e a segurei pela mão, levando a pequena até a mesa. Todos pareceram perceber que comer depois de um amigo oculto com aquele desfecho seria a melhor coisa a se fazer.

Fazia anos que não passava um Natal tão agradável. Sem contar que estava com a minha família de novo, e nada mais importava. Trocamos ideias à mesa, comentamos sobre o ano, minha vinda para o Brasil, os hobbies e do que estava gostando mais no Rio de Janeiro. Foram risadas, brindes com champagne e vinho, jogos de carta e música antiga. Eu me senti completa pela primeira vez, desde que tinha me separado dos meus pais, e até então, aquela era a melhor sensação.

Quando o relógio da sala marcou às 3h, Eduardo se despediu de mim com uma Duda adormecida no colo, agradecendo a noite. Carolina ficaria para passar a noite, implorando ao pai que tinha assuntos para tratar com Alicia e seria impossível dormir em casa. Nem mesmo Eduardo acreditou na história, mas começar uma discussão dentro da casa dos outros não era algo que ele parecia fazer. Dito assim, ele entrou no elevador, e tranquei a porta, fazendo meu caminho até meu quarto. Joker estava adormecido na minha cama, e depois que troquei o pijama, decidi beber um copo d'água para evitar a ressaca. Quando cheguei à cozinha, vi a geladeira aberta e reconheci aquelas pernas morenas de praia. Esperei alguns segundos, até que ela fechasse a porta e desse de cara comigo ali, parada, observando-a. Não deu outra: Carolina deixou outra garrafa cair no chão, mas, pelo menos, não era de vidro.

— Porra, você me assustou! — ela reclamou.

— Se assusta muito fácil, deveria ter colocado isso no que disse sobre você no amigo-oculto. — Levantei a garrafa do chão e me servi com um pouco de água. — Por que não vai dormir? Se vocês pretendem ir à praia amanhã, sugiro que deite agora mesmo.

— E quanto a você? Não acha que merece descansar?

— Ainda tenho muito trabalho pra fazer, mas agradeço a preocupação, menina — respondi.

— Tudo bem, vou dormir mesmo. Preciso de uma boa-noite de sono, se quiser impressionar no vôlei amanhã. Ei, você deveria vir assistir, é bem legal — a menina sugeriu.

— Se eu acordar a tempo, posso pensar em ir.

— Você quem sabe. — Carolina se aproximou de mim, me deu um abraço e um beijo na bochecha e se afastou. — Obrigada pelo que disse sobre mim no amigo-secreto. Acho que nunca percebi como eu sou... Bem, até hoje. Foi o melhor Natal de todos, acho que devo isso a você. Boa noite, Lizzie!

Fiquei parada, feito um poste, no meio da cozinha e não me mexi quando ouvi a porta do quarto da minha irmã abrir e fechar. Alguma coisa naquela menina mexia com o que eu tinha deixado dormir por muito tempo, como se fosse um enorme despertador interno. Passei as pontas dos dedos pela bochecha e sorri, negando com a cabeça.

É, Carolina, foi o melhor Natal de todos.

Capítulo 4

Não era para ser tão fatal

Carolina

28 de dezembro

Será que existia alguma coisa pior no mundo do que ter que arrumar o quarto? O quão tedioso era? Eu tinha uma mania, desde pequena de não deixar empregada nenhuma entrar na minha toca sagrada, mas preciso confessar que havia começado a me arrepender disso. Poeira, coisas inúteis, que eu já não usava há séculos, mas que nunca me preocupei em jogar fora. A cada objeto que eu tirava do lugar, era um espirro duplo. Maldita rinite!

Decidi fazer uma arrumação de última hora, apenas para ter onde guardar os milhares de vinis novos que Lizzie havia me dado. Não queria que eles ficassem em um local em que eu quase nunca os visse, queria destacá-los, para que pudesse me lembrar sempre de que havia sido um momento especial. Ao menos, para mim, claro! Arrumei-os em ordem alfabética, em uma das minhas prateleiras do meio, separando o melhor lugar. Amava vinis, colecionava-os desde os 7 anos, foi a melhor escolha de amigo-oculto.

— Carol, o papai disse que horas vai voltar? — Eduarda me perguntou, ao entrar em meu quarto sem bater, me fazendo olhar para ela com o cenho franzido. — Eu me esqueci de bater. Desculpa! — Seu pescoço sumiu um pouco entre seus ombros, quando ela encolheu o corpo, me fazendo negar com a cabeça.

— Tudo bem, mas, da próxima vez, não se esqueça. — Desci da cama e ajeitei o short jeans nas coxas, passando os olhos pelas prateleiras arrumadas. — E eu não faço ideia de que horas ele chega hoje. Acho que é dia de plantão.

— Ah! — ela resmungou, tristonha, torcendo os lábios.

— O que queria com ele? — perguntei, enquanto amassava alguns papéis velhos, jogando-os dentro de um saco plástico.

— Ele me prometeu, no Natal, que jogaríamos meus jogos novos, juntos, qualquer dia desses.

Olhei para ela com pena, sabendo que nada mudaria. Meu pai quase nunca tinha tempo para nós. Vivia enfiado naquele hospital quase vinte e quatro horas por dia e, quando estava em casa, só se preocupava em dar esporro e fazer coisas aleatórias.

— Eu jogo um pouco com você mais tarde, está bem? — Amarrei o saco plástico e o joguei no canto do quarto. — Não sou o papai, mas sou melhor que ele no videogame. — Abri um sorriso para ela e vi os olhos de Eduarda brilharem, me causando conforto. — Duvido você me vencer — eu disse.

— Aposto três sorvetes de creme que venço em todas.

Levei as mãos até a cintura e estreitei os olhos. Seus lábios se separaram em uma risada.

— Fechado! — Estiquei a mão para ela, que a pegou, num rápido aperto.

— Se prepare para perder, Carol. — Duda rebateu quando ia saindo do quarto, me fazendo pensar quanto tempo eu havia dormido, para ela ter crescido tanto.

— Sou leonina, garota, nunca me verá desistir — respondi, antes de ela fechar a porta, me deixando sozinha com meus pensamentos. Como era bom acompanhar o crescimento de uma criança e fazer parte de todas as fases de sua vida. Minha irmã era meu melhor refúgio.

Perdi a manhã inteira organizando as coisas em meu quarto. Minha coluna queria sair pelo meu corpo, então, uma massagem seria mais do que bem-vinda. Quando terminei de almoçar, depois do meio-dia, e me deitei um pouco, para esticar as costas, ouvi meu celular tocar, enquanto carregava na tomada ao lado da cama. Revirei os olhos e respirei fundo. Sempre tinha um para foder com seus planos e, na minha vida, esse alguém sempre era Alicia.

— O que é? — atendi, resmungando, me jogando na cama de volta, e encarei o teto, dando um bocejo e largando minha mão livre em cima da minha barriga.

— Acordou com o pé esquerdo hoje?

Ouvi a risada de Alicia do outro lado da linha e fiquei com mais tédio ainda.

— Acordei com o corpo todo do lado esquerdo. — Verifiquei o esmalte que dava cor às minhas unhas, antes de levar o dedo indicador à boca. — Fala logo o que tu quer, antes que eu durma com o celular na mão.

— Amo esse teu mau humor — ela falou. O lado estranho de Alicia era que quanto mais eu a chutava, mais ela grudava no meu pé. Só o amor explicava isso. — *Preciso que quebre um galho muito grande pra mim essa tarde, Carol.*

— Ai, não, hoje não, Lysh... — Fechei os olhos com força e me deixei afundar mais no colchão. — Estou sempre quebrando galhos pra você, mas hoje estou impossibilitada.

— Por favor, Carol, por favor! — Alicia implorou. Odiava quando ela implorava. — *Vai, eu tenho ginecologista daqui a pouco e não vou poder ir. Quebra essa pra mim, depois faço o que você quiser.*

— Ir aonde? Você só me mete em roubada.

— Lizzie precisa comprar os móveis do apartamento hoje. Eu prometi que a levaria, mas me esqueci de que tenho ginecologista marcado. Então, pensei em você e sei que não tem nada pra fazer essa tarde. Vai, faz esse favor pra sua melhor amiga, não custa nada. Leve-a no shopping, de carro, rapidinho, e depois, pronto, voltem pra casa.

Levar Lizzie para comprar os móveis do apartamento? Por que aquela puta não disse antes? Eu me sentei tão rápido quanto me deitei. Era tão perturbador o fato da menção do nome daquela mulher mudar o meu humor drasticamente. Será que Lizzie era a reencarnação do meu ídolo ou algo assim?

— Eu levo, sim, de boas! — Mordi o lábio inferior, encarando o lado de fora da janela. — Bem, se ela quiser, é claro. Ela parece ficar meio incomodada na minha presença.

— *Ela já aceitou, Carol. Já está arrumada, te esperando. Se arrume logo e esteja aqui em dez minutos, porque Lizzie odeia esperar. Suponho que não vai querer que ela fique de mau humor do teu lado o caminho todo.*

— Ninguém fica de mau humor ao meu lado, querida — zombei, ao me levantar, calçando as havaianas. — Em dez minutos, estarei aí.

— *Obrigada! Te amo muito!*

— Interesseira.

Alicia riu, antes de desligar, me deixando com um sorriso estranho no rosto.

Tomei um banho, enquanto pensava no que vestir. Não sei a quem eu queria agradar, mas caso realmente quisesse, tinha que gostar de mim do jeito que eu era, certo? Certo! Vesti o que vestia sempre para ir ao shopping: short jeans, uma blusa fresca e havaianas. O calor do Rio de Janeiro não me deixava usar nada com mais pano que isso. No pescoço, minha guia de proteção de Oxum, pois jamais dirigia sem ela. Minha proteção tinha que estar em seu lugar de lei. Coloquei os óculos de sol, peguei meu Iphone, dinheiro e as chaves do carro, saindo do quarto e pedindo proteção aos meus Orixás, diante do altar que pertencia a eles. Saí de casa, deixando Eduarda aos cuidados de Regina, nossa velha empregada. Prometi que voltava logo, para passarmos aquele tempo que combinamos juntas.

Enquanto subia no elevador, em direção ao andar de Alicia, me peguei ansiosa. Havia um tremor na minha barriga, e eu torci os lábios para a minha deusa interior. Há quanto tempo não sentia aquele friozinho no pé do estômago? Desde o colegial? Desde quando ganhei a coletânea do Chico Buarque? Desde quando dei o primeiro beijo? Vai saber. Bem, eu não queria saber.

Quando parei de frente para a porta dos O'Connell's, não hesitei em tocar a campainha. Os cinco segundos que levou para ela ser aberta, passei sacudindo as pernas. Talvez quisesse roer minhas unhas também. Quem é que tinha 10 anos, afinal: Eduarda ou eu? Eu, com certeza eu, pois quando vi Lizzie aparecer, com um meio sorriso, ao lado da porta aberta, senti cada cantinho do meu corpo tremer tanto que soltei uma risada sem graça e nervosa.

— Você está bem, Carolina? — Lizzie me avaliou por um instante, enfiando as mãos nos bolsos detrás do jeans claro que moldava seu quadril e suas pernas. Mordi o lábio inferior e subi o ray-ban para meu cabelo, sorrindo de canto. Que inferno!

— Estou ótima.

Lizzie sorriu de volta, deixando o silêncio reinar por alguns segundos. A regata decotada, de cor vermelha, que ela usava era tão linda. O jeito que ela se ajustava aos seus seios prendeu meus olhos por um bom tempo, eu acho. Era estranho isso? Digo, gostar da forma que os seios de uma mulher se apertam atrás do decote de uma blusa? Sacudi a cabeça quase imperceptivelmente.

— Bem, vamos? Suponho que temos muito que andar e comprar para ficarmos aqui perdendo tempo.

— Sim, vamos. Me deixe apenas pegar a minha bolsa. — Lizzie indicou o interior do apartamento, colocando uma mecha de cabelo atrás da orelha. — Quer entrar e falar com Alicia, enquanto isso? Ela está no quarto, se arrumando para a consulta.

— Não, não é necessário. Se eu entrar, vou acabar demorando muito. Diga a ela que estamos indo e para me ligar, quando sair do consultório. — Imitei seu gesto anterior e enfiei minhas mãos em meus bolsos traseiros, trocando o peso de uma perna para a outra.

— Certo! Volto já, Carolina.

Ah, eu acho que nunca iria me acostumar com aquele sotaque. Era tão... Cristo! Como posso explicar? Era engraçado e, ao mesmo tempo, tão meigo e sexy?! Sexy é a palavra. É, talvez fosse sexy mesmo. Lizzie sumiu da minha visão, no interior do apartamento, me deixando ver apenas tia Rita ao fundo, fazendo seu trabalho. Eu lembrei que teria de ligar para Norminha mais tarde. Não demorou muito, e a vi voltar, com uma bolsa e um ipad na mão. Ela fechou a porta, e fomos andando juntas para o elevador.

— Esse ipad terá alguma utilidade no que temos para fazer hoje? — perguntei, ao entrarmos no elevador, perto demais.

— Na verdade, não. — Lizzie deu um sorriso pequeno, deslizando a ponta do dedo indicador pela tela quadrada. — Isso aqui se chama trabalho. Tenho tudo que preciso trabalhar, durante o dia, bem aqui.

— Você não larga isso nem um segundo sequer, não é?

Era bem nítido que Lizzie se sobrecarregava e se anulava de tudo e de todos por conta do trabalho. Era uma pena uma mulher tão estonteante e inteligente não fazer nada mais na vida, além de trabalhar.

— Não posso me dar esse luxo, Carolina — ela respondeu, com um sorriso sem dentes, voltando seus olhos para o *ipad*. O elevador chegou ao seu destino, e as portas abriram, revelando fileiras e fileiras de carros.

— Você pode fazer o que quiser, gringa, desde que esteja disposta — comentei, enquanto andávamos, à procura do meu carro, não demorando muito a acharmos. Tirei as chaves do bolso e destravei as portas.

Lizzie deslizou seus olhos sobre mim e o mini cooper azul estacionado, abrindo um sorriso descontraído.

— Esse carro é a sua cara.

— Pensei a mesma coisa quando comprei.

Soltamos uma risada juntas e entramos; eu com familiaridade, Lizzie com um pouco de receio. Quando me acomodei o bastante no banco, olhei para ela com as sobrancelhas erguidas.

— O que foi?

— Você sabe mesmo dirigir, Carolina?

Estreitei os olhos para ela.

— Qual foi, Lizzie? Tá me zoando?

Foi a vez de ela erguer suas sobrancelhas para mim, deixando bem claro o ponto de interrogação no meio da testa.

— O quê? — Comecei a rir da cara que ela fazia, dando partida no carro. — O que isso quer dizer? Me zoando... O quê?

— Esquece! Nada de interessante.

A respiração longa que ela soltou me deixou ver que estava frustrada e, confesso, achei uma graça. Saímos do estacionamento do prédio e eu peguei a avenida. O termômetro no calçadão de Ipanema marcava 37º. Calor era apenas apelido. Liguei o rádio em uma estação qualquer, ouvindo a voz de *Vanessa da Mata* preencher o pouco espaço que nos rodeava. *Amado* tocava, e eu me deixei cantar junto, pela primeira vez na minha vida, nem um pouco estressada com o trânsito caótico da zona sul.

O silêncio por parte de Lizzie não era incômodo, muito pelo contrário: era bom estar ao lado dela, mesmo que ela não falasse nada. Eu gostava de espiá-la com o canto dos olhos, uma vez ou outra, admirar suas feições, observar a forma que seus óculos a deixavam mais séria, enquanto ela focava a atenção no que fazia em seu *ipad*, o jeito que seus dedos longos tocavam a tela ou como seus seios se moviam, por conta de uma respiração calma dentro do decote. Por Deus! Respirei fundo. Como estava sendo inapropriada e inconveniente nos últimos dias. Está certo que nunca fui santa e sempre fiz, mostrei o que quis, mas, daquela vez, estava com um medo estranho de afastar o pouco que havia atraído de Lizzie para mim.

Parei no sinal vermelho, batucando, com as pontas dos dedos, o volante que segurava com as duas mãos.

— Você é bem inquieta.

Ouvi-a dizer, sem desviar os olhos do *ipad*, digitando alguma coisa, senti minhas bochechas corarem um pouco e me achei ridícula.

— Sou, não sei se isso é bom ou ruim. — Abaixei um pouco a cabeça, para olhar o sinal. — Não consigo ficar parada no mesmo local por mais de três minutos.

— Eu percebi — ela falou, e eu senti vontade de fazer uma piada com aquele sotaque, mas me controlei. Ou um elogio, quem sabe. — Pode ser muito bom, depende do momento, mas também pode ser muito ruim.

— Quando você acha que pode ser muito bom ser inquieta? — perguntei, quando o sinal abriu e vi os olhos de Lizzie se fixarem em meu rosto. O carro deslizou para frente, e eu descobri que estava agarrando o volante com mais força do que deveria. Eu esperava, do fundo do meu coração, que ela não tivesse tirado aquela pergunta como um flerte. Ou esperava?

— Não creio que eu esteja em uma situação muito boa para achar ou deixar de achar alguma coisa, Carolina.

Não sei dizer o porquê, mas aquela resposta fez todo o meu ventre sambar de uma maneira tão intensa que a ligação foi direta com a minha virilha. Era só o que me faltava mesmo estar tendo palpitações bem naquele momento. Tem momento para isso? Ou melhor, não era muito lisonjeiro da minha parte latejar por influência indireta de Lizzie. Ou era? Ah, caralho, eu ia ficar louca!

— Eu creio que nós temos o poder de transformar qualquer situação merda em algo muito, mas muito bom, Lizzie — comentei, querendo mesmo me livrar daquele incômodo no ventre e no peito, e virei à esquerda, tomando Copacabana. — Sabe como funciona isso? Pensando sempre no melhor, nunca no pior. Resumindo: *tudo numa boa.*

— Qual é o sentido disso, afinal?

Eu ri com a pergunta, percebendo que havia mesmo chamado sua atenção.

— A moral é que você sempre pode dizer o que acha, independentemente da situação. Tendo, assim, o poder de deixá-la a mesma merda ou melhorá-la cem por cento. Basta dizer e pagar pra ver.

— Você não tem medo de tropeçar? De dizer o que quer e cair?

Levei a pergunta como pessoal. Digo, não para mim, mas como se ela quisesse a resposta só para ela. Olhei-a com os cantos dos olhos.

— Qual graça terá a vida, se nós não tropeçarmos algumas vezes, Lizzie? São os tropeços que nos fazem aprender e crescer. O quão merda deve ser a vida de alguém que nunca arrisca, nunca paga pra ver, nunca tenta o novo?

Lizzie não me respondeu mais, apenas me encarou por alguns longos segundos, antes de voltar a encarar seu *ipad*. Não pressionei nem comecei uma nova conversa, pois entendi que, naquele momento, o silêncio seria mais do que confortante.

Chegamos ao Shopping Rio Sul, em Botafogo, algum tempo depois, fomos direto a uma loja cara de móveis, recebemos a atenção de uma vendedora, e Lizzie foi dando uma olhada em alguns. Torci o nariz para todos que ela dizia achar bonito, revirei os olhos para outros e quase vomitei com mais alguns. Será que aquela mulher vivia no tempo de Jesus Cristo?

Quando paramos em frente a uma cama de madeira avermelhada, que devia custar uma fortuna, entrei na frente de Lizzie e cruzei meus braços embaixo dos meus seios. Não estava aguentando, precisava falar, colocar para fora.

— Gringa, tu vive na idade da pedra? — perguntei de forma tediosa, vendo-a inclinar um pouco a cabeça para o lado e pressionar os lábios.

— Estamos no século vinte e um, Carolina. Por que está me perguntando isso?

— Exatamente por isso. — Levei as mãos ao ar. — Século vinte e um, lembra? Esses móveis que você está comprando parecem mais do século passado. Pelo amor de Deus!

Lizzie bufou, deslizando os dedos pelo cabelo. A vendedora nos encarava de forma divertida, com as mãos entrelaçadas atrás do corpo.

— Não tenho mais a tua idade, menina. — Seus olhos verdes me encararam seriamente, o que considerei como um erro, porque acabei gostando daquilo.

— Mas também não tem a idade de Jesus. — Foi a minha vez de bufar, levando as mãos na cintura. Lizzie me avaliou, trocou de posição, olhou ao redor, pensou, pensou e, quando achei que não falaria mais, finalmente falou.

— Okay! — Respirou fundo, e meu sorriso já foi se abrindo. — O que você sugere, então?

— Sério? Vai me deixar comandar as coisas? — perguntei, animada, mordendo o lábio inferior.

— Não sei onde guardei meu juízo, mas... vou.

— Isso! — Comemorei, empolgada, arrancando uma risada da vendedora, e olhei para ela. — Cancele essas compras, vamos começar de novo.

— Carolina...

Fui andando e ouvindo Lizzie resmungar atrás de mim.

— Você precisa escolher móveis modernos, Lizzie, algo que dê vida ao teu apartamento, não que traga melancolia. Precisa de um ambiente alegre, estonteante, que pareça com você. E por mais que você se veja como uma velha, eu te vejo como uma pessoa que apenas precisa de renovação. Então... — Parei de andar e me virei de frente para ela outra vez, fazendo com que quase tropeçasse em mim.

— Estou começando a me arrepender...

— Vamos renovar.

Ela abaixou os ombros, rendida, e aquela era a reação que eu esperava. Amava, mais do que qualquer coisa, quando se rendiam às minhas ideias ou, claro, a mim.

Lizzie e eu passamos mais de três horas dentro da loja, e comprei qualquer coisa que gostei. Claro que com o consentimento dela. Móveis claros, modernos, elegantes, que eram a cara dela, a cara que ela, infelizmente, mantinha guardada dentro de si. Aquela vendedora, com certeza, ganharia a comissão do ano. A bichinha sorria tanto que fiquei feliz por ela.

— Minhas pernas estão me matando, menina. Por favor, podemos nos sentar um pouco? — Lizzie me perguntou, quando parei em um bar, no meio do Rio Sul, para comprar uma água com gás.

— Deixe para se sentar no carro, só vou pegar minha água com gás, e vamos embora — respondi, com uma risada, apoiada no balcão, vendo-a balançar as pernas de leve, para aliviar os pés. — Ainda estou me perguntando por que você está usando saltos. Você fica bem neles, mas isso aqui é Rio de Janeiro, gringa, ninguém vem ao shopping de salto, não.

— Costume — ela respondeu, fuçando dentro da bolsa. — Fico com eles dentro de casa na maioria das vezes também.

— Estadunidenses têm cada mania... — Neguei com a cabeça e agradeci à atendente, pegando a minha garrafa de água. — Não quer uma?

— Não, obrigada! Não gosto muito de água com gás. Apenas no gin. — Lizzie retirou o ipad da bolsa, e eu rolei os olhos, tomando um gole.

— Gin com água com gás é horrível. — Soltei uma risada enojada e neguei com a cabeça. — Só é gostoso com água tônica.

— Depois, o povo estadunidense que é estranho. — Lizzie fez uma careta.

Bebi mais um gole da minha água e a puxei pelo braço, rumando para o estacionamento do shopping. O contato deixou minha mão quente. Quer dizer, ela era quente, muito quente. Tão quente que eu não queria perder o contato com aquele calor.

Quando entramos no carro, coloquei o cinto e a garrafa ao lado do meu banco, vendo Lizzie largar a bolsa entre suas pernas e, novamente, focar o olhar no *ipad*. Em um gesto impulsivo e rápido, puxei o ipad de suas mãos, deixando-a com uma cara de paisagem.

— Chega disso, que coisa! — eu disse, irritada. Não irritada ao pé da letra, mas quase lá.

Lizzie piscou, de forma lenta, por trás das lentes dos óculos, me encarando como se eu fosse um fantasma.

— Me devolve isso, Carolina. Preciso terminar meu trabalho. Não estamos em uma brincadeira.

Mas quem disse que eu estava brincando? Sorri para ela, sem dentes, inclinando um pouco o corpo para o lado da porta, criando um espaço entre a minha bunda e o banco de couro, coloquei o ipad ali e me sentei sobre ele, com minha bunda ocupando mais do que o espaço quadrado da tela. Lizzie me encarava, incrédula, dividindo olhares entre meu rosto e seu objeto de trabalho embaixo do meu corpo.

— Eu disse "chega". E antes que tente pegar, só me levanto daqui quando eu achar que devo.

— Você não está fazendo isso...

Ela, sim, estava irritada. Podia ver suas narinas se expandindo, por causa da respiração ríspida.

— Estou. Meu carro, minhas regras. — Liguei o motor, manobrando para sair do estacionamento. — Chega de ficar com a cara enfiada nesse troço enquanto estiver ao meu lado ou dentro do meu carro. Guarde seu trabalho para fazer em casa.

Vi seus lábios se separarem, prontos para me dizerem algo, mas se fecharam rapidamente, em seguida. Lizzie, então, se virou para frente e encostou a cabeça no banco atrás dela. Eu sorri, quando seus olhos fecharam e sua respiração se tornou mais densa. Eu não tive medo de estar sendo invasiva ou inconveniente, não naquele momento. Aquele gesto foi mais do que preciso, livrá-la daquela prisão silenciosa foi o melhor que pude fazer, ainda que ela estivesse morrendo de raiva. Não era tão mal assim, um dia, ela iria me agradecer.

O sol já estava se pondo. As pessoas atravessavam as avenidas com pressa, cheias de sacolas ou à moda praiana. O trânsito naquele horário, em que todo mundo saía do trabalho, era mil vezes pior. Mas eu estava sorrindo, sem me importar com nada. Liguei o rádio para colocar voz no silêncio. Lizzie não me olhava, seus olhos estavam fixos na paisagem do lado de fora. Talvez estivesse admirando, ou com raiva de mim demais para olhar pra minha cara.

— Está com fome? — perguntei, quando paramos no sinal, já em Ipanema.

— Um pouco.

Não encontrei seus olhos e me frustrei um pouco, pois gostava deles.

— Vou te levar para comer em um lugar, então... — Mordi o lábio inferior. — Acho que vai gostar.

— Acho melhor me deixar em casa. — Ela me olhou, e seu semblante era sério. Seu olhar não me dizia nada, e eu queria tanto saber tudo. Ao mesmo tempo que amava, odiava todo aquele mistério.

— Me deixa te levar para comer, por favor! — quando vi, estava implorando. Tarde demais para voltar atrás. — Prometo que não demoramos.

Lizzie respirou fundo, parecendo pensar um pouco antes de me responder:

— Está bem!

Abri um sorriso enorme, dando liberdade para a minha deusa interior dar cambalhotas.

Eu não disse mais nada, apenas dirigi, com euforia, até onde achei uma vaga para estacionar. Parei o carro em frente ao quiosque do seu Zé, no qual vendia o melhor podrão da Zona Sul do Rio de Janeiro. Era lá que eu e as meninas comíamos sempre que chegávamos da noitada. Não existia comida de restaurante caro nenhum que barrasse o gosto do cachorro-quente do seu Zé.

— Vamos! Deixe as coisas no carro — eu disse, ao retirar o cinto e abrir a porta do meu lado.

Lizzie ergueu as sobrancelhas.

— Preciso levar a bolsa. Meu dinheiro, celular... Está tudo aqui dentro.

— Não vai precisar do celular pra nada, e o que comer, eu vou pagar. Agora, vamos! — Não dei chance de ela responder, apenas saí do carro, bati a porta e esperei que ela fizesse o mesmo. A brisa fresca que o mar trazia soprou contra o meu rosto, jogando as mechas do meu cabelo para trás. Estiquei os braços acima da minha cabeça e respirei fundo.

— Você não gosta disso, Lizzie? — perguntei, enquanto andávamos, para nos encontrarmos na frente do meu carro. — Dessa brisa, desse cheiro, desse clima...

— É tudo muito quente por aqui — ela respondeu, um pouco sem graça, enfiando as mãos nos bolsos. — Mesmo à noite, sinto tanto calor.

Eu ri de suas bochechas coradas e senti vontade de tocar seu rosto, mas apertei as mãos para calar a vontade.

— Eu entendo, mas uma hora você se acostuma.

Subimos o meio fio e pisamos no calçadão, desviando de algumas pessoas que andavam de bicicleta.

— Espero que sim.

Fomos andando, lado a lado, na direção do quiosque, e o silêncio não durou por muito tempo.

— Aonde vamos comer? Não estou vendo nenhum restaurante por aqui, Carolina.

Olhei para as luzes do Cantagalo, bem lá no fundo, e caí na gargalhada, achando graça da carinha de desentendida que ela mostrava.

— Restaurante? Não, em nenhum momento eu disse que comeríamos em um restaurante. — Mais alguns passos, e chegamos ao nosso destino que, como sempre, estava cheio de pessoas de todos os jeitos. Todo mundo parava para comer ali. — Esse é o quiosque do seu Zé, e você nunca vai comer, na sua vida, cachorro-quente mais gostoso do que esse. Isso aqui é o verdadeiro podrão, barato e bom pra caramba.

— Podrão? — Lizzie perguntou, com o cenho franzido, e eu rolei os olhos, dando uma risada, ao perceber que ela tinha um grande problema com nossas gírias.

— É, podrão, você vai ouvir muito essa palavra por aqui. Vem!

Sem esperar uma reação da parte dela, a peguei pela mão e a puxei, a levando na direção do balcão em que o dono do quiosque ficava à disposição para receber os pedidos. A cara de Lizzie era hilária. Parecia que ela estava em outra civilização, que éramos um bando de alienígenas e ela, a mocinha abduzida. Eu achava tanta graça. Tudo devia ser tão novo para ela quanto eram novas, para mim, todas aquelas sensações.

Depois de receber nossos pedidos, nos sentamos a uma mesa um pouco afastada, próxima à areia. Lizzie tinha um cachorro-quente de linguiça nas mãos, coberto com mostarda e maionese, milho e todas as coisas que ela jamais pensou em comer naquele lanche. E eu, o mesmo, optando apenas pela salsicha. Dei a primeira mordida e fechei os olhos, para saborear melhor, quase gemendo. Lizzie tentou me imitar, mas o pão era tão grande para sua boca que ela derrubou quase metade do recheio na mesa. Eu caí na gargalhada, vendo-a abaixar os ombros frustrada.

— *Damn it*![1] — ela resmungou em inglês, negando com a cabeça. — Estou chamando a atenção das pessoas e a culpa é sua, Carolina.

— Ué! A culpa de você não saber comer um cachorro-quente é minha? — perguntei, depois de mais uma mordida, bebendo um pouco de Coca-Cola. Seus olhos verdes me fuzilaram, e eu senti, outra vez, aquele palpitar na virilha.

— Não estou acostumada a comer cachorro-quente. — Ela entortou os lábios para a própria pronúncia, tentando outra vez.

Eu não conseguia parar de rir e admirá-la. O vento que soprava jogava as mechas de seu cabelo contra o seu rosto, dificultando mais ainda o processo.

— Okay, me deixe ajudar. — Deixei meu cachorro-quente dentro do saquinho, em cima da mesa, me levantei, me curvando um pouco para frente, e levei minhas mãos até seu rosto, tocando, de leve, a bochecha, para retirar uma grossa mecha de cabelo que balançava ali. Lizzie ergueu seus olhos para mim, e eu segurei seu olhar por um tempo maior do que planejei. Minhas pernas tremiam, e eu me lembraria de condenar o que estava fazendo mais tarde. Com calma, coloquei a mecha de cabelo atrás de sua orelha e, com a mão livre, abaixei a frente do saquinho que protegia o cachorro-quente. — Morde! Devagar... — pedi em um tom baixo, tão baixo que eu parecia estar em outro mundo.

Os lábios de Lizzie se separaram, e ela mordeu o pão, ao fechar os olhos, deixando vestígios de queijo ralado e maionese nos cantos da boca. Não pude deixar de sorrir e de me sentir completamente derretida com aquilo. Que merda estava acontecendo comigo? Suspirei e mordi o lábio inferior, esperando sua reação.

— *Hmmm*! — ela murmurou, acelerando meus batimentos cardíacos de forma vergonhosa.

— O que achou? — perguntei, interessada, pegando um guardanapo e limpando os cantos de seus lábios com delicadeza. — Bom?

— Bom! — Ela mordeu de novo. — Muito bom, Carolina. Muito bom!

---

1 Tradução: caramba.

Isso, isso, isso! Eu sempre repetia essa palavra mentalmente, quando algo dava muito certo. Sorri, satisfeita, e me sentei de novo, voltando a comer o meu.

— Sabia que ia gostar. — Bebi um pouco de coca.

— Não temos um desse nos Estados Unidos, não com tudo isso dentro. — Ela sorriu, antes de voltar a comer e se sujar.

Parecia uma menininha. Tão linda! Espera... Ai, Carolina!

Fiquei só com os meus pensamentos, tentando expulsá-los a todo custo. Terminamos de comer em silêncio, mas não era nada que me incomodasse. As pessoas conversavam e riam ao nosso redor, alguns meninos e meninas passavam descalços, no calçadão, com roupas sujas e expressões vazias. Lizzie olhava para eles com interesse e um olhar de pena que me fazia sentir raiva do nosso Governo, da vida.

— Sua amiga Norma, filha da empregada dos meus pais... — ela, para a minha surpresa, iniciou uma conversa, enquanto o canudinho branco parava entre seus lábios vez ou outra. Aquilo estava prendendo a minha atenção. — Não tem uma condição muito boa, não é? Digo, financeiramente.

— É! — Sorri, triste, colocando uma mecha de cabelo atrás da orelha. — Mais do que a metade das pessoas desse país possui uma situação financeira igual ou pior do que a de Norminha. E esse não é todo o problema, ainda há mais, muito mais.

— Sinto vontade de ajudar. — Observei seus dedos se entrelaçarem sobre a mesa. — Digo, eu ajudo as pessoas sempre que posso com qualquer coisa, dinheiro com frequência, mas estou falando de Norminha. Simpatizei com ela, me parece uma boa pessoa... Eu não sei. Gostei dela de cara, e da mãe dela mais ainda. Gostaria de poder ajudar de alguma forma.

— Norminha e a mãe não passam fome, Lizzie, se é isso o que pensa e...

— Não, não, não é isso, não quis ofender — ela me interrompeu, me olhando com certo desespero que me fez sorrir. — Gostaria de oferecer um lugar melhor para morar. Sei que a vida na favela é difícil, Alicia me contou o que as pessoas passam lá. Eu poderia conversar com meu pai, sabe? Dar uma oportunidade melhor à Norminha. Vejo nela alguém de futuro brilhante, assim como vejo em você.

Sorri, abaixando um pouco a cabeça, pois não queria que ela visse o quanto eu ficava patética quando ela me elogiava de alguma forma.

— Eu acho um gesto muito bonito seu, mas não creio que tia Rita aceitaria isso, não dessa forma. Ela é muito orgulhosa, Lizzie. Tudo que tem, comprou trabalhando muito, nunca aceitou nada de ninguém, a não ser que não pudesse mesmo comprar. É uma mulher humilde, muito honesta. Ela nasceu, foi criada lá, na favela, criou a filha lá, fez aquela pequena casa, bonita e aconchegante, com o dinheiro do trabalho duro dela e de Norminha, tem vizinhos maravilhosos, que ela ama e ajuda, muitas lembranças de momentos bons naquele lugar... É vivência demais na bagagem para deixar tudo pra trás assim, de uma hora pra outra. Para isso, a iniciativa de sair teria que partir dela, não de nós.

— Entendo. — Lizzie suspirou. Parecia um pouco triste, frustrada, não sei dizer ao certo. — Mas vou tentar mesmo assim.

Eu sorri, quando ela riu, desviando os olhos para a praia ao nosso lado. Admirei-a de perfil, e era ainda mais bonita, se possível.

— Olhe para o morro atrás de mim — pedi, e ela olhou. — É lá que Norminha mora, no Cantagalo. Parece o céu, não é? Todas aquelas luzes acesas, uma ao lado da outra, não lembram o céu? Você precisa ver lá de cima, é como se pudéssemos tocar as estrelas. Tão lindo! Nem parece um local que, às vezes, protagoniza guerras.

— Há muitos opostos por aqui.

Sua frase deixou um duplo sentido enorme, e o olhar que seguramos, mais tempo do que parecia certo, deixou isso mais claro ainda. Não era como se ela quisesse manter o olhar, era como se algo o estivesse prendendo... em mim.

— Isso é a vida, afinal! — respondi, dando um sorriso amarelo e deslizando os dedos pelas pequenas bolinhas douradas que formavam a guia do meu Orixá, pendurada em meu pescoço.

— Suponho que esse cordão tenha algo a ver com a sua religião. — Lizzie comentou, depois de observar meu gesto por alguns segundos. O interesse dela, em coisas sobre mim, me deixava animada, feliz.

— É uma guia. E sim, tudo a ver. — Sorri para confortá-la, indicando que estava tudo bem ela não saber. — É uma proteção, sabe?

— Acho bonita a tua fé.

Queria tanto dizer que quem era bonita era ela. Que inferno! Eu queria beber.

— Pago um preço bem alto por causa dela, mas não me importo, não troco minha religião por nada neste mundo.

— Discriminação? — Sacudi a cabeça positivamente. — As pessoas são tão intolerantes. Eu juro que, às vezes, não consigo entender.

Quem é que consegue? Quem entende o preconceito? Quem compreende a intolerância? Quem consegue lidar com terceiros cuidando de coisas que não dizem respeito a eles?

Respirei fundo, esticando as costas. Repousei as mãos sobre a mesa, e por poucos centímetros, meus dedos não tocaram os dela. Fiquei em falta. Por algum motivo, que ainda não sabia, queria aquele toque.

— As religiões de matriz africana não são bem recebidas por aqui. Não sei como funciona em outros países, mas, no Brasil, sofremos violência atrás de violência por causa disso. As pessoas apanham, algumas são até mortas por fanáticos de outra religião. Ninguém respeita o nosso espaço, sabe? É muito doloroso e desgastante.

— Já fizeram algo contra você por causa da tua fé?

Senti o tom preocupado na voz de Lizzie e me deixei sorrir, mesmo que o momento não pedisse um sorriso.

— Ah, já, muitas! Fui iniciada no Candomblé quando criança, aos 12 anos. Toda a família por parte da minha mãe é dessa religião, começando lá nos meu bisavô e minha bisavó. No colégio, era um inferno, eu me sentia completamente oprimida. Era agredida verbalmente, com frequência, e fisicamente algumas vezes. E sabe o pior? Ninguém fazia nada. Mas eu não mudei. Minha fé é minha fé, não importa o que pensem. Hoje em dia, eu sei que, se tentarem algo contra mim, posso denunciar e correr atrás, para que paguem por isso. Mas não sou eu que tenho de me preocupar em não ser desrespeitada, as pessoas que precisam se preocupar em respeitar.

— Sei muito bem o que é ser desrespeitada por ser quem é, Carolina. — Lizzie sorriu para mim, triste, abaixando seu olhar. — Mas o importante é nunca deixar de ser. E você é tão bonita sendo você. Não deixe que ninguém te tire isso: o simples fato de ser você. Ainda que cause muito tormento em alguém, *seja você*.

Não sei dizer se ela tinha noção do que estava dizendo, mas eu tinha noção do que senti ao ouvir aquilo. Foi como me afogar, por alguns segundos, e voltar à superfície logo depois. Meu peito ardia, e eu não conseguia explicar a vontade avassaladora que sentia de pular a mesa e beijar aquela boca. Fiquei tão desconcertada que acabei rindo, mantendo o lábio inferior entre os dentes.

— Você sendo meiga comigo, gringa... — quis descontrair, apenas para não me denunciar. — Acho que quero mais desses momentos.

Lizzie sacudiu a cabeça negativamente e sorriu de forma rápida, mas, ainda assim, foi um sorriso.

— Posso pensar sobre isso com o tempo. — Com certeza, pode. — Nós podemos ir agora? Digo, me sinto tão cansada, preciso descansar.

— Claro, está tudo bem! — Eu me levantei da cadeira, parando ao lado da mesa. — Eu vou pagar e já volto, não saia daqui — avisei, ao mesmo tempo que me distanciava, retirando algumas notas do bolso de trás do short.

Enquanto pagava, recebi uma ligação de Alicia, perguntando se eu havia sequestrado a irmã dela. Queria muito dizer que vontade não me faltava, mas acabei dizendo que já a estava levando para casa. Quando voltei, Lizzie e eu andamos, em silêncio, até o carro e seguimos assim até nosso prédio. O clima havia ficado estranho de uma hora para outra, e eu queria muito descobrir qual era o nosso problema. Ou talvez fosse só o meu problema. O elevador abriu no andar dos O'Connell's, e eu acompanhei Lizzie até a porta, quando paramos uma de frente para a outra.

— Bem... — ela iniciou meio desconfortável, me olhando. — Obrigada por escolher os móveis por mim e pelo "cachorro–quente".

Eu ri da pronúncia, fazendo-a me olhar de cara feia. Amava quando ela ficava brava.

— Não tem de quê. O dia foi bem legal, e eu posso repetir isso qualquer dia desses.

— Contanto que não roube meu ipad outra vez... — Lizzie resmungou, soltando uma lufada de ar pelo nariz, ajeitando a bolsa no ombro direito.

— Ah, para de ser chata! — Rolei os olhos, rindo. — Se ficar com a cara enfiada nele perto de mim, vou roubar quantas vezes quiser.

— Você é abusada, menina!

Acho que a frase era para sair como uma bronca, mas o sorriso de canto que ela abriu, no final, quebrou completamente o tom sério. Nem preciso dizer que me molhei inteira com aquela vontade de beijá-la. Palpitações e mais palpitações. Meu Deus! *Eu precisava repensar a minha sexualidade.*

— Sou, e com o tempo você vai gostar disso — deixei a frase morrer bem baixinho, me aproximei dela, em um impulso, e olhei em seus olhos, antes de grudar meus lábios em sua bochecha esquerda, deixando ali um beijo que queria deixar mais para o lado. Seu cheiro era delicioso. Lizzie ficou sem reação, senti apenas sua respiração rápida no meu cabelo. Meu coração queria sair pela minha boca. Quando me afastei, mordi o lábio inferior e enfiei as mãos nos bolsos. — Boa noite, Lizzie! Nos vemos amanhã. — Fui me afastando, sem que ela pudesse responder. Eu não queria uma resposta, só queria pensar naquela merda toda que estava acontecendo comigo.

— Boa noite, Carolina! — contrariando minha vontade, ela respondeu, quando eu já estava na porta do elevador. — Até amanhã!

Não olhei para trás. Quando as portas do elevador abriram, eu entrei nele e me encolhi no canto. Levei as mãos ao rosto e as deslizei para cima, entre as mechas do meu cabelo.

— Porra! — fechei os olhos com força, falando comigo mesma, ao bater duas vezes, de leve, a testa contra o espelho na parede de aço atrás de mim. — Tô fodida pra caralho.

E eu estava mais do que fodida, muito mais do que profundamente fodida. Estava começando a perceber que aquele encanto que eu sentia por Lizzie, desde quando nos conhecemos, estava longe de ser admiração de fã para ídolo, como eu sentia por Elis Regina, mas, sim, desejo, encanto, sentimento estranho de *mulher para mulher*.

Maldição!

Capítulo 5

Oblíqua e dissimulada

Lizzie

"Eu gosto de olhos que sorriem, de gestos que se desculpam, de toques que sabem conversar e de silêncios que se declaram." [1]

30 de dezembro

Quando levantei, por volta das 8h da manhã, chequei minha caixa de e-mail e contabilizei mais de cem. *What the...*[2] Pedidos de admissão, currículos, planilhas de investimentos que precisavam ser repassadas à filial americana. Tudo isso estava marcado com urgência, então corri para o notebook, começando o trabalho. Rita de Cássia bateu à porta e perguntou se eu não gostaria de tomar um café. Agradeci, avisando que, quando sentisse fome, prepararia alguma coisa. Ouvi o latido de Joker um pouco distante e, segundos depois, Alicia e Carolina entraram, como fãs enlouquecidas, no meu quarto, tropeçando nas próprias pernas e gargalhando, enquanto tentavam se levantar do chão.

— *Morning!*[3] — falei de um jeito simpático, observando as duas chorando de rir no chão. Carolina estava com o rosto vermelho, e senti uma vontade imensa de sorrir com ela. Quando seus olhos encontraram os meus, desviei e voltei a atenção para o notebook. As duas se sentaram e fixaram a atenção em mim, como crianças curiosas. Em certo ponto, me irritei, tirei os óculos e suspirei, fazendo Carolina e Alicia gargalharem de novo.

— Eu disse que ela fica irritada quando a encaram por muito tempo.

— Tem razão, a gente pode fazer isso mais vezes. — Carolina apoiou o corpo, com os braços para trás, e mordeu o lábio inferior, captando minha atenção por alguns segundos. — O que pensa que está fazendo, com os olhos grudados nesse troço tão cedo?

— Trabalhando! Tenho muita coisa pra fazer, menina. Não estou de férias como vocês.

— Está falando como o meu pai. Será que esqueceu que dia é hoje? — Franzi o cenho para ela, e Carolina revirou os olhos. — Seus móveis, tudo que

---

1 Autor desconhecido
2 Tradução: O que...
3 Tradução: Dia!

comprou para o apartamento, serão entregues hoje, em precisamente... duas horas. Ou seja, temos que sair neste exato momento.

— *Fuck! Fuck! Damn it!*[4]

— Acho que isso significa que você esqueceu, né? — perguntou Carolina.

— Fora, as duas! Preciso me trocar. Saímos em quinze minutos.

Demoramos mais do que o esperado, graças à Alicia e à sua enorme vontade de levar Joker aonde ela ia, o que fez Carolina e eu bufarmos, com falta de paciência. Meu apartamento, em frente à praia de Copacabana, me dava uma belíssima vista, e imaginei como seria passar o Ano Novo naquele lugar agradável. Os móveis chegaram uma hora depois de começarmos a limpar, e esperamos os funcionários montarem as peças, enquanto um som de samba saía da velha vitrola, que comprei no dia em que arranjei os vinis de Natal para Carolina.

A primeira peça que conseguiram fazer foi a mesa central, com seu tampo de vidro. Sentei, com o notebook, e comecei a analisar as planilhas, mas Carolina e Alicia iniciaram sua festinha particular, arrancando a atenção do montador de móveis e a minha.

Uma música da cantora Roberta Sá invadiu o apartamento, e sorri ao entender grande parte da letra: "*A vizinha quando passa com seu vizinho grená, todo mundo diz que é boa, mas como a vizinha não há*". A voz da mulher fazia Carolina dançar de uma maneira que me deixou hipnotizada. Meus olhos seguiam cada movimento de quadril, e nem percebi que Alicia tinha parado de dançar, me observando, de braços cruzados. Quando me dei conta de que minha irmã me olhava, com um sorriso torto, resolvi focar o trabalho.

— Encontrei a primeira coisa que te faz desviar a atenção desse maldito notebook.

O sorriso de Alicia, ao dizer isso, era tão grande que revirei os olhos e fingi que ela não existia. Não queria mostrar a ela que Carolina me chamava a atenção mais do que uma simples garota carioca que apareceu na minha vida por acaso.

O corpo balançava de um lado para o outro, como se tivesse nascido para aquilo, e os cabelos faziam movimentos encantadores. Não tinha como explicar as sensações que passavam por mim, ao ver Carolina dançando no meio da minha sala, enquanto o montador de móveis se esforçava para fingir que ela não estava bem ali. Decidi tomar uma atitude e me levantei da cadeira, ignorando minha irmã ou qualquer outra presença naquele apartamento. Quando me aproximei, para apertar a mão do montador e fazer de tudo para que ele sumisse do meu apartamento, escutei minha irmã guinchar do outro lado da sala.

— O que aconteceu, Lysh?

— Me esqueci de que tenho um almoço marcado com a mamãe, me desculpa por isso. Posso passar aqui mais tarde.

4 Tradução: Porra! Porra! Caramba!

— Vou ter que arrumar tudo isso sozinha? — perguntei.

— Ei, eu ainda estou aqui, sabia?

Virei nos calcanhares, para encarar uma Carolina rebolando na varanda, enquanto Roberta Sá inundava o apartamento com sua voz.

— Não tenho nada pra fazer hoje de tarde, vou adorar te ajudar a ajeitar essa toca, aonde você vai se isolar. Vamos lá, gringa! Me deixa ajudar.

— *Help me*[5]! — falei comigo mesma, e Alicia se aproximou, me dando um beijo estalado na bochecha. — Sério que não pode ficar aqui? Sabe que...

— Sei que você se sente incomodada com a Carolina e o jeito dela, mas deixa de pensar nisso e aceite a ajuda dela. É um milagre essa garota se oferecer pra carregar peso. Geralmente, não leva nem a própria pilha de livros da faculdade, porque pesa. Encontro vocês depois. Te amo!

Minha irmã se despediu de nós e deu um beijo em Joker. Quando a porta do apartamento fechou, decidi me dedicar a arrumar a louça na cozinha. Carolina continuou dançando a música que parecia interminável para os meus ouvidos. Quando tirei uma pilha de pratos de dentro da caixa de papelão, reparei no corpo da carioca se agitando, enquanto observava o verso da capa do disco de vinil. A parte mais legal do Brasil era que era fácil encontrar álbuns de cantores atuais em forma dos velhos discos.

Carolina se esforçou para acertar qual melodia queria e, quando uma batida tranquila e relaxante invadiu o apartamento, me ofereceu um sorriso sem graça, enquanto parava de se movimentar, me encarando com olhos iluminados.

Tinha algo nela que me chamava a atenção, uma chama pequena, que me queimava aos poucos. Fazia anos que não me sentia daquele jeito, como se uma mulher pudesse me virar do avesso. Saber que era a melhor amiga de Alicia e mais nova que eu, me freava um pouco, mas Carolina sabia em qual parte do meu lado tímido tocar, como manusear, como se tivesse o manual de instrução.

Tirei o sapato e fiquei descalça, sentindo o frio do piso de porcelanato fazer um calafrio agradável percorrer meu corpo. Carolina me olhou, por alguns instantes, e assim que me aproximei, abriu um sorriso. Em seguida, segurou minha mão e a colocou em sua cintura, passando sua outra mão pela minha nuca, arrancando arrepios de mim. Encarei seus olhos distantes e, por alguns segundos, umedeci os lábios, me esquecendo do mundo lá fora. Minha mão ficou firme em sua cintura, e ela respirou fundo, me encarando com um sorriso, se aproximando da lateral do meu rosto.

— Dança comigo, gringa, eu não vou te morder.

Começamos a nos movimentar pela sala semivazia, ao som de *Você não poderia surgir agora*, da Roberta Sá, e fechei os olhos, deixando meu corpo dançar com ela, como se já conhecesse aquele ritmo há muito tempo. A letra não era muito clara, mas ouvir a carioca cantando baixinho, perto do meu ouvido, fez os pelos do meu corpo arrepiarem, enquanto nos movimentávamos pela sala e ganhávamos a varanda.

Copacabana começava a dar seus indícios de que teria um belo pôr do sol em algumas horas. Quando senti a cabeça de Carolina tombar no meu ombro,

---

5 Tradução: Socorro!

diminuí nossos movimentos, como em uma valsa ensaiada. Era uma cena que não esperava nem em mil anos. O apartamento estava repleto de caixas, e nós driblávamos todas, como obstáculos em nosso caminho coreografado. Carolina me puxava pela sala, passava pelos corredores, dava giros ao redor de si, mas tudo com uma leveza de bailarina. Meus olhos a seguiam o tempo todo, hipnotizados com a beleza que ela demonstrava com tanta naturalidade.

Quando a melodia terminou, nos separamos, e senti minhas bochechas esquentarem. Olhar o rosto dela me fez lembrar de um romance brasileiro escrito por Machado de Assis, que havia lido há pouco tempo: "Olhos de cigana oblíqua e dissimulada". Carolina me dava misturas de clássicos que faziam a minha cabeça dar um nó, algo nela me puxava de uma maneira que era difícil controlar os instintos. Tentando evitar uma possível atitude, me afastei e caminhei em direção à varanda, para observar a orla.

— Você dança bem.

— É... Você até que não manda tão mal. Então, é... Vamos terminar de ajeitar sua sala?

— Tive uma ideia melhor. — Virei-me, para encará-la, e Carolina estava de cabeça baixa, brincando com os dedos, parecendo sem jeito. — Quer me ajudar a comprar a decoração do apartamento para o Ano Novo? Não entendo nada dessas coisas, e se depender de mim, vamos comemorar como se ainda estivéssemos na época de Cleópatra.

— Você não é nada sem meu senso de decoração modernista, né?

— Sim, tem razão. Você quer? Aceita meu convite?

— Tenho como recusar?

Carolina me ofereceu um sorriso, e toquei levemente em seu braço direito, a conduzindo para a saída. Precisava de alguém que pensasse no futuro, não alguém como eu, que vivia grande parte no passado. Minha paixão por poesias antigas, especialmente as brasileiras, me tornavam uma mulher chata e cansativa, mas Carolina parecia ver um lado meu que nem eu mesma conhecia. O sorriso, o movimento do corpo enquanto o samba a embalava, as brincadeiras, pareciam empurrar o espírito daquela menina a um patamar muito elevado. Conhecer a melhor amiga de Alicia trouxe uma luz diferente a tudo que eu sabia sobre a vida e suas agitações.

— Que saco, Lizzie! Você não gostar de dourado atrapalha tudo. Que Ano Novo é esse, que não vai ter nada nesse tom? Tem noção que filhas de Oxum precisam do dourado para renovar as energias para o próximo ano? Me recuso a passar um Réveillon sem isso e...

— Pare de falar, Carolina! Compre o que quiser em dourado, não me importo. Te chamei para me ajudar a organizar a decoração, e não estou a fim de pensar muito, só me preocupo com a quantidade de trabalho que vou ter, depois que essa época de festas passar.

— Sabe o que eu acho? Que deveria deixar essa porcaria de lado por alguns dias, pois está te deixando com cabelos brancos — ela me avisou, sem me olhar, avaliando alguns balões com a numeração do ano que viria. — Além disso, sua família odeia que passe tanto tempo enfiada com o nariz em uma tela de computador ou no maldito tablet.

— Sei que eles não gostam, mas faz parte do meu trabalho.

— Faz parte do seu trabalho se esquecer deles e dos amigos?

Meu olhar cruzou com o dela por alguns instantes, e Carolina se adiantou, procurando outras coisas pela loja. A verdade era que nunca pensei que meu trabalho na empresa pudesse atingir tanto a minha vida pessoal, mas, desde que fiquei sozinha, era disso que vivia, criando propagandas, programas, campanhas... Nada me distraía como uma boa sessão de multiplayer em um jogo novo. Ao contrário do que eu pensava, um ano atrás, ter Carolina na minha vida me deu outra perspectiva e tive a plena sensação de que aquela menina seria fundamental de uma maneira ou de outra.

Quando me aproximei dela, em um corredor lotado de chapéus e apitos, ela se virou de repente, e soltou uma grande quantidade de bolinhas de papel, me fazendo engasgar com algumas.

— *Oh, come on!*[6]

— Me desculpa, Lizzie! — Carolina soltou uma gargalhada, e seus dedos começaram a tirar o excesso da minha boca. — Isso se chama confete. Eu não sabia que você estava bem atrás de mim. Quer dizer...

Seus dedos indicador e médio passaram pelos meus lábios, tirando o resto do confete, e notei seu olhar na minha boca. Dentro de mim, um calor estranho começava a tomar forma, e implorei para não ser o que achava, mas aquela garota me deixava no limite. Dei dois passos para trás e joguei um pouco de confete na cara dela, cobrindo o rosto de Carolina com papéis de diferentes cores.

Nossa guerrinha durou alguns instantes, até uma vendedora, com cara de poucos amigos, aparecer e anunciar que teríamos que pagar por tudo. Não me importei nem um pouco, porque o mínimo de diversão que tinha com Carolina já valia a pena qualquer quantia que pudesse gastar, com ou sem ela. Foram balões de hélio, fitas coloridas, miniaturas que soltavam mais papéis dourados e prateados, garrafas de champanhe, guardanapos... A comissão do ano foi dada à moça que nos tratou com pouca vontade, poucos instantes antes de irmos para o caixa.

Carolina e eu tínhamos uma conexão estranha, como se eu pudesse compartilhar com ela tudo sobre mim, mas, ao mesmo tempo, me sentia impulsionada a frear. Apesar de começar a me sentir confortável com ela, sempre tive meus limites e não planejava ultrapassá-los tão cedo. Quando nos aproximamos da saída, ainda cheias de confetes na cabeça, senti minha barriga roncar, e ela sorriu, imitando, como um desenho animado.

— *Fuck you!*[7] Estou morrendo de fome, sabe de algum lugar ao qual podemos ir? Nada de podrões, por favor!

— Por quê? Não gostou? — ela perguntou, enquanto tirava o excesso de confete do cabelo, e me deu um olhar triste. — Bem, achei que tivesse gostado, sempre achei tão bom aquele cachorro-quente.

— Ei, eu amei! — Respirei fundo, antes de soltar, em um português ruim, as palavras que ela já conhecia. — Eu amei, tá bom? Só estava interessada em comida. Não conhece nada por aqui?

---

6 Tradução: Ah, vamos lá!

7 Tradução: Vai se foder!

— Eu acho fofo você falando português, sabia? Na verdade, tem vezes que eu até esqueço que você é gringa.

— Isso é bom, não?

— Ah... Isso é ótimo! Quanto a um lugar para comer, que tal o Outback? Sei que não é comida brasileira, mas nada me vem à cabeça no momento.

— Se você quer ir ao Outback, então nós vamos. Confio no seu bom gosto, Carolina. Na verdade, acho que confiei nele desde o início, mesmo te achando uma péssima influência pra minha irmã. — Gargalhou.

Não o tipo de risada que a gente para um tempo, para analisar, e acha a coisa mais estranha do mundo, mas aquele som que deixa a gente com um calor engraçado no peito, como se fosse aquele timbre que a gente procurou a vida toda.

Carolina me acompanhou até o carro, e eu dei graças a Deus por estar com o do meu pai, pois, assim, não precisava passar por nenhuma situação embaraçosa com ela no volante de seu mini cooper. Lembrei-me de um restaurante na Lagoa Rodrigo de Freitas e mudei nosso percurso, fazendo Carolina franzir o cenho e me olhar com desconfiança, enquanto eu estacionava entre muitos carros àquela hora da tarde.

— O que estamos fazendo aqui? Não tem Outback na Lagoa.

— Eu sei, acho que prefiro comer em um lugar que não seja dentro de um shopping. Anda, vamos dar uma volta até chegar ao Palaphita Kitch. Meu pai me indicou esse hoje de manhã.

Ela me olhou com um brilho diferente, sorriu e saiu do carro com entusiasmo.

— Não está chateada por eu não te levar aonde queria? — perguntei.

— Está brincando? Eu amo passar o fim de tarde na Lagoa, é um pôr do Sol tão bonito. Aliás, acho que hoje tem show ao vivo e espero que seja MPB. Anda, Lizzie, vamos caminhar e curtir um pouco.

Tranquei o carro, e Carolina estendeu a mão, que peguei depois de pensar duas vezes. Nossos dedos se entrelaçaram, e quando fechamos aquele contato, parecia que meu pequeno mundo cinza tinha recebido um pouco mais de cor. Não é que eu sentisse uma atração fatal por ela, mas tinha um sentimento de cuidado e amizade por Carolina que era difícil explicar. Quando olhava o movimento de seu corpo, a maneira que a camisa levinha moldava o busto, o short jeans, me deixava com pouco mais de um terço de oxigênio disponível. Quem quer que fosse a pessoa que aquela garota quisesse, seria uma sortuda de carteira assinada.

Eu tinha mil e um motivos para me afastar dela, mas também outros dois mil para ficar. Alicia sabia tudo sobre aquela garota, mas, no meu interior, estava louca para saber mais. Meu interesse por Carolina crescia todas as vezes que olhava seu rosto contra a paisagem da Lagoa, o jeito que ela chutava uma pedrinha ou sorria por coisas bobas. Era literalmente uma mulher com jeito livre de menina, e nada que eu pudesse dizer seria capaz de expressar toda a beleza que conseguia ver em uma única tarde.

Passamos por crianças com patins, skates e bicicletas, casais dividindo carrinhos com pedais, famílias guardando o que levaram para o piquenique, jovens jogando basquete ou futebol e turistas fazendo fila, para passearem nos pedalinhos em forma de cisne. Carolina me falava de tudo um pouco: como aquele lugar tinha se tornado tão famoso, o motivo de tantas pessoas procurarem a Lagoa como forma de entretenimento em um sábado, e um pouco de sua infância naquele lugar em especial. Escutava tudo com tanta atenção que toda vez que ela abria a boca era como uma sinfonia de pássaros cantando para mim.

— Por que você não se dá bem com seu pai? — perguntei, enquanto nos acomodávamos em uma das mesas externas do restaurante. — Sua rebeldia, em partes, é culpa da falta de atenção?

— Ah, gringa, que ingenuidade a sua! — A risada contida dela me fez largar o cardápio e entrelaçar as mãos sob a mesa. — Meu pai e eu nunca nos demos bem. Quer dizer, sempre amei o coroa, fizemos muitas coisas juntos, mas, desde que minha mãe morreu, tem sido um inferno. Não me importava que ele passasse 90% do tempo no hospital, mas depois que Eduarda cresceu e nossa mãe se foi, comecei a sentir raiva da ausência dele. Acho que meu pai não tinha direito de se isolar de nós, entende? Minha irmã não tem culpa pelo que aconteceu, muito menos eu. Com o senhor Eduardo no hospital vinte e quatro horas e Eduarda se distraindo no colégio, encontrei meu conforto na religião. Vou ao terreiro, às festas de lá, gosto de dançar pra Orixá, cantar pra eles, mexer com o sagrado. Sabe quando você escuta algo que te faz livre, tranquila, desinibida? Quando estou rodeada de energia positiva, é como se nada nem ninguém pudesse me atingir. Meu Orixá me dá força, me deixa equilibrada, apesar dos meus erros. Enfrento muitas coisas hoje em dia, como já te disse, mas tudo vale a pena. — Seus olhos brilhavam, demonstrando adoração pura, que saía de sua boca através de palavras. — Sabe o que eu acho? Que você ia gostar de conhecer meu terreiro. O que acha? Posso te levar em um dia de festa, topa?

— Não sei se te falei antes, mas admiro essa sua paixão pela família. Nunca é fácil lidar com uma perda, mas você parece controlar muito bem tudo isso. Quanto ao seu convite, será uma honra, vou gostar de conhecer um pouco da sua religião e uma parte importante do que o Brasil é formado. A cultura de vocês é muito diversificada e linda.

— Você me surpreende, gringa. Bom, já conheci muitos estadunidenses, e eles eram muito obtusos, mas você parece ser tão liberal. Descobri essa minha paixão pela religião bem pequenininha, quando ia para as funções e festas de lá com meus pais. Foi um amor passado de geração para geração, a ancestralidade da minha família é essa, então eu apenas sigo de todo coração. Eduarda e eu somos muito protegidas por eles.

— Não duvido disso. Acho que você é muito bem-cuidada, e eu admiro isso.

O sorriso que eu vi não era convencido ou envergonhado, mas orgulhoso. Carolina tinha uma fé que me fazia tremer por dentro. Era tão bonita, tão pura, que podia admirar sua devoção por horas.

Conversamos sobre a empresa que estava prestes a assumir, a faculdade que ela estava cursando e como o curso tinha mudado sua vida, sobre amores antigos e complicados, mas principalmente sobre música. Nunca tinha ouvido falar de tantos cantores e compositores como naquele pequeno espaço de tempo conversando com Carolina, no Palaphita. Ela parecia saber de tudo um pouco, era uma pequena biblioteca da *MPB* e das poesias. Estava me esforçando para acompanhar tudo que ela dizia, mas quando tomei um gole grande de caipirinha e me engasguei, ela riu e me deu alguns tapinhas nas costas, me auxiliando.

— Acho que falei muito rápido, não é? Desculpa! É que quando começo a falar sobre uma coisa que gosto, não consigo parar tão rápido. — Ela abaixou a cabeça, totalmente envergonhada, e levantei seu rosto pelo queixo. — Sério, me desculpa!

— Nunca peça desculpa por demonstrar paixão por algo que gosta. Isso é muito bonito e puro. As pessoas que falam que isso é errado, nunca encontraram nada que pudessem depositar esse tipo de amor e devoção. Quer que eu te fale uma coisa que vai te deixar animada? Eu tenho estudado poemas brasileiros. Acho todos tão fascinantes e bonitos, imagino as musas daqueles escritores.

— Mesmo? Pensei que você só vivesse com os olhos grudados naquele ipad ou no notebook. — Ela fez uma mímica com as mãos, imitando um binóculo, e soltei uma risada, negando com a cabeça. — Você tem tanta coisa bonita pra ver no Rio de Janeiro, por que não experimenta levantar o olhar um pouco? Está tudo à sua volta.

— Ou na minha frente — falei sem pensar.

Carolina abaixou a cabeça, com o rosto vermelho de vergonha. Quando reparei no que tinha dito, virei o conteúdo do meu copo e chamei o garçom, para me servir de novo. Não era minha intenção dar qualquer indício à Carolina de que tinha qualquer apreço por ela, mas aquela frase saiu tão sem querer, tão naturalmente, que decidi aceitar que tinha que ser. Desviei minha atenção para a Lagoa, e Carolina segurou meu rosto, me fazendo encará-la.

— Olhe pra mim e pense em uma poesia ou poema bem bonito.

— Não sei, é difícil pensar depois de duas caipirinhas. — Esfreguei o rosto, e ela pegou minhas mãos, colocando-as sob o rosto dela. — O que está fazendo? — perguntei.

— Se você sentir meu rosto, pode imaginar alguma coisa sobre mim. Anda, cave no seu baú alguma coisa. Sua irmã me disse que você costumava ler muitas coisas da literatura brasileira, com certeza deve sentir algo quando me vê.

— *"Suponho que me entender não é uma questão de inteligência e sim de sentir, de entrar em contato... ou toca, ou não toca".*

— *Hmm...* Clarice Lispector, né? — Pisquei algumas vezes, antes de voltar à realidade, e ela gargalhou, se afastando do meu contato. — Gosto muito das frases e poemas dela, me impressiona que se lembre de mim em um deles. Obrigada, gringa!

Carolina e eu trocamos olhares alegres e, quando o garçom trouxe a quinta rodada de caipirinhas, brindamos com animação. Alicia chegou uma hora depois, e foi ela quem teve que nos levar para casa, pois minhas pernas não aguentavam o peso do meu corpo. Minha irmã decidiu que a amiga deveria dormir na casa dela, e escolhi ficar a primeira noite em meu apartamento, sozinha. Pensei ter ouvido Carolina falar que queria ficar comigo, mas talvez fosse só um truque do meu embriagado inconsciente.

Depois que cruzei a porta de entrada e me joguei no sofá da sala, ainda com plástico, apaguei com poucos minutos de espera. Meu dia com aquela menina tinha sido produtivo, e no Ano Novo, eu planejava ter um pouco mais dela. Carolina tinha se tornado minha maior vontade, mesmo que eu não soubesse disso por completo.

Capítulo 6

Ano novo, desejo antigo

Carolina

31 de dezembro

Como carioca, criada à risca no Rio de Janeiro, podia afirmar que viver naquela cidade era estar sempre arriscando a sua vida e a das pessoas à sua volta. Era sair e não saber se iria voltar, andar na rua e não saber o que esperar. Era viver, praticamente, com um medo terrível de ser mais uma vítima da criminalidade.

A madrugada da véspera de Ano Novo foi de terror. Deu merda no morro, e eu podia ouvir os tiros do meu apartamento. A minha única preocupação eram as pessoas de bem e Norminha. Passei a noite em claro, falando com ela pelo celular, tentando acalmá-la, e prometi que, assim que o dia amanhecesse, eu iria buscá-la. E era isso que eu estava fazendo, às 9h da manhã, com o carro estacionado no pé do morro. Era doida? Era! Mas faria qualquer coisa para manter minhas amigas em segurança.

Esperava ansiosamente dentro daquele ambiente apertado, batucando com os dedos o volante, enquanto rezava para não ser atingida por uma bala perdida. Naquele momento, a situação parecia controlada, mas nunca se sabia quando o tiroteio poderia recomeçar.

Mais alguns minutos, e vi a porta do carro ser aberta, me fazendo tomar um susto tão grande que mijar nas calças seria fácil.

— Porra, Norminha! — xinguei, apavorada, quando ela entrou, apressada, batendo a porta e tacando as coisas no banco detrás. — Caralho! Não entra assim de novo ou vai me matar. Pensei que fosse um bandido ou algo assim.

— Sai daqui logo — ela pediu, um pouco nervosa, esfregando as mãos nas coxas. — Desci varada, e passei pelo meio de tanta gente armada que já estava pensando em como minha mãe faria para pagar o meu enterro. *Vambora!*

— Credo! — Neguei com a cabeça e dei partida no carro, saindo devagar, para não chamar a atenção de coisa errada. Eu estava tão nervosa quanto Norminha. O imprevisível sempre seria medonho. Olhei para ela de canto de olho, quando nos afastamos um pouco do morro. — Você está bem?

— Agora, sim!

— Cadê a tia Rita?

Norminha colocou uma mecha de cabelo atrás da orelha, virando-se para pegar o celular dentro de umas das bolsas que levava.

— Ficou na Lysh, né?! Não tinha como ela voltar pra casa ontem. — Digitou alguma coisa e bloqueou o aparelho novamente. — E nem quero que ela volte hoje, espero que durma na Lysh até a situação melhorar. Não sei como estará depois da virada.

— Que merda, cara! — lamentei, dobrando à direita. O trânsito estava um inferno, o que me fez parar no sinal, mesmo estando verde. — A cidade cheia e essas porras ocorrendo.

— Fazer o quê, Carol? Se quem tem poder para fazer algo, não faz nada, quem somos nós para fazer? — Norminha fungou um pouco. Ela tinha um problema sério com ar-condicionado. — Eu só sei que foi um pesadelo. Isso cansa, sabia? Quero sair de lá no futuro. Amo minha casa, nossas coisas, tudo o que mamãe construiu para nós, sou muito feliz lá, mas nesses momentos... — ela falava, e reparei em seus olhos que brilhavam com o peso das lágrimas. — Nesses momentos, quando acontecem essas merdas, não posso evitar a vontade avassaladora de sair de lá, por puro medo.

— Então, um dia, você vai sair de lá. E se não sair por conta própria, preta, e me permitir, eu vou te tirar. — Olhei para ela e sorri confiante. Eu a amava tanto! Nada valia mais do que uma boa amizade. — É uma promessa. Confia em mim?

— É claro que sim, Carol. — Norminha sorriu de volta e, de forma rápida, se curvou para o meu lado, estalando um beijo na minha bochecha, me arrancando uma risada. — Eu te amo muito! — ela falou, e o meu coração se aqueceu. — Mas vamos parar de falar de coisa ruim, vamos falar da nossa noite. Vamos para o apê de Lizzie mesmo?

Lizzie. Só a menção daquele nome me deixava com a respiração agitada. Ainda não sabia como lidar com todo aquele turbilhão de sentimentos e sensações que ela despertava em mim, nem mesmo sabia como contar isso à Norminha, muito menos se queria contar. Resolvi não mencionar o fato de estar fascinada por aquela mulher e suspirei.

— Sim! — respondi, com um sorriso pequeno. — Tia Norah e tio Antony já estão lá. Foram ajudá-la a arrumar tudo e tal, já que ela ainda não arranjou uma empregada.

— Então, mamãe deve ter ido pra lá, também, ajudar, por isso não me atende.

— Com certeza! — Cumprimentei o porteiro do meu prédio, quando chegamos, alguns minutos depois, e fui entrando no estacionamento. — Eu, você, Alicia, meu pai e Eduarda vamos mais tarde.

— Vou ficar meio sem graça lá, Carol — Norminha comentou um pouco tensa, abrindo o vidro do carro para respirar melhor. — Não tenho intimidade com a O'Connell mais velha para passar o Ano Novo na casa dela.

— Para com isso, Norminha. Lizzie te convidou, assim como convidou sua mãe. — Estacionei na minha vaga e desliguei o motor, olhando para ela, enquanto pegava meu celular e as chaves. — Não vai ficar agindo como um bicho do mato, classe é o que não te falta.

— Ai, mas...

— Mas nada. — Neguei com a cabeça. — Você vai adorar Lizzie, Norminha. Ela é incrível, você vai ver.

Norminha me encarou séria, e no mesmo momento, eu me arrependi de ter dito aquilo.

— Se você não gostasse tanto de uma pica, eu diria que está interessada na boceta da gringa.

— Cala a boca! — Dei um tapa no braço dela e saí do carro, rindo, enquanto ela se escangalhava em uma risada. — Não sei por que sou sua amiga.

— Porque sou linda. Dou melanina e beleza à sua vida pálida e azeda, sabia?

— Muita melanina e muita beleza mesmo.

Olhei-a de cima a baixo e a puxei pela cintura, colando os nossos corpos de lado, para caminharmos na direção do elevador. Norminha passou o braço direito pelo meu pescoço e beijou a minha cabeça, me fazendo sorrir. Nada era melhor do que estar em boa companhia.

O dia foi passando devagar, sem grandes acontecimentos. Estávamos ansiosas para a virada. Sempre ficávamos, mas, para mim, havia algo a mais. Na verdade, sendo sincera comigo e com vocês, estava mesmo ansiosa para ver Lizzie. O sorriso animado não saía do meu rosto, e eu passei o tempo todo contando as horas para chegar lá. Fiz as unhas, hidratação no cabelo e na pele, fiz coisas que nem imaginava que um dia faria, e tudo para parecer mais atraente aos olhos dela. Eu nem mesmo acreditava que estava pensando aquelas coisas, mas desde que conheci Lizzie, aqueles pensamentos não saíam da minha cabeça.

No meu quarto, uma falação já se fazia presente há mais ou menos uma hora. Alicia e Norminha não paravam de falar, enquanto eu andava de um lado para o outro, tentando achar o melhor para vestir. Short branco com blusa branca ou vestido? Quem sabe saia?

— *Aaaaaaaaah*! — dei um berro dentro do meu closet, jogando as peças de roupa, que eu tinha em mãos, no chão. — Que ódio!

— Que foi, Carol? Barata? — Lysh perguntou, da minha cama, elevando seu tom de voz.

— Antes fosse barata. — Voltei para perto delas, de mãos vazias, deslizando os dedos pelo cabelo. — Não sei que porra vestir, cara. Comprei tanta coisa e acabei decidindo por nada.

— *Aff*, você tem tanta roupa, Carolina! — Norminha rolou os olhos, se jogando de costas no colchão.

— Nada parece apropriado pra hoje.

— Carol, é só o Ano Novo, sempre passamos básicas. Branco e fim, ora! O que muda hoje? — Lish perguntou.

Eu me senti envergonhada e acabei rindo, sem graça, com minhas bochechas ardendo.

— Nada, ué... Só queria fazer diferente, sei lá!

— *Hm*, sei... — Lysh cruzou os braços embaixo dos seios e me encarou com as sobrancelhas erguidas. — Vai encontrar algum cara, depois de meia-noite, e não disse pra gente? Se sim, quem é?

— Não! — neguei e girei em meus calcanhares, voltando ao closet. — Não tem nada a ver, Lysh. *Se ela soubesse que eu queria mesmo era chamar a atenção da irmã dela.*

— Queria eu encontrar uma mulher bem gostosa depois de meia-noite — Norminha comentou, arrancando uma risada de Alicia. Vasculhei as prateleiras de novo, mordendo os lábios, enquanto pensava. — Sexo com homem é bom, mas sexo com mulher, ah... não tem comparação, outra vibe.

— Por que toda bissexual que eu conheço prefere transar com mulheres? Isso é interessante — Lysh disse ao se movimentar pelo meu quarto, e eu pude ouvir seus passos.

Peguei um vestido branco e o olhei de cima a baixo. Não!

— Porque é melhor. Homem acha que sexo é só meter e pronto. Mulher, sim, sabe o que fazer.

Voltei para o quarto com um shortinho branco nas mãos, parando sobre o tapete e estendendo a peça de roupa para elas.

— Este short? — perguntei, em dúvida, olhando-o.

— Amei esses detalhes perto dos bolsos, coloque ele. Vai ficar lindo com uma blusa de seda branca ou qualquer outra que seja soltinha e lisa. Coloque dourado, muitos acessórios dourados, para agradar à mamãe Oxum, e ficará maravilhoso.

— Fechado! — Já estava de saco cheio daquela procura e decidi seguir a dica de Norminha, pois ela sempre sabia o que ficava bom.

— Estou ansiosa para ver o que Lizzie vai vestir — Lysh disse, aparentemente, preocupada. — Espero que ela não use nada que lembre a Idade da Pedra.

Norminha caiu na gargalhada, se arrastando para deitar a cabeça em meu colo, assim que me sentei na cama.

— Ela tem um estilo bem antiquado mesmo, mas acho que esse é o charme dela. — Iniciei uma carícia entre as mechas de cabelo de Norminha, me lembrando das vezes que encontrei Lizzie e das roupas que ela vestia. Nunca desgostei de nenhuma delas, mas sempre achei que havia muito pano escondendo o que, com certeza, precisava ficar à mostra.

— Ela usa social e saltos dentro de casa, cara. — Lysh bufou, negando com a cabeça. — Juro que, se eu chegar lá e ela estiver usando uma dessas coisas, infarto.

Vou achá-la linda de qualquer forma, pensei e acabei negando com a cabeça e sorrindo sozinha.

— Que foi, Carol? — Norminha perguntou, ao me olhar de baixo.

— Quê? Nada! Acho é graça da forma que ela se veste e fala — menti, em partes, olhando para elas. — Esse estilo a faz parecer mais velha do que realmente é.

— Vai falar isso pra ela? Vira bicho. Eu hein!

Decidi encerrar o assunto "Lizzie" antes que eu, sem perceber, acabasse soltando algumas das coisas loucas que passavam pela minha cabeça.

— Vamos parar de fofocar e continuar ajeitando as coisas, sim? — Dei dois tapinhas no ombro de Norminha, para que eu pudesse me levantar. — Uma das duas vai fazer a minha sobrancelha, e não é depois, é agora.

— Ai, não fica assim, mandona, que eu fico excitada, leonina — Norminha zombou, quando eu corri para pegar uma pinça.

— Sei que você ama mesmo quando eu fico autoritária. — Voltei para o quarto e entreguei a pinça a ela.

— Claro que sim, minha calcinha está toda molhada.

Eu ri da careta que ela fez, só esperando o momento de ser xingada.

— Cala essa boca e senta logo aqui, Carolina.

Ao contrário de Alicia, Norminha realmente metia a mão em mim, caso eu a estressasse demais, logo decidi não a contrariar. Sentei-me de frente para ela, com as pernas em cima da cama, e observei, com o canto dos olhos, Alicia se levantar, antes de erguer o rosto para Norminha fazer seu trabalho.

— Vou dar um jeitinho nas unhas de Duda, Carolina.

— Não passa nada muito escuro, hein! Ela é só um bebê.

— Eduarda tem 10 anos, Carol — Norminha resmungou.

— Foda-se! É meu bebê.

Norminha ia modelando a minha sobrancelha, e cada vez que a pinça arrancava os pelinhos, eu soltava um gemido. — Ai, porra! Ouviu, né, Lysh?

— Ouvi, troço. Aff! — Alicia saiu do quarto e bateu a porta, me deixando sozinha no abatedouro. A sessão tortura não durou por muito tempo, pois Norminha era rápida no que fazia.

Chegamos ao apartamento de Lizzie às 21h30. Fiquei impressionada com a decoração para o Ano Novo, estava maravilhosa. Havia até balões brancos e dourados. Sorri internamente e, por um instante, me iludi, pensando que poderia ser por minha causa.

Da varanda daquela cobertura, nós víamos a praia de Copacabana lotada, com tanta gente que parecia um formigueiro. Há um ano, eu estava lá, no meio daquelas pessoas, ansiando pela meia-noite e pela festa que viria em seguida. Como as coisas mudam, não? Naquele momento, ali, de pé, tudo o que eu menos queria era descer.

Nossa anfitriã ainda não havia saído do quarto, e a minha ansiedade estava quase me obrigando a bater naquela porta. Norminha me trouxe uma taça de champanhe, e eu bebi em dois minutos. Não sabia se era sede de líquido ou sede de Lizzie. Meu pai, tio Antony outro senhor conversavam, sentados, no sofá; tia Rita, tia Norah e uma mulher mais velha que as duas faziam a mesma coisa, ao lado da grande mesa de jantar; Eduarda estava concentrada em um jogo de tabuleiro, com Norminha, e eu... Bem, bebendo minha segunda taça de champanhe, enquanto Alicia tagarelava sobre um carinha para quem ela queria dar, mas não sabia se dava.

— Dá logo pra ele. Você não quer? Então dá, porra! Deve ter teia de aranha aí — eu disse, antes de tomar mais um gole do líquido espumante, sem tirar meus olhos do lado de dentro da porta da varanda.

— Eu sou seletiva, sabia? Não saio por aí dando pra qualquer um — Alicia resmungou, ao meu lado, se virando para a direção da praia e apoiando as mãos na grade.

Olhei para ela com olhos estreitos.

— De tanto selecionar, vai acabar morrendo sem dar. Usa camisinha, e acabou, é só o que importa mesmo.

E não era? Neguei com a cabeça e bebi mais do champanhe, dando de ombros. Meu interesse naquele assunto estava quase nulo. Quer dizer, meu interesse em homens, desde o dia que eu conheci Lizzie, havia se tornado zero.

— Vou pegar uma taça de champanhe pra mim, porque, pra dar pra cara burro, só estando brisada. Volto já!

— Vai lá! — eu disse rindo, e virei o restante da minha bebida, abaixando a mão com a taça, enquanto Alicia sumia da minha visão, e suspirei.

Será que alguma vez já dei pra algum homem burro, meu Deus? Se sim, por quê? Pensar nisso me causava tanto enjoo que sacudi a cabeça para afastar os pensamentos e, quando voltei a olhar para dentro, encontrei tudo o que eu estive procurando o dia todo. Lizzie estava lá, no centro da sala, abraçando Alicia apertado, enquanto as pessoas presentes olhavam para ela.

Eu respirei fundo uma, duas, três vezes. Não sabia dizer se meu coração havia parado ou se ainda batia. Meu rosto estava quente, e eu, em um instinto, levei a mão direita até o peito e contei mentalmente até dez. Que porra era aquela? Alguém tinha que ter alguma explicação para isso. Talvez algum médico ou, sei lá, minha mãe de santo. Eu só queria que alguém me explicasse por que eu sentia que poderia morrer toda vez que me encontrava com ela.

Umedeci meus lábios e a acompanhei com os olhos enquanto ela cumprimentava os convidados, sentindo minhas mãos suarem. De um a um, ela chegou à Norminha, e depois de abraçá-la e perguntar alguma coisa, vi Norminha apontar para mim discretamente. Gelei, ou melhor, esquentei inteira, dos fios de cabelo até meus dedos dos pés. Lizzie olhou para mim da sala de jantar, que dava uma visão direta à varanda em que eu estava, e abriu um sorriso de canto, antes de começar a andar na minha direção. Eu quis sorrir de volta, mas tudo que fiz foi ficar parada, como se estivesse petrificada. Conforme ela andava, o longo vestido branco, de uma alça só, que usava, se agarrava às curvas de seu corpo, obedecendo à direção do vento. Vi brincos de pérola, um cordão delicado e o resto dos acessórios simples. Seu cabelo descansava sobre seu ombro esquerdo, deixando o lado direito de seu pescoço completamente à mostra. *Minha boca estava seca.*

— Oi, Carolina! — Lizzie me cumprimentou, assim que ficou perto o bastante, me deixando sentir seu hálito doce. Sorri para ela, e talvez tenha sido o maior sorriso que já dei na vida.

— Oi, gringa!

— Você está linda!

Aquele rubor ridículo, de todas as vezes que ela me elogiava, esquentou as minhas bochechas, me fazendo rir desconcertada.

— Você também está. — Usando e abusando de meus impulsos, choquei meu corpo contra o dela, em um abraço apertado, recebendo seus braços ao redor da minha cintura. — Bonita pra caralho! — eu disse a frase apenas para ela, no pé do ouvido, observando todos os pelinhos de sua nuca se eriçarem.

Sorri com aquilo e mordi os lábios, ouvindo o suspiro que ela deixou escapar. Quando nos separamos, o rosto de Lizzie havia ganhado um tom de vermelho e seus olhos verdes estavam mais escuros do que poucos segundos atrás. Nós nos encaramos por um tempo. Sabia que ela havia ficado desconfortável com meu gesto, mas podia ver em seu rosto que, nem de longe, havia sido ruim.

— Por que não entramos? — Lizzie propôs, olhando rapidamente para dentro de casa. — Dá para conversarmos melhor lá dentro, aqui há muito barulho vindo da praia.

— Tudo bem! — Sorri, estava sorrindo à toa.

Perto dela, eu ficava daquele jeito: mole, trouxa, achando a vida melhor, o clima mais agradável. Vergonhoso, eu sei. Fomos caminhando, juntas, para dentro, trocando alguns olhares, alguns sorrisos, e quando ganhamos a sala de jantar, ouvi *Só tinha de ser com você,* da Elis Regina, começar a tocar ao fundo, em som ambiente.

— Olha só, você ouvindo Elis Regina. Estou gostando de ver, viu? — brinquei com ela, lhe arrancando uma risada gostosa, tão gostosa que desejei fazê-la rir outra vez.

— Coloquei na playlist porque você gosta — Lizzie disse, antes de colocar um pedaço de queijo na boca, mastigando de forma tão delicada que fiquei vidrada em suas palavras e em seus lábios.

— Sério?

— *Uhum*!

Eu queria beber mais.

— E os balões também. Vi que não tínhamos comprado balões dourados quando fomos às compras, então... fui lá e comprei.

— Está tentando me agradar, Lizzie? — perguntei, com o lábio mordido, segurando o olhar que ela mantinha em mim.

Minhas pernas estavam com câimbra ou algo parecido com isso. Comecei a sentir calor, e sabia muito bem que não estava quente ali dentro. Lizzie me analisou um pouco, e sua expressão passou de suave à pensativa, um pouco tensa. Seu sorriso se fechou, mas não era de todo ruim, porque seus olhos me deixavam ver uma luminosidade que, até então, não havia aparecido antes.

— Eu... — ela começou, mas antes que eu pudesse ouvir sua resposta, algum filho da puta a interrompeu.

— Lizzie, venha até aqui, por favor! — foi o tio Antony a chamando, com um sorriso no rosto que, se eu pudesse, arrancaria na marra, apenas por ele ter atrapalhado o momento. Lizzie olhou para o pai e depois para mim, fazendo um gesto educado com a cabeça, antes de sair.

— Com licença, Carolina!

Sorri para ela, com os lábios pressionados. Enquanto Lizzie se afastava, eu xingava mentalmente o pai da minha melhor amiga com todos os palavrões existentes na Terra. Aquele lance de ser empata foda era de família mesmo.

Conforme o tempo foi passando, tudo que fiz foi beber e beber. Perdi as contas de quantas taças de champanhe eu bebi, e o pior: não conseguia ficar bêbada. Tem coisa mais merda que isso? Querer ficar bêbada e não conseguir?

O apartamento estava animado e, ao contrário de mim, as pessoas conseguiram ficar embriagadas ao menos um pouco. Riam alto e conversavam alegremente. Quando *Delírio,* da Roberta Sá, começou a tocar, Norminha e Alicia foram para o centro da sala, como passistas chegando à avenida. Elas cantavam e sambavam, com suas taças nas mãos, mostravam o que era bonito. E bonito era aquilo: ser feliz, sem ligar para nada, dançar, cantar, festejar a vida, porque estamos nela de passagem. Eu queria me juntar a elas e fazer o mesmo, mas meus olhos estavam presos em Lizzie, enquanto ela mantinha uma conversa com meu pai, no canto da sala.

Nossos olhares se encontravam vez ou outra, por cima dos ombros de Eduardo. Ela levava a taça de champanhe, já no fim, à boca, deslizando a mão livre pelo pescoço convidativo, pela nuca, e lambia os lábios avermelhados, para não desperdiçar vestígios da bebida. No meio do papo, ela sorria, e nesse momento, seu olhar se direcionava a mim, mas, ao me pegar olhando, desviava. Estava gostando de me espiar, eu percebia como ela reagia. Aquele joguinho estava acabando comigo, me deixando inquieta e severamente excitada. Nunca, na minha vida, imaginei ficar excitada com uma maldita troca de olhares, ainda mais com uma mulher. Aonde eu iria parar? *Porque, na merda, eu já estava.*

— Carol, Carol, já são quase meia-noite, tia Rita disse — Duda chamou a minha atenção, dando alguns pulinhos animados na minha frente. Respirei fundo, para puxar o meu controle de volta, sorrindo para a pequena.

— É mesmo? Vai indo para a varanda, então. — Ergui a mão, para retirar um pouco do brilho presente em seu cabelo. Onde diabos aquela menina havia arrumado aquilo? — Você comeu?

— Comi duas vezes. E bebi muito suco, não precisa ficar brava.

Eu ri da carinha que ela fez, me curvando um pouco para frente, só para poder beijá-la na bochecha.

— Muito bem, estou orgulhosa. — Ajeitei a alça de sua blusa. — Chame o papai, vamos para a varanda, esperar os fogos.

— Tá bem!

Vi Duda correr na direção do meu pai, obviamente pedindo licença, antes de se meter entre ele e Lizzie. A pequena disse alguma coisa e puxou a mão do coroa, fazendo Lizzie cair em uma gargalhada. Acabei sorrindo, pois ela me contagiava. Meu pai falou algo com Lizzie e se retirou, arrastado por Duda na direção da varanda. Então, ficamos eu e ela novamente naquela troca de olhares. Iria me aproximar, mas fui interrompida pelos braços de Norminha ao redor do meu pescoço.

— Eu acho que tô bêbada.

— Tu acha? — Torci o nariz. — Esse teu bafo de álcool me dá certeza.

Nós rimos juntas e fomos caminhando para a varanda. Troquei um sorriso com Lizzie, quando passei por ela, querendo muito parar e ficar ao seu lado.

— Não gosto dessas bebidas de rico, não, Carol. Sou pobre, porra!

Norminha e eu cambaleávamos a caminho da varanda. Ela estava quase me derrubando, e eu não conseguia parar de rir. — Estou acostumada com cerveja, caipirinha, aí me botam pra beber champanhe. Querem me foder, né?

— Não sabe beber, bebe água, preta.

— Norminha! — Ouvi a voz de tia Rita atrás de nós, nos fazendo olhar para ela de olhos arregalados. — Solte Carolina e se comporte, não estamos em casa. Chega de beber!

Norminha me largou com pressa, deslizando a mão pelo vestido que usava e ajeitando a postura. Eu levei a mão até a boca, para não gargalhar. Ver as amigas levando esporro era sempre bom.

— Pare de rir, vagabunda! Vou te encher de porrada amanhã — ela me ameaçou e me deu um beliscão na cintura quando paramos perto da grade da varanda.

— Levou esporro da mamãe, que vergonha!

Norminha me fuzilou com os olhos, sibilando um "vai tomar no cu" bem longo. Ai, tinha como não rir daquela situação? Dei-lhe um beijo na bochecha e me concentrei para a contagem. Olhei no celular, e faltava um minuto para meia-noite. Adorava aquele momento, a virada do ano sempre me levava às lágrimas.

Todos se reuniram no espaço da varanda, enquanto meu pai e tio Antony levavam uma garrafa de espumante nas mãos. Eduarda estava, aos gritos, mais atrás, e tia Norah e tia Rita estavam abraçadas de lado. Busquei Lizzie com os olhos, a vi abraçada com Alicia, e abracei Norminha.

— Dez, nove... — a contagem começou, e meus olhos se encheram de lágrimas. Copacabana inteira contava junto, era o coro mais bonito que já havia ouvido na vida. — Oito, sete... — Sempre me lembrava da minha mãe naquela hora, pois era ela quem me ajudava a contar quando eu era pequena. Meu coração estava apertado, mas eu estava feliz, porque sabia que, onde quer que ela estivesse, cuidaria de mim. — Seis, cinco, quatro... — Segurei na grade com a mão livre. — Três, dois, um.

A última coisa que vi, antes da entrada de 2016, foi o sorriso enorme que Lizzie ofereceu a mim quando olhei para ela. *Era como estar em casa.*

— FELIZ ANO NOVO! — todos gritaram ao mesmo tempo.

Os fogos do maior espetáculo do mundo explodiram no céu de Copacabana. Eu chorei, ri, sorri, pulei e abracei Norminha com força. As garrafas de champanhe foram abertas, e nós tomamos um banho, mas nada importava. Todos se abraçaram; Eduarda gritava, com as mãos erguidas para o céu, nos ombros de meu pai, como se pudesse tocar os fogos. Alicia e eu ficamos, um bom tempo, abraçadas e chorando — aquele era como um ritual para nós.

Nós nos lembrávamos de tudo que havíamos passado juntas, em todos os anos, e fazíamos promessas de que aquilo, que tínhamos, duraria a vida inteira. Beijei sua bochecha e enxuguei suas lágrimas, dizendo alto um "eu te amo", para que ela pudesse ouvir, no meio de toda aquela barulheira. Atrás dela, vi Lizzie, soube que ela estava esperando sua vez. Alicia chegou para o lado, recebendo Norminha em seus braços.

Ficamos ela e eu, frente a frente, e parecia que tudo ao meu redor havia girado em câmera lenta. Ao contrário de todas as outras vezes, não precisei ser impulsiva nem tomar atitude, pois foi Lizzie quem me puxou para ela, abraçando a minha cintura com tanta força que pude sentir todos os músculos de sua barriga. Envolvi seu pescoço com os braços e fechei os olhos, então ela me suspendeu um pouco, por ser mais alta do que eu.

— Feliz Ano Novo, Carolina! — Lizzie sussurrou no meu ouvido, e foi minha vez de me arrepiar inteira. Meu coração batia aceleradamente, e eu sabia que ela sentia. Seus lábios roçaram de leve na minha orelha direita, e eu mordi o meu automaticamente. — Que esse ano seja maravilhoso pra você!

— Pra nós! — Eu desejei de todas as formas que podíamos desejar algo.

Eu não sei dizer se Lizzie entendeu todos os sentidos daquele "pra nós" e, se entendeu, apenas sorriu. Ficamos abraçadas, apenas ouvindo os fogos e o barulho de nossas respirações. Não queria me soltar dela, queria senti-la mais, muito mais. Suas mãos deslizavam com calma por minhas costas, e eu cheirei seu pescoço discretamente, apenas para me torturar um pouco mais com aquele perfume delicioso que ela usava. Nosso momento foi interrompido por uma Alicia alcoolizada, nos envolvendo com seus braços e gritando em nossos ouvidos. Lizzie começou a rir e me soltou, puxando a irmã para entre nós. Não me importei com aquela interrupção, de alguma forma já havia ganhado o meu prêmio.

Depois de uma da manhã, todos já estavam bêbados o bastante e negaram o meu pedido de descer até a praia, menos Lizzie. Eu disse a ela que precisava ir até a praia, colocar flores para Yemanjá, e na mesma hora, ela se ofereceu para me acompanhar. Pegamos as rosas brancas que eu havia levado, o fósforo e duas velas também brancas. Descemos em silêncio, não era preciso dizer nada. Quando alcançamos o calçadão lotado de Copacabana, segurei em sua mão, sem pedir permissão, entrelaçando nossos dedos. Fui puxando Lizzie entre as pessoas que bebiam e comemoravam a entrada do novo ano com euforia. A energia naquele local era incrível, havia de tudo. Eu sentia, na minha pele arrepiada, toda a positividade que as pessoas transmitiam. Lizzie observava tudo com curiosidade, segurando, com a mão livre, a barra do vestido longo.

Quando chegamos perto da água, a área mais vazia, me ajoelhei, coloquei as rosas ao meu lado e peguei as velas, que havia guardado nos bolsos, e o fósforo. Em seguida, com delicadeza, enterrei as duas velas brancas, lado a lado, até a metade, na areia, acendendo uma por uma, e vi Lizzie se ajoelhar na minha frente, em silêncio. Ela apenas me observava, parecia fascinada com alguma coisa, e eu desejei muito que fosse por mim.

Fechei meus olhos e curvei meu corpo para frente, encostando a minha testa nas costas das minhas mãos, que descansei sobre a areia. Ali, no momento de reza, que era meu e apenas meu, pedi à Yemanjá para me abençoar, para que me trouxesse felicidade e muita saúde, e também às pessoas que eu amava. Pedi por um amontoado de paz às pessoas de bem, que o mundo, enfim, ficasse um pouco melhor, que as pessoas evoluíssem. Pedi a ela que me desse sempre o bom, que me guiasse no escuro e que me ajudasse a lidar com tudo de novo que crescia dentro de mim. Pedi por amor e que fizesse, do meu interior, um templo de bondade e sabedoria. Pedi por Lizzie, que a estadia dela em minha vida fosse longa e regada a bons momentos. Pedi, da forma mais profunda que consegui, *que eu soubesse como conquistar o coração dela.*

— Odoyá, Yemanjá! — Saudei a rainha do mar ao finalizar minha reza, erguendo o meu corpo e voltando a ficar de joelhos.

Abri meus olhos e encontrei o olhar de Lizzie, que estava intenso como nunca vi antes. O vento soprava contra seu rosto, bagunçando de leve seu cabelo, e eu ergui a mão para colocar uma mecha atrás de sua orelha. Ela sorriu e fechou os olhos, fazendo meu corpo vibrar inteiro. Eu precisava terminar o que comecei, por isso me levantei e peguei as rosas.

— Posso te ajudar? — ela perguntou interessada, ficando de pé sem largar a barra do vestido.

— Claro que pode. Vamos lá! — Estendi minha mão livre, e Lizzie a pegou, então fomos andando na direção da água entre sorrisos e algumas risadas. Quando as ondas tocaram os pés de Lizzie, ela caiu na gargalhada, jogando a cabeça para trás e tentando escapar da água gelada. Tão linda! Como podia? Sorri enquanto a observava, com uma vontade absurda de tocá-la, sentir seu corpo, seu gosto... Suspirei.

— Toma, você coloca duas e eu duas. — Ofereci as rosas a ela, que as pegou sem hesitar.

— Okay! O que eu faço agora?

Vi suas bochechas corarem, e achei uma graça a falta de sabedoria sobre o assunto.

— Agora, você vai jogar uma por uma na água. E enquanto faz isso, mantenha pensamentos positivos.

— Certo! — Ela sorriu de canto, virando-se de frente para o mar. — Posso?

— Pode!

Jogamos, juntas, a primeira rosa branca, depois a outra. Elas boiaram na água, seguindo a corrente das ondas. Ficamos em silêncio, observando, apenas sentindo a energia. Eu não sei se Lizzie sentia o mesmo, pelo fato de ser ateia, mas eu podia sentir por nós duas.

— Isso é tão bonito! — ela disse quando estávamos voltando para a areia, vendo algumas pessoas ao nosso redor fazerem o mesmo que nós havíamos acabado de fazer. — Esse ritual... Alicia me falou sobre ele, e ela tinha razão, é uma experiência maravilhosa.

Nós nos sentamos na areia, ainda perto do mar, e eu me aproximei dela o máximo que pude.

— Eu não sei como funciona para ateus, não sei se sentem o mesmo que nós, que acreditamos nisso — eu comentei, com os olhos fixos em seu rosto, encantada com o fato de ela ser ainda mais bonita de perfil.

— Ser ateia não me impede de sentir energias boas, não é? O mundo é feito disso, afinal. — Lizzie me olhou, sorrindo, deixando que a barra do vestido deslizasse por suas pernas e descansasse na altura de seu quadril. Suas coxas grossas ficaram de fora, e eram torneadas e tão brancas quanto o leite. Minhas mãos coçaram para apertar, sentir... Droga! Desviei o olhar. — E foi muito interessante. Enquanto você rezava, eu fiquei arrepiada. Nunca me aconteceu isso antes.

— Que bom que foi capaz de sentir, é a coisa mais gostosa deste mundo.

— Tem razão. — Lizzie abaixou a cabeça e enterrou suas mãos na areia, parecendo perdida no tempo.

Eu não conseguia tirar meus olhos dela, não conseguia fazer outra coisa que não fosse olhá-la. Cada detalhe dela lembrava algo celestial: seus traços, o contorno de seu nariz, de seus lábios. Imaginei o quão quente deveriam ser seus lábios nos meus, sua pele na minha. Pensei no quão louca ela me deixaria, se me fizesse tudo o que eu queria. Eu estava ficando alucinada e não sabia se me culpava ou a culpava.

— Me fale mais sobre você — eu pedi. Não tinha mais controle sobre mim, só queria ouvir ou fazer. Eu queria qualquer coisa com ela. — Um pouco mais da sua vida, como era nos Estados Unidos.

— O que quer saber exatamente, Carolina?

Adorava como ela pronunciava meu nome, aquele sotaque me deixava quente.

— Me fale dos seus namoros, casos. Foi casada ou algo assim? — perguntei, muito, muito interessada. Queria saber se, algum dia, alguém tinha conquistado a alma daquela mulher.

— Sim...

Meu coração acelerou um pouco, e eu me senti enciumada. Não gostei de saber que alguém já tinha feito tudo que eu queria fazer. Loucura!

— E o que aconteceu com vocês? Por que não deu certo?

— Temos mesmo que falar sobre isso?

— Não vai querer me matar de curiosidade, não é, gringa? — Fiz graça, batendo com meu ombro esquerdo no dela, empurrando-a um pouco.

Lizzie riu, ao negar com a cabeça.

— Ah, menina... você não tem jeito.

Sorri, mantendo o lábio inferior entre os dentes.

— Terminamos depois de alguns anos. Valerie não conseguia entender que eu precisava trabalhar e dedicar boas horas a isso. Ela foi embora, e desde então, estou sozinha.

Valerie. Fiquei repetindo aquele nome na minha cabeça mil vezes, só então me dei conta de que nunca havia parado para pensar se Lizzie curtia mulheres, mesmo tendo interesse nela. O quão idiota eu fui? E se ela fosse hétero? Pelo visto, Yemanjá já havia começado a me abençoar. Só o fato de Lizzie ser lésbica já me fazia ter muito mais chances com ela.

— Sozinha quer dizer sozinha mesmo? Sem transas casuais? — Imitei seu gesto e enterrei meus dedos na areia macia, chegando um pouco as costas para trás.

— Com transas casuais. — Ela abriu um sorriso de canto, um pouco envergonhada. — E você?

Voltei o meu olhar para o mar, desejando que todo o meu passado, por algum motivo, fosse apagado.

— Namorei sério uma vez só, mas ele era um idiota, e eu não soube lidar. — Ouvi a risada dela, chamando minha atenção. — Se me der vontade de sexo, tenho sexo, não importa se conheci a pessoa hoje ou há um ano. Eu faço o que tenho vontade.

— Talvez eu te inveje nisso — sua resposta soou baixa, e nós ficamos nos olhando por um tempo.

Queria tanto que Lizzie se soltasse mais, que deixasse sua juventude vir à tona outra vez, que sua vontade de viver intensamente crescesse. Queria ajudá-la nisso, queria ser um dos motivos para ela nunca querer parar. Tirei minhas mãos da areia e me sentei reta de novo, dessa vez, de frente para ela. Lizzie continuou em sua posição, mas, naquele momento, com os olhos fixos em meu rosto. Eu me aproximei dela sorrateiramente, a ponto de suas mechas de cabelo se misturarem às minhas. Meu coração batia rápido, meus olhos vasculharam todos os cantos de seu rosto, até pararem em sua boca. Vi sua língua rosada umedecer seus lábios, e nunca senti tanta vontade de beijar alguém em minha vida.

— Lizzie... — sussurrei mais para mim do que para ela, tocando sua bochecha direita com a minha mão esquerda.

Eu não ouvia mais nada ao meu redor, apenas sentia sua respiração furiosa contra o meu rosto. Fechei meus olhos, com minha boca se enchendo de água, e me aproximei mais um pouco. Quando faltavam centímetros para nossos lábios se tocarem, Lizzie se afastou de mim bruscamente, como se alguém tivesse parado atrás dela e a puxado para trás. Eu me assustei e a encarei, a vendo respirar fundo umas três vezes.

— Eu... — comecei. Iria me desculpar, mas ela me interrompeu.

— Acho melhor subirmos, Carolina. Nossa família deve estar preocupada conosco. — Sem nem ao menos esperar a minha resposta, Lizzie se levantou, sacudindo a barra do vestido, para retirar a areia. Neguei com a cabeça e me amaldiçoei internamente, me colocando de pé, ao lado dela.

— Lizzie, me desculpe! — pedi, abaixando a cabeça.

— Está tudo bem, menina.

Eu sabia que não estava tudo bem. Não queria ter estragado tudo.

— Vem, vamos subir.

Sem permissão, outra vez, segurei em sua mão, para que pudéssemos voltar ao apartamento. Lizzie a apertou com força, e nós fomos andando na direção do calçadão. Ela não disse nada, e eu preferi ficar em silêncio. Seja lá o que estivesse se passando na cabeça dela, não era tão ruim assim, porque ao menos ela não havia desfeito o contato de nossas mãos.

Quando chegamos à cobertura, a maioria estava dormindo, e meu pai havia ido embora com Eduarda. Apenas a tia Rita e a tia Norah estavam acordadas, conversando na mesa de jantar. Lizzie se despediu de nós e foi para seu quarto, me deixando sozinha com meus pensamentos.

Quando me deitei naquela madrugada, para dormir, apenas desejei que o dia seguinte chegasse logo e que eu não tivesse colocado tudo a perder. Era Ano Novo, e tudo o que eu queria era começar com o pé direito.

1 de Janeiro

Bom, com o pé direito, não foi bem como comecei. Ao chegar em casa, na manhã do dia primeiro, dormi até uma da tarde e, quando levantei, saí com Alicia e Norminha para um churrasco de alguns amigos nossos, em Jacarepaguá. Bebi tanta cerveja, tanta que fiquei bêbada do jeito que não consegui ficar na virada. Precisava de muito álcool para esquecer meu vacilo com Lizzie. Alicia voltou dirigindo o meu carro, porque era a única que não havia bebido entre mim e Norminha.

Quando entrei em casa, meu pai estava me esperando, sentado no sofá, como sempre, e começamos a gritar um com o outro, como dois desconhecidos. Ele odiava quando eu chegava bêbada, e eu odiava que ele pegasse no meu pé. Duda, ao nos ver brigando, começou a chorar. Minha raiva aumentou. Raiva dele, de sua ausência, de todas as coisas que eu juntava e nunca falava, de todo o amor que não demonstrava, da atenção que não nos dava. Eu disse algumas coisas, e ele rebateu com outras mil. Peguei minha bolsa e saí, batendo a porta. Desci para o calçadão e esperei o motorista de aplicativo que eu havia chamado. Tinha colocado, no destino, a primeira rota que me veio à cabeça. As lágrimas furiosas rolavam por meus olhos, e eu desejei a presença da minha mãe intensamente. Se ela estivesse viva, as coisas nunca acabariam desse jeito.

Quando o carro parou em frente ao prédio familiar, eu desci e entrei correndo. O porteiro, que já me conhecia, apenas me deu "boa noite". Não respondi, estava fora de mim para ter educação àquela altura do campeonato. Parei em frente à porta de madeira escura, respirando fundo e limpando as lágrimas grossas que escorriam pelo meu rosto. Toquei a campainha. Nada. Toquei outra vez. Nada. Toquei outra e outra, e quando iria tocar de novo, vi a porta abrir.

— *What the fuck*?[1] — Eu a ouvi xingar, antes que pudesse ver que era eu ali, e quando seus olhos me encontraram, ela me encarou como se visse um fantasma. — Carolina?

— Posso entrar? Por favor! — Funguei um pouco, puxando o ar com força.

Lizzie chegou para o lado e me deu passagem, fechando a porta quando eu entrei. Ela usava uma camisola vermelha e um robe branco por cima. Por isso a demora, devia estar deitada.

— O que aconteceu? O que está fazendo aqui, a essa hora, e chorando? — ela perguntou, assustada, se aproximando apenas um pouco, deixando uma distância segura entre nós.

— Desculpa chegar desse jeito, mas meu pai e eu tivemos uma briga feia, e seu apartamento foi o primeiro lugar que pensei em vir, para esfriar a cabeça. — Limpei meu rosto com um pouco de raiva, erguendo a cabeça para respirar fundo. — Não vou demorar, okay?

— Calma, não precisa ter pressa. — Lizzie fechou o robe na lateral de seu corpo, dando um nó na tira que o rodeava. — Por que não se senta um pouco, enquanto eu pego um copo d'água? E aí, conversamos sobre isso, está bem?

— Okay! — respondi.

Fiz o que ela disse: me sentei no sofá e a esperei voltar. Curvei meu corpo para frente e apoiei meus cotovelos em meus joelhos, descansando a cabeça em minhas mãos. Odiava ver minha irmã chorar e odiava mais ainda o que meu pai fazia conosco e não via. Acho que a carência de pai e de mãe é uma das piores coisas que podemos sentir na vida.

— Carolina? — Ouvi a voz de Lizzie ao meu lado, e ela se sentou um pouco distante, estendendo sua mão direita. — Aqui está sua água, coloquei um pouco de açúcar. Beba tudo, respire fundo e me conte o que aconteceu.

1 Tradução: Que porra é essa?

Virei o copo de água de uma vez, deixando que um pouco do líquido escorresse pelo canto da minha boca. Então, a sequei com as costas da mão e coloquei o copo no chão, tomando uma respiração.

— Então... — contei a Lizzie tudo o que houve, tudo o que falamos um para o outro e até mesmo o que pensei.

Ela ouviu, calada, não disse nada, apenas deixou que eu desabafasse. Quando acabei, Lizzie respirou fundo e juntou as mãos em seu colo. Seu olhar era repreensivo, mas, ao mesmo tempo, consolador.

— Carolina, tem que entender que Eduardo é seu pai e que, por mais grosso e estúpido que seja, se preocupa com você. Ele te quer bem.

— Se preocupa comigo? — Eu ri, debochada, negando com a cabeça. — Tudo o que ele gosta é de ter poder sobre mim e minha irmã, impor e impor. Nunca presta atenção em nós, nunca está em casa, nunca se propõe a, sei lá, nos dar uma palavra de afeto. Ele nunca esteve lá nos momentos que mais precisei, Lizzie.

— Você também não é fácil, não é, Carolina? — Ela me olhou, séria, com uma expressão dura. Eu a encarei da mesma forma; já não chorava mais. — Pelo pouco que te conheço, posso ver isso. Entendo seu pai em parte, porque sou mais velha e penso da mesma forma. Ele pode ser ausente e todas essas coisas que reprovo, mas você também tem uma parcela de culpa na forma que ele te trata.

Eu não estava acreditando que ela havia dito aquilo. Fui até lá para procurar consolo e acabei tomando no cu da pior forma. Mas o que eu esperava, não é mesmo?

— Eu não tenho culpa dele ser um péssimo pai, Lizzie! — esbravejei, deslizando os dedos pelo cabelo, completamente irritada. — Não tenho culpa dele não ver que eu já sou adulta. Só não saí daquele apartamento ainda por causa de Eduarda, porque se ela não existisse, eu já teria ido embora há séculos.

— Vocês, jovens, são uma comédia. — Lizzie riu sem humor. — O que é que vocês sabem da vida, menina? Vocês passam por um aperto e acham que é o fim do mundo. Suas únicas preocupações são beber e estudar. Os pais possuem culpa em muitas coisas, sim, inclusive na parte de mimá-los.

— Está dizendo que sou mimada?

Nós nos fuzilamos com olhares, e eu não sabia dizer se o modo, que ela me tratava, era por raiva do dia anterior ou por entender até demais o meu pai.

— Estou — sua resposta saiu entre os dentes, mas a minha saiu bem alta.

— Você é uma imbecil!

Não havia nada que me deixasse mais louca do que ouvir alguém me chamar de mimada. Lizzie se levantou na mesma hora. Seu peito subia e descia em uma respiração rápida. Ela apontou a direção da porta e esbravejou como nunca vi antes:

— Vá embora! Já chega! Saia da minha casa.

Catei minha bolsa em cima do sofá com raiva.

— Eu vou mesmo, não sou obrigada a ouvir essas coisas.

— Pois vá, menina! Suma da minha frente.

Por um minuto, eu considerei que ela pudesse me bater, e talvez eu quisesse apanhar. Olhei para ela uma última vez, antes de andar com passos firmes e fortes na direção da porta, batendo-a com força ao sair.

Meu corpo sacudia de ódio, e o meu caminho na direção do elevador se tornou longo. As lágrimas apareceram novamente, mas, dessa vez, eram de raiva e nervoso. Quem ela pensava que era para falar daquele jeito comigo? Gringa dos infernos! Chegou à minha vida do nada e me virou de cabeça para baixo. Eu só queria...

— Pera aí! — Parei no meio do caminho, falando comigo mesma, alto e bom som. — Por que eu não beijei aquela idiota?

Girei em meus calcanhares e comecei a fazer todo o caminho de volta, com a mesma pressa com a qual saí. Estava uma pilha, meu coração batia desesperadamente dentro do meu peito. Estava sendo movida por duas coisas: *desejo e raiva*. Quando girei a maçaneta da porta ainda destrancada, entrei no apartamento como um furacão. Lizzie estava lá, ao lado da mesa, com as duas mãos apoiadas nela. Não deixei que ela tivesse tempo para raciocinar, o comando era meu.

— O que... — ela começou, espantada, e tudo o que fiz foi empurrá-la com força, pelos ombros, contra a parede mais próxima.

— Cala a boca! — esbravejei, antes de me chocar contra ela, afundando os meus lábios naquela boca que tanto estava me tirando a sanidade. Eu gemia enlouquecida, não pude segurar, me calar.

Lizzie não me afastou, muito pelo contrário, parecia que ela queria o mesmo que eu. Suas mãos foram parar, de forma bruta, entre os meus cabelos, puxando e apertando com força; separou os lábios, para que eu pudesse deslizar a língua para dentro daquele calor. E eu deslizei, tremendo inteira, e a apertei mais contra aquele concreto, como se fosse possível atravessá-lo. Nossas línguas se embolaram, e a quentura era tanta que minha nuca começou a suar. Minhas mãos estavam espalmadas aos lados de sua cabeça; meu corpo roçava-se ao dela; nossos seios, pressionados, estavam me levando à loucura; suas mãos famintas me deixando cada vez mais alerta. Eu sentia raiva, vontade, queria mais, cada vez mais, aquele gosto, aquela boca macia que me tirava a respiração. Nosso beijo era urgente, o barulho, que nossos lábios faziam ao se chocarem, encheu o ambiente. *Nunca beijei tão gostoso em toda a minha vida.* Os dentes de Lizzie prenderam meu lábio inferior entre eles, e ela o chupou tão devagar quanto eu imaginei que um dia poderia ser. Gemi em sua boca, ela gemeu de volta. Cravei minhas unhas em sua cintura e a beijei outra vez, antes que o ar nos faltasse. Quando Lizzie e eu separamos nossas bocas, ouvi nossas respirações agitadas. Ainda de corpos colados, ergui minha mão direita e deslizei o dedão por seu lábio inferior, em uma pequena massagem. Lutei para ter voz e dizer alguma coisa.

— Prefiro ficar... Nem tente me mandar ir embora de novo — coloquei para fora com muito esforço, deixando bem claro que eu não iria sair dali tão cedo.

Capítulo 7

Nosso jogo é perigoso, menina

Lizzie

"Acho que devemos fazer coisa proibida – senão sufocamos. Mas sem sentimento de culpa e sim como aviso de que somos livres". [1]

Resistir. Resistir. Resistir. Resistir. Não, era impossível. A língua dela implorava cada vez mais, e meu corpo, impulsionado pelo desejo, dava o que ela pedia. Minhas mãos percorreram as curvas, sentiram a pele quente, tocaram a bunda durinha. O aroma dela me fazia delirar, enquanto o som abafado de nossos gemidos escapava, impossibilitado de ser freado.

Carolina estava tão entregue que não reclamou quando ergui seu corpo e a carreguei até a bancada central da cozinha. As pernas dela estavam entrelaçadas na minha cintura, e respirei fundo, quando ela rebolou de leve, pedindo por contato. Senti as unhas dela passeando na minha nuca, e meus pelos arrepiaram, me fazendo sorrir. Ela me acompanhou, soltando uma risada gostosa, enquanto mordia meu lábio inferior.

Na minha cabeça, vinham tantos pensamentos ao mesmo tempo, dizendo que aquilo era errado, mas, ao mesmo tempo, certo. *Deus, ela é a melhor amiga da minha irmã, tem 20 anos. O que estou fazendo?* Mas não conseguia parar. O gosto dela era como experimentar uma coisa nova e se viciar. Talvez fosse melhor frear, antes que ultrapassasse as nossas barreiras. Aquela não era a hora certa. Dei um último beijo e me afastei, tentando manter a calma.

— Lizzie, o que aconteceu?

— Eu... Eu... Isso não podia acontecer — falou com pausas, recuperando o fôlego. — *Holy fuck! What the fuck just happened?*[2]

— Desculpa! Eu não pensei que você não fosse gostar. Isso também é muito novo pra mim, nunca fiz nada parecido. Só que, com você, parece tão certo e...

— *Fuck... Fuck*[3]! — Passei a mão pelo cabelo, caminhando até a sala. Carolina pulou da bancada e me deu um olhar curioso, antes de caminhar, com pressa, até a porta. — Espera! Aonde você vai?

---

1 Clarice Lispector.

2 Tradução: Puta que pariu! O que caralhos acabou de acontecer?

3 Tradução: Porra... Porra!

— Pra lugar nenhum, só estou tirando o chinelo pra ficar descalça. Por quê? Pensou mesmo que eu fosse embora? Já tinha falado que não sairia daqui nem que mandasse.

— Você é inacreditável, sabia?

Como eu já esperava, ela sorriu e veio na minha direção. Revirei os olhos e ri, enquanto aquela garota se aproximava com uma feição divertida, de quem acaba de pregar uma peça. Ela segurou meu rosto, e notei que estava corada, com a respiração a mil. De fora, vinha o barulho do mar de Copacabana, e fechei os olhos, para sentir uma brisa gelada que entrou pela porta da varanda. Abracei Carolina com força e lhe dei um beijo na ponta do nariz, ouvindo um suspiro calmo escapar.

Quando nos separamos, começamos a rir como duas crianças. Foi tão inesperado o que tinha acabado de acontecer que não tivemos reação alguma, a não ser gargalhar. Carolina andou até a vitrola e tateou alguns dos meus vinis com os dedos, cantarolando alguma coisa. Reparei nos seus traços, na maneira que mordia os lábios, enquanto se concentrava em achar o que estava procurando, na tornozeleira dourada, brilhando, em contraste com a pele bronzeada de praia, e no cabelo caindo, em cascatas onduladas, pelo ombro esquerdo. Linda! Por mais que a minha cabeça dissesse "não" para ela e para tudo aquilo, o meu coração dizia "sim", somente sim.

Depois de alguns segundos, ela soltou um gritinho animado e puxou o vinil com o nome "Tim Maia".

— Sabia que tinha deixado aqui. — Carolina puxou o disco, colocou na vitrola e esperou até que uma música animada invadisse o apartamento. — Essa música se chama *Descobridor dos Sete Mares,* é maravilhosa! Não precisa me olhar assim, não vou colocar muito alto. Você não se importa, não é?

— Não, acho que não. — Eu me aproximei dela, ainda mantendo uma distância segura entre nós. — Quero te pedir desculpa. — Olhar dela fixou em meu rosto, e eu abaixei a cabeça, encarando os meus pés. — Não tinha a intenção de te chamar de mimada ou te ofender, sei que você não é assim. A questão é que tem certas coisas com que eu não concordo, como não acharia certo se Alicia fizesse o mesmo, entende?

— Você estava com raiva de mim por ontem, não estava? Por eu ter quase te beijado — perguntou, e não havia qualquer sinal de acusação, apenas percepção. Eu já havia percebido que Carolina era muito intuitiva, o que a fazia pegar as coisas no ar.

— Um pouco, sim, mas isso apenas porque não consigo lidar muito bem com minhas emoções e sentimentos em relação a você. Fiquei e estou assustada, então reagi explodindo, externando sentimentos conflitantes em forma de raiva. Me desculpe!

— Aceito suas desculpas, gringa. Sei que não tinha a intenção, não se preocupe. E eu também tenho que pedir desculpas por ter sido meio... Sabe, cabeça quente.

— Meio?

— Ah, por favor, você não tem um pai que fica no seu pé o tempo todo, só querendo mandar em tudo, já tem sua própria vida e tudo mais.

— Olha, não foi fácil ter uma adolescência com o senhor Antony O'Connell, só me livrei quando fui pra faculdade. Quanto à minha irmã, sei que meus pais são mais mão-aberta do que eram comigo. As coisas mudaram daquela época pra cá. Não os culpo, muito menos minha irmã. Te falo exatamente o que disse a ela: você, um dia, vai sair de casa, ter sua própria vida e não vai precisar mais esquentar a cabeça com seus pais. Você ainda é muito jovem. Adulta, mas jovem. Tem muita coisa para viver. Tenta ver as coisas por um lado que não te faça sofrer tanto. Sei que é difícil, mas faça isso por você ou vai viver se estressando e chorando. Por enquanto, tente esquecer as brigas. Fazem parte. Ele deve sentir falta da sua mãe, por isso te prende tanto. Não quer te perder também. Portanto, paciência, Carolina!

— Obrigada por isso, Lizzie, de verdade! Tenho dificuldades em lidar com opiniões diferentes em relação a essa situação, porque costumo dizer que quem vive a merda sou eu. Porém, você me fez enxergar um ponto importante: ou eu começo a ignorar até sair de casa ou não vou viver.

— Você vai ver como as coisas vão ficar muito mais leves, quando começar a praticar isso.

Ela me deu um beijo no canto da boca, concordando, em silêncio, com minhas poucas palavras, e entendi que, com isso, aquele assunto estava encerrado. Carolina me ofereceu um sorriso pequeno e se afastou para dentro do apartamento, girando nos calcanhares, para me encarar.

— O que acha de vermos um filme? Tem um ótimo na Netflix.

— Vou colocar a pipoca no micro-ondas. Pode me fazer um favor? Feche a porta, ligue o ar-condicionado e pegue os cobertores no armário do quarto do meio. Vou procurar um pijama pra você. — Afastei-me dela e percebi que Carolina ficou, alguns segundos, travada no meio da sala, antes de começar a se mexer.

Eu sabia que ela havia ficado surpresa com a minha atitude — eu também havia ficado —, mas, apenas naquela noite, eu queria me permitir viver um pouquinho de tudo o que eu queria, sem me preocupar com o mundo lá fora e minhas questões pessoais.

Nada mesmo nos impediu. Não fizemos nada de mais, mas trocamos muitos beijos, enquanto tentávamos dar atenção ao filme. Por volta das 4h, Carolina já estava dormindo no meu colo. Levantei-me com cuidado, a carreguei até o quarto de hóspedes e, depois de deixá-la à vontade, fui deitar, sozinha, no meu quarto, com a cabeça a mil. A linha tênue entre o querer e o poder estava vacilando tanto que me forcei pensar em outras coisas, para não correr até ela por impulso.

4 de Janeiro

Levantei-me com os primeiros raios de sol do dia, com céu azul e sem nuvens. A inauguração da empresa estava marcada para às 10h, mas eu precisava chegar lá às 8h, para conhecer os principais funcionários, como presidentes de setor e coordenadores.

Chequei o celular depois de tomar um banho, e quatro mensagens piscavam na tela, as quais comecei a ler, enquanto caminhava até a cozinha, para tomar um iogurte. Havia uma mensagem de Helena, CEO nos Estados Unidos, duas de Joana, grande amiga e dona da mãe de Joker, e uma de... Carolina. Ver o nome dela na tela do celular me fez lembrar da noite em que passamos, aos beijos. Dali em diante, estávamos nos vendo com frequência, para fazer de tudo um pouco, como: ela me ensinar a sambar, comprar vinis, almoçar fora... Alicia também saía conosco, mas sempre acabava se encontrando com um rapaz que ela estava de caso, nos deixando sozinhas.

Helena
Esperamos uma excelente abertura hoje, O'Connell, nos encha de orgulho, estaremos acompanhando tudo pela live stream.

Joana
Você ficou de mandar fotos do Joker no Natal, estou decepcionada! Quanto à nossa vaga para passar o carnaval com você? Não pense que só porque mudou de país que seus amigos te esqueceram.
Estamos com saudade, mande notícias.

Joana
Ah, esqueci. Feliz Natal e Ano Novo atrasado! Tenha muito sucesso na sede brasileira da WorldOfX, sei que vai arrasar!
Todos mandam beijos!
PS: Quero fotos do Joker!

Carolina
Não se esqueça de que ficamos de dar uma volta com o Joker na praia, já falei com sua irmã e ela pareceu um pouco desconfiada que você não mencionou nada.
Bem, essa bola agora é sua.
Nos vemos mais tarde, break a leg[4]!

Larguei o celular em um canto, sem responder a nenhuma das mensagens, e foquei o meu iogurte com granola. Li algumas matérias dos jornais locais e parei em uma especial que falava sobre um tiroteio no morro onde Norminha morava com Rita de Cássia. O quão desesperador pode ser não conseguir ajudar do jeito que quer? Ambas eram muito orgulhosas, e duvidava muito que aceitassem, caso eu chegasse até elas com uma chave de uma casa em qualquer lugar. Admirava isso, na verdade, essa humildade... Porém, eu tentaria do mesmo jeito.

---

4 Expressão considerada informal, empregada para desejar boa sorte a alguém.

Meus olhos se estreitaram, quando fiquei de frente para a fachada da WorldOfX. O logotipo prateado brilhava com os raios de sol, que refletiam nele, e meu coração deu uma sacudida forte. Estava me sentindo a melhor pessoa do mundo. Vários carros de emissoras de televisão e jornal estavam estacionados em frente, se preparando para a pequena conferência de imprensa. Senti minhas pernas chacoalharem, quando abri a porta e todos os olhares viraram na minha direção. Havia sorrisos entusiasmados, caras simpáticas. Parecia ser uma equipe perfeita para começarmos. Não tinham cara de "gringos", como Carolina costumava me chamar, pelo contrário, tinham a essência dos brasileiros e cariocas.

Uma mulher alta, com curvas muito bonitas, se aproximou de mim com um sorriso enorme. Seu cabelo estava amarrado no alto da cabeça, e ela ajeitou os óculos de grau, antes de estender a mão para mim.

— Lizzie O'Connell, nossa CEO, certo?

— Certo, e você é?

— Danielle Albuquerque, presidente do setor de produção e desenvolvimento do XLegion. Soube que essa era a sua função nos Estados Unidos.

— Fez a pesquisa completa. Sim, essa era a minha função, e espero que você faça tão bem quanto eu.

— Ah, não se preocupe, tenho vários irmãos que me ajudam nisso. Existe uma equipe melhor que crianças viciadas em consoles e que sabem o que podemos incluir ou excluir? É fantástico! Essa semana, minha irmã de 10 anos estava jogando Halo e achou que poderíamos criar um modo de jogo que você conversasse com o Chief, sabe? É meio parecido com um jogo de celular, chamado Lifeline, e... Ai, meu Deus, desculpa! Estou falando sem parar e fora de hora.

— Acho que você começou com o pé direito, e pelo visto, contratei a pessoa certa para o meu setor favorito. Bem-vinda, Danielle!

A mulher apertou minha mão e fiz sinal para que todos me acompanhassem até o auditório. O prédio da WorldOfX não era muito grande, mas elegante em seus muitos detalhes. Se tinha uma coisa que os donos da empresa prezavam, era que os funcionários tivessem um espaço para liberar a criatividade e não ser tão maçante. Quando todos se sentaram no auditório, caminhei até a frente, encarando todas aquelas pessoas. Notei quantos rostos jovens estavam ali, cheios de expectativa e motivação. A imprensa estava no fundo do auditório, gravando, com suas câmeras, tudo o que acontecia na primeira sede brasileira da WorldOfX.

Não estava interessada em fazer um discurso grande, então me limitei a dar as boas-vindas, indiquei o que cada setor precisava saber e prometi bons preços e novidades. Quando saí da cova de leões, depois de responder a várias perguntas, e me tranquei na minha sala, peguei o celular para ligar para Carolina. Um, dois, três, quatro toques, e nada dela atender. Acabei largando o aparelho em cima da mesa e me afundei no trabalho, sendo interrompida, dez minutos depois, por uma ligação.

— Olha, vou evitar te ligar a essa hora. Estava dormindo?

— *Dormindo? Claro que não, Lizzie. Estou na praia. Na hora em que você me ligou, eu estava entrando no mar* — disse Carolina.

— Queria ter essa moleza, mas nada nessa vida é fácil.

— *Você reclama demais, isso te envelhece.* — Ela soltou uma risada, e ouvi a voz da minha irmã de fundo. — É, sua irmã está com a cara amarrada, porque você ligou pra mim e não pra ela.

— Invente que tentei falar com ela e não consegui, por isso te liguei.

— *Não se preocupe, Norminha conseguiu desviar o assunto, mostrando um carinha andando perto da água* — Carolina pareceu abafar a ligação e falou baixo. — *Quanto a nossa saída hoje? Está de pé?*

— Claro, mas se eu estiver com muito trabalho, vamos ter que remarcar. — Antes que ela começasse a reclamar, alguém bateu à porta. — Tenho que receber uma pessoa na minha sala, nos falamos mais tarde. Boa praia!

Quando dei permissão para entrar, Danielle ofereceu um sorriso e colocou um pen-drive no computador. O projetor mostrou a imagem do Chief, personagem principal do jogo exclusivo Halo, e ela começou a falar em um novo modo. Parecia que Danielle já estava com aquilo pronto há meses. Fiquei impressionada, enquanto ela falava, passando diferentes imagens do que seria um jogo de sucesso. *Essa mulher é incrível! Queria que Helena visse isso*, pensei comigo mesma no segundo em que Danielle me entregou um controle do XLegion e sorriu.

— Sei que pode parecer loucura, mas desenvolvi uma demo.

— O quê? Abrimos hoje, e você já tem uma demo desse modo novo?

— Andei trabalhando em casa. — Ela corou, e a imagem do jogo apareceu. — Me diga o que acha com toda sinceridade, afinal você é a chefe aqui.

Não tinha como não aprovar. Boa jogabilidade, escolha certa de fundo musical. Danielle era uma mina de ouro dentro do setor dela, e dei carta branca para ela começar a produção total do modo de Halo. Os fãs, com certeza, iriam pirar.

Quando Danielle saiu da minha sala, me deixando sozinha, voltei a pensar em Carolina. Na verdade, foi Duda quem chegou, voando, à minha cabeça, e tamborilei o pen-drive com a demo. *Acho que essa baixinha pode me ajudar*. Espreguicei-me, ajeitei os óculos no rosto e voltei ao trabalho, com um sorriso satisfeito. O dia seria bom.

Quando cheguei em casa, senti as costas doendo e os olhos cansados. Conferi o relógio e suspirei de alívio, ao notar que Carolina só chegaria em duas horas. Joker estava deitado no sofá, e me juntei a ele, distribuindo carinhos na barriguinha peluda do cachorro. Desabotoei a camisa social e liguei a televisão, soltando um gritinho de entusiasmo, ao ver que o Patriots estava jogando. Minha sorte estava no ponto. Coloquei comida para Joker e fui para o chuveiro, deixando a água quente bater no meu corpo, relaxando meus músculos.

Quanto mais tempo eu passava aproveitando aquele momento de calma, mais eu pensava no que tinha acontecido comigo e Carolina no primeiro dia do ano. Jamais esperava que começasse o ano novo beijando a melhor amiga da minha irmã e, pior que isso, gostando. Algo nela me atraía de uma maneira que eu não sabia explicar, como se Carolina possuísse uma alma magnética. Lembrei-me das coisas que ela me disse sobre sua religião e os Orixás, das energias que eles representavam. Fiz minha pesquisa, é claro! Tudo o que ela falava me instigava a procurar, para poder conversar, ter assunto, não deixar que ela me explicasse tudo. A verdade era que desde que cheguei ao Rio de Janeiro e tive o primeiro contato com Carolina, quis saber de cada coisa relacionada ao que ela gostava: religião, vinis, praia, MPB... Era tão fácil se encantar.

Quando saí do chuveiro, escutei o latido escandaloso de Joker, o que não me agradou nem um pouco. Estávamos em um apartamento, então ele não podia latir daquela maneira. Peguei o secador de cabelo e caminhei, pé ante pé, até a sala, sem fazer muito barulho. No instante em que ergui minha "arma" em direção ao hall, fiquei com uma cara de idiota, e a gargalhada de Carolina se expandiu pelo apartamento. Ela e Joker rolavam pelo tapete, e lhes dei as costas, pisando firme no chão. Estava envergonhada, não esperava que ela fosse aparecer tão cedo.

— *Ei, volta aqui, não achei que você estivesse no banho. Desculpa por entrar sem avisar, Lizzie!* — a voz se aproximou da porta do quarto, e me tranquei no banheiro. — *Não demora!*

Não demorou muito para o apartamento ser inundado por *Mania de Você*, da cantora Rita Lee, uma das favoritas da minha mãe. Escolhi uma roupa levinha. O calor do Rio de Janeiro estava começando a me dar nos nervos. O ar-condicionado ficava ligado quase vinte e quatro horas. Nem o pobre Joker aguentava a alta temperatura. Nós dois estávamos acostumados com temperaturas abaixo de zero, mas tive consciência, em poucos dias de Brasil, que jamais veria algo assim de novo.

Depois de ajeitar meu cabelo em um rabo de cavalo, caminhei para a sala e soltei uma risada, ao ver Carolina com cara de paisagem, tentando entender o jogo que passava na televisão.

— Você olha tudo como se fosse algo impossível de se entender.

— Não é nada fácil, gringa, esse esporte é meio doido. Que sentido faz um monte de homem correndo e se jogando um em cima do outro? Quer dizer, o futebol também é idiota. Onze caras correndo atrás de uma bola não é nada diferente. O que faz esse esporte doido, de bola oval, ser melhor que o nosso futebol?

— Vou resumir pra que possa entender: não tenho como explicar exatamente as regras ou ficaremos aqui uns dois dias.

— Não me importo em ficar dois dias com você. — Carolina sorriu, e lhe dei um beijo na testa, apontando para a televisão. — Você é tão corta clima, puta que pariu!

— Não fale muitas palavras que eu não entendo. Então, basicamente, um time tem que levar a bola para o fim do campo do outro.

— Está falando sério? Esse jogo todo, essa gente toda, no estádio, está ali só pra assistir a um pique-bandeirinha *level*[5] asiático?

Olhei para ela, com o cenho franzido, e ela deu de ombros, sorrindo.

---

5 Tradução: nível.

— Deixa pra lá, você não vai entender. De qualquer maneira, parece ser legal de ver... Entendendo, é claro!

— Um dia, eu te ensino.

Carolina apenas concordou com a cabeça, e eu chequei o relógio, tomando um susto por ver que, desde a hora que eu cheguei, até aquele momento, já tinha passado uma hora e meia.

— Temos que ir, o Joker já deve estar nervoso, por ficar dentro de casa tanto tempo, e ainda vamos jantar. Já escolheu o lugar?

— É aqui em Copacabana mesmo, e não vamos jantar. — Escutei Carolina com atenção, enquanto tentava colocar a coleira em um Joker hiperativo. — O Mud Bug não é um restaurante, está mais para um bar. Achei que seria legal que nós pudéssemos curtir uma coisa diferente, sabe? É um ambiente legal e fica perto da sua casa, nem precisamos pegar o carro.

— Mas vou ter que voltar aqui, para deixar o Joker, de qualquer maneira.

— Teremos muito tempo pra isso, não se preocupe. Agora, me passa a coleira dessa coisa fofa, e vamos de uma vez. — Agarrou Joker, e os dois foram em direção ao elevador.

Observei aquela garota, seus traços, o sorriso, enquanto brincava com meu cachorro, os lábios se movendo, lançando beijos ao filhote, e eu quis que fossem direcionados a mim. *Vamos lá, Lizzie, segure seus instintos. Lembre-se: ela* é mais *nova e a melhor amiga da Alicia. O que sua irmã diria se soubesse que você ficou com a Carolina?* Pensamentos martelavam minha cabeça, e segui meus dois acompanhantes até o elevador, que não demorou muito a chegar ao térreo. Quando alcançamos a orla, ela deu uma corridinha com Joker, e sorri, ao ver o cachorro com a língua para fora, provavelmente tendo o melhor momento de sua vida, morando em um lugar como o Rio.

— Não corra tanto, Carolina, trabalhei o dia todo e minhas costas estão me matando.

— Quer que eu alugue uma cadeira de rodas elétrica pra você? Pode pilotar, enquanto eu corro com o Joker.

Dei-lhe uma trombada no ombro, e ela sorriu, mordendo o lábio inferior.

— Então, como foi o trabalho hoje? Muita gente puxando o seu saco?

— O que é puxar o saco?

— Ah... Às vezes, eu esqueço que você não entende muitas das nossas expressões. — Carolina fez uma cara pensativa, como se estivesse pensando em como me explicar, estendendo o dedo na minha direção. — Puxar o saco é o mesmo que tentar chamar sua atenção, fazer de tudo pra te agradar, entende?

— Faz um pouco de sentido. E sim, muitas pessoas... puxaram meu saco — falei com um sotaque carregado, e ela gargalhou. — Odeio quando você ri da minha dificuldade de pronunciar algumas palavras em português.

— Eu acho muito fofo, se quer saber a verdade. Você não precisa ter vergonha, seu português é melhor que o de muitas pessoas. O que está achando até agora? Valeu a pena sair da geladeira norte-americana e curtir o inferno carioca?

— Ainda estou colocando na balança, mas tem sido muito bom.

Queria dizer a ela que sair dos Estados Unidos foi a melhor coisa que me aconteceu em 33 anos de vida, mas não podia. Minha consciência implorava para que eu me freasse. Carolina podia ser uma mulher maravilhosa, mas meu medo era bem maior que a vontade de abrir espaço.

Paramos em frente a um quiosque, e pedi duas águas, dando quase metade da minha para um Joker ofegante. Ele não estava acostumado com o ar abafado do Rio, mas a brisa que vinha do mar refrescava tudo. Carolina me puxou para a areia e correu um pouco com o cachorro, me deixando para trás.

Olhei-a de longe, se divertindo com o filhote, e achei aquela imagem digna de fotografia. A camisa dela era aberta atrás, mas tinha um corte perfeito que mostrava só o necessário para deixar qualquer um louco. As pernas de Carolina eram torneadas, e a bunda... Bem, quem não conseguia reparar? Se com 20 anos ela já estava assim, perdi meu fôlego só de imaginá-la na casa dos 30.

Sentamos, lado a lado, na areia e observamos Joker começar sua famosa escavação, nos deixando à vontade para conversarmos e ficarmos de olho nele ao mesmo tempo, mas não falamos nada. Carolina e eu ficamos em silêncio, apenas observando as ondas do mar batendo, tranquilas, enquanto um céu estrelado nos brindava com uma beleza estonteante. Nós nos olhamos ao mesmo tempo, e ela mordeu o lábio, me fazendo inclinar a cabeça um pouco para frente, mas mudando de ideia logo depois. Notei, quando ela bufou e colocou o cotovelo sobre o joelho, apoiando a cabeça na mão.

— Pode me responder uma coisa? — Ela estava olhando Joker se divertir, e fiz um som nasal de aprovação. — Como foi sua primeira vez com uma mulher? O que você sentiu?

— Nossa! Não esperava uma pergunta dessa. — Carolina virou sua atenção para mim, e eu sorri, negando com a cabeça. — Acho que eu já sabia, desde pequena, que sentia atração por garotas, mas não podia falar com ninguém. Pensei que, quando meu irmão crescesse, poderia compartilhar, mas Chris morreu muito novinho. E, por favor, não pergunte dele, não gosto de falar sobre isso.

— Não ia, acho que só pergunto quando sinto que você pode me falar. Mentira! Sou curiosa quanto a alguns assuntos, mas, quanto a isso, eu não passo barreiras.

— Obrigada! Bem, respondendo à sua intrigante pergunta, minha primeira vez com uma menina foi inacreditável. Ela era mais velha que eu, tinha 17 anos e era da equipe de teatro da escola. Minha turma ficou responsável de montar os cenários, figurinos e iluminação, por causa de uma detenção, e acabamos nos conhecendo. Todo dia, mesmo sem ter que cumprir meu castigo, eu entrava naquele auditório só pra vê-la ensaiar. Gostava da maneira que seu corpo se movimentava pelo palco, parecia flutuar. Eu nunca entendia o porquê daquele interesse, mas, mesmo assim, voltava para observá-la. Um belo dia, depois que cumpri minha detenção, ela me chamou até os bastidores e disse que precisava de ajuda. Não esperava que fosse acontecer ali, no meio daquelas roupas descartadas do figurino, mas não podemos escolher certas coisas. Eu já tinha ficado com outras meninas, mas o sentimento que eu nutria por aquela garota era muito diferente. Então, quando você me pergunta o que eu senti, só posso te dizer que teve um gosto de liberdade. No ano seguinte, ela saiu da escola, e nunca mais trocamos uma palavra sequer, mas foi especial.

Carolina ficou me observando, como uma criança encantada, e eu bati em seu ombro, a tirando de seu transe parcial. Antes que ela pudesse me dizer alguma coisa, notamos que Joker já tinha cavado um buraco que cabia metade de seu corpinho. Revirei os olhos e tentei tirar o cachorro de lá, afinal eu teria que lhe dar um bom banho, antes de sair mais tarde. Carolina não me deixou impedir e, ao invés disso, se juntou a ele, para terminar de cavar, puxando o que parecia uma estátua pequenininha. Ela soltou um gritinho entusiasmado e pegou o cachorro no colo, girando-o no ar. Olhei os dois com curiosidade, e Carolina me estendeu a mão, para que eu a levantasse.

— Essa é minha mãe.

— Como? Sua mãe?

— Oxum, Lizzie. Acho que alguém acabou perdendo no Ano Novo, e a areia soterrou. O quão incrível isso pode ser? É uma espécie de lembrancinha, olha só, cabe na palma da minha mão. — Ela estendeu a miniatura, e seu olhar estava brilhando, me fazendo admirá-la ainda mais. — Não pense que ignorei o que me contou. Pelo contrário, guardei cada palavra. Acho que essa menina, que veio até você, serviu para te mostrar sua verdadeira essência, o que existe de verdade por baixo da sua pele. Às vezes, as pessoas chegam à sua vida para te ensinar uma lição, e por mais que a gente queira que elas fiquem, isso não acontece. Faz parte da vida, Lizzie, o ir e vir constante de visitantes no nosso coração.

— Isso é muito bonito, sabia? Você deveria escrever em algum lugar.

— Basta conseguir dizer pra alguém. O poder da palavra é tão maravilhoso, você não faz ideia. — Carolina me deu um beijo no canto da boca e me mostrou a língua. — Acho que vou ter que passar em casa, pra tomar um banho. Não foi uma boa ideia sentar na areia e ajudar o Joker a cavar.

— O que sugere? Nos encontramos no Mud Bug?

— É melhor, você vai ter tempo para tomar banho e limpar o Joker. Vamos andando. Já são 21h, temos até as 23h para chegar lá.

Caminhamos juntas em direção à minha casa e, durante o percurso, vi Carolina admirar a miniatura de Oxum, encantada com os pequenos detalhes dourados na peça. Paramos em frente à portaria e ela me passou o Joker, enquanto buscava a chave do carro dentro da bolsa.

— Nos vemos daqui a pouco?

— Você ainda duvida? Preciso tomar um pouco de álcool com você, gringa. Descobrir um pouco mais dos seus segredos.

— Vai ter que se esforçar muito pra isso.

— Sou paciente, não se preocupe. — Carolina me deu um beijo rápido e gargalhou, quando Joker latiu. — Não se preocupe, peludo, nos vemos em breve. E obrigada por cavar minha mamãe da areia. Até daqui a pouco, Lizzie!

Eu me despedi dela e fiquei na portaria, até ver o carro sumir na curva, me fazendo soltar a respiração que estava presa há um tempo. Aquela seria uma noite diferente de todas as outras que tive com Carolina. Não que eu tivesse tido a chance de vê-la em muitas. Passei pelo portão do prédio e cumprimentei o porteiro que sorriu, ao ver a cara de Joker cheia de areia. Só precisava de uma hora para ficar pronta para ela. Quer dizer, para a nossa saída.

Capítulo 8

Infinito particular

Carolina

"Se tenho fome como logo o Pão de Açúcar, urro no topo da Urca. Se quero abraço, tenho o Cristo pra me abraçar. Tamborim pra ti tarol, escolados pelo sol. Rio e morro de amar." [1]

— Estou bonita?

Abri os braços e girei sobre os meus pés, fazendo com que minha saia longa e rodada, na cor branca, ganhasse vida. Ela possuía uma fenda na perna esquerda, que subia até o final da minha coxa. O look era finalizado por um cropped ciganinha na cor amarela. Eduarda me encarava com semblante de gente grande, batendo as pontas dos dedos no queixo, me avaliando.

— Você está linda, Carol! — Ela deu um sorriso doce, largando de lado o controle do XLegion.

— *Hmm*, bom saber! — Eu me aproximei dela e me curvei sobre o encosto do sofá, depositando um beijo em sua cabeça. — A irmã está de saída, não me espere acordada. Se comporte, não dê trabalho à babá.

— Não é babá, eu já tenho 10 anos, Carolina — Eduarda resmungou, ofendida, rolando os olhos.

Ela era ou não era uma graça?

— É babá, e acabou. — Eu me ergui, ajeitando o cabelo por cima dos ombros. — Estou indo. Eu te amo!

— Chata!

Eu já estava abrindo a porta, quando a ouvi dizer:

— Também te amo!

Os dias que se passaram, desde o meu primeiro beijo com Lizzie, foram surpreendentes. Nunca antes havia me imaginado em uma situação como aquela. Estava acostumada a viver dias de presa, nunca de caçadora. E do nada, me descobri uma caçadora incansável, à espreita, rondando o que eu muito queria ter.

Lizzie se tornou um doce vício. O gosto de sua boca, o peso de seu olhar, o calor de suas mãos: tudo isso formava o conjunto perfeito que me puxou pelas pernas. Eu estava louca por aquela mulher, de joelhos, sabe?

1 *Vide Gal*, Marisa Monte.

E eu ficaria de quatro por ela em qualquer lugar. Estava descobrindo o sabor da emoção, do sentir dentro, bem fundo, nada superficial. Aquele sentimento que não precisa de título, que chega com força total e sem aviso, derrubando todos os conceitos definidos. Eu não estava me importando com a mudança drástica que houve em minha vida desde que Lizzie entrou nela. Eu me importava com o que eu queria, evitava, e muito, me martirizar com perguntas que eu ainda não sabia as respostas. Viver era o importante, o resto que fosse para o Inferno.

Dirigir sempre foi uma ótima distração, mas não estava funcionando muito bem naquele momento. Minha cabeça não saía do encontro que eu teria com Lizzie, dali a alguns minutos. Espera! Era um encontro, não era? Não havia outra definição para aquela situação. Lizzie e eu teríamos um encontro, nosso primeiro conosco cientes disso. Não conseguia saber o que ela pensava sobre nós, era como se Lizzie funcionasse sob limites. Havia um limite para tudo que ela fazia e queria. Nunca agia por impulso, o controle a rodeava o tempo todo. Era como um fantoche, escrava da limitação. Não existia aquele simples prazer de fazer as coisas sem pensar, simplesmente ir lá e, pronto, fazê-las. Não existia o frio gostoso do medo de ter que encarar as consequências. Não existia a liberdade de viver como se o amanhã não existisse. Para Lizzie, ele sempre existia e vinha carregado de trabalho e obrigações. Talvez, o meu maior desejo, desde que a conheci, *fosse ensinar a ela que viver ia muito além disso.*

Copacabana estava sempre lotada, não importava a hora nem o dia. Era quase impossível achar uma vaga para estacionar perto da orla. Estava me aproximando do Mud Bug, quando ouvi meu celular apitar, indicando uma notificação. Segurei o volante com uma mão só, me estiquei para o lado, pegando o aparelho em cima do banco do carona, e abri um sorriso involuntário ao ler o nome na tela. Eram mensagens dela.

Estou em uma mesa no fundo, cheguei faz algum tempo.

Você está demorando e estou ficando impaciente, Carolina.

— Ah, Lizzie! — falei comigo mesma, ao soltar uma risada, largando o celular sobre minhas coxas. Eu já comentei o quanto amava aquele temperamento dela? Ele me fascinava. Nunca conheci uma mulher tão intensa quanto Lizzie. Talvez tenha sido isso que me fez ficar louca por ela.

Quando estacionei o carro a alguns metros do Mud Bug, pude ver que estava lotado. E podia afirmar que estranho seria se não estivesse. Peguei minha bolsa e o celular, caminhando, em passos calmos, na direção da entrada. Eu não tinha pressa, apesar de estar severamente ansiosa. As pessoas se abarrotavam do lado de fora do estabelecimento, acomodadas em mesas e cadeiras, bebendo canecas enormes de chopp, enquanto curtiam a boa música ao vivo que vinha de dentro.

Assim que entrei, vasculhei o local com os olhos, desviando, vez ou outra, de quem queria entrar e sair. De longe, avistei Lizzie. Ainda que de costas para mim, eu podia reconhecê-la em qualquer lugar. Sorri de canto e mordi o lábio inferior, enquanto me aproximava, puxando a pequena bolsa amarela, pendurada em meu ombro, para frente. Quando cheguei perto o bastante, espiei por cima de seus ombros e vi que ela vasculhava a caixa de e-mails no celular. Eu não disse? Sempre ocupada. Neguei com a cabeça e me curvei para frente, em suas costas, chegando minha boca bem pertinho de sua orelha direita.

— Eu viro as costas por cinco minutos, e você já está trabalhando, Lizzie?

O corpo de Lizzie estremeceu por inteiro, e ela deu um pequeno salto no banco, virando para trás, com os olhos arregalados. Eu soltei uma risada e passei para a sua frente, colocando minha bolsa em cima da mesa alta.

— Você quase me mata. — Ela respirou fundo, negando com a cabeça. — Não faça mais isso.

— Quando eu resolver te matar, pode apostar que não será desse jeito. — Observei suas bochechas ganharem um tom vivo de vermelho no mesmo instante, o que me fez sentir vontade de beijá-la, ao me sentar. — Bem... Olá! — Coloquei meus cotovelos sobre a mesa e juntei minhas mãos, apoiando meu queixo nelas.

— Olá! — Lizzie sorriu de canto. — Você está muito linda!

— Eu gosto do jeito como você é gentil.

Sorrimos uma para a outra, mantendo o olhar por algum tempo.

— Ainda não pediu nada para beber? Tem cerveja de todo o mundo aqui.

— Estava esperando você, prefiro beber acompanhada.

— Então, vamos pedir logo, minha garganta está seca. — Desci do banco em que estava sentada e parei ao lado dela, que me encarava com uma expressão suave e, ao mesmo tempo, misteriosa. Com calma, ergui a mão esquerda e coloquei uma mecha de seu cabelo atrás de sua orelha, sem me importar com o que aquilo iria parecer. Lizzie observou meu gesto e não se afastou, mas também não sei dizer se isso lhe agradou. — O que quer beber? — perguntei, ao abaixar minha mão, bem perto, perto o bastante para beijá-la e me perder nela por alguns segundos, mas não o fiz.

— Uma cerveja seria bom. Vou deixar que escolha a que quiser.

— Certo, gringa! — Pisquei um dos olhos para ela, vendo-a negar com a cabeça e sorrir. — Eu volto já! — Fui em direção ao bar.

Preciso dizer que, naquela madrugada, voltei a ele muitas outras vezes. Peguei de tudo um pouco, desde cerveja a copo d'água. Lá pelas 2h, nossas risadas já estavam altas, nossos olhos se demoravam um no outro por mais tempo, sorrisos nasciam e morriam nos lábios que eu tanto queria beijar. Nossa conversa fluía mais intimamente, eu sabia um pouco mais dela e ela um pouco mais de mim. Vez ou outra, nossas mãos se esbarravam sobre a mesa, e a eletricidade sacudia meu corpo, como em um choque. A música de fundo era cantada por nós, que, entre um trecho e outro, ríamos, como se alguma piada tivesse sido contada.

Em algum momento, que não consigo lembrar, puxei meu banco para o lado do dela, me sentando novamente, com a mão direita descansando em uma de suas coxas, e levei-a para cima, depois para baixo, sobre o jeans escuro. Seus olhos encontraram os meus, quentes como aquele início de janeiro, e eu sabia que ela não moveria um músculo para me impedir. Parecia não ter forças para isso, e mesmo que tivesse, eu iria insistir.

Embarcamos em mais uma conversa. O copo de água em minha mão, já quase vazio, lembrava o quanto o álcool exigia de mim. Virei o resto, me livrando do recipiente. Por conta da música ao vivo, tínhamos que falar praticamente uma no ouvido da outra, e aquilo estava me deixando louca.

— Não! Você foi a primeira mulher que eu beijei — respondi à pergunta que ela havia feito: se eu já havia ficado com alguém do mesmo sexo. Lizzie pareceu surpresa com minha resposta, e acho que eu conseguia imaginar o porquê.

— Isso é uma novidade — ela disse no meu ouvido de novo, aumentando o tom, sob o som alto da música e das cordas do violão. — Eu realmente imaginei que você já tivesse feito de tudo nessa vida, Carolina. E por favor, não me leve a mal.

— Tudo bem, relaxe! — Eu ri um pouco, dando um leve aperto em sua coxa. Seu hálito quente contra a minha orelha estava me deixando insana. Perdi as contas de quantas vezes me aproximei mais, apenas para sentir seus lábios roçarem a minha pele. — Eu era hétero até você aparecer, Lizzie. Mas não posso te culpar por isso, eu gostei, e muito, de descobrir que posso desejar uma mulher loucamente — fui direta, não era a minha praia enrolar. Queria que ela soubesse o quanto eu estava curtindo tudo aquilo, estar com ela sempre que dava. Ainda que tivesse de lutar por um beijo ou dois, não importava, eu me sentia extremamente bem. Ela me fazia bem.

— Sinto um pouco de inveja de você, Carolina. — Não gostei de seu olhar caído, muito menos da forma que ela sorriu tristemente. — Eu não sei. Talvez esteja sendo dramática.

— Você não tem que sentir inveja de mim por nada. — Eu me virei de lado no banco alto, ficando de frente para ela. — Você é uma mulher incrível, independente, inteligente e bonita. Só precisa ver a vida com mais amor, entende? Com mais desejo e menos trabalho.

— Você fala como se fosse fácil se desprender, assim, das obrigações. — Lizzie negou com a cabeça, soltando uma risada sem humor.

Eu sorri para ela com pesar.

— No seu caso, é, basta você querer. — Peguei uma de suas mãos sobre seu colo, acariciando-a com delicadeza. — A vida passa rápido, Lizzie. Você deveria se lembrar sempre disso.

Eu estremeci um pouco, quando ela ergueu a mão para acariciar meu rosto, me fazendo fechar os olhos e esquecer que estávamos no meio de um bar lotado. Seu toque era quente e suave, como se ela tivesse medo de me tocar. Quando voltou a falar bem mais perto, senti seu hálito cheirando a álcool e à menta — uma mistura fatal demais para mim.

— Você é cheia de vida. É desesperador me sentir uma garotinha outra vez, quando estou em sua presença.

— Por quê? — perguntei, encarando-a, concentrada no verde de seus olhos, que brilhavam sob a baixa iluminação do ambiente. Lizzie ficou em silêncio um tempo, apenas observando e ignorando a minha pergunta, e se afastou, recolhendo sua mão e respirando fundo. Queria gritar um "NÃO", pedir para que me tocasse de novo, mas não queria estragar tudo. Dentro de mim, um sentimento de frustração horrível me deixou enjoada.

— Estou um pouco bêbada — ela desviou o assunto, secando um pouco do suor que havia se formado em sua testa. — Vou ao banheiro um instante, está bem? Volto logo!

Apenas concordei com a cabeça, um pouco desanimada. Quando Lizzie sumiu no meio das pessoas ali presentes, eu apoiei meus cotovelos sobre a mesa e enfiei o rosto entre as minhas mãos, tomando uma respiração profunda. Eu tinha que ter paciência e muito jogo de cintura com Lizzie, mas, ao mesmo tempo que tinha isso em mente, não conseguia entender o motivo de ela me afastar tanto. Parecia sentir medo de mim, fazendo com que eu me perguntasse se havia algo errado comigo.

Ao mesmo tempo que ela mostrava me desejar, deixava claro que não estava de acordo com aquilo. Mas ao contrário do que poderia pensar, eu não iria desistir de quebrar aquela barreira que ela insistia em manter entre nós. Eu a queria e sempre fui mulher de lutar por tudo que desejei. Se Lizzie não queria ter nada comigo, era bom que me dissesse com todas as letras ou *eu iria até o fim para tê-la para mim.*

Enquanto ela não voltava do banheiro, me ocupei em beber o resto da garrafa de água que havia comprado, pois precisava ficar sóbria para dirigir. Meus pensamentos estavam confusos, misturando-se à letra da música que era cantada ao vivo naquele momento e que, por coincidência ou não, era perfeita para mim, para nós.

— *"Deixa de tolice, veja que eu estou aqui agora..."* — eu cantava, com os olhos fechados, concentrada no que eu sentia, embriagada, sim, mas não menos ciente de que estava fodida. — *"Inteira, intensa, eterna, pronta pro momento e você cobra..."*.

Ana Carolina era uma merda mesmo. Ela tinha uma música para cada momento da minha vida. Diabo de mulher! Abri os olhos, sacudindo a cabeça em sinal de negação.

— Que merda! — Eu ri sozinha, esfregando o rosto com as mãos. Em seguida, bebi mais um pouco de água e, quando estava fechando a garrafa, encontrei Lizzie voltando, com as mãos nos bolsos detrás da calça, e olhando para mim. Esperei até que ela estivesse perto o bastante e abri um sorriso. Por alguma razão que eu não sabia, sempre queria confortá-la. Lizzie retribuiu. Com menos empolgação, mas retribuiu.

— Você está bem? — perguntei, enquanto ela voltava a se sentar, observando-a, para verificar se havia algo errado.

— Melhor, joguei uma água no rosto. — Ela sorriu um pouco envergonhada, com as bochechas coradas. — Nunca fui muito tolerante a álcool.

— Estou percebendo isso. — Olhando-a, uma ideia um pouco louca me passou pela cabeça. Mordi o lábio inferior e busquei meu celular sobre a mesa, verificando as horas. Quase 3h. Encarei Lizzie com ansiedade, mais animada do que deveria. — Quer saber? Vamos embora daqui, vou te levar a um lugar especial.

— O quê? Como assim? Já está tarde Carolina, e... — ela falava, enquanto eu descia do meu banco, guardando o celular no bolso e pegando o cartão, para pagar a conta. — Carolina, está me ouvindo?

— Estou, mas vou fingir que não. — Peguei-a pela mão, começando a puxá-la na direção do bar. — Não me importo com a hora, vou te levar aonde quero, nem que tenha de te amarrar — minha voz saía quase aos berros, já que a música alta me impedia de falar mais baixo. Fui empurrando as pessoas na minha frente, para poder passar, ouvindo Lizzie argumentar em minhas costas. Será que ela podia fazer o que eu queria, sem arrumar desculpa, ao menos por um momento?

— Nós temos que ir pra casa, Carolina.

Larguei a mão dela quando cheguei ao caixa, encostando meu corpo na lateral do seu, para sussurrar em seu ouvido:

— Fica quieta — depois de dizer, a encarei alguns segundos e lhe dei as costas, esperando na pequena fila. O rosto de Lizzie estava vermelho como um tomate, e suas narinas agitadas indicavam sua respiração pesada. Como boa escorpiana, claro que Lizzie não gostava de receber ordens. Mas ela precisava lembrar que eu era a leonina ali e, entre as duas, era ela quem sempre iria obedecer. Funcionava como a lei da vida.

Depois de mais uma briga, para decidir quem iria pagar a conta, eu entreguei meu cartão ao atendente e finalizei o pagamento. Saímos do bar e entramos no meu carro, com ela resmungando o quanto eu era mandona e coisa e tal. Eu só conseguia sorrir, não conseguia fazer nada mais além disso, apesar de querer e muito.

— Aonde é que nós vamos? — aquela era a quarta vez que Lizzie me perguntava, me encarando com uma expressão que lembrava a de uma criança irritada.

— Não pode esperar até chegarmos lá? Você nasceu de oito meses?

Suas sobrancelhas se ergueram, e ela bufou, olhando pela janela.

— Birrenta!

— O quê?

Neguei com a cabeça, dobrando na esquina, à esquerda.

— Esqueça, gringa!

— *Damn it*!

Adorava quando ela falava em inglês. Fiquei imaginando se ela soltaria aquelas frases em seu idioma oficial na cama também. Sacudi a cabeça, para me livrar dos pensamentos.

Mais alguns minutos no trânsito, e nós nos aproximamos do destino que eu havia escolhido. Fazia algum tempo que eu não ia ao lugar, e nada melhor do que voltar na companhia de Lizzie. Quando entrei com o carro na rua principal, ela olhou para mim com o cenho franzido.

— Carolina... Aonde está me levando?

Eu percebi que ela estava um pouco assustada, mas não podia julgá-la. Quem era de fora e, às vezes, até quem era de dentro, sentia receio.

— Sabe onde estamos? — perguntei apenas para perturbá-la, pois estava ciente de que ela não sabia. Prestei atenção na rua estreita, observando as pessoas atravessarem na frente dos carros, para entrarem em barraquinhas e botecos.

— É claro que não sei, por isso estou perguntando.

— Aqui é o Vidigal. Morro do Vidigal. — Estacionei o carro e tirei o cinto, olhando para ela. — É uma das favelas pacificadas aqui do Rio e que virou ponto turístico. — Abri minha bolsa e peguei meu celular, enfiando-o no meio do meu decote. — Possui a vista mais bonita do Rio de Janeiro, bem lá em cima, e é pra lá que nós vamos. Quero que veja o que vi.

Lizzie me encarava, incrédula, como se não acreditasse que estávamos ali.

— Nós vamos subir a pé? Por que não podemos ir de carro?

— E perder a emoção de vivenciar tudo isso? De ver, com os seus próprios olhos, e sentir, com suas mãos, o outro lado do Rio de Janeiro? Aquele que quase ninguém quer ver? — Soltei uma risada baixa, abrindo a porta do meu lado. — Não mesmo. Vem! Me deixe te mostrar a beleza de verdade.

Não esperei que ela respondesse, apenas coloquei meus pés para fora e saí do carro. Olhei ao meu redor, e a sensação que eu tinha era extremamente revigorante. Naquela hora da madrugada, o Vidigal ainda estava todo aceso, com seus bares e barraquinhas abertos, pessoas nas ruas e aquele cheiro do churrasquinho de espeto mais gostoso da cidade.

Vidigal era o morro de todo mundo: dos ricos, dos pobres, dos maus e dos bons. Um local cheio de caminhos sinuosos, casas bonitas e casas ainda no tijolo. Também havia hostel, hotel, pensão, restaurante e uma variedade de estabelecimentos para recepcionar gringos e cariocas. Outro lado do Rio de Janeiro que a maioria das pessoas insistia em não querer saber. Mas eu queria, eu sempre queria.

Quando Lizzie saiu do carro, eu andei até a frente do veículo e estendi minha mão direita para ela, convidando-a para se aproximar. Ela hesitou um pouco, mas sabia que não tinha escolha. Quando ela pegou minha mão e começamos a andar, vi nascer, em seu rosto, uma curiosidade vivaz, enquanto seus olhos observavam, com atenção, todas as coisas ao seu redor. Nossa caminhada duraria uns quinze minutos até o topo do Mirante, um espaço aberto, com bar, que nos dava uma visão privilegiada das praias do Leblon e de Ipanema. A subida, feita de escadas com corrimão, diminuiria o cansaço.

Tudo aquilo era cenário de um povo que sofreu, mas que, apesar de tudo, era feliz. Também havia felicidade lá, não apenas pontos negativos, assim como no local em que eu morava, *assim como em todo e qualquer lugar*. Era preciso viver a favela para entendê-la. Eu não a vivia, minha realidade era outra, mas eu tinha a oportunidade de ver de perto, com meus próprios olhos, o cotidiano de quem precisava acordar cedo para trabalhar e estudar, de quem precisava batalhar por tudo na vida, porque não recebia nada de mãos beijadas, muito menos tinha as oportunidades que eu tinha, os privilégios que sempre desfrutei, por ser branca e rica. Eu gostava de estar lá para moldar minhas visões de realidade, minhas opiniões sobre a vida, sobre tudo aquilo que nunca fez parte do meu mundo, mas que sempre existiram.

Enquanto caminhávamos, eu contava, para Lizzie, um pouco da história do Vidigal, recebendo inúmeras perguntas, que fiz questão de responder com empolgação. Mais cinco minutos de subida, e nós chegamos ao Mirante, arrancando de Lizzie um suspiro de alívio e uma faixa de suor em sua testa. Havia apenas algumas pessoas por lá, debruçadas na grade e admirando o que nós fomos admirar.

— Vem, Lizzie! — eu a chamei, animada, quando corri na direção da borda, sentindo a brisa fresca soprar contra o meu rosto e enviar uma onda de alívio para o meu corpo quente.

— Espere, Carolina! Espere!

Olhei para trás e a vi andar com calma. Parecia tão cansada quanto a minha avó ficaria, se andasse cinco minutos a pé.

— Olhe para isso — eu comentei, apaixonada, quando Lizzie parou ao meu lado, colocando suas mãos na grade, ao lado das minhas. — Olhe para tudo isso. Não é a coisa mais linda que você já viu em toda a sua vida?

Embaixo de nós, as casas do Vidigal formavam, com suas luzes acesas, o céu mais estrelado que eu já havia visto em toda a minha existência. O mar ao fundo, negro, sob a noite, completava a beleza tão estonteante daquele lugar. Lá de cima, podíamos ver a zona sul com outros olhos, do outro lado da moeda. Era diferente quando víamos de lá, era como se fizesse parte de uma realidade distante, de um país que não era o nosso. Mas estávamos ali, no mesmo Brasil, no mesmo Rio de Janeiro. Todos nós fazíamos parte da mesma nação, dividindo a mesma natureza, a mesma paisagem, vista apenas de pontos diferentes. E preciso dizer: era muito mais bonita vista lá de cima.

— Valeu a pena andar tudo isso. — Lizzie suspirou, com o vento levando as mechas de seu cabelo para trás. — Jamais vou esquecer essa visão. — Ela me olhou com carinho, como se agradecesse por tê-la levado até ali. — É realmente a paisagem mais bonita que já vi em todos os meus 33 anos. — Ela voltou a olhar para frente, eu abri um sorriso enorme e dei alguns passos para o lado, nos aproximando mais. — Simples e rico ao mesmo tempo — Lizzie disse, perdida em seu encantamento. — Cada detalhe pequeno faz de tudo isso tão grande, tão confortante. As pessoas, essas casas, a forma que nada parece ter fim. É uma experiência avassaladora estar aqui, desse lado.

Ergui meus olhos para admirá-la. Nunca me cansava de observar o quanto ela era bonita. Lizzie me hipnotizava, não havia nada nela para não adorar. O jeito que ela falava sobre as coisas, com devoção, amor, me fazia sentir que estava ali o sentido de tudo.

Tomei sua mão com a minha, entrelaçando nossos dedos sobre a grade. Ela me olhou no mesmo instante, e depois desviou seus olhos para nossas mãos unidas. Queria dizer a ela o que eu pensava, o que achava de nós. Queria fazer qualquer coisa que ela pedisse, intensificar o que eu estava sentindo. Queria que ela soubesse que eu seria capaz de qualquer coisa para conquistá-la, ter um pouco mais dela para mim. Queria que Lizzie parasse de temer e me deixasse fazê-la viver. Que mal havia em ser feliz, independentemente da forma? O problema não estava no jeito que a felicidade aparecia, ele estava quando escolhíamos não a vivenciar.

Não sei por quanto tempo ficamos ali, em silêncio, apenas curtindo o momento, a paisagem e a companhia uma da outra. Aos poucos, o sol foi nos dando a graça de seus primeiros raios, clareando, de forma delicada, o céu do Vidigal.

— Lizzie... — chamei seu nome, sem desviar os olhos do mar, dando um leve aperto em sua mão. Demorou um pouco até que ela me olhasse. Parecia tão perdida em pensamentos quanto eu.

— Sim... — sua voz soou baixa, como se ela tivesse respondido apenas para si.

Mordi meu lábio inferior, fechando os olhos por alguns segundos, antes de voltar a abri-los. Meu coração batia aceleradamente, como se eu tivesse corrido uma maratona. Talvez não entendesse o que estava ocorrendo comigo, mas entender era desnecessário. Eu só queria viver aquilo, e se dependesse de mim, era o que iria acontecer.

Tomei uma respiração longa, virando meu rosto na direção do dela. Seus olhos, em um tom de verde mais claro, me causavam um frio na barriga, como se eu fosse me jogar em um precipício e me perder em seu *infinito particular*. E não havia nada mais que eu pudesse querer, na minha vida, àquela altura, além de me perder nela.

— Eu não sei o que você está pensando, muito menos o que vai chegar a pensar algum dia... — Umedeci os lábios com a língua, engolindo a saliva que havia se formado em minha boca. — Só tenho noção do que eu penso, e queria que você soubesse que eu vou insistir em você.

— Carolina... — ela começou, mas eu a interrompi, largando sua mão, para poder me virar de frente para ela, vendo-a se virar de frente para mim, colocando uma mecha de cabelo atrás da orelha.

— Eu não me importo com rótulos e nem mesmo quero dar nome a tudo isso, eu apenas quero você. Eu quis você desde o primeiro momento em que nos vimos e sei muito bem que você também me quer. Posso enxergar isso nos seus olhos, no seu corpo... — Eu me aproximei mais dela, com calma, erguendo a mão para acariciar sua bochecha esquerda. Lizzie fechou os olhos com o meu toque, soltando uma respiração profunda. — Eu te desejo; gosto de estar contigo; de curtir, com você, momentos que antes curtia sozinha. Gosto dos seus papos, da sua impaciência e de seu interesse por conhecimento. Eu gosto de você, Lizzie! Vamos aproveitar uma à outra sem cobranças, sem títulos, sem medo. Me deixe ficar na sua vida dessa forma e descobrir, com você, o que for para ser descoberto.

Nunca fui de não ter noção do que dizia e, naquela hora, tive certeza de que nunca antes fui tão ciente de minhas palavras. Meu corpo estava trêmulo, minhas mãos suavam, meus olhos estavam sedentos por algum traço de redenção e minha boca aguava por aqueles lábios que, por muitas noites, fizeram parte dos meus sonhos mais intensos. Quando dei por mim, meu corpo estava colado no dela, com uma de minhas mãos acariciando seu pescoço e a outra a mantendo grudada em mim. A respiração de Lizzie era fugaz, e quando ela negou com a cabeça lentamente, ao fechar os olhos, com a expressão mortificada, eu soube que ela iria recuar.

— Eu não posso, Carolina... Nós... Não está certo. — Seus olhos se abriram, e suas mãos, por inconsciência ou não, foram parar na minha cintura. — Você é a melhor amiga de Alicia, treze anos mais jovem que eu, totalmente livre e que forma o conjunto de tudo o que eu não sou e nunca fui. Eu não vou negar, e mesmo que eu negasse, você saberia que estaria mentindo. Gosto da tua presença, do jeito que você desperta o melhor de mim, da sua boca... — Lizzie deslizou o dedo por cima de meus lábios, massageando e me arrancando arrepios. Fechei os olhos. Queria parar de ouvir o que ela estava dizendo e apenas sentir. — E de quando me beija com esse jeito de safada, capaz de qualquer coisa para ter o que quer. Isso me fascina, mas, ao mesmo tempo, me faz sentir um medo terrível de cair nisso e não sair mais. Tenho muitas coisas dentro de mim que não sei como expor, Carolina, como superar. Não quero e não posso machucar você ou me machucar.

— Me deixe te ajudar — eu estava implorando, sem me importar com que aquilo iria parecer na frente das pessoas ou na frente dela. — Me deixa te mostrar que é fácil esquecer e ser livre, Lizzie. Me dê permissão pra isso. — Senti suas mãos me empurrando com leveza, e logo tratei de aumentar o aperto de meu braço esquerdo em sua cintura, mantendo-a no lugar. — Vem cá... Não foge de mim. — Encostei minha testa perto de sua têmpora esquerda, deslizando meus lábios pela pele de sua bochecha. Sua respiração batia desesperada, contra o meu rosto. Ela tremia. — Não me afasta, não faz assim, porque só vai me deixar mais viciada ainda em você. Descobri que gosto do seu temperamento difícil mais do que deveria.

— Não complica as coisas pra mim, por favor! — foi a vez de ela implorar, e sua voz soprou no meu ouvido apenas como um sussurro. Mordi o lábio, quando ela deslizou a mão em minha cintura, me deixando quente. — Vamos deixar tudo como está.

— Então, me diz que não quer — sussurrei de volta, arrastando os lábios até sua orelha, voltando com eles para sua bochecha. Lizzie suspirava, enquanto nossos seios, pressionados, me enviavam vibrações desesperadoras, e eu não sabia dizer se estava arrepiada por conta da brisa fresca ou de sua pele quente na minha. Não estava nem aí para quem estava ao nosso redor. — Fala que não temos nada a ver e que você quer que eu desista de você, e eu desisto. Mas fala com todas as letras.

Lizzie não disse nada, e eu sabia que ela não tinha nada a dizer. Seus ombros se abaixaram, e ela soltou uma respiração longa, amolecendo o corpo ao redor do meu braço. O sorriso que brotou no meu rosto fez minhas bochechas doerem, e eu olhei para ela com empolgação e excitação saltando pelos olhos.

— Você será a minha ruína, Carolina.

Enrolei os dedos nas mechas de cabelo perto de sua nuca, segurando o olhar que ela oferecia. O céu já estava quase todo claro, e eu podia ouvir, de longe, os pássaros cantarem, anunciando mais uma manhã, no Vidigal, e a chegada de uma nova emoção em mim.

— Eu serei o que você quiser que eu seja, Lizzie. — Aproximei nossas bocas. — O que quiser que eu seja... — repeti, antes de beijá-la, me jogando de cabeça naquela sensação de esplendor que me dominava sempre que nossos lábios se tocavam, se encaixavam.

Os braços de Lizzie rodearam minha cintura com força, quase fundindo nossos corpos. Nossas línguas deslizavam, em sintonia, como se pudéssemos descobrir nossos mais profundos segredos através de um beijo. Eu me ergui um pouco, nas pontas dos pés, e rodeei seu pescoço com os braços, querendo senti-la em mim o máximo que podia. Estávamos perdidas uma na outra ali, no topo do Vidigal, no início daquela manhã, sobre o mar da zona sul e entre pessoas que nunca havíamos visto na vida. E foi exatamente aquele momento que respondeu à pequena dúvida que se formou em minha cabeça quando chegamos ali: eu não sabia como Lizzie iria se comportar dali para frente, mas ela não iria me impedir de insistir para que houvesse um “nós”.

Lizzie e eu ainda ficamos um bom tempo no Vidigal, tomamos café em um dos restaurantes e depois curtimos o sol da manhã na orla de Ipanema. Não vou esconder, trocamos beijos longos e intensos dentro do meu carro, no estacionamento de seu prédio, e só não fomos um pouco mais além porque ela, claro, me afastou. Quando ela iria perceber que me negar alguma coisa só me deixava mais excitada ainda? Maldição de mulher!

Ao acordar, à tarde, todas as cenas não saíam da minha cabeça. Ainda havia cheiro de Lizzie no meu rosto, em minha roupa, e eu fiquei encarando o teto do meu quarto, como uma idiota, com um sorriso derretido no rosto. Meus braços estavam abertos sobre a cama, e eu fechei os olhos, para sonhar acordada um pouco mais.

— Boa tarde!

Levei um susto, ao ouvir a voz de Alicia presente em algum lugar do meu quarto, me fazendo abrir os olhos para procurar. Achei-a sentada em minha poltrona, com os braços cruzados embaixo dos seios e a expressão carrancuda.

— Que porra, Alicia! — Respirei fundo, para acalmar meu coração. — Que merda você está fazendo aqui?

— Já fui recebida de uma maneira melhor por você, viu? — ela resmungou, ofendida.

— Desculpa! — Sentei-me e passei a mão pelo cabelo, que mais parecia um ninho de passarinho. — Mas sabe que não gosto quando me assusta. Por que não me ligou, avisando que vinha?

— Eu liguei quinze vezes, mas me diz se você atendeu.

Okay, Carolina! Vacilo. Suspirei, com os ombros caídos, jogando a cabeça para trás e ouvindo meu pescoço estalar.

— Você desapareceu ontem à noite e a manhã inteira. Vim até aqui, saber se estava viva, e seu pai me disse que você chegou em casa às 10h. E olha só que engraçado: Lizzie chegou no mesmo horário. Alguns minutos antes, para ser mais exata.

— Como sabe que ela chegou nesse horário? — Ergui as sobrancelhas, com o lábio inferior mordido.

— Porque eu liguei pra ela, avisando que iria passar a tarde lá, e ela me disse para ir mais tarde, porque ela estava acabando de chegar da rua e iria descansar um pouco.

Ah, merda! Por que Lizzie tinha que abrir a boca? Rolei os olhos, rindo, como se tivesse sido pega fazendo alguma besteira.

— Vamos, desembucha! Aonde você e Lizzie foram ontem à noite? E por que diabos não me chamaram?

Encarei Alicia como se ela fosse uma piada pronta. Sua expressão estava fechada, e eu a conhecia bem. Ciúme. Pulei da cama e fui na direção do banheiro, vestindo apenas um conjunto preto de calcinha e sutiã. Vi a garota se levantar da poltrona e me seguir.

— Não posso sair com sua irmã? — perguntei, ao parar de frente para a pia, pegando minha escova de dentes e colocando um pouco de pasta. Alicia se encostou à porta, encarando-me incrédula.

— Desde que me leve, sim.

Encarei-a com cara de tédio, enfiando a escova na boca.

— Ah, qual é, Carolina! Me diga aonde vocês foram e por que foram. Sou irmã dela e sua melhor amiga, tenho o direito de saber.

Apoiei a mão direita na pia e me concentrei em escovar os dentes com a esquerda, pensando no que responder a ela sem entregar as coisas. Em seguida, cuspi a espuma em minha boca, lavando a escova.

— Nós estávamos conversando, e ela disse que queria sair um pouco, distrair a cabeça, e decidimos ir ao Mud bug. Foi uma decisão de última hora. — Guardei a escova no pote e me curvei, para enxaguar a boca, ouvindo Alicia bufar.

— Porra, Carolina! Você sabe que eu amo aquele bar. — Alicia adentrou mais o meu banheiro, parando em minhas costas. Olhei para ela através do espelho, abrindo um sorriso forçado, para verificar a limpeza de meus dentes. — Eu fiquei em casa sozinha ontem. Norminha foi trabalhar e vocês não tiveram a capacidade de me chamar.

— Da próxima vez, a gente te chama.

— Vai se foder!

Eu soltei uma risada, secando a boca e o rosto na toalha pendurada ao lado.

— Ficaram até as 10h no Mud bug? Porque, pelo que posso me lembrar, ele fecha muito antes disso.

— Não, Lysh, não ficamos lá até essa hora. — Levei as mãos até minhas costas, abrindo o sutiã e o retirando de meu corpo, me preparando para tomar uma ducha. — Quando saímos do bar, ainda era cedo, e eu resolvi levar Lizzie até o Vidigal, para que ela pudesse conhecer. Ficamos lá até o amanhecer e depois andamos um pouco pela praia.

— Essa história está muito mal contada. — Alicia se sentou na tampa do vaso sanitário, e eu entrei no box, depois de retirar a calcinha, ligando a ducha e entrando embaixo do jato forte de água. — Você e Lizzie estão muito amiguinhas ultimamente. O que estão escondendo de mim?

— Não estamos escondendo nada de você, criatura chata — resmunguei entre uma risada, sentindo os músculos do meu corpo relaxarem sob a água quente. — Não podemos ser amigas? Sair, curtir? Ou você prefere que Lizzie e eu não sejamos nada, apenas conhecidas?

— Eu não disse isso...

— Pensei! — Peguei o sabonete, fazendo espuma para passar em meu corpo.

— Só quero que me levem da próxima vez, poxa! Odeio saber que minha melhor amiga e minha irmã estão saindo sem mim.

— Pelo amor de Oxalá, Alicia! Da próxima vez, vamos te arrastar até para o caralho, está bem assim?! — esbravejei, deslizando as mãos pelas coxas, para ensaboar.

— Melhor assim — sua resposta saiu animada, me fazendo rolar os olhos pela décima vez. — Termine logo esse banho e vamos dar um mergulho. Depois, vamos até Santa Teresa, comer alguma coisa e seguir para o apartamento de Lizzie. Preciso dar um esporro nela também. Estou te esperando na sala.

Não respondi, apenas esperei que ela saísse do banheiro e fechasse a porta, me deixando sozinha, com aquele frio na barriga, de estar fazendo algo escondido. Eu me peguei sorrindo, fechando os olhos, ao voltar para debaixo da água quente, que insistia em não levar o cheiro de Lizzie embora.

Quando saí do banheiro, enrolada na toalha, peguei meu celular sobre a mesa do notebook, para checar as horas. E lá havia uma mensagem dela no WhatsApp.

Boa tarde, Carolina! Espero que tenha dormido
bem. Obrigada por ontem à noite,
aquela experiência maravilhosa de provar
o outro lado da moeda não sai da minha cabeça.
Nos vemos logo.

— Nos vemos daqui a pouco, na verdade — eu respondi ao acaso, rindo comigo mesma, enquanto digitava a minha resposta.

Você é quem não sai da minha cabeça.

Enviei e coloquei o celular de volta sobre a mesa, correndo para me arrumar, antes que Alicia voltasse para me puxar pelo cabelo. O melhor de todo aquele jogo com Lizzie era presenciar suas reações a mim, e eu mal podia esperar para ver como ela iria reagir ao me pegar em sua porta, ao lado de Alicia, depois de me dizer, com beijos e toques, que me queria o tanto que eu a queria. Mais do que isso, esperava que tivéssemos alguns momentos sozinhas, para que eu pudesse mostrar a ela o quanto podia ser gostoso estar comigo. Eu só queria permissão para me jogar nisso de cabeça, e ela havia me dado. Ainda que lutasse contra seu próprio desejo, uma hora ou outra, Lizzie iria perceber que não adiantava se esconder, eu sempre a encontraria.

Capítulo 9

Boemia carioca

Lizzie

"Eu retribuo o sorriso. Eu correspondo ao abraço. Eu digo sim. Eu quero sim. Eu sinto sins." [1]

Depois de acordar e mandar uma mensagem para Carolina, recebendo uma resposta mais do que agradável, acabei dormindo de novo. Sonhei com ela, com os olhos, o toque, os lábios. No melhor momento do sonho, em que Carolina encostava sua boca na minha, despertei e senti o peso de Joker em cima da minha barriga, lambendo a minha cara. Amava o pequeno, mas preferia que outra pessoa estivesse em cima de mim naquela cama. Eu me sentei e fiz um carinho na cabeça do filhote, coçando os olhos, para tentar focalizar alguma coisa no quarto que estava escuro, graças à cortina blecaute. Saber que não precisava estar no trabalho em uma sexta-feira me fez sorrir, ainda de olhos fechados, e me joguei de volta na cama, envolvendo Joker em uma espécie de conchinha.

— Será que você não consegue ficar quieto? Mamãe só quer ficar abraçada com você um pouco.

O cachorro começou a se debater, então desisti de tentar insistir.

— Tudo bem, a batalha é sua, vamos almoçar.

Levantei-me, esticando os músculos, andei com calma até a cortina, puxando-a para o lado, e quase fiquei cega com a claridade. A vista para a praia de Copacabana me tirava o fôlego todas as vezes. Suspirei, satisfeita por não ter que acordar e dar de cara com prédios e mais prédios, como nos Estados Unidos. A última coisa que faltava para eu me adaptar era aguentar o calor de 40 graus, que fazia a praia lotar. Quase não dava para ver a areia. Abri a porta e deixei a brisa invadir o quarto, trazendo um cheiro gostoso de mar, que eu tanto gostava. Joker latiu atrás de mim, e virei nos calcanhares para encarar o cachorro, que abanava o rabinho, dando algumas investidas contra as minhas pernas.

— Okay, okay!

Ele saiu em disparada, na minha frente, e começou a quicar, com as patas frontais, em frente ao pote de ração.

— Acho uma gracinha quando você faz isso, sabia?

---

1 Caio Fernando Abreu.

Depois de alimentar o monstrinho, tratei de fazer uma comida leve, me contentando com uma salada de frango. Sentei na bancada da cozinha, e a cada garfada, sentia minha imaginação voar cada vez mais longe. Sorri, enquanto mastigava um pedaço de alface, e nem reparei que algumas nuvens negras ameaçavam um temporal daqueles. Um trovão ressoou longe, e fui pega de surpresa, pois não esperava que o tempo fosse mudar tão rápido. Observei Joker brincando com sua bolinha, completamente despreocupado, e peguei o celular para checar as mensagens. Para a minha surpresa, o nome de Carolina era o primeiro da lista.

Esqueci de te falar que no Rio é assim, de uma hora pra outra, passamos de Inferno para tsunami, você logo se acostuma.
Ei, já estou sentindo falta da sua risada, gringa, não parei de pensar na noite de ontem um único segundo.
Beijos!

Foi impossível não sorrir. Ela estava pensando em mim com a mesma frequência que eu pensava nela. Mas meu sorriso morreu, ao ler a quantidade de e-mails que precisava responder e de propostas para analisar até o fim da tarde. Podia não precisar ir à empresa, mas estava atolada de trabalho, como sempre. Eu me larguei no sofá, com o notebook, e comecei a resolver os inúmeros problemas que apareciam. Minha atenção só foi atraída, uma vez, por um raio particularmente alto, que estourou do lado de fora, como se estivesse rasgando o céu, e por alguns segundos, pensei se Carolina estava protegida em um temporal como aquele.

— Essa é a mais pura verdade, O'Connell, a equipe de desenvolvimento quase toda não veio hoje. Fiquei com trabalho até o pescoço.

Esfreguei as têmporas, enquanto Danielle me passava o balanço geral do dia, quatro horas mais tarde.

— Paula, aquela estagiária inútil, não apareceu e provavelmente não virá na segunda-feira. Pretendo demiti-la do meu setor.

— Você tem total liberdade pra isso, Danielle, mas pense que acabamos de abrir. Dê mais uma semana, e fique de olho na garota. Se não produzir nada, aperte a mão dela e diga adeus.

— Os estadunidenses são sempre tão pacientes?

Sorri e neguei com a cabeça, mas um sussurro no meu ouvido me fez pular de susto, quase deixando o notebook cair no chão.

— O'Connell? Está tudo bem? Acho que a conexão caiu.

Carolina estava parada do meu lado e mordia o lábio inferior, encarando minha boca, como uma predadora pronta para o ataque. Coloquei a mão no peito, para tentar acalmar meus batimentos cardíacos, e no segundo em que daria um beijo de boas-vindas nela, ouvi a porta da frente bater. Em seguida, virei a cabeça com tanta pressa que senti meu pescoço estalar. Alicia estava de braços cruzados e nos encarava com olhos semicerrados, provavelmente analisando qual seria a melhor maneira de começar um show de ciúme. Sua expressão carrancuda só aliviou quando Joker, sedento de atenção, começou sua festinha para ela. Carolina aproveitou que minha irmã estava de costas e me deu um selinho rápido, se jogando, ao meu lado, no sofá. Olhei para o notebook e vi que Danielle tinha encerrado a videoconferência.

— Por que não avisou que estava vindo, Lysh? Eu estava trabalhando.

— E quando você não está, Lizzie? — Minha irmã pegou Joker no colo e forçou um espaço para sentar-se entre mim e Carolina. — Estou aqui porque vim te dar um esporro. Que história é essa de sair com minha melhor amiga e me deixar de fora? Nunca pensei que isso fosse acontecer, sabia? Acho muito injusto eu ficar tanto tempo sem te ver e sua atenção ser dada em dobro pra Carolina, quase nada pra mim.

— Alicia, você está falando sério? — Encarei minha irmã por alguns segundos, e troquei olhares divertidos com Carolina, que mexia nas unhas como se estivesse muito interessante. — Não acredito que está com ciúmes, isso é ridículo.

— Vai se foder! Não gostei mesmo dessa aproximação de vocês, quero ser chamada. Por que não fazemos alguma coisa juntas? Eu apresentei vocês, tenho direito de usufruir de atenção vitalícia de ambas. — Alicia fez um falso bico, e não aguentei: precisei apertar suas bochechas, que antes eram tão fofinhas. Carolina se juntou a mim, e atacamos minha irmã com beijos e cosquinhas, o que rendeu alguns momentos em que precisei me segurar, para não tocar no corpo dela, ao invés de Alicia. Eu me afastei das duas e levantei do sofá, levando o notebook para um lugar seguro, antes de buscar um copo d'água na cozinha. Carolina estava me atraindo sem querer ou por querer? Assim que abri a porta da geladeira, ouvi minha irmã comentar da sala que estava com fome.

— Credo, Lysh, nós acabamos de comer. Ei, você já contou pra sua irmã o que nós vimos hoje, quando fomos à Santa Tereza?

Imaginei o que tinha sido tal coisa, e meus pensamentos foram interrompidos pela melodia de *Por isso corro demais,* de Adriana Calcanhotto, que aumentava gradualmente e invadia o apartamento. Carolina e minha irmã se aproximaram do balcão da cozinha, cantarolando, e eu troquei olhares com ela, que mordeu o lábio inferior e avaliou meu corpo de cima a baixo, coberto apenas por um pijama curto. Tive um princípio de engasgo com a água e, quando me virei de costas, para me recompor, senti os braços de Alicia ao redor da minha cintura. Minha irmã estava com o rosto afundado no meu peito e fazia um som parecido com o de uma criança manhosa.

— Não vai me trocar pela Carolina, não é, Lizz? Promete de dedinho? Sou sua irmã preferida, né?

— Você é a única irmã que eu tenho, Lysh.

— Estúpida! — Ela se afastou de mim, com um empurrão, e começou a rir. — Vou ao banheiro, acho que aquelas duas garrafas de água com gás estão dando sinais agora.

No segundo em que minha irmã sumiu e ouvi o barulho da porta do banheiro trancando, puxei Carolina pelo braço e beijei seus lábios, me afundando naquela sensação que esperei o dia todo para sentir de novo.

— Estava com saudade de você. — Ouvi Carolina sussurrar na minha boca e me arrepiei.

A língua dela fez uma massagem gostosa na minha, e eu gemi baixinho, colocando as mãos por baixo de sua blusa, sentindo sua pele quente. Meus dedos tatearam a lateral do corpo de Carolina, e senti seus pelos se arrepiarem. As mãos dela se enrolaram no meu cabelo, e tive vontade de colocá-la em cima do balcão central da cozinha, mas se começasse, seria difícil parar.

Seus dedos desceram, pelas minhas costas, até a minha bunda, e quando ela a apertou, ouvi a porta do banheiro destrancando e me separei de Carolina, às pressas. Saí correndo para a varanda do apartamento, e quando minha irmã surgiu, começou a cantar junto à amiga. Meu coração estava batendo a mil por hora, e minhas pernas ainda tremiam, quando Alicia e Carolina chegaram à varanda, observando as nuvens negras se dissipando.

— O que aconteceu, Lizzie? Está mais branca do que o habitual — Alicia falou, e me fez revirar os olhos, dando um sorriso.

— Lysh, acho que sua irmã está impressionada com a mudança do tempo por aqui — Carolina disse.

— Ah, fala sério! Como se nos Estados Unidos não fosse assim. — Minha irmã começou a rir com a amiga, e as duas foram interrompidas pelo celular de Alicia. — Êpa! Preciso atender a essa ligação, pode definir nosso futuro de hoje à noite. Não saiam daqui, volto já!

— Como se a gente fosse pular da varanda, né? — minha voz saiu naturalmente, e ela me lançou o dedo do meio, dando as costas para mim e Carolina. — Você é muito engraçadinha, sabia? Seus comentários com duplo sentido me encantam.

— Gostou? Costumo usar para envergonhar as pessoas que eu gosto. — Ela piscou pra mim e ficou do meu lado, encarando a praia, que havia ficado deserta. — Não parei de pensar em você um único segundo hoje, sabia? Tentei parar inúmeras vezes e não consegui, nem dormindo.

— Bem, se você conseguir, me avise. Preciso fazer a mesma coisa.

Ficamos alguns segundos nos observando: ela, com um olhar surpreso, e eu, encarando cada parte de seu corpo, analisando os traços, perdendo o fôlego em cada curva. Aquela garota estava me deixando em uma situação que não planejei e que, apesar de ser tão errada, eu sentia aquela sensação ser certa. Minhas barreiras andavam vacilando cada vez mais, quando Carolina se aproximava, e meu subconsciente, temeroso pela minha sanidade, acabava freando muitas atitudes.

— Boa notícia! — Alicia interrompeu nosso contato visual e nos observou por alguns segundos, antes de colocar o celular no bolso detrás do short. — O Beto falou que tem uma roda de samba muito boa na Lapa hoje. É 0800, só precisamos pagar a bebida. Já mandei mensagem pra Norminha, e a preta disse que não perde por nada. O que acham?

Carolina bateu palmas, e eu neguei com a cabeça, dando as costas para as duas e voltando para dentro do apartamento. Puxei o vinil do grupo *Kid Abelha* e coloquei na vitrola, deixando um som acústico gostoso preencher o apartamento. Assim que levantei, vi que minha irmã e Carolina me olhavam, com as mãos na cintura e cara de poucos amigos.

— O que foi, gringa? Não está a fim de ir?

— Nem um pouco. Não sou muito desse mundo de vocês. Já passei da idade de ficar até altas horas da madrugada na rua e enchendo a cara. Vão vocês, eu vou assistir a um filme, pedir uma pizza e...

— Escuta aqui, Lizzie, você mora no Rio de Janeiro e já passou da hora de conhecer o que a Cidade Maravilhosa pode realmente oferecer. Pizza e filme numa sexta-feira à noite? Fala sério! Você não tem 50 anos e não mora mais nos Estados Unidos. Vamos te apresentar o lar da boemia do Rio, e você vai amar. Às 20 horas, estou passando aqui, e nem que eu tenha que te levar amarrada, nós vamos pra Lapa — Carolina falou tão seriamente que me encolhi um pouco no canto da sala, enquanto Alicia estava jogada no sofá, gargalhando da minha cara de assustada.

Concordei, com um aceno de cabeça, e minha irmã levantou-se, me dando um beijo na bochecha. Percebi que elas já estavam de saída, e antes que Carolina virasse as costas para mim, segurei sua mão, sem que Alicia visse. Meus olhos estavam implorando para que ela demorasse mais alguns minutos no meu apartamento, e pelo sorriso que nasceu em seu rosto, pareceu entender.

— Carolina, vamos logo! Temos que nos arrumar.

— Vai descendo. — Ela jogou a chave do carro em cima de Alicia, e minha irmã franziu o cenho. — Vou pegar alguns vinis com a Lizzie, e já te encontro na recepção. Vai tirando o meu carro.

— Tudo bem, mas não demora muito, e para de perturbar a minha irmã. Desse jeito, ela vai desistir de sair com a gente.

No segundo em que Alicia saiu, Carolina correu até a porta e a trancou. Em seguida, virou nos calcanhares e me chamou com o dedo indicador, me olhando de um jeito que deixou minhas pernas bambas e minha respiração ofegante. Não saberia explicar a sensação que isso me causava, nem se tentasse. Era o sorriso, talvez o olhar ou o corpo, tanto faz... Estava louca para senti-la mais um pouco.

— Vem aqui, vem! Mata um pouco mais da minha saudade — seu tom rouco e convidativo batia contra os meus tímpanos e me fazia delirar.

Ela era tão sexy, cheia de curvas sinuosas, e as coxas torneadas, acomodadas naquele shortinho jeans curto, estavam me matando. Eu me apressei em atacar seus lábios, e Carolina soltou um gemidinho entre o beijo, deixando meu corpo trêmulo de excitação. Cada parte de mim estava implorando para experimentá-la, mas além de não haver tempo naquele momento, também me faltava coragem para me entregar, de vez, àquela loucura deliciosa.

— Você precisa ir, a Alicia pode estranhar e...

— Sei disso, sei disso, é que eu não consigo. — Carolina me beijou mais uma vez e me empurrou para longe, sorrindo. — Merda de gringa, odeio você! Me deixe descer de uma vez, antes que desista de sair e opte por passar essa sexta te agarrando por esse apartamento.

— Não seria má ideia, sabe?

— Boa tentativa. Passo aqui às 8h pra te buscar, você tem duas horas pra se arrumar. Nos vemos mais tarde! — Carolina me deu mais um beijo demorado, e quando abriu a porta, para ir embora, parecia que um imã nos impedia de separar nossas bocas. Só quando o celular dela tocou, mostrando que Alicia estava em seu ápice de impaciência, foi que Carolina se deu por vencida e entrou no elevador, me deixando extasiada na porta do meu apartamento.

Meus dedos passearam várias vezes pelos meus lábios, enquanto tomava banho, me lembrando dos amassos perigosos que Carolina e eu arriscamos, quando Alicia não estava olhando. Parecia certo que minha irmã ia sacar a história em pouco tempo, mas todo aquele jogo de esconder deixava tudo mais excitante.

Quando Carolina, Alicia e Norminha me buscaram em casa, aguentei os comentários delas por todo o caminho até a *Lapa*. Variavam entre falar como minha roupa mostrava um pouco mais do que elas esperavam, o quanto eu parecia mais jovem com a pouca maquiagem, que me ver longe do celular ou notebook me deixava mais simpática. Por fora, eu mantinha a minha expressão fechada, mas, por dentro, estava feliz por receber elogios. Eu me entrosei em um assunto com Norminha, até sentir Carolina parar o carro no estacionamento de um prédio cônico.

— Essa é a Catedral de São Sebastião do Rio de Janeiro. O Papa já veio rezar uma missa aqui, sabia? Acho incrível! — Carolina observava o prédio com uma pitada de orgulho, e sorri para ela, que me encarou com um pouco de vergonha. — Sei que parece estranho, mas tudo que o Rio de Janeiro tem de bonito eu gosto de me vangloriar, como se fosse meu. Não é chamada de Cidade Maravilhosa à toa, certo?

— Acho essa sua paixão pelo Rio muito bonita.

— Desculpa atrapalhar o momento de vocês, mas a roda de samba já vai começar, e a minha presença lá é requisitadíssima. — Norminha passou por nós, balançando os cabelos cacheados e rebolando o corpo. — Portanto, acho bom irmos logo. Hoje à noite, quero muito samba no pé, cerveja gelada e sorrisos dos amigos. *Simbora*, minhas branquelas!

Nós três a acompanhamos por todo caminho até os Arcos da Lapa, e notei a quantidade de olhares que eram direcionados a ela. Homens e mulheres perdiam a fala, à medida que Norminha passava, esbanjando simpatia, espalhando sorrisos. Carolina ficou do meu lado o tempo todo, mostrando tudo com entusiasmo, como uma guia turística bem instruída. Alicia encontrou o tal Beto, e os dois pareciam absortos em relação à nossa presença, mas não liguei muito, porque queria um tempo sozinha com Carolina.

— Por ali, fica a escadaria da Lapa. É um lugar muito visitado, vou te levar de manhã.

— Por que não agora?

— Digamos que o pessoal está em uma vibe bem natural no momento, vamos deixar pra amanhã.

Franzi o cenho para a resposta dela, e Carolina soltou uma risada.

— Maconha, todas as tribos... A escadaria tem de tudo um pouco. Prefiro te levar de manhã. Você vai poder reparar nos ladrilhos, são lindos! Ah, esse é o Circo Voador. — Ela apontou para um espaço quase grudado aos Arcos, e ergui as sobrancelhas. — Muitos artistas fazem shows aqui, e também rolam várias festas, inclusive o Chá da Alice. Na próxima, eu te levo.

— O que é Chá da Alice?

— Uma festa com tema da *Alice no país das maravilhas*. Está rodando o país todo agora, mas surgiu aqui, na Lapa. Acho que você vai curtir, é um ambiente muito legal. Aquele é o Teatro Odisseia. — Ela apontou para um prédio clássico, e sorri ao ver a simplicidade, mas beleza do lugar. — Rola umas festas legais, só que lota demais, e nunca tenho paciência pra ficar muito tempo lá dentro, porque o calor é insuportável. Como você viu, lá na frente, tem barracas com comidas e bebidas de todos os tipos, bares com variados gêneros musicais. Tem de tudo aqui; gay, lésbica, bi, preto, branco, travesti, trans, drag, anão, gigante, gringos, brasileiros, ricos e pobres. Essa é a Lapa: um mundo de opções pra você se divertir, sem se preocupar com o lugar de onde veio. Aqui ninguém está sozinho. Apesar de ter muitos assaltos, a galera já está esperta e sabe onde deve ir ou o que trazer. Agora, vamos apressar o passo, porque Norminha está realmente ansiosa.

Vi o corpo da mulher se afastando de onde estávamos, e Carolina me puxou pela mão, desviando de várias pessoas que bebiam na rua, cantavam junto a bandinhas, nos bares, ou se beijavam nas portas de festas. Senti uma energia diferente andando naquelas ruas lotadas, era como se voltasse muitos anos no tempo.

Apertei a mão de Carolina com mais força, e ela sorriu, me fazendo andar mais um pouco. Quando chegamos a um lugar lotado, vi Norminha dançando no meio de uma roda improvisada, com cadeiras e homens tocando diversos instrumentos. Alicia e o tal Beto trocavam beijos em um canto, e quando Carolina chegou perto de mim, para perguntar se eu queria alguma coisa, sorri e me aproximei de sua orelha.

— Primeiro, eu quero agradecer por me trazer aqui. Estou me sentindo outra pessoa. Segundo... — Mordi seu lóbulo e vi os pelos dela arrepiarem. — A única coisa que eu quero hoje é você.

— Não se preocupe, isso já é garantido.

Observei, enquanto ela se enfiava no meio da roda e começava a dançar junto à Norminha, arrancando gritos das pessoas, que aplaudiam e assistiam à apresentação. Minha irmã se aproximou de mim e colocou uma cerveja na minha mão, dizendo que eu precisava começar a beber como uma carioca. Meus olhos seguiam os movimentos de Carolina: a saia que rodava, quando ela gingava com Norminha, o abdômen brilhando, por causa do suor, que descia em filetes, o cordão que atraía minha atenção para seus seios apertados naquele decote tentador, a marquinha de biquíni, o sorriso, o cabelo caindo pelas costas e ombros... Tudo, naquela mulher, estava me puxando, e quis invadir aquela roda e agarrá-la, mas não estava com vontade de silenciar a diversão de todos com uma cena tão chocante, muito menos aturar o falatório de Alicia por, pelo menos, uma hora.

Senti o olhar dela em cima de mim, me provocando, empinando a bunda, mordendo a boca, fazendo expressões de puro prazer, enquanto dançava. Já estava pensando em jogar tudo para o ar, quando notei a falta de Alicia. Pelo visto, ela tinha sumido com o tal Beto de novo e fiquei sozinha, totalmente à vontade para babar, vendo Carolina dançar daquele jeito.

— Lizzie?

Virei nos calcanhares e dei de cara com Danielle, que me deu um abraço apertado.

— Não acredito! Tantos lugares pra te encontrar, e olha só onde te encontro, na Lapa, berço da boemia carioca. Parece que alguém está te levando aos lugares certos.

— Que surpresa te encontrar aqui, Danielle! Não sabia que gostava de samba.

— Se eu não tenho cara, imagine você, não é? Estou com um pessoal da WorldOfX naquele bar. — Ela apontou para um boteco charmoso, logo ao lado da roda de samba, e fiquei dividida entre ficar ou sair dali e acompanhá-la. — Vamos até lá, tomar uma cerveja, aposto que... Espera um pouco, o que é isso? — Danielle me empurrou para o lado e ficou parada, de boca aberta e olhos arregalados, observando Carolina e Norminha sambando. Fiquei um pouco incomodada com a atenção que ela estava dedicando, ao vê-las, e fiz um som, limpando a garganta, tentando tirar Danielle do campo de visão da roda de samba.

— Quem é? — ela perguntou.

— Quem é quem? Do que você está falando?

— Meu Deus, ela é maravilhosa! — exclamou.

Meu incômodo aumentou o triplo e me afastei um pouco de Danielle, tentando evitá-la.

— Pelo amor de Deus! Você precisa me apresentar a essa mulher maravilhosa.

— O quê? De qual mulher você está falando? — perguntei.

— Daquela preta ali. Estou apaixonada! Nunca vi mulher mais linda. — Danielle apontou para Norminha, e meu coração voltou a bater em um ritmo tranquilo. Abri um sorriso e puxei Danielle pelo braço. — Me diz que você conhece e que podemos sair qualquer dia desses, pra você me apresentar. Aliás, desculpa se estou desse jeito, nem te falei que sou lésbica. Espero que não tenha problemas com isso.

— Não se preocupe, estamos no mesmo barco. — Pisquei o olho para ela, e Danielle ergueu o copo de caipirinha que estava bebendo, brindando comigo. — O nome dela é Norma, mais conhecida como Norminha, e é uma das duas melhores amigas da minha irmã. Parece uma tempestade quando passa, de tão rebelde, como todo jovem, mas é gente boa.

— Estou sem palavras, você precisa me apresentar essa mulher, O'Connell. Por favor, nunca te pedi nada, nem mesmo um aumento na empresa.

— Elas estão vindo aí. Sossega que vou te apresentar.

Carolina e Norminha saíram do meio da roda, suadas, mas com enormes sorrisos no rosto. Quando chegaram perto, o olhar de ambas fixou na mulher ao meu lado. — Meninas, gostaria de apresentar, a vocês, a presidente do setor de desenvolvimento do XLegion na WorldOfX, Danielle Albuquerque. Danielle, essas são Carolina e Norminha.

— É um prazer conhecê-las, vocês dançam muito bem. Especialmente você, Norminha — disse Danielle.

Vi a garota abrir um sorriso envergonhado, e ambas seguraram o olhar por alguns segundos.

— Não querem beber nada? Estamos com um grupo de amigos. Claro, se não for problema pra vocês — perguntou Danielle.

— Não vai ser problema nenhum. Tenho certeza de que a Norminha vai adorar tomar uma caipirinha, e preciso mesmo de uma cerveja gelada. Vamos? — Carolina empurrou a amiga, para que ela ficasse ao lado de Danielle, e as duas foram conversando em direção ao bar.

Senti o braço dela se prender ao meu e lhe ofereci um sorriso, impressionada com o quanto aquela garota transbordava energia. *Se ela tiver essa disposição toda em outra situação, tenho certeza de que não vou precisar de mais nada na vida*, pensei comigo mesma no instante em que sentamos à mesa, junto a um grupo de quatro mulheres e dois rapazes. Pelo visto, Danielle selecionou bem seu grupo, pois o setor do XLegion estava bastante colorido.

Foram horas de risadas, trocas de olhares, provocações e palavras ditas bem baixinho. Parei de contar quando cheguei ao sexto copo de caipirinha, e Carolina estava gargalhando de uma piada que Danielle havia contado à Norminha e a ela. Notei, pela primeira vez na noite, a falta da minha irmã. Puxei o celular do meio dos peitos, com um pouco de dificuldade, e consegui atrair a atenção de Carolina, que apoiou a cabeça na palma da mão e encarou meu decote. Revirei os olhos para ela e disquei o número de Alicia que, depois de quatro chamadas, finalmente atendeu.

— Sei que deveria ter falado, mas não consegui encontrar vocês de novo e fui embora com o Beto. Estou na casa dele e só devo voltar amanhã.

— Como assim você está na casa desse garoto? Por que não me disse nada? Isso é um absurdo! — exclamei, indignada.

— Ih, Lizzie, não pira, tá bom? Já deixei de ser criança faz tempo. Vai aproveitar essa noite na Lapa, porque era tudo que você mais precisava. Nos vemos amanhã, vê se não enche muito a cara. Beijos, boa noite! — Minha irmã desligou o telefone, e fiquei alguns segundos, parada, com o aparelho na orelha, chocada com a atitude dela.

Uma parte de mim sabia que Alicia não tinha mais 9 anos, mas outra se recusava a deixar que a irmã mais nova saísse debaixo das minhas asas.

Carolina puxou meu celular com força e colocou dentro dos peitos, fazendo sinal com o dedo indicador, para que eu parasse de falar antes mesmo que eu começasse.

— Vou voltar pra roda de samba. Se quiser o seu celular, vai ter que vir comigo.

— Eu não vou sambar, ficou louca? — falei. Ela se levantou, ficou parada de frente para mim, e estendeu a mão. — Carolina, é sério, não vou sambar na frente de um monte de gente.

— Tudo bem, pelo menos, venha me ver. Norminha e Danielle já foram e parece que estão se divertindo. Se você não dançar aqui, podemos fazer isso em outro lugar, pra eu te ensinar.

— Outro lugar, tipo...

— Seu apartamento?

— Acha que pode me ensinar a sambar no meu apartamento qualquer dia desses? — Levantei da cadeira e respirei fundo, recobrando o equilíbrio. — Sou uma aluna difícil de aprender essas coisas básicas.

— Por que esperar por um dia desses, se posso te ensinar hoje?

Ela piscou o olho, passou por mim e chegou de braços abertos à roda de samba, na qual foi recepcionada com palmas e gritos. Sentei de novo na cadeira e observei, de longe, aquela mulher girando a saia, se divertindo como se o mundo fosse acabar a qualquer momento. Era disso que eu precisava: uma dose de adrenalina e um pouco de loucura. Para ser sincera, a única pessoa, que podia me dar ambos, estava a alguns metros de distância, e eu não perderia a chance.

Capítulo 10

Quebrando tabus

Carolina

Saímos da Lapa um pouco depois das 4h. Meus pés estavam me matando, mas eu me sentia completamente satisfeita. Apenas Lizzie e eu voltamos em meu carro, Norminha ficou por conta de Danielle que, de um jeito que chegou a ser fofo, insistiu para levá-la em casa. Se eu estava *shippando* as duas? Estranho seria se não. Havia uma química mais do que nítida entre elas. A tensão sexual era tão grande que fiquei me perguntando se Norminha toparia uma rapidinha dentro do carro, por ali mesmo. Se fosse Lizzie me fazendo essa proposta, eu toparia sem pensar duas vezes. Comigo era assim, nunca perdia uma oportunidade.

Depois de uma rápida mudança de planos, subi com Lizzie para o apartamento dela. Em seguida, liguei para casa e avisei ao meu pai que dormiria na casa de uma amiga, desligando o telefone antes que ele começasse a dar o sermão de sempre. Lizzie me olhou torto, fazendo um gesto de negação com a cabeça. Ela não concordava com a forma que eu lidava com as coisas, mas depois da briga feia que tivemos por causa disso, passou a não falar mais nada.

Quando entramos no apartamento, fomos recebidas por um Joker mais do que afobado que, pulando em minhas pernas, me fez tombar para trás duas vezes seguidas. Eu caí na gargalhada, me curvando para frente, para que pudesse pegá-lo nos braços.

— Ele gosta de você — Lizzie comentou, depois de fechar a porta, jogando a chave em cima do sofá.

— Tal mãe, tal filho, não? — perguntei, com um sorriso de canto, esfregando o meu nariz no pescoço peludo do cachorro. Ela soltou uma pequena risada, livrando seus pés dos sapatos e os largando no cantinho da sala.

— Eu gosto de como você é convencida, Carolina.

— Você não respondeu à minha pergunta. — Coloquei Joker no chão, andando até ela com passos calmos. Lizzie me observou de forma atenta, como se estivesse se preparando para levar um bote... E ela iria, mais cedo ou mais tarde. Parei na sua frente, erguendo a mão direita, para deslizar a ponta do meu dedo indicador na borda do decote que ela usava. — Não é?

— É — sua resposta saiu pesada, e percebi que estava prendendo a respiração na garganta. Ergui meus olhos, encontrando os seus, e mordi meu lábio inferior com delicadeza, a vendo engolir a saliva com pressa. — Mais do que eu deveria.

— Poxa! — Encenei uma tristeza, curvando os lábios em um biquinho chateado, subindo as mãos por seus braços. — Assim, você me ofende — resmunguei falsamente magoada, arranhando a pele de seus ombros com suavidade, quando cheguei a eles.

Lizzie respirou fundo, erguendo a mão para massagear o bico que eu tinha nos lábios com o dedão. — Não faz assim, Carolina!

Eu sorri como uma criança levada sorri quando está aprontando, encarando-a por baixo dos cílios.

— Não seja cínica comigo.

— Por quê? — perguntei, sem desviar nossos olhos, abrindo a boca e prendendo a carne de seu dedão entre meus dentes, mordendo sem força, e usei a língua para acariciar a região por alguns segundos, logo depois. Suas pupilas estavam dilatadas, e pela forma que seus seios subiam e desciam atrás do decote, pude notar o quanto sua respiração se encontrava agitada.

— Porque me deixa louca, com vontade de não ser nada gentil com você.

— Quem foi que pediu gentileza aqui, Lizzie? — perguntei, ao erguer uma sobrancelha, deslizando meus dedos entre as mechas de cabelo em cima de sua nuca.

Ela me encarou, estática. Parecia não ter voz para nada, mas nutria tesão para tudo. Eu queria apenas provocá-la. Era do meu feitio atiçar as pessoas, deixá-las em estado de emergência e depois levar as coisas no meu tempo. Aquele joguinho era o meu favorito. Ainda que a minha calcinha estivesse completamente encharcada por ela, nada me dava mais prazer do que vê-la enlouquecer por mim.

— *Shhhh*! — eu chiei, quando ela tentou me beijar, negando com a cabeça e mantendo meu lábio inferior mordido. Lizzie enrugou a testa, confusa, tomando uma respiração longa em seguida. Eu sabia que ela não iria tentar nada sem a minha permissão. Apesar de estar lidando com o tesão e com suas necessidades básicas, Lizzie era uma mulher respeitosa e racional. Ela poderia estar ali, de frente para mim, explodindo dentro da calça jeans, mas se eu dissesse "não", ela iria respeitar o "não". — Você cai muito rápido em provocações, sabia? Pensei que fosse mais forte nisso.

— Não brinca comigo, garota, você não tem noção de onde está se metendo. — Seus olhos ficaram estreitos, e sua língua lambeu seus lábios secos. Eu a vi buscar o controle. Tão linda! Excitada ficava mais ainda. Eu poderia tirar a roupa e me abrir para ela ali mesmo, só para mostrá-la o quão molhada me deixava. — Não lhe dou permissão para isso. — Ela sorriu de canto, deslizando a mão direita pelo cabelo, o jogando para o lado. Aquele gesto era tão sexy. Lizzie O'Connell trazia toda a sensualidade de volta. Ela era o verdadeiro inferno, de tão quente.

— Não preciso da sua permissão para nada. — Devolvi o sorrisinho que ela me deu, me afastando um pouco. — Eu faço o que eu quiser, na hora que eu quiser. — Dei-lhe uma piscadela, virei as costas, me afastando, e puxei o cabelo para cima, dando um nó no alto de minha cabeça.

— Abusada! — Ouvi Lizzie resmungar atrás de mim. — Amo tanto isso.

A última frase saiu tão baixa que eu tive certeza de que não era para eu ouvir, mas ouvi. O sorriso não saía do meu rosto, muito menos o calor do meu corpo.

— Vou tomar um banho, gringa, e vou tomar na sua banheira — avisei, já pegando o corredor que me levaria aos quartos.

— Tem toalhas limpas no armário — foi a única coisa que ela disse, sob uma risada nervosa, deixando claro todo o efeito que eu tinha sobre ela.

Lizzie passava todos os seus dias se controlando perto de mim. Até seus beijos eram medidos, como se ela não quisesse passar do limite e ultrapassar o sinal comigo. O que me deixava totalmente irritada, afinal, se havia uma coisa que eu não queria era permanecer parada no sinal vermelho.

Fui tirando minhas roupas com calma, não havia pressa em meus gestos. Meu corpo suado implorava por um banho, e eu decidi que iria relaxar por vinte minutos ou mais na banheira enorme que havia no canto daquele banheiro. Depois de colocá-la para encher com água bem quente, parei de frente para o espelho, observando a imagem lá presente. Havia um brilho diferente em mim, e eu não sabia dizer exatamente o porquê. Claro que Lizzie e toda a sua majestade possuíam metade da culpa, mas havia muito, muito mais.

Eu tinha consciência de que, para Lizzie, tudo isso que estávamos vivendo era muito complicado. Ela possuía traumas, limites e receios, e eu compreendia. Não possuíamos a mesma idade nem os mesmos costumes, e eu também compreendia. Mas nós tínhamos, ao menos, duas coisas em comum: o desejo e o gostar. Estava mais do que claro que nós nos gostávamos, e não precisávamos de rótulo para isso. Nós nos gostávamos e pronto, como duas pessoas possuem o total direito. E se esse sentimento era mútuo, por que não arriscar? Era trabalho meu fazer com que Lizzie perdesse o medo de me ter para ela, *exclusivamente* para ela.

Depois do banho delicioso que tomei, me peguei pensando no que iria vestir para passar o resto da noite ali, já que não havia me programado para tal coisa. Vasculhei o banheiro com os olhos enquanto me secava, pensando se deveria sair e pedir à Lizzie algumas peças de roupa. Eu me deparei com uma camisa social branca, pendurada ao lado da porta, e sorri, ao imaginá-la vestida nela para o trabalho. Enrolei a toalha no cabelo e estiquei o braço, tomando o tecido macio nas mãos. Vesti a peça, ajeitando a gola em meu pescoço e me ocupando em fechar os botões, e deixei os últimos três abertos, dobrando um pouco as mangas compridas. Não havia calcinhas limpas, logo eu ficaria sem. A camisa social não seria o bastante para cobrir a minha boceta e a minha bunda, caso eu levantasse as mãos para alguma coisa, mas eu não estava nem um pouco preocupada com isso. Afinal, a única pessoa presente naquele apartamento, além de mim, era exatamente a pessoa que eu queria que visse muito mais que o centro do meu corpo.

Voltei para a sala, secando o cabelo, me arrepiando um pouco, por causa do clima gelado que o ar-condicionado deixava no apartamento. Uma música suave preenchia todo o ambiente, e logo reconheci a voz maravilhosa: Etta James – *Damn your eyes*.

Eu me deixei sorrir, ao encontrar Lizzie sentada em um de seus sofás, de banho tomado, como pude perceber, com o cabelo molhado e bagunçado; no corpo, uma camisola vermelha de seda, que quase não cobria suas coxas, e os pés, descalços. Suas pernas estavam cruzadas, em toda uma sensualidade feminina, e em sua mão direita, havia um copo de uísque pela metade. Ela sorriu quando me viu do outro lado da sala, então sorri de volta e fui me aproximando devagar, deslizando a toalha pelas pontas do meu cabelo úmido. Lizzie deu um gole no líquido âmbar e me espiou, como uma verdadeira felina faminta. Seu olhar subiu dos meus pés até a minha cabeça, e vi sua sobrancelha direita se erguer de forma interrogativa, quando parei bem perto dela.

— Aproveitou o seu banho? — Bebeu mais um pouco, enfiando o dedo indicador dentro do copo, para misturar o líquido ao gelo.

Larguei a toalha no braço do sofá e deslizei os dedos pelo cabelo, desembolando. Se ela estava tentando me seduzir de alguma forma, já havia conseguido desde o momento em que olhou para mim com aqueles malditos olhos verdes, que me tiravam a porra do fôlego.

— Foi maravilhoso, mas faltou você nele.

Ergui a mão para jogar o cabelo para o lado, e a camisa social subiu até a minha cintura, me deixando nua dali para baixo. O olhar de Lizzie foi parar em meu quadril, sem que ela hesitasse nenhuma vez, e a forma devastadora com a qual me olhou fez com que a minha boceta contraísse umas três vezes ao redor do nada. Foi um golpe certeiro em mim e nela.

— Carolina... — ela sussurrou, engolindo a saliva em sua boca, deslizando a língua pelos lábios quase que imperceptivelmente. — *Fuck*! Você é insana.

Porra! Amava tanto quando ela falava em inglês. Aquilo me deixava à beira da loucura.

Eu me aproximei mais e subi no sofá de joelhos, me sentando em suas coxas descobertas, de frente para ela. Lizzie fechou os olhos e soltou um suspiro longo quando a minha boceta, já melada e quente, entrou em contato com a sua pele. Eu queria gemer de satisfação, mas me controlei o máximo que pude. Ela era tão boa, tão feminina, tão gostosa e tentadora. Como diabos podia ser real?

Peguei o copo de sua mão e dei um longo gole, sentindo o líquido descer, rasgando a minha garganta. As mãos de Lizzie foram parar em minhas coxas nuas, em uma carícia deliciosa.

— Espero que não se importe de eu ter pegado a sua camisa emprestada. — Bebi mais um pouco do uísque, movendo meu quadril bem devagar, para frente e para trás, e mordi o lábio inferior entre um sorriso, observando-a levar as mãos até a minha cintura, em um aperto firme.

Os lábios de Lizzie estavam separados, e uma respiração furiosa escapava deles. Seu olhar estava fixo em minha boceta e no pequeno movimento que ela fazia sobre suas coxas. Eu a melava todinha com o líquido quente da excitação que me causou a noite toda.

— Prometo que cuido bem dela... — Chupei o dedo que retirei de dentro do copo, soltando um gemido baixo. — Mas só se você cuidar muito bem de mim.

— Você é o Diabo, Carolina! — Lizzie gemeu baixo, com os dentes travados, voltando com as mãos para as minhas coxas, apertando-as com força. — Olha só pra isso... sua vadiazinha! *Damn it*!

— Oh, sim! — Gemi baixinho no ouvido dela, deslizando minha mão livre por sua nuca, quando seus lábios tocaram a minha clavícula, e em seguida, larguei o copo no braço do sofá.

— Tão cheirosa! — Lizzie distribuiu beijos molhados por meu pescoço, deslizando as mãos ansiosas, para a minha bunda desnuda. Fechei os olhos com força quando a senti apertar a carne. — Tão macia e gostosa — falou, e eu cravei as unhas em seus ombros, curvando a cabeça para trás um pouco, lhe dando mais espaço para beijar a minha pele. — Desejei te tocar desse jeito desde o começo. Você me faz perder o controle e esquecer todos os limites que eu coloquei pra mim. — Ela rosnou baixinho, com a boca grudada no pé do meu ouvido, massageando a minha bunda com as duas mãos, intensificando o meu vaivém em seu colo.

Enfiei meus dedos entre seu cabelo úmido, abusando do aperto, enquanto me sentia cada vez mais molhada por ela, completamente à mercê daquela mulher, como nunca fiquei de homem nenhum. As coisas que eu estava sentindo por dentro e por fora, o prazer absurdo que ela estava me proporcionando, apenas com aqueles toques simples, me fizeram perceber que, quando há algum tipo de sentimento, basta um beijo para o mundo todo explodir em um tesão infinito.

— Como eu poderia me controlar com você nua na minha frente? — Suas mãos subiram por dentro da camisa social que eu vestia, cobrindo os meus seios, mais do que necessitados de algum toque. Eu gemi, entorpecida, rebolando e esfregando o meu clitóris, de forma lenta, na coxa dela. Nunca experimentei algo tão bom quanto aquilo. — Como eu posso manter as minhas mãos longe de você, quando te tenho assim, se esfregando em mim desse jeito e me molhando inteira? — Lizzie começou a girar os meus mamilos devagar com seus dedões, intercalando com chupões e mordidas em meus ombros. — Você não facilita pra mim, Carolina... — Sua boca subiu por meu pescoço, e logo seus lábios estavam sobre os meus. Separei-os, para recebê-la, mas Lizzie apenas agitou sua língua na entrada, a deslizando devagar por cima da minha boca entreaberta. Eu queria que ela me beijasse e calasse aquele calor infernal que eu sentia arder por dentro, mas ela não estava disposta a me dar aquilo naquele momento. Pela primeira vez na minha vida, me senti dominada, e aquele sentimento era completamente assustador. — Não tenho como me manter indiferente com o calor da sua boceta nas minhas coxas.

Ouvi-la falar daquele jeito terminou de me levar ao topo. Aquele sotaque gringo carregado, aquela voz aveludada e aquele desejo monstruoso que ela demonstrava me fizeram querer apenas uma coisa: gozar o mais forte que eu pudesse. E eu sabia, tinha noção de que não seria nem um pouco difícil.

— Apenas mantenha as suas mãos em mim, por favor! — pedi.

Se, em algum momento da minha vida, me dissessem que, um dia, eu iria implorar por alguma coisa a alguém, eu iria gargalhar e dizer que a pessoa enlouqueceu, mas, no caso, ali, naquela hora, rebolando no colo de Lizzie e me esfregando nela, com uma necessidade absurda de senti-la, a única certeza era de que quem enlouqueceu fui eu.

Loucura era o nome certo para aquele nosso momento, e talvez eu nunca tenha gostado tanto de ficar insana. Quando nossas bocas se encontraram, furiosas e sedentas por mais, nos beijamos com um desespero que podia ser notado a quilômetros. A língua de Lizzie contra a minha parecia querer desvendar a minha alma, quebrar as minhas defesas, explodir os meus pensamentos e me virar do avesso. Suas mãos corriam minhas coxas, meus peitos, em apertos deliciosos que me faziam gemer sem pudor algum.

Meus movimentos foram ficando cada vez mais intensos, e eu me tremi inteira, quando ela levou suas mãos até os dois lados da camisa que eu vestia, puxando-a com força e arrebentando todos os botões. Gememos juntas, com aquele ato bruto, enquanto seus dedos desciam a camisa amassada por meus ombros. Logo, a peça desnecessária foi parar no chão, e a mulher que, até então, parecia outra diante de mim, me empurrou um pouco para trás, apenas para observar o meu corpo.

Aquela não era mais a Lizzie tímida e fechada pela qual eu passei a nutrir alguma coisa. Aquela Lizzie, diante de mim, que me devorava com olhos, mãos e boca, era quase como um alter ego, que eu descobri adorar desesperadamente. Eu a queria para mim, assim como eu quis a outra. Eu queria todas as Lizzie's que ela tinha a me oferecer.

Seus dedos subiram por meu ventre, circularam o meu umbigo e correram na direção da caveira mexicana que eu tinha tatuada nas costelas do lado esquerdo.

— Sempre detestei tatuagens... — ela disse baixinho, mais para ela do que para mim, fazendo o contorno do desenho e me arrepiando inteira. — Mas depois de ver a tua pele marcada com uma, só sei pensar o quão sexy é. Você quebra todos os meus tabus, Carolina — ao dizer isso, Lizzie se curvou um pouco para frente e cobriu a minha pele tatuada com a sua boca, lambendo o desenho em minhas costelas, sem cerimônia.

Eu joguei a cabeça para trás e gemi um tom mais alto, levando uma das mãos até sua nuca, fazendo pressão ali, para que ela não parasse.

— Porra! — eu xinguei, me sentindo cada vez mais perto do meu orgasmo, com uma dor deliciosa no meu clitóris rígido e sensível. Suas mãos firmes em meu quadril acompanhavam os meus movimentos, para frente e para trás, de um lado para o outro.

O suor escorria por minhas costas, e o líquido quente, por minha boceta latejante, melando as pernas dela e a calcinha que ela ainda usava. Arranhei suas costas, me oferecendo de bandeja, quando sua boca molhada tomou meus seios, com chupadas deliciosas. Primeiro um, depois o outro, lambendo, chupando, mordendo, deixando no ar aquele barulho de sucção, que me fez revirar os olhos. Ela não parava de xingar em seu idioma ou dizer putarias no pé do meu ouvido e o quanto eu era maravilhosa. Lizzie nunca antes falou tanto em inglês comigo. Duvido que possa existir, no mundo, algo mais sexy do que isso.

— Isso... — Ela gemia contra a minha boca, segurando em minha bunda com força. Um tapa ou, às vezes, dois eram distribuídos em sequência, na região. Meus braços sobre seus ombros, apoiados no encosto do sofá, me davam apoio para rebolar cada vez mais rápido e forte. Meus gemidos saíam por minha garganta de maneira tão chorosa que era como se eu sentisse dor. E talvez eu sentisse, mas era aquele tipo de dor que dá vontade de sentir mais e mais, de tão gostosa. — Você é tão linda! Estou louca pra te colocar de quatro nesse sofá e provar o gosto da tua boceta.

Aquilo foi o bastante para mim. Nem em meus melhores sonhos eu poderia imaginar que gozaria roçando em alguém, e que esse alguém seria uma mulher. Descobri que eu não sabia nada sobre sexo. Lizzie estava sendo uma eterna surpresa para mim, e eu queria aquilo para o resto da vida.

— Lizzie! — rosnei, enterrando minhas unhas no couro do sofá, erguendo o queixo, enquanto sua língua me lambia o pescoço. — Oh, Lizzie, porra! Porra! Sim... Caralho!

— Goza em mim! — Ela deu dois tapas leves em minha bunda de forma rápida, terminando de me empurrar da borda. — Vamos lá, *baby!*[1]

Meu corpo sacudiu intensamente, dos pés à cabeça, com aquela vibração enlouquecedora correndo por cada osso e músculo, se concentrando com força total no meio das minhas pernas. Eu jorrei em cima das coxas daquela mulher, como se nunca tivesse gozado na minha vida. Meus gemidos saíam altos e desesperados, como se eu fosse uma virgem. Eu ia para trás e para frente, sem conseguir parar, deslizando sobre a pele dela, encharcando-a de gozo quente e de cheiro forte.

— Ah, Carolina... — Ela soltou um gemido choroso, e estava igualmente suada e vermelha, descendo uma das mãos por minhas costas, enquanto deslizava os dedos livres pela área melada enorme que se formou na junção de suas pernas. Levou os dedos, melados pelo líquido transparente, até perto do nariz, inalando com força e fechando os olhos, depois de revirá-los de forma delicada, em uma clara expressão de prazer. — Nunca fodi uma mulher com um cheiro tão bom quanto o seu. Tão feminino e inebriante... Você é uma delícia!

Eu não tinha forças para falar depois daquele orgasmo, só conseguia beijá-la com todo o desejo que havia em mim. Não demorou muito, e eu estava curvada sobre o encosto do sofá, de joelhos, apoiando a cabeça nos meus braços e mantendo minha bunda empinada para trás. Aberta, exposta, esperando pelas mãos que não tardaram a me tocar.

Lizzie, naquele momento, sem nenhuma peça de roupa, desceu beijos por minha coluna suada, me rendendo espasmos que pareciam não ter fim. Enquanto ela me lambia uma das nádegas, eu não conseguia parar de gemer e de pensar no quanto ela era incrível, no quanto seu corpo era perfeito e no quão excitada eu fiquei por vê-lo livre de qualquer pano. A imagem só

---

1 Tradução: Amor!

servia para me atiçar ainda mais, e quando sua língua habilidosa tocou a fenda que dividia a minha bunda ao meio, à procura de algo, eu xinguei todos os palavrões existentes. Ninguém nunca havia me tocado ali. Não por não tentarem, mas, sim, porque eu não deixei.

Lizzie estava fazendo comigo o que ela queria, e eu estava deixando com que ela me virasse do avesso, sem impor nenhuma regra. Pela primeira vez na história da humanidade, eu estava sendo dominada por alguém, e não havia dúvidas de que era aquilo que eu queria.

— Merda, Lizzie! — resmunguei, entre os dentes, entregando o meu deleite, mexendo de leve o meu quadril contra a boca dela. — Isso é bom... Muito bom!

Ela gemeu em mim, separando mais as minhas nádegas e deslizando sua língua, para cima e para baixo, no buraco apertado que eu descobri ser uma fonte incrível de prazer. Que delícia era sentir aquela boca me oferecendo calor bem ali, deixando molhado e sensível de um jeito que jamais ficou. Quando ela descia a língua para a minha boceta e depois voltava para cima, pequenos gritinhos saíam da minha garganta.

— Você é tão gostosa aqui. — Seu dedo indicador deslizou pela brecha da minha bunda, acariciando o local, mas sem introduzir. Mordi o lábio com força, para não gritar mais do que podia, quando ela caiu de boca na fenda apertada da minha boceta, para logo rodear o meu clitóris com a língua com firmeza. — E essa boceta molhada e apertada — dizia, entre lambidas e chupadas, me fazendo revirar os olhos, já sem saber quem eu era, onde estava.

O esquecimento me atingiu com força, e eu não me lembrava de mais nada que não fosse Lizzie e sua língua entrando e saindo de mim com lentidão e suavidade. Eu não sabia dizer por quanto tempo ela ficou ali, de joelhos, atrás de mim, me chupando e me devorando, me dando o melhor oral que já recebi algum dia.

Ah, quando ela lambia... Porra! Eu ia ao céu e voltava. Sua língua parecia veludo, quente e delicada, lambendo todas as dobras e se enfiando em mim tão fundo que eu me sentia vazia, quando saía. Não demorei muito a começar a tremer daquele jeito alucinante e apertei o encosto do sofá com força, para tentar buscar um controle que não existia há muito tempo. Explodi em um novo orgasmo, dessa vez na boca dela. Gozei tanto que podia sentir o desespero de Lizzie para lamber todos os rastros. Ela massageava a minha bunda, enquanto bebia de mim, e me deixei cair, com o peito contra o couro que revestia o encosto do sofá. Eu estava em transe.

— Você é maravilhosa, Carolina!

O meu coração só faltava explodir, quando ela me elogiava, e Lizzie passou todo aquele nosso tempo juntas me enchendo de elogios. Ela era encantadora. Rude e doce ao mesmo tempo, sempre se lembrando de dizer o quanto me achava maravilhosa e o quanto me desejava. Nenhum homem se preocupou daquele jeito comigo antes, nenhum deles transou comigo se preocupando em me dizer o quão linda eu era. Aquilo fazia de Lizzie ainda mais importante para mim, fazia dela algo que ninguém nunca foi.

Ela deitou seus seios, de mamilos rígidos, em minhas costas, erguendo um pouco a minha coluna. Sua mão direita foi para frente e desceu por minha barriga, na direção da minha boceta sensível e encharcada. Lizzie era insaciável, e eu sorri, percebendo que ela estava certa, quando me disse para não brincar com ela.

— Quero te foder bem devagar. — Lizzie disse. Seus dentes mordiscaram o lóbulo da minha orelha direita, e eu me arrepiei inteira. Gemi baixinho, quando ela começou a roçar sua boceta na minha bunda, molhando a minha pele e me deixando fascinada. — Aproveitar esse teu calor gostoso que tanto me agrada. — Beijou o meu ombro e mordeu a curva do meu pescoço. — Ver você gozar nos meus dedos, como a boa vadia que eu sei que você é. — Lambeu a minha nuca com delicadeza, apertando os meus seios com a mão livre. — Não é, Carolina? Diz, pra mim, o quão boazinha você é, diz!

— Muito... — sussurrei, perdida em milhares de sensações novas, de olhos fechados e com o lábio inferior mordido, e tombei minha cabeça para trás, contra seu ombro esquerdo, me rendendo totalmente. — O quanto você quiser que eu seja.

— Muito bem! — Seus dedos longos tocaram o meu clitóris, e ela me masturbou por um instante, antes de meter em mim bem devagar, me fazendo abrir a boca em "O", em silêncio. O gemido ficou preso na minha garganta. — Tão quente!

— Isso! — coloquei para fora com dificuldade, sentindo-a me preencher totalmente. — Bem fundo... Lizzie! Ah, porra!

Segurei no encosto do sofá com mais força, quando ela começou a estocar para dentro e para fora, com carinho e paciência, atingindo certinho o ponto esponjoso dentro de mim. Sua boceta roçava em minha bunda com a mesma suavidade, e ela gemia derretida, no meu ouvido, com toda uma graça, manhosa e charmosa, me fazendo sorrir, enquanto era fodida do melhor jeito possível.

Nossos gemidos saíam em harmonia, enchendo o ambiente com murmúrios e aquele som excitante dos dedos dela saindo e entrando da minha boceta molhada. Abri mais as pernas, empinando a minha bunda, para facilitar o prazer dela, e rebolei, sem que precisasse pedir, a fazendo gemer mais gostoso e intensamente. Fiquei louca com aquilo, ergui a mão e a levei para trás, embolando os dedos no cabelo dela, em busca de mais contato. Virei o rosto para o lado, e nos beijamos algumas vezes, trocando elogios e pedidos que logo eram atendidos. Seus dedos passaram a me foder com mais rapidez, e o que antes era estranhamente doce, passou a ser selvagem e necessário. O som de nossos corpos, se chocando, ganhou espaço, e Lizzie segurou em minha cintura com firmeza, enquanto moía seu clitóris inchado na minha bunda. Nossas peles suadas se roçavam, e eu não conseguia mais segurar o orgasmo que precisava explodir.

— Eu vou gozar — eu avisei, com a voz trêmula e meu corpo se agitando daquele jeito mais do que familiar.

— Oh, sim, Carolina! Goza pra mim — Lizzie sussurrou no meu ouvido, por trás dos dentes travados, apertando meu seio esquerdo com força. — Goza nos meus dedos e me faz gozar nessa sua maldita bunda gostosa.

Meus olhos giraram para trás no mesmo segundo, e eu explodi pela terceira vez, naquela madrugada, em um orgasmo alucinante. Gritei em bom som, sem limites e sem pudor, sentindo os dedos dela baterem tão fundo que minhas mãos doíam de tanto que eu apertei o encosto do sofá. Ela choramingou no meu ouvido, xingando e chamando o meu nome, enquanto gozava na minha bunda, jorrando tão forte que o líquido escorreu pela parte detrás das minhas coxas.

— Que delícia, gringa! — sussurrei o apelido que ela passou a gostar, mantendo meus olhos fechados, com um meio sorriso nos lábios, rebolando devagarinho, para que aproveitasse seu orgasmo até o final. Lizzie sorriu na minha orelha, beijando-a, ainda se esfregando em mim.

— É isso o que eu chamo de foder. — Com calma, ela beijou a minha nuca suada, arrastando seus lábios quentes pelo meu pescoço e ombro direito. — Você foi incrível! Ninguém antes deu pra mim tão gostoso assim.

Ganhei uma mordidinha no ombro e choraminguei, quando ela retirou seus dedos de dentro de mim, me sentindo vazia.

— Preciso dizer que amei essa nova Lizzie — comentei, a ouvindo rir, sentindo seus braços me abraçarem pela cintura, enquanto ela sentava no sofá, ao meu lado, me puxando para o seu colo. — Sem controle, solta, desbocada e selvagem.

— Essa não é uma Lizzie nova, Carolina. — Ela me beijou os lábios com carinho, erguendo a mão para tirar a franja que caiu sobre os meus olhos. — Essa sou eu com tesão acima do nível seguro. — Ela riu de forma linda, com as bochechas vermelhas, por todo o esforço que fizemos. — Essa sou eu sem limites, e eu nunca permiti que me vissem assim até hoje.

— Uma pena, porque me privou de gozar bem gostoso por todo esse tempo — comentei, ao rolar os olhos, a fazendo soltar uma gargalhada. Lizzie chegou a coluna para trás e deitou as costas no encosto do sofá, me puxando para ela.

— Você nunca se cansa de me surpreender.

Deitei a cabeça em seu peito e coloquei uma coxa de cada lado de seu quadril, recebendo seus braços ao meu redor, em um abraço confortante. O dia lá fora já dava sinais de vida, o céu clareava aos poucos, e nós ficamos ali, abraçadas, observando o nascer do sol por um longo tempo, em silêncio. Palavras tornaram-se completamente dispensáveis. Seus dedos subiam e desciam por minha coluna, e vez ou outra, ela depositava beijos suaves no topo da minha cabeça. Fiquei sonolenta, com uma felicidade avassaladora dentro do peito. Eu me sentia renovada, como se tivesse ganhado forças para enfrentar o mundo e todos os seus defeitos.

O mar lá embaixo estava calmo, o cheiro de maresia entrava pela porta da varanda e enchia o ambiente. Fechei meus olhos, me apertando mais a ela. Lizzie depositou um beijo em minha testa, me acariciando as costas sem pausa. A última coisa, de que me lembro, foi de sorrir antes de pegar no sono. Estava exausta daquela maratona de sexo, só precisava dormir por um longo tempo.

Acordei, horas mais tarde, na cama de Lizzie, coberta por um lençol macio, na cor branca, que me cobria até a cintura. Saí da cama e coloquei um roupão preto, que estava dobrado sobre a poltrona e imaginei que ela havia deixado ali para mim. O cheiro gostoso de ovos e bacon me guiou pelo corredor. Meu estômago roncava, e eu comeria qualquer coisa que tivesse na geladeira daquele apartamento. Prendi o cabelo em um nó no alto da cabeça; quando cheguei à sala, observando uma mesa posta na varanda, com aquela vista maravilhosa do mar de Copacabana a seus pés. Abri um sorriso involuntário, cruzando os braços embaixo dos seios.

— Vejo que achou o roupão que deixei para você usar — a voz de Lizzie, por trás de meus ombros, me estremeceu um pouco, e eu me virei para encontrá-la usando o mesmo roupão que eu, segurando uma jarra de vidro transparente em uma das mãos. — Bom dia!

— Bom dia!

Seus lábios se curvaram em um sorriso lindo que me deixou tonta, e seus olhos em um verde-água, por conta da manhã, fizeram do meu ventre um reboliço só. Aos poucos, ela se aproximou de mim, depositando um beijo suave nos meus lábios e outro em minha testa. Meu coração parecia querer sair do meu peito.

— Está com fome? Não sei o que você curte de café da manhã, mas eu amo ovos e bacon, então espero, do fundo do meu coração, que você goste tanto quanto eu.

— Eu como qualquer coisa, Lizzie. — Ela riu alegre, desviando de mim e seguindo para a varanda, colocando a jarra de suco de laranja sobre a mesa. — Você precisa saber isso sobre mim.

— Isso é bom, não gosto de gente fresca, sabe? — Ela piscou um dos olhos para mim, puxando a cadeira acolchoada para trás. — Sente-se!

— Sério que você está puxando a cadeira para que eu me sente? — perguntei, com um sorriso de canto, ao me aproximar, sem acreditar que ela era mesmo real.

— Por que não faria? Não está acostumada a ser tratada assim, Carolina? Com quais tipos de pessoas você anda saindo, hein?

— Não mesmo. — Eu me sentei na cadeira e a vi dar a volta na mesa, se sentando do outro lado. — Normalmente, os caras com quem eu transo nem mesmo me pagam uma Coca-Cola, quem dirá puxar a cadeira, para eu me sentar, e abrir a porta do carro pra mim.

Lizzie riu, fazendo um movimento de negação com a cabeça, e com calma e cuidado, ela encheu nossos copos com um pouco do suco, empurrando, em minha direção, a bandeja repleta de tiras de bacon. Meu estômago roncou de novo.

— Bem, eu sou uma mulher, isso já conta como alguns pontos na frente.

Nós rimos juntas, trocando alguns olhares bem cúmplices.

— E a partir do momento que você esteve na minha cama... — Suas bochechas coraram, e eu me derreti inteira. — Vou tratá-la da melhor maneira que eu puder. Não para que eu possa tê-la outra vez da forma que tive "ontem", mas, sim, porque a intimidade que tivemos faz com que o mínimo que eu possa fazer, para retribuir o bem que me fez e lhe agradar, é tratá-la com carinho.

Aquela mulher fazia com que eu tivesse vontade de passar a minha vida toda ao lado dela. Fiquei sorrindo igual a uma idiota.

— Todos os estadunidenses são como você ou tive a sorte de transar com a única? — perguntei, enquanto colocava ovos e bacon em meu prato, junto a uma fatia de pão.

— Talvez eu seja a única. — Ela riu de forma doce, antes de levar o garfo à boca, mastigando com calma.

— Eu sou uma mulher de sorte, então.

Trocamos um sorriso pequeno e nos ocupamos em comer, porque, no final, nossa fome falou mais alto do que tudo. O café da manhã foi completamente agradável. Conversamos sobre faculdade, Carnaval e mais algumas coisas. Quando me senti satisfeita, levei as costas para trás na cadeira e suspirei.

— O que vai fazer hoje? — perguntei, interessada, relaxando com o barulho das ondas na praia lá embaixo.

— Trabalhar e trabalhar — ela respondeu, e eu torci os lábios.

— Você não descansa nem no final de semana? — perguntei, e Lizzie negou com a cabeça, limpando a boca com um guardanapo de pano.

— Descanso é algo que não existe na minha vida, Carolina — ela falou. É, algumas coisas não haviam mudado. Suspirei, abaixando os ombros. — Por que essa carinha?

— Pensei em almoçarmos juntas hoje... Só isso. — Dei de ombros.

— Almoçar não vai dar. Quero terminar tudo isso o quanto antes, realmente preciso. Mas podemos jantar juntas, se você quiser. — Lizzie se curvou para frente e tocou a minha bochecha com as pontas dos dedos, acariciando-a.

Abri um sorriso, me deixando sentir aquele toque quente e gostoso.

— Certo! Passo aqui, para lhe pegar, às 20h.

— Eu disse que vamos jantar juntas, mas não mencionei que vamos sair.

Ergui as sobrancelhas, a vendo rir e deslizar os dedos pelo cabelo.

— Ah, não?

— Não, vamos ficar aqui, vou cozinhar para nós.

— *Hmmm*! E desde quando você sabe fazer algo mais, além de ovos e bacon? — eu perguntei, de nariz em pé, a observando me lançar o mesmo olhar estreito que me lançou no dia anterior, quando a provoquei.

— Desde sempre, é meu passatempo favorito. E pensei que você tivesse apreendido que não se deve brincar comigo.

Eu me curvei para frente, colocando os meus cotovelos sobre a mesa e apoiando o meu queixo em minhas mãos.

— Estou louca para ver se você é tão hábil para cozinhar o tanto que é para foder.

— Carolina! — ela exclamou, e eu soltei uma gargalhada da cara de chocada que ela fez, levantando-me da cadeira, às pressas, quando a vi se erguer para avançar em mim. — Volta aqui!

Eu saí correndo para dentro do apartamento, com Joker latindo atrás de mim. Lizzie fez um jogo mais rápido que o meu e me enlaçou pela cintura, antes que eu pudesse me trancar no quarto. E novamente ela deixou bem claro que a única coisa que eu não podia fazer, se quisesse manter a minha sanidade, era brincar com ela.

Cheguei em casa uma hora antes do almoço, sendo recebida por uma Duda tagarela e cheia de perguntas. Meu pai não estava em casa, o que dei graças a Deus, por não ter que encarar sermão logo pela manhã. Joguei um pouco de videogame com a baixinha e depois fui para o meu quarto, me perdendo na leitura de um livro que estava para terminar há anos, e não terminava.

Na melhor parte da leitura, vi a porta se abrir, como se um furacão estivesse passando pelo meu apartamento, e uma Alicia, acompanhada de Norminha, entrar entre risadas, e ergui os olhos do meu livro, por baixo das lentes dos óculos, encarando as duas de forma séria.

— *Mas como vocês ousam entrar na minha toca sagrada?* — Fechei o livro e o coloquei sobre o meu colo, erguendo o dedo indicador, para movimentá-lo, enquanto falava. — *Mas que insolência, mas que audácia, mas que garotas desaforadas.*

— Está citando *O Grinch*, vejo que tem alguém feliz por aqui — Alicia comentou, com um sorriso, se jogando na minha cama.

Feliz era pouco para mim. Norminha tomou o meu rosto nas mãos e encheu minhas bochechas de beijos, se sentando na poltrona localizada no canto do meu quarto. Pelo visto, todas havíamos transado na noite anterior. Senti vontade de rir. O tempo que se seguiu, depois daquele momento, foi de muita fofoca e risada. Alicia ficou suspirando, enquanto nos contava o quanto a foda com o tal cara havia sido boa, e Norminha contou o quanto os amassos, com Danielle, no carro, deixaram-na a fim de dar ali mesmo. Perguntei o motivo de ela não ter dado, e sua resposta foi: "*Querida, não sou você para dar no primeiro encontro*". Era uma filha da puta ou não era? Com essa para cima de *moi*[2]. *Me poupe, se poupe, nos poupe!*

— Você e Lizzie foram pra algum lugar ontem, depois da Lapa, Carol? — Alicia perguntou, inocente, bisbilhotando a minha estante, como gostava de fazer. Não sei dizer o motivo, mas Norminha me olhou com uma expressão diferente, parecendo aquele emoji de lua que usamos no WhatsApp. Estreitei os olhos.

— Não — respondi com a voz mais cínica que consegui fazer. — Eu a deixei em casa, antes de vir pra cá, e só.

— Ah, pensei que tinham esticado a noite em algum lugar.

Cocei minha nuca e retirei os óculos de armação vermelha, os colocando em cima do livro ao meu lado. Norminha riu baixinho e pegou o celular de dentro da bolsa. Eu sabia que ela estava fingindo mexer só para não abrir a boca.

---

2 Tradução: mim.

— Não, não, eu estava cansada demais pra isso. Ainda estou para falar a verdade.

Eu me encostei à cama, sentindo meu celular vibrar alguns segundos depois, e quando destravei a tela, vi que era uma mensagem de Norminha. Rolei os olhos, a encarando seriamente, sem que Alicia percebesse. Ela fez aquela cara de sonsa que eu conhecia muito bem, mordendo a pontinha da unha. Filha da puta! Olhei a tela do celular de novo e me engasguei com a minha própria saliva, ao ler a mensagem.

> Cansada de foder, né?

> Ou pensa que eu não sei que tu foi para o apartamento da gringa depois da Lapa? Tu é esperta, mas eu sou muito mais, Carol.

Larguei o celular sobre o colchão, como se tivesse tomado um choque, tossindo tanto que senti meu peito arder. Era só o que me faltava mesmo. Fui muito burra de achar que Norminha não iria desconfiar de nada com o clima que rolou entre mim e Lizzie na Lapa.

— Quer um copo de água, Carol? — Norminha me ofereceu, com um sorrisinho cínico, me fazendo sentir vontade de pular no pescoço dela. Ela estava se divertindo, e no fundo, a minha única vontade era de rir até não aguentar mais.

— Não, tô de boas! — Bati de leve no meu peito, engolindo a saliva, passei a mão pelo cabelo e desviei os olhos daquela piranha encrenqueira.

— Quero esse batom emprestado. Estou, há tempos, querendo comprar e não acho — Alicia resmungou, distraída. Graças a Deus, não prestou atenção na ceninha entre mim e Norminha. — Aliás, Carol, você não disse que ia pegar emprestados alguns vinis da Lizzie? Não estou vendo nenhum que pertença a ela aqui, na prateleira.

Porra, Carolina, que merda! Revirei os olhos para a minha própria pessoa e me levantei, andando na direção da O'Connell mais nova, que me encarava meio confusa.

— Eu ia, mas Lizzie tem os mesmos vinis que eu, então não tinha porque eu pegar nada. Perdi foi tempo, procurando algum diferente lá. — Dei a minha melhor desculpa, orando para ela acreditar.

Alicia deu de ombros e voltou a falar do batom que queria emprestado, me deixando mais do que aliviada. Começamos a rir por alguma coisa, e ela me abraçou pela cintura, depositando um beijinho na minha bochecha. Eu me sentia mal por ter que mentir para ela, mas era melhor do que vê-la querer me jogar do Cristo Redentor, caso descobrisse que sua irmã e eu estávamos transando.

Descansei meu queixo em seu ombro, e Norminha girou a poltrona, para ficar de frente para mim e, ao mesmo tempo, de costas para Alicia.

— Cínica — foi o que ela disse, sem som algum, apenas movendo os lábios, me fazendo responder da mesma forma.

— Cala a boca!

Trocamos um sorriso mais do que cúmplice, e eu sabia que, a qualquer hora, teria que me sentar com ela e contar tudo nos mínimos detalhes. Apesar de a situação ser um pouco delicada, era certo de que Norminha estava do meu lado.

O tempo passou rápido, e a noite não demorou a chegar. Nem preciso dizer qual foi o tamanho da minha surpresa, quando um buquê de rosas vermelhas foi entregue no meu apartamento. Fiquei parada, olhando para a cara do entregador e lhe perguntando trinta vezes se tinha certeza de que era mesmo para mim. Depois de receber umas olhadas feias de impaciência, peguei o buquê das mãos dele, assinei um recibo e fechei a porta. Havia um cartão branco, e quando abri, me deparei com a caligrafia perfeita de Lizzie enfeitando a textura do papel.

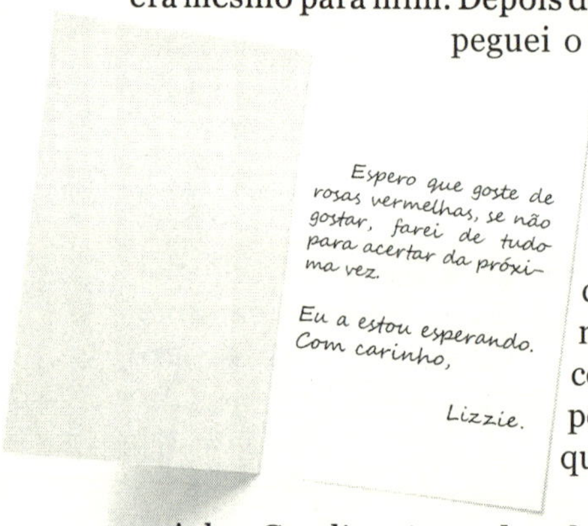
Espero que goste de rosas vermelhas, se não gostar, farei de tudo para acertar da próxima vez.

Eu a estou esperando.
Com carinho,

Lizzie.

— Isso não pode ser verdade — comentei comigo mesma, sorrindo tanto que sentia minha boca doer. O que ela estava fazendo comigo? Como eu iria imaginar que Lizzie poderia ser tão carinhosa e romântica, e o pior: que eu iria gostar tanto disso?

— Você está parecendo uma idiota sorrindo sozinha, Carol! — A voz de Eduarda me tirou dos meus pensamentos, e eu ergui o rosto das rosas que me ocupei em cheirar.

— Não me chame de idiota, mocinha. — Eu me fingi de brava, arrancando uma risada dela. — Me respeita!

— Você me disse para dizer a verdade sempre.

— Eduarda Bittencourt, quando foi que você cresceu tanto? — perguntei, ao negar com a cabeça, estendendo a mão livre para bagunçar seu cabelo.

Aquela criança se parecia cada vez mais comigo, e era assustador.

Às 20h em ponto, eu estava na porta de Lizzie, usando um vestidinho vermelho, dois palmos acima dos joelhos, com um decote pequeno na frente e aberto atrás. Não posso dizer que me arrumei como se fosse para a balada ou algo assim, mas eu queria estar bonita para ela. Eu sempre queria parecer o mais bonita possível para ela.

Respirei fundo, antes de tocar a companhia. Havia um frio na minha barriga, como todas as vezes que eu estava a ponto de encontrá-la. Não demorou muito, a porta foi aberta e fui recebida por uma Lizzie de tirar o fôlego. Simples, mas de fazer qualquer ar existente fugir dos meus pulmões. Estava com o cabelo levemente preso sobre o ombro esquerdo, uma blusa decotada que deixava metade de sua barriga de fora, na cor azul, e uma saia longa estampada, que possuía uma fenda enorme na perna direita, rasgando desde sua virilha até o pé descalço. Naquela noite, ela estava como uma verdadeira carioca. Lizzie, nem de longe, parecia ter 33 anos. Naquele momento, inclusive, eu dava para ela no máximo 25. Era uma mulher estonteante.

— Olá! — ela disse toda doce, apoiando a mão na porta e me oferecendo um sorriso carinhoso. — Pensei que fosse me deixar esperando a noite toda.

Eu me aproximei dela, retribuindo o sorriso que me oferecia, depositando um selinho em seus lábios livres de qualquer batom. Ela não usava maquiagem, o que a deixou ainda mais linda.

— Dez minutos de atraso não é lá muita coisa, sabia?

Ela me deu espaço, para entrar no apartamento, e disse, depois de fechar a porta atrás de mim:

— *Qualquer minuto que eu tenha que esperar, para poder te ver, é demais pra mim.*[3]

Olha, se aquele não era um sinal de que a noite seria longa e produtiva, eu realmente não sabia dizer o que significava. De uma coisa eu tinha certeza: aos poucos, estava conseguindo desarmar as suas defesas, e ansiedade já não era o bastante para me resumir em relação a isso. Mal podia esperar para descobrir o que havia para ser oferecido a mim, por baixo de todo aquele mistério que era Lizzie O'Connell.

---

3 *Por Isso Corro Demais*, Adriana Calcanhoto.

Capítulo 11

Bom dia!

Carolina

"Eu não olho pra trás, não, não me arrependo. Vou com a roupa do corpo, não sei bem pra onde, mas não paro não." [1]

Dançar era uma das minhas coisas favoritas neste mundo, ocupava o segundo lugar da minha lista, mas havia algo para se confessar naquela noite: dançar sendo observada por Lizzie era melhor ainda.

Meus pés descalços ditavam o meu ritmo, e o meu quadril quebrava lentamente no molejo daquele samba que eu conhecia muito bem. O álcool me deixou risonha, e eu deixei a melodia, enfeitada pela voz de Filipe Catto, me levar, me enchendo de prazer e uma euforia viva.

Estávamos na varanda do apartamento dela, e Copacabana estava completamente acesa e animada lá embaixo. As ondas quebravam calmas na borda da areia, e aquele cheiro maravilhoso de maresia me deixava ainda mais desinibida.

Girei sobre os meus pés, apoiando as costas de meus dedos em minha cintura, sambando de costas, enquanto a encarava por cima dos ombros. Lizzie sorriu de canto, sorvendo com suavidade o vinho presente na taça de cristal, sentada, com as pernas cruzadas, em uma espreguiçadeira, ao lado da piscina. Seu olhar era felino, me rasgando de baixo para cima. Sua língua deslizava sobre seus lábios de segundo a segundo, e cada vez que eu lhe lançava uma piscadela, ela jogava a cabeça para trás, suspirando.

Eu ria da cara que ela fazia, segurando na barra do meu vestido, o erguendo às vezes, para que ela visse minhas coxas e a minha calcinha. Mordia o lábio inferior, lhe mandava beijinhos, deslizava minhas mãos pelo meu cabelo, sentindo o suor crescer em minha nuca e gelar a pele, por conta da brisa fresca.

Lizzie havia feito um pedido: para que eu sambasse para ela ao som de uma das minhas músicas favoritas, e eu fiz, daquele momento, um completo jogo de sedução, como tudo em minha vida.

---

1 *Roupa do Corpo*, Filipe Catto.

— *Quando a noite chegou, subi no bonde correndo...* — cantei, sorrindo, me aproximando mais de onde ela estava sentada. Joguei o cabelo para o lado e deixei os dedos da mão direita entre as mechas. Lizzie se sentou, bebendo o resto do vinho em sua taça, me espiando com o canto dos olhos, quando eu deslizei por trás dela, indo para o outro lado. — *Eu não olho pra trás, não, não, não me arrependo. Vou com a roupa do corpo, não sei bem pra onde, mas não paro não.* — Deslizei as mãos pelo corpo, enquanto meus pés me embalavam naquele samba gostoso.

Meu quadril balançou de um lado para o outro, e eu quebrei devagarzinho, enquanto descia alguns palmos, fazendo com que Lizzie batesse palmas no ritmo da música, que chegava ao final. Ela ria, encantada, adorando o showzinho particular que eu lhe proporcionava. Quando terminei, curvei minha coluna e levei o braço direito para frente do meu corpo, agradecendo. Lizzie explodiu em uma risada e me puxou para o seu colo, quando cheguei perto o bastante.

— Você é maravilhosa! — sua voz soou mais desleixadamente, por conta do álcool, com aquele sotaque gringo de sempre. Envolvi seu pescoço com os braços, sentada de lado sobre suas coxas. — Samba como ninguém.

— É o meu gingado carioca que corre nas veias. — Mexi as sobrancelhas, convencida, e ela sorriu, me beijando o queixo. — Te deixei babando, afinal!

— Existe alguém neste mundo que não babaria por você, Carolina?

— *Hmmm*! — Ergui o queixo, olhando para o céu, fingindo pensar, e sacudi minhas pernas no ar, entortando a boca. — Não, realmente não.

Nós rimos juntas, trocando um beijo rápido.

— Está ficando frio aqui fora — ela comentou, com um tom de preocupação, esfregando minhas coxas com a mão direita de forma rápida. — Quer entrar?

— Não, está bom aqui. — Coloquei uma mecha de seu cabelo atrás de sua orelha. — Você pode começar a me esquentar.

— Olha... — Ela estreitou os olhos, abrindo um sorriso tímido, e eu joguei a cabeça para trás, gargalhando.

— Você é hilária, Lizzie. — Neguei com a cabeça, saindo de seu colo. — Fica maldando o que eu digo. — Eu me fiz de desentendida, a empurrando para trás na espreguiçadeira, até que suas costas deitassem no encosto. — Eu só ia dizer que podemos ficar abraçadinhas aqui, o que tem de errado nisso? — Fiz beicinho e me coloquei de quatro sobre a espreguiçadeira, me arrastando para o meio das pernas dela que, abertas, esperavam para que eu me acomodasse entre elas.

— Ainda me impressiono com a sua capacidade de ser cínica, sabia? — sua voz estava um pouco mais agitada, e ela me envolveu em seus braços com ternura, quando deitei minhas costas em seu peito. — Parece que, quanto mais me mostra sobre você, mais há para se ver.

— Há muita coisa em mim para ver.

As pontas de seus dedos acariciavam meus braços, me arrepiando. Lizzie depositou um beijo perto da minha têmpora direita, e eu fechei os olhos, para me concentrar melhor naquele calor.

— E eu quero te mostrar tudo.

— Tudo?

Mordi o lábio, quando seu hálito quente tocou minha orelha, através de seu sussurro. Eu me acomodei melhor em seu corpo, começando uma carícia em seus braços, que me rodeavam, e ela se arrepiou.

— E mais um pouco. — Abri os olhos, fitando o mar ao fundo e o céu negro, que parecia tocá-lo no horizonte. Tentei lembrar a última vez que me senti tão em paz comigo mesma e não consegui. Tinha tantas coisas que eu não sabia dizer.

Nosso jantar foi recheado de flertes e beijos, e depois de muitos amassos no sofá da sala, nos sentamos novamente na varanda para admirarmos Copacabana e bebermos mais vinho.

Não conseguia manter minhas mãos longe dela, e vez ou outra, eu fazia carícias mais íntimas, recebendo olhares de advertência da mulher mais velha, que me enlouquecia e só me fazia desejá-la ainda mais.

Ela recuava, eu avançava, ela tirava as mãos das minhas coxas, eu as colocava. Cheguei a pedir para que ela me deixasse ficar de joelhos ali mesmo, na varanda, entre suas pernas, devorando-a como a minha vontade exigia no momento. Lizzie me respondeu, com uma risada excitada e o rosto vermelho, por conta do desejo e do álcool, e me prometeu que eu poderia fazer o que quisesse mais tarde, no quarto. Informei a ela, depois de beijá-la intensamente, que, mais cedo ou mais tarde, ela iria implorar por mim em qualquer lugar, na varanda ou no quarto, na rua ou em casa. Iria parar de se privar, se conter. Eu disse, com todas as letras, *que eu seria aquela que a faria enlouquecer e viver.*

— Quando vai voltar à faculdade? — ela perguntou, depois de permanecermos um tempo em silêncio, apenas nos acariciando e olhando o mar. — Ainda falta muito?

— Era pra voltar em fevereiro, mas como estamos em greve, como sempre, deve voltar no meio de março.

— Isso te atrasa, não? Ou eles possuem um plano de estudo, para não prejudicar os alunos?

— Plano de estudo? — Olhei-a rapidamente, a fazendo erguer as sobrancelhas. — Você tá brincando. — Soltei uma risada e deitei minha cabeça em seu peito de novo. — Isso aqui é Brasil, Rio de Janeiro. Depois da greve, começamos normalmente, estudamos até Janeiro e, se ficarmos de férias um mês, é lucro. Vai atrasar tanto a minha formatura que já me dá preguiça só de imaginar.

— Ao menos você não tem dificuldade com a matéria, então pode sair na frente dos outros. Poderia ser pior.

Ganhei um beijo demorado na cabeça e senti, entre alguns arrepios, a ponta de seu nariz se arrastando entre as mechas do meu cabelo. Adorava aqueles carinhos. Ainda que eles fossem mais presentes quando ela estava um pouco embriagada, eu me deliciava, me sentia especial de alguma forma, e só esperava que fosse.

— Porém, é estranho para uma faculdade federal não possuir um plano B para emergências como essa.

— Lizzie, aprende uma coisa: aqui, no Brasil, tudo é possível.

Ela riu, incrédula, me apertando com mais força.

— Muitas coisas são para melhorias, a maioria, e outras não. Assim, seguimos a vida.

— E eu que achava que ter mais McDonald's do que farmácias era um problema muito sério lá, nos Estados Unidos.

Eu ri de sua indignação.

— Você não sabe de nada. E vocês também têm uns problemas bem pesados por lá. Cada país com suas merdas.

— Você está coberta de razão.

Dobrei os joelhos sobre a espreguiçadeira, sentindo meus pelinhos da coxa se arrepiarem, quando a barra do meu vestido caiu para o meu quadril.

— Carolina, estive pensando muito sobre Norminha.

— Pensando sobre Norminha? — perguntei, séria, estreitando meus olhos, e Lizzie soltou uma risada no alto da minha cabeça.

— Não dessa forma, Carolina. Pensando no assunto que comentei com você, sobre ajudá-la de alguma forma.

— *Hmmmm*! — Ronronei, me virando de lado e me encolhendo entre suas coxas abertas, acomodando melhor minha cabeça em seus seios. Lizzie esfregou minhas costas com a mão esquerda. — O que você pretende?

— Quero oferecer um emprego a ela. Tenho uma vaga no departamento de Danielle e achei perfeito para Norminha.

— No departamento de Danielle, é? — comentei com malícia, soltando uma risada empolgada. — Acho que Norminha vai adorar isso. E eu gostei, me parece uma boa ideia. Fora que, assim, finalmente ela vai poder sair daquele lugar onde trabalha e parar de ser assediada na madrugada inteira.

— Danielle precisa de uma assistente urgentemente, anda muito sobrecarregada. E, bem, é a minha melhor funcionária, não quero enlouquecê-la — Lizzie falava com empolgação e admiração, o que me fazia sorrir e me sentir encantada. Ela era um exemplo de profissional, e só me fazia ter mais vontade ainda de começar a minha carreira. — O salário é muito bom, com certeza três vezes maior do que ela ganha nesse bar em que trabalha, contando com passagem, cesta básica e plano de saúde. E eu vou acrescentar mais alguns benefícios para ela e a mãe, por fora. Como disse, realmente quero ajudá-las. Quero conversar com Rita e pedir permissão para custear um curso de línguas para Norminha, de Inglês e Francês. Assim, ela pode subir na empresa, enquanto não se forma na faculdade, e quando formada, vai poder usufruir disso na profissão. O que você acha?

O que eu achava? Aquela mulher era surreal demais, e eu só conseguia pensar que tinha uma sorte enorme por estar ali, entre os braços dela. Eu me sentei entre suas coxas, encarando-a. Eles brilhavam em um verde bem claro, um pouco avermelhados, por causa da nossa bebedeira. O cabelo estava bagunçado, por causa do vento, e as bochechas, coradas. Linda! Como ela podia? Neguei com a cabeça, sorrindo.

— Eu acho que é maravilhoso. Eu acho que você é incrível.

Ela sorriu de canto, erguendo a mão para acariciar a minha bochecha.

— E esse é um gesto tão lindo que eu não consigo não me sentir emocionada diante dele. Norminha vai ficar louca, tia Rita, então, nem se fala. E elas merecem tanto. Ser generoso assim diz muito sobre quem somos, sobre quem queremos ser. Vem de dentro, sabe? Como dizemos na minha religião, você é cheia de *axé* — eu dizia, enquanto sorria, a fazendo rir baixinho. Era um riso cheio de alegria e sentimento. Pela primeira vez, a senti inteiramente para mim. Rodeei uma de suas mãos com a minha e beijei as costas, as pressionando daquela forma contra o meu peito. Abaixei a cabeça, em reverência a ela, por alguns segundos, e logo voltei a olhá-la.

— Esse gesto significa algo? — ela perguntou, tímida, mas, ao mesmo tempo, impressionada.

— Sim! — ainda com as nossas mãos enroladas contra o meu peito, lhe respondi. — Ele diz que eu a respeito por quem você é e pelo o que faz, e que reverencio a sua sabedoria. Tratamos assim os mais velhos, aqueles que possuem experiência e sempre sabem mais.

— É lindo e doce. Me sinto honrada! — A seriedade me mostrou a verdade em suas palavras.

Não havia dúvida de que ela me respeitava, respeitava a minha crença e, mais do que isso, admirava. Soltei sua mão, com delicadeza, e senti seus dedos tocarem a minha nuca.

— Vem cá! — ela chamou.

E eu tinha como não ir? Curvei mais meu corpo para frente, apoiando uma mão de cada lado de seu quadril. Lizzie segurou meu rosto entre as suas mãos, acariciando minhas bochechas, com os dedões, suavemente. Nossa troca de olhares era intensa, e eu tentei expulsar todos os pensamentos da minha cabeça.

Quando seus lábios tocaram os meus, eu afundei a minha mão esquerda entre suas mechas de cabelo, intensificando o nosso contato. Nossas línguas se encontraram com calma, não havia pressa. O atrito molhado e quente me deixou completamente arrepiada. A brisa fresca, que batia contra nós, misturava nossos fios de cabelo, trazendo aquele cheiro delicioso do shampoo que ela usava para o meu nariz. Nossos lábios fizeram um som gostoso, quando trocamos as posições de nossas cabeças, aprofundando mais ainda o beijo.

Lizzie me puxou mais contra si, ofegante, e eu deslizei a mão livre por sua coxa macia, por dentro da saia. Arranhei-a com as unhas, a fazendo gemer baixinho na minha boca, e chupei, com calma, a língua que ela me ofereceu, me deliciando com aquele sabor de mulher que descobri amar tanto. Quando seus dentes morderam meu lábio inferior com leveza, nós trocamos uma sequência longa de selinhos entre sorrisos, rindo de tudo e de nada ao mesmo tempo. Os pensamentos voltaram a me alfinetar, e então, eu pude me lembrar de algo que havia me esquecido desde que cheguei ali, naquela noite. Como não gostava de enrolar, fui direta.

— Vamos pegar a serra no próximo final de semana e subir para Petrópolis. Eu, você e Eduarda — disse, enquanto a encarava, observando seus lábios avermelhados, por conta do beijo demorado.

Lizzie arregalou os olhos, e eu já esperava aquela reação dela.

— Como assim? Viajar? Não podemos viajar sem um planejamento antes, Carolina, eu trabalho.

Revirei os olhos, suspirando, e comecei a rir, quando ela começou a me encher de argumentos.

— Fora que, como vamos sair em viagem sem Alicia ficar sabendo? Ela vai enlouquecer e nos encher de perguntas. Não quero criar essa situação entre nós.

— Se estou propondo que a gente vá é porque sei que Alicia estará fora, Lizzie. — Selei seus lábios, ajeitando para me sentar de frente para ela na espreguiçadeira. — Alicia vai viajar com o Beto no próximo final de semana. Vai sexta e volta segunda. Vão para Búzios, Região dos Lagos, aqui, no Rio.

— Alicia vai viajar com esse cara e nem me disse nada? — Lizzie bufou, aparentemente preocupada, com o cenho franzido.

— E ela lá precisa dizer? Ela tem 20 anos já, é bem grandinha e sabe se cuidar.

Ela me encarou enfezada, me fazendo dar de ombros. Parecia meu pai, quando queria se meter demais onde não era chamado. Tive vontade de rir.

— Sou a irmã mais velha dela, Carolina, tenho o direito de saber.

— Não tem, não — rebati. — Vai querer controlar quem ela beija e quem ela fode até quando? Me poupe!

— Carolina...

— Não vem com "Carolina" em forma de advertência, não tenho medo desse seu tom. Vai perder tempo — provoquei, vendo-a ficar vermelha. Lizzie perdia a linha fácil, e eu adorava fazer com que ela descesse do salto. — Para de ser chata. Nem seus pais pegam no pé dela desse jeito. Não seja você a rabugenta da história.

— Eu...

— "Eu" nada, Lizzie — repreendi-a, dando um beijo rápido em sua boca. — Deixe Alicia viajar, beijar e dar pra quem quiser.

Ela rosnou por trás dos dentes, virando a cara, irritada. Seus olhos verdes tinham as pupilas dilatadas, e eu imaginei que ela queria me dar uns tapas. Beijei seu pescoço, enquanto ria, acariciando suas coxas.

— Francamente... — resmungou.

— Francamente digo eu. — Virei o rosto dela pra mim, sorrindo. — Vamos viajar no próximo final de semana. Você vai adorar Petrópolis, aquele lugar é a tua cara.

— E quanto ao meu trabalho? Não posso largar tudo e me dar esse luxo. — Lizzie esticou suas costas, deitando a cabeça na espreguiçadeira. — Sou responsável por uma empresa, Carolina. Já lhe disse isso muitas vezes, não posso ficar fazendo aventuras.

— Pode, sim, e deve. Você trabalha em casa, final de semana, e trabalha porque quer. São seus dias de folga, pelo que eu saiba.

Ela fechou os olhos, respirando fundo.

— Deixe tudo pra lá e vamos viajar. Você precisa descansar um pouco, relaxar. Além do mais, existem vários lugares para você conhecer lá, e é tanto o seu estilo... Vamos, por favor! — choraminguei. — Eduarda vai gostar tanto, faz tempo que não a levo para passear.

— Você só inventa, Carolina. — Ela negou com a cabeça, e eu sorri, sabendo que ela não iria negar. — Por que te dou ouvidos?

— Porque você me adora. — Eu me curvei para frente, depositando um beijo molhado na pele nua de sua barriga. — E porque você quer isso tanto quanto eu, só é muito cabeça-dura.

— Eu sou responsável, é diferente.

— Não, é chata mesmo. — Eu me sentei novamente, e ela me encarou com olhos estreitos. Amava aquela cara de brava. — Deixe de ser velha e vamos.

— E onde ficaríamos lá? Não há nenhum planejamento. Odeio viajar de última hora.

— Lizzie! — briguei, e foi a minha vez de fazer cara feia e apertar os olhos para ela. — Pare de arrumar obstáculos. Temos onde ficar lá, não precisamos nos preocupar. Meu pai é dono de dois apartamentos no Palácio Quitandinha. Há espaço de sobra para mim, você e Eduarda.

— E se ele não gostar da ideia de irmos para o apartamento dele? Prefiro ficar em um hotel, não quero me sentir inconveniente.

— Você é minha convidada e vai ficar onde eu ficar. E ele vai adorar a ideia, gosta que eu passe a maior parte do meu tempo com Eduarda. Não há espaço para reclamações.

— E onde fica Petrópolis? É longe?

Comecei a massagear suas coxas, a vendo colocar os braços atrás da cabeça, para me olhar melhor.

— Uma hora e meia daqui, mais ou menos. É região serrana, rapidinho chegamos, se não tiver trânsito. Podemos aproveitar e parar em Itaipava, para almoçar. Há um clube de golfe maravilhoso lá, e algo me diz que você gosta.

— Amo golfe, faz tempo que não jogo.

Apertei os músculos de sua coxa direita, concentrando a massagem acima do joelho. Lizzie suspirou, fechando os olhos.

— A última vez foi um mês antes de embarcar para o Brasil.

— Então... mais um ponto. — Subi mais um pouco, massageando perto da virilha. — Só quero que relaxe e se divirta, faça coisas que goste e esteja em boa companhia.

— Está certo! — Ela aceitou, e eu quis dar um berro, mas me segurei e apenas mordi o lábio inferior, eufórica. — Você venceu, garota!

— Eu sempre venço — comentei, animada, tirando minhas mãos de suas pernas e deitando meu corpo sobre o dela. Lizzie abriu os olhos e me encarou, descendo a mão direita por minhas costas. — Você vai amar, eu prometo!

— Não sei por que deixo você me influenciar desse jeito. — Ela negou com a cabeça, colocando uma mecha do meu cabelo atrás da minha orelha. — Eu devo ter batido com a cabeça em algum lugar desde que te conheci.

— O que aconteceu, na verdade, foi que você gamou. — Pisquei um dos olhos, com um sorrisinho de canto, e ela riu, umedecendo os lábios com a língua. — E eu não posso te culpar por isso.

— Ah, Carolina... O que é que eu faço com você?

Abaixei a cabeça e levei minha boca de encontro ao seu ouvido, deslizando meus lábios em sua orelha, antes de responder:

— Me leva pra sua cama e me fode. — Mordi o lóbulo, e Lizzie gemeu, apertando com força a minha bunda. Foi um tiro mais do que certeiro, e eu senti meu corpo inteiro vibrar sobre ela. — Mas fode muito, porque eu já estou morrendo de saudade de você dentro de mim.

Eu resfoleguei, quando ela se levantou da espreguiçadeira, comigo no colo, em dois segundos, me fazendo envolver sua cintura com as pernas. Eu soltei uma risada banhada de sensualidade, e ela me beijou sem hesitar. Lizzie foi me apertando contra as paredes daquele apartamento, até que estivéssemos em seu quarto, nuas e molhadas o suficiente para encharcar os lençóis da cama. O restante da madrugada foi preenchido por gemidos, gritos, tapas e orgasmos, muitos orgasmos. Eu me lembrei, mais uma vez, de que Lizzie fodia como ninguém e de que, se existia uma mulher capaz de dar a ela do jeito que ela merecia e queria, essa mulher era eu.

1 semana depois...

— Eduarda, anda logo, que ainda precisamos conversar, antes de irmos, e estamos atrasadas. — Eu afastei o celular do ouvido, para poder gritar, ouvindo-a me responder de seu quarto. Neguei com a cabeça e larguei a grande bolsa que eu levaria na viagem sobre a poltrona ao lado da cama. — Então, Norminha, como eu estava falando, estamos indo hoje e voltamos segunda.

— *Você não tem jeito mesmo, hein, Carol?* — Norminha riu, divertida, me fazendo rir também. Eu me sentei na beirada da minha cama e coloquei uma almofada no colo. — *Deus queira que Alicia não descubra isso.*

— Ela só saberá se você contar — resmunguei.

— *Minha boca é um túmulo, e você sabe* — ela falou. Por isso que era uma das minhas melhores amigas. — *Vê se não deixa a O'Connell mais velha enlouquecida, Carolina. Você não é mole, não.*

Fiz uma careta, me sentindo ofendida, passando os olhos por todos os cantos do meu quarto e verificando se não tinha esquecido nada. — Só se for louca daquela forma, né?! — maliciei, e Norminha caiu na gargalhada. — Você sabe que sou responsável quando tenho que ser. Jamais faria com que ela se sentisse desconfortável. Eu a convidei para ir porque quero que ela relaxe, que pense em algo que não seja trabalho, que se divirta. E quero estar junto.

— *Tá gostando mesmo dela, né? Te conheço* — ela disse. Não pude impedir um sorriso de nascer nos meus lábios e abaixei a cabeça, em um movimento de negação. — *Tá gamadona na CEO americana. Ela te pegou de jeito mesmo, deve ser muito boa de cama.*

— A mulher é fogo puro, Norminha. — Eu me deixei cair de costas sobre o colchão, encarando o teto, com um sorriso besta no rosto. — Você sabe... Eu confessar que estou de quatro por alguém é quase impossível, e eu confesso: estou de quatro por ela, sim, com os quatro pneus arriados.

— *Sabia! É só olhar pra tua cara, quando fala dela. E não é só carnal isso, não, tu tá gostando dela mesmo, tá apaixonada.*

— Não me vem com esse papo de paixão, sabe muito bem que não gosto de rotular as coisas.

— *Não é rótulo, Carol, é sentimento. Você nunca ficou assim com cara nenhum, sempre cagou pra todos eles, só trepava e acabou. No outro dia, era cada um na sua casa* — ela lembrou, e eu rolei os olhos, suspirando. — *Agora, está até propondo viagem, querendo o bem-estar dela e tudo mais. Isso é papo de gente apaixonada, branquela.*

— Ai, me deixa, Norminha! — Sacudi a cabeça, para me livrar de pensamentos, voltando a me sentar. — Odeio quando você começa com esse papo cabeça, só sai merda que não quero saber.

— *Sabe que tenho razão, mas se prefere ficar nessa...* — ela falou, e eu sabia que ela estava rolando os olhos. — *Tá de boas! Mas depois não diz que não avisei.*

— *"Já acabou, Jéssica?"* — soltei o meme, e ela gargalhou. Apesar de sempre me dizer o que eu não estava a fim de ouvir, Norminha me deixava extremamente relaxada durante uma conversa. Era sempre fácil conversar com ela. Fácil e leve.

— *Já acabei, sim. Mas só por enquanto.*

— Chata pra caralho! Por isso, odeio ter amizade com taurina — falei, e ela me mandou me foder. Detestava quando eu falava mal do signo dela. Mas fazer o quê? Era a verdade pura. Encerrei uma risada e decidi matar minha curiosidade. — Mas me diz: vai sair com Danielle esse final de semana?

— *Marcamos uma baladinha em uma boate Open bar no Leblon. Mandei logo a real de que não tenho verba o suficiente pra bancar a entrada lá, né?! Fora comida e essas coisas.*

— Te deixo dinheiro, se quiser. Sabe que pode me pedir sempre que precisar. — Peguei outra bolsa pequena que eu levaria, abrindo-a, para verificar se os remédios de Eduarda, para asma, estavam lá, junto aos meus, para rinite.

— *Não precisa, Carol, mas obrigada!* — ela agradeceu, e eu acabei sorrindo com a voz fofa com a qual ela respondeu. — *A mulher disse que vai bancar tudo, que nem louca me levaria para sair e me deixaria gastar dinheiro. Tô achando é lindo, né, gata? Achando lindo o gesto, achando linda a mulher. Tô até considerando um motelzinho depois, vai que ela me leva no Vip's? Não é todo dia que se pode ir ao melhor motel do Rio de Janeiro. O babado é certo!*

Eu comecei a rir, enquanto andava pelo quarto, pegando mais alguns objetos que estava esquecendo. Norminha era maravilhosa. Aquela sinceridade a levaria longe.

— Bicha, é sucesso! — Abri minha gaveta de lingerie e peguei minha cinta-liga vermelha favorita. Será que Lizzie gostaria de mais um showzinho particular, dessa vez, com direito a espartilho e tudo, no friozinho de Petrópolis? Mordi o lábio inferior. — Danielle é linda demais, fora que é a melhor funcionária de Lizzie e é de confiança. Tem futuro, coloco força.

— *Tô animadíssima, vou até comprar calcinha nova.* — Ela riu toda safada, e imaginei que estava ajeitando os peitos no decote, como sempre fazia quando ficava eufórica. Eu não conseguia parar de rir. — *Sou dessas, vou dar um pouquinho de moral pra ela, mas como já dizia a rainha da putaria, Valesca Popozuda: só não pode gamar.*

— Norminha... — Eu respirei fundo, para tentar parar de rir. — Quando tu sentar nela, dou o cu na esquina se ela não gamar em você. Tem jeito não, amiga, tá no sangue.

— *Se ela foder bem, capaz da gamação cair em mim, né? Aí, eu que me fodo. Deus tenha piedade!*

— Amém! — Coloquei o celular entre o ombro e o ouvido, mexendo na bolsa maior, para guardar o que havia pegado. Tinha iniciado mais um assunto aleatório com Norminha, quando vi Eduarda entrar no quarto, carregando a mochila que eu havia arrumado para ela levar na viagem.

— Tô pronta, Carol — ela disse, animada, ajeitando as alças da mochila nos ombros. Sorri para ela, fazendo um sinal de espera com a mão.

— Preta, tenho que desligar agora e terminar de arrumar as coisas. Eu aviso quando chegar a Petrópolis, mando fotos e todas aquelas coisas que você adora ver.

— *Tá okay, branquela! Vou esperar. Manda um beijo pra pequena, pra O'Connell e tenha juízo. Não faça nada do que eu não faria.*

— Pode deixar. Te amo, e até! Divirta-se com Danielle e depois me conte tudo.

— *Todos os detalhes, até os íntimos* — ela disse, e rimos juntas. — *Beijos, Carol! Te amo muito!*

Desliguei o celular e o taquei sobre o colchão, abrindo os braços na direção de Eduarda.

— Vem cá! — chamei-a e, quando ela estava perto o bastante, a abracei com força, depositando um beijo em sua cabeça. Eduarda vestia um short jeans branco e uma blusa branca. Fomos ao terreiro na primeira hora da manhã, e ela não trocou de roupa depois que chegou. — Vamos nos sentar ali um pouquinho, pra gente conversar, okay?

Eduarda me encarou, curiosa, por causa do meu tom, e suas sobrancelhas se ergueram. Sabia que eu falaria algo sério.

— O que aconteceu, Carol? Papai brigou, por estarmos indo?

— Não, nada disso. — Guiei-a pelos ombros, para a minha cama, me sentando e esperando que ela fizesse o mesmo. — É outra coisa.

— E o que é? — ela me perguntou, receosa, tirando a mochila das costas, quando se sentou ao meu lado.

Respirei fundo e deslizei os dedos pelo cabelo, sem saber ao certo como tocar naquele assunto com ela, mas eu não podia deixar que ela viajasse comigo e Lizzie sem saber de certos pontos.

— Então, amor, não estamos indo sozinhas para Petrópolis. Lizzie vai conosco.

Vi um sorriso enorme rasgar o rosto de Eduarda. Deixou-me feliz o fato de ela gostar tanto de Lizzie, mesmo tendo convivido pouco.

— Que legal! — Ela balançou as pernas, animada, e eu acariciei seu cabelo, sorrindo. — Gosto dela. Ela é inteligente e sabe tudo sobre videogame. Vai ser divertido.

— Sim, vai. Mas tem mais algumas coisas... — Suspirei e me virei de frente para ela, fazendo com que me encarasse, séria. — Duda, a irmã gosta da Lizzie, e quero que saiba disso antes de viajarmos.

— Eu também gosto dela, Carol.

— Não, amor, não é desse jeito — falei, e Duda ergueu as sobrancelhas, confusa. — É do jeito que namorados se gostam. Consegue entender?

Eduarda ficou um tempo em silêncio, me encarando. Seus olhinhos não me mostravam nenhum tipo de rejeição à notícia, mas, sim, que ela talvez não soubesse o que dizer. Ela coçou a nuca, e suas bochechas coraram. Meu coração se aqueceu na mesma hora. Ela tinha 10 anos, mas ainda era o meu bebê, e era difícil falar sobre certas coisas com ela.

— Tipo namorados? — ela perguntou, e afirmei com a cabeça. — Isso significa que vocês estão juntas, tipo o papai e a mamãe eram? Como em novela?

Eu ri de suas comparações, confirmando.

— É, tipo isso, amor. Não estamos juntas, juntas, mas o que você precisa saber é que nós temos uma espécie de relacionamento e que vamos ficar bem grudadas nessa viagem. Não quero que você se sinta incomodada, e o mais importante: não pode contar isso a ninguém. Será um segredo nosso.

— Vocês vão se beijar? — Eduarda estreitou os olhos, com aquela típica cara de criança quando vê um casal aos beijos.

— Sim, vamos.

— Eca! — Ela suspirou, fazendo careta, e eu caí na risada. — Eu acho nojento beijar, não gosto quando algum menino tenta me beijar no colégio. Eu só tenho 10 anos, né?

— Isso mesmo, você só tem 10 anos, e é nojento beijar nessa idade. E se algum menino tentar te beijar de novo, fale com a diretora — falei, e ela concordou, me deixando mais aliviada. — Como você está se sentindo com o que eu acabei de dizer? Sobre Lizzie e eu.

— Eu gosto da Lizzie, ela é legal e muito bonita. Eu não queria que você arrumasse um namorado feio e burro mesmo, então já que você arrumou uma namorada bonita e inteligente como ela, eu fico feliz e animada. — Ela deu de ombros, fazendo pouco caso daquilo, e meu queixo quase caiu do rosto. E eu pisando em ovos para tocar naquele assunto com ela. Ninguém merece!

— Não tem perguntas para fazer? — questionei.

— Só uma.

— Faça, amor. — Acariciei seu rosto, suspirando.

— Lizzie e eu podemos jogar XLegion juntas por, pelo menos, uma hora, enquanto estivermos lá?

A pergunta... Eu crente que ela me perguntaria algo sério sobre. Eduarda não cansava de me surpreender.

— Vou pensar no caso de vocês — avisei, pulando da cama. — Agora, vamos. Temos que buscar Lizzie em casa ainda. Pegou tudo?

— Peguei.

— Já sabe as regras, né? — Peguei o celular na cama. — Seja educada com a Lizzie e não seja inconveniente. E o mais importante: me obedeça e lhe obedeça. Entendeu?

— Entendi, Carol! — Duda bufou. Odiava aquele papo. — Agora, podemos ir?

— Vamos! Vai se despedir do papai, que eu já vou — falei, e ela saiu correndo na minha frente, deixando a mochila para eu carregar. Bufei, me sentindo sobrecarregada. Estava parecendo um burro de carga. Mas o que eu não fazia por aquela criança? Até mesmo me virava em trinta. Antes de pegar as malas, mandei uma mensagem para Lizzie, no WhatsApp.

Estou saindo de casa agora, indo praí.
Esteja na portaria quando eu chegar,
Lizzie, não me faça esperar.
Estou louca para te ver e te beijar.

Até daqui a pouco!

A serra estava tranquila, sem trânsito nenhum. O grande problema foi o caminho até ali. O Rio de Janeiro era o inferno, você demorava duas horas para chegar a um lugar que levaria meia hora. O dia ensolarado ajudava a minha visibilidade, e eu dirigia sem transtornos.

No banco detrás, Eduarda estava concentrada na leitura de um livro que Lizzie havia dado a ela. Um conto infantil, como me disse. Ao meu lado, no banco do carona, a mulher mais velha estava concentrada na paisagem do lado de fora da janela. Usava calça jeans, uma blusa decotada vermelha, com a manga curta, ray-ban preto, sensualmente encaixado na frente de seus olhos, e um tênis confortável nos pés, que eu muito insisti para que ela colocasse, porque, se fosse por ela, teria ido de salto. Que mania horrível era aquela.

No som do carro, a voz dos integrantes da banda *3030* preenchia o ambiente em um volume baixo, me fazendo cantar a letra de *Bom dia*, enquanto acompanhava a batida com os dedos no volante. Meus óculos escuros seguravam o meu cabelo no alto da minha cabeça, e eu troquei um sorriso com Lizzie, quando ela colocou seus olhos em mim.

— Você canta bem — ela me elogiou, e a olhei rapidamente, logo voltando meus olhos para a estrada. — Mesmo que seja rap.

— Você é a primeira que me diz isso — comentei, com um sorriso, concentrada no volante. — Se nada der certo na minha vida, quem sabe eu não vire cantora?

Lizzie deu uma risada, mordendo o cantinho da boca. Inferno! Ela me deixava louca. Se eu me concentrasse naquele lábio mordido por mais dois segundos, bateria o carro.

— Eu compraria todos os seus CD's, pode ter certeza disso — ela falou, e abri um sorriso maior do que o meu rosto. Não tinha como aquele dia ficar melhor. Era mesmo um bom-dia, um ótimo dia. — Faria sucesso.

— Considerando o meu desempenho em cantar pagode, eu faria sucesso mesmo cantando música de corno — eu disse, debochada, fazendo Lizzie negar com a cabeça, exibindo um sorriso lindo no rosto.

— Se concentra nesse volante — ela me advertiu, por causa da quantidade de vezes que eu desviava meus olhos para ela. — Olha a responsabilidade.

— Poderei te olhar bastante quando chegarmos lá? — perguntei em um tom mais baixo, segurando o volante com as duas mãos e chegando o corpo um pouco mais para frente. Lizzie deslizou os óculos para cima, sobre as mechas de seu cabelo, me encarando com olhos arregalados.

— Carolina, olha a Eduarda... — com o tom de voz baixo, ela me chamou atenção, indicando Eduarda com os olhos. Aquele era o problema? Sério?

— Ela sabe — informei, dando uma olhada rápida para ela, enquanto me concentrava na curva. — Contei para ela essa manhã, está tudo bem.

Lizzie ainda olhou Eduarda algumas vezes, parecendo se certificar de que eu falava a verdade, e conformada, relaxou o corpo no banco.

— Relaxa, gringa! — Estiquei a mão para o lado, sem tirar os olhos da estrada, e acariciei sua bochecha com as costas dos dedos por alguns segundos. — Somos apenas nós, não há nada que tenhamos que esconder por aqui.

— Certeza?

— Sim! — confirmei, vendo a portaria do município se aproximar. Os muros rosa se estendiam mais acima, parecendo a fachada de uma casa, e havia um letreiro enorme que dizia: *Petrópolis Cidade Imperial.*

— Chegamos? — Lizzie perguntou com um tom de voz animado. Aposto que havia se encantado de cara com aquela entrada.

— Estamos perto. Mais alguns minutos, e chegaremos aonde vamos ficar.

— Foi construída para o Império? — ela perguntou, e afirmei com a cabeça, diminuindo a velocidade do carro, para passarmos pela grande portaria.

— Aqui você vai encontrar boa parte de toda a história do meu país. O museu, popularmente conhecido como Palácio Imperial, que nada mais é que o Palácio de Verão, do Imperador Dom Pedro II.

— Que excitante tudo isso! — Lizzie parecia deslumbrada, enquanto me ouvia falar e via as casas pelo lado de fora da janela. Eu me sentia bem, afinal vê-la feliz me fazia feliz.

— Eu amo o museu, Lizzie — Eduarda disse, animada, no banco detrás. — Temos que andar de pantufa, para não sujar nada, e é lá que está a pena de ouro com que a princesa Isabel assinou a Lei Áurea. Eu nem sei o que significa a Lei Áurea direito, mas o papai disse que foi algo muito importante.

Lizzie e eu soltamos uma gargalhada e trocamos um olhar caloroso, antes da estadunidense se virar para Eduarda, sorrindo.

— Foi importante mesmo, apesar dos pesares. — Ela me olhou com cumplicidade, com a testa franzida, omitindo os fatos por trás daquele acontecimento controverso. — Se quiser, lhe conto essa história da forma que deve ser contada, assim que chegarmos, com todos os detalhes verdadeiros.

— Eu quero, eu gosto de saber de tudo.

— E como gosta — alfinetei, rindo.

— Saberá, pequena! — Lizzie tocou sua bochecha com o dedo indicador, e Eduarda beijou o local, me deixando derretida.

Não havia nada mais bonito do que vê-la daquele jeito com a minha irmã, que era a coisa mais preciosa para mim naquele mundo.

— Bem, estão prontas para viverem o final de semana mais legal do ano? — perguntei, enquanto estacionava o carro na frente de um restaurante. Estava louca para almoçar.

— Eu estou, mais do que tudo. E você, Lizz?

E aquele apelidinho? Estavam íntimas mesmo. Tirei o cinto, destravando o carro. Lizzie fez o mesmo que eu, e abrimos as portas para sairmos.

— Animação é tudo o que me domina agora, princesinha — ela falou, e Eduarda riu, empolgada, abrindo a porta. — Animação e fome.

Nós rimos juntas, e saímos do carro. Verifiquei mais de uma vez se ele estava realmente trancado e o contornei, encontrando Lizzie e Eduarda de mãos dadas. Conferi dinheiro e celular no bolso da calça, coloquei a chave do carro junto e estiquei minha mão direita para a mulher dois passos atrás de mim, fazendo com que me olhasse.

— Vamos? — perguntei, e Lizzie olhou para a minha mão esticada, para mim, mordeu o lábio inferior entre um sorriso, e sacudiu a cabeça em negação, pegando minha mão e entrelaçando nossos dedos.

— Vamos!

Apertei sua mão com força, sorrindo tanto que minha boca doía. O dia estava lindo, o céu, azul, o sol presente, mas o clima, fresquinho, como de costume, em Petrópolis. Eu não poderia querer mais nada. Estiquei-me para o lado e selei seus lábios de forma rápida, lhe arrancando um riso, antes de puxá-la pela mão, para que começássemos a andar na direção do restaurante. Eduarda estava toda saltitante, contando, para uma Lizzie interessada, tudo que sabia sobre aquele lugar. E eu andava ao lado delas com o coração batendo forte, um sentimento gratificante e prazeroso. Não havia dúvidas de que aqueles dias ali nos fariam bem; nós nos uniríamos ainda mais. Parecíamos uma pequena família, e eu não me importava nem um pouco que parecêssemos uma ao menos naquele final de semana.

Capítulo 12

Canto de Oxum

Lizzie

— *Então, O'Connell, o que você acha? Podemos colocar a linha de produção para funcionar na terça-feira e entregar os modelos novos até quinta.*

— Temos a E4 na semana que vem, acho que podemos esperar um pouco mais. A convenção dura o dia todo, e precisamos de elementos surpresa. Acha que pode arrumar alguma coisa? A apresentação dos novos exclusivos precisa ser feita com urgência.

— *Vou dar um jeito, não se preocupe. Agora, se me der licença, vou me arrumar para sair com a Norminha.*

— Ora, ora, ora! Parece que uma pessoa está encantada — falei e ouvi a risada dela, enquanto tentava inutilmente usar o ipad sem Carolina ver. — Como estão as coisas? Está curtindo?

— *Essa mulher vai me dar um chá de boceta, O'Connell.*

— Chá de quê?

— *Deixa pra lá, depois eu te explico. Curta sua viagem, se entende bem o que quero dizer.*

— Muito engraçada, Danielle. Nos vemos na terça-feira, abraços! — Quando encerrei a chamada e coloquei o celular na mesa, ao lado da poltrona, senti duas mãos descendo pelos meus ombros, indo até os seios.

A respiração de Carolina arrepiou meus pelos da nuca, e suspirei, virando o pescoço para olhá-la. Estava linda com uma touca branca, e nariz e bochechas vermelhos, graças ao banho quente que ela tomou minutos atrás. Puxei seu braço, e ela deu a volta, sentando no meu colo. Trocamos um beijo lento, deixando as mãos dela passearem pelo meu cabelo, enquanto eu apertava sua bunda. Quando nos separamos, Carolina continuou a fazer carinho na minha nuca.

— Com quem estava falando, gringa? — Ela começou a distribuir beijos no meu pescoço, e engoli em seco. — Alguma pretendente que eu não saiba?

— Não tenho nenhuma aqui no Brasil — brinquei. Carolina me encarou com os olhos semicerrados, e soltei uma risada, lhe dando um beijo, puxando seu lábio inferior. — Estou brincando. Era a Danielle. Estávamos combinando algumas coisas para a E4.

— Olha, eu preferia que fosse a pretendente. O que eu te disse sobre não pensar ou respirar trabalho durante essa viagem?

— *I know*[1].

— Não me venha com esse inglês, Lizzie O'Connell. Onde está o ipad?

— Qual ipad?

— Não me faça de idiota, Lizzie.

Tentei inutilmente colocar o aparelho embaixo de mim, mas Carolina foi mais rápida, levantando antes que eu tivesse chance de agarrá-la.

— Vou esconder essa porcaria. Só assim você deixa de grudar os olhos nele e presta atenção no que estamos fazendo.

— Eu presto atenção em você.

Ficamos nos olhando por alguns segundos. Ela, com as bochechas coradas, por causa do meu comentário, e eu, com cara de trouxa, admirando toda a beleza dela e pensando o quanto tinha sorte de poder experimentá-la sem moderação. Nosso contato visual foi quebrado por uma Eduarda sonolenta, que entrou no quarto e se jogou no meu colo, ficando em uma posição fetal. Dei-lhe um beijo no topo da cabeça, e ela bocejou.

— Cansei de cochilar, quero passear.

Carolina se aproximou dela, com um sorriso lindo, e lhe fez um carinho.

— Podemos ir à casa de Santos Dumont? Rua Tereza? Palácio de Cristal?

— Pisa no freio, mocinha. Nós vamos a todos esses lugares, mas ainda temos mais um dia pra curtir Petrópolis, não precisamos nos apressar.

— Quero ir ao Museu Imperial de noite, Carol.

— À noite é outra coisa. Agora, nós vamos a um lugar bem especial. — Carolina piscou o olho.

Eu sorri, imaginando que tipo de lugar era esse que ela estava disposta a me mostrar. Sabia que aquela garota tinha muitos segredos, alguns que eu nem sonhava em descobrir, mas me sentia maravilhada ao perceber que Carolina, aos poucos, abria as portas da sua vida para mim.

Depois de vinte minutos de caminhada, com uma Eduarda exausta pendurada nas minhas costas, chegamos a um espaço aberto e escutei o som da queda d'água. Carolina parecia uma criança ansiosa, correndo um pouco mais na minha frente, para chegar logo à água. O que tinha de tão especial em uma cachoeira?

Eduarda desceu das minhas costas e me deu a mão, tomando cuidado onde pisava. Quando, enfim, tive a visão, minha respiração parou. Era um lugar lindo, e não tinha turistas tomando banho, além de nós. Coloquei as mãos na água, e a temperatura baixa me deu um leve arrepio.

— Esse lugar é muito bonito! — exclamei.

— É mesmo. Nossa mamãe trazia a gente aqui, mas eu não lembro muito. — Eduarda colocou a mochilinha em cima de uma pedra e olhou para Carolina. — Carol, eu posso entrar na água agora?

---

1 Tradução: Eu sei.

— Pode, sim, pequena, mas cuidado com as pedras e partes muito fundas — Carolina a orientou, sem olhar para ela.

Parecia ocupada, mexendo em algumas coisas em uma bolsa, que fez questão de carregar com todo cuidado. No caminho para a cachoeira, parou na floricultura e comprou várias rosas amarelas, deixando um perfume gostoso dentro do carro. Parecia preocupada que tudo estivesse no seu devido lugar, antes de subir nas pedras, para ficar atrás da queda d'água. Fiz menção de segui-la, mas Eduarda me segurou pelo braço e me puxou para outro lado.

— Ela tem que ir sozinha, Lizz, é uma coisa dela. Depois, a Carol vai se encontrar com a gente na água.

— Só fiquei preocupada, ela parecia muito quieta quando foi pra lá — comentei enquanto observava Carolina tirar a roupa e deixar à mostra, em um biquíni amarelo, o corpo bronzeado.

Quando eu poderia imaginar que estaria em Petrópolis, aproveitando uma cachoeira e tendo como colírio aquela garota de 20 anos, que me tirava os pés do chão? Eduarda passou correndo por mim, vestindo um maiô branco, e pulou na água sem me esperar. Parecia acostumada com o lugar.

— Anda, Lizzie, você vai se sentir muito bem assim que entrar nessa cachoeira. — A pequena mergulhou de novo e sumiu de vista, aparecendo um pouco mais longe da beira. Tirei a camisa, e assim que me preparei para tirar o short, meus olhos se concentraram em Carolina, que estava sentada atrás da queda d'água.

Ela tirou da bolsa as rosas, as espalhou em volta do próprio corpo, prendeu uma espécie de máscara de correntes douradas em frente ao rosto, até embaixo do nariz, e colocou um cordão de contas douradas no pescoço. Não consegui me mover nem perguntar nada. Não parecia a mesma pessoa, ela estava envolvida por uma aura diferente, e quando abriu a boca, para falar, parecia recitar um poema, segurando um espelho em frente ao rosto. Meu coração acelerou. O idioma? Eu não conhecia, mas era uma das coisas mais bonitas que eu já havia escutado na vida.

"Ìba Òsun sekese
Ìba Òsun olodi
Latojoki awede we'mo
Ìba Òsun ibu kole
Yeye kari
Latokoko awede we'mo
Yeye opo
O san rere o
Àse"[2]

2"Espírito que limpa de dentro para fora,
Eu elogio a deusa do rio
Espírito que limpa de dentro para fora
Eu elogio a deusa da sedução
Mãe do espelho
Espírito que limpa de dentro para fora
Mãe da abundância
Nós cantamos seus elogios
Axé" (TRADUÇÃO NOSSA)

Enquanto rezava, Carolina se olhava no espelho e mexia no cabelo, agitando o corpo. Aquela visão tão pura e nova, para mim, me deixou leve. Comecei a entender o que aquela cachoeira significava para ela, por que quis vir primeiro aqui, antes de qualquer outro lugar de Petrópolis. Seu amor pela religião era algo tão bonito que tive vontade de me juntar a ela, mas me contive em tirar o short, entrar no rio e nadar com Eduarda. A água gelada me envolveu, e deixei meu corpo afundar, ouvindo o som relaxante da cachoeira. Que tipo de energia era aquela? Mesmo distante de Carolina, uma sensação de proteção tomou conta de mim como se nenhum mal pudesse me alcançar.

Ao mesmo tempo que jogava Duda de um lado para o outro, no rio, meus olhos observavam Carolina atrás da queda d'água, só que agora ela estava em silêncio. Ainda se olhava no espelho, movimentava as mãos para tocar a água, mas parecia distante de nós.

Peguei a pequena no colo e a joguei uma última vez, porque Eduarda decidiu nadar um pouco mais, e aproveitei para boiar. Fechei os olhos e sorri, me sentindo a melhor mulher do mundo, como não acontecia há muitos anos. Ainda conseguia ouvir a voz de Carolina, de longe. Parecia rezar, e decidi não falar nada até que ela viesse até mim, mas soube que nada parecia mais pessoal do que isso. Aquela garota confiava em mim. Meu corpo aqueceu; eu estava ansiosa para sentir a Carolina se aproximar.

— Carol, que pontos bonitos você cantou! — era a voz de Duda gritando e, quando eu abri os olhos, tive uma visão de tirar fôlego.

Carolina estava tomando banho na cachoeira, já sem a máscara de correntes no rosto e o cordão no pescoço. Ela abriu um sorriso enorme, e o sol refletiu na sua pele bronzeada, me dando um calafrio na espinha. Como era linda. Quis uma câmera para registrar aquela imagem, mas sabia que jamais esqueceria o que tinha acabado de presenciar. Carolina veio nadando na minha direção, entrelaçando as pernas na minha cintura e me dando um beijo longo e molhado.

— Estou sem palavras para o que eu acabei de ver — falei. Ela sorriu, e seus olhos estavam brilhando. — É tão lindo, foi maravilhoso. Eu não entendo nada disso, mas meu coração parou de bater quando você começou a cantar.

— Duda, vem até aqui, por favor, não se afaste — ela pediu. A pequena veio nadando devagar, e Carolina voltou a me olhar, com um sorriso envergonhado. — Eu vim fazer uma homenagem a Oxum. Sempre fiz isso com minha mãe, quando ela era viva, não podia deixar passar. Olha, eu queria te dizer que nunca fiz isso na frente de ninguém. Esse é o meu momento mais íntimo. Coloco todo o meu amor por Oxum nessas situações, gosto de sentir a energia da cachoeira, o canto, pra me trazer paz. Nada é mais importante que minha fé, mesmo que isso seja errado para algumas pessoas. Estou realmente feliz que você não tenha ficado incomodada ou desconfortável, pois isso nos traria sérios problemas.

— *Are you kidding?* — Respirei fundo, para tentar falar português de novo, e ela gargalhou, distribuindo beijos molhados pela minha nuca. — Está brincando? Eu poderia ver essa cena milhares de vezes seguidas.

Nunca presenciei algo tão bonito e puro. Estou emocionada que você tenha me permitido ver esse lado seu.

Eduarda se aproximou de nós e agarrou nossos pescoços com os bracinhos, implorando para brincarmos um pouco, já que estava quase na hora de voltarmos pela trilha, se não quiséssemos nos perder na mata. Afoguei Carolina, de brincadeira, e quando ela voltou à superfície, começou uma perseguição contra mim e Eduarda, fazendo nossas risadas ecoarem pela área da cachoeira. Estava me sentindo outra pessoa, como se o que tivesse acabado de presenciar representasse uma nova fase da minha vida no Brasil, ou o início dela.

Quando chegamos ao Quitandinha, para tomar banho e jantar, estávamos esgotadas. Duda dormia tranquilamente no meu colo, e Carolina estava com o braço entrelaçado ao meu. Paramos em frente ao elevador, e um casal de idosos ficou ao nosso lado, nos observando, alternando o olhar entre a menina no meu colo e Carolina agarrada a mim. Rezei para que os dois não fizessem nenhum comentário maldoso, pois não estava em condições de começar uma discussão ou de parar Carolina. A idosa abriu um sorriso e comentou algo com o homem que também sorriu.

— Filha de vocês?

Arregalei os olhos, e Carolina soltou uma risada, negando com a cabeça.

— É que são um bonito casal, e a menina parece com você.

— Obrigada pelo elogio, mas é minha irmã. Tenho que concordar com a senhora, somos um bonito casal. — Ela me deu um beijo, e senti minhas bochechas queimarem. — Podem me informar que horas começa o show de luz e som no Museu Imperial?

— Às 20h, querida. Leve um casaco, está começando a esfriar. — O homem abriu um sorriso enorme e passou o braço por cima dos ombros da esposa. — Nós, velhos, vamos até um restaurante, tomar um bom vinho. Não temos mais disposição para espetáculos que precisamos ficar em pé. Vocês ainda são jovens, aproveitem mesmo.

O elevador chegou, e conversamos com eles até nos separarmos, no nosso andar. Duda ainda não tinha despertado, e foi um sacrifício colocá-la para tomar banho. Assim que Carolina fechou a porta do banheiro, para dar privacidade à irmã, correu na minha direção e selou nossos lábios. Segurei seu cabelo com força e apertei o corpo dela contra o meu, implorando por aquele contato que eu tanto gostava. Chupei seu lábio inferior e nos separamos, encostando nossas testas.

— Estava louca para fazer isso o dia todo — a voz dela saiu entre um suspiro e outro, me fazendo sorrir. — Adorei seu corpo naquele biquíni preto, sabia? Quem escolheu?

— Alicia. Ela disse que era para eu não me camuflar na areia.

— *Hmm*... Ela fez muito bem, mas eu prefiro você sem ele.

— Acha que temos tempo de fazer alguma coisa, até a Duda sair do banho? — perguntei. Carolina soltou uma gargalhada alta e mordeu o lábio inferior, entrelaçando os braços no meu pescoço. — *What?*[3]

— Por mais que eu esteja louca para sentir sua língua e dedos passeando pelo meu corpo, precisamos nos arrumar para o show no Museu Imperial. Duda não fala em outra coisa, e eu quero que você veja um pouco mais da história do meu país.

— *Well*[4], não se pode vencer sempre.

— Teremos muito tempo pra isso quando voltarmos pra cá. Uma madrugada inteira. Agora, vai tomar banho no outro banheiro, antes que eu arranque essa roupa e te chupe aqui mesmo.

— Isso é uma proposta?

— Vai, Lizzie!

Dei de ombros e segui na direção do banheiro, ainda escutando a risada dela. Carolina, em pouco mais de quatro horas, tinha conquistado ainda mais espaço na minha vida. Não era amor o que eu sentia, mas um sentimento novo, como se eu tivesse acabado de inventar.

A imagem dela na cachoeira voltou, e eu sorri, fechando os olhos, para lembrar cada detalhe. Foi tão linda a maneira que seu corpo se movimentou, com o espelho na mão, estava tão linda a sua voz, enquanto cantava para seu orixá, com o corpo brilhando, graças aos raios de sol batendo nas correntes. Carolina era uma mulher que poderia ter quem quisesse, mas me escolheu, uma pessoa que não tinha nada em comum com ela. Tinha que me lembrar de perguntar o que a fez se sentir tão atraída. Meus pensamentos foram cortados pelo barulho do meu celular, e soltei uma risada, ao ler uma mensagem da minha mãe, que mandou uma foto de Joker com uma roupinha do Brasil.

Enquanto entrava na água e sentia a temperatura morna, me lembrei de que, desde que cheguei ao Brasil, não tinha um dia que eu não desse uma boa risada... Coisa que eu não fazia com frequência nos Estados Unidos.

A noite estava estrelada e gelada — uma combinação perfeita —, com as duas meninas agarradas a mim. Carolina estava com seu braço enrolado no meu, e Eduarda, de mãos dadas comigo, apontando para todos os lugares possíveis, enquanto seguíamos uma pequena multidão, em direção ao tal Museu Imperial.

Não estava acostumada com tantas pessoas interessadas na história do próprio país, a ponto de saírem de suas casas e hotéis, no frio, só para verem um espetáculo, mas quando finalmente chegamos em frente ao palácio, entendi. Era tão bonito, cercado de árvores por todos os lados. Carolina me cutucou e me deu um beijo no instante em que as luzes apagaram.

— Você vai adorar. Se não entender alguma palavra, pode me perguntar.

— Lizz, pode me colocar no ombro? Não estou vendo nada. — Eduarda fez um beicinho, e eu a peguei no colo, realizando seu pedido. Não estava tão pesada. — Agora, sim, posso ver qualquer coisa!

---

3 Tradução: O quê?

4 Tradução: Bem.

— Duda, não se mexa muito, senão a Lizzie vai quebrar o pescoço.

— Está me chamando de pesada, Carol?

— Claro que não, bebê. — Carolina parecia ofendida, e Eduarda começou a rir. — O que tem tanta graça?

— Antigamente, ser gordinho era sinal de riqueza, então eu sou riquinha! Nem me importo se estou pesada!

— Você é uma figura, garota, mas está certa. Ame quem você é. Agora, fica quietinha, e vamos ver o show.

Carolina e eu trocamos olhares, e lhe dei um beijo na testa, arrancando suspiros dela. Não me cansava de trocar carícias, faria aquilo pelo resto da vida. O cheiro dela estava tão gostoso, parecia um perfume novo, que deixava aquela mulher ainda mais atraente. Carolina encostou a cabeça no meu ombro, e decidi prestar atenção no espetáculo. Não sabia para onde olhar, era tudo tão bonito e interessante. Havia imagens refletindo na água, nas janelas do palácio... Tudo contando a história do país que agora era a minha casa.

Carolina estava igualmente encantada, apesar de já ter visto tudo isso, pelo menos, duas vezes, segundo relatos dela. Eduarda, assim como a irmã, soltava gritinhos de exclamação e tentava me explicar algumas coisas, apesar de não entender muito bem. Eu estava apaixonada por aquele espetáculo, nunca tinha visto algo assim, tão significativo para um país. Carolina se aproximou e sussurrou no meu ouvido que aquele espetáculo não seria nada parecido com o que eu encontraria no hotel. Um calafrio subiu pela minha espinha, e sorri para ela, que mordeu o lábio inferior.

— Duda, desce um pouco, estou vendo a Lizzie ficar cada vez mais torta. — A pequena fez uma careta, mas obedeceu à irmã. — Muito bem, depois vamos jantar e você melhora esse humor. Conheço muito bem essa cara feia, significa fome.

— Você que não quis jantar antes de a gente sair, Carol. Se eu virar um dragão, vou comer você.

— Isso é verdade, a ideia foi sua, de sair antes de comer.

Abri a boca, para opinar, e me arrependi no mesmo segundo, voltando a atenção para o show. — *Sorry*[5].

— Estão todas contra mim, é? Pois saibam que, se a gente não tivesse saído mais cedo, não chegaríamos a tempo. Além disso, a senhorita falou que não estava com muita fome, antes da gente entrar no carro. Agora, vai ter que esperar.

— Parece que alguém também está com fome.

— É... estou com fome de muitas coisas. — Ela me lançou um olhar malicioso, e eu soltei uma risada, fazendo algumas pessoas, que estavam na minha frente, virarem a cabeça, com um olhar feio.

Como eu poderia resistir a qualquer coisa que aquela garota fazia? Tudo em Carolina me atraía como um imã gigante. Queria fazer muitas outras viagens com ela, conhecer cada vez mais o que guardava por dentro, explorar sentimentos que ninguém chegou perto de descobrir. Senti a mão

5 Tradução: Desculpa.

dela apertando a minha e sorri, fazendo um carinho com o polegar em sua pele gelada.

Continuamos assistindo ao espetáculo, e ao final dele, me senti ansiosa para descobrir cada vez mais sobre a história do Brasil. A estadunidense não era tão interessante, mas a brasileira me encantava em vários aspectos. Eu me lembrei de que as eleições nos Estados Unidos logo começariam e suspirei, chamando a atenção de Carolina, enquanto caminhávamos em direção ao carro.

— O que aconteceu? — Carolina perguntou.

— Me lembrei de uma coisa estúpida, envolve política, você não ia querer saber.

— Por que eu não ia querer?

Entramos no carro, e ela deu a partida, chamando a atenção de Eduarda, para que colocasse o cinto.

— Temos duas opções de restaurante: o Imperatriz Leopoldina, que eu particularmente adoro, e a Churrascaria Lago Sul, no Quitandinha — sugeriu.

— Imperatriz Leopoldina! — Eduarda gritou com empolgação, e Carolina sorriu, já sabendo que a irmã escolheria o seu preferido. — Você vai achar muito bonito, Lizz.

— É realmente maravilhoso o lugar, espero que a gente consiga uma mesa... Mas voltando ao assunto, o que estava pensando sobre política? — ela indagou novamente.

— Ah... As corridas presidenciais já vão começar nos Estados Unidos. Queria estar lá para votar — respondi.

— Mesmo? Lá o voto não é obrigatório, né?

— Não, mas eu pegaria um avião e votaria, só para ser mais uma pessoa contra aquele maníaco que está competindo.

— Eu compreendo, por aqui foi uma situação parecida. Fiz questão de votar cedo, coisa que nunca fiz.

— Essas atitudes fazem a diferença na sociedade, te garanto. Bem, mas não vamos mais falar sobre política, agora só quero jantar e curtir esse momento com vocês duas.

Quando chegamos, Carolina nos puxou para dentro do restaurante, e me senti em outra época quando cruzamos a porta. O lugar era tão bonito que demorei a me mexer, entretida demais, observando os detalhes em cada canto. Durante o jantar, Duda levantou, dizendo que precisava usar o banheiro, deixando Carol e eu sozinhas. Segurei a mão dela, por cima da mesa, e ela sorriu, fazendo um carinho.

— Estou feliz por você ter me tirado do Rio. Quer dizer, de perto do trabalho. Estava precisando de momentos como esse, de descobrir coisas novas. Você faz parte de uma nova fase da minha vida, uma que não tem tanta loucura. *Well, just a little bit*[6].

— Você e esse seu inglês. — Ela me deu um beijo, mordendo meu lábio inferior, e nossos narizes roçaram. — Viajar contigo foi a melhor ideia que eu já tive, mereço um crédito. Na verdade, só pode ser coisa dos meus orixás.

6 Tradução: Bem, só um pouquinho.

Alicia viajando com o Beto, Norminha mais preocupada se vai transar no VIP's do que para onde eu vou... apesar de ela saber. Tudo girou a nosso favor, Lizzie.

— Não acredito em deuses, nem nada do tipo, mas creio que, sim, o universo conspirou a nosso favor. A única ligação da Danielle foi hoje de manhã, pelo visto não teremos mais problemas até terça-feira. Joker está bem com minha mãe, não tenho que dar satisfações na empresa. Faz tempo que eu esperava por um momento como este, entende? — Dei um beijo na mão dela, e Carolina sorriu, apoiando o cotovelo na mesa. — Obrigada por me trazer aqui!

— Lizzie O'Connell sendo romântica, quem diria...

— Sou cheia de segredos, você já viu alguns. Inclusive, um dos que eu mais gosto. — Mordi o lábio inferior, e ela fez o mesmo. Em seguida, observei Eduarda voltando, e me afastei de Carolina, piscando. — Toma um vinho comigo no hotel?

— O que é isso? Está me chamando para um encontro?

— É mais uma preparação para coisas que podem acontecer de madrugada.

— Que tipo de coisas, Lizzie? — Ela sorriu de lado e umedeceu os lábios. — Vai me mostrar mais um dos seus segredos?

— Pode apostar que vou.

Carolina arregalou os olhos, mas sorriu. Eu estava louca para ficar a sós com ela, fazer tudo devagar, não como daquela vez, no apartamento de Copacabana. Hoje, eu gostaria de dar um passo de cada vez, mostrar a ela o quando estava me encantando, mudando em pequenos gestos. Essa noite, eu darei a ela outra Lizzie.

Capítulo 13

Agradável e lento

Carolina

"Charmosa, corpo perfeito como só Deus esculpia. Ela bate na porta, entra, quer mais de uma razão pra ficar indecente. Ela faz o estilo independente, e eu só quero esse tipo daqui pra frente." [1]

Havia algo nela que me fazia borbulhar. Uma piscadela, e eu estava em ebulição. Talvez fosse o jeito sensual com que ela deslizava os dedos pelos fios de cabelo ou a forma delicada com que umedecia os lábios com a ponta da língua. As mãos femininas e macias, os anéis com pequenas pedras, que enfeitavam três de seus cinco dedos da mão direita. O fino colar de ouro branco que descansava em seu pescoço, caindo pela clavícula saliente e apontando um caminho delicioso no decote que ela sempre exibia. O relógio, em tiras de couro branco, que rodeava seu punho esquerdo e a deixava com aquele ar sério de CEO, imponente, poderosa, exuberante, sexy, fatal. *Indiscutivelmente fatal.* E, então, havia os olhos, olhos verdes e felinos, olhos de mulher quente, insaciável, misteriosa, decidida, olhos que me encaravam como nunca outros me encararam na vida. Um olhar que me dizia, de segundo a segundo, o que seus lábios não tinham coragem de dizer. E eu descobri, naquela noite, pela milésima vez, que, enquanto ela me olhasse daquele jeito, eu seria a melhor mulher que eu pudesse ser.

O vento batia gelado contra o meu rosto, e a janela aberta do hotel, na qual eu estava apoiada, me deixava ver a paisagem maravilhosa que Petrópolis exibia do lado de fora. Meus pensamentos estavam a todo vapor, eu não conseguia desviar o foco para outra coisa. Talvez tenha me excedido um pouco no álcool, naquela noite ou, quem sabe, nos sentimentos. Definitivamente, nos sentimentos, mas já não era mais meu motivo de preocupação.

Eu desencostei da janela e desci os dedos pelos botões da blusa apertada que eu vestia, pronta para me livrar dela. Abri o primeiro botão, abri o segundo e, quando estava prestes a abrir o terceiro...

— *Tsc, tsc, tsc*!

1 *Tudo que ela quer*, 3030.

Um arrepio suave cortou a minha coluna ao meio, e eu fechei os olhos, ao sentir seu hálito quente em minha nuca.

— Eu faço isso pra você.

Sem demonstrar pressa nenhuma, ela colocou o meu cabelo para cima do meu ombro direito, depositando um beijo demorado em minha nuca. Se eu não estava preocupada antes, naquele momento, passei a ficar. Me preocupei em falar demais, gemer demais com um simples gesto. Mas lá estava Lizzie, me fazendo sentir em excesso, desejar em excesso, pensar em excesso, exigir em excesso.

Deixei que um gemidinho escapasse da minha garganta, e ela deslizou suas mãos para frente do meu corpo, tomando os botões da minha blusa. Seu peito colou em minhas costas, e eu hiperventilei com seus lábios, cheios de malícia, na minha orelha direita.

— Você faz isso melhor do que eu — comentei, com um breve sorriso, entorpecida demais com a sua respiração quente para falar qualquer outra coisa. Lizzie chegou ao último botão, abaixo do meu umbigo, e afastou a minha camisa para os lados, expondo o sutiã de renda vermelha que eu usava. Senti meus mamilos endurecerem sob a renda na mesma hora. A junção de Lizzie com a brisa gelada que entrava pela janela era a coisa perfeita para o meu estremecimento.

— Com certeza, eu faço.

Aquele sotaque no meu ouvido. Engoli em seco.

— Vem tomar um banho comigo. Vou encher a banheira com água bem quente... — Suas mãos tocaram a minha barriga, e me encolhi um pouco com a frieza de seus anéis arrastando em minha pele. — Vou lhe ensaboar a pele, lhe massagear os ombros e depois... — ela deixou no ar, e eu sorri, jogando a cabeça para trás, sobre seu ombro esquerdo.

— E depois... — sussurrei, querendo ouvir suas promessas e me sentir ferver com elas, porque quente eu já estava.

— E depois, te cobrir com a minha boca. — Seus lábios beijaram o meu pescoço, seus dentes mordiscaram a minha orelha. Eu gemi baixo de novo, erguendo as mãos, para me apoiar na janela. — E te lamber inteira, dos pés à cabeça... *Nice and slow.*

Nice and slow.

Agradável e lento.

Lento.

Sim, eu queria lento, bem devagar, quase parando, mas me devorando, a devorando. Lento. Bem lento. Suspirei, mordendo o lábio inferior, abrindo os olhos, quando seus dedos deslizaram sobre as minhas costelas, por cima da minha tatuagem, me causando deliciosos arrepios.

— Eu realmente quero isso.

— Eu sei que quer. — Lizzie soltou uma risadinha no meu ouvido, e eu quase pude enxergar o sorriso sacana descansando no canto de seus lábios.

Com calma, ela puxou a camisa pelos meus ombros e eu levei os braços para trás, facilitando o processo. Apenas de sutiã, não ousei me virar de frente para ela, pois, quando a camisa caiu aos meus pés, suas mãos seguraram com firmeza a minha cintura, para me manterem na mesma posição. Eu tenho até vergonha de dizer como estavam as minhas pernas, era como se eu pudesse me desfazer ali mesmo. — Vou encher a banheira. Não saia daqui, eu já volto para buscar você.

— Eu... — eu ia dizer que poderia acompanhá-la, que ela não precisava se dar ao trabalho, mas lá estava ela sendo, como sempre, adorável.

— *Shiii*! — Suas mãos subiram por meus braços e acariciaram os meus ombros por cima das alças do meu sutiã. Ela depositou outro beijo em minha nuca e se afastou. — Venho buscar você. Não seja teimosa e fique aí, quietinha.

Eu fiquei quieta, parecendo uma idiota, e apenas consegui virar a cabeça, para acompanhar seus passos para fora da grande sala em que estávamos. Que porra ela estava fazendo comigo? Eu suspirei, negando, enquanto sentia meu coração querer sair do meu peito.

Depois do delicioso jantar que tivemos, voltamos para o hotel em um silêncio confortável. Eduarda dormiu no caminho, e como eu não aguentava seu peso quando adormecida, Lizzie a colocou na cama para mim, em um dos dois quartos que havia naquele apartamento. Bem, e não demorou muito a me deixar ali, sozinha, esperando por ela, de frente para a janela, só de sutiã e calça jeans, com o corpo trêmulo e necessitado. Eu havia planejado agir de uma forma completamente diferente, mas Lizzie tinha dessas comigo. Era a única pessoa que conseguia me domar e me pôr de joelhos. E acredite, eu não me importava nem um pouco.

Passados alguns longos minutos, quando eu já me encontrava impaciente, a vi surgir outra vez, sob a baixa iluminação da grande sala. Usando apenas um conjunto de calcinha e sutiã na cor grafite, Lizzie deslizou com passos calmos na minha direção. Eu quis retribuir o sorriso que ela me oferecia, mas só conseguia olhá-la, olhar aquele corpo perfeito, com todas as curvas muito bem acentuadas, as coxas grossas e torneadas, que eu muito queria ao redor da minha cintura. Eu estava suspirando, quando ela parou bem na minha frente, tocando, com seus dedos, a minha clavícula e pegando, com sua mão livre, uma das minhas.

— Vem!

— Eu vou pra onde você quiser.

Haveria algum jeito que eu não parecesse uma drogada na frente dela? Olha as coisas que eu estava falando, pelo amor de Deus! Qualquer boa leonina que eu conheço passa a metade de sua vida cagando e andando para o resto dos mortais, mas será que isso só dura até a paixão ocorrer? Ou o amor? Paixão, amor... Francamente, Carolina! Se, um dia, eu descobrisse o que realmente sentia por Lizzie seria o dia mais assustador da minha vida. A merda é que no fundo, bem no fundo, talvez eu soubesse.

— No momento, só quero te levar pra cama. — Ela me rodeou, parando em minhas costas, e a segui com o olhar, de esguelha, mantendo o meu lábio inferior preso entre os meus dentes. — Na verdade, Carolina, eu sempre quero te levar pra cama. — Lizzie grudou seu peito em minhas costas, rodeando a minha cintura com os braços e me incentivando a dar passos para frente.

Deixei que ela me guiasse, e enquanto andávamos na direção do banheiro que ficava no quarto em que dormiríamos, ela ia me acariciando e me beijando a nuca, os ombros, sussurrando delícias no meu ouvido, em seu idioma oficial, dizendo o quanto eu era linda e o quanto a deixava excitada. Apesar do tom safado que ela usava para falar comigo, sua voz possuía delicadeza, seus gestos eram gentis, como se ela tivesse medo de me quebrar, muito diferente das outras vezes que transamos. Parecia haver algo a mais na forma que ela me tocava, me olhava naquela noite. Eu não conseguia controlar o turbilhão de sensações dentro de mim.

Quando chegamos ao banheiro, olhei ao redor, com um pequeno sorriso. A iluminação era pouca, a banheira redonda, presente no meio do cômodo, estava quase totalmente cheia, e um cheiro suave de loção de rosas exalava da água. Uma garrafa de vinho e duas taças estavam perto da borda, junto a duas velas acesas, dentro de dois pequenos potes de vidro, e uma única rosa vermelha.

Eu olhei para ela depois de alguns segundos, vendo-a sorrir daquele jeito que muito me amolecia. O que era aquilo? Ela estava tentando me seduzir ou me fazer gostar dela mais ainda? Porque, se sim, não era preciso. Seduzida eu já estava, e o gostar... Ah... Isso já havia se tornado banal perto do que eu estava sentindo.

— Teremos um momento romântico essa noite, uh? — comentei, com o coração acelerado, enquanto suas mãos desciam as alças do meu sutiã. Lizzie me lançou uma piscadela, deslizando a mão direita, com unhas pintadas de vermelho, para a minha nuca, dando um aperto sutil. Fechei os olhos, saboreando a sensação maravilhosa de seus dedos puxando o meu cabelo e seus lábios tocando os meus. Ela me beijou com suavidade, apenas um roçar, sugando o meu lábio inferior para dentro de sua boca por alguns segundos. Eu quase ronronei, subindo minhas mãos por seus braços.

— Você gosta disso, Carolina? — Lizzie perguntou com ternura, abrindo o fecho do meu sutiã, que ficava na frente. Eu estava hipnotizada por ela, sem conseguir acreditar que aquela mulher estava ali, prestes a me dar algo que nunca desfrutei antes. Romantismo? Eu nunca soube o que era isso, até aquele momento. — Gosta da suavidade? Gosta do jeito que estou tocando você agora?

Se eu gostava? Puta que pariu, meu Deus! Eu estava fodida mesmo. — Gosto... Muito — sussurrei quando ela beijou o vale entre os meus seios, descendo o zíper da minha calça jeans, a levando para baixo, junto à minha calcinha rendada, e levantei um pé de cada vez, para ajudá-la a retirar as peças.

Ao fim, ela estava ajoelhada na minha frente, subindo suas mãos quentes por toda a parte traseira das minhas pernas. Eu ia morrer; talvez eu não passasse daquele dia. Talvez fosse a última coisa que eu provasse, antes de morrer. E, porra, havia melhor maneira de partir do que aquela?

— Porra, Lizzie! — Eu gemi baixinho com o beijo molhado e gostoso que ela depositou no meu ventre, me sacudindo inteira.

Com beijos castos e toques suaves em minha barriga, ela foi se colocando de pé novamente. Quando seus olhos encontraram os meus, eu me perdi por longos instantes. Os verdes queimavam, escuros e brilhantes, com pupilas dilatadas que me pareciam famintas, famintas de mim, de *nós*.

— Você é linda! — quando ela disse isso, foi quase melancolia. Ela me devorava com um olhar que me virou do avesso, enquanto embolava uma de suas mãos no meu cabelo. — Me deixa cuidar de você.

— O que você está fazendo? — perguntei, me referindo ao que estava sentindo, ao que ela estava fazendo comigo.

Lizzie sorriu de canto, pegando uma das minhas mãos.

— Vem, a água está bem quente, e não quero que esfrie.

Não consegui fazer mais nada, além de obedecer-lhe, e com calma, entramos na banheira. Prendi o cabelo em um nó no alto da cabeça e suspirei enquanto me abaixava na água quente, sentindo todos os meus músculos relaxarem automaticamente. Lizzie se sentou atrás de mim, com as costas contra a borda, e a observei abrindo a garrafa de vinho, para derramar o líquido escuro até a metade das duas taças. Ela me ofereceu uma e pegou outra, e logo demos um pequeno gole.

— Encosta em mim. — Lizzie se ajeitou melhor, apoiando os braços abertos nas bordas da banheira, deixando seu peito livre, para que eu encostasse nele.

Mordi o lábio inferior, enquanto observava seus seios fartos, de mamilos rosados e entumecidos. Que delícia era aquela visão! Vê-la nua sempre iria me parecer surreal.

Eu me arrastei em sua direção e me sentei de costas, entre suas coxas, encostando em seus seios. A água quente ao nosso redor, junto ao vinho que bebíamos, começou a me causar pequenas gotas de suor na testa. Estava calor, e eu não sabia definir se era culpa do clima ou de Lizzie.

— Você faz isso para todas as mulheres que quer levar para a cama ou sou a única? — perguntei com um tom risonho, mas claramente enciumada, balancei um pouco a taça com o vinho e inalei seu cheiro mais uma vez, antes de beber.

Lizzie soltou uma risadinha, acariciando a minha barriga, embaixo da água, com a mão livre.

— Não faço isso para todas. — Seus lábios roçaram em minha orelha esquerda, antes que ela bebesse mais um pouco do líquido em sua taça. — Para falar a verdade, só fiz uma vez.

— E por que está fazendo pra mim? — De costas para ela, não podia ver seus olhos. Nem mesmo sei se desejava ver. Nunca senti essa porra de borboletas no estômago por ninguém até Lizzie aparecer e, naquela hora, jurava que elas queriam sair pela minha garganta.

— Porque você é diferente pra mim. É especial.

Meu coração bateu tão rápido que eu podia jurar que ela o estava sentindo nas minhas costas. Ouvir aquilo sair de sua boca me envolveu em uma nuvem de emoções. Eu não sabia explicar como me sentia, mas era bom, muito bom e assustador. Eu sorri, deixando a minha cabeça descansar perto de seu ombro.

— Sou? — perguntei só para ouvir de novo, para me convencer de que era mesmo real. Em seguida, ouvi o pequeno barulho do gole que ela deu no vinho e, logo depois, a taça sendo colocada na borda da banheira. Suas duas mãos acariciaram a minha barriga, a cintura e um pouco mais embaixo dos seios.

— É. Pensei que já soubesse disso. — Ela depositou um beijo molhado no pé do meu ouvido, me arrepiando inteira. Suas mãos passaram a jogar água, com delicadeza, em meus seios e clavícula. — Minhas ações não deixaram claro o bastante?

— Eu não sei, você é tão imprevisível — minha voz saía baixa, e eu me controlava para não me contorcer sob o toque dela. — Às vezes, acho que sim, outras que não, que o que temos, ao menos pra você, é só sexo. Ouvir é completamente diferente, me deixa segura 100% de que não sou a única a curtir nossa relação mais a fundo. Sei que faz pouco tempo que nos conhecemos, mas eu curti você desde o primeiro momento. O tempo não pode responder por isso, pode?

— Não, não pode. — Suas carícias suaves subiram para os meus seios, e eu virei o resto do líquido presente em minha taça, largando-a na borda. Não tinha como fazer mais nada, a não ser desfrutar de suas mãos em meu corpo. — O tempo não diz nada, Carolina, em relação a nada. Convivi com pessoas durante anos e nem mesmo cheguei a nutrir sentimentos por elas. Outras, conheci e, na mesma hora, gostei, simpatizei, senti vontade de ficar perto, permanecer pra sempre. O que vale é a intensidade. E veja, sou intensa com você. Não pode sentir? Tudo que eu faço, que deixo você fazer comigo, como deixo com que controle minhas decisões, minhas emoções. Deixei que decorasse o meu apartamento, confiei no teu gosto. Te dou flores, te mimo com cafés da manhã, cozinho pra você, me preocupo ao extremo com a forma louca que você vive. Eu não precisava nem dizer, isso já diz tudo por si só.

— Mas eu preciso que digam, entende? Eu gosto de quando verbalizam, de que me deixem ouvir o que eu posso estar vendo. Preciso que me elogiem, que demonstrem sentimentos, que digam o quanto sou importante. Até que a pessoa não me diga isso, vou ficar insegura, pensando demais no que nem deveria. É um problema meu, problema de leonina e seu grande ego. De escorpianas também?

Lizzie soltou uma risada gostosa que fez tremer o meu corpo, e aconchegou meus seios nas palmas de suas mãos, com um leve aperto. Suspirei, fechando os olhos.

— Eu não entendo nada sobre signos, mas sou uma boa observadora. — Ela beijou meu pescoço e meu ombro. — E observo você desde a primeira vez que te vi. Não precisa mais ter dúvidas. Eu disse e repito: *você é especial pra mim, Carolina.* Você já é mais especial do que muitas pessoas que estão na minha vida há muitos anos. Eu sei que sou rabugenta demais, racional demais, mas esse é o meu jeito. O que não significa que eu não goste de você, de estar com você, de querer você, porque eu quero, eu quero, sim. — Seus braços envolveram o meu corpo e me puxaram mais contra o seu peito, causando pequenas ondinhas ao nosso redor. Eu estava em êxtase, sorrindo tanto que minha boca doía. Lizzie roçou seu nariz na minha nuca livre, subiu para os fios do meu cabelo, respirou fundo, para sentir o cheiro, e suspirou. — Eu não quero mais ter que negar isso e não vou. Ainda que sejamos completamente diferentes, que eu tenha 33 anos e você, 20, que talvez nossa diferença de idade transforme tudo isso em um grande absurdo. Ainda que eu me sinta temerosa, que tenha receios e traumas, você me conquistou. Não sei o que sinto, como sinto, mas sinto e sinto muito... Isso é tudo o que você precisa saber. É uma declaração e tanto, não?

Era. Era tudo que eu precisava para entender de vez que, sim, ela gostava de mim da mesma forma que eu gostava dela. Ela me fez substituir todos os pontos de interrogação por pontos de afirmação, me deixou tremendo e mole, tão mole que lutei para me livrar de seus braços e me sentar de lado, entre suas pernas, encarando seu rosto sereno e levemente vermelho. Eu me curvei para frente e selei seus lábios de forma demorada, sentindo suas mãos subirem por minhas costas molhadas.

— Me diz que vai dizer isso sempre — pedi, com um sorriso sapeca no canto da boca, deslizando meus dedos por sua clavícula úmida. Ela riu, me encarando, acariciando meu quadril e minha coxa, sob a água quente. — Que não vai me deixar esquecer que você está nessa do mesmo jeito que eu estou. E o mais importante: que vai ser honesta comigo e me falar se enjoar de mim, se não quiser mais manter esse nosso caso, se encontrar outro alguém mais interessante com quem queira ter algo. Promete? — Acho que esse foi o primeiro pedido que fiz com todo o meu coração, em toda a minha vida.

Nunca desejei tanto a honestidade de uma pessoa antes, como desejei a dela naquela hora. O fato era que imaginar Lizzie com outra pessoa, àquela altura do campeonato, me deixava furiosa. Eu queria que ela fosse só minha, como eu passei a ser só dela desde a primeira vez.

— Você não precisa se preocupar com isso, Carolina. — Lizzie tinha um sorriso carinhoso no canto dos lábios, e seu sotaque, ao pronunciar o meu nome, era tão carregado que me fazia suspirar todas as vezes. Ela pegou uma mecha do meu cabelo, que se soltou do nó para trás da minha orelha, e acariciou o meu rosto. — Não mesmo.

— Por quê? Pode acontecer.

— Porque eu só quero você.

Eu mordi os lábios e fechei os olhos ao ouvir aquilo, depositando um pequeno beijo em seu dedão, quando este tocou a minha boca.

— Com certeza, não existe ninguém mais interessante que essa carioca leonina, bronzeada de praia, abusada, safada e tempestuosa. — Seus dedos tocaram o meu colo, e seus lábios, o meu pescoço. Um ou dois beijos, e eu tremia tanto que conseguia agitar a água. — E com essa vontade de viver, que me deixa louca. Então, não, não creio que eu vá me interessar por outro alguém enquanto você estiver na minha vida.

— Eu não quero sair dela — sem conseguir me segurar, soltei tão rápido que me assustei.

— Por mim, não vai. Então, não precisa temer. — Suas mãos tomaram a minha nuca e um pouco do meu cabelo, me pegando daquele jeito gostoso, para avisar o que viria a seguir. — Agora, vem cá, me dá um beijo. Você quase não me beijou hoje.

— Ah, não, é? — eu murmurei, dengosa, me virando totalmente de frente, para me sentar em seu colo, e coloquei uma perna de cada lado do seu quadril. O contato de nossos corpos nus me deixava louca. Eu suava na nuca, tamanho era o meu calor. — Eu não beijei mesmo? Que pena, gostosa! Jurei que havia beijado. — Eu me curvei sobre ela, apoiando minhas mãos na borda da banheira, que batia na altura de seus ombros. Lizzie sorriu de canto, apertando minha bunda e intensificando o contato de nossos quadris. Suspirei mais alto do que queria.

— Jurou, é? — ela perguntou, e eu sacudi a cabeça positivamente, roçando meus lábios nos dela, provocando, acendendo. — Ah, não faz assim, Carolina! Não seja má.

Eu ri contra a pele de sua bochecha esquerda, arrastando os meus dentes de leve, em uma mordida. Seus braços abraçaram a minha cintura, e pela força do aperto, sabia que ela estava em estado de urgência.

— Eu gosto quando você implora. Infla o meu ego — eu disse, e puxei a mecha de cabelo presente em sua nuca, elevando o seu queixo e me dando total poder sobre o seu rosto perfeito, de traços finos. Seus olhos explodiram de tesão e, mais do que aquilo, de sentimento. Aquela noite seria mais, seria mais do que apenas sexo, eu tinha certeza.

— Então, me beija. — Ela fechou os olhos e separou os lábios, com as bochechas coradas, o pescoço exposto e o queixo erguido. Tão linda! Nunca me cansaria de admirá-la. — Me beija bem gostoso, daquele jeito que me deixa excitada e só você sabe fazer. *Go... Please, baby*[2]! Me beije!

Quando ela falava em inglês, naqueles momentos, significava apenas duas coisas: nervosismo e excitação, e eu identifiquei todos os traços em seus gestos.

— Isso mesmo! — foi o que eu disse, antes de beijá-la com ardor, enfiando minha língua sedenta em sua boca, sem cerimônias.

Lizzie gemeu contra os meus lábios e grudou mais os nossos corpos. Nosso beijo era caloroso e intenso, nossas línguas se lambiam e nossos lábios se chupavam com tanta vontade que gemíamos sem vergonha. Não havia nada melhor do que aquele gosto, e ele era meu, *só meu*.

Ficamos naquele beijo por muito tempo, longos minutos. Quando meu peito ardeu, por causa da falta de ar, nos afastamos e nos encaramos. Trocamos sorrisos, breves carícias, e Lizzie me virou de costas para ela, pegando um vidro de loção ao lado da banheira e despejando em minhas costas, para me dar o que havia prometido. Foi a melhor massagem da minha vida. Que mãos! Desciam e subiam por minhas costas e ombros, apertando a nuca, a curva do meu pescoço. Ela intercalava com beijos e pequenas mordidas na minha orelha, junto a toques suaves e circulares em meus mamilos duros e doloridos. Sentia o cuidado com que me tocava, a ternura, a emoção.

O tesão explodia em mim de forma alucinante, deixando a minha boceta melada e pulsante. Eu não aguentava mais aquele jogo, eu não tinha paciência para esperar mais, até que ela tivesse se cansado de me torturar. Sua mão desceu por meu ventre, e antes que tocasse onde mais latejava, avancei sobre ela, depois de muito tempo de agonia, a fazendo soltar um gritinho surpresa.

2 Tradução: Vai... Por favor, bebê.

— O que... — Ela sorriu, nervosa, mordendo o lábio inferior. — Ainda não acabei a massagem.

— *Shiii*! — disse contra seus lábios, me colocando de joelhos entre as suas coxas.

— Carolina!

— Essa noite será sobre você, só sobre você.

As bochechas de Lizzie se avermelharam na mesma hora, e tive certeza de que ela não esperava aquela minha atitude.

— Eu faço e você geme pra mim. Eu chupo e você goza. — Segurei seu rosto pelo queixo, sem apertar, mas com um gesto possessivo, para lhe mostrar que eu estava no controle. Seus olhos não saíam dos meus, e um gemido manhoso escapou de seus lábios, quando pressionei meu joelho direito contra a sua boceta quente, sob a água. — Eu meto bem gostoso e você rebola. Eu mando e você obedece. Começando agora... Vai pra cama e me espera deitada. Eu já vou atrás de você.

Lizzie estava chocada. Choque era exatamente a expressão que tomava conta de seu rosto. Acho que ela nunca imaginou que receberia ordens de alguém em toda a sua vida, muito menos que seria colocada em posição de submissa na cama. Eu me afastei um pouco para liberar o espaço, e a encarei com as sobrancelhas erguidas, fazendo um gesto com a cabeça na direção da porta. — Agora!

Ela não fez mais nada, além de se levantar, e observei uma grande quantidade de água escorrer por sua pele branca e se juntar ao que preenchia a banheira. Seus olhos me fuzilaram, e suas pupilas dilatadas me mostraram o tamanho do tesão que a sacudia. Com calma, Lizzie saiu da banheira, sem se preocupar em se secar, e me encarou uma última vez, antes de abrir a porta e sair do banheiro. Eu soltei uma risada excitada, ao morder o lábio inferior, fazendo o mesmo que ela e saindo da banheira.

Desde a primeira vez que transamos, nunca insisti para tomar o controle. Ela resistia quando eu tentava, e para não quebrar o clima, eu deixava por isso mesmo. Mas, naquela noite, não; naquela noite seria diferente. Se ela achava que iria ter o controle de tudo para sempre estava muito enganada. Dominar e mandar eram duas coisas que eu sabia fazer melhor do que ninguém. Juntando isso à minha facilidade em foder, não teria mesmo como ser algo ruim.

Apaguei as velas nos pequenos potes, evitando qualquer acidente, e peguei a toalha, para me secar um pouco. Não gostava de ficar molhada, não daquela forma. Soltei o cabelo e deixei que as mechas bagunçadas caíssem em minhas costas, enquanto caminhava para fora. Eu sentia o líquido quente melar as minhas coxas, sem deixar de me surpreender com o tamanho da excitação que aquela mulher causava em mim.

Ao entrar no quarto, vi Lizzie deitada sobre a cama, com os braços atrás da cabeça, o cabelo espalhado pelo travesseiro, os joelhos dobrados e as coxas afastadas. Seus olhos estavam fechados, e ela respirava fundo, enquanto seu peito subia e descia lentamente. Eu sorri de maneira sacana, deixando a porta do banheiro aberta, para que o cômodo em que estávamos tivesse apenas um pouco de iluminação. Ela ouviu os meus passos e virou a cabeça para me olhar. Eu lhe lancei uma piscadela, arrancando um sorriso de seus lábios, andei na direção da grande Smart TV, acoplada na parede, e a liguei, colocando no Youtube e digitando o nome da música que eu queria que tocasse. Lizzie me espiava com curiosidade, visivelmente nervosa e ansiosa, umedecendo os lábios com a língua de segundo a segundo.

Quando a melodia começou a tocar, ela sorriu, ao notar que o nome fazia referência ao que ela havia me dito mais cedo. *Nice and slow*, na voz de Usher, preencheu todo o ambiente, com sua batida sexy e envolvente. Eu girei devagar sobre os meus pés, já no embalo da música, mexendo o meu quadril de um lado para o outro tão lentamente que parecia hipnotizador.

Lizzie se apoiou nos cotovelos para me olhar, e eu sorri de canto, ao notar que consegui sua atenção. Subi as mãos por minha barriga, demorando em minha tatuagem e nos meus seios, passando pela clavícula, pelo pescoço e pela nuca, antes de perder os dedos entre as mechas do meu cabelo. Eu dançava, e ela me devorava com os olhos, me enchendo de poder, por estar sendo admirada. Eu adorava aquela sensação, adorava ser o centro da atenção, e quando a atenção vinha dela, era melhor ainda.

— Vem aqui, vem! — ela me chamou, rouca, excitada, com a respiração ofegante.

Eu me virei de costas, olhando-a por cima do ombro esquerdo, fazendo um sinal de negação com o dedo indicador. Em seguida, mandei um beijinho, e Lizzie mordeu o lábio. Eu fui rebolando, sacudindo o quadril sensualmente, acariciando o meu corpo, e então, me curvei para frente, jogando o cabelo e apoiando as mãos em meus joelhos, dando a ela uma visão bem exposta da minha bunda e de outra coisa bem molhada e quente.

Ouvi seu pequeno gemido e uma sequência de palavrões em inglês, que me fizeram tremer, e soltei uma risada, voltando a me erguer, com aquela jogada de cabelo que fazia com que as mechas chicoteassem nas costas. Quando me virei, foi a minha vez de soltar um gemido. Lizzie tinha as coxas mais afastadas, e seus dedos da mão direita pressionavam e esfregavam, com lentidão, seu clitóris rosado. A cena me chacoalhou inteira, eu fiquei alucinada ao saber que ela sentiu vontade de se masturbar enquanto me via dançar. Nem em mil anos eu me senti tão excitada ao presenciar algo. Que delícia era!

— Ah, Carolina! — ela gemeu baixinho, rolando seus olhos por meu corpo, de baixo para cima, correndo o dedo do meio por toda a extensão de sua boceta encharcada, enquanto me via dançar no ritmo da batida. — Olha o que você faz comigo, olha como me deixa.

Eu sorri, cheia de malícia, diminuindo meus movimentos, para subir na cama de joelhos, ficando de quatro. Meus olhos estavam atentos em seus dedos entre suas pernas, e eu via o líquido transparente escorrer pela fenda rosada em abundância. Salivei.

— Você só fica molhada assim pra sua putinha, é? — perguntei, enquanto deslizava de quatro pelo colchão, com o cabelo caindo por cima dos ombros, o corpo suado e o olhar felino focado, pronto para devorá-la. Lizzie sacudiu a cabeça positivamente, desesperada, arfando e tremendo. — Diz que eu sou a sua puta, diz! — Rodeei seu tornozelo esquerdo com uma de minhas mãos, quando cheguei perto o bastante, abaixando a cabeça para começar a beijar a pele, coloquei a língua para fora e lambi, subindo beijos por toda a extensão de sua perna esquerda. — Diz pra mim!

— Minha... — Ela se engasgou, quando chupei a parte interna de sua coxa, separando as pernas o bastante, para me dar espaço.

— Sua o quê? — Mordi acima de seu joelho, arranhando de leve sua outra perna. Eu estava curvada, com a bunda empinada e a boca ocupada em chupar e lamber qualquer espaço de pele que eu encontrava pelo caminho.

— Minha puta. — Ela deslizou a mão pela ponta do meu cabelo, enrolando os dedos. — Só minha.

— Isso, me xinga — eu dizia entorpecida, enquanto a saboreava, acariciando o que minha boca não podia tocar, atravessando a barriga, as costelas, deixando rastros de saliva por onde minha língua passava. — Me chama de puta, vadia, vagabunda. Faz assim, que eu gosto. — Deitei meu corpo sobre o dela, entre as suas pernas, lambi a clavícula e chupei o pescoço. Ela gemeu, manhosa, e me arranhou as costas com força, tremendo tanto embaixo de mim que me enlouqueceu mais ainda. Deslizei a língua por sua mandíbula até o pé do ouvido, mordendo o lóbulo da orelha e distribuindo beijos molhados. — Eu fico gamadinha, sabia? — eu dizia para atiçá-la, para lhe mostrar o quão insana me deixava. Mordi seu lábio inferior e o chupei para dentro de minha boca, esfregando a minha boceta com calma contra a dela. Gemi com o contato molhado, quente, e vi os olhos de Lizzie rolarem para trás, no mesmo instante em que gemeu mais alto. — Ah, sim, Lizzie! Gemendo desse jeito, eu fico gamada pra caralho. — Eu a beijei, sem aguentar mais me manter longe do gosto de sua boca.

Foi uma explosão de endorfina, e eu me sacudi inteiramente, quando nossas línguas se embolaram. Eu nunca havia dominado uma mulher antes, mas eu tinha certeza de que aquela seria a primeira vez de muitas outras.

Diminuí a velocidade de minhas investidas contra ela e passei a beijá-la de forma mais lenta, roçando nossos corpos no ritmo da música que se repetia na TV. Fomos envolvidas por uma energia de luxúria, recheada de gemidos, sussurros e suor. Ela me xingava, eu adorava; ela gemia, eu conduzia. Lambi seu corpo quente de ponta a ponta, a virei de costas, me esfreguei naquela bunda deliciosa, bati, mordi.

Lizzie choramingava, enterrando o rosto no lençol e o embolando entre seus dedos. Virei-a de frente de novo e comecei a descer, com beijos molhados, pelo pescoço, enquanto suas mãos, em meu cabelo, puxavam as mechas, em busca de apoio. Tomei o seio direito com a boca, chupando o mamilo rosado com um pouco de pressão. Ela gemeu e se contorceu, chamando o meu nome, pedindo por mais. E eu dei, apertando o outro seio, enquanto me concentrava em chupar o que estava em minha boca. Minha língua acariciava o mamilo delicado e, vez ou outra, eu tremia apenas a pontinha em cima, para provocá-la.

Estava faminta, escorrendo em cima dela, eufórica, por ter a oportunidade de tomar o controle e levar aquela foda como bem entendesse.

Ser passiva para ela era maravilhoso, mas descobri que ser ativa também me levava a outro nível de tesão. *Nada melhor do que fazer uma mulher gemer.*

Depois de passar longos minutos me deliciando com aqueles seios e deixá-los sensíveis ao extremo, desci a boca pela barriga suada, demorando nos ossos salientes de seu quadril. Lizzie gemia baixinho, dengosa, se contorcendo e suando tanto que seu cabelo começava a grudar em seu pescoço. Seu rosto estava vermelho, e seus lábios, separados levemente, inchados de tanto que nos beijamos. O calor, naquele quarto, era sobrenatural, nem a janela aberta fazia o ar circular e refrescar. Quando me deitei na cama, com a cabeça entre suas pernas, cheguei a ficar tonta com o cheiro maravilhoso que ela exalava ali. Era forte, feminino, e eu fiquei louca para sentir o gosto.

— Carolina... — ela gemeu o meu nome, sem olhar para mim, com seu queixo erguido e suas mãos agarrando com força o lençol. Ela sentia, sentia a minha respiração feroz batendo contra a sua boceta depilada e molhada. Ah, e que boceta! Porra! Seu clitóris era pequeno e rosado, e a fenda, estreita e convidativa. Fiquei louca para meter bem gostoso ali, bem fundo e forte. Aproximei meu nariz, inalei profundamente, xingando meia dúzia de palavrões, e afastei suas coxas o máximo que eu pude, empurrei seus joelhos um pouco para cima. Queria ver tudo e mais um pouco, queria que ela ficasse exposta de um jeito que nunca ficou para ninguém. E ela estava, eu sabia.

— Você é cheirosa pra caralho! — eu disse, enquanto arrastava o meu nariz pela pele de sua virilha esquerda, colocando as minhas mãos por baixo de suas coxas e as segurando. Em seguida, soprei o clitóris, e ela choramingou. — Eu tô quase gozando só por sentir a porra do seu cheiro.

— Por favor! — Seu tesão fazia o meu explodir três vezes mais. — Por favor!

Ouvi-la implorar me fazia ter vontade de revirar os olhos. Louca de tesão, por vê-la daquele jeito, pressionei o meu quadril contra o colchão, tentando um alívio em vão. Eu gozaria sem que ela precisasse me tocar, era a única certeza. Segurando suas coxas, para mantê-las afastadas, deslizei a língua de baixo para cima, em sua boceta, gemendo com ela quando seu líquido quente encheu a minha boca. Puta que pariu!

— *Simmm*! — Outro gemido mais longo, e sua coluna se curvou para cima, quando eu lambi de novo, de novo e de novo. — Lambe devagarinho... Foda-se, Carolina!

Cobri seu clitóris com a minha boca, chupando-o lentamente e com uma pressão moderada, e levei um pouco a cabeça para trás, depois para frente, para trás e para frente. Logo, um barulho alto de sucção preencheu o quarto, misturado aos sons dos gemidos e murmúrios daquela mulher.

O gosto era surreal, mil vezes melhor que o cheiro. Eu me melava inteira, deslizando os meus lábios e minha língua em círculos, pela boceta pulsante que ela me oferecia. Uma de suas mãos agarrou o meu cabelo, e a outra, o seu próprio seio esquerdo. Ela jogava o quadril contra o meu rosto e forçava a minha cabeça para baixo, desesperada, alucinada. Eu gemia, enquanto a chupava, e usei os meus dois dedos indicadores para separar os lábios menores, depois de chupá-los bem gostoso. Soprei na fenda apertada, sacudindo a ponta da língua na entrada, e Lizzie xingou alguns palavrões, puxando o ar entre os dentes.

Eu molhava o lençol da cama com a minha própria excitação, virava e mexia, me esfregava ali mesmo. Enfiei a minha língua no buraco encharcado e a vi morder o lábio com força, para sufocar um grito. Eu tremi com a sensação de tê-la se contraindo ao redor da minha língua, enquanto eu a deslizava para dentro e para fora, e não pude segurar o arrepio doloroso que cortou a minha coluna de cima a baixo. *Eu ia gozar*. Eu ia gozar tão forte que afastei a boca de sua boceta, alguns centímetros, para gemer.

— Oh, Lizzie!

Ela se apoiou nos cotovelos para me olhar, com a expressão extasiada. Quando o orgasmo me invadiu de uma forma quase dolorosa, eu fechei os meus olhos com força e ergui um pouco o quadril, deslizando a minha mão entre o meu corpo e o colchão, para tocar a minha própria boceta.

— Ah, porra! Sim! — Eu jorrei contra os meus dedos e esfreguei o meu clitóris de um jeito rápido, enquanto me contorcia e gemia como louca. A minha boca estava nela outra vez, lambendo e chupando, enquanto eu me deixava gemer e aproveitar o restante do meu orgasmo, ao trazê-la na borda. Lizzie gozaria, não era preciso mais nada, pois a visão que ela teve do meu momento a empurrou de um precipício.

— Vou gozar! — Suas mãos puxaram as mechas do meu cabelo com força, e eu vi suas costas baterem contra o colchão, quando ela jogou a cabeça para trás. — *Oh, shit*[3]*!*

Eu dei uma única e longa chupada no clitóris endurecido, e foi o suficiente. Lizzie paralisou para, logo depois, explodir em milhares e milhares de contrações musculares, que a fizeram derramar uma quantidade abundante de seu gozo na minha boca. Ela gemia, como se sentisse dor, puxando o meu cabelo e, tentando em vão fechar as coxas, em reflexo. Eu lambi tudo, desde o líquido em sua boceta até aquele que escorreu por meu queixo, fazendo questão de capturar até mesmo o que ficou ainda por dentro da fenda. Gostosa pra caralho! Isso que ela era. Eu poderia chupar aquela boceta todos os dias da minha vida, nunca me cansaria.

Distribuí leves beijos sobre seu clitóris que, sensível ao extremo, a fazia recuar o quadril como se levasse choques. Eu sorria, ela também. Ofegante, com o queixo erguido, os seios subindo e descendo rapidamente, a pele suada e vermelha e as coxas moles, ela mal conseguia manter os joelhos dobrados. Linda! Muito mais do que linda, afinal.

Fui subindo por seu corpo com cuidado, para não a machucar, a tomando em um beijo longo e profundo, quando nossos lábios se tocaram. Lizzie me abraçou pelo pescoço, me puxando para ela. Meu coração batia rápido contra o dela, e suas mãos me acariciavam, calmas e gentis. Eu tremia, encantada com seus toques, seu jeito de me beijar, o jeito com que se entregou a mim. Era diferente. Nossos olhares deixaram clara a intimidade que criamos naquele momento, o nível que alcançamos. Se antes já éramos próximas, dali em diante, seríamos mais ainda.

---

3 Tradução: merda.

— Você é tão boa com a boca — Lizzie sussurrou no meu ouvido, quando me deitei parcialmente sobre ela, descansando minha coxa sobre seu quadril. Eu sorri, mordendo o lábio inferior, ao deslizar a palma da minha mão direita por sua barriga. — Foi a melhor chupada que eu já recebi na minha vida, Carolina. Não é possível que nunca tenha feito isso antes.

— Em outra vida, quem sabe... — Ela soltou uma risada encantadora, erguendo a mão para colocar uma mecha do meu cabelo atrás da minha orelha. — A sua boceta é viciante, você é uma delícia!

Lizzie me encarava com um sorriso, como se não acreditasse no quanto eu podia ser direta, sem cu doce. Eu odiava todo esse lance de não poder falar. Se eu quisesse, eu falava e acabou, sem delongas, sem corte e sem censura. E era exatamente isso que a encantava e me fazia diferente.

Beijei seus lábios, sugando o inferior lentamente, enquanto ela me acariciava a nuca suada. Trocamos alguns selinhos, entre sorrisos, e eu deslizei o meu nariz na pele de sua bochecha, correndo a minha mão para baixo.

— Carolina — Lizzie murmurou, chamando a minha atenção. Ela sabia o que eu queria. Tirei minha coxa de seu quadril e separei as suas, usando a minha perna. — Eu...

— *Shiii*! Quietinha! — sussurrei em seu ouvido, chupando o lóbulo da orelha. Minha mão encontrou o que eu procurava, e eu pressionei o clitóris ainda molhado, com a ponta do dedo indicador. Lizzie gemeu, engolindo a saliva que se formou em sua boca. — Vou te mostrar que sou boa com os dedos também. Só fica deitada e dá bem gostoso pra mim.

— Oh, Carolina! Você... Eu... Droga!

Comecei a masturbá-la e vi, em seus olhos verdes, certo desespero. Ela me encarava, apreensiva, com certeza sendo rodeada pela timidez, ao ser passiva para mim. Beijei sua boca com carinho, depois o queixo, a bochecha e a boca de novo. Meus dedos trabalhavam com lentidão, correndo para baixo, acariciando a entrada molhadinha, e voltando para cima, umedecendo o clitóris, para não o machucar.

— Relaxa! — Eu só queria que ela relaxasse e confiasse em mim, que me deixasse mudar o que ela pensava sobre aquilo, tirar aquele receio besta, e que aproveitasse algo que era tão bom quanto receber um oral. — E aproveita. — Desci beijos por seu pescoço e envolvi o mamilo direito com a língua para chupá-lo e instigá-la.

Lizzie gemia com timidez, arranhando os meus ombros, mas abrindo ainda mais as pernas para mim, sem nem ao menos perceber. Eu sorri com aquilo, dando uma leve mordida no mamilo rosado. Ela se encontrava absurdamente molhada, e eu tomava todo o cuidado para fazer aquilo ser bom o bastante para ela.

Eu não sabia ao certo como fazer, nenhuma técnica ou jeito, mas eu queria e faria. Não havia nada que, com prática, não chegasse à perfeição. Masturbei-a por mais alguns minutos, e quando ela passou a gemer de maneira mais solta e rouca, ergui a cabeça para segurar o seu olhar no meu. Havia ternura nele, tesão, um pouco de timidez e, acima de tudo, confiança. E eu não precisava de mais nada para continuar.

Deslizei o dedo do meio para baixo, testei a umidade e mordi o lábio, ao senti-la escorregadia o bastante. Lizzie fechou os olhos e embolou os dedos da mão esquerda no meu cabelo. Meu corpo estava arrepiado, ansioso, trêmulo. Era bizarro ficar daquele jeito apenas por masturbar alguém. Fiz movimentos circulares na entrada de sua boceta, com o dedo do meio, e o deslizei para dentro devagar, gemendo baixinho, ao senti-la extremamente apertada ao meu redor. — Porra! — eu xinguei, quando cheguei ao fundo, e a observei com os lábios separados, em forma de "O", com o gemido preso em sua garganta.

— Nossa, Lizzie!

O que era aquilo? Não sabia nem mesmo descrever a sensação. Era incomparável a qualquer outra coisa. Eu só conseguia pensar que era quente, molhado e estreito, muito estreito. Sentia uma pressão absurda ao redor do meu dedo, e eu o retirei dali de dentro só para enfiar de novo, de novo, de novo, mais uma vez, outra, outra e mais outra. Fiquei louca, quando ela começou a gemer com vontade, cravando as unhas curtas em meus ombros, com os olhos fechados com força, e os seios se agitando em uma dança quase hipnotizante, enquanto eu metia nela repetidas vezes.

— Que delícia é meter em você. — Fui fazendo movimentos giratórios com o dedo, enquanto penetrava, enviando vibrações intensas para o centro do meu corpo. — Tá gostoso, tá? Você gosta, Lizzie? Gosta quando faço assim? — Acariciei uma partezinha esponjosa que encontrei na parede de cima, esfregando-a com intensidade.

— Sim, me fode! — ela dizia, perdida na volúpia que nos envolvia, soltando os meus ombros para agarrar o lençol, curvando a coluna. — Com força, Carolina... Com força!

Acrescentei mais um dedo, batendo os dois tão fundo naquele canal apertado que o barulho das estocadas preenchia o quarto. Eu estava gemendo com ela, beijando e lambendo sua orelha, pescoço, mandíbula. De lado, contra a lateral de seu corpo, eu podia fazer muitas coisas ao mesmo tempo, deixando que minha perna mantivesse suas coxas bem abertas. Minha boceta escorria. Excitação já era banal perto do que eu sentia. Foder nunca foi tão bom.

Minha mão começou a doer, por causa dos movimentos repetitivos que eu fazia, e meus dedos eram apertados, cada vez mais forte, pelas paredes escorregadias de sua boceta quente. Eu sentia as contrações mais frequentes, e quando vi seus olhos verdes rolando para trás, soube o que aconteceria. Sorri de ansiedade, desejando que ela gozasse tão forte quanto gozou na minha boca. Lizzie me puxou pela nuca, grudando os seus lábios nos meus, em desespero, para calar os gemidos.

Nós nos beijamos de forma desajeitada, e depois de três estocadas rápidas, seguidas de uma lenta e profunda, ela gritou na minha boca, tocando o meu rosto, os meus ombros, as minhas costas e o lençol da cama, sacudindo intensamente enquanto gozava ao redor dos meus dedos. Eu gozei junto, mais uma vez sem que ela precisasse me tocar, afundando o meu rosto na curva de seu pescoço, pressionando o meu clitóris sensível contra a sua coxa direita, para prolongar o orgasmo.

Desabamos, exaustas, sobre o colchão, e nossas respirações descontroladas era tudo o que se ouvia naquele momento. Meus dedos ainda estavam dentro dela, melados o bastante para pingar no lençol, quando eu os trouxesse para fora. Ficamos em silêncio uns cinco minutos, tentando nos recompor, mas era uma questão impossível.

Eu estava fraca, cansada, mas satisfeita. Umedeci os lábios e engoli a saliva, ajeitando a minha cabeça na curva de seu ombro e retirando meus dois dedos de seu buraco apertado. Lizzie gemeu quando eles saíram, e apertou as coxas. Levei meus dedos encharcados até a minha boca e os chupei, um por um, fechando os olhos, para saborear melhor o gosto dela.

— Gostosa — sussurrei quando terminei, vendo-a me olhar fascinada. Seu rosto estava vermelho, e sua testa bastante suada, enquanto algumas mechas de seu cabelo grudaram por ali.

— Você me deu uma canseira, garota! — ela disse, e eu soltei uma risada cansada, passando o meu braço direito por cima de suas costelas, abraçando-a. — Inacreditável!

— E você me deu um belo chá de boceta — eu disse, e Lizzie soltou uma gargalhada, passando os braços ao redor do meu corpo e me puxando mais para ela. Eu me acomodei melhor, bocejando.

— Suponho que tenha sido isso que Danielle disse que Norminha daria a ela nesse final de semana — ela falou. Eu estava rindo, enquanto sentia seus dedos acariciarem o meu couro cabeludo. — Chá de boceta! — Ela gargalhou mais ainda. — Vocês cariocas dizem cada coisa.

— Nós somos os melhores, quando vai aprender?

Ela beijou a minha cabeça, me abraçando com mais força.

— Você tem razão — disse, e eu sorri, com os olhos fechados, estremecendo um pouco, por conta da brisa que bateu em minhas costas suadas. — Sabia que você foi a primeira mulher com quem eu fui completamente passiva? — ela comentou, e eu fiz uma expressão surpresa.

— Sério?

— Sim! Nunca antes, em uma foda, eu me deitei na cama e apenas recebi. Sempre tomei o controle da situação e nunca deixei ser sobre mim. E tem mais, só deixei que me fodessem duas vezes, e foi quando perdi a minha virgindade, depois nunca mais. Não sentia vontade disso, nunca senti necessidade de dar, não gostava, na verdade. Era incômodo, doloroso, passei anos correndo disso em todas as transas casuais. Até hoje, até aparecer você, uma mulher de 20 anos que me colocou, literalmente, para gritar. Isso foi enlouquecedor. Foi como perder a virgindade de novo de um jeito muito, muito melhor.

Nossa, o meu ego, depois que ela disse isso, não podia nem mesmo ser medido, havia ultrapassado o limite da minha cabeça. Eu me apoiei no cotovelo esquerdo para olhá-la com um sorriso de orelha a orelha, fazendo charme.

— É mesmo, é? — Enrolei uma mecha do meu cabelo ao redor do meu dedo indicador.

— É.

— Ninguém nunca fez igual? Ninguém mesmo? — Mordi o lábio inferior.

— Ninguém.

— Te fiz gozar mais gostoso do que todas as outras vezes que gozou na sua vida?

Lizzie soltou uma risada, acariciando o meu rosto.

— Sim, fez. Esse foi o meu melhor orgasmo.

— *Aaaah*! — Eu ergui as sobrancelhas e fiz um biquinho, voltando a deitar a cabeça em seu peito, me sentindo vitoriosa, poderosa, maravilhosa, foda e todos os outros adjetivos sensacionais existentes no mundo. — Agora, eu posso dormir em paz.

— Você não existe, Carolina! — Ela ria, cheia de encanto, me abraçando com força e nos ajeitando na cama. — Nunca vou esquecer essa noite, nunca! Mudou muita coisa em mim.

— Não vai mesmo. — Beijei seu pescoço. — Nem eu... Nem eu — sussurrei.

Ficamos em silêncio, apenas nos sentindo, não era preciso dizer mais nada. Aos poucos, o sono foi nos vencendo e acabamos dormindo daquela forma, abraçadas, nuas e satisfeitas. Naquela noite, sonhei com jardins, cachoeiras e, é óbvio, Lizzie.

O domingo seguiu agitado. Caminhamos pela cidade, visitamos mais alguns lugares especiais, assistimos a um show de música na praça central, almoçamos e jantamos no mesmo restaurante. Tiramos milhares de fotos com a Eduarda, que não largava Lizzie nem por um decreto. Quando a noite chegou e, com ela, o nosso cansaço, dormimos, as três, agarradinhas na cama, com Eduarda entre nós.

Pegamos a Serra, para voltar ao Rio, na segunda de manhã. Lizzie fez todo o percurso *futucando* aquele tablet, e a minha vontade de jogá-lo pela janela era real. Recebi uma ligação de Alicia, e marcamos de almoçar juntas em Santa Teresa. Ela devia chegar de Búzios um pouco mais tarde. Lógico que eu não comentei sobre a viagem para ela.

Quando chegamos a Ipanema, eu só faltei chorar. Como sentia falta daquele calor, daquela gente que não dormia nunca, da minha praia, do Cantagalo ao fundo, dos quiosques, do cheiro de maresia, da minha boemia carioca. Para mim, não havia nada melhor neste mundo do que o Rio de Janeiro. Estava louca para tomar um banho de mar, e faria isso ainda naquele dia.

Ao chegarmos ao meu prédio, subi para deixar Eduarda em casa e tomar um banho rápido, esperando Lizzie falar com os pais no andar de cima, e pegar Joker, que estava com eles para, só então, deixá-la em casa e seguir para o meu encontro com Alicia.

Vesti short jeans, uma regata colada, na cor amarela, havaianas brancas e beijei a guia de Oxum, antes de colocá-la no pescoço, escondendo metade dentro da blusa. Coloquei os óculos e peguei as chaves do carro, descendo para encontrar Lizzie no estacionamento. Ela estava hilária, tentando controlar um Joker agitado em seus braços e segurar a grande bolsa ao mesmo tempo. Ajudei a colocar os dois dentro do carro, e ocupamos os nossos lugares.

O caminho até Copacabana foi tranquilo, não havia trânsito, por um milagre de Oxalá. No som do carro, o meu CD do *3030* tocava. Eu amava demais aquela banda, quase tanto quanto amava Elis Regina e Chico Buarque. *Luz em todo morro* era a música da vez, e Lizzie sorria, ao me ouvir cantar, enquanto dirigia pela Avenida Atlântica, pegando toda a orla. Estacionei em frente ao prédio luxuoso em que ela morava alguns minutos depois, e desliguei o carro, me virando de lado, para olhá-la melhor.

— Está entregue! — Deslizei os óculos para o meu cabelo, apoiando o meu braço esquerdo no encosto do banco. Lizzie suspirou, olhando para mim com pesar.

— É ruim ter que voltar pra rotina, não é? — ela perguntou, e concordei com a cabeça, a virando um pouco de lado, para olhá-la com doçura. Ela sorriu de canto, se esticando para pegar a bolsa no banco detrás. Joker abanava o rabinho com impaciência, e sorri com a cena. — Eu te ligo quando sair do trabalho, à noite, okay?

— Está bem! Vou sentir saudade — lamentei.

Lizzie se debruçou na minha direção e acariciou o meu rosto, beijando a minha boca com carinho. Deslizei os dedos pelas mechas de seu cabelo, presentes em sua nuca, puxando-as sem força. Nós nos beijamos por alguns segundos, e trocamos vários selinhos em seguida. Ela me olhou nos olhos e sorriu, beijando a ponta do meu nariz.

— Eu também!

Nós nos afastamos, muito contra a nossa vontade, e a vi colocar a bolsa no ombro, pegando o Joker. O cachorro latiu, lambendo o rosto da dona. Eu caí na gargalhada com a cara que Lizzie fez e estiquei a mão, para acariciar entre as orelhinhas dele. — Eu vou logo, antes que ele resolva urinar dentro do seu carro.

— Eu faço você limpar tudo se isso ocorrer — ameacei, com a sobrancelha erguida, e ela corou nas bochechas, com uma risada.

— Não duvido disso. — Lizzie abriu a porta com dificuldade, me olhando. — Tente arrancar alguma coisa de Alicia sobre essa viagem dela com esse tal de Beto. Sei que ela não vai me contar, e eu quero saber.

Rolei os olhos, negando com a cabeça.

— Lá vem... — falei, e ela me olhou feio, me repreendendo. — Vou ver o que posso fazer por você, O'Connell.

— Vou esperar. — Ela colocou as pernas para fora, saiu, batendo a porta. Curvou-se sobre a janela e sorriu, acelerando o meu coração vergonhosamente. — Tchau, linda!

— Tchau, gringa!

Lizzie riu com o apelido que era marca registrada e que passou, sem grande esforço, a adorar. Ela me mandou um beijinho e se afastou do carro, brigando com um Joker incontrolável em seus braços. Eu morri de rir, eles eram adoráveis juntos. Abaixei a janela do meu lado e coloquei os óculos de volta no rosto. Antes que Lizzie pudesse subir a calçada que antecedia a portaria de seu prédio, a chamei:

— Psiu!

Ela olhou por cima dos ombros, com o cabelo voando contra o rosto, o sol batendo em sua pele pálida e iluminando os seus olhos ao extremo. A calça jeans escura moldava o seu corpo, como em uma escultura, deixando a bunda empinada e grande, e as coxas torneadas. Perfeita! Liguei o carro, a olhando, segurando no volante com a mão direita e apertando o botão com leveza, para abaixar mais um pouco o vidro.

— Gostosa! — eu disse em um tom de voz nem alto nem baixo, e fiz uma expressão de prazer, mordendo o lábio inferior.

Lizzie corou violentamente, encolhendo os ombros, ao olhar de um lado para o outro de forma rápida, me repreendendo baixinho em seguida.

— Carolina! — ela disse, e eu gargalhei, lhe mandando um beijinho. — Tchau! — Ela estava tão envergonhada que era impossível não me encantar mais ainda por aquele jeito recatado.

Ergui o ray-ban rapidamente e lhe lancei uma piscadela, a fazendo suspirar e rir. Subi o vidro e sacudi a cabeça em negação, dando partida. Ainda a vi entrar no prédio, pelo espelho retrovisor, e não poderia me sentir mais feliz. Felicidade era a palavra certa, não havia outra. O jeito que ela me deixava, o laço que construímos naquele final de semana em Petrópolis, tudo que dissemos uma à outra: era tudo o que faltava para mim.

— Preciso tomar um porre — comentei comigo mesma, ao aumentar o volume do carro, quando *Foda que ela é linda*, do *3030*, começou a tocar. — Um porre por todos os dias da semana. — Ri sozinha enquanto cantava, dirigindo pela avenida e com a orla de Copacabana toda ensolarada como cenário. Eu tinha tirado a sorte grande.

Cheguei a Santa Teresa um tempo depois. Havia pegado um trânsito horrível no caminho, mas nem isso me fez tirar o sorriso do rosto. Estacionei em frente ao Aprazível, um restaurante maravilhoso em que Alicia e eu estávamos acostumadas a ir. Aquele lugar era único, no alto de Santa Teresa, e nos dava uma vista incrível da Baía de Guanabara. Havia mesas e cadeiras de madeira brilhosa e toldos de palha. Era tudo luxuoso, sofisticado e com um toque especial, completamente aconchegante.

Cumprimentei alguns funcionários que conhecia de longas datas, pedi minha mesa de frente para a sacada, como de costume, me sentei e pedi uma água. Sentia uma sede horrível naquela tarde. Tirei os óculos e os coloquei em cima da mesa, com as chaves do carro e o celular. Fiquei ali, sentada, admirando o meu Rio de Janeiro e agradecendo a todos os santos por me permitir ser carioca. Queria levar Lizzie no Cristo Redentor o quanto antes, tinha certeza de que ela amaria o que encontraríamos lá em cima.

Uma garrafa de água mineral sem gás foi colocada sobre a minha mesa, com um copo com gelo e rodelas de limão, do jeito que eu gostava. Agradeci, com um “muito obrigada!” e um sorriso, derramando um pouco do líquido no recipiente. Não queria fazer os pedidos antes que Alicia chegasse, então apenas esperei, enquanto bebia.

Fiquei ali por uns vinte minutos mais ou menos. Já estava impaciente e, quando iria pegar o celular para ligar para ela, a vi subir as escadas que davam para a sacada em que eu estava, carregando uma pequena mala em uma das mãos. Eu abri um sorriso enorme, senti tanta saudade dela. Arrastei a cadeira para trás e me levantei, indo ao seu encontro. Alicia largou a mala no chão, e nós nos abraçamos com força, nos sufocando, uma nos braços da outra.

— Que saudade, Carol! — ela dizia, manhosa, e eu dei dois passos para trás, com o seu peso empurrando o meu corpo.

— Parece que estamos sem nos ver há três anos, Lysh. — Enchi seu rosto de beijos, a fazendo rir. — Você está linda, toda bronzeada. Finalmente, deixou de ser branquela azeda.

Nós soltamos uma gargalhada e nos largamos. Então, ela pegou a mala e fomos nos sentar. Alicia sentou-se na cadeira à minha frente, retirou os óculos escuros e os largou ali mesmo.

— E aí, como foi a viagem? Me conta! — perguntei, realmente interessada. Ela parecia feliz, e eu queria saber o motivo.

— Ai, foi perfeita! — Alicia jogou a cabeça para trás e sorriu, me fazendo sorrir junto. — Fazia tanto tempo que eu não me sentia tão bem, sério! Beto foi um amor comigo, me tratou com mimos, me encheu de presentes.

— Aposto que fez isso antes de você dar pra ele de novo, só pra te conquistar. — Fiz uma careta.

— Ai, Carolina, credo! — Alicia bufou, e eu gargalhei. — Mas foi mesmo. E o que importa? Ao menos, ele foi fofo.

— Espero que foda bem, porque ninguém merece passar um final de semana inteiro em Búzios e não dar nenhuma gozada. — Dei de ombros e peguei o cardápio.

— Eu estava com saudade dessa tua sinceridade, sabia?

— Sabia! — Pisquei para ela, e trocamos um sorriso cúmplice.

— E você? Ficou em casa no final de semana?

Senti meu rosto esquentar e me ocupei em fazer a minha melhor cara de cínica possível. — Ah, fiquei... — Virei a página do cardápio. — Saí só no sábado à noite mesmo.

— E Norminha? Não falo com ela há um tempo.

— Norminha foi dar — falei, e Alicia abriu a boca, chocada.

— Dar pra quem?

— Pra Danielle. A mulher a chamou pra sair, e elas foram a uma boate, no Leblon. Aí, Norminha me mandou uma mensagem, dizendo que tinha dado horrores no Vip's, por oito horas seguidas, e que Danielle fez o favor de rasgar a calcinha nova que ela comprou só para a ocasião. Mas que ela não é boba e nem nada, e já marcaram outro encontro. Ou, como preferir, outra trepada casual.

— Deve tá toda assada, então, né? — Nós rimos, só de imaginarmos. — Norminha é foda, não perde uma. Aposto que Danielle gamou.

— Não tenho dúvidas.

Alicia e eu ficamos batendo um papo gostoso, enquanto o pedido que fizemos não chegava. Ela me contou os detalhes de sua viagem, e eu a enchi, cada vez mais, de perguntas, para que ela não perguntasse sobre o meu final de semana. A água que eu bebi, antes que ela chegasse, pesou na minha bexiga, e eu pedi licença para ir ao banheiro, que não ficava muito longe dali.

Apenas duas mulheres ocupavam o cômodo cor de palha, que estava sem filas. Agradeci em nome da minha bexiga, e corri para uma das cabines, me aliviando. Quando acabei, lavei as mãos, verifiquei se havia algo de errado com o meu cabelo e saí do banheiro.

Voltei para a sacada sem pressa. Estava calor, e eu começava a suar um pouco na nuca. Quando me aproximei da mesa, Alicia tinha seus braços cruzados sobre ela, olhando para a Baía de Guanabara lá embaixo. Puxei a cadeira e me sentei, colocando uma mecha de cabelo atrás da orelha.

— Essa comida que não chega, eu tô morrendo de fome — resmunguei, com uma careta, sentindo meu estômago roncar. — Lysh? — chamei-a quando percebi que ela não tinha voltado a me olhar.

E quando o fez, sua expressão era dura, feito pedra. Seus olhos me encararam profundamente. Eu fiquei tensa. Sabia que havia algo de errado, a conhecia muito bem.

— O que foi, Lysh? O que aconteceu? — Imaginei que ela tivesse recebido alguma notícia ruim, que Beto tivesse terminado o lance no pouco tempo que fiquei no banheiro... Imaginei todas as coisas possíveis e impossíveis, mas nada me preparou para o que realmente havia ocorrido.

— Você acabou de receber uma mensagem... — enquanto ela falava, engoli em seco. — Da minha irmã. Ela disse que amou o final de semana de vocês em Petrópolis, e que está no trabalho agora, morrendo de saudade da sua boca e de outras coisas que eu nem quero lembrar. Perguntou, também, se você gosta de lírios, porque ela viu um buquê lindo e se lembrou de você. Ela comprou, mesmo sem saber a resposta.

O sangue fugiu do meu rosto, meu coração bateu na minha boca e minhas mãos tremeram sobre as minhas coxas. Que porra era aquela? Eu jamais imaginei que ela iria fuxicar o meu celular, e até havia apagado as conversas do WhatsApp, para prevenir qualquer problema. Mas me esqueci completamente de que aparecia o nome do contato, com a parte de sua mensagem, nas porras das notificações, na tela bloqueada. É claro que ela ficou curiosa, quando viu o nome de Lizzie, e usou a minha senha que sempre soube, para destravar o visor e ler o resto. Eu estava com vontade de pular daquela sacada.

— Eu poderia mencionar o resto da mensagem, mas não tenho cabeça pra isso — Alicia disse.

— Alicia... — parecia que a minha voz não queria sair. Minha garganta havia secado.

— Carolina, eu vou perguntar só uma vez: você vai se levantar dessa cadeira agora, entrar naquele carro comigo e me levar até o apartamento de Lizzie, para que as duas possam me explicar que porra está acontecendo ou irão me fazer de idiota e me enganar por mais um longo tempo?

Fodeu!

Capítulo 14

Tempo ao Tempo

Lizzie

"Nada é coincidência, tudo está escrito! Não acredita no destino?
Acha que foi mesmo por acaso que você entrou
aqui? Que a gente se conheceu?
Estava escrito..." [1]

— As previsões de venda para o início de março são muito mais favoráveis do que imaginávamos. Fevereiro pode ser o mês das promoções de Carnaval: jogos com até sessenta por cento de desconto, console vendido com trinta, sistemas operacionais e programas. Será um *bum*!

A sala de reuniões estava com as luzes apagadas, e um projetor mostrava imagens de gráficos. Estava sentada na ponta da mesa, com a cabeça apoiada no encosto da cadeira e o coração a mil. Eu não conseguia parar de pensar nela, no sorriso, nos lábios, nos toques, no corpo. Carolina era a minha droga, e eu implorava cada vez mais por ela. Sorri ao me lembrar da nossa conversa, depois do sexo, naquele lugar maravilhoso, e olhei o relógio, contando o tempo que faltava para sair dali. Podia ligar para ela e marcar um jantarzinho. Quem sabe, só uma volta na praia?! Só precisava estar com Carolina outra vez.

— Quanto a você, Lizzie, o que acha?

— *Hm*? Ah... Eu... Perdão, me distraí. Pode repetir a pergunta?

— Sobre as promoções de carnaval. Você acha que é uma boa ideia ou é melhor pensarmos em outra coisa?

— Tem uma previsão de lucro? — perguntei. O rapaz, que não devia ter mais de 25 anos, parecia nervoso e apreensivo. Ele engoliu em seco e apontou para a imagem projetada. — Ah, claro... Os números são muito bons, a ideia de atrair novos usuários, com uma queda nos preços, parece a melhor. Sei que o setor de marketing pode bolar alguma coisa legal e... e... — minha fala foi interrompida por uma sequência de mensagens.

1 Presença de Anita, minissérie de Manoel Carlos.

Li o nome de Carolina na tela e franzi o cenho. Elas não paravam de chegar. Sei que não combinamos nada, mas ela não costumava mandar mais do que uma mensagem, contendo o necessário. Será que aconteceu alguma coisa? Talvez uma briga com Eduardo, por termos passado o fim de semana em Petrópolis? O silêncio na sala de reuniões me fez tirar os olhos da tela do telefone, e encarei as pessoas que estavam esperando que eu concluísse minha fala.

— Ei, O'Connell, se está nervosa por ter que falar português ou discursar, tenho uma ideia que pode ajudar — Danielle cochichou, para que eu prestasse atenção nela, e a encarei. — Imagine que todos estão pelados.

— *Oh, no, no... That's not*[2]. Quero dizer... podem me dar licença? Preciso resolver um problema urgente. Quanto à campanha, ela está aprovada. Comecem a trabalhar em uma boa propaganda. Quero na televisão e internet até o início de fevereiro.

Todos na sala comemoraram, bateram palmas, abraçaram o jovem que fez toda a apresentação e deram vivas a uma ideia brilhante.

Enquanto eu corria para a minha sala, sem me importar se alguém estava me chamando, fui abrindo as mensagens de Carolina, para saber o que estava acontecendo. Se Eduardo desconfiasse de nós, eu estaria em maus lençóis. Ele não parecia ser o tipo de homem que aceitaria um romance gay envolvendo a filha.

Não quero te preocupar, mas vem correndo para sua casa. É sério!

Tá legal, preciso te preocupar, é urgente. Você tem que sair daí agora e correr pro maldito apartamento!

Lizzie, pelo amor de Deus, responde a essa merda!

Você vive com a cara nesse caralho de celular, mas quando eu preciso que me responda, parece que esqueceu que ele existe!

Responde! Essa porra é urgente!

Merda, gringa, a Alicia sabe!

Tá complicado te mandar mensagem sem ela perceber! Só sai dessa empresa e vai logo pra casa!

---

2 Tradução: Oh, não, não. Não é isso.

A mensagem me fez parar no meio do corredor, e meu coração disparou. Minha irmã descobriu e, pelo que dava para perceber, não foi de uma maneira agradável. Se tinha uma coisa que Alicia e eu sempre compartilhamos, era honestidade, mas, dessa vez, falhei com ela. Sabia que ela teria todos os motivos do mundo para me xingar e me jogar do apartamento, mais ainda por envolver sua melhor amiga. Como eu poderia explicar? Como aconteceu? Nem eu mesma sabia, simplesmente Carolina foi ganhando espaço e fui permitindo, sem me importar com o que estivesse à nossa volta.

— Está tudo bem, Lizzie?

— *Holy fuck*[3]. — Coloquei a mão no peito e escutei a risada alta de Danielle ecoar pelo corredor. Ela parecia curiosa. — Aconteceu alguma coisa? Você me assustou.

— Eu que pergunto, não é? Você saiu, no meio da reunião, com uma cara assustada. Acho que só eu percebi, porque o resto está comemorando a aprovação da campanha. Então... o que aconteceu?

— Preciso ir até meu apartamento e com urgência. Pode tomar conta de tudo por aqui até eu voltar? Talvez não demore muito, mas não tenho tanta certeza. *I mean... I don't know what to do.*[4]

— Tem condições de dirigir? Se quiser, posso te levar no seu carro. Depois, vou encontrar Norminha ali mesmo, em Copacabana. — Ela estendeu o braço, para que eu fosse em direção à minha sala, e me seguiu, mexendo em alguma coisa no celular. — Não vim de carro hoje, fiquei com preguiça de pegar esse trânsito infernal. O Carnaval só começa no mês que vem, e já está me deixando louca. Preferi pegar um carro de aplicativo, mas confesso que fiquei morrendo de medo o percurso todo.

— Por quê? O homem não tinha uma boa cara?

— Não, coitada da criatura. É que aqui, no Rio, anda rolando umas brigas de taxistas contra os motoristas. Acredita que agrediram uma senhora no aeroporto esses dias? Francamente! Acho que cada um tem o direito de escolher andar do que quiser. Onde está o direito de ir e vir? Pego carro de aplicativo, sim, e quero ver qual é o taxista safado que vai me impedir.

— Seu porte físico, com certeza, assusta qualquer homem. Você luta? — Recolhi alguns papéis, para trabalhar em casa, e peguei a bolsa, apagando as luzes da sala. — Olha, não estou te chamando de bruta. Só que...

— Relaxa, O'Connell, eu luto muay thai. Você deveria tentar. É maravilhoso para aliviar o estresse, e seu condicionamento físico melhora muito. Além disso, meu desempenho na cama foi de zero a cem, e Norminha aprovou.

— Eu tomei o famoso chá de boceta que você comentou — falei. Algumas pessoas que passavam por nós pararam, me encarando, horrorizadas, e Danielle soltou uma gargalhada mais do que alta. — O que foi? O que tem de tão feio em falar essas coisas? Como as pessoas são quadradas.

---

3 Tradução: Puta que pariu.

4 Tradução: Quero dizer... Eu não sei o que fazer.

— Digamos que esse termo não é popularmente utilizado. Seu carro está no estacionamento, né? Você pode me contar tudo que está acontecendo, enquanto me levo de carona até Copa. Pode ser?

Concordei com a cabeça e segui Danielle até o carro, mas meus olhos não desgrudavam do celular, relendo as mensagens de Carolina. Minha irmã sabia estourar de uma maneira bem desagradável quando queria, e conhecendo Carolina, não abaixaria a cabeça para nenhum desaforo de Alicia. O que me preocupava era que essa situação pudesse balançar a amizade delas, que não merecia nada disso. Eu me lembro da minha irmã me mandando fotos dela com uma menina magricela. Eram as duas novinhas, no colégio, dois pedacinhos de gente. Como chegamos a isso? Carolina se tornou uma mulher completa, a primeira a me deixar de quatro e, literalmente, me foder.

— Podemos passar em algum mercado? Preciso comprar um vinho e não estou com vontade de descer, depois que chegar em casa. Estou com uma vontade súbita de ficar bêbada.

— Olha, Lizzie, estou realmente preocupada. O que aconteceu pra te deixar tão inquieta? — Danielle dirigia tranquila, e notei a mudança de tempo: o sol escaldante dava lugar a nuvens pesadas de chuva. — Estou falando com você, criatura. Fora da WorldOfX não é minha chefe. Quer dizer... eu acho.

— Não se preocupe, não vou te demitir por me chamar de criatura. — Sorri com ela e suspirei, apoiando o cotovelo na porta e encarando a rua. — Você sabe que eu estou tendo uma coisa com a amiga da Norminha, certo? A Carolina.

— Sei, sim, Norminha comentou comigo, quando almoçamos, no fim de semana. Está bem, hein? A garota é um espetáculo. Só não bato palmas porque não estou a fim de bater seu carro e morrer.

— Bem... A minha irmã não sabia disso. Aliás, descobriu hoje. Não tinha pensado em quando contaria pra ela. Carolina e eu não conversamos sobre isso, queríamos dar um tempo até o terreno estar perfeito. Por isso, estou tão nervosa e preciso chegar logo em casa. Tenho que descobrir como Alicia ficou sabendo de nós. Estou com medo da minha irmã agir de uma maneira que me irrite ou, até mesmo, queira cortar relações. Ela é a pessoa mais importante da minha vida. Depois que Chris faleceu, prometi cuidar dela com unhas e dentes. Nos separamos, ela veio pro Brasil e perdi toda a infância de Alicia. Agora, que estamos bem aqui, no mesmo país, temo que ela queira se afastar de mim e da amiga. Eu não acho que cometemos um erro. Estamos curtindo o momento, aconteceu. Esse raio pode cair na cabeça de qualquer um, não é?

— Nunca te vi falar mais do que vinte palavras, estou impressionada.

Revirei os olhos, e ela riu, me olhando de canto.

— Não acho errado duas pessoas, que se gostam, se envolverem. Sua irmã parece ser uma pessoa que te ama de verdade, por isso duvido que ela vá reagir tão mal. Ora essa, melhor a irmã dela com a melhor amiga do que com um homem que desrespeite ambas, certo? Alicia me parece ser uma garota madura. Norminha comenta muito das aventuras delas. Talvez seja a mais cabeça das três. Carolina é um espírito livre, nas palavras da Norminha, a garota é difícil de agarrar. Olha o que você fez, O'Connell, a carioquinha está gamada!

— Gamada? O que isso...

— Uma espécie mais leve de paixão. Quer dizer... Ah, não sei explicar. Só sei que ela gosta muito de você, mas finja que não sabe de nada disso. Norminha arranca meu grelo, se descobrir que andei te falando nossas conversas. — Nós entramos na rua da praia de Copacabana, e Danielle saiu do carro, quando estacionou em frente à garagem do meu prédio. — Preste atenção: não fique desesperada, vai dar tudo certo. Se precisar conversar, depois disso tudo, basta me ligar que venho correndo, te dar um auxílio. Boa sorte. — Ela se afastou, e pulei para o banco do motorista, vendo Danielle correr em direção ao calçadão pelo espelho retrovisor.

Quando consegui estacionar o carro na vaga, fiquei alguns minutos parada, encarando o volante e morrendo de medo de subir. Não sabia o que falar à Alicia, não tinha consciência do que estava acontecendo naquele momento entre ela e Carolina. Quando tomei coragem para pegar o elevador, reparei no carro da minha irmã estacionado na vaga de visitantes para o meu apartamento. Estava torto, e eu sabia que isso só mostrava que o humor dela não estava nada bom. Se tinha uma coisa que Alicia e eu fazíamos da mesma maneira, era dirigir.

— Opa, dona Lizzie, tudo bom? — O porteiro, sempre animado e prestativo, segurou a porta do elevador. — Sua irmã está, no seu apartamento, com a Carolina. As duas não estavam com uma cara muito boa e subiram aos berros.

Não fiz o menor esforço para responder a ele. Minha cabeça começou a latejar, e desejei um remédio com todas as minhas forças. As duas estavam discutindo e, pelo visto, gritando uma com a outra. Sabia que, no segundo em que colocasse os pés no apartamento, um silêncio desconfortável se instalaria entre nós e ficaríamos as três, quietas, esperando pela primeira oportunidade. Quando o elevador parou no meu corredor, consegui escutar um pouco da discussão através da porta. Joker latia, desesperado, talvez assustado com tanta confusão.

— Eu não quero saber, Carolina! Vocês me fizeram de idiota! Até quando pretendiam manter essa merda sem que eu soubesse? Estava me tirando de babaca? Você é minha melhor amiga, porra!

— Eu sei disso, caralho! Quer parar de gritar? Joker, por favor, fica calmo. — Carolina estava um pouco mais calma, e tentava evitar mais confusão. — O que eu e sua irmã fazemos diz respeito somente a nós. Pelo amor de Deus, somos adultas, Alicia!

— Porra nenhuma! Você, até pouco tempo, odiava a ideia de ser chamada de adulta. Sempre tirou onda de espírito livre, isso e aquilo! O que te fez mudar? Ter uma mulher mais velha é sua nova fonte de diversão?

— Cala a boca, não é nada disso! Lizzie não é uma diversão!

— Ah, não? Eu conheço bem os seus jogos, Carolina Bittencourt, sempre...

Decidi acabar com aquele circo e abri a porta com força, calando as duas garotas que estavam com os olhos cheios de lágrimas. Joker, que estava mais calmo, no colo de Carolina, pulou desesperado, na minha direção. Agarrei o cachorro, larguei a bolsa na mesa da sala e fui para o banheiro, atrás de comprimidos para dor de cabeça.

Alicia e Carolina estavam em silêncio, provavelmente se perguntando o quanto eu tinha escutado. Dei um beijo em Joker e o libertei, caminhando para a cozinha. Os dois pares de olhos me seguiam, ansiosos por uma palavra, qualquer coisa vinda de mim. Precisava tomar o remédio naquele segundo. Melhor agora do que depois do mundo cair.

Alicia virou de costas e foi para a varanda, deixando Carolina sozinha na sala, sentada no sofá e limpando as lágrimas. Tomei o remédio com um pouco de água e larguei o copo na pia, caminhando na direção dela.

— Está tudo bem?

— Eu... Eu... Me desculpa, sua irmã leu sua mensagem no meu celular quando fui ao banheiro. Deveria ter tirado a pré-visualização do WhatsApp. Me desculpa, Lizzie.

— *Shh... Don't worry, baby.*[5] — Dei-lhe um beijo rápido e outro na testa, chamando a atenção de Alicia, que se aproximou pisando fundo. — Antes de qualquer coisa, não precisa andar marchando. Você não está no exército e não é um elefante para fazer tanto estardalhaço. Primeiro, que história é essa de você pegar o celular da Carolina e ler uma mensagem que não foi mandada para você? Segundo, o que te deu na cabeça, para ficar aos berros pelo prédio e me expondo para o porteiro e vizinhos?

— Eu não fiz nada disso!

— *Answer me*[6], Alicia O'Connell! — a minha voz saiu um pouco alterada, e minha irmã arregalou os olhos, sentando-se em uma poltrona, afastada de Carolina. — Vou lhe dar uma chance. Ou abro essa porta e você pode ir embora.

— Você quer que eu fale? Então, está certo! Estou puta pra caralho por vocês duas terem escondido isso de mim! Porra, o que custava me falar? Carol me falou que Norma e Duda já sabiam! Meu Deus, até uma criança soube antes de mim! É alguma coisa comigo? Fiz alguma coisa errada? Estão juntas desde quando? Simplesmente, não entra na minha cabeça que minha melhor amiga e minha irmã me passaram pra trás dessa maneira! Eu merecia uma conversa, uma explicação! Aliás, estou aqui pra receber tudo isso!

— Lysh, por favor, você está exagerando! A gente ia te contar, eu juro! Só achei que seria melhor esperar um pouco mais, talvez quando você já estivesse acostumada com a sua irmã no Brasil e tudo mais.

— Bittencourt, eu quero ouvir o que a minha irmã tem pra me dizer. — Alicia cruzou os braços e limpou algumas lágrimas que desciam pelas bochechas.

---

5 Tradução: Não se preocupe, amor.
6 Tradução: Me responda.

Respirei fundo, caminhei na direção dela e coloquei minha mão em sua perna, tentando fazer minha irmã me encarar. Alicia era orgulhosa e manhosa. Desde criança, eu tinha problemas em fazê-la entender algumas coisas, mas nunca me imaginei nesta situação. Troquei alguns olhares com Carolina, e ela se levantou, correndo em direção ao banheiro, com as mãos no rosto, e Joker em seu encalço. Alicia observou a amiga e respirou fundo, tentando evitar algumas lágrimas.

— Está vendo a situação que você criou por nada?

Ela manteve sua pose irritada, e eu respirei fundo, jogando meu corpo contra o encosto do sofá.

— Lysh, você sabe de todas as coisas pelas quais eu passei, conversamos sobre isso. Sei que eu deveria ter te contado, você tem todo direito de ficar magoada pela minha falta de honestidade, mas não desconte isso na Carolina. Essa menina é sua melhor amiga, te ama demais, e essa situação que você está criando só serviu para fazer as duas chorarem. Nunca te vi gritando com ninguém dessa maneira, o que deu em você?

— O que deu em mim? Você ainda me pergunta? Leio uma mensagem sua no celular da Carolina, dizendo como o fim de semana em Petrópolis foi maravilhoso, que estava com saudade de coisas que não consigo nem repetir. Ela mentiu pra mim, disse que tinha ficado em casa! Não acha que tenho direito de ficar puta? Pois estou muito! Carol nunca me contou uma mentira em todos os nossos anos de amizade, e fez isso pra acobertar vocês duas! Isso é um absurdo! Você foi pior ainda, conivente com essa mentirada toda!

— Alicia, você não é minha mãe, e não vou tolerar que fale comigo dessa maneira. Está entendendo? *I do what I fucking want with my fucking life*![7] Eu não tenho mais 15 anos para alguém tomar conta da minha vida! Saí de casa e sou independente exatamente pra não ter que passar por isso, e não será uma menina de 20 anos que vai passar por cima disso. Fui clara?

Nesse instante, Alicia ficou sem palavras, e eu, com uma dor de cabeça maior. Nós duas paramos de nos encarar quando Carolina apareceu na sala, com os olhos inchados e as bochechas molhadas. Ela me olhou rápido, pegou sua bolsa na mesa e bateu a porta da frente. Ela foi embora e não me deu a chance de falar alguma coisa, depois disso tudo.

Encarei minha irmã com um olhar fulminante, e ela enterrou o corpo mais ainda na poltrona. Levantei do sofá e corri até o corredor, mas o elevador já tinha descido, levando Carolina com ele. Voltei para o apartamento, bati com força a porta e fui ao banheiro, para pegar outro comprimido para dor de cabeça. Quando cheguei à cozinha, Alicia estava abraçando o próprio corpo, e se aproximou da bancada de cabeça baixa.

— Eu só achei que... Que...

— Achou que eu fosse esconder tudo de você até que minha relação com Carolina acabasse, aí não seria necessário te falar nada. Estou errada? — falei, e ela abaixou a cabeça, armou um bico e fez um movimento de negação

7 Tradução: Eu faço o que eu quiser com a porra da minha vida!

com a cabeça. — Alicia, eu sou sua irmã e te amo demais. Por que te deixaria de fora? Norma soube antes por que a Danielle está no meio disso tudo, não deu para esconder. Está esperando por um pedido de desculpas? Eu faço isso, acho que você tem todo direito. Me perdoe por esconder, mas quero que saiba que estou muito feliz como, há muito tempo, não acontecia. O que você fez com a Carolina foi uma palhaçada! Tinha necessidade de gritar daquele jeito? De falar aquelas coisas? Preste atenção no que eu vou te falar, e quero que coloque isso na cabeça: eu estou com a Carolina agora, queira você ou não. Preocupe-se com sua própria vida e só estoure com ela de novo se souber que saí machucada. Terá todo o direito de fazer isso. Agora, se me der licença, preciso dar uma saída.

— Lizz, por favor, me escute.

— O que foi? Quer falar mais alguma coisa em relação a isso? — Peguei as chaves do carro, a bolsa e abri a porta de frente. — Vou dar uma saída, Alicia, preciso esfriar a cabeça. Pode ficar à vontade pra pensar no que acabou de fazer.

— Me desculpa por ter estourado desse jeito, sei que fui infantil, mas é que fiquei chateada por ter sido a última a saber. Eu só preciso de um tempinho pra assimilar tudo isso, Lizz, pra me acostumar com o fato de que minha irmã e minha melhor amiga estão tendo um caso. Sabe como é... Dar tempo ao tempo.

— Lysh, se eu não te contei logo de cara, foi porque não era o momento certo. Bem, talvez eu estivesse certa. Você terá todo o tempo do mundo para se acostumar. Quer melhorar as coisas? — perguntei. Ela me encarou com os olhinhos cheios d'água, e me aproximei, lhe dando um abraço. — Vai até a casa da Carol ou qualquer lugar em que ela esteja e peça desculpas. Fale direito, sem gritar, sem se exaltar. Sua amiga não fez nada de errado. Nos vemos mais tarde. Leve o Joker pra casa dos meus pais, encontro vocês lá.

Já estava rodando sem destino há algumas horas e, quando parei em um sinal vermelho, na praia de Ipanema, abri um sorriso ao contemplar a paisagem. O Rio de Janeiro era a Cidade Maravilhosa, mesmo com todos os seus problemas. Enquanto balançava a cabeça ao som de uma música MPB que saía do rádio, notei uma movimentação perto do calçadão. Era comum ter eventos, mas tão cedo e com idosos, jovens e crianças? Sempre fui muito curiosa e, dessa vez, não foi diferente. Estacionei o carro perto do prédio dos meus pais e caminhei tranquilamente em direção ao aglomerado de pessoas, notando que não passava de uma feira de adoção de animais. Cãezinhos e gatinhos, todos pequenos e muito fofos.

Dei uma volta entre as caixas, e uma jovem, se apresentando como Paula, veio até mim com um sorriso no rosto, falando do projeto deles e do que pretendiam com a adoção de animais. Achei a iniciativa muito bonita e, enquanto ela me explicava mais um pouco, reparei em uma coisa especial. Pedi licença à garota e me aproximei de uma gaiola, na qual uma gatinha peluda me encarava com grandes olhos azuis. O pelo negro brilhava com o sol e, quando cheguei perto, ela esticou a patinha. Foi paixão à primeira vista.

— Muitas pessoas não gostam de gatos, mas eu os amo. São animais maravilhosos e independentes. Dizem que são eles que escolhem o dono. Não adianta você comprar e esperar que seja igual a um cachorro.

— Fêmea ou macho?

— Ah... É uma fêmea, a última de uma ninhada de cinco filhotes. A mãe foi atropelada, e fui eu quem encontrou os gatinhos. Essa pequena está difícil de conseguir adoção, porque morde ou arranha quem tenta pegá-la, mas pareceu gostar de você. Nunca vi uma gatinha tão arisca e esperta. Tivemos que colocá-la nessa gaiola, porque estava fugindo dos caixotes.

— Vou ficar com ela. Sei de uma pessoa que tem a mesma personalidade e que está precisando de um animalzinho que a entenda. — Paula abriu um sorriso de rasgar o rosto e me guiou até uma tenda branca para preencher a papelada. — Posso levá-la ao veterinário ou vocês mesmos avaliam?

— Temos um veterinário aqui. Ele já vacinou e cuidou de todos os bichinhos. Cada um tem sua carteirinha. Aqui, essa é a da sua nova amiguinha — ela falou, e segurei a ficha com uma foto da gatinha. Embaixo tinha espaços para preencher o nome dela e dos futuros donos. — O Dr. Glauco está à disposição para quando precisar, ele é o nosso parceiro no projeto. A clínica dele fica em Botafogo. Qualquer problema, basta levar a bichana pra lá.

— Bom, Paula, obrigada pela sua atenção. Vou levar essa fofura até uma loja de animais e comprar alguns mimos. O telefone do veterinário está aqui, nesta carteirinha, não é? — perguntei, e a garota confirmou com a cabeça e sorriu. Apertei sua mão e segurei a gaiola com a gatinha. — Ah... Mais uma coisa: onde tem um pet shop aqui perto?

— Tem a Pet Fun, na rua Visconde de Pirajá, é um lugar muito bom. Aconselho a não gastar muito dinheiro com brinquedos. Gatos não se interessam tanto, é capaz dela se divertir mais com a embalagem.

— Foi muito bom saber disso. Okay, obrigada de novo. Boa tarde e parabéns pelo seu projeto, é muito bonito. — Eu me despedi da menina e caminhei pela orla, em direção à rua que me levaria ao pet shop. A gatinha dormia tranquila, parecendo uma rainha carregada por seus súditos. O calor não estava incomodando, o céu escuro deixou óbvio que a noite seria de muita chuva, e caso acontecesse do mundo cair, esperava já estar sob o teto dos meus pais. Com um pouco de sorte, conseguiria falar com Carolina antes de seu pai chegar, em casa, do plantão. Precisava saber como ela estava e dizer que ficaria tudo bem.

Levei pouco mais de dez minutos caminhando até a Pet Fun, mas valeu totalmente a pena. Comprei uma bela cama, brinquedinhos, tigelas de água e comida, com desenhos de ratinhos, e uma coleira que consegui colocar na gata sem que ela tentasse arrancar minha mão. Tudo na cor dourada. Com a ajuda das funcionárias, coloquei a pequena em uma caixinha bem-arrumada, na cor amarela, e com um laço bonito. Para a minha sorte, o prédio dos meus pais não era tão longe, e cheguei sem sentir meu corpo derretendo. O porteiro que, volta e meia, não sabia quem eu era, pareceu se lembrar na hora que toquei o interfone. Ele me ajudou a entrar no elevador e comentou que meus pais ainda não estavam em casa. Agradeci com um sorriso, mas não pretendia ir ao último andar logo, pois antes eu precisava passar em um lugar.

Quando parei em frente ao apartamento dela, senti meu coração bater forte. Estava para encarar aquela garota forte que, até poucas horas atrás, parecia tão frágil. Toquei a campainha e, depois de alguns instantes, ouvi um barulho do outro lado da porta. Carolina me recebeu com um olhar de dúvida e mágoa, mas sorria. Ela se aproximou de mim e beijou meus lábios. Por um instante, quase me esqueci do presente. Nós nos afastamos, e ela me levou para dentro, me dando a chance de dar uma olhada em volta e me certificar de que Eduardo não estava em casa.

— Não se preocupe, ele tem plantão e não volta hoje. — Os olhinhos dela continuavam inchados. Provavelmente, ainda estava chorando. — Então... como ficaram as coisas com a Alicia?

— Minha irmã tem um sério problema de charme e carência, mas vai passar. Pensei que ela já tivesse vindo até aqui, conversar com você. Pelo menos, foi o que me falou que faria.

— É... Ela me ligou, dizendo que precisava falar comigo. Combinei de ir até a casa dela mais tarde, porque precisava ficar um pouco sossegada. — Carolina colocou as mãos no bolso detrás do short jeans e, então, reparou no pacote enorme na minha mão. — Ei, fiquei tão distraída com seu sorriso e seus olhos que não percebi que está com um presente na mão. Pra quem é?

— *Hmm*... Pra você.

— Pra mim? — Os olhos dela arregalaram, e estendi a caixa, morrendo de medo dela não aceitar. — Acertou nas cores, eu amo amarelo e dourado. *Hmm*... Vamos ver... O que temos aqui? É um... — Carolina desembrulhou o pacote, e quando seus olhos encararam a gatinha de pelos negros que a observava de dentro da caixa, vi algumas lágrimas se formarem e descerem por sua bochecha.

Eu me aproximei dela com cautela, preparada para o estouro, mas o que recebi foi totalmente inesperado. Carolina colocou a caixa de lado, pulou nos meus braços, me envolvendo em um abraço gostoso, e selou nossos lábios, sugando o inferior, para quebrar o contato.

— Isso quer dizer que você gostou?

— Se eu gostei? Lizzie, ela é a coisa mais linda do mundo! Olha essa coleira dourada, esses olhos azuis, o pelo negro e gostoso! É a gatinha mais perfeita de todas! Obrigada por isso, melhorou meu dia em mil por cento. — Carolina me beijou de novo e segurou a gatinha na altura do rosto. — *Hmm*... Como devo te chamar?

Uma música de Elis Regina tocava, vindo do corredor. Provavelmente, ela estava escutando seus LP's, antes de eu chegar. De repente, vi os olhos de Carolina brilhando. Ela se levantou, começou a balançar de um lado para o outro, com a gatinha, ao som de *Tinha que ser com você*, e ergueu a bichana, encostando sua testa na dela. Achei aquele gesto diferente, nunca tinha presenciado essa troca de olhares, como se elas estivessem discutindo se estavam prontas para virarem mãe e filha. Pelo menos, eu sempre considerei Joker um filho. Achava que toda pessoa que tinha um bichinho se sentia um pai ou mãe. Ficaram nesse jogo por um tempo, e Carolina colocou a gata no colo, fazendo um carinho na barriga dela, fazendo-a fechar os olhinhos.

— Então... já sabe?

— Vai se chamar Elis, em homenagem à minha diva suprema. Será que ela vai gostar?

— Tenho certeza de que sim. Ei... — Me aproximei dela, segurei sua cintura e a balancei de acordo com a música. — Não se preocupe com a Alicia, já conversei com ela. Tudo que minha irmã precisa é de um pouco de tempo, daqui a pouco vai se acostumar. Saiba que estou com você e que não é uma birra da minha irmã que vai fazer com que eu me tranque de novo. Quero que toda vez que olhar para a Elis, se lembre de mim e do quanto me importo com sua felicidade e bem-estar. Combinado?

— Ainda é difícil me acostumar com seu romantismo, gringa.

— Como eu já disse, tenho muitas coisas pra te mostrar e sei que você tem o mesmo. Agora, vamos ao mais importante. — Continuei a nos embalar ao som da música, e ouvi Carol suspirar. — Hoje, vou dormir na casa dos meus pais. Está ameaçando uma chuva daquelas, e não estou a fim de voltar para o meu apartamento com Joker. Passe lá, jante conosco e você pode conversar com a minha irmã. Norminha deve aparecer também, se a Danielle não a levar para casa.

— Duvido de que tia Rita deixe a Norminha dormir fora de casa, ainda mais da Danielle, que ela não conhece. Bem, vou aceitar o seu convite e irei jantar com sua família. Vai ser melhor para conversar com a Lysh mesmo. Só não posso demorar. A Elis não pode ficar sozinha por muito tempo, e Duda não vai saber lidar com ela agora.

— Vou dividir seu tempo com uma gata? Estou me arrependendo de ter adotado essa bola de pelos.

— Não fala assim dela, eu não reclamo quando você fica toda preocupada com o Joker. Anda, vai logo pra casa dos seus pais, que tenho muito que arrumar por aqui. Duda logo chega da escola, e preciso dar janta pra ela.

— Está me expulsando, Carolina Bittencourt?

— Apenas evitando que a gente comece a transar e dar à Duda o desprazer de nos ver fazendo coisas além da compreensão dela. Nos vemos mais tarde, Lizzie, não vai morrer de saudade. — Me aproximei dela e lhe dei um beijo calmo, buscando sua língua e me deliciando com aquele gosto maravilhoso. — Obrigada por ter comprado todas essas coisinhas pra ela, me poupou um trabalhão.

— Cuide dela, é sua filha agora. Nos vemos mais tarde. — Me despedi dela, e Carolina apertou minha bunda, antes de fechar a porta do apartamento, em meio a risadas. Quando peguei o elevador, para chegar à cobertura, um pensamento rondava a minha cabeça, fazendo meu coração palpitar e o estômago vibrar. Essa carioca tinha me enrolado de uma maneira que eu não fazia nenhuma questão de me soltar.

Oh, fuck![8]

8 Tradução: Oh, porra!

Capítulo 15

Menina veneno

Carolina

"Eu gosto tanto dela a ponto de querer tá perto e pronto, não tem outro jeito de me ver sorrir, é louco o efeito dela aqui." [1]

— Toma conta da Elis até a irmã voltar, está bem? — pedi à Eduarda com um tom de ternura e melancolia. Não gostava de sair à noite e deixá-la em casa, quando o senhor Eduardo não estava. Mas o problema é que meu pai quase nunca estava presente, e deixar minha baixinha nas mãos da babá acabava sendo necessário às vezes.

— Pode deixar, Carol, eu vou cuidar bem dela. — Eduarda estava esparramada em minha cama, deixando que Elis, minha pequena gatinha preta, dormisse sobre sua barriga. Eu estava encantada por aquela bola de pelos, queria carregá-la comigo para todos os lugares. Nunca cansaria de agradecer à Lizzie por ter me presenteado com ela.

— Tem comida e água pra ela lá no banheiro. — Olhei-me no espelho mais uma vez, ajeitando as alças do vestido preto, soltinho e curto que eu usava. — E a coloque na caminha dela daqui a pouco. Não quero que fique muito grudada, por causa dos pelos.

— Eu não vou passar mal, Carol.

Pressionei os lábios um no outro para espalhar o batom vermelho, mandando um pequeno beijinho para a minha imagem no espelho, antes de me virar na direção de Duda.

— Apenas me obedeça, eu sei o que é melhor pra você. — Calcei rasteirinhas, coloquei meus anéis, uma gargantilha também preta, e peguei meu celular sobre a poltrona branca, localizada perto da janela. — Estou indo! Se comporte com a babá Maria, não a perturbe. Qualquer coisa, me liga! — Eu me aproximei da cama e beijei sua cabeça, me abaixando, para beijar entre as orelhinhas de Elis. Ela esticou as patinhas e se virou de barriga para cima. Eu me derreti inteira. — Coisinha gostosa! — Cocei sua barriguinha peluda.

— Vai ver a Lizz? — Duda perguntou, curiosa, e eu sorri para ela, fazendo um sinal positivo com a cabeça.

— *Uhum*! Vou jantar na casa da Lysh, e Lizzie está lá.

— Você está bonita! — Seus olhos brilhavam, eram cópias perfeitas dos meus. — Mande um beijo pra ela, tá bom?

1 Eu gosto dela, Emicida.

— Eu mando, sim, pequena. — Beijei-a na cabeça novamente, antes de começar a caminhar para a porta. — Eu te amo! Mais tarde, estou de volta. Jante direito.

— Também te amo, Carol! — Ela bocejou. Sabia que era questão de tempo até pegar no sono. — E Elis também.

Eu sorri, passando os meus olhos amorosos por ela uma última vez, saí e encostei a porta. Estava apreensiva, com um leve tremor no ventre. Passei o dia inteiro tentando não pensar na confusão em que Lizzie e eu havíamos nos metido com Alicia, mas meu esforço foi completamente em vão. Tinha noção de que erramos ao não contar a ela desde o começo, mas não conseguia entender a intensidade de sua explosão.

Lizzie e eu sabíamos o que era melhor para a nossa relação, e se decidimos esperar um pouco mais para contar a ela, tínhamos motivos, mesmo não sendo o bastante para fazê-la entender. Eu detestava brigar com Alicia e detestava mais ainda pessoas dando pitaco na minha vida. Eu só esperava que ela conseguisse entender, de uma vez por todas, que, sim, Lizzie e eu estávamos envolvidas o bastante e que nada do que ela fizesse mudaria isso.

Quando parei em frente à porta dos O'Connell's naquela noite, fui recepcionada pela tia Rita e seu sorriso enorme. Dei-lhe um abraço longo e segui apertando suas dobrinhas, para fazê-la gargalhar. Tia Rita ficava a ponto de enfartar, quando eu fazia aquilo com ela, repetindo, sem parar, a sua frase preferida: "*Pare com isso, criança. Pare com isso*". Eu só parava quando via que ela estava sem ar e vermelha. Era gratificante fazer aquela mulher sorrir, ela era muito importante para mim. Cumprimentei Antony, Norah e busquei, com os olhos, a CEO norte-americana que havia virado a minha vida de cabeça para baixo desde que a conheci. Lizzie não estava presente na sala, e imaginei que estivesse descansando no quarto de hóspedes. Daria muito na cara se eu fosse até lá?

Acabei de chegar e queria te olhar
antes de ir conversar com Alicia.
Por que não vem até a sala?

Digitei uma mensagem para Lizzie no WhatsApp, ao me sentar no braço de um dos sofás, observando Norah e Antony em uma de suas partidas de buraco na mesa de jantar. Alicia, com toda a certeza, estava trancada no quarto, com a cara emburrada, e eu só queria que Oxum me desse muita paciência para ter aquela conversa e não perder a cabeça. Abri um sorriso, quando meu celular vibrou entre as minhas mãos, indicando uma notificação.

Oi, linda! Acabei de sair do banho,
me deixe apenas vestir uma roupa
e logo estarei aí ao seu lado.

Mordi o lábio inferior, ao imaginar a cena, e não resisti deixar de comentar:

Por que não fica pelada mesmo e me deixa entrar aí? Vou adorar ficar nua com você.

A resposta não demorou mais de 20 segundos, e sabia que ela estava fazendo aquela cara de chocada de sempre. Acabei soltando uma risada.

Carolina... Por que me provoca tanto? Meu Deus! Espere um momento, não sai daí.

Não respondi. Decidi que esperar era a melhor opção ou eu acabaria invadindo o quarto em que ela estava, sem me importar com a presença de seus pais no mesmo apartamento.

— Quer beber alguma coisa, minha criança? — a voz de tia Rita se fez presente em minhas costas, e eu acabei levando um pequeno susto. — Tem refrigerante, chocolate quente, suco de melancia ou eu posso fazer aquela misturinha de vodca com limão e hortelã que você tanto ama.

Ah, tia Rita! Eu abri um sorriso enorme e a beijei na bochecha, vendo-a sorrir de volta.

— Eu estou sem sede, tia, mas, com certeza, irei querer aquela vodca depois do jantar. — Coloquei uma mecha de cabelo atrás da orelha e vi a mulher, à minha frente, me olhando com nostalgia, erguendo a mão, para acariciar o meu rosto.

— Vocês cresceram tanto. Parece que foi ontem que corriam por esse apartamento, quebrando tudo e me deixando de cabelo branco. — Ela sorriu, triste, e eu peguei sua mão, beijando as costas. — Sua mãe teria muito orgulho de você se ainda estivesse entre nós. Sinto falta dela. Marta era uma grande amiga e uma mãezona.

Suspirei, deixando que meus ombros caíssem um pouco. Nunca falava sobre minha mãe. Era estranho e doloroso lembrar que ela não estava mais lá para mim, para cuidar de mim, me dar colo, quando eu me sentia perdida o bastante para me levantar da cama e seguir o dia.

Tia Rita e mamãe eram grandes amigas. As três, somando tia Norah, passavam bastante tempo juntas, compartilhando a criação de Norminha, Alicia e eu. Depois que minha mãe morreu, tia Rita e tia Norah se tornaram o exemplo que eu tinha de maternidade e sempre me mostravam que, independentemente do que a vida havia me tirado, elas estavam ali para mim como estavam para suas filhas. Eu jamais teria como agradecer o suficiente.

— Tenho certeza de que ela está olhando por nós onde quer que esteja. — Eu acreditava nisso com todas as minhas forças. — Mas vamos deixar esse assunto triste pra lá, okay? Me diga onde está Norminha, já que não a estou vendo aqui. Ela disse que não iria trabalhar hoje. — Era sempre assim, eu jamais prolongava o assunto "Marta" por muito tempo, para não me sentir abaixo do nível de tristeza que tracei para mim. Tia Rita suspirou, esfregando as mãos na calça que usava.

— E não vai mesmo. Mas saiu de tarde e não me disse pra onde ia — ela falou. Eu sabia muito bem aonde ela devia ter ido. Neguei com a cabeça. — Eu já estou velha, pra ficar me preocupando assim com essa menina, Carolina, e ela nem atender ao celular atende. A vontade que eu tenho é de bater. Parece que bati pouco, quando ela era criança.

Eu soltei uma gargalhada.

— Ela está bem, tenho certeza. Já, já ela aparece.

— Ah, Deus te ouça!

— Rita, por que não vem jogar um pouco conosco? — a voz de Antony nos interrompeu, chamando a nossa atenção.

Apesar de trabalhar para os O'Connell's há anos, como funcionária, tia Rita e eles possuíam uma amizade profunda, bem familiar, e só continuava em suas funções por insistência dela. Perdi as contas de quantas vezes Norminha me contou que Norah e Antony conversaram com sua mãe para ela se aposentar, até ofereceram uma enorme quantia de dinheiro, como gratidão a ela, por todos aqueles anos de dedicação. Queriam a tia Rita apenas como uma boa e velha amiga e contratariam outra empregada, para que ela pudesse descansar. Mas ela era orgulhosa demais e sempre dizia que trabalhar era a vida dela, que convivia ali há anos, com pessoas especiais e amava trabalhar naquela casa, cuidar de todos, e que, se ela tivesse que sair dali, não seria feliz.

A velha tia me pediu licença e foi se juntar aos velhos amigos, me deixando sozinha com os meus pensamentos. A vida sempre iria me surpreender. Conhecia gente de todos os tipos, e o tipo como a mãe de Norminha era e sempre seria o melhor. Gente humilde, trabalhadora, honesta. Gente do bem. Gente para ensinar a gente e nos mostrar que a vida não é tão fácil, como os nossos privilégios nos fazem acreditar que é.

— Demorei?

Eu me assustei ao ouvir aquela voz, e me virei de frente, sobre o braço do sofá, para encontrar quem eu procurava. Ah, Deus, francamente! Ela nunca cansava? Ela não ficava exausta de carregar o peso de toda aquela beleza? Meus olhos arderam quando ela abriu um sorriso de ladinho, arrepiando cada pelo do meu corpo.

Lizzie estava lá, de pé, a alguns passos de mim, com o cabelo molhado e recém-lavado, e me parecia que ela nem mesmo havia penteado. Os fios estavam uma verdadeira bagunça pós-sexo, a deixando selvagem e sexy. A pele exalava um cheiro suave de sabonete importado, daqueles que eu costumava usar nas minhas viagens aos EUA. Finíssima, completamente elegante em uma calça jeans apertadinha e blusa de alça, na cor verde-claro e tecido de seda. Nos pés, calçava um par de scarpin preto, com saltos brancos, que a deixavam muito mais alta do que eu. Eu me perguntei, pela milésima vez, como ela conseguia usar saltos em casa. Surreal. Lizzie era um luxo, uma mulher de um milhão de dólares. Que sorte a minha!

— Um pouco... Mas a espera valeu a pena só por te ver assim — eu disse baixinho, fazendo-a espiar os pais na mesa de jantar, antes de voltar a olhar para mim.

— Você está linda! — ela comentou discretamente, rolando os olhos verdes brilhantes por meu corpo, e eu me arrepiei. — Amei o vestido.

— Amei você inteira — rebati, com o lábio inferior mordido, e ela negou com a cabeça, sorrindo, antes de se aproximar de mim e me apertar num abraço leve.

Tive certeza de que aquele ato foi feito apenas para calar a sua vontade de me tocar, de estar perto. Seu cheiro estava delicioso, o que me fez depositar um beijo delicado em seu pescoço. Lizzie se contorceu um pouco e se afastou de maneira disfarçada, mantendo uma distância considerável.

— Se controla! — ela sussurrou, vermelha, me fazendo rir.

— Um pouco difícil, mas... — Suspirei, umedecendo os lábios. — Acho que vou logo ter essa conversa com Alicia. Não adianta nada ficar aqui, enrolando.

— É, acabe logo com isso. — Ela deslizou as mãos para os bolsos detrás da calça jeans, suspirando, incomodada. — Vai com calma, okay? Evita brigar e gritar. Tenha paciência com ela. Estarei aqui quando acabar.

— É a única coisa que me consola — confessei, frustrada, e me levantei, deslizando os dedos pelo cabelo. — Até daqui a pouco, então!

— Até, *sweetie*[2]!

Sorri com o novo apelidinho, me deixei pegar em sua mão direita ao passar do seu lado, e acariciei seus dedos, vendo seu braço tremer de forma suave. Lizzie e eu trocamos um olhar tão cúmplice que fiquei cheia de um sentimento novo, quente, intenso. Sabia que ela estaria comigo, independentemente de qualquer coisa, sabia que o que estávamos vivendo era forte demais para ser quebrado. Quando soltei sua mão, contra a minha vontade, segui em passos lentos na direção do quarto de Alicia, fazendo uma contagem mental até 30, para me acalmar, e dei três pequenas batidas em sua porta. Não iria me atrever a entrar sem bater como sempre, porque não estava em uma posição muito íntima para isso naquele momento. Demorou algum tempo até que Alicia abrisse a porta, e eu não pude evitar fechar a expressão quando nos olhamos a primeira vez.

— Entra! — ela disse, desanimada, me dando passagem para que eu entrasse em seu quarto. Eu me senti uma estranha, intrusa ou algo parecido. Nossa relação estava estremecida por uma situação que não estava sob meu controle. Eu não podia impor mais limites para os meus sentimentos, muito menos controlar meus impulsos diante de Lizzie, e jamais iria me sentir culpada por isso.

— Por que não se senta? — sua pergunta saiu com um tom de ofensa, como se ela estivesse se sentindo ofendida por eu estar agindo cheia de dedos.

Decidi que não iria discutir por aquela bobeira e me sentei na ponta de sua cama, esperando que ela se sentasse ao meu lado. Alicia deixou o corpo afundar sobre o colchão e permaneceu de cabeça baixa. Ficamos as duas em silêncio, por algum tempo. Eu odiava enrolação, mas não sabia como começar aquela conversa, então esperei até que ela começasse a falar.

— Olha, Carolina, primeiro eu gostaria de pedir desculpas pelo jeito que agi com você mais cedo — ela falou, e eu olhei para ela, suspirando. — Me

2 Tradução: Amor (querida).

perdoe! Mas eu preciso, por favor, que você veja e entenda o meu lado. Sei que fui rude, estúpida e mais outras coisas e peço desculpas, mas eu fiquei assustada, chateada e me senti duplamente enganada. Não tenho nada a ver com isso, não posso interferir, me meter, eu sei, mas eu acho que merecia saber. Sou sua melhor amiga, nunca mentimos uma pra outra, lembra? Nunca! Nem mesmo quando éramos pirralhas. Por que não me contou? Por que preferiu esconder de mim?

Respirei fundo, mordendo a parte de dentro da minha bochecha esquerda. Sempre fazia isso, ao me sentir nervosa ou pressionada.

— Fiquei com medo de como você iria reagir. — Deslizei a mão pela nuca, estranhamente ansiosa. — Decidi que esperaria até que encontrasse o melhor jeito de te contar, mas acabou que deu em toda essa merda, você descobriu antes.

— Achou que eu iria fazer um escândalo?

— Desculpa, Lysh, mas sim... E eu estava certa, não? Foi exatamente isso que você fez.

Alicia bufou, negando com a cabeça.

— Por favor, Carolina, você me conhece há anos. Se reagi do jeito que reagi foi por você ter mentido pra mim, não por essa relação em si — ela se justificou, e eu abaixei a cabeça. — Não vou dizer que estou adorando o fato de você e minha irmã estarem... Eu sei lá o que vocês têm. Mas também não tenho que adorar nada, não é? Não importa. Eu só preciso assimilar tudo, digerir. Foi um choque saber disso.

— Eu sei, Alicia! Sabe o quanto é difícil pedir desculpas, mas... — Suspirei, me virando de frente para ela. — Desculpas por ter te enganado, com sinceridade. Desculpas! Não era a minha intenção causar essa situação pra gente, mas aconteceu. Quando eu vi, já estávamos aqui. Você terá o tempo que precisar para se acostumar a isso, assimilar, entender.

Tudo bem por mim e por Lizzie também.

Ela sorriu sem humor, meio incrédula, me olhando de lado.

— Você já até fala por ela... Meu Deus! Quando eu ia imaginar isso? Quando? — ela disse, e eu estalei meus dedos, em um típico sinal de agitação. — O que rola entre vocês, afinal? Quando isso tudo começou?

— Eu não sei — eu disse, sincera, desviando nossos olhos e focando o olhar na janela aberta. — Talvez, depois do Natal ou talvez desde o primeiro momento em que a vi. Não sei. O fato é que me encantei de cara, não tinha pra onde correr, e eu até que tentei. Gosto disso, gosto de estar com ela, gosto do que ela me causa, *gosto dela*. Temos uma relação sem rótulos, mas, ao mesmo tempo, tão intensa que me faz querer rotular o mais rápido possível. Eu descobri que o tempo não representa nada. Ela me faz sentir, em pouco tempo, o que não me fizeram sentir em anos. Não vou abrir mão disso por nada, não vou mesmo.

A parte final foi um aviso, e minha testa franzida e minha expressão séria deixaram claro para Alicia que eu não largaria Lizzie nem sob ameaça. Ela soltou um suspiro longo, deixando que os ombros caíssem. Doía vê-la tão chateada comigo.

— E ela gosta de você — ela falou, e concordei com a cabeça, escondendo um sorriso. — Carolina, eu só vou te pedir uma coisa e espero, do fundo do meu coração, que você nunca esqueça. — Alicia me olhou com os olhos cheios de lágrimas, um pouco envergonhada e confusa. — Não machuque Lizzie, não faça isso com ela. Eu sei que você nunca quis estar sério com alguém antes. Te conheço mais que a mim e te vi dispensar todos os homens, com quem foi pra cama, na manhã seguinte. Não faça dela apenas mais uma, ela não merece. Já foi abandonada uma vez, não quero que ela tenha que enfrentar mais uma perda na vida. Se você quer ficar com ela, dê valor a isso. É só o que eu te peço.

— Alicia, presta atenção! — pedi igualmente emocionada. A conversa estava tomando um rumo melancólico que eu não queria, mas acabei me deixando levar. Falar de Lizzie me deixava daquele jeito, me lembrar de seu sorriso, de seu abraço, me fazia explodir em um turbilhão de emoções. Peguei suas mãos com as minhas, acariciando. — Alguma vez, em todos esses anos, você já me viu caidinha assim por alguém? Já me viu olhar para alguém com tanto carinho? Já me viu bater de frente com você por uma foda qualquer? Você já me viu ficar com a mesma pessoa por mais de uma semana?

Alicia negou com a cabeça, fungando. Eu sorri, triste, mas querendo rir do meu passado pesado. Um dia, eu ainda pararia para pensar em todas as coisas que já havia feito na vida.

— Então... agora é diferente, tudo é diferente. Eu não vou machucá-la, eu não poderia. Eu só quero fazê-la sorrir, rir; quero cuidar, proteger. Eu gosto dela, Alicia! Olha pra mim... — pedi. Ela ergueu seus olhos vermelhos, e eu fiz questão de segurar nossos olhares. — *Eu gosto dela*. Eu gosto muito, como nunca gostei de outro alguém. Confia em mim. — Eu nem sabia dizer por que queria que ela confiasse em mim, mas de alguma forma, precisava que ela confiasse que eu jamais decepcionaria sua irmã. Lizzie passou a ser a minha prioridade silenciosamente, e prioridades a gente não passava para trás.

— Tudo bem, eu... — Ela tomou uma respiração longa e me encarou. — Confio em você. E me desculpe mais uma vez. Espero que tenha entendido o meu lado e que não esteja mais brava. Eu vou me acostumar, só preciso de um tempo.

— Não estou brava, Lysh, nós vamos ficar bem. Agora, vem cá. — Larguei suas mãos e abri meus braços, a convidando para um abraço. Alicia soltou uma risada e negou com a cabeça, se chocando contra mim e me fazendo tombar para trás, sobre a cama. Caí de costas no colchão, com ela em cima de mim, me fazendo rir. Apertei-a com força e senti suas lágrimas molharem a minha clavícula.

— Para de chorar, sua boba. — Beijei sua cabeça. — Está tudo bem! Passou!

— Me deixa chorar em paz, que saco! — ela resmungou, afundando o rosto na curva do meu pescoço, e eu ri, me sentindo em casa de novo. — Te amo! Apesar de tudo. Você e Lizzie poderiam apenas evitar agarrações, na minha frente, até eu me acostumar com vocês juntas?

— Certo, Lysh, sem agarrações.

— Obrigada!

— E a propósito, eu também te amo!

Ficamos ali, abraçadas, por longos minutos, sem dizer nada. Precisávamos daquele momento para restabelecer intimidade, confiança, afinidade. Eu sabia que demoraria um pouco até Alicia se acostumar com a minha relação com Lizzie. No lugar dela, talvez passasse pelo mesmo. Não a julgaria, mas também não aceitaria julgamento. Da minha vida cuidava eu, mais ninguém. Eu havia feito a minha escolha e seguiria até o fim. Antes decepcionar os outros do que me decepcionar. Aprendi, na vida, que o amor-próprio vem em primeiro lugar, doa a quem doer.

O jantar foi servido às 20h da noite, em ponto, com direito a três tipos de pratos diferentes. Eu nem preciso dizer que comi os três e ainda repeti a mousse de chocolate de sobremesa. Quanto mais eu comia, mais Lizzie ria. Parecia encantada com a fome que eu sentia, e eu fiquei me perguntando se ela nunca tinha visto alguém comer tanto na vida. Era bom que ela se acostumasse, porque comida era uma das minhas prioridades. Se eu estivesse comendo, não havia tristeza. Eu poderia morrer, portanto que fosse depois de comer bastante. Tudo certo, sem reclamações.

Depois do banquete que eu devorei, me senti cheia e preguiçosa. Pedi à tia Rita aquela vodca com limão, hortelã e gelo, que só ela sabia fazer, e fui para a sacada do apartamento dos O'Connell's, tomar um pouco de ar. Norminha se juntou a mim, enquanto Lizzie conversava com Alicia e os pais.

— Estava com Danielle, né? Sua mãe estava aqui, puta da vida — comentei, debruçada na grade revestida por vidros, bebericando um pouco da minha vodca. O mar de Ipanema estava calmo naquela noite, assim como o fluxo de pessoas no calçadão.

— Estava. Tenho me encontrado com ela com frequência, não consigo largar o osso. — Norminha riu, divertida, batendo com seu ombro, de leve, no meu.

Eu soltei uma risada, olhando-a.

— Não consegue largar a carne, né? Porque aquela ali tem de sobra. Gostosa pra caramba!

— Ei! — ela exclamou, e eu caí na gargalhada, quando ela ergueu as sobrancelhas, colocando as mãos na cintura, ao me encarar. — Olha lá como você fala do meu caso. Depois que chupou uma boceta, quer chupar todas que vê pela frente, é? Toma tento!

Eu não conseguia parar de rir dela. O copo cheio, em minha mão, chegava a tremer. Dei mais um gole, para molhar a garganta, antes de continuar a alfinetar.

— Pensei que pudéssemos fazer um sexo a quatro. — Olhei-a de cima a baixo e mordi o lábio inferior. — Vai perder a chance de ir pra cama comigo?

— Quando eu queria te comer, você não quis dar pra mim. Agora, que te colocaram um chip na xota, não quero mais. Dorme com essa, fofa! — Norminha jogou o cabelo na minha cara, ajeitando os peitos dentro do sutiã. Tinha como não amar aquela mulher? Eu só sabia rir.

— Okay! Fui dispensada. É aquele ditado... — Bebi mais um gole, voltando a me apoiar na grade.

— *Vamu fazer uquê?* — Norminha completou o meme e soltou uma risada, beijando a minha bochecha. — Você vai superar.

O que eu mais amava na minha amizade com Norminha era que, entre nós, não havia tempo ruim. Estávamos sempre brincando uma com a outra, alfinetando, provocando. Nossa irmandade era enorme, e nunca, nunca brigávamos. Quando discordávamos uma da outra, eu tacava um "foda-se", ela também, e pronto, estava resolvido.

— Quem sabe, um dia. — Retribuí seu beijo, oferecendo meu copo a ela, que pegou sem hesitar. — Mas me conta, como Danielle é? Digo, como vocês estão? Ela é romântica?

— Ah, Carol, ela é às vezes. O que, pra mim, é bom, porque você sabe que não curto muito romantismo. — Norminha deu um gole na vodca, deslizando a língua pelos lábios. O vento soprava contra o seu rosto, bagunçando os seus cachos. — Eu gosto é de putaria, e Danielle sabe como fazer uma. E ela não é aquela ativa chata, sabe? Em que a gente não pode nem encostar. Não mesmo! Ela me deixa fazer o que eu quiser, e nunca conheci uma mulher assim. E aquele corpo, nossa senhora das bocetas molhadas... — ela contou, e eu quase berrei, levando a mão sobre a boca, para poder rir. Norminha era hilária. — Só de lembrar, eu fico doida. Ai, quero dar pra ela todos os dias e, mesmo assim, não vou me cansar.

— Essa nossa senhora aí é nova, né? Tô precisando rezar pra ela também — falei. Nós rimos juntas, e eu peguei o copo de vodca de volta, bebendo o que restava. — Fico feliz que estejam se entendendo. Danielle parece ser gente boa e é alguém à sua altura, de tudo. Vocês fazem um casal de arrombar.

— A gente faz mesmo. — Ela sorriu, convencida. — Você e Lizzie também... Sério, Carol, nunca vi alguém se encaixar tanto com você quanto ela. Fico feliz que Alicia tenha entendido. Quero ver você e a O'Connell mais velha juntas por muito tempo.

Eu me peguei sorrindo abertamente, desviando os meus olhos para o mar lá embaixo. — Eu tô muito besta por essa mulher, Norminha. — Deslizei os dedos livres pelo cabelo, suspirando. — Descobri que amo romantismo. Eu, que antes detestava até mesmo essa palavra. Ela é tão linda, doce, carinhosa, sexy, quente, selvagem, insaciável. Você vê o contraste? Ela consegue ser tudo isso ao mesmo tempo. Eu estou...

— Tá apaixonada!

— Ai, Norminha! — A frase me deu um choque, e meu coração disparou na mesma hora. Ela ia começar com aquele papo. — Não começa.

— Não começa você, né, *mon amour*[3]*?!* — Ela rolou os olhos, negando com a cabeça. — Mas tá certo, vou esperar tu vir me contar isso, e tudo o que eu vou dizer é: "Jura? Só tu não via isso, otária". Por essa água de Jesus, hein, Carolina! Haja árvore pra ser cortada e te dar papel pra tu fazer de trouxa.

— Você é tão delicada. Parece até filha de Iansã — falei.

Ela sorriu de canto, sacudindo a cabeça de forma extrovertida.

— Tenho certeza de que é meu Orixá de cabeça. Isso explicaria tudo. — Norminha se virou de frente para mim, se afastando da grade. — Mas, ó, para de enganar a si mesma. Assume logo pra ti o que tu já sabe, Carol. Pra que ficar negando? Vai adiantar de nada.

3 Tradução: Meu amor.

Eu ia responder, mesmo não querendo, mas ela me interrompeu e acariciou o meu ombro com rapidez.

— Vou ficar com Alicia um pouco. Sua mulher está vindo aí, e não quero ficar de vela. — Norminha me jogou um beijinho e se afastou, trocando um sorriso com Lizzie, quando esbarrou com ela na grande porta de vidro que dava para a sacada. Meu estômago revirou. Aquela tremedeira, que me atingia todas as vezes que ela se aproximava, me pegou com força. Suas mãos estavam nos bolsos traseiros de sua calça, e seu cabelo, já quase todo seco, voou contra o seu rosto, por conta da brisa que vinha da praia. Ela abriu um sorriso doce e cheio de ternura, me rendendo um suspiro.

— Está frio aqui fora — seu tom de voz era baixo e calmo, me passando tranquilidade.

Deixei o copo em uma mesinha ao meu lado e voltei a me apoiar na grade, sem conseguir tirar meus olhos dela.

— Eu gosto, acho gostoso esse ventinho — comentei, e Lizzie sorriu de canto, colocando uma mecha de cabelo atrás da orelha. — Alicia te contou sobre a nossa conversa?

— Sim. — Um suspiro aliviado saiu de sua garganta. — Agora, temos apenas que dar o espaço dela e esperar. Estou feliz por termos resolvido o assunto.

— Eu também, detesto brigar com ela. Eu a amo muito pra isso. — Pressionei os lábios, observando a forma que seus olhos se moviam, enquanto ela olhava para mim. — Ei, eu tô com saudade da sua boca — não consegui segurar o comentário. Eu sempre fui tão impulsiva e, às vezes, sentia medo de assustá-la.

Lizzie passou os olhos por cima de seus ombros, se certificando de que estávamos sozinhas na sacada, e voltou seu olhar para mim, carregado de frustração.

— Estou começando a me arrepender de não ter ficado em casa. Você poderia ter ido até lá, pra dormir comigo. — Ela prendeu o lábio inferior entre os dentes, com os ombros baixos. — Mas agora disse para meus pais que vou passar a noite aqui, e se disser que vou embora, sem mais e nem menos, vão ficar chateados.

— Podemos resolver isso — eu disse quando uma ideia rápida passou pela minha cabeça, e coloquei nos lábios um sorriso de quem iria aprontar, e vi Lizzie fazer aquela expressão de "lá vem...". — Vamos pegar quatro horas em um motel aqui perto. Vamos até lá, fodemos até cansar, voltamos e pronto. Seus pais ficarão satisfeitos por você dormir aqui, e nós também, por gozarmos.

Os olhos de Lizzie quase saltaram de sua face, e a vi negar umas duas vezes, com as bochechas vermelhas. Ai, como ela era uma graça! Eu só conseguia rir e me encantar ainda mais.

— Motel aqui, no Brasil, é aquele quarto em que as pessoas pagam para ter sexo, não é? — ela perguntou, e sacudi a cabeça positivamente. — Nem pensar, Carolina! *Damn it*[4]! Eu não vou pagar nada e nem ninguém para ter sexo, vou me sentir suja e estranha. Eu...

4 Tradução: Caramba!

— Lizzie, ir ao motel é muito normal, tão normal quanto ir a qualquer outro lugar — expliquei de um jeito divertido. Adorava quando ela ficava envergonhada. — E se não for assim, não teremos como matar a saudade. E eu não estou a fim de dormir sem foder bem gostoso com você — eu disse a parte final em um sussurro, mordendo o cantinho da boca e deslizando as pontas de meus dedos discretamente por cima de suas mãos que estavam apoiadas no ferro da grade.

Ela respirou fundo e soltou o ar com lentidão, umedecendo os lábios e fechando os olhos de forma breve. Amava o jeito com que conseguia afetá-la, me enchia de tesão.

— *I don't know, Carolina!*[5]

O nervosismo era visível, por causa do uso do inglês, e eu já me sentia mais do que agitada só por fazer a proposta.

— Vai, eu prometo que você vai gostar. Vou te deixar bem confortável... e molhada. — Lancei-lhe uma piscadela com o olho direito, fazendo-a sacudir a cabeça, como se tentasse buscar o controle. — Você nem vai lembrar que está no motel.

— Carolina, você... — Lizzie riu, nervosa, olhando para dentro do apartamento, deslizando os dedos pelo cabelo e me olhando com pupilas dilatadas. Lá estava o desejo que eu queria. — Onde nos encontramos?

— Isso! — Sorri, vitoriosa, me virando de costas para a grade e me apoiando nela. — Me encontre no estacionamento em meia hora. Estarei dentro do carro.

— Okay! — Ela suspirou, visivelmente ansiosa, trocando o peso das pernas sobre os saltos.

Eu me aproximei mais dela, de forma discreta, e sussurrei perto de seu ouvido, antes de me afastar: — *E vou te esperar sem calcinha.*

— Você vai me matar.

O gemido que Lizzie prendeu na garganta foi a deixa para lhe dar as costas, voltando para a grande sala de jantar, com um jogo lento de quadril. Nada melhor do que a cartada final parar bem em suas mãos, não é?

Meia hora mais tarde, eu estava trancada dentro do meu carro, me olhando no retrovisor, para ajeitar o cabelo e o batom vermelho que havia retocado. Passei em casa e peguei uma pequena bolsa com peças íntimas limpas, para que pudesse trocar depois de tomar banho, para sair do motel, junto ao meu cartão de débito.

Lizzie estava cinco minutos atrasada, e eu suspirei, ansiosa, ao encostar as costas em meu banco. A calcinha de renda vermelha, que antes eu vestia, naquele momento, se encontrava enrolada entre os meus dedos. Abri um sorrisinho de canto, imaginando a cara que Lizzie faria, ao ver que nem mesmo o meu vestido, quando sentada, eu tinha deixado que cobrisse o meu quadril. Amava deixar aquela mulher enlouquecida, nada me dava mais prazer que isso.

Mais cinco minutos, e vi Lizzie sair do elevador, no estacionamento, com uma pequena bolsa de mão, andando, apressada, à procura do meu carro, olhando de um lado para o outro. Segurei uma risada e, quando ela

---

5 Tradução: Eu não sei, Carolina!

se aproximou, destravei as portas. Cinco segundos, e ela estava dentro, ofegante e agitada.

— Tive que inventar uma desculpa para os meus pais, de que ia sair pra beber. Olha o que você me fez fazer, Carolina, não tenho mais a sua ida... — Lizzie iria continuar a resmungar, mas parou quando eu joguei, com suavidade, a minha calcinha em cima do decote dela.

O olhar que ela me lançou me fez tremer inteira, e quando seus dedos se embolaram no tecido delicado e levaram a pequena peça até seu nariz, eu gemi. Ela aspirou o cheiro em minha calcinha de olhos fechados, deixando que um chiado baixo saísse de sua garganta.

— Esse cheiro... — ela gemeu, abrindo os olhos e me encarando tão intensamente que não pude me segurar. Eu sabia que aquela pequena peça vermelha rendada exalava o cheiro da minha essência, misturado ao do meu sabonete íntimo. — Me deixa muito molhada.

Debrucei-me sobre seu banco e a puxei pela nuca, a beijando com todo o desejo que ela me fazia sentir. Suas mãos, famintas, foram parar em minhas coxas, apertando e acariciando-as. Nossas línguas se embolaram desesperadas e, depois de manter aquele beijo por mais alguns segundos, a afastei de mim bruscamente, ofegante.

— Não! — Ajeitei o cabelo, puxando o ar com força. Lizzie me encarava com uma expressão que beirava a dor. As bochechas coradas me indicavam o nível de sua excitação, e aquilo era como um troféu para mim. — Mantenha suas mãos pra você até chegarmos ao motel.

— Você é uma provocadora do caralho! — ela xingou o palavrão, que aprendeu de um jeito carregado, no seu sotaque gostoso, e me fez acender mais ainda. Eu me ajeitei no banco e dei partida no carro, vendo-a inalar meu cheiro em minha calcinha mais uma vez. — Ah, quando eu te pegar, Carolina... *Holy shit*[6]!

Eu só esperava que ela acabasse comigo em cima da cama king size daquele motel. Naquela noite, eu queria chegar em casa sem saber o meu nome e apenas me lembrar do dela, que eu gritaria até dizer "chega".

Nós saímos de um motel, no Leblon, lá pelas duas da manhã, completamente exaustas e satisfeitas. Eu dirigia devagar pela orla vazia, deixando que a voz de Vanessa da Mata, cantando *Ilegais*, preenchesse o pequeno espaço que dividíamos. Eu não conseguia parar de sorrir, nem mesmo quando me ajeitava no banco e sentia todos os músculos do meu corpo doerem como o inferno. Acho que nunca fodi tanto em tão pouco tempo. Tinha certeza de que levaria um tempo bem maior para realizar as minhas tarefas no dia seguinte.

Lizzie olhava pela janela, com um dos braços atrás da cabeça e a outra mão sobre a minha coxa direita, mantendo uma carícia suave e gostosa. Quando parei no sinal vermelho, descansei minha mão sobre a dela, apertando-a de leve. Ela me olhou, com um sorriso e os olhos cansados.

6 Tradução: Puta merda!

— Como se sente? — perguntei, interessada. Queria saber o que estava se passando em sua cabeça, o que ela havia achado da nossa noite. Sua opinião importava muito para mim.

— Cansada, muito! — ela falou, e eu ri, compreensiva, arrastando o dedão em sua pele. — Mas satisfeita como sempre fico, quando ficamos juntas.

Abri um sorriso pequeno, daqueles que eu só oferecia a ela, cheio de emoção e cumplicidade; puxei sua mão na direção de meu rosto e beijei seus dedos. — Viu? Eu disse que você iria gostar. — Coloquei sua mão de volta à minha coxa, quando o sinal abriu, acelerando o carro e focando os olhos na estrada. — Não há nada de estranho em pagar um motel para ter sexo.

— Isso era um tabu pra mim, Carolina — ela comentou, não muito orgulhosa. — Mas olha só você, novamente, quebrando mais um dos meus.

— Eu estou aqui pra isso, para quebrar todos eles. — Olhei-a de esguelha e vi que sorria. — Não se sentiu selvagem? Eu sempre me sinto, quando vou ao motel. Amo aquela energia sexual, o espelho no teto, a forma em que tudo se encaixa para que a excitação ocorra sem freios.

— Confesso que sim. — Lizzie riu sem graça, e eu a acompanhei na risada, virando à direita e mantendo as duas mãos no volante. — No começo, fiquei envergonhada e desconfortável, mas depois... achei maravilhoso. Nada como foder com você e nos ver naquele espelho no teto. Eu poderia colocar um daqueles no meu quarto, com toda a certeza.

— Ótima ideia, eu aprovo! — Olhei-a rapidamente, piscando um dos olhos. — Vamos fazer do seu quarto um verdadeiro motel, para evitar transtornos.

— Ah, Carolina! — Ela ria, descontraída, e deu um leve aperto em minha coxa. — Você me deixa leve.

— E feliz? — Mordi o lábio inferior, avistando o meu prédio mais à frente.

— E feliz, principalmente — ela respondeu, e eu a olhei. — Muito feliz!

Aquilo, sim, aquilo que realmente importava. Nós ficamos em um silêncio confortável até entrarmos no estacionamento do prédio, quando vi Lizzie soltando uns palavrões, depois de olhar o celular.

— Merda! — Ela deslizou os dedos pelo cabelo, suspirando. Estacionei em minha vaga e desliguei o carro. — Olha a hora, Carolina... Eu trabalho amanhã ainda. Estou parecendo uma adolescente, fazendo loucuras.

— Ei! — chamei-a, dengosa, me debruçando em sua direção e selando seus lábios avermelhados. — Relaxa! Você pode fazer o que quiser, okay? Desde coisas sensatas até loucuras. Essa é a parte boa de viver.

Ela acariciou o meu rosto com delicadeza, depositando um beijo casto em minha boca.

— Obrigada por estar me mostrando isso! — ela agradeceu, e retribuí o beijo, demorando mais um pouco com o contato. — Mesmo que, no final, eu sempre me lembre das minhas responsabilidades, saiba que sou muito grata por você estar me tirando da minha zona de conforto. Eu acho que precisava disso.

— Todo mundo precisa disso. — Beijei sua bochecha e acariciei seu cabelo. — E eu farei isso por você, enquanto me permitir.

— Como se você precisasse de permissão para fazer alguma coisa, né, garota?

Eu soltei uma risada de suas sobrancelhas erguidas e acabei negando com a cabeça.

— E é disso que eu mais gosto em você. Não quer saber de nada, vai lá e faz. E sempre faz com que eu goste e queira repetir. Então, se quer permissão, tem a minha por muito e muito tempo.

— Eu não esperava menos do que isso. — Suguei seu lábio inferior para dentro da minha boca, e nós iniciamos um beijo lento, profundo e com aquele gostinho de saudade antecipada.

As mãos de Lizzie se perderam entre as minhas mechas de cabelo, e eu saboreava sua língua quente, com chupadas demoradas e suaves. Ela gemia baixinho contra os meus lábios, me deixando fazer o que eu queria. Terminei o beijo com uma sequência de selinhos, e ela me puxou para um abraço apertado em seguida, inalando o meu cheiro em meu pescoço.

— Preciso ir, linda! — Lizzie falou, e ganhei um beijo na bochecha. — Acho melhor subirmos separadas, okay? Algo contra?

— Não, não. — Eu me afastei contra a minha vontade. — Acho melhor mesmo, pra evitar problemas.

— Está bem, então... Me avisa assim que chegar, okay? — ela pediu, e concordei, com um sorriso, destravando as portas. — Amei muito nossa noite, podemos repetir quando quiser.

— Muito bem!

Ela riu, com as bochechas coradas, e eu lhe dei um selinho rápido.

— Agora, vai. E tira esses saltos, pra não fazer barulho.

— Pode deixar. — Lizzie abriu a porta, pegou sua bolsa, no banco detrás, e saiu, se abaixando, para me olhar da janela. — Assim que eu entrar no elevador, você vai.

— Certo! — Mandei-lhe um beijinho, e ela retribuiu, se afastando e começando a andar na direção do elevador, no final do estacionamento.

Eu a observei o tempo todo, e o sorriso não saiu da minha cara. Do jeito que combinamos, eu fiz, e logo já estava dentro do meu apartamento, trancada em meu quarto e tirando a roupa, para dormir nua do jeito que eu gostava. Ao me deitar na cama, com Elis do lado, peguei o meu celular, para enviar uma mensagem à Lizzie.

Em casa, no meu quarto e segura.
Obrigada por hoje, as marcas vermelhas
que você deixou no meu corpo com suas
mãos não vão me deixar esquecer tão cedo
o quão boa você é na cama e fora dela.

Boa noite, Lizzie! Até amanhã!
Não posso parar de pensar em você.

Dois minutos, e meu celular vibrou, indicando uma resposta. Sorri, antes de ler.

> Há uma música tocando agora no aleatório de uma playlist no Spotify e tenho certeza de que foi feita pra você·

> "Menina veneno, você tem um jeito sereno de ser, e toda noite no meu quarto vem me entorpecer."

> Talvez eu deva te chamar assim agora. Um veneno é exatamente o que você é pra mim, Carolina, e eu amo cada vez mais beber de você.

> Boa noite! Também não posso e não vou parar de pensar em você.

Aquelas foram, sem sombra de dúvidas, as melhores mensagens que já recebi. A citação de Menina Veneno, do Ritchie, só tornou tudo ainda melhor, era uma das minhas músicas favoritas. Aquela foi a noite de sono mais gostosa que eu já tive em minha vida.

1 semana depois...

Eu olhei para a grande ladeira iluminada à minha frente e suspirei, pensando na maravilhosa forma de começar aquela noite de sábado.

— Carolina, talvez não seja uma boa ideia. — Ouvi a voz de Lizzie, ao meu lado, e abri um sorriso divertido, pegando em sua mão.

— Não é uma boa ideia, realmente — falei, e ela me olhou, apreensiva. — É uma ótima ideia, quase perfeita! Hoje, sim, você vai ver o que é calor humano e diversão. — Sem esperar uma resposta, a puxei para frente, e começamos a andar, para encontrarmos Norminha e Danielle.

Um táxi havia acabado de nos deixar nos pés do Cantagalo, e eu estava levando Lizzie a um famoso baile de favela. Só lhe contei o nosso destino quando estávamos na metade do caminho e não tinha mais como ela esbravejar e fugir. Eu estava tão animada que mal podia me conter. Fazia tempo que eu não subia o morro para ir a um baile funk e voltar a fazer isso na companhia daquela estadunidense caseira era fenomenal.

No decorrer daquela semana, recebi uma ligação de Norminha, me dizendo que a Associação de Moradores no morro do Cantagalo iria realizar um baile beneficente, em que a entrada seria paga com 1 kg de alimento não perecível ou cinco reais em dinheiro, para ajudar uma ONG da favela, voltada a crianças carentes. Eu achei uma causa linda e uma ideia muito excitante e prometi a ela que Lizzie e eu iríamos sem dúvidas. Norminha comemorou, disse que levaria Danielle e que nos esperaria em frente a uma quadra de futebol enorme lá em cima, no morro, onde ocorreria o baile. E era para lá que estávamos indo naquele momento.

— Anda, Lizzie! — comentei enquanto a puxava, já ofegante, por causa da subida.

— Meu Deus, Carolina! Você não pode estar mesmo me levando a um baile funk. Não quero acreditar nisso — ela falou, enquanto eu ria da cara incrédula que ela fazia, ofegando e lutando para acompanhar meus passos. — Você é louca! Eu nem mesmo sei dançar isso, eu...

— Relaxa, gringa! Você vai se acabar na favela.

Nós continuamos a subir as escadas intermináveis, desviando de algumas pessoas, enquanto eu ia cumprimentando outras.

— Por que eu deixo você mandar em mim? Eu não sei.

Passamos por uma barraquinha de bebidas, e eu decidi parar para comprar uma caipirinha.

— Para de resmungar, feito uma velha, e só enche a cara. — Ela me olhou com olhos estreitos, e eu gargalhei, pedindo ao moço da barraquinha dois copos de caipirinha com bastante gelo e cachaça 51. Caipirinha com vodca só bebe quem é gente fresca. — Ai, você vai amar isso aqui, Lizzie. Se você não gostar, a gente fica sem foder por uma semana.

Ela riu do que eu disse e negou com a cabeça, olhando ao seu redor.

— Esse seu short não está muito curto não? — Suas sobrancelhas estavam erguidas, e ela me avaliou de cima a baixo. — Já contei uns cinco que passaram aqui, te comendo com os olhos.

Sabia que ela ia implicar com a minha roupa. Eu usava um short jeans preto, bem curto e justo, um cropped branco, que deixava a minha barriga de fora, e tênis branco.

Eu me aproximei de seu ouvido e sussurrei: — Ainda bem que só você me come com os dedos, né? — Sorri, maliciosa, e ela xingou uns palavrões, sacudindo a cabeça, para espantar pensamentos. Ser hilária era o que Lizzie tinha de melhor.

Mais um tempinho esperando, e o senhor da barraquinha me entregou dois copos de plástico transparente de 500 ml com caipirinha até a borda. Coloquei dois canudos verdes e entreguei um à Lizzie, pagando pelas bebidas em seguida. Dei "tchau" ao moço, e nós voltamos a andar.

— Porra, que delícia! — Eu saboreei o líquido adocicado e, ao mesmo tempo, amargo em minha boca, o sentindo descer queimando a minha garganta, por causa da 51.

— Isso está tão forte. — Lizzie tinha seus olhos cheios de lágrimas, e eu sorri, enquanto bebia. — Mas é gostoso!

— Sabia que ia gostar. — Larguei o canudo e peguei sua mão livre com a minha. — Agora, vamos logo, Norminha já deve estar impaciente.

Mais cinco minutos de caminhada, e nós avistamos a quadra coberta. O volume do som lá dentro era enorme, e eu podia ver luzes coloridas girando no teto. Eu já queria dançar. Não podia ouvir um funk que ficava louca. A vida é muito curta para a gente fingir que não gosta de rebolar a bunda ao som de um batidão, né? Vi Norminha e Danielle, paradas, perto da entrada, e logo acenei, animada, puxando Lizzie com um pouco mais de pressa.

— Carol! — Norminha gritou e se chocou contra mim, me apertando em um abraço sufocante. — Já estava estressada pela demora, mas te perdoo só por causa dessa roupa. — Norminha me afastou pelos ombros e me avaliou de cima a baixo. — Tá gostosa pra caralho nesse shortinho. Deus te crie!

— Babaca! — Soquei seu ombro com a mão livre, a avaliando também. Ela usava um short como o meu, mas na cor branca, e uma blusa apertada, de um ombro só, e com um decote generoso, vermelho. — O elogio serve pra você também.

Ela sorriu, convencida, e me deu espaço para cumprimentar Danielle, que estava um arraso em um tubinho preto, que realçava todas as suas curvas. Que mulherão!

— E aí, O'Connell! Tá preparada pra rebolar a bunda até o chão hoje? — Danielle perguntou, risonha, e enlaçou Norminha pela cintura. Olhei para a gringa ao meu lado, e ela se engasgou com a caipirinha.

— O quê? — ela perguntou, e nós rimos da cara dela, enquanto ela tossia, levando a mão ao peito. — Não, não, não mesmo.

— Ah, que isso, Lizzie? — Eu só conseguia rir, acompanhada de Norminha. — Você tá uma verdadeira carioca nessa calça jeans rasgada e apertada, sem contar nesse decote maravilhoso aí. Só falta rebolar no pancadão.

— O que seria isso? — Lizzie me olhou apavorada. Nós gargalhamos, e fiz questão de acariciar seu rosto para acalmá-la.

— Você vai ver. — Olhei para as meninas. — Vamos entrar? Tô cheia de fogo já.

— *Vambora*! — Norminha puxou Danielle; eu puxei Lizzie, e entramos, uma por uma, na quadra de futebol quase lotada, depois de pagarmos e de sermos revistadas por duas seguranças. A voz do Mc Bola, em *Descontrolada*, preenchia o ambiente, e Norminha já chegou deixando claro que a música era dela.

— *"DJ solta o tamborzão e deixa o pancadão rolaaaar, deixaaa, deixaaa. A menina tá dançando e não para de rebolaaar, deixaaa, deixaaa"* — ela cantou, colocando as mãos para o alto, rebolando e fazendo a gente rir.

As pessoas dançavam e riam por todos os cantos, e nós paramos, uma ao lado da outra, bem no fundo. Ainda com o copo de caipirinha na mão, pela metade, eu comecei a rebolar na frente de Lizzie, assim como Norminha fazia na frente de Danielle. Nós sorríamos uma para a outra, porque tínhamos noção de que estávamos provocando as mulheres atrás de nós, e aquela era a intenção.

Havia uma espécie de palco, onde o DJ controlava o ritmo, e todo mundo gritava cada vez que ele mudava algo. Eu amava aquele calor humano, amava aquela gente. Meu corpo começou a suar enquanto eu rebolava, levando as mãos aos joelhos e indo até o chão, ao som da batida. Sentia a mão de Lizzie me acariciar a cintura, vez ou outra, e me virava, para ver a expressão em seu rosto. Sob as luzes coloridas do lugar, seus olhos brilhavam, de euforia, e eu sabia que o teor alcoólico da caipirinha havia começado a fazer efeito nela.

Ela não dançava, ao contrário de Danielle, mas me observava com devoção e me tocava o tempo inteiro, me incentivando a rebolar cada vez mais para ela. Eu roçava a minha bunda em sua boceta, por cima do jeans, deslizava a mão pelo cabelo, mandava beijo por cima dos ombros e sussurrava, em seu ouvido, a letra do funk proibidão que tocava. Ela estava louca, e eu vi isso, quando seu corpo grudou em minhas costas e começou a acompanhar o ritmo junto a mim.

Norminha e Danielle se atracavam enquanto dançavam, praticamente engolindo uma à outra, de tanto que se beijavam e se esfregavam. Era quase um pornô. Eu sorri, fechando os olhos, perdida naquele momento, sorrindo e me arrepiando, ao sentir o nariz de Lizzie se arrastando em minha nuca. Mas foi quando o funk atual deu lugar ao funk antigo que o clima, naquela quadra, passou de erótico ao romântico.

Fico assim sem você, nas vozes gostosas de Claudinho & Buchecha, tomou conta, e todo mundo se juntou em pares, para dançar coladinho. Eu amava aquela música. Que saudade daquela época. Eu me virei de frente para Lizzie, e ela sorriu para mim, deslizando as mãos por minha cintura, quando eu enlacei seu pescoço com os braços. Encostei meu rosto no dela, e nos embalamos ao som da música, fazendo meu coração acelerar.

— "*Eu te quero a todo instante, nem mil alto-falantes vão poder falar por mim.*" — cantei em seu ouvido, envolvida o bastante com aquele momento para me controlar, para me envergonhar, para me impedir de dizer o que sentia, mesmo que fosse através de uma letra de música.

Lizzie abraçou a minha cintura com mais força enquanto girávamos lentamente, beijando o meu pescoço com carinho, e fechei os olhos.

— "*Eu conto as horas pra poder te ver, mas o relógio tá de mal comigo.*" — continuei cantando, abraçando-a pelo pescoço, com meu corpo colado ao dela, como se pudéssemos nos fundir.

Não conseguia entender o motivo de meu coração estar tão acelerado, nem mesmo como o dela batia da mesma forma contra o meu peito. Suas mãos acariciavam as minhas costas, e enquanto a música rolava, nós desfrutávamos do sentimento que havia passado a nos unir sem pedir permissão. E era bom, muito bom!

— Carolina... — Ela descolou nossos rostos, para me olhar, e eu me vi caindo de um precipício, ao ver o que ela carregava nos olhos. Lizzie umedeceu os lábios e tocou meu rosto com uma das mãos, acariciando-o. — Eu...

— *Shiii*! — eu a interrompi, negando com a cabeça. — Não diz nada agora.

Senti medo do que ela iria dizer, senti medo do que aquilo significaria para nós, senti medo do amanhã quando ela estivesse sóbria e ciente dos seus atos. Senti medo de que ela se esquecesse, de que tivesse dito sem pensar, de que não fosse o momento certo. Então, a beijei, trêmula e apavorada. Pela primeira vez, eu me sentia assustada em relação a nós e não queria que o que tivesse para ser dito fosse dito sob efeito de álcool ou pressão. Eu estava assustada porque me dei conta do que sentia por ela, e nada me pegou mais desprevenida na vida do que isso, até então.

Nosso beijo durou por todo o resto da música, lento e cheio de coisas novas. Adorava como ela fazia eu me sentir, meu estômago vibrar e a minha cabeça rodar. De olhos fechados, as luzes coloridas refletiam em minhas pálpebras, e aquela letra melosa, em minha mente, se repetia e se repetia, me deixando cada vez mais nervosa. Terminei o beijo com uma mordida em seu lábio inferior, e nós nos olhamos profundamente, sob o globo espelhado, que girava no alto.

Lizzie sorriu. Sua embriaguez era leve e a deixava ainda mais bonita.

— Você é linda! — ela disse um pouco alto, por conta da música que começou a tocar, me fazendo abrir um sorriso enorme. — Muito, Carolina! Nunca vou cansar de dizer.

Não respondi e apenas a abracei, enterrando o meu rosto na curva de seu pescoço. Ficamos ali, abraçadas e sem ligar para o que acontecia ao nosso redor por um bom tempo. O baile rolava a todo vapor, e parecia que havíamos sido abduzidas para outro lugar, *um lugar que só havia eu e ela.*

Já eram quase 4h, quando nós saímos do baile, cheias de fome e extremamente cansadas. Lizzie era só risadas e piadas, estava solta como nunca vi. Norminha estava bêbada e louca, amparada por Danielle que não estava muito atrás. Nós descemos até uma barraquinha, para comer um podrão digno e matar a fome, e nos sentamos a uma mesa com quatro cadeiras.

— Vai querer o quê, Carolina? Vou fazer os pedidos — Danielle me perguntou, ao colocar Norminha sentada ao meu lado, que começou a rir sei lá do que com Lizzie. Eu estava achando maravilhoso, não tinha preço presenciá-la curtir um baile de favela.

— Quero um x-tudo e uma Coca-Cola em lata, e... — Olhei para a mulher ao meu lado, que falava em inglês com uma Norminha que, com certeza, não estava entendendo nada, mas concordava com tudo. — E você, vai querer o quê?

— Eu? — ela perguntou, e sacudi a cabeça positivamente. — Tem cachorro-quente aqui? — perguntou outra vez, e sacudi a cabeça de novo. — Então, eu quero um com todas aquelas coisas dentro.

Sorri, animada, mordendo o lábio.

— Assim que se fala. — Eu me voltei para Danielle. — Um x-tudo, um cachorro-quente e duas Cocas em lata.

— Certo! Volto já! — Danielle beijou a cabeça de Norminha e foi na direção do cara da barraquinha, deixando nós três ali.

— Lizzie, tu tem noção que Norminha não entende inglês, né? — perguntei, prendendo o riso. — Olha a cara dela, de quem não está entendendo nada do que você está falando.

— *I'm sorry!*[7] — Lizzie sacudiu a cabeça, rindo, levando a mão até a boca e me olhando. Suas bochechas estavam vermelhas, e ela parecia tão mais viva, tão mais feliz. — Eu comecei a falar em inglês com ela e nem percebi, e pior que ela estava concordando com tudo que eu falava. — Ela se debruçou sobre a mesa e olhou para Norminha. — Me desculpe, Norminha! Você entendeu alguma coisa do que eu disse antes?

— Porra nenhuma! — ela falou, e eu gargalhei. — Mas tá tranquilo, eu tava achando lindo. Pode continuar. — Norminha mexeu no cabelo, bagunçando seus cachos armados. Ela ficava hilária bêbada, não se lembraria de nada depois.

As pessoas desciam o morro, e muitas pararam para comer onde estávamos, lotando o lugar. Danielle voltou e se juntou a nós, então iniciamos uma conversa animada sobre curtir uma praia, no dia seguinte, depois das 10h.

---

7 Tradução: Desculpe-me!

— Carolina?

Ergui as sobrancelhas, ao ouvir aquela voz atrás de mim, e me virei para descobrir quem era.

— Estava pensando se era você ou não, mas não tem mesmo como te confundir.

Ah, não! Quase rolei os olhos, mas abri um sorriso forçado e me levantei da cadeira, fazendo a educada, para dispensá-lo logo.

— Oi, Cadu. Tudo bem? — perguntei, querendo ser rápida, e ele me deu um beijo na bochecha, segurando em minha cintura com uma das mãos. Afastei-me.

— Melhor agora, né? Você sumiu, gatinha, me deixou na mão. O que houve?

Puta que pariu, viu! Cadu foi a última foda que eu tive, antes de começar a me envolver com Lizzie, e como sempre, fui embora do motel logo pela manhã, antes mesmo dele acordar. Éramos "amigos" antes de rolar e, depois que rolou, nunca mais o procurei, para evitar exatamente o que estava acontecendo naquela hora.

— *Iiiih*, vai dar *caô*! — a voz de Norminha soou baixa atrás de mim, e passei meus olhos, de forma rápida, pela mesa.

A cara de Lizzie, meu Deus! Nossa! Se olhar matasse, Cadu já estaria morto, a sete palmos embaixo da terra. Dei um sorriso amarelo e virei para ele.

— O que houve foi que rolou, e eu fui embora depois, ué! Simples! — Cocei a nuca, desconfortável. Ele me comia com os olhos, e eu me sentia enojada com aquele olhar. Cadu era pardo, bem alto, com olhos verdes, forte e careca. Ele era modelo e muito bonito, mas aquela beleza, naquele momento, não enchia os meus olhos de forma alguma. Eu só sabia pensar que queria que ele sumisse. — Então, Cadu, como você vê, estou com amigas, e já estamos indo. Se cuida, hein! E manda beijos para os meninos. — Eu me referi aos nossos amigos em comum e fiz menção de me afastar, para voltar a me sentar, mas ele foi mais rápido e me pegou pela cintura, fazendo os meus olhos quase saltarem do meu rosto.

— Por que tanta pressa, amor? — ele perguntou. Eu fechei a cara e empurrei seu peito, usando força com as mãos, mas a expressão em seu rosto deixou claro que ele achava que eu estava fazendo charme. — Você tá gostosa demais nesta roupa, e aquela nossa sacanagem foi ótima. Por que não repetimos?

— Cadu, me solta!

— Com licença!

Ouvi a voz de Lizzie, atrás de mim, tão rouca que chamou não só a minha atenção, mas a dele também.

— Você vai soltar a minha mulher agora ou teremos que resolver de outra forma?

Eu ouvi Danielle e Norminha repetindo "Ou! Ou! Ou!" sem parar, e meu coração queria sair pela boca. Empurrei-o de novo, dessa vez, mais forte, e ele me soltou, encarando Lizzie como se não acreditasse no que ela estava dizendo. Que nojo eu estava de ter ido para a cama com ele. Primeiro arrependimento da minha vida.

— Mulher, é? — ele perguntou, chocado, passando seus olhos entre mim e ela. — Okay, okay! Não quero arrumar confusão aqui, na favela.

Lizzie passou um braço pela minha cintura com possessividade, me puxando para ela e me encarando com uma expressão séria.

— Você está bem? — ela perguntou, preocupada, alisando o meu rosto.

— Agora, sim. — Sorri, para confortá-la.

Cadu tinha as mãos na cintura, e Lizzie selou os meus lábios, antes de se dirigir a ele.

— Se, algum dia, você encontrar Carolina andando na rua, atravessa para o outro lado, para não esbarrar nela. — Seus olhos estavam furiosos. Nunca a tinha visto daquele jeito. Danielle estava de pé, atrás de Lizzie, e eu tinha certeza de que era por precaução. — Caso contrário, eu vou fazer questão de te ensinar que não se sai agarrando a mulher dos outros. Estamos conversados? — Seu nariz empinado e a expressão fechada deixaram claro para Cadu que ela falava sério, e ele apenas soltou uma risada um pouco embriagada, levando as mãos ao ar.

— Ei, tudo bem, gata! — ele falou, e Lizzie torceu o nariz para o jeito que ele a chamou. — Sem agressão. Tô caindo fora, okay? Tchau, Carolina!

Não retribuí o sorriso que ele me ofereceu e apenas o observei andar na direção de um grupo de amigos que o esperava.

— Puta que pariu, O'Connell! — Danielle caiu na gargalhada, junto à Norminha. — Tu colocou o cara pra correr, com o rabo entre as pernas. Isso que eu chamo de poder.

— Segura essa marimba aí, *mon amour*[8]! — Norminha gritou para um Cadu que já estava distante, e eu só conseguia encarar Lizzie, incrédula, assim como as outras pessoas presentes naquela barraquinha. O que foi aquilo? Eu estava surpresa e, ao mesmo tempo, maravilhada. Que mulher!

— Está tudo bem, Lizzie! — Acariciei seu rosto, vendo-a desfazer a ruga entre as sobrancelhas.

— Não vou deixar ninguém mexer com o que é meu. Nunca!

— E eu sou sua? — perguntei, e ela sorriu, convencida, mas sabia que estava falando sério.

— É!

E eu era mesmo.

E você aí, ainda possui dúvidas de que eu passei a ser dela, *somente dela*?

8 Tradução: Meu amor.

Capítulo 16

Contrapartida

Lizzie

Contrapartida: O que se oferece em troca de uma outra coisa; em que há reciprocidade.

— *Okay, Joker, let's try again*[1] — falei com o cachorro enquanto ele me observava com seus olhinhos brilhantes.

Estava, há quase uma hora, tentando convencê-lo a entrar na piscina sem seu colete salva-vidas — costume que ele recebeu de Joana, minha amiga e treinadora de cães. Por ter as pernas muito curtas, Joker criou o hábito de só ter confiança dentro d'água, se estivesse com seu coletinho. Encarei o cachorro de forma intensa, e ele me deu uma lambida no nariz, arrancando risadas minhas. O sol brilhava na superfície da água, e Joker latia como se pedisse confiança. Soltei seu corpinho aos poucos, e ele começou a bater as patas, criando coragem.

Aos poucos foi se sentindo confortável, mas voltava sempre para a escada e deitava, descansando. Aproveitei que meu "cão sereia" estava estendido na beira da piscina e mergulhei um pouco, para aliviar o calor. Abri os olhos embaixo d'água e estranhei um vulto perto de Joker, o que me fez emergir com pressa.

— Essa água parece uma delícia.

— *Well, well, look who's here.*[2] — Abri um sorriso e nadei até a escada, para dar um beijo molhado nela, recebendo um carinho na bochecha. — Como entrou aqui?

— Muito fácil, só precisei colocar minha roupa de Homem-Aranha e escalar o prédio.

Franzi o cenho para ela, e Carolina revirou os olhos, sorrindo.

— Alicia me emprestou a chave. Disse que eu precisaria em algum momento, se quisesse te fazer uma surpresa.

— Alicia falou isso? Minha nossa, o tempo dela é bem curto, não acha?

— Mentira, eu peguei a chave escondida.

---

1 Tradução: Okay, Joker, vamos tentar de novo.

2 Tradução: Ora, ora, olha quem está aqui.

— *You what?*[3] — Soltei uma gargalhada alta, e Carolina deu de ombros, empinando o nariz. — Como pegou a chave, se ela anda com um... um... Como vocês chamam aqui?

— Chaveiro. Ah, cara, aproveitei que sua irmã foi tomar banho e tirei a chave. Tenho até o fim do dia para devolver sem que ela perceba, ou vou ouvir um belo sermão.

— *Hmm*... Você é muito espertinha, sabia? Que tal trocar de roupa e entrar nesta piscina comigo? Tenho certeza de que não vai se arrepender.

— O convite parece tentador, mas ainda preciso fazer algumas coisas. Passei pra te dar um beijo. — Ela se sentou na borda, com as pernas para dentro d'água, e segurou meu pescoço, fazendo um carinho na região da nuca. — Estava com saudade dessa carinha e desses olhos tão profundos. O que acha de comermos algo à noite? Podemos dar uma volta.

— Tenho uma ideia melhor: que tal jantarmos aqui em casa? Posso fazer alguma coisa.

— Eu posso tentar cozinhar pra você?

Arregalei os olhos, e ela mordeu o lábio inferior, corando nas bochechas.

— Não me olha assim, vai.

— Eu adoraria te ver com um aventalzinho enquanto cozinha... — Eu me aproximei dela, como se evitasse que Joker pudesse escutar. — Mas usando só o avental. Sua bunda pode ficar exposta, pra eu admirá-la.

— Você não vale nada, sabia disso? Mas eu adorei a ideia, acho que vou aderir.

Carolina me puxou para mais perto, e me encaixei no meio das pernas dela, ficando de joelhos na escada da piscina. Passei a língua pelos lábios dela e senti seu gosto. Parecia ter chupado uma bala de menta. Forcei a passagem, e nossas línguas se embolaram em um beijo gostoso, me fazendo empurrá-la para trás, para que deitasse na borda da piscina. Minhas mãos subiram pela coxa dela, e antes que eu pudesse fazer qualquer coisa, Carolina se soltou de mim e empurrou meu corpo de volta para a piscina.

— Se segura, gringa! Meu Deus! — Ela passou os dedos pelos lábios e respirou fundo, levantando e se afastando da piscina. — Não posso começar a me agarrar contigo, não tenho forças pra parar.

— Isso é ótimo de ouvir. Sei que sou muito boa.

— Convencida. — Ela me mostrou a língua, e eu sorri de lado, observando Joker adormecido, com menos de um quarto do seu corpo para dentro d'água. — Olha, preciso ir, já estou atrasada.

— *Hey, wait!*[4] Não me deixa sozinha. Esquece o seu compromisso e curte essa piscina comigo, *please*[5]. Tenho certeza de que o que quer que seja, pode esperar.

— Lizzie O'Connell me pedindo para cancelar um compromisso, só pra ficar na piscina? Que progresso fizemos aqui.

— Como eu já disse antes, você me dá coragem para fazer loucuras.

---

3 Tradução: Você o quê?

4 Tradução: Ei, espere!

5 Tradução: Por favor.

— Estou realmente tentada, mas eu preciso buscar a Norminha. Ela não quer que Danielle a leve até em casa. Francamente, essa preta ainda me cansa. Não vejo problema algum em deixar que a mulher a leve até o pé do morro, Danielle sabe bem de onde ela veio e não parece se importar nem um pouco. É melhor não contrariar o maluco, como diz a tia Rita.

— Você me lembrou de algo importante: eu tenho um almoço marcado com a Danielle em... *Holy fuck*[6], às 13h! — Passei por cima de Joker, enquanto subia as escadas da piscina, e puxei uma toalha para me secar. — Não acredito! Como pude me esquecer de algo tão importante? Sabe de quem é a culpa disso tudo? Sua!

— Minha? O que eu tenho a ver com isso? — Carolina cruzou os braços, e me vi refletida nas lentes do ray-ban que ela usava. — Não me culpe pelos seus atrasos.

— Desde que te conheci, minha cabeça anda nas nuvens. — Eu me aproximei e puxei seu queixo, para lhe dar um beijo, passando a ponta do nariz, de leve, pelo seu. — Isso não é uma coisa ruim, só para constar.

— Já estava preocupada, sua... sua...

— Sua o quê? — Levantei os óculos dela e encarei seus olhos, vendo aquele brilho carregado de tesão e calor que eles emanavam.

Senti meu corpo acender, implorando para que nossas peles se tocassem. Nós duas teríamos o mesmo lugar como destino, por que não aproveitar? Carolina mordeu o lábio inferior, puxou o nó da parte de cima do meu biquíni e sorriu, correndo para dentro do apartamento.

Deixei Joker do lado de fora, para que ele aproveitasse o sol, e fechei parcialmente as portas que separavam a sala da varanda, mirando Carolina, enquanto ela balançava meu biquíni no ar. Com os seios de fora, andei com determinação atrás dela, ouvindo sua gargalhada travessa ecoar pelo apartamento. Segurei seu corpo por trás, e ela suspirou, enrolando os dedos no meu cabelo.

— Agora, eu também preciso de um banho.

— Temos uma hora, e te garanto: nenhuma parte do seu corpo vai ficar seca.

— *"Deixa ela, deixa! Ser livre, seguir sem se importar. Se quiser ir pra qualquer lugar, que vá. Não tem asas, mas pode voar. Ela só quer viver..."* — Carolina cantarolava, enquanto secava o cabelo com o auxílio de uma toalha. Eu me aproximei por trás e lhe dei um beijo no ombro. — Adoro essa música, sabia? É Karol Conka. Me identifico bastante com a letra.

— Gosto quando você cantarola, me lembro da viagem que fizemos a Petrópolis. Na verdade, todas as vezes que me lembro daquele momento, me arrepio. Foi muito lindo. Como eu disse, você não cansa de me surpreender.

— Gostaria mesmo de te levar a uma roda. Acho que você vai gostar da energia, das danças e músicas. Promete que vai pensar em aceitar meu convite?

6 Tradução: Puta merda.

— Claro que prometo.

Carolina virou de frente para mim, e nossos narizes se tocaram. Era maravilhosa a sensação que ela me passava com tão pouco, como se me conhecesse desde o início. Podia ver minhas barreiras quebrando todas as vezes que a presença dela me envolvia. Era tudo tão leve quando Carolina sorria, dançava, cantarolava, falava de sua religião e fé com paixão. A maneira que seus olhos percorriam meus traços, passeavam pelos meus olhos e pousavam nos meus lábios, me roubando um sorriso. Toda aquela energia vinha em ondas tão maravilhosas que eu me permitia afogar nelas, sempre aproveitando os momentos.

— Que barulho é esse? — Ela se afastou de mim e bateu a mão na testa, correndo para a sala. — Esqueci completamente da Norminha, ela vai me matar!

Deixei que ela encarasse a fera e aproveitei para me vestir. O almoço com Danielle seria fundamental para o futuro da WorldOfX e de alguns funcionários. A apresentação para a filial mãe seria em uma semana, e nós precisávamos de planos concretos, para que a confiança não fosse abalada. Um estalo me fez parar a meio caminho de fechar a calça, e alcancei minha bolsa, tirando um pen drive etiquetado como "Lifeline".

— O demo que Danielle inventou...

— Desculpa correr. A Norminha me ligou aos berros, e disse que vai dar um tiro na minha bunda, se eu não parar de transar agora mesmo, e sair para buscá-la e... Ei, está tudo bem? O que é isso?

— Você acha que podemos passar na sua casa mais tarde?

— O quê? Por quê?

— Preciso que Duda me faça um favor.

— O que minha irmã pode fazer por você que eu não posso?

— Você sabe jogar XLegion? — perguntei, e Carolina deu de ombros e fez uma cara de descrença. — Acho que isso já responde à minha pergunta. Preciso que Eduarda jogue esse demo e faça algumas observações. Acha que ela faria isso por mim?

— Vai pedir a uma criança de 10 anos, completamente viciada, para testar um demo de um possível jogo? — Fiz um sinal afirmativo com a cabeça, e Carolina se aproximou, passando a unha na minha barriga, me fazendo arrepiar. — Duda vai ter um ataque, é óbvio que ela vai jogar. Será como uma honra ou sei lá. Obrigada por escolher minha irmã pra te ajudar.

— Não consigo pensar em ninguém melhor. Além disso, posso ficar ainda mais tempo com você, mesmo que seu pai esteja por perto.

— Acho que ele tem plantão. O máximo que pode acontecer é a babá de Duda ainda estar por lá, mas ela não será um problema. — Ela chegou a beijar meus lábios, mas seu celular voltou a tocar. — Puta que pariu, a Danielle não tá sabendo dar um sossega-leão na preta, não? Vamos de uma vez, antes que eu assassine alguém.

— O fato de Danielle não ter me ligado é que ela está adorando essa demora. Mas tudo bem, é melhor irmos logo. Você dirige.

— Sabe, acho que certa pessoa precisa comprar um carro — Carolina comentou, enquanto descíamos no elevador. — Não pensa nisso? Quer dizer, não dá pra usar o do tio Tony pra sempre.

— Em Washington, eu morava quase do lado da empresa, então ia de bicicleta ou a pé mesmo. Gostava de sentir o ventinho no rosto. Nunca gostei da ideia de ter um carro, mas sei que é necessário. Vou ver o que posso fazer.

— Vá por mim, ao mesmo tempo que o trânsito do Rio é horrível, em horários de pico, e nos atrasa umas três horas, é essencial ter um carro. Ou, quem não pode ter, paciência. Só não é pior que em São Paulo, pelo menos isso.

— Okay, okay, você me convenceu. Vou parar de usar o carro do meu pai e procurar um. — Ela sorriu e se aproximou, mas antes que pudéssemos começar nossa brincadeira, as portas do elevador abriram, e um casal de idosos olhou de um jeito desconfiado para nós. — *Hmm... morning.*

Carolina soltou uma risada alta, e eu quis ser um avestruz, para enfiar a cabeça na terra, tamanha a minha vergonha. Enquanto seguia aquela carioca até seu carro, observei seu corpo se movimentando. As curvas dela me atraíam como aquelas cobras indianas que sobem de cestos. Ela era a música; eu, a serpente. Um grupo de pessoas passou por nós, quando chegamos ao calçadão, e abri um sorriso, ao ver as caras animadas na praia, passeando de bicicleta ou dando uma volta com seus cães.

Um adolescente atravessou na minha frente, e seu olhar pousou na bunda de Carolina, que ele decidiu observar por mais tempo que o necessário, enquanto ela procurava a chave do carro na bolsa. Eu me aproximei dela, marchando, como um soldado, e grudei em seu corpo por trás, assustando-a. Demorou um pouco para Carol entender o motivo da minha cara feia, mas ao ver a feição debochada do garoto, levantou o dedo do meio e me deu um beijo.

— Perdeu alguma coisa, moleque? Não tem nada pra você aqui. Vai andando, vaza!

Não sei escolher o que mais gostei naquele momento: a cara de espanto dele ou a pose de Carolina, ainda grudada em mim e com o dedo erguido. Afastei-me dela e segurei seu braço, sorrindo. O garoto ensaiou falar alguma coisa, mas ela deu um passo para frente, ameaçando responder. Fiquei temerosa. Não queria que ele a atacasse de graça e na frente de tantas pessoas, mas ela manteve seu nariz empinado, com feições rígidas. Segurei seu rosto, para que Carolina desviasse o olhar dela para o meu rosto, e lhe dei um beijo, sugando seu lábio inferior. O garoto pareceu desistir de falar qualquer coisa, deu as costas e saiu, ainda olhando por cima do ombro algumas vezes.

— Babaca. Aposto que vai se tocar, pensando na gente, mais tarde.

— Carolina! Você fala umas coisas... Pronto, ele já foi embora, pode se acalmar.

— Vamos logo, antes que eu entre nesse carro e siga esse puto até passar por cima dele.

— Você não vai passar por cima de ninguém. Estamos atrasadas, e levaria um tempo enorme para tirar o sangue do capô.

Carol soltou uma gargalhada e me abraçou, suspirando.

— Pronto, assim está melhor. Você tem um desafio muito maior pela frente.

— Mesmo? Qual?

— Norminha vai entrar neste carro.

— É verdade, acho que preciso me acalmar o suficiente. A mulher vai vir com tudo. Vou ter que segurar essa marimba sozinha, né?

— Não sei o que marimba significa, mas acho que vai ter que segurar sozinha, sim. Eu e Danielle temos muitas coisas pra resolver até o fim do dia.

— Acha que ainda dá tempo de subirmos, para ficar na piscina? Posso mandar um carro de aplicativo buscar a Norminha.

Entramos no carro, e quando colocamos o cinto, ela fez uma carinha de cachorro perdido.

— Estamos bem aqui, na frente do prédio. Só precisamos desatar isso, trancar o carro e correr para o seu apartamento.

— Sua chance foi perdida. Te ofereci mais cedo, e você não quis. Agora, eu preciso ir.

— Sem graça. Tudo bem, mas, à noite, você não me escapa. Não coma muito com a Danielle, tá bem? Quero que o meu esforço seja aproveitado.

— O que está pretendendo me oferecer?

— Isso é uma surpresa que você só vai receber mais tarde. — Carolina piscou o olho, sorriu e ligou o carro, para nos levar até a casa de Danielle.

Durante todo o percurso, eu precisei me controlar para não olhar só para ela, que parecia tão perfeita, com o Rio como plano de fundo. Sorri, ao perceber o quanto minha vida tinha mudado em pouco mais de um mês, a maneira que conseguia me animar só por estar na presença de Carolina ou como Danielle tinha se tornado uma boa amiga em pouco tempo.

Em Washington, eu sempre me mantive mais reservada, e meu foco era cem por cento no trabalho, mas uma carioca me fez tirar os olhos do notebook pela primeira vez. O dia, no meu apartamento novo, enquanto ela e Alicia dançavam, foi quando ela deu o lance certeiro, sem nem perceber. Carolina era um capítulo novo e polido da minha vida, que eu pretendia estender por muito mais tempo.

Quando o carro parou no sinal vermelho, o sol bateu nas janelas e desenhou o contorno do rosto dela, me arrancando um suspiro. Carolina virou, para me olhar, e aquele sorriso me fez sorrir. Senti meu coração dar duas pulsadas fortes, me fazendo puxar o ar com mais força.

Ela cantarolou a música que inundava o carro e segurou meu rosto, me dando vários beijos. — *"Deixa... sentir o seu sabor. Me beija, flor... me beija... com sua essência pura, seu gosto de loucura. Linda flor que não se acha na floricultura. Ah... deixa..."*

Encostamos nossas testas, e ela suspirou, se afastando de mim para tocar meu rosto com as pontas dos dedos.

— Adoro essa música, *Beija Flor*, do Cacife Clandestino, a batida é tão gostosa. Não acha?

— Ah, sim! Acho, sim. Ainda estou pensando no que você vai fazer hoje à noite — comentei.

— Não vou estragar a surpresa, Lizzie, deixa de ser chatinha. Sei que você vai gostar, porque perguntei à sua irmã algumas coisas. Portanto, relaxa e curte a paisagem.

— Prefiro olhar pra você.

Ela corou e voltou a atenção para o trânsito, que começou a andar. Percebi o quanto Carolina estava apertando o volante. Parecia ansiosa para alguma coisa, e eu sabia que ela pretendia fazer, daquela noite, a melhor que já tivemos. Conhecendo bem sua personalidade, não aceitaria que algo saísse errado.

— Você é a única pessoa que já me deixou assim, sabia? — Carolina chamou minha atenção, mas continuava de olho na estrada. — Envergonhada, às vezes sem saber o que falar. Acho que isso é uma coisa boa, não?

— Quem precisa decidir, se isso é bom, é ninguém menos do que você mesma. Sei que faz o mesmo comigo, isso posso te garantir. Tenho muitas certezas na minha vida, Carolina, já passei por tantas emoções, tantos altos e baixos, mas viver em uma montanha-russa, desde que te conheci, tem feito da minha vida uma aventura, e eu amo isso. — Um sorriso tímido preencheu os lábios dela, e suspirei. — Adoro essa sensação de quebrar protocolos, não trabalhar em um dia de sol, mesmo tendo um prazo urgente para entregar à noite. Visitar morros, curtir bailes funks, comer o tal podrão. Quando eu poderia imaginar que passaria por tudo isso, quando coloquei meus pés no Rio? Talvez, receber esse cargo de CEO tenha sido muito mais do que apenas uma oportunidade de trabalho... *I don't know*[7]...

— É... Você me deixa mesmo sem saber o que falar. Gosto de saber que te proporcionei esses momentos, que te fiz viver a mil por hora. Pretendo te oferecer muito mais... se você me deixar.

— Deixo, você sabe que eu deixo.

Carolina parou o carro na frente do prédio, e reconheci Norminha na portaria. Estava conversando com Danielle, enquanto as duas trocavam carícias e sorriam, mas a buzina que soou do carro fez ambas olharem na nossa direção e se despedirem. Antes de descer, segurei o rosto de Carolina e lhe dei um beijo, pedindo passagem com a língua. Eu senti que ela estava sorrindo, não tinha como não fazer o mesmo.

Quando Norminha abriu a porta e limpou a garganta, quebrei nosso beijo com um suspiro.

— As bonitas vão me dar licença ou eu vou ter que me sentar no colo da O'Connell?

Nós nos separamos, e eu levantei as mãos, em rendição.

— Bora, passa pra fora desse carro, que eu estou com pressa. Que coisa, aposto que só chegaram agora porque estavam trepando. Estou errada?

---

7 Tradução: Eu não sei.

— Não, preta, não está, mas em minha defesa... — Carolina começou.

— Sua defesa nada, sapatinha. Tu vai me levar em casa e, depois, pro trabalho. Não mandei você se atrasar. O'Connell, dá pra largar o osso?

— Mas eu não estou segurando osso nenhum.

— Valha-me, Deus. Só desce desse carro e vai lá com a Danielle, antes que eu dê na cara de vocês duas. — Norminha puxou meu braço, e eu tive a chance de dar mais um beijo em Carolina, antes de ser expulsa. — Nossa Senhora, desgruda, parece que passou cola Super Bonder.

— Cala a boca, Norma. Aposto que você também estava transando com a Danielle, enquanto nós duas fazíamos o mesmo — falou. Ela até tentou argumentar, mas Carolina tinha vencido a batalha. — Ah, bom, pensei. Bem, nos vemos à noite, Lizzie.

— Ah... Então, você vai mesmo...

Antes que eu pudesse ouvir o que Norminha tinha a dizer, Carolina arrancou com o carro, me deixando plantada, na porta do prédio. Foi a voz de Danielle que me fez virar e sorrir, estendendo a mão para ela, mas ganhando um abraço de urso. Ela estava com um short jeans, camiseta, óculos escuros e havaianas — os famosos chinelos que os brasileiros tanto amavam. Nós duas observamos o carro de Carolina virar a esquina e sumir, nos fazendo suspirar.

— Nossa, que noite maravilhosa, parece que um caminhão passou por cima de mim. Olha, amei ser atropelada desse jeito — Danielle comentou.

— Imagino que tenha amado, sua cara não esconde — falei, e ela deu de ombros e colocou as mãos no bolso, me encarando com um sorriso. — Como são safadas.

— Você também deve ter tido uma boa-noite, está com uma expressão muito melhor do que na semana passada.

— Diferente de você, não fui atropelada na noite passada, mas pretendo. Bom, vamos almoçar? Estou faminta, e aposto que você também.

— Está quase na hora do jantar, não é? Te agradeço por demorar, deu para dar uma rapidinha — Danielle falou, e eu revirei os olhos e gargalhei, negando com a cabeça. — Vamos subir. Acho que podemos pedir alguma coisa e resolver esse assunto sem sair de casa. Até prefiro. O que acha?

— Por mim, tudo bem.

— Ótimo. Sei de um lugarzinho que tem uma comida caseira boa, você não vai se arrepender. Agora, vamos abrir uma cerveja e trabalhar.

— Não sou muito fã de cerveja, na verdade, não estou acostumada com o gosto.

— Ninguém resiste a uma Heineken bem gelada — ela falou. Passamos pelo porteiro, e ele fez uma cara confusa, provavelmente tentando entender a troca de mulheres que acompanhava Danielle. — Não liga pra ele. O Jorge adora tomar conta da vida dos condôminos, fica de fofoquinha com a síndica. Vou te falar: odeio aquela mulher. Às vezes, tenho vontade de me mudar, só pra não aguentá-la cada vez que tem uma reunião de condomínio.

— O que é fofoquinha?

— Quando uma pessoa fala da sua vida para outra, como naquele seriado americano, *Gossip Girl*. Você via isso?

— Ah, não, mas minha ex-namorada adorava. — Torci o nariz ao me lembrar de Valerie, e Danielle percebeu, me cutucando com o ombro, enquanto entrávamos no apartamento dela. — Mudando totalmente de assunto, que tal aquela cerveja gelada? Acho que estou precisando entrar no espírito.

— Ah, é... Verdade... Vamos para as cervejas!

De início, a Heineken não desce bem, mas, depois que você acostuma, é como água no deserto. Danielle e eu estávamos na varanda, discutindo planilhas e analisando vídeos de possíveis jogos e imagens de novas ideias de design. Quando atingimos o ponto principal da nossa casual reunião, já estávamos na oitava ou nona garrafa cada. Eu me ajeitei na cadeira, peguei o notebook e digitei algumas coisas sobre o setor de Danielle. Ela se engasgou com a cerveja e arregalou os olhos, agarrando a tela para ler bem.

— O que acha? — perguntei.

— Está falando sério? Não, não é possível. Você jura?

— Por que estaria mentindo? Não acha uma boa ideia?

— Acho uma ideia excelente. Não sei como não trouxe isso de cara, quando nos sentamos para conversar. Quando pretende fazer a chamada oficial? — Danielle perguntou.

— Essa semana ainda, talvez amanhã ou depois. Lembra-se daquele demo que você me mostrou, no seu primeiro dia de trabalho? — perguntei. Em resposta, Danielle fez um sinal afirmativo com a cabeça, e eu sorri. — Vou levar para a irmã de Carolina jogar. Quero uma opinião de uma criança antes de mostrar à filial mãe. Com carta branca de uma pessoa que é fã e jogadora assídua, temos uma ideia de como o público pode reagir. Se Eduarda aprovar, vamos começar a produção de um beta e liberar para alguns jogadores pré-selecionados da nossa lista de exclusividade.

— Lizzie, isso é... Isso é...

— Você, como desenvolvedora do jogo, receberia todos os direitos em cima do nome e produtos provenientes dele. O que me diz? Eu, como CEO da WorldOdX, estou oferecendo uma compra pelo seu produto.

— Claro que eu aceito. Meu Deus, muito obrigada, Lizzie. — Ela apertou minha mão, e eu ergui a garrafa, para brindarmos. — Espero que a irmã da Carol goste, vou sair deste prédio maldito.

— Aqui parece um lugar tranquilo para morar, não achei tão ruim — comentei.

— Ah, Botafogo é um bairro maravilhoso, tem ótimos bares, como o Shooters, Comuna, Durangos, Teto Solar, Saloon 79, mas o meu problema é com este prédio. Odeio a síndica. Não sei, meu santo não bateu com o dela.

— Você também é espírita?

— O quê? Ah, não, não, sou católica não praticante. Falar que o seu santo não bateu com o de outra pessoa é só uma maneira de falar que você não foi com a cara dela. Quanto a você? — Danielle explicou e me perguntou em seguida.

— Sou ateia, mas acho o Candomblé muito bonito. É a religião da Carolina — respondi.

— Se tem uma coisa que eu aprendi é que religião e política não se discutem, mas concordo contigo, é bonito mesmo — depois do comentário, o som do interfone ecoou pelo apartamento, e Danielle deu um pulo da cadeira. — Opa, deve ser a comida. Espera um instante.

Assim que ela se levantou da cadeira, tirei o celular do bolso, para mandar uma mensagem. Minha necessidade de saber onde Carolina estava me tirava do sério algumas vezes, mas eu me sentia mais tranquila por ela estar bem e protegida. Digitei uma mensagem rápida, para tentar arrancar alguma coisa dela sobre a noite, mas recebi um emoji com os olhos revirados e duas palavras secas — "Nem adianta" — como resposta. Eu dei por vencida e levantei para ajudar Danielle, sentindo um cheiro gostoso de comida caseira, como a de dona Rita.

— A mãe da Norminha faz uma comida maravilhosa. Às vezes, sinto vontade de almoçar na casa dos meus pais, só pra aproveitar. — Comi uma garfada de arroz e feijão e gemi de satisfação. — Minha nossa, como isso é maravilhoso!

— Vocês, americanos, são engraçados. Nunca pensei que fossem ficar tão maravilhados com um prato simples de arroz e feijão. Tudo bem, eu sei que é a melhor comida do mundo, que nenhum país faz igual, mas não precisa gozar enquanto come.

— Dani, *what the fuck*?[8] — soltei. Como resposta, ela soltou uma gargalhada, e eu lhe dei um soquinho no ombro. — Seu apartamento é bem legal, você mesma quem decorou?

— Sabe como é, apesar de receber bem na WorldOfX, e muito obrigada por isso, eu gosto de lugares pequenos e simples. Muito luxo nunca foi a minha praia. Gosto muito de artesanato, como pode ver. De todo lugar que eu viajo, trago uma lembrança. Fui aos Lençóis Maranhenses e quase chorei de emoção. Pretendo levar a Norminha um dia — Danielle contava. Desviei meu olhar da comida e observei o rosto dela. Ela olhava para a paisagem da janela com um semblante quase adolescente. — Gosto bastante dela, sabe, Lizzie? É uma menina simples, sabe como são as dificuldades da vida, tem um coração tão grande. Tem noção do quão difícil é encontrar uma pessoa que esteja com você não pelo seu dinheiro, mas, sim, por quem você é? Nunca curti coisas extravagantes, não gosto de sair por aí, soltando, para quem quiser ouvir, que limpo a bunda com nota de cem, como muitas pessoas gostam de dizer.

— Como? Você limpa a bunda com notas de cem?

— É um jeito de falar, Lizzie. — Ela gargalhou, e eu sorri com ela. — Falar que limpa a bunda com nota de cem é dizer pra Deus e o mundo

8 Tradução: Que porra é essa?

quanto dinheiro você tem, e eu não acho isso certo. As pessoas são más, é raro encontrar honestos hoje em dia. Por isso, me mantenho na boa, em um cantinho tranquilo e não muito grande. Apesar de ser pequeno, meu apartamento tem tudo que preciso para viver com conforto.

— Vi que você tem um monte de plantas na varanda e até na sala. Isso é algum hobby? Quer dizer, você gosta de botânica? — perguntei.

— Ah... Eu acho que elas animam o ambiente, deixam o ar menos pesado. Norminha já falou que vai me trazer uma mudinha que a avó dela tem, que dá uma flor bonita. Está vendo? Já estou falando nela de novo, não consigo resistir. — Ela mexeu na comida, deu uma garfada na batata frita, abriu um sorriso acanhado e apontou para mim com o garfo. — O que me diz da Carolina, hein? Só eu falo aqui, você está muito calada pro meu gosto, parece uma psicóloga.

— Não era a minha intenção parecer com uma. Bem, o que eu posso falar sobre ela? Carolina é simplesmente perfeita nos seus mínimos detalhes. Quando eu poderia imaginar que uma garota de 20 anos acenderia uma chama dessas em mim? Não pretendia chegar ao Rio e me envolver com alguém, mas a gente não escolhe, né? Quando eu estou com ela, parece que tudo à nossa volta some, como se uma cúpula gigante fosse solta em cima de nós. Só escuto a voz dela, a risada, a respiração baixinha, quando dormimos juntas. O calor que a pele dela emana, quando nos beijamos ou damos aqueles amassos gostosos. Carolina tem um olhar singular, um que eu nunca vi na vida, como se ele estivesse esperando por mim. Ela me analisa, me estuda com uma facilidade de professora, não me dá chances de fugir. Não precisei dizer muito sobre mim, ela vem descobrindo sozinha.

Danielle parou com o garfo a meio caminho da boca e sorriu, me analisando. Falar muito nunca foi uma característica minha, mas Carol abria novas portas da minha personalidade mesmo sem querer, o tempo todo.

— Estou impressionada.

— O que você quer que eu fale mais sobre ela, além de que é a mulher mais maravilhosa que eu já conheci? Onde eu poderia encontrar uma pessoa que tem de tudo, mas vive como se não tivesse nada mais do que ar nos pulmões, um coração enorme e disposição de dar inveja? *Damn... she's perfect.*[9] — Fiquei em silêncio momentaneamente.

Nem Danielle foi capaz de dizer alguma coisa e continuou me encarando, como se eu tivesse soltado uma bomba de palavrões. Coloquei a mão na testa e respirei fundo, tomando o fôlego que perdi, ao falar tudo tão rápido. Meu coração tentava rasgar meu peito, de tão rápido que batia, e sentia meu sangue pulsando dentro da cabeça, como engrenagens entrando em funcionamento.

Eu me levantei, fui até a varanda, para tomar um ar, e me apoiei na grade protetora, respirando fundo. Carolina ia e vinha na minha visão, com seu olhar quente e seu sorriso reconfortante. Suspirei, encarei o céu, começando a dar indícios de que a noite estava para chegar, e sorri, voltando

9 Tradução: Caramba, ela é perfeita.

para dentro do apartamento, coçando a cabeça. Danielle, que já tinha voltado a comer, me ofereceu um sorriso divertido e ergueu as sobrancelhas.

— Ora ora ora...

— *Oh... shut up.*[10] — Voltei a comer e, quando terminamos, peguei o celular para checar a hora. Eram 18h50. — Vamos comigo à casa dos meus pais. Buscamos Norminha no trabalho dela, no caminho.

— Beleza, deixa só eu tomar um banho e trocar de roupa. Fica à vontade.

Se existe uma pessoa que demora mais do que eu para tomar banho, se arrumar e sair de casa, é Danielle. Cheguei a dormir no sofá e só realmente acordei quando Norminha entrou no carro, falando alto, e eu sem entender o que estava acontecendo. Mandei uma mensagem para Carolina, e ela também pareceu não entender, ficando nervosa. Pedi apenas para ela ir até a casa dos meus pais. Eu precisava fazer algo, antes de irmos para a minha casa. Pensei em dizer a ela para ver Joker, mas Carolina foi mais rápida e informou que, como teve de passar lá, colocou o pequeno para dentro e deixou ração. Como era bom ter alguém que te entendia sem você precisar falar nada.

— Lizzie? Norma? O que aconteceu? Quem é essa? — Meu pai nos recebeu, cheio de surpresa, e deu espaço para entrarmos. Chamei por Rita, e ela veio correndo. — O que está acontecendo, filha? Essa moça representa o problema?

— Não, pai. Ela trabalha comigo na WorldOfX, é uma boa amiga. Estão todos aqui? Cadê a Carol?

— Bem atrás de você.

Ouvi a voz dela no pé do meu ouvido e senti meus pelos arrepiarem. Ela sorriu e foi se juntar à Alicia e Norminha, que alternava o olhar entre Danielle e eu.

— Isso parece interessante. O que todos nós fazemos aqui? Oi, tia Rita, Tony, Norah.

— Isso é sobre a Norminha.

— O que a minha menina fez, dona Lizzie? Não foi nada grave, né? Olha, eu posso tentar resolver.

— Calma, dona Rita de Cássia, Norminha não fez nada de grave. Como meu pai já deve ter comentado com você, até mesmo as meninas, eu trabalho para uma empresa americana ligada à tecnologia, e acabamos de abrir uma filial aqui no Rio. Sei muito bem o que você e sua filha passam, o quanto é difícil sobreviver todos os dias, e é maravilhoso que vocês estejam aqui. Por isso, eu decidi que está na hora da Norma ser a catapulta da vida de vocês.

— Lizzie, o que quer dizer com isso?

— Norma, preste atenção no que eu vou te dizer. — Eu me aproximei dela, segurei suas mãos e vi que seus olhos estavam cheios d'água. — Sei

10 Tradução: Oh... cale a boca.

que nos conhecemos há pouco tempo, mas te acho uma mulher incrível e sei que merece tudo de bom que a vida puder te oferecer. Por isso, eu vim aqui, no meu papel de mensageira, pra te oferecer uma chance na WorldOfX. Quero te contratar para trabalhar com a gente... Danielle e eu.

— Como?

— Você vai estar com ela, conhecendo todos os procedimentos de um setor que eu presidia nos Estados Unidos. Sua faculdade vai te ajudar a entender mais ainda, mas acho que precisa ver na prática. Você também vai fazer um curso de línguas, precisamente inglês e espanhol, porque nossos mercados principais exigem isso. Futuramente, pode fazer mandarim. Será ainda melhor. Vai receber um salário alto, plano de saúde, que também inclui sua mãe, e poderá sair daquele bar. Não é lugar pra você. Sei que a responsabilidade vai ser grande, é muita coisa pra aprender e assimilar, mas você acha que pode dar esse passo importante com a gente?

— Eu... Eu... Meu Deus, Lizzie... Não consigo...

— Olha, primeiro eu quero que você pare de chorar, está bem? — Limpei as lágrimas que desciam pela bochecha dela, e Norminha tentou conter. — Olha pra mim, quero que escute atentamente o que vou te dizer. No momento em que vi o que você e sua mãe enfrentam, eu soube que tinha que fazer alguma coisa. Não por pena, mas porque sei que vocês batalham todos os dias, são honestas, parceiras uma da outra, uma família de verdade. Meus pais têm um carinho enorme pela sua mãe e por você, tratam ambas como se fossem da família. E, na verdade, vocês são mesmo. Por isso, estou te dando essa vaga na WorldOfX, para que cresça profissionalmente e receba tudo que merece, porque, mulher... — Segurei o queixo dela e falei da forma que Carolina falava. — Você é uma pessoa de ouro. Sua mãe é a mulher mais maravilhosa do mundo, por encarar tantas barras e conseguir te transformar no que você é hoje. Então, o que me diz? Estamos combinadas? Você vai amanhã mesmo àquele bar, dar um chute no seu chefe, e começamos na WorldOfX segunda-feira. Danielle vai te apresentar a equipe, mostrar sua própria sala.

— Eu vou ter uma sala só pra mim? Com um computador maneiro, fotos espalhadas, igual àquelas chefonas? — Norminha perguntou.

— Sim, você vai! Só que, pra isso, precisa parar de chorar, se levantar desse sofá e me dar um abraço apertado. Você e a sua mãe. — Não precisei pedir mais nada.

Em um segundo, me vi envolvida em um abraço coletivo. Rita e Norminha me agarraram, uma de cada lado. Depois, Alicia, Carolina, meus pais e Danielle se juntaram, fazendo daquela cena algo que eu nunca tinha experimentado antes. Quebramos o contato, e Rita segurou minha mão, ainda com lágrimas no rosto, e deu um beijo. Vi, nos olhos daquela mulher, a luta, a força e todas as dificuldades que ela passou, e nada me deixou mais feliz do que ter a chance de dar a elas algo tão bom.

— Obrigada, dona Lizzie, eu não tenho palavras para agradecer sua bondade. Deus sabe das coisas. Você terá sua recompensa, isso é coisa de anjo. Obrigada mesmo. — Rita agradeceu.

— Só fique no pé da Norma, para que ela não falte aos cursos de idioma. Sei que são bem chatos no início, mas serão essenciais daqui pra frente. Trago a papelada, para ela assinar, amanhã.

— Deus é bom e generoso, trouxe você e te colocou no nosso caminho. Nunca vou me cansar de agradecer. — Rita limpou o rosto com a ajuda de um paninho e abriu um sorriso, daqueles que iluminam o ambiente. — Rodada de caipirinha, vamos comemorar.

— Eu não vou poder ficar, preciso ir pra casa, deixei o Joker sozinho. — Pisquei para Carolina, e ela que, até então, estava chorando, abraçada à Norminha e Alicia, abriu um sorriso. — Comemorem por mim, okay? Nos vemos amanhã, pessoal.

— Estamos orgulhosos de você, minha filha. — Meus pais se aproximaram, deram um beijo na minha bochecha, e nos abraçamos. — Venha almoçar amanhã. Vou fazer um belo churrasco para comemorarmos as novidades.

— Perfeito, nos vemos às 11h30. Danielle, fica à vontade, Norminha você já conhece. — Pisquei o olho para ela e vi suas bochechas corarem. — Tchau, Carol, nos vemos por aí.

— Ah... Nos vemos por aí, gringa. — Aquele sorriso, de quem está prestes a pregar uma peça, surgiu nos lábios dela, e antes de fechar a porta, a ouvi novamente: — Vou pra casa, tia Norah. Meu pai tem plantão e Duda ficou sozinha. Claro, venho para o churrasco, sim. Beijos, boa noite. Até amanhã, meninas.

Quando vi sua sombra aparecer no corredor, agarrei seu corpo pela cintura e a empurrei para a escada de emergência, atacando seus lábios. Minha língua pediu passagem, tentando matar minha fome dela, como se tivesse implorado para experimentá-la há muito tempo. Carolina se desvencilhou de mim e abriu a porta, me deixando descabelada e com a cara confusa.

— O que está fazendo? — perguntei.

— Vamos para o seu apartamento. Ainda temos que jantar, esqueceu? Além disso, temos muito que conversar depois desse seu gesto. — Carolina falou. — Eu a segui até o elevador, e quando as portas fecharam, ela me olhou, sorriu de canto e continuou: — Estava pensando aqui... Será que posso andar nua pelo seu apartamento? Sabe como é... está calor.

— Você pode andar do jeito que quiser lá em casa, vou adorar a visão. — O elevador parou na garagem, e lhe dei um último beijo, mordendo seu lábio. — Vamos... Estou louca pra te encher de beijos e experimentar o que preparou pra mim.

Quando chegamos ao meu apartamento, senti um cheiro gostoso de incenso, e a luz ambiente já estava ligada. Joker correu na minha direção, latindo, e só sossegou quando Carolina o pegou nos braços, lhe fazendo carinho na barriga. Quando ela largou o cachorro, foi para o banheiro e me proibiu de chegar perto da cozinha.

Decidi dar uma olhada na orla de Copacabana e senti o vento bater contra o meu rosto. As estrelas já tomavam o céu, e eu sabia que seria mais um dia de sol intenso na manhã seguinte. Pessoas passeavam em casal, grupos ou solitárias, aproveitando mais uma noite quente, nesta Cidade Maravilhosa que me trouxe tantas coisas novas e especiais. O Rio que me trouxe ela.

Estava tão distraída com meus pensamentos que, quando ouvi uma música ambiente começar a tocar, me virei e dei de cara com a visão do paraíso. Carolina estava com um quimono japonês curtinho, na cor vermelha e com detalhes em dourado, usando apenas calcinha por baixo. Ela tinha colocado algumas lanterninhas vermelhas, espalhadas pela sala, deixando o ambiente com uma atmosfera maravilhosa, e meu corpo tensionou só de vê-la daquele jeito. Mordi o lábio inferior e me aproximei dela, fechando a porta da varanda e as cortinas.

— O que achou? Estou bonita? — Carolina perguntou.

— Então, teremos comida japonesa hoje? Você não cansa de me surpreender. Respondendo à sua pergunta: sim, você está maravilhosa. Vermelho é uma cor que te cai muito bem. — Passei os dedos pela seda, e ela acompanhou meu movimento com um sorriso. — Vou adorar rever essa caveira mexicana que você tem nas costelas.

— *Hmm*... antes que você veja qualquer coisa, nós vamos comer, Lizzie O'Connell. Não fiquei a tarde toda ajeitando tudo pra que não fosse aproveitado. Sente-se, vou te servir — ela falou.

Meu queixo foi ao chão quando Carolina colocou sobre a mesa um belo barco com diversas peças, todas perfeitamente montadas. Não ousei chegar perto de nenhuma, até que me desse permissão total para provar de tudo. Quanto mais tempo eu passava com ela, mais encantada eu ficava. Como Carolina poderia ser real? Em 33 anos, nunca havia passado por isso.

Meus olhos seguiram as curvas dela, que apareciam com frequência, por causa do tamanho do quimono, e me arrancaram suspiros desesperados. Quando Carolina colocou o último prato na mesa, respirei fundo e a encarei, enquanto ela me olhava, apreensiva.

— Me deixa ver se está digno de elogio. — Peguei um sashimi perfeitamente cortado e o coloquei na boca, fechando os olhos. — *Holy fuck! Fuuuuuck*[11]*!*

— Certo, isso quer dizer que está bom ou ruim?

— *Sooo fucking good!*[12] — Coloquei um *sushi* na boca e, depois de ter experimentado o céu, levantei e avancei nela, lhe dando um beijo

11 Tradução: Puta merda!

12 Tradução: Bom pra caralho!

calmo, esfregando nossos narizes no final. — Está tudo tão gostoso. Onde aprendeu a fazer isso?

— Pedi ao meu pai que me colocasse em um curso de culinária japonesa no ano passado. Pelo visto, não perdi o jeito. — Ela sorriu e entrelaçou meu pescoço, dando um beijo na área abaixo do queixo. — Você está cheirosa, apesar de exalar Heineken. Andou bebendo com a Dani?

— Só um pouco, nada que me deixasse alterada.

— Bem, vou acreditar nessa. Que tal comermos?

— Excelente ideia. — Puxei a cadeira para ela, e Carolina revirou os olhos, sorrindo. — Como eu já te disse, vou te tratar com cavalheirismo sempre. Obrigada pelo jantar maravilhoso.

— Eu que gostaria de te agradecer — ela comentou. Olhei para ela, com dúvida, e ela segurou minha mão, fazendo um carinho com o polegar. — O que você fez pela Norminha foi muito legal, Lizzie, é sério. Você tem o coração bom, e eu fico tão feliz por Oxum ter me dado a chance de te conhecer. A Norminha merece mesmo tudo aquilo que você ofereceu a ela, tia Rita também. Tenho certeza de que meus Orixás vão te recompensar.

— Eu já recebi minha recompensa. — Dei um beijo na mão dela, e Carolina sorriu, corando um pouco. — Mesmo depois de tudo, você ainda consegue corar, quando falo essas coisas.

— Talvez, um dia, eu consiga me acostumar. Vamos, para de me distrair e passa esse *wasabi*.

Aquela foi, definitivamente, uma das melhores noites da minha vida. O jantar japonês, que Carolina preparou, estava acima dos padrões de muitos restaurantes que já fui na vida, ainda mais vindo de uma pessoa que não se especializou totalmente. Depois de comer, me sentei no sofá da sala, e ela ficou no meu colo, de frente para mim. Meu corpo estava pegando fogo, e quando soltei a fita do quimono, segui, com os olhos, a seda deslizar pela pele dela, deixando o caminho livre, para que eu pudesse beijá-la sem pudor.

O cheiro e o gosto dela me deixavam extasiada. A música criava um ambiente gostoso e delirante, e eu só precisava disso pelo resto da vida. Minha língua rodeou o mamilo dela, e Carolina segurou meu cabelo, implorando pelo contato que ansiamos o dia todo. Senti a unha dela trilhar um caminho doloroso pela minha coluna, mas pouco me importei, porque estava me sentindo a mulher mais feliz do mundo. Ouvi sua risada ecoar no meu ouvido, e meus pelos da nuca arrepiaram.

Eu me afastei dela e a encarei como nunca tinha feito antes. Foi como se dois socos tivessem atingido as têmporas esquerda e direita ao mesmo tempo. Meus olhos arregalaram, e ela, assustada com a minha atitude, franziu o cenho e segurou meu rosto. Carolina me analisava, enquanto eu, sem conseguir me mover, não desviava o olhar daquele mar castanho. Ela estava pronta para perguntar o que tinha acontecido, quando segurei seu rosto e lhe dei um beijo. Não foi nada desesperado, mas eu precisava sentir. Aquela velha corrente elétrica me atravessou inteira, e meu coração acelerou de novo, como se tivesse dado a partida em um motor muito velho. Carolina cortou nosso beijo e encostou as nossas testas, mas não deixei que ela falasse nada, minha voz cortou nós duas.

— Carolina...

— O que aconteceu, Lizzie? Você está suando. — Ela segurou meu rosto, mediu minha temperatura e ameaçou levantar-se. — Você pode ter alergia a alguma coisa, me deixa mandar uma mensagem pro meu pai e...

— *I'm in lo...*

— O... O quê?

— *I'm in love with you*[13] — eu declarei. Ela arregalou os olhos e mordeu o lábio inferior, mas o sorriso me mostrou que, mesmo surpresa, estava feliz. — Eu... Eu estou completamente apaixonada por você.

---

13 Tradução: Eu estou apaixonada por você.

Capítulo 17

Um ombro amigo

Carolina

"Fecho os meus olhos, mergulho por inteira no clima. Respeito e malícia juntos é química na medida. Sussurrando me diz coisas que gosto de ouvir, sou a rainha exclusiva e você tá aqui pra me servir."

Todas as vezes que eu escutei aquela frase na minha vida, minha primeira reação era sentir o meu ego sendo massageado; a segunda me deixava pensar no quão merda seria para aquela pessoa saber que jamais seria correspondida; a terceira e última deixava uma frase bem clara em minha mente, piscando repetidamente em neon: *Nunca irei me doar dessa forma a alguém*. Mas a vida... ela sempre me surpreendia, e eu deveria saber que, mais cedo ou mais tarde, ela me colocaria exatamente onde eu me encontrava naquele momento: nos braços da pessoa que me fazia doar o que eu tinha e até mesmo o que eu não tinha, sob mãos macias e quentes, que me faziam clamar por uma piedade que jamais viria. E aquela minha frase fixa tornou-se banal, mais banal do que a minha certeza de que eu sempre seria imune à paixão, ao amor, a qualquer tipo de sentimento que me deixasse tola, vulnerável e louca.

Mas lá estava eu, coberta por uma camada de suor, mantendo, nos lábios, o sorriso mais derretido que esse mundo já viu, sentindo o coração bater tão rápido que fazia a minha respiração acelerar. Lá estava eu, querendo gritar de felicidade e loucura, depois de ouvir alguém dizer que estava apaixonada por mim. Quando eu me lembrasse desse momento, no futuro, faria questão de falar que a minha primeira reação, diante da confissão de Lizzie, foi pensar no quanto eu havia esperado para ouvi-la dizer aquilo.

— Carolina? Eu... — Lizzie começou a falar, ao se deparar com o meu silêncio, e eu me adiantei, para dizer que ela não precisava ter medo.

— *Shiii*! — Encostei nossas testas, soltando um suspiro longo, sem conseguir parar de sorrir. — Me deixe conduzir isso — sussurrei, pressionando com leveza o meu dedo indicador contra seus lábios úmidos.

Minha cabeça estava a mil, eu precisava colocar para fora tudo o que guardei durante aquele tempo. Eu precisava demonstrar de todas as formas que eu pudesse, eu precisava satisfazer a nós duas com as minhas palavras, os meus olhares, os meus toques. *Eu precisava.* — Você não sabe, mas eu sempre fui tão fria, tão distante, quando a questão envolvia sentimentos. — Eu me afastei um pouco, para que pudesse olhar seu rosto, e ergui a mão para colocar uma mecha de seu cabelo cheiroso atrás de sua orelha. Lizzie me encarava, apreensiva. Suas bochechas vermelhas e suas pupilas dilatadas me indicavam que ela temia o que eu tinha a dizer. Tão boba! Como ela poderia me temer? — Quando você apareceu na minha frente pela primeira vez, eu senti aquele calorzinho gostoso na barriga, sabe? Eu te olhei inteira e pensei que poderia passar o resto das horas sem tirar os meus olhos de cima de você. Eu experimentei algo novo naquela madrugada, eu provei do que as pessoas chamam de *encantamento*. Me encantei por você naquele mesmo segundo. — Fiz uma pausa, para respirar, e deslizei as pontas dos meus dedos por cima de suas sobrancelhas, descendo pelo nariz e tocando os lábios entreabertos. Lizzie fechou os olhos e suspirou, segurando em minha cintura com as mãos trêmulas.

— Fiquei confusa, um pouco desesperada, eu confesso — ela admitiu, e soltei uma risadinha nervosa, mordendo o meu lábio inferior antes de continuar. Ela abriu um pequeno sorriso, beijando as pontas de meus dedos que traçavam o contorno de seus lábios. — Mas eu sou assim o tempo todo, desesperada, intensa, e minha intensidade em relação a você é tão absurda que logo não consegui esconder o que eu realmente queria. E eu queria você, hoje eu tenho certeza de que eu sempre quis você. Não conseguia deixar de mostrar isso indiretamente, porque, quando eu gosto, quando eu quero, eu não consigo parar de deixar escapar indícios que, mais cedo ou mais tarde, me condenam. E eu me condenei. — Encontrei seus olhos por baixo de seus longos cílios, e o verde parecia se derramar em água do mar, águas calmas e profundas, águas que faziam com que eu me afogasse vinte e quatro horas por dia.

Suas mãos subiam e desciam por minhas costas, e ao me puxar mais de encontro ao seu corpo, pude sentir seu coração batendo, desesperado, assim como o meu. Olhei para ela com devoção, deslizando meus dedos entre as mechas de seu cabelo, sobre sua nuca.

— Seu jeito sério e responsável, seu sotaque gringo que me deixa louca, seus olhos que me acalmam e me deixam nervosa ao mesmo tempo, sua boca que me bebe inteira e me deixa tão molhada, tão quente... — Deslizei meu nariz pelo dela, sentindo sua respiração rápida acariciar meu rosto. — A forma que você me trata, sua mente brilhante, seu coração bondoso e grande, sua alma limpa. Todas essas coisas que você traz, que você trouxe à minha vida, me fizeram culpada. Eu sou culpada, eu sei. Eu sou culpada em me envolver, eu sou culpada em não conseguir mais me desligar de você. — Acariciei seu couro cabeludo. — Nós nos olhamos de maneira intensa, e eu senti que poderia passar horas a adorando em palavras, contando a ela o que ela significava para mim. — Eu sou culpada por ter me aberto a todos esses sentimentos, a todas essas sensações. — Acariciei seu rosto, segurando o olhar terno e emocionado que ela me lançava. Suas unhas curtas desceram pela minha pele, me arrepiando, e umedeci meus lábios, tremendo como nunca antes. — E Lizzie, eu poderia trazer à tona mais de mil maneiras de dizer o quão *perdidamente apaixonada, por você, eu sou.*

O sorriso que eu a vi abrir foi tão enorme que seus olhos se tornaram pequenos. Ela ofegou, sacudindo a cabeça em um leve gesto de negação, demonstrando o quão incrédulo parecia naquele momento. Eu me sentia leve, podendo dizer a ela o que eu queria, da forma que eu queria, confessando em voz alta, para mim e para ela, o que eu realmente sentia.

— Você me ouviu bem? — perguntei, ofegante, massageando seu pescoço com mãos suadas e trêmulas, descendo para os ombros e voltando para o pescoço. — Eu sou perdidamente apaixonada por você. Talvez eu tenha me apaixonado naquele segundo em que me encantei. Talvez eu tenha provado da paixão muito antes de saber o que era. E eu posso dizer isso de tantas formas. Eu te disse isso de tantas formas durante esse tempo, em cada olhar e gesto. Você não sentiu? Você já deveria saber o que eu sinto por você. Você deveria saber que eu sou muito, muito apaixonada por você. Louca de paixão como nunca pensei que um dia ficaria. Eu poderia passar a noite inteira aqui, dizendo o quão apaixonada eu sou.

O barulho das ondas quebrando na praia, lá embaixo, enchia o apartamento, se misturando ao som alto de nossas respirações. Eu vi a umidade se concentrar nos olhos da mulher que me segurava com força, me encarando como se eu fosse uma obra divina. Era tanto sentimento naquele olhar, tantas palavras ditas, tanta ternura e tantas confissões. Era Lizzie e eu. Éramos nós como nunca havíamos sido antes. Era ela e eu, pela primeira vez, nos olhando claramente apaixonadas. Nada podia se comparar àquela sensação.

— De todas as coisas que eu já ouvi na minha vida, Carolina, nada me deixou tão emocionada como as que você acabou de me dizer — ela falou, e eu sorri, ao fechar meus olhos, encostando minha testa na dela, sentindo sua mão subir por minhas costas e se perder entre as mechas do meu cabelo. Lizzie beijou meu queixo — um beijo gostoso e delicado —, sacudindo o meu corpo. — Nada me fez sentir o quanto valia a pena estar aqui, até agora, até você aparecer. Eu quero ouvir todos os dias — ela continuou, e esfreguei meu rosto no dela, perdida naquele sorriso que jamais morreria, mordendo o meu lábio inferior, quando os seus tocaram a minha clavícula. — Me diga todos os dias o quão apaixonada por mim você é, me deixe ouvir, faça com que eu me sinta assim todos os dias, *sweetie*[1]. Seja a minha garota quente e apaixonada por todos os segundos que estivermos juntas e me deixe te mostrar que eu posso retribuir isso tão intensamente, da forma que você merece. Você é uma rainha, e eu estou aqui pra servir toda a minha paixão, em uma bandeja de prata, só pra você, Carolina, *só pra você.*

— Você me tem todinha, mas sou eu quem está no comando — eu reforcei a ideia de eu ser uma rainha e a vi soltar uma risada adorável e apaixonada,

1 Tradução: docinho.

enrolando os dedos nas pontas do meu cabelo. — E eu direi o tempo todo, eu nunca irei parar de dizer isso, Lizzie. Como uma boa leoa, vou cuidar do que é meu, porque, escute bem, *você, agora, é minha*, oficialmente minha. Eu vou te agarrar com garras e dentes. No meu território, ninguém entra. Vou cuidar de você do jeito que você merece. Então, por favor! Por favor, Lizzie, eu serei a melhor mulher que eu puder ser para você, e seja a melhor mulher que você puder para mim.

— Você já é a melhor mulher que, um dia, alguém foi para mim. Você é a melhor mulher que eu já conheci, Carolina, e eu te juro, eu prometo que irei retribuir os teus sentimentos com a mesma intensidade que você deposita em mim. Eu quero que tenhamos uma base sólida e que possamos evoluir juntas, construir o que for para ser construído, lado a lado.

— Como boas amantes e futuro casal? — eu perguntei, com o lábio inferior mordido, esfregando o meu corpo de leve no dela, sentada sobre seu colo. Lizzie suspirou, puxando um pouco a minha cabeça para trás, beijando o meu pescoço.

— Com toda a certeza do mundo!

Meu coração estava palpitando na minha cabeça, e eu soltei um suspiro longo, antes de afundar minha língua em sua boca quente, a beijando com todo o fervor que havia em mim. Lizzie embolou suas mãos em meu cabelo, me puxando mais para perto, grudando meus seios nus contra seus próprios seios. Meus braços rodearam seu pescoço, e eu me apertei nela, como se quisesse nos fundir.

A emoção corria em minhas veias, a paixão estava presente em cada poro, queimando e me arrebentando por dentro. O tesão descomunal que eu sentia por aquela mulher não me deixava raciocinar. Era como se eu não pudesse tirar as mãos dela, e eu não podia. Seus lábios molhados se desgrudaram dos meus e tocaram a minha orelha, e ela deixou escapar um gemidinho manhoso ao me sentir rebolar em seu colo.

— Eu não posso mais aguentar, Carolina. — Suas mãos apertaram minha bunda com força, abaixando as bordas da minha calcinha. Lizzie beijou minha orelha e sussurrou com a voz mais rouca que eu já tinha escutado: — Seja boazinha e fique de quatro pra mim, me deixa devorar você.

— Porra!

Eu nunca me cansaria de ficar de quatro para ela, de lado, de costas, de frente. Céus! Eu ficaria em qualquer posição que aquela mulher me pedisse, em qualquer lugar, e tinha certeza de que nós mesclaríamos a doçura à nossa familiar selvageria em todos os momentos.

Estávamos nos declarando uma à outra, sendo extremamente românticas há menos de cinco minutos, e logo depois, ela estava me colocando de quatro sobre aquele sofá e me fazendo repensar todos os orgasmos que tive em minha vida. Cada tapa que ela dava em minha bunda me fazia soltar um grito e xingar todos os palavrões possíveis, intercalando com o quanto eu a adorava e o quanto ela me fazia bem.

Se tinha uma coisa que eu amava na minha relação com Lizzie, era o fato de a água mudar para o vinho em questão de segundos, e a melhor parte era quando os dois se misturavam, preenchendo todos os cantos do mais suave romantismo e da mais ardente luxúria.

Acordei, na segunda de manhã, com um calor gostoso em minhas costas, me fazendo suspirar, antes mesmo de abrir os olhos. Mordi o lábio inferior, quando uma mão quente envolveu o meu seio direito, e me deixei gemer baixinho ao sentir uma boceta, mais do que molhada, roçar em minha bunda. Atrevida do jeito que eu era e sempre seria, empurrei o meu quadril para trás, me esfregando nela. Lizzie soltou um gemidinho contra a minha orelha, e eu abri meus olhos com preguiça.

— *Hmmm*, bom dia! — suspirei, levando minha mão para trás, enfiando os meus dedos entre as mechas de seu cabelo, enquanto sua boca beijava a minha nuca.

— *Good morning, sweetie*![2]

— Ah, inglês logo pela manhã... Sim, continue assim! — falei, e Lizzie riu baixo contra a minha pele, me arrepiando. Seus braços abraçaram a minha cintura, e eu virei de barriga para cima, encontrando seus olhos e seu corpo posicionado na minha lateral direita.

— Você fica linda quando acorda. — Ela acariciou o meu rosto com delicadeza, e eu logo beijei a palma de sua mão, entrelaçando nossos dedos. Sua voz com aquela rouquidão matinal a deixava ainda mais sexy.

Estávamos nuas, como todas as vezes que dormíamos juntas, e acordar ao lado dela daquela forma nunca teria preço.

— Pensei que eu fosse linda sempre, sabe? — Fiz uma careta e a vi sorrir, se curvando para beijar os meus lábios.

— Você é incrível!

Abracei seu pescoço, espalhando as coxas sobre o colchão macio, para recebê-la entre as minhas pernas. Lizzie se acomodou no meu centro, apoiando o peso de seu corpo com os cotovelos.

— Oh, tem alguém bem molhada aqui. — Remexi o quadril com suavidade, empurrando contra ela, que fechou os olhos e mordeu o lábio inferior. — Devo me considerar culpada?

— Ah, Carolina... Essa sua bunda me deixa louca! — Lizzie gemeu, selando os meus lábios com carinho. — Não dá para dormir encaixada em você daquela forma e não acordar molhada. Queria acordar já me esfregando em você.

Eu soltei uma risada excitada, achando linda a carinha envergonhada que ela fez, e abracei sua cintura com as pernas, capturando seu lábio inferior entre os meus, para chupá-lo de leve. Suspiramos juntas.

— Você pode se esfregar em mim sempre que quiser, eu adoro ser acordada assim.

---

2 Tradução: Bom dia, querida (amor).

Ela ergueu as sobrancelhas, gostando da minha ideia, e passei a mão pelo seu cabelo bagunçado e completamente sexy, observando seus olhos em um verde bem claro, por conta da luz da manhã.

— Você pode se esfregar na minha bunda agora mesmo e gozar bem gostoso nela. Eu gosto quando você me marca com o seu gozo, me deixa toda quente.

— Merda! — Ela me beijou de um jeito doce, apenas com uma carícia de lábios, e logo voltou a me olhar, tomando uma respiração longa. — Eu queria tanto, acredite em mim! Mas eu estou muito atrasada, e se eu começar a me esfregar em você agora, não irei parar tão cedo.

— Ah, não! — Fiz beicinho de criança chorona, fazendo cara de emburrada, virei o rosto para o lado e ouvi Lizzie rir, encostando a testa em minha bochecha e cheirando o meu pescoço. — Não quero papo com você mais.

— Ah, não faça assim comigo! — Sua mão direita correu pela lateral do meu corpo, e ela segurou uma de minhas coxas, enquanto distribuía beijos leves em meu pescoço. — Já está sendo difícil o bastante ter que me levantar daqui agora.

— Você não está ajudando, poxa! — choraminguei, me sentindo excitada o bastante, e deslizei minhas mãos por suas costas, descendo as unhas pela linha da coluna. — Se não vai gozar em mim, então pare de me atiçar, Lizzie. Não é justo.

— Eu gozo em você mais tarde, okay? Na sua bunda e onde mais você quiser. — Ela me deu um beijo no bico que eu fazia, e mais outro e outro. — Agora, desfaz esse bico lindo, desfaz.

— Não!

— Sim! — Lizzie puxou meu lábio inferior entre os seus e mordeu de leve, me fazendo sorrir. — Você é muito dengosa, e eu amo tanto isso! Odeia ser contrariada, não é?

— Detesto. — Rolei meus olhos e a ouvi rir.

— Eu sei. — Lizzie se apoiou em suas mãos e beijou minha testa, antes de sair de cima de mim, se sentando na cama e deslizando para a beirada. — E eu amo isso em você, nunca mude. — Ela me olhou por cima dos ombros, antes de esticar os braços sobre a cabeça, se espreguiçando.

Eu virei de bruços, na cama, e abracei o travesseiro, apoiando meu queixo nele, enquanto a observava. Tão linda! Peguei-me sorrindo ao notar os arranhões em suas costas, ao notar sua pele branca como leite, marcada por inúmeras linhas vermelhas, e mordi meu lábio, satisfeita com o meu trabalho. Lizzie prendeu os fios bagunçados de seu cabelo em um coque no alto da cabeça e se levantou, me deixando ver sua nudez sem-vergonha, sua bunda linda e grande me fazendo salivar. — Psiu! — chamei-a, com as bochechas quentes, enterrando o meu rosto no travesseiro, antes de voltar a olhar para ela, me sentindo boba de tão apaixonada. Ela me olhou, com um sorriso, já perto da grande porta da varanda, que separava seu quarto de uma sacada incrível, com vista para o mar de Copacabana. — Você é linda! — Vi Lizzie corar intensamente.

— Pare de me deixar com vergonha.

— Linda! — eu disse de novo, mandando um beijinho.

— Pare! — Ela riu toda tímida, me deixando louca.

Ah, que coisa! Por que ela tinha que mexer tanto comigo?

— Linda! Linda! — Mandei outro beijo, seguido de uma piscadela. — Linda pra caramba! Vem cá, vem!

Lizzie negou com a cabeça, enquanto ria envergonhada, dando uma olhada pela porta da varanda, antes de vir andando até a cama, atendendo ao meu pedido. Coloquei-me de quatro sobre o colchão e engatinhei até a beirada, selando seus lábios, quando ela se curvou para ficar da minha altura. Trocamos uma sequência melosa de selinhos entre sorrisos, enquanto suas mãos acariciavam o meu rosto.

— Você faz o meu dia muito, muito melhor, sabia? — Lizzie quis saber.

— *Hummm!* — Selei seus lábios outra vez. — Sabia.

Nós soltamos uma pequena risada, e Lizzie voltou a se erguer, acariciando o meu cabelo.

— Convencida — falou, e sorri para ela, me sentando na cama. — Vou tomar um banho, está bem? Preciso me arrumar em dez minutos, e ir para o trabalho. Você quer passar o dia aqui, com Joker?

— Eu adoraria, mas hoje meu dia será cheio — suspirei, já cansada só de pensar no tanto de coisa que tinha para fazer. — Norminha e eu temos que ir até a faculdade, resolver algumas pendências, depois eu tenho que levá-la até a WorldOfX, como você pediu, lembra? De lá, nós vamos ao Outback e, depois, fazer umas comprinhas para Eduarda no shopping. Se der tempo, ainda irei ao terreiro, que fica um pouco longe daqui. Ou seja...

— Entendo! — Lizzie suspirou, com os ombros baixos, dizendo enquanto caminhava na direção do grande closet que havia naquele quarto: — Eu queria poder te acompanhar nessas missões de hoje, ao invés de ir trabalhar. — Ela sumiu dentro do closet, e podia ouvi-la abrir e fechar as gavetas.

Joguei-me de costas na cama, fitando o teto. O sol brilhava forte lá fora, com o céu azul, e ouvi o barulho das ondas quebrando na areia. Seria um dia quente e agitado. Bocejei, sem a mínima vontade de me levantar dali.

— Quem dera passar o dia todo com você hoje, gringa — suspirei, bocejando outra vez. — Mas vamos trocar mensagens o dia inteiro, não se preocupe.

— Tenho certeza disso. — Lizzie apareceu novamente, com algumas roupas em mãos, e me mandou um beijinho ao abrir a porta do banheiro. — Vou entrar no banho. Já volto, linda!

Sorri para ela e fiz um gesto de positivo com a cabeça, vendo-a sumir da minha visão. Ela não trancou a porta, apenas encostou, e logo ouvi o barulho da água caindo da ducha. Fiquei mais sonolenta ainda. Considerava cochilar mais cinco minutinhos, antes de ouvir o meu celular começar a tocar embaixo do travesseiro. Levei um susto e abri os olhos, com o coração disparado.

— Que merda! — resmunguei, irritada. Odiava quando estragavam o meu cochilo. Tateei embaixo do travesseiro, pegando o celular e atendendo à chamada, sem nem ao menos olhar quem era. — O que é, porra? — resmunguei novamente, pouco me fodendo para quem era do outro lado. Aquilo lá era hora de ligar para alguém?

— *Olha como que tu fala comigo, hein, sua imunda! Te quebro na porrada* — era Norminha, e eu não pude impedir um sorriso de surgir em meus lábios com sua resposta desaforada. — *Me atende assim de novo, que tu vai perder todos esses dentes bonitinhos que tem na boca.*

— Vai se foder, viado! Porra! — reclamei, me virando de lado na cama e enterrando meu rosto no travesseiro. — O que tu quer essa hora? Vai fazer algo útil, vai dormir.

— *Essa hora? São 9h, Carolina! Já era pra você estar acordada há séculos* — ela falou, e eu suspirei, me espreguiçando. — *Tava dormindo ou tava fodendo? Com essa voz que você tá, parece que atrapalhei uma trepada.*

Soltei uma risada frustrada, me virando de barriga para cima outra vez, dobrando os joelhos.

— Felizmente, eu não estava trepando, porque, caso estivesse, você já estaria morta — eu disse, e Norminha riu do outro lado. — Lizzie está tomando banho, para trabalhar. Acordamos agora. Que horas nos encontramos? Quer que eu vá te buscar?

— *Não precisa, Carol, eu te encontro aí, na portaria de Lizzie, às 9h30. Ou seja, levanta logo dessa cama e fica bem gostosinha, pra mim, naqueles shortinhos curtos.*

Ai, Norminha! Eu soltei uma gargalhada, me sentando na cama, e deslizei a mão pelo cabelo, começando a me arrastar para a beirada.

— Seu desejo é uma ordem! — falei.

— *Assim que eu gosto*! — Norminha riu, e ouvi o som da voz de tia Rita ao fundo. — *Estou indo deixar mamãe na casa dos O'Connell's e logo estou aí, Carol. Até daqui a pouco! Te amo!*

— Te amo muito! — Desliguei o celular e o taquei em cima da cama, antes de me levantar, me espreguiçando. Era hora de começar o dia.

Lizzie saiu do banheiro poucos minutos depois, vestida em uma saia social coladinha em suas curvas, em um tom escuro de cinza. Ela abotoou a blusa de seda branca, e pude enxergar seu sutiã da mesma cor, rendado. Como ela era sexy, puta que pariu! Seu cabelo estava molhado, cheirando a shampoo importado. Nos pés, um lindo par preto de scarpin, a deixando com aquele ar familiar de CEO. Toda poderosa e fatal. Eu nunca iria me acostumar.

— Uau! — eu exclamei, depois de vestir um roupão, a observando sorrir, enquanto ajeitava as mangas da blusa social. Eu me aproximei dela devagar, parando em sua frente e levando as mãos até a gola de sua blusa, ajeitando-a. — Pronto! Agora, está perfeito. Você fica linda demais dentro dessas roupas. Queria ter uma chefe como você. — Lancei-lhe uma piscadela e selei seus lábios, me afastando. Lizzie caiu na risada, dando uma palmadinha na minha bunda.

— Safada! — Ela mordeu o lábio inferior e andou até uma pequena cômoda branca, que ficava ao lado da cama, pegando o relógio e o colocando no punho esquerdo. — Vai tomar banho pra sair agora?

— Sim. — Abri minha bolsa sobre a poltrona e peguei uma calcinha limpa e um sutiã. — Norminha me ligou. Às 9h30 nos encontraremos aqui embaixo. Vamos à faculdade, resolver as coisas, e depois vou levá-la até você. Okay? — Olhei para ela, enquanto segurava minhas coisas, a observando deslizar os anéis em três de seus dedos e, logo depois, o cordão delicado de ouro branco no pescoço. Adorava suas joias, deixavam-na ainda mais sexy.

— Okay! — Trocamos um sorriso, e Lizzie se aproximou. — Já estou de saída, mais do que atrasada. Danielle está me esperando. — Suas mãos rodearam minha cintura, e eu amoleci no mesmo instante. Ela estava tão cheirosa. — Me dá um beijo de despedida.

— Só um? — sussurrei, já envolvendo meus braços em seu pescoço, e ela sorriu na minha boca, roçando nossos narizes.

— Dois.

Eu ri e a beijei com carinho, me colocando nas pontas dos pés, para ficar do mesmo tamanho que ela. Não nos beijamos por muito tempo, e quando nos separamos, Lizzie depositou um beijo terno em minha testa.

— Até mais, linda! — Pegou a bolsa sobre a poltrona e beijou minha boca de novo. — Tenha um bom-dia!

— Você também, minha executiva favorita.

Lizzie corou nas bochechas e sorriu para mim, me mandando um beijinho e se afastando, apressada, abrindo a porta do quarto e dizendo, antes de fechá-la:

— Te ligo!

Lancei outro beijinho e a vi sumir, me deixando ali, com um suspiro e uma saudade antecipada.

Depois de um banho rápido e de comer qualquer coisa na cozinha de Lizzie, saí apressada para encontrar Norminha, que me xingou de todos os nomes, por ter me atrasado dez minutos. Nós fomos até a faculdade e resolvemos o que tínhamos que resolver em menos de uma hora. Logo depois, levei Norminha até a WorldOfX, onde Lizzie a esperava, atrás de sua enorme mesa de CEO, numa sala rodeada por vidros, que escureciam ao apertar um botão.

Eu fiquei doida ao vê-la encostada contra a mesa, com os braços cruzados embaixo dos seios e óculos de grau no rosto, enquanto nos explicava tudo que aconteceria com Norminha ali dentro a partir do dia seguinte. É claro que eu brisei a conversa inteira, porque estava mais ocupada em fantasiar um sexo bem gostoso com ela sobre aquela mesa ou sentada na cadeira. Quem poderia me culpar? Ela era gostosa demais para que eu pudesse deixar passar.

Danielle estava toda besta. Não sei se era por ter Norminha ali ou pelos benefícios que ela receberia com aquele trabalho. Eu estava feliz por minha amiga, ela merecia aquela chance mais do que ninguém. Lizzie e eu nos despedimos com um beijinho no rosto, fazendo Danielle e Norminha rirem da cara frustrada que eu fiz, ao sair de sua sala.

Quando saímos da empresa, quase uma hora depois, mortas de fome, eu passei em casa, para ver Eduarda e Elis, antes de seguir para a Zona Oeste, até o Outback do New York City Center, localizado na Barra da Tijuca. Um pouco longe da Zona Sul, mas valia a pena. Norminha e eu estávamos almoçando no Outback, com uma conversa agradável e muitas risadas. Eu ainda não havia dito a ela sobre Lizzie e eu termos nos confessado uma à outra, e aquele era o momento perfeito para contar.

— *Hummm...* — eu resmunguei, enquanto sugava o canudinho no meu copo de Coca, sentada de frente para Norminha no banco acolchoado. — Preciso te contar uma coisa.

— O que é? Tá grávida? — ela perguntou, e arregalei os olhos. — Não me diga que tu traiu a gringa e se embuchou, Carolina. Eu te mato. Tu e essa criança que ainda nem é criança.

— Aff, Norminha! — Eu comecei a rir e joguei uma bolinha de guardanapo nela, negando com a cabeça. — Claro que não, cala a boca!

— Eu hein, viado! Me assustou. Nunca veio com esse papo de que precisava me contar algo, fiquei logo apavorada. — Ela levou a mão ao peito, fazendo uma careta. — Mas me diga, o que houve? — Norminha retirou um pedaço da costela, coberta de molho barbecue, de seu prato, levando-o até a boca.

— Então... Não sei como dizer isso sem sorrir como uma idiota. — Deslizei os dedos pelo cabelo, mordendo o lábio. — Lizzie disse que está apaixonada por mim e que quer construir muito mais comigo.

Norminha ficou me encarando, sem dizer nada, com seu rosto sem expressão. Apenas o garfo, em sua mão, balançava de um lado para o outro. Eu comecei a ficar envergonhada.

— O quê? — perguntei, encolhendo os ombros.

— Mas tu é burra, hein, Carolina! Puta que pariu, *mermão!* — Norminha largou o garfo no prato, rindo. — E ela precisava dizer? Tu só foi notar isso agora? Pelo amor de Deus! Até quem passa na rua, ao lado dela, sabe que ela arrasta um bonde por você, que quer casar e ter filhos, algo assim.

— Ela não quer casar e ter filhos. — Eu me encolhi, como se quisesse me esconder.

— *Aham*, e eu não quero trepar até cansar, essa noite, com Danielle. — Norminha me tacou de volta a bolinha de papel que havia tacado nela. — Me poupe, bunduda! Se você propuser casamento a essa gringa gostosa, ela aceita. Ai, mas eu fiquei animada agora. E você? Disse o mesmo? Disse que também está apaixonada?

Cobri o rosto com minhas mãos, sem conseguir parar de sorrir, ao me lembrar da declaração que fizemos, e em seguida, me sentei direito, suspirando. — Disse — contei, e ela bateu palminhas. Tinha certeza de que daria um berro, se estivéssemos do lado de fora. — Ai, Norminha... Foi tão perfeito. Nossa! Eu pareci uma louca, me declarando pra ela. Nem pensei, saí falando tudo o que sentia e queria. Espero que ela não tenha se assustado.

— Duvido! Essa mulher é caidinha demais por você pra isso, Carol. Sério! Dá pra ver na cara dela, sabe? — ela comentou, e mordi meu lábio, me esquecendo completamente da minha comida. — Mas e agora, estão namorando?

— Não. — Dei de ombros.

— Como não? — Ela me olhou, entediada, torcendo os lábios. — Se declararam apaixonadas e não estão namorando. Vocês comem merda?

— Norminha! — exclamei, rindo sem graça, e ela negou com a cabeça, antes de voltar a comer. — Não falamos sobre namoro, estamos bem assim, ué!

— Assim como? Se comendo com certos direitos a cobrança? — Ela riu, debochada. — Façam essa porra direito. O que vocês têm a perder?

— Eu não quero namorar escondido, preta, e teria que ser assim no começo. Quando for pra namorar, quero poder andar de mãos dadas e frequentar a casa dos O'Connell's, sem ter que omitir nada. Então, deixa as coisas se ajeitarem, deixa o tempo passar, deixa as águas rolarem, okay?

— É, você está certa! — Norminha bebeu um pouco de Coca. — Mas o importante é que vocês pararam de cu doce e se declararam. Não aguentava mais aquela ladainha de "odeio rotular e mimimi e blá-blá-blá". Chatas pra porra!

— Você me ama muito mesmo, né? Puta merda! — perguntei, encarando-a com um sorriso, me ocupando em comer mais do meu macarrão com molho de camarão. — Eu quero te beijar agora, o que você acha disso?

— Não sou capaz de opinar — ela respondeu, e eu explodi em uma gargalhada, me engasgando com a Coca e chamando a atenção das pessoas ao redor. Levei a mão até a boca e senti minhas bochechas esquentarem. Norminha me olhava, igualmente risonha, limpando a mão com um guardanapo.

— Eu amo quando você solta esses memes. Rainha do Twitter.

— O meu poder é foda, garota, eu posso ser a rainha de qualquer lugar em que pisar.

— Vejo um ascendente em leão? — Ela riu, divertida, me dando uma piscadela.

— Pode crer, mana, esse ascendente está no meu mapa.

— Sabia!

Nós conversamos e rimos um pouco, enquanto terminávamos de comer. Ao sair do Outback, paramos em algumas lojas de roupa e enchemos muitas sacolas. Eu adorava dar presentes, e se fosse para presentear amigos e a minha irmã, seria melhor ainda. Comprei praticamente um closet inteiro de roupas sociais para Norminha, e tudo o que ela iria precisar para se vestir e trabalhar na WorldOfX.

Norminha detestava quando eu fazia aquilo, quando gastava dinheiro com ela, mas não tinha como discutir com uma leonina. Se eu queria, fazia e pronto. Além do mais, eu amava mimar minhas amigas. Andamos pelo shopping com tantas bolsas que mal podíamos carregar. Quando parei de frente à vitrine de uma loja de sapatos importados, vi os olhos de Norminha brilharem diante de um par de solas vermelhas, exclusivo, o único par exposto. Ela disfarçou, parecendo sem graça por se encantar.

— Ei! — chamei-a, cutucando seu ombro. — Você gostou?

— Do quê?

— Daquele bebê em exposição. — Apontei para os sapatos e a vi dar de ombros, suspirando.

— Gostei! São bonitos, né? Vou comprá-los com o meu primeiro salário que ganhar na WorldOfX. — Ela sorriu, tímida. — Por que não vamos à Leader rapidinho? Quero comprar uma sapatilha pra mim e uma pra mamãe.

Ela estava mudando de assunto, pois sabia qual era a minha intenção. E repito, ela realmente se irritava com a minha mania de querer pagar tudo pra ela. Mesmo quando ela tinha dinheiro, eu gostava de pagar, de presenteá-la. Se eu não pudesse gastar meu dinheiro com as pessoas que eu amava, ia gastar com o quê?

— Sapatilha? Você não vai entrar naquela empresa de sapatilha. — Coloquei as sacolas de roupa no chão e puxei a pequena bolsa pendurada em meu ombro para frente, abrindo-a e pegando o meu cartão. Norminha negou com a cabeça, já desesperada. — Toma! Vai até lá e compre essas solas vermelhas. A senha do cartão é 7869. Débito.

— Nem pensar, Carolina! — ela esbravejou. — Nem morta você vai dar mais de mil em um presente pra mim. Vamos embora!

— Norminha... — chamei-a, sorrindo, querendo rir da sua carinha irritada.

— Não vem com essa de Norminha, Carol! Que coisa! Já disse que detesto que gaste dinheiro comigo. Olha só pra isso tudo! — Ela abriu os braços e sacudiu as bolsas que segurava. — Já gastou o bastante em roupas, agora chega!

— E daí? Amiga serve pra isso, Norminha. Somos amigas ou não somos? Amigas se ajudam, dão presentes, fazem de tudo pra ver as outras felizes. Para com isso, entra nessa loja e compra esses sapatos. — Estendi a mão com o cartão. — Eu quero você linda naquele setor, colocando todo mundo de joelhos. Toma!

— Eu não quero. Deixa disso!

— Se você não entrar e comprar, eu mesma vou, e aí comprarei dois, ao invés de um, e você sairá daqui com dois mil reais em sapatos. — Abri meu melhor sorriso, para convencê-la, sacudindo o cartão na sua frente. Ela bufou, irritada, batendo o pé centenas de vezes, antes de puxar o cartão da minha mão. Comemorei.

— Eu vou te pagar cada centavo disso, nem que eu tenha que trabalhar por toda a minha vida.

Eu me aproximei dela e beijei seu rosto, a fazendo sorrir de forma tímida. Ver Norminha com timidez era raro, muito raro.

— Vai nada! Enquanto eu puder comprar, você terá. Eu amo te dar presentes e ver esse seu sorriso lindo. — Empurrei-a pelos ombros na direção da loja. — Agora, vai! Vou até a loja de jogos, caçar algo para Eduarda, e te espero lá.

— Obrigada, Carol! — ela agradeceu, com os olhos brilhando, como se quisesse chorar.

— Não por isso. — Lancei-lhe uma piscadela e apontei a porta da loja, indicando que ela deveria entrar. Trocamos um sorriso, e a vi sumir da minha frente, me deixando imensamente feliz.

Amizade é isso, afinal, não é? Um ombro amigo para chorar, um abraço acolhedor, bons conselhos quando necessário, bons esporros. Se uma não tem dinheiro, em certo momento, e a outra pode emprestar ou dar, então por que não ajudar? Ser amiga vai muito além das noites de bebedeiras, ser amiga é, principalmente, fazer a diferença na vida daquela pessoa e caminhar positivamente com ela.

Depois de deixar Norminha em casa e subir para o meu apartamento, apenas para tomar um banho e ver Elis, entrei no carro e segui para o apartamento de Lizzie. Eduarda iria dormir, naquela noite, na casa de uma amiguinha do colégio, para estudarem juntas. Lógico que eu conhecia a menina e a família dela inteira, e logo ligaria para verificar como andavam as coisas com ela.

Meu pai, como sempre, estava enfiado naquele hospital. Eu me perguntava quando ele iria se mudar de vez para lá. Assim que entrei na grande sala daquela cobertura em Copacabana, Joker veio correndo até mim, pulando e latindo, todo desesperado, como se estivesse com saudade. Peguei-o no colo, beijei entre suas orelhas, caminhando com ele na direção do quarto, o coloquei sobre a cama e me sentei, pegando meu celular no bolso, para enviar uma mensagem à Lizzie.

Ei, estou no seu apartamento, acabei de chegar. Você vai sair que horas hoje? Estou morrendo de saudade!

Coloquei uma mecha de cabelo atrás da orelha e suspirei, cheia de dor nas costas. Carregar todas aquelas coisas havia acabado comigo. Alguns minutos depois, meu Iphone vibrou, com a chegada de uma mensagem. Sorri, antes mesmo de ler:

Oi, sweetie! Cancelou um dos seus compromissos?
Vou sair em uma hora e meia, só estou terminando de assinar alguns documentos e terei uma breve reunião.
Também estou morrendo de saudade.

Vamos sair para jantar?

Uhum, cancelei, sim, não vou mais ao terreiro hoje. Falei com minha mãe de santo e ela deixou para a semana, aí sobrou tempo e cá estou.
Claro que sim! Aonde você quer ir?

Eu me joguei de costas na cama, depois de responder à mensagem, recebendo um Joker afobado perto da minha cabeça, que começou a lamber o meu rosto, me fazendo rir. Acho que ele sentiu o cheiro de Elis.

Tem um quiosque aí mesmo, na praia, maravilhoso, há um prato de frutos do mar, em especial, que é um luxo, de tão gostoso.

Você quer ir lá?
É perto e não nos cansaremos muito mais.

Eu adoraria.
Vou tomar um banho e te esperar, okay?

Não demore, por favor, estou louca por um beijo.

Mandei e mordi meu lábio inferior, imaginando sua expressão.

Vou te dar muito mais do que isso, linda, muito mais! Até daqui a pouco!

Suspirei com a sua promessa, me sentindo esquentar na mesma hora, só de imaginar.

Amei ler isso, estou ansiosa. Até mais!

Depois da rápida troca de mensagens com Lizzie, tomei um banho longo e quase gelado. O clima estava muito quente, cheguei toda suada, e nada como sentir as gotas geladas escorrerem pelo corpo. Saí do banheiro com o cabelo molhado e coberta por um dos roupões de Lizzie, ouvindo a campainha tocar.

— Puta que pariu! — Eu devo ter ficado pálida, pois senti o sangue fugir do meu rosto. E se fosse Tia Norah e Tio Antony? Se fosse tia Rita? Eu estaria fodida, muito mais do que fodida.

Tocou de novo, e eu andei para a sala, apavorada, nas pontas dos pés, para não fazer barulho. Eu me aproximei da porta, para olhar pelo olho mágico e ver quem era, sentindo um alívio percorrer minha espinha, quando não vi minha futura sogra, muito menos meu futuro sogro. Prendi o roupão direito e abri a porta, olhando para o garoto de mais ou menos 19 anos, me encarando, embasbacado, com um buquê enorme de rosas vermelhas nas mãos e uma caixa retangular de bombons.

— Senhora Carolina? — ele perguntou.

— Eu mesma — respondi, olhando para o buquê, sentindo meu coração acelerar, mas fiquei com aquela pequena vontade de completar: "*Eu mesma, Carolina Mello*". Acabei engolindo uma risada.

— Bem, são para a senhora. — Ele estendeu os braços, para que eu pudesse pegar as coisas. E foi o que eu fiz, me derretendo todinha, ao levar o nariz até as rosas e cheirá-las. Tão bom! — Precisa assinar aqui embaixo, para constar que recebeu o buquê e os bombons.

— Ah, você pode assinar para mim? Escreva Carolina Bittencourt aí e pronto. Estou com as mãos cheias. — Abri um sorriso pequeno, e o menino balançou a cabeça, apressado, apoiando o papel na parede e rabiscando o que imaginei ser o meu nome. — Pronto?

— Sim, senhora!

Abri um sorriso, sem dentes, para ele e coloquei o pé atrás da porta, indicando que iria fechá-la.

— Boa noite!

— Boa noite e obrigada! — agradeci.

Ele apenas sacudiu a cabeça e se foi, me deixando bater a porta.

Caminhei, com o buquê e a caixa até a grande mesa da sala de jantar, colocando as coisas sobre ela. Eu não conseguia parar de sorrir, muito menos controlar o meu corpo e impedi-lo de vibrar. Havia um cartão no grande buquê, e eu o peguei, para retirar o papel branco do envelope, sorrindo com a caligrafia perfeita.

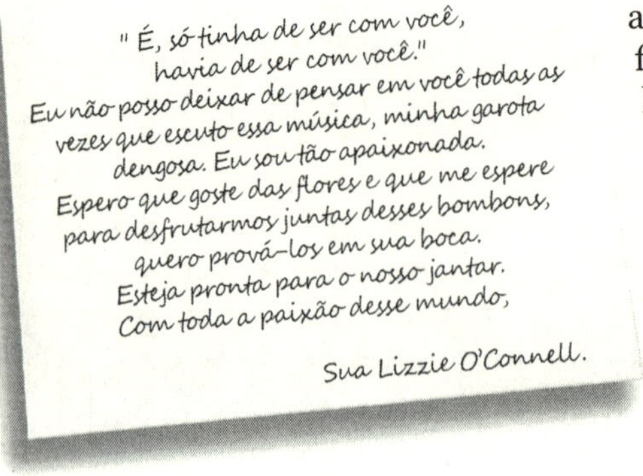
" É, só tinha de ser com você,
havia de ser com você."
Eu não posso deixar de pensar em você todas as
vezes que escuto essa música, minha garota
dengosa. Eu sou tão apaixonada.
Espero que goste das flores e que me espere
para desfrutarmos juntas desses bombons,
quero prová-los em sua boca.
Esteja pronta para o nosso jantar.
Com toda a paixão desse mundo,

Sua Lizzie O'Connell.

— Ah, Lizzie! — eu choraminguei, afundando o meu rosto naquelas flores e soltando um suspiro tão longo que me fez ficar de pernas bambas. Deveria ser proibido ela fazer aquelas coisas comigo, mexer daquele jeito com o meu coração, minha mente, meu corpo. Eu mal podia esperar para enchê-la de beijos e agradecer-lhe por ser tão incrível.

O nosso jantar foi maravilhoso. Eu me fartei de frutos do mar, com algumas exceções, bebemos um vinho branco, para acompanhar, comemos profiteroles, de sobremesa, e caminhamos pelo calçadão, em meio a todas aquelas pessoas que, como nós, curtiam a noite quente do Rio de Janeiro. Os quiosques estavam lotados, mesmo sendo segunda-feira, ninguém parecia ligar para o fato de trabalhar no dia seguinte.

Puxei Lizzie pela mão, nós fomos em direção à beira do mar e entrelacei nossos dedos, enquanto andávamos sobre a areia molhada, sentindo as ondas acariciarem nossos pés. Meu cabelo voava contra o meu rosto, e Lizzie não conseguia retirar o seu de cima de seus olhos. Eu abri um sorriso, ao vê-la lutando contra o vento, e me dediquei em fazer o trabalho por ela. Quando satisfeita, me coloquei nas pontas dos pés descalços e selei seus lábios.

— O mar está tão calmo hoje, nem parece Copacabana. As ondas perderam a força do nada — Lizzie comentou, distraída, me abraçando por trás quando paramos para observar as ondas, e me acomodei em seus braços.

— Não fale isso, que logo ele vai ficar muito mais do que agitado. Não subestime Yemanjá — eu disse, rindo, e ela me acompanhou, beijando a minha cabeça.

— Longe de mim, peço até desculpas! — ela exclamou, e eu sorri, fechando os meus olhos por um momento. — Um dia, vamos fazer uma viagem de barco. Podemos sair daqui mesmo e ir bem longe, o que você acha? Só eu e você, ou podemos levar Norminha e Danielle também. Quem sabe, Alicia e talvez aquele namoradinho dela.

— Eu acho uma ideia ótima, podemos fazer programa de casal. — Concordei, animada, me virando de frente para ela. — Eu gosto de lanchas.

— Eu também amo, ainda vou comprar uma.

— Será um ótimo negócio. — Selei seus lábios e peguei em sua mão. — Vamos nos sentar um pouco ali, minhas pernas estão doendo.

Lizzie concordou e entrelaçou nossos dedos. Em seguida, caminhamos mais para trás e nos sentamos na parte em que a areia estava seca. Ela abriu as pernas, e eu me sentei entre elas, me acomodando. Ficamos abraçadas por alguns minutos, sem dizermos nada, apenas aproveitando a companhia uma da outra e a visão do mar calmo de Copacabana. Pouco tempo depois, vi uma sombra se aproximar, por trás de nós, e me assustei na hora, mas quando vi que não passava de um menino de mais ou menos 14 anos, relaxei outra vez.

— Tem um baseado *aê,* tia? — ele perguntou à Lizzie, se agachando ao lado dela. Senti a mulher atrás de mim me apertar mais forte e dei de ombros, voltando a olhar o mar. Ele estava descalço, com a camisa velha e rasgada, assim como o bermudão preto que vestia.

— Um o quê? — Lizzie perguntou, um pouco tensa, e eu acabei rindo baixinho.

— Um baseado — o menino respondeu, e eu olhei para ele, que encarava Lizzie com um sorriso pequeno. — Maconha, erva, aquela coisa que nós enrola no papel e fuma, tá ligado?

— Ah, eu... — Lizzie tossiu, completamente incomodada. — Eu não tenho isso, me desculpa!

Quis rir de seu jeito tímido diante daquela pergunta e me sentei um pouco de lado, ficando de frente para o garoto.

— E você, moça, tem? — ele perguntou a mim, e eu neguei com a cabeça.

— Não tenho, sinto muito! — lamentei com um som estranho, entortando a boca.

— Valeu aí, tia! — Ele me ofereceu um sorriso e se levantou, se afastando de nós e começando a andar na outra direção.

— Você ficou nervosa — não foi uma pergunta, eu afirmei, ao voltar a encostar no corpo de Lizzie.

— Sim, me desculpe! Eu fiquei sem reação com a pergunta dele e me entristeceu ver seu estado.

— Normal isso por aqui, vai se acostumando. Vira e mexe, você ouvirá essa pergunta, mas nem sempre será só maconha o que alguns irão querer. Então, é bom prestar bastante atenção. Tem sempre aquele que quer meter a mão no seu bolso e pegar o que tiver lá.

— Isso é triste! — Lizzie suspirou no meu pescoço, me abraçando com mais força. Sim, era. — Você já usou?

— O quê? — suspirei, esticando minhas pernas na areia.

— Maconha.

— Já — respondi, sincera. Não tinha por que mentir, né? — E parei porque detestava parecer uma louca, sem controle nenhum dos meus movimentos. — Eu ri, me lembrando das vezes que fumei. — Sério mesmo, Lizzie, você já viu alguém chapado de erva?

— Nunca, nem quando jovem.

— Você iria rir, é engraçado. Fica tudo em câmera lenta, parecemos aqueles bichos-preguiça. Fora que depois bate uma *larica* horrível. Ai, fumar maconha não é pra mim, gosto mesmo é de encher a cara de cerveja.

Lizzie riu baixinho, acima da minha cabeça, acariciando o meu braço. — O que é larica?

Eu ri, entrelaçando nossos dedos sobre a minha barriga. — É uma fome sem controle.

Ela gargalhou, e o som da sua risada contra o meu ouvido acabou me arrepiando. — Vocês possuem cada palavra aqui, vai demorar anos até eu me acostumar.

— Que nada, daqui a pouco você está *manjando* de tudo.

— Não sei o que é manjar, mas tudo bem, não precisa dizer.

Eu ri e me virei de frente para ela, observando seus olhos em um tom escuro de verde, erguendo a mão para acariciar seu rosto.

— Você é linda demais, sabia? Nunca vou cansar de dizer. — Beijei sua boca, sentindo seus braços me puxarem mais contra si. — E eu estou tão apaixonada.

— É? Muito? — Lizzie perguntou, manhosa, enfiando a mão por dentro da minha camisa e tocando a minha barriga.

— Muito, mais do que posso dizer agora.

— Vamos para casa, e aí, você pode me mostrar. — Ela sorriu contra a minha boca, chupando o meu lábio inferior, e senti meu corpo todo estremecer.

— Só se for agora.

Trocamos mais um beijo, nos levantamos entre risadas e mais alguns amassos, e caminhamos de volta para o calçadão, de mãos dadas, tirando a areia das roupas e nos olhando com tanta malícia e paixão que poderíamos colocar fogo em qualquer coisa. Calçamos nossos sapatos quando chegamos no calçadão, e atravessamos a rua correndo, rindo de tudo e de nada. O grande portão branco do prédio de Lizzie estava sendo aberto assim que nós ganhamos a sua calçada, e eu paralisei no lugar, ao ver quem estava saindo de lá.

Meu coração saltou no meu peito, e senti Lizzie apertar minha mão com tanta força que quase quebrou os meus dedos. Com aquele gesto, ela deixou claro para mim que não queria que eu a soltasse, que não queria nos esconder. A mulher olhou para nós, de início, feliz, e imaginei ser por finalmente ter nos encontrado. Ela tinha uma bolsa pendurada no ombro esquerdo e um grande pote azul nas mãos.

Aí, quando tudo não poderia ficar pior, seu olhar foi descendo pouco a pouco, até focar os meus dedos entrelaçados aos de Lizzie. Sua boca se abriu um pouco, e seus olhos logo voltaram aos nossos rostos, apenas para caírem até nossas mãos unidas novamente. Naquele momento, ela parecia estar diante de um fantasma, e eu senti a mão de Lizzie suar contra a minha, antes de ouvir minha voz sair engasgada.

— Tia Rita? — Engoli a saliva. — O que... você está fazendo aqui?

Capítulo 18

Colo de menina

Lizzie

A última vez que me senti tão aflita foi quando contei aos meus pais sobre minha sexualidade. A palma das mãos suando, uma gota de suor descendo na têmpora esquerda, a tremedeira... Era uma sensação desagradável, que eu não esperava sentir novamente, mas lá estava ela. Carolina apertou minha mão com tanta força que sentia o sangue parar de correr para os meus dedos, enquanto Rita alternava seu olhar entre nosso rosto e nossas mãos. Ela ajeitou a bolsa no ombro direito e abriu um sorriso sem graça.

— Ah... Boa noite, meninas! Eu estava passando por aqui e decidi trazer um pouco de arroz e feijão fresquinhos e um pudim de chocolate. Achei que fosse querer, Lizzie.

— Rita, *I don't know how to*[1]*... I mean...* Quero dizer, existe uma explicação pra isso e...

— Você gosta de pudim de chocolate, não é? Espero não ter vindo à toa. Não queria atrapalhar, mas sua mãe falou que você já estava em casa a essa hora. — Ela verificou os potes um por um, sorrindo, totalmente constrangida. — Se não quiser, eu posso levar pra casa. Sei que Norminha vai gostar.

— Tia Rita, por favor, acho que nós precisamos conversar sobre isso.

— Carolina, imagina, não precisa se explicar comigo. — Ela estendeu os recipientes na nossa direção e engoliu em seco. — Aqui, não precisa se preocupar em devolver os potes tão cedo, eu pego depois.

— Rita, por favor, eu gostaria que você subisse um pouco, para conversarmos. Está escurecendo, e ficar na rua não é um lugar muito bom. Posso chamar um carro de aplicativo, pra te deixar em casa, ou te levo de carro. Meu pai deixou comigo.

— É... Eu também estou com o meu carro, tia.

— Imagina, meninas, eu posso pegar um ônibus e, em um segundo, estou em casa. Já está tarde pra vocês me deixarem no pé do morro. Perigoso até.

— Rita de Cássia, por favor... Eu insisto.

— Eu... Olha, eu realmente não quero atrapalhar ninguém.

1 Tradução: Eu não sei como...

— Não vai atrapalhar. — Carolina se aproximou dela, segurou os potes e Rita abraçou a bolsa com força, um pouco nervosa. — Vamos, tia. Você sobe um pouco, bebe um copo d'água e escuta o que temos pra dizer.

Ela não fez mais objeções, enquanto Carolina entrelaçava seu braço no dela e a guiava para dentro do prédio. Demorou para que eu saísse do lugar e seguisse as duas em direção aos elevadores. Senti meu coração bater cada vez mais rápido. Não conhecia Rita, para saber o que ela achava sobre o que tinha visto, e fiquei receosa por Carolina, que a tinha como uma mãe postiça. Não gostaria de ser a responsável por um possível distanciamento entre as duas. Será que isso afetaria Norminha?

Minha cabeça girava com a quantidade de informações e possibilidades infinitas de como ela reagiria, quando escutasse que estávamos juntas, mas nenhum momento foi tão tenso quanto o silêncio agonizante dentro do elevador. Carol segurava minha mão, e vi, várias vezes, Rita desviar o olhar do visor, que informava os andares, para encarar nossos dedos entrelaçados, voltando a prestar atenção em algo que não fosse nós, em meio a sussurros inaudíveis.

Quando o elevador, enfim, parou na cobertura, saí primeiro para abrir a porta, e um Joker afobado veio na minha direção, latindo, como um desesperado, e derrapando no piso. Rita entrou devagar, como se estivesse andando sob um campo minado. Carolina, que estava logo atrás, pediu para que ela se sentasse e correu até a cozinha, para guardar os potes. Aproveitei a oportunidade e me aproximei dela, respirando fundo para conter meu nervosismo.

— Carol... *what if*[2]... E se ela não aprovar? O que vamos fazer? Não quero te prejudicar.

— Fica tranquila, tia Rita não é esse tipo de pessoa. — Ela segurou meu rosto e fez um carinho com o polegar. — Tudo que precisamos fazer é contar a verdade, sem deixar nenhuma ponta solta. Confio nela, como se fosse minha própria mãe, e tenho certeza de que não vai me julgar só por eu estar com você. Agora, respira fundo e vamos encarar isso de uma vez. Uma hora ou outra, serão seus pais e meu pai.

— Você tem razão. Vai na frente, vou esperar minhas pernas pararem de tremer um pouco.

— Certo. Não demore, está bem? Bebe um pouco de água. — Carolina beijou meus lábios com tanta calma que a segurei, para manter aquele contato por um pouco mais de tempo.

Sua boca tinha gosto de vinho — lembrança do nosso jantar no quiosque —, e suspirei ao senti-la se afastando. Com um último piscar de olhos, ela foi para a sala, ignorando completamente a cara envergonhada de Rita, que tinha visão privilegiada da cozinha em que estávamos.

Esfreguei o rosto com as mãos e encarei o chão, reparando em um Joker curioso, me analisando, enquanto mordia um patinho de borracha. Eu me abaixei, para fazer carinho nele, e só me dei conta de que precisava dar as caras quando Carol me chamou da sala.

— Estou indo, me dê um minuto. — Respirei fundo e engoli em seco, preparando todo um discurso de defesa, caso Rita resolvesse atacar Carolina. Quando surgi na

2 Tradução: E se...

sala, as duas estavam sentadas e de mãos dadas. — Bem, já conversaram sem mim? Espero que não.

— Só estava explicando pra tia Rita onde isso começou, sabe?! Tudo precisa ter um ponto inicial.

— Confesso que achei esquisita essa aproximação de vocês, a Alicia cada vez mais com o Beto... E a Norminha eu mal vejo em casa. — De repente, como se uma lâmpada acendesse na cabeça da mulher, ela mordeu o lábio inferior e estreitou os olhos. — *Hmm*... Carolina... A minha filha...

— Isso você precisa conversar com ela, tia... Não posso falar nada sobre a vida da Norminha. Seria trair a confiança dela e me meter onde não devo. O que quero contar aqui é sobre Lizzie e eu e espero que você entenda — Carolina explicou.

— Ai, ai, menina, vocês ainda vão me deixar de cabelos brancos — ela falou. O suspiro que ela deu me fez tensionar ainda mais, e precisei me sentar na poltrona, para evitar que minhas pernas bambas me traíssem. — Muito bem, vamos acabar logo com isso, não é? Pode me contar tudo, Carolzinha, sabe que estou aqui para te ouvir.

— Tia, você é a única pessoa que esteve sempre perto de Duda e eu depois que minha mãe morreu, e não sei como te agradecer isso. Você foi e continua sendo a figura materna que eu respeito e amo com todo meu coração, por isso merece nada mais que a verdade. Lizzie e eu estamos apaixonadas uma pela outra, simplesmente aconteceu. Um dia, nos cruzamos na cozinha dos O'Connell's e, pronto... o nosso santo bateu — ela contou. Rita soltou uma risada, e eu senti minhas bochechas corarem. — Só queria que você soubesse que nós ainda não contamos pra ninguém, porque não sabemos como cada um vai reagir.

— Nem suas melhores amigas?

— Alicia surtou, deu a louca, porque mentimos pra ela, mas agora já entendeu. Norminha sabe, porque francamente... não dá pra esconder nada daquela mulher. Agora, você... Eu jamais esperei que fosse descobrir agora, nos pegou totalmente de surpresa. Só espero que entenda que sou apaixonada pela Lizzie de uma maneira que nunca fui por alguém. O que nós duas temos é algo que me faz tão bem, é tão puro e novo que eu tenho necessidade de gritar pro mundo inteiro o quanto sou feliz ao lado dela. Mas, por favor, que isso fique em segredo até chegar o momento exato. Você... compreende?

Meu olhar e o de Carolina foram em direção à Rita, e ela estava analisando o rosto da minha menina, estudando seus traços, processando as informações que tinha acabado de receber. Os olhos dela não paravam, alternando entre mim e Carolina o tempo todo, e me senti totalmente acuada, quando me encarou por longos segundos.

Finalmente, como quem volta a respirar depois de horas sem ar, Rita abriu um sorriso materno e reconfortante, abraçando Carol com força. Senti meu corpo ficar leve e respirei fundo, aliviada depois de me sentir andando na corda bamba.

— Minha Carolzinha, você sabe que sempre será o meu bebezinho, não é? — Rita segurou o rosto dela e limpou uma lágrima de sua bochecha. — Eu sabia que esse dia chegaria. Sua mãe sempre conversou comigo que você seria uma mocinha difícil de se apegar a alguém tão cedo, mas que um dia... Ah, agora, eu consigo ver. Pouco me importa se é com um homem ou uma mulher, o que me interessa é a sua felicidade, e parece que toda a fonte está na Lizzie. Você, agora, está segura, sinto isso. Sua alma, enfim, alcançou o patamar máximo. Tenho certeza de que sua mãe está orgulhosa, onde quer que ela esteja, por saber que a filha encontrou a pessoa certa. Fique despreocupada, seu segredo está seguro. Porém, tenho um conselho muito importante pra dar.

— E qual seria?

— Você já sabe muito bem qual é, Carolina.

— Preciso falar com o meu pai.

— Exatamente. Sei que Eduardo não tem participado muito da sua vida ou da Dudinha, mas é o seu pai e merece um pouco de satisfação. Não vou falar nada com ele, mas espero que não demore pra contar — ela falou. Carolina abaixou a cabeça, e Rita a levantou pelo queixo. — Não se preocupe, estarei do seu lado se quiser.

— Eu te amo, tia Rita! Muito obrigada por ser quem você é, por ter cuidado de mim, depois que minha mãe se foi.

— Vem cá, meu bebê, me dê um abraço apertado — ela pediu. Abri um sorriso de rasgar o rosto, ao ver Carolina se jogando no colo daquela mulher, e fui surpreendida pelo olhar de Rita em mim. — Quanto a você, Lizzie O'Connell... Posso não ter trocado suas fraldas, mas te considero o meu bebê também. Vem aqui, me deixa te dar um abraço e um beijo.

Não tinha como resistir, não é? Levantei-me da cadeira sem pestanejar, e abracei as duas, me sentindo tão viva e feliz quanto antes. Afastei-me delas depois de um tempo, e limpei a garganta, chamando a atenção. Eu sentia a necessidade de falar alguma coisa, não queria que Carolina pensasse que eu não tinha nada para acrescentar sobre nós duas. Precisava mostrar a ela que nossa relação era importante para mim e que eu faria qualquer coisa para que ficássemos juntas, independentemente de qualquer opinião negativa.

— Eu preciso falar uma coisa — eu disse.

— Lizzie, o que aconteceu? Você está bem?

— Rita, eu gostaria de dizer algumas coisas sobre Carolina e eu, pra que você não pense que ela está sentindo tanto sozinha — comecei, e as duas arregalaram os olhos e se encararam, antes de voltarem a atenção para mim. — Eu fiquei louca por ela no primeiro segundo que a vi. Não estou mentindo, foi no primeiro sorriso convencido que Carolina me ganhou. Fui dormir com ela na cabeça, sonhei com aquela risada e acordei desejando encontrar a fonte dela. Essa carioca foi derrubando todas as minhas barreiras. Carolina me encanta, tira meu ar, levanta meus pés do chão. A fé e a felicidade dela me contagiam, e eu me sinto outra pessoa desde que a conheci. Tenho certeza de que posso fazer essa garota feliz, mais do qualquer um que já cruzou o caminho dela, e ninguém pode provar o contrário. Consegue entender, dona Rita? Consegue sentir o que estou tentando dizer?

Senti que meu rosto estava quente, e minha respiração voltou a um ritmo acelerado. Meu coração batia tão forte que, quando vi a mãe de Norminha se levantar e segurar meu rosto, tive medo de que ela pudesse pensar que eu estava prestes a ter um ataque cardíaco. Carolina me olhava com os olhos cheios d'água, mas continuou sentada, com um Joker sonolento no colo. Rita fez um carinho na minha bochecha, beijou cada lado e sorriu.

— Eu sinto e entendo tudo que quis dizer, Lizzie, fique tranquila. Você é uma pessoa boa, dá pra perceber a luz que carrega contigo, ainda mais depois do que fez pela minha filha. Eu não me oponho ao relacionamento de vocês, pelo contrário, está mais do que aprovado. Cuide do meu bebê, menina O'Connell. Posso não ser a mãe da Carolina, mas também sou uma leoa com esse filhote.

— Não se preocupe, eu vou cuidar dela.

— Ótimo, era tudo que eu precisava escutar. — Rita puxou Carol pela mão e colocou nós duas lado a lado. — Lindas, são um casal de respeito. Olha, eu preciso ir embora, que já passou da minha hora, e espero que Norminha esteja em casa. Preciso ter uma conversa séria com ela. Carolina, você sabe se...

— Não, tia Rita. Não faço ideia de onde ela possa estar.

— Essa garota... Só não dou uma surra de vassoura nela porque não tenho dinheiro pra ficar comprando uma nova toda vez que ela merece levar umas vassouradas. Bem, eu realmente preciso ir agora, e não tem necessidade de chamar carro nenhum pra mim, Lizzie. — Ela colocou a mão em cima do meu celular e sorriu. — Para de gastar dinheiro com essas bobeiras, não está tão tarde assim. Nos vemos amanhã, Carolzinha. Sabe que seu pai vai pra casa no sábado, não é?

— Não... Eu não sabia que era dia de folga.

— Eduardo me pediu para fazer um almoço caprichado, porque é a primeira folga em três meses. Bom, acho que é uma ótima oportunidade pra você conversar com ele.

— Vou pensar nisso, tia Rita, fica tranquila.

— Tá bom, então. Boa noite, crianças, juízo. — Rita deu beijos no rosto de cada uma.

Quando bateu a porta, ao sair do apartamento, precisei me jogar no sofá. Parecia que minha alma tinha deixado meu corpo e decidiu voltar só naquele instante, me dando uma bela rasteira. Carolina foi até a cozinha, com Joker em seu encalço, e fechei os olhos, para relaxar um pouco. Fazia tempo que eu não sentia uma emoção tão grande em um espaço de tempo tão curto. Ouvi, de longe, o barulho de pratos e talheres batendo e os latidos de Joker, talvez pedindo ração. Esse cachorro estava comendo tanto que logo ficaria com o formato de uma bola.

— Ei... Abra os olhos — ela pediu. Encarei aquele mar castanho que eu tanto amava, e ela selou nossos lábios, passando a língua devagar. Antes de aprofundar o beijo, ela se afastou. — Quero que você experimente esse pudim, está a coisa mais gostosa do mundo.

— Não é mais gostosa do que você. Tive uma ideia: por que não posso experimentá-lo em você?

— Por que é tão tarada? — ela perguntou. Em seguida, a puxei, e Carolina sentou-se no meu colo, de frente para mim, enquanto equilibrava o prato em uma mão e o garfo na outra. — Lizzie, cuidado! Se cair no sofá, pode manchar.

— Não me importo. — Comecei a dar beijos no pescoço dela e ouvi seu gemido baixinho, seguido de uma risada. — Anda, não faça isso comigo.

— *Hum*... Eu adoro quando você fica assim... desesperada. Agora, abra a boca e feche os olhos.

— Nunca gostei muito dessa brincadeira.

— Anda, Lizzie... Ou prefere não ter nada essa noite?

Revirei os olhos e os fechei, abrindo a boca bem devagar. Demorou um pouco, mas senti a colher pedindo espaço para entrar e engoli um pedaço do pudim, sentindo-o dissolver na minha boca. O gosto... *Holy fuck*[3], era muito melhor do

3 Tradução: Puta merda.

que eu esperava. Soltei um gemido de satisfação, e Carolina riu, me fazendo abrir os olhos e dar de cara com seus seios. Abri a boca, de surpresa, e ela mordeu o lábio inferior, se aproximando de mim, para me dar outro beijo. Sua língua tinha gosto de chocolate, e me entreguei totalmente à sensação deliciosa que era sugar seu lábio, mordendo-o de leve, enquanto nosso beijo esquentava cada vez mais.

Quebrei nosso contato e desci por seu queixo, fazendo um caminho leve com a ponta da língua, dando leves chupões em sua pele com cheiro suave. Passei o dedo no doce e o coloquei no bico de seu peito, fazendo o contorno de sua auréola. Minha boca avançou, e o suguei com vontade, arrancando um gemido agudo dela, fazendo com que sua cabeça fosse para trás. Carolina largou o prato do outro lado do sofá e agarrou meu cabelo, forçando o contato. Minha língua passeou pelo mamilo, e mordisquei a ponta, a fazendo rir.

Ficamos naquele amasso por longos minutos, com mãos bobas e línguas muito mais do que atrevidas. Minha calcinha estava encharcada. Bastaram poucos minutos de suas mãos em mim para me deixar ardendo. Insuportável! Deliciosamente insuportável.

— Vamos para o quarto, por favor! Eu preciso te foder.

Carolina entrelaçou minha cintura com suas pernas, e levantei do sofá, a carregando em direção ao quarto, louca de desejo por ela. Naquela noite, entre gemidos e gozadas, eu percebi que nenhuma mulher me faria sentir tudo aquilo ao mesmo tempo. Nada me completava mais do que aquela carioca de 20 anos. O que mais o Rio de Janeiro tinha reservado para mim?

No dia seguinte, acordei sentindo um peso em cima de mim e sorri. Os beijos de Carolina foram trilhando um caminho pela minha coluna, descendo levemente até minha bunda, e suas mãos me forçaram a levantar o quadril, deixando que a língua dela me despertasse da melhor maneira possível. Nada melhor que acordar já gozando, perdendo totalmente a noção do tempo. Quando me virei, Carolina sentou no meu colo, rebolando um pouco.

— Alguém acordou bem animadinha, não é?

— *Humm*... Meu estado atual me deixa assim. Não que eu não tenha vontade de transar o tempo todo, mas os hormônios do período fértil ajudam ainda mais.

— Eu gostaria de poder transar com você o dia todo, mas preciso trabalhar. — Massageei os seios dela, e Carolina fechou os olhos, ainda rebolando no meu colo e me deixando com tesão novamente. — Foda-se! Como eu não gostaria de pisar na WorldOfX hoje. Poderia passar todas as horas possíveis com você nessa cama.

— Vai... Fica comigo — sua voz arrastada me deu calafrios, e mordi o lábio inferior, me sentando na cama. — Olha só, podemos ficar assim, sem roupa, o dia inteiro. Quer dizer... Ah, você entendeu!

— Carioca maldita, olha o que você faz comigo. Não são nem 9h, e já estou com vontade de gozar pela segunda vez em menos de dez minutos.

— Se ficar em casa, vai gozar muito mais.

— Eu acho que... — Antes que eu pudesse falar qualquer coisa, meu celular começou a tocar, e apanhei o aparelho na mesa de cabeceira, atendendo, sem jeito, enquanto Carolina me empurrava de volta para a cama. — Bom dia!

— *Ei, O'Connell! Bom dia, não esqueça que hoje é o dia de seleção dos jogos pra promoção de carnaval. Sem contar que você precisa fazer a apresentação formal da Norminha pra equipe.*

— Droga! Eu tinha me esquecido. *Ouch*, Carolina! — Escutei a risada dela, enquanto a safada mordia de leve meu clitóris. Em seguida, ouvi a gargalhada de Danielle do outro lado da linha, e minhas bochechas esquentaram. — Desculpa, Dani, bem...

— *Já acordou transando? Que beleza, hein? Estou com inveja de você. Norminha não dormiu aqui porque recebeu uma ligação da mãe, pedindo que ela fosse pra casa. Disse que precisava conversar.*

— Rita pediu pra Norminha ir pra casa? — perguntei. Carolina, na mesma hora, parou o que estava fazendo, pensou por alguns segundos, e voltou a me chupar. — Ah... talvez não seja nada sério. Deve ser porque a Norma não tem avisado a ela pra onde está indo.

— *Espero que não seja mesmo, ela não estava com uma cara muito boa, quando saiu daqui, e...*

Sem que eu pudesse controlar, um gemido engasgado escapou pela minha garganta.

— *Hmm... quer saber? Acho melhor conversarmos na empresa, você parece um pouco ocupada.*

— Não é isso, é que... Carolina!

— *Minha Nossa Senhora! Tchau, O'Connell! Nos vemos na WorldOfX.* — Ainda gargalhando, Danielle encerrou a chamada.

Carolina levantou a cabeça e arqueou as sobrancelhas, sorrindo de um jeito malicioso e convencido. Eu não conseguia resistir a ela. Seria praticamente impossível sair da cama sem que eu tivesse vontade de voltar correndo para os braços dela, mas o trabalho me esperava. Puxei Carolina pelo rosto, e ela me encarou com um olhar desconfiado.

— Você é muito linda, sabia disso? — falei.

— Lizzie, para com isso...

— Me deixa te elogiar, sei que você gosta e também merece. — Ela sorriu, com as bochechas coradas, e eu lhe dei um beijo. — Sou a mulher mais sortuda do mundo, sabia? Ter a honra de ter você na minha vida e no meu coração é algo que eu jamais serei capaz de agradecer. Por isso, quando eu quiser chamar de linda ou de qualquer outra coisa, me deixa falar. Elogiar você faz eu me sentir melhor, me prova que tudo isso é real.

— Se eu sou assim, tão linda, o que eu concordo, você é perfeita. Ainda bem que fiquei amiga da Alicia, mesmo depois de brigarmos, no nono ano, pelo Fabrício. Aquilo foi *uó*.

— Ei, eu estou aqui e não me interesso nem um pouco por essas histórias, mocinha. — Franzi o cenho, e ela gargalhou, mordendo o meu bico. — Não estou achando graça.

— Preciso entender se você sentiu ciúmes de mim ou da sua irmã. Nessas situações, é difícil saber.

— Posso parcelar? Cinquenta por cento pra cada uma.

— *Hum...* — Ela fez uma cara pensativa e deu de ombros, esfregando a ponta do seu nariz no meu. — Tudo bem, eu aceito isso. Você realmente precisa trabalhar?

— Preciso, tenho muitas coisas pra fazer na empresa hoje. Por que não saímos com a Dani e Norminha? Talvez chamar Alicia e esse tal de Beto. Preciso conhecer esse garoto.

— Lizzie... Para com esse ciúme bobo. Sua irmã já deu mais que chuchu na serra, e você está aí, toda se mordendo.

— Ela já deu mais que o quê?

— Nada, não, esquece.

— Ah... Agora, você vai me explicar essa história.

Carolina me deu a língua e saiu da cama, caminhando em direção ao banheiro. Não tive como continuar a falar, fiquei completamente hipnotizada, vendo seu corpo moreno de praia. Aquela caveira mexicana tatuada na costela, o cabelo preto descendo em cascata, pela coluna, mas aquela bunda... Eu poderia passar horas admirando-a. Carolina era uma mistura de todas as coisas proibidas e gostosas que eu sempre pensei que só existiam em filmes. Eu me sentei na cama e amarrei o cabelo em um coque mal-feito, suspirando por ter que sair do mar de lençóis brancos e encarar a empresa nas próximas horas.

— Tive uma ideia — a voz dela saiu de dentro do box, e eu fiz um som nasal, de quem estava escutando, enquanto escovava os dentes. — Que tal se a gente for até a Feira de São Cristóvão?

— O quê?

— Quê? Ah, sim... Feira de São Cristóvão. É um lugar muito maneiro, você vai curtir. Tem muita comida boa, música animada, e você pode conhecer um pouco da cultura do Nordeste. O que acha? — enquanto ela falava, cuspi a espuma e enchi a boca de água, fazendo um gargarejo. — Lizzie?

— Desculpa, estava escovando os dentes. — Abri a porta do box e entrei, surpreendendo-a. — Acho uma ideia ótima. Vou propor à Danielle, tenho certeza de que ela vai aceitar. Vai falar com minha irmã?

— Se eu conseguir encontrar a Alicia hoje, é claro que vou falar com ela. — Carolina começou a me ensaboar, e fechei os olhos, para sentir água descendo pela minha pele. — Já falei que amo o seu corpo e que estou com tesão?

— Você nunca cansa?

— Não... E você?

— Não, vem aqui.

Minha paciência para aturar reuniões longas sempre foi muito curta, mas era a primeira vez, desde que comecei a trabalhar na WorldOfX, que estava dando risadas, ao invés de só ficar em silêncio, montando castelos de cartas ou desenhando. Danielle não conseguia ficar séria, e a cada slide, soltava uma piada diferente, constrangendo Norminha. As duas estavam em tamanha sintonia no trabalho, que me assustei com a rapidez que desenvolveram o projeto de duas demos em dois dias. Quando finalmente encerramos a reunião, dispensei o grupo e pedi para que elas me esperassem.

— Olha, preciso admitir que vocês duas são uma dupla e tanto. Um casal perfeito — falei. Norminha fez uma cara de convencida, e Danielle arqueou as sobrancelhas. — É sério, nunca vi um trabalho tão bom em tão pouco tempo.

— O que eu posso dizer, O'Connell? Sou maravilhosa, e Danielle mais ainda.

— E convencida, né? — perguntei. Como resposta, ela sorriu em concordância, e eu suspirei, brincando com uma caneta. — Bom, deixando o trabalho de lado, quero informar que sexta-feira vou dispensar nós três mais cedo.

— O quê? Por quê? Nossa, seria meu sonho?

— Carol e eu estamos convidando vocês para irmos até a Feira de... de... Como é mesmo a palavra?

— Feira de São Cristóvão. — Norminha começou a ajeitar uma papelada e colocou tudo dentro da bolsa com o maior cuidado. — O que aquela sapata bunduda quer fazer em São Cristóvão em uma sexta-feira?

— Quer me mostrar, e eu também gostaria de conhecer um pouco mais desses locais aqui do Rio. Não tenho saído muito da Zona Sul.

— Excelente! Faz tempo que não como um vatapá, tacacá, pato no tucupi... Nossa... Fiquei até com água na boca, pena que hoje ainda é terça-feira. Tem tanta coisa gostosa na Feira. Sem contar com o artesanato. Vou poder comprar umas coisas novas lá pra casa.

— Não entendi nada do que você falou, Dani, mas parece ser tudo muito gostoso, e eu também estou ansiosa pra experimentar essas comidas. — Levantei-me da cadeira e me espreguicei, abrindo um sorriso, ao ver as duas trocando um selinho. — Vocês são fofas, sabia disso? Aliás, Norminha, sua mãe conversou com você?

— Tivemos um papo bem brabo, mas a coroa ficou tranquila. Quis saber se eu curtia mulher.

— E o que você falou? — Danielle arregalou os olhos e encarou Norminha com um olhar apreensivo. — Não me diga que ela não aprovou. Se sua mãe não aceitou, eu vou lá e resolvo isso. Ela não pode te impedir de ser feliz — Danielle falou.

— Dá uma segurada nessa problematização, Danielle Albuquerque. — Ela soltou uma risada, se aproximou e lhe deu um beijo. — Relaxa, a coroa não foi contra nós. Inclusive, quer te conhecer de verdade — Norminha disse.

— Ela... quer me conhecer?

— Claro, criatura! Naquele dia, na casa dos pais da Lizzie, não foi bem conhecer, né? Sossega a periquita, minha mãe não morde. Já eu... não posso garantir nada. — Norminha piscou para Danielle, e eu revirei os olhos, chamando a atenção dela. — Que foi, O'Connell?

— Nossa, eu não precisava ouvir isso.

— Olha, vou comprar dois batons, para você maquiar suas duas caras — Norminha comentou. Em resposta, franzi o cenho, e Danielle soltou uma gargalhada. — Tu vive trepando feito coelho com a Carol pra cima e pra baixo, e eu não falo nada. Toma tenência.

— Toma o quê?

— Nada não, chefia. — Norminha colocou a bolsa no ombro e entrelaçou as mãos com Danielle. — Nós vamos na sexta, é claro. Avisa pra Carol que eu preciso falar com ela, está bem?

— Ei, nada de sexo na sala de nenhuma das duas, hein? — falei, e Norminha e Danielle ergueram o dedo do meio para mim, enquanto saíam da sala de reuniões.

Fiquei sozinha por um tempo, me lembrando dos momentos com Carolina naquela manhã, e peguei o celular, para mandar uma mensagem para ela.

Sentia essa necessidade louca de estar sempre em contato, saber o que estava fazendo... Uma preocupação mesclada à saudade.

Passo o dia inteiro com você na cabeça, me lembrando das nossas risadas, dos seus beijos, do sexo. Noite passada foi maravilhosa, sweetheart[4], você me faz muito feliz.

Antes que eu me esqueça, Norminha quer conversar alguma coisa com você, não me disse o que era, então não adianta me perguntar. Ela e Danielle toparam ir até a Feira na sexta. Falou com Alicia? E a Elis? Espero que esteja bem. Saudade, linda. Beijo.

Aproveitei que ela demoraria um pouco a responder e comecei a guardar minhas coisas. Ainda tinha muito trabalho pela frente e nem era hora do almoço. Minha rotina, de estar sempre com Carolina, não tirava o foco do trabalho, mas aumentava minha ansiedade para fazer tudo de uma vez e ir embora, esperando que ela estivesse no meu apartamento, com Joker ao seu lado. Quando apaguei as luzes da sala de reuniões e comecei a caminhar em direção à minha sala, senti o celular vibrar. Um sorriso instantâneo preencheu meus lábios, ao ler o nome dela na tela.

Oi, coisa gostosa. Como está o trabalho? Também não consigo tirar você da cabeça, é como uma droga e estou completamente viciada! Quero mais noites como a de ontem.

Como todas as outras, na verdade. Nada me faz mais feliz que você, Lizzie. Eu e Elis estamos bem, aliás, ela está deitada neste momento na barriga da sua irmã. Pois é, Alicia decidiu aparecer com alguns vinis e estamos jogando conversa fora aqui em casa enquanto tia Rita prepara o almoço.

Ela disse que não tem como ir conosco na sexta, vai com o Beto pra um casamento na Urca. Norminha quer conversar comigo? Estranho, boa coisa sei que não é. Ah, Duda pediu pra te perguntar se existe a possibilidade de você vir até aqui pra que ela te fale sobre o demo. Lembra?

4 Tradução: Querida.

Bom, espero te ver de novo hoje, já estou morrendo de saudade e não quero ter que esperar até sexta-feira. Beijão, minha linda.

Era fácil demais sorrir, quando Carolina estava envolvida, totalmente natural e sincero. Os funcionários que passavam por mim, nos corredores, pareciam atingidos por essa coisa doida, chamada felicidade, e retribuíam, como se eu estivesse oferecendo isso a eles. Eu sempre ouvi que, para ter um ambiente de trabalho saudável, o chefe precisa ser alguém que deixe seus funcionários confortáveis. Se eles se sentiam bem comigo, mesmo sem saber o motivo do meu sorriso, então eu estava bem também.

Tudo parecia finalmente ter tomado um rumo, meu barco era levado pelas águas das cachoeiras. Carolina era a razão pela qual eu, pela primeira vez, em anos, larguei o leme, para ver aonde minha vida chegaria. Não me arrependia de deixar meu barco à deriva, pois sabia bem que ninguém tomaria o controle melhor do que ela.

Sexta-feira

— Anda, Lizzie, ainda não sei por que você veio de salto! — Carolina estava com um vestido amarelo soltinho, um pouco acima do joelho, e sandálias rasteiras. Fiz uma cara de desagrado, e ela parou de me puxar. — O que foi? Está com esse bico do tamanho de um trem por quê?

— Não acha que está muito... despida? Já são 19h.

— Navalha, navalhinha, vou cortar sua cara todinha. — Norminha chegou por trás de mim e apertou Carolina em um abraço. — Deixa de palhaçada, O'Connell, Carol está linda e esse calor está insuportável. Quando você entrar na feira, vai entender o motivo de ela ter vindo assim. Eu também estou de vestido e me sinto derretida.

— É porque eu estou aqui. — Danielle deu um sorriso convencido, e Norminha revirou os olhos. — Vocês duas estão acostumadas a dançar, Lizzie e eu, não. Tudo bem que achei um exagero ela vir de salto alto, eu preferi algo confortável. Nada segura mais a marimba que um tênis.

Enquanto elas discutiam sobre roupas, parei para dar uma boa olhada na fachada da Feira De São Cristóvão. Só a entrada já me passava uma alegria que eu não sabia explicar. A quantidade de pessoas que chegavam também começava a me assustar, mas eu duvidava de que me importaria com isso quando estivesse lá dentro.

Muitas bandeirinhas coloridas enfeitavam a entrada, e alguns visitantes tiravam fotos com uma estátua de um homem tocando sanfona. O som de uma música animada nos dava boas-vindas, enquanto caminhávamos em direção à entrada. Um casal animado, vestido como a estátua, se aproximou de nós e entregou alguns panfletos. O homem, um pouco mais baixo que a mulher, a puxou para dançar, e começou a falar sem parar.

— Boa noite! Bem-vindas à Feira De São Cristóvão, a opção carioca arretada para comprar, comer e se divertir. Temos quase setecentas barracas, onde vocês podem comprar artesanato, comer uma comida gostosa e curtir o som do Nordeste, como o forró, xote, baião, xaxado, repente, embolada, martelo, arrasta-pé, maracatu e muitos outros! Divirtam-se!

— Vamos, Lizzie, você vai ver o que é diversão! Não existe um povo mais animado que o nordestino. Hoje é seu dia de dançar forró até seus pés doerem!

— Não sei dançar, Carol. Ei, seu cordão e essas pulseiras douradas são lindos. Você é linda — comentei. Em resposta, ela bateu no meu ombro de leve e sorriu. — Ainda corando?

— Não adianta desviar o assunto, você vai dançar comigo.

Eu me dei por vencida, e nós quatro caminhamos em direção às várias barraquinhas. Tudo era tão bonito e organizado que eu não sabia onde queria parar, ao contrário de Danielle que, em menos de trinta minutos, já tinha comprado pouco mais de dez artesanatos. Norminha e Carolina não andavam, só sabiam dançar juntas a cada ritmo diferente que tocava nos corredores. Estava achando linda aquela movimentação das duas, o que não me agradava nada eram os olhares dos homens para as duas. Cutuquei Danielle com o ombro, e ela franziu o cenho para um homem branco como a neve, que se aproximou de Norminha. Provavelmente, um gringo.

— Olha, O'Connell, ou você vai lá falar com ele no seu idioma, ou ele vai conhecer a anatomia da minha mão inteirinha na boca dele.

— Calma, deixa que eu resolvo.

Eu me aproximei do homem, antes que chegasse perto de Norma, e ele se apresentou como americano, mas ao invés de fazer brincadeiras, respeitou o aviso e se afastou com seu grupo de amigos. Carolina, aproveitando a oportunidade, puxou meu rosto e me deu um beijo, enquanto rebolava. Odiava quando ela me provocava em público, ficava louca para agarrá-la. Norminha a puxou pelo braço, as duas recomeçaram a dançar e foi Danielle quem chamou minha atenção.

— Olha só essa loja, Cabana Do Artesão... Tem muita coisa maneira aqui, Lizzie. Anda, chama essas meninas e vamos dar uma olhada. Só assim pra nenhum homem ficar em cima das duas.

— Carolina, ei, vem até aqui — chamei no seu ouvido e vi que seus pelos arrepiaram. — *Hmm*... Ficou arrepiada, né? Está nervosa?

— Você me deixa nervosa. Ai, Lizzie, essas músicas não te dão vontade de dançar o dia todo? Estava morrendo de saudade deste lugar. Faz tempo que viajei pro Nordeste, mal posso esperar pra voltar, e você vai comigo. Topa?

— Outra viagem com você? Claro, por que não? Agora, por favor, vamos nessa loja, porque a Danielle quer comprar mais coisas, e depois eu preciso comer.

— Conheço dois lugares aqui que são ótimos, mas vamos fazer uma coisa de cada vez, tá bem? — Ela me deu um beijo, e sorri, abraçando seu corpo com força. — *Hmm*... Como eu amo esse abraço.

— Carolzita, você não vai acreditar! — Norminha veio correndo na nossa direção e quase tropeçou em uma fileira de bonecos de um padre. — Porra de estátuas.

— O que foi, preta?

— O cover do Luiz Gonzaga vai fazer show hoje! Tem noção da nossa sorte, garota? Vamos poder curtir um forró gostoso ao vivo! Olha aqui, O'Connell, já vou te avisando que essa bunduda vai rebolar muito comigo, dançando.

— Não acredito, eu amo Luiz Gonzaga! Vamos conseguir ótimos lugares logo, porque costuma ficar muito cheio quando tem show ao vivo. Onde está a Dani? — Carolina olhou por cima do meu ombro, soltou uma risada alta e Norminha levantou o dedo no ar. — Meu Deus do Céu.

— Danielle Albuquerque, pode devolver essa namoradeira pro lugar de onde você tirou! — Norminha falou.

Carol e eu começamos a rir alto quando Danielle correu para o caixa, segurando uma estátua de uma mulher pela metade.

— Nem adianta, você não vai andar, pra cima e pra baixo, segurando esse troço! Não te impedi de comprar coisas pequenas, mas olha o tamanho dessa namoradeira!

— Tudo bem, tudo bem... Vou ver outra coisa. — No mesmo instante, Danielle deixou a namoradeira no lugar e olhou ao redor, abrindo um sorrindo e correndo em direção à outra estátua menor, que lembrava um dragão com dentes afiados. Norminha nem esperou que ela falasse alguma coisa, já colocou as mãos na cintura e apontou para o lugar em que estava o objeto.

— Epa, essa carranca também não. Dani, para com isso! Solta essas estátuas grandes — Norminha mandou, e ela trocou a peça por um pequeno tambor pintado de verde, vermelho e amarelo. Norma bateu com a mão no rosto. — Pra que você quer um tambor?

— Por que eu teria um tambor? Pra tocar, ué!

— Você não toca tambor, criatura. Bota isso no lugar — Norminha disse.

— Mas como é chata, meu Deus!

Eu não estava me aguentando de tanto rir, muito menos Carolina ou os donos da loja. Norminha negou com a cabeça e bufou, fazendo Danielle devolver o tamborzinho de madeira. Alguns minutos depois, ela apareceu com uma estátua enorme que tinha o corpo completo em uma das mãos, e na outra, um objeto que lembrava uma corneta entortada.

— Não... Garota, essa baiana é do tamanho da Carol! Solta essa merda! Que boi você vai chamar com esse berrante, Dani? Meu Deus, chega, vamos embora! — Norminha continuou a reclamar, então ela soltou os dois objetos e pegou um recipiente de barro, sempre com um sorriso no rosto. — Não, solta esse pilão! Cacete, parece criança!

Demorou quase vinte minutos para convencer Norminha a deixar Danielle levar uma namoradeira pequena, dois chapéus, que ela chamou de *cangaceiros*, e algumas garrafinhas com paisagens feitas de areia colorida.

Preferi comprar alguma coisa quando fôssemos embora. Além disso, o olhar assassino de Carol na minha direção, quando peguei uma estátua de um homenzinho tocando sanfona, me fez desistir da ideia de atrasá-la ainda mais.

Quando chegamos ao restaurante Barraca do Pará, meu estômago gritou como se nunca tivesse recebido comida. Nós quatro escolhemos uma mesa do lado de fora, para não ficarmos tão apertadas e para termos a chance de curtir o som que tocava. Sorri ao ver Carolina olhando o cardápio, enquanto dançava na cadeira, e me aproximei dela devagar.

— Você não consegue ficar quieta, não é? — comentei. Ela revirou os olhos e corou, se escondendo atrás do cardápio. — Ainda fica envergonhada?

— Claro que não, sua boba. E não, não consigo ficar parada, quando o assunto é forró. Você vai entender o motivo. — Carol deu uma olhada rápida no cardápio e levantou a mão, chamando o garçom. — Boa noite, querido, nós vamos querer um pato no tucupi, carne de caranguejo e um açaí.

— Gosto da Carol porque ela tem bom gosto. Não preciso pedir nada mais que isso, só me arranja uma cerveja bem gelada. — Dani entregou o cardápio ao garçom e sorriu. — Tem quais?

— Heineken, Skol, Brahma, Itaipava, Budweiser e Antarctica.

— Uma Heineken de seiscentos, beleza? Toma comigo, Lizzie?

— Hã? Claro. — Estava tentando entender o que Carolina tinha pedido e me distraí, olhando as fotos do cardápio. Tudo parecia muito saboroso, menos o tal açaí. — *Hum*... Carolina, o que é esse último que você pediu?

— É uma coisa muito boa que você vai adorar. Eu, particularmente, amo demais, porque é gostoso e refrescante.

— Dani, estou mandando você colocar essas coisas no carro. Como vai andar por aí, carregando essa namoradeira? — Norminha olhou para ela de cara feia, e eu engoli uma risada. — Lizzie, empresta a chave, pra essa mulher colocar tudo na mala.

Tirei a chave do bolso e a joguei em cima da mesa, deixando Danielle com uma cara arrasada. Ela até tentou fazer um beicinho, mas Norminha bateu o pé e a mandou devolver tudo ou guardar no carro. Enquanto Danielle levava suas coisas em direção ao estacionamento, aproveitei a cerveja sozinha, e meu estômago reclamou ainda mais com a demora da comida.

Carolina e Norminha se levantaram e começaram a dançar, próximas à mesa, me fazendo fechar a cara para alguns homens que passavam por elas com olhares famintos. Tomei um gole da terceira Heineken e salivei ao ver o corpo de Carolina balançando de um lado para o outro com o de Norminha, enquanto as duas riam como crianças se divertindo. Não tinha jeito, tudo que ela fazia me dava vontade de sorrir ou agarrá-la.

Como se estivesse programado, no instante em que uma Danielle esbaforida chegou, a comida apareceu. As duas, que antes dançavam, ficaram um pouco desapontadas por terem que parar. Carol se sentou ao meu lado e me deu um beijo, passando a língua de leve na minha e mordendo meu lábio inferior. Desviei minha atenção dela, quando o garçom terminou de colocar todos os pratos na mesa.

— Preparada para experimentar um pedacinho do norte e nordeste?

— Mais do que preparada. Vamos, me diga o que é cada um desses pratos.

— Esse é o pato no tucupi, um pato feito com o tucupi que é esse líquido de cor amarela, que eles tiram da raiz da mandioca brava, erva típica da região norte. Carne de caranguejo, que o garçom fez o excelente trabalho de nos poupar do desespero de tirar da casca, e esse outro é o açaí. Vamos, abre a boca e experimenta. — Carolina pegou um pouco da pasta roxa com a colher e estendeu na minha direção.

Abri a boca com um pouco de cautela, experimentando uma boa quantidade. Fiquei com aquilo na boca, sentindo o gosto, me acostumando, e abri um sorriso. Como era gostoso! Limpei a boca com o auxílio da língua e pedi um pouco mais, fazendo Carolina sorrir e, dessa vez, ela mesma limpou meus lábios, sugando-os. Norminha estava dando um pouco de carne de caranguejo à Danielle, e estranhei ao ver uma lata engraçada na mesa. — Ei... Que refrigerante é esse? Isso é um refrigerante, né?

— Ah... Guaraná Jesus. Eu adoro, quer experimentar? — Norminha estendeu o copo, com um líquido rosa, na minha direção, e eu entortei o nariz. — Para com essa cara feia, O'Connell. Experimenta de uma vez, antes que eu abra a sua boca e te faça beber igual a remédio.

— Bebe, Lizzie, você vai gostar. — Carol fez um carinho no meu rosto, colocando meu cabelo para trás da orelha e secando o suor que descia pela minha têmpora. Mal coloquei o líquido na boca e já tive vontade de cuspir. Como o gosto era ruim. — Agora, fiquei zangada com essa cara que você fez. Que isso?

— *Fuck*[5]... — Engoli contra vontade aquele refrigerante, e Danielle gargalhou, quase se engasgando com a carne de caranguejo. — Esse negócio é muito ruim! Não se parece nada com o guaraná que eu conheci aqui no Rio.

— Depois dessa, eu não vou te levar ao Maranhão. Capaz de você ser expulsa se falar na cara deles que não gosta do Guaraná Jesus. Nossa, é tão bom! — Carol tomou um gole caprichado, e eu entortei o nariz. — Para com essa cara, que coisa. Vamos comer.

— Relaxa, O'Connell, eu também detesto esse troço — Danielle falou.

— Fala de novo que odeia o Guaraná Jesus, que eu vou te agredir seriamente. — Norminha apontou a faca na direção de Danielle, e ela ergueu as mãos. — Ótimo, agora vamos comer essa comida toda logo, porque ainda temos que dançar muito no show.

Quando Norminha disse que eu me arrependeria de vir de salto, ela não estava errada. Tanto que não aguentei e acabei comprando uma sandália rasteirinha em uma das lojas. Claro que Danielle aprontou mais algumas, querendo levar sapatos que jamais usaria e deixando Norma louca. Foi preciso bastante paciência para convencê-la de que uma bota colorida não combinaria com suas roupas.

Caminhamos juntas em direção ao espaço em que aconteceria o show, e Carolina começou a dançar, me usando como apoio. Seu corpo girou como se eu a estivesse guiando, e ela segurou meu quadril, balançando-o de um lado para o outro.

— Me esperem aqui, eu já volto.

— Danielle Albuquerque, aonde pensa que vai?

---

5 Tradução: Porra...

— Quer vir comigo? Vou conseguir lugares para nós ali, no segundo andar. Aqui embaixo vai virar um inferno daqui a pouco.

— Ah, era isso? Então, pode ir, vamos te esperar aqui — Norminha respondeu.

— Coitada, Norma — falei.

Abracei Carol por trás, e ela começou a dançar, balançando de um lado para o outro, me forçando a fazer a mesma coisa.

— Viu só, Lizzie? É muito fácil dançar forró, são só dois passinhos pra lá, dois passinhos pra cá.

— Não é nada só isso. Estou vendo alguns casais dançando e penso que são fisicamente impossíveis esses movimentos.

— Se eles estão fazendo, então não são impossíveis. — Carolina virou a cabeça, para me olhar, e lhe dei um beijo na ponta do nariz. — Vou te ensinar o básico hoje, quero dançar com você. Promete que vai tentar aprender?

— O que você não me pede chorando que eu faço sorrindo?

— Vocês são tão gayzinhas. — Norminha fingia interesse nas unhas, e Carolina lhe deu um chute na bunda. — Só não vou arranhar sua cara todinha porque a Lizzie está aqui. *Alá* a Dani. Espero que ela não tenha comprado nada no caminho. Essa mulher solta, por aqui, é um perigo.

— Pronto, vamos? O que foi, meu bem? — Danielle falou.

— Estou olhando bem pra tua cara e quero que me diga que não comprou mais nada.

— Eu... não comprei mais nada.

— Danielle Albuquerque, o que foi dessa vez? — Norminha colocou as mãos na cintura, e eu soltei uma risada, seguindo Danielle até uma escada na lateral direita do ambiente de shows. — Está me ouvindo, mulher? Olha, você não me deixa falando sozinha não, que eu...

— Comprei esses brincos pra você, foi isso.

— Ah... Ai, que coisa linda, me dá um beijo.

Enquanto Norminha lhe dava um beijo e um abraço, Danielle tirou uma pequena estátua do bolso e nos mostrou, pedindo silêncio. Tive que segurar a risada, e Carol me deu um cutucão, tentando se controlar. Quando conseguimos chegar ao segundo andar, depois de ganhar pulseiras de identificação, Dani e eu pedimos duas cervejas, para refrescar.

O calor estava insuportável, mas só de ver Carolina começando a se mexer, com Norminha, assim que o show começou, aumentou a temperatura. As duas pareciam se divertir sozinhas, mas quando as luzes diminuíram e uma música mais calminha começou, elas vieram na nossa direção, nos puxando para dançar.

— Carol, você sabe que eu não danço.

— Lizzie, só me segue, tá bom? Dois passos para a esquerda e dois para a direita. Quando pegar o básico, vai ser fácil. Vem, dança comigo.

Por incrível que pareça, era realmente bem fácil. Eu tinha a melhor professora, não dava para negar, e nem tive tempo de invejar a sincronia de Dani e Norma, porque o rosto de Carol puxava toda minha atenção. Nossos corpos balançavam juntos, o calor que ela emanava me fazia suar, e coloquei a mão em suas costas, sentindo o movimento do seu quadril. Nossas coxas mal se desgrudavam e, em pouco tempo, eu já estava fazendo muito mais do que dois pra lá, dois pra cá.

A dança começou a esquentar quando Carolina ergueu o rosto, para ficar de frente para mim, e me beijou. Nossas línguas travavam uma batalha, mas era tão suave que, se eu estava suando antes, tinha piorado. Os lábios dela estavam mais macios, e senti seus dedos se enrolando no meu cabelo, puxando-os da nuca com força. A necessidade de aprofundar aquele beijo era tamanha, que nossos passos foram nos levando até a parede e ela me puxou, apertando nossas coxas.

— Carolina... Carolina... *calm down*[6] — falei. Em resposta, ela soltou uma risada e me empurrou um pouco, desgrudando nossos corpos. — Se não ficar comportada, vou te trocar pela Norminha.

— Eu sei... Eu sei... Desculpa.

— Vem, vamos voltar a dançar... Sem agarração, mocinha.

O show estava bastante animado, e eu entendia o motivo de não conseguir ficar parada, quando o forró começava a tocar. Várias vezes, trocamos os pares, e foi bem estranho dançar com Danielle. Ela e eu queríamos guiar e acabamos desistindo, parando um pouco para tomar outra cerveja. Era tão prazeroso ver Carolina dançar, que eu poderia observá-la por horas, mas era igualmente gostoso participar disso com ela, enquanto nossos corpos se mexiam juntos.

— *"Carolina foi pro samba pra dançar o xenhenhém, todo mundo é caidinho pelo cheiro que ela tem"* — a voz dela cantando *O chêro da Carolina*, de Luiz Gonzaga, ecoou no meu ouvido, e eu afastei meu rosto para lhe dar um beijo. — Você até que está dançando muito bem.

— Tenho uma professora maravilhosa, sabia?

— É mesmo? Nem imagino quem possa ser essa mulher perfeita, que faz uma gringa dançar forró direitinho em menos de trinta minutos. Acho que ela merece um prêmio, não concorda?

— Como você é convencida, garota, mas eu concordo. — Fiz com que o corpo de Carolina desse uma volta de 360º e, quando ficamos frente a frente, abri um sorriso. — Você merece um prêmio maravilhoso, depois conversamos sobre ele. O que acha?

— Está me seduzindo de novo, Lizzie O'Connell?

— Consegui? — indaguei.

Carolina piscou para mim, se afastou e foi puxar Danielle para dançar, fazendo Norminha vir na minha direção, fazendo graça e balançando os peitos. Soltei uma risada e comecei a balançar com ela, recebendo algumas dicas de passos. Estávamos nesse rodízio o tempo todo, mas, sempre que Danielle e eu caíamos juntas, optávamos por uma cerveja gelada, para refrescar. Parei, para observar as pessoas dançando no andar de baixo, e sorri, me sentindo muito feliz.

O povo brasileiro era tão especial, tão caloroso. Era impossível não se sentir confortável com tantas coisas boas que nos eram oferecidas quando

6 Tradução: Acalme-se.

pisávamos aqui. Não me arrependi, em momento algum, por ter trocado Washington pelo Rio de Janeiro. Nada se comparava a essa paixão brasileira, ao calor carioca, ao sorriso da mulher que vinha na minha direção, com um olhar curioso.

— O que foi? Cansou? — Carolina perguntou.

— Só estava pensando um pouco no quanto o povo brasileiro é especial. Mal posso esperar para conhecer o Nordeste e o Norte. Se, nesta feira, eu já provei um pouco e já estou apaixonada, não consigo imaginar como será estar lá.

— Vamos combinar isso muito bem, tenho certeza de que você vai amar. Podemos ir em junho, que tem as celebrações de festa junina.

— Você é quem manda — disse.

— Cuidado, hein? Essa é uma frase perigosa.

— Sabe que gosto de tudo que seja perigoso. — Pisquei o olho para ela, e Carolina sorriu, entrelaçando meu pescoço com seus braços e me puxando para um beijo. — Vamos curtir o show mais um pouco e depois passar em algumas lojas? Vi uns objetos legais pra decoração.

— Já está morta, não é? Conheço essa carinha. — Ela fez um carinho na minha bochecha, e eu fechei os olhos para sentir seu toque. — Vou falar com as meninas, Dani parece que está louca para ir a outro lugar também. Em um instante, saímos.

Vi Carol se afastando e voltei a prestar atenção nas pessoas dançando. Algumas estavam com chapéus como os que Danielle comprou, outras estavam apenas com sorrisos no rosto, enquanto giravam seus pares de um lado para o outro. Poderia vir aqui sempre, adorei a energia e a comida. Esse povo me ganhava a cada dia que passava, não sentia nenhuma falta de Washington ou das comidas de fast-food. Até Joker parecia ter escolhido o Rio de Janeiro como sua verdadeira casa, já quase não respondia aos comandos que aprendeu em inglês.

Estava tão distraída, observando a banda, que tomei um susto, quando Carol segurou minha mão, para irmos embora. Entrelacei nossos dedos e descemos as escadas, dançando, gargalhando de Danielle e Norminha, que não conseguiam dançar sem fazer caretas. Quando saímos do local do show, senti o frescor da noite na pele e agradeci mentalmente. Em seguida, olhei para a extensão de barraquinhas e estalei os dedos. Estava na hora de ir às compras.

Não foi muito difícil escolher objetos de decoração. Era tudo muito colorido, e Carolina quem decidiu a maioria. Norminha e Danielle discutiram várias vezes, por Danielle querer outra baiana de um metro e meio e uma miniatura do Cristo Redentor. Ao chegar à última loja, pela qual Carolina se interessou, a segui até uma parede cheia de fitas coloridas. Ela olhou todas com muita atenção e foi pegando várias, formando um bolinho com quase dez. Encarei-a com curiosidade, quando se aproximou de mim, sorrindo e já com as fitinhas pagas. Norminha gritou, para que Danielle deixasse as trinta fitas que queria e só levasse poucas, perguntando se, por acaso, ela era a deusa de vários braços para comprar tantas.

Quando entramos no carro, Carol sorriu para mim. — Eu preciso dormir em casa hoje, meu pai chega amanhã de plantão. Mas vou passar no seu apartamento, quero te dar uma coisa.

— Tudo bem, eu não esqueci que o Eduardo tinha folga. Acha que vai contar pra ele?

— Não sei ainda, preciso pensar muito bem sobre isso. Na verdade, contar eu vou, só tenho que achar o momento certo, pra não criar muita confusão. Não quero que ele faça um escândalo com a Dudinha por perto.

— Eu te entendo. Bem, vamos indo, então. Dani, você e Norma vão ficar onde? — perguntei, mas as duas estavam em um amasso tão louco no banco detrás que foi difícil identificar quem era quem. — Danielle! Onde vocês vão ficar?

— Opa, foi mal aí, Lizzie. Vamos pro meu apartamento. Agora, que a dona Rita de Cássia já sabe sobre Norminha e eu, ela pode dormir lá, sem problemas.

— Claro, vai contanto com isso — falei.

Depois de deixar as duas e as muitas compras de Danielle em Botafogo, Carol e eu estávamos, enfim, sozinhas na varanda do meu apartamento, ouvindo o mar batendo. Quando chegamos, a primeira coisa que fizemos foi tomar um banho, para tirar todo o suor que estava impregnado no nosso corpo. Foi preciso muito autocontrole para não transar no banheiro. Tínhamos pouco tempo essa noite, e sabíamos que, se começássemos, seria quase impossível parar. Então, já de banho tomado e abraçadas, sentia meu corpo relaxar junto ao dela. Joker brincava, feliz, com uma galinha de borracha que eu comprei para ele, e isso parecia lembrar Carolina de alguma coisa.

— Nossa! Quase me esqueci de te dar a fita.

— O que são essas fitinhas? — Eu me sentei na espreguiçadeira e a acompanhei até sua bolsa e puxando três. — Quero ficar com a preta, é mais discreta.

— Tudo bem, eu fico com a amarela, porque é a cor de mamãe Oxum. Essas são fitinhas do Bonfim, são amuletos típicos de Salvador, na Bahia. Você dá três nós, e cada vez que fizer, tem que pedir algo.

— Ah... Entendi. Cada nó é um pedido.

— Isso, exatamente. Quer que eu te ajude a colocar? — perguntou. Então, estendi o braço esquerdo para ela, e Carolina deu uma volta completa e, depois, fez o primeiro nó. — Desejou?

— Sim, pode continuar — confirmei. Ela fez os outros dois nós, e quando terminou, eu segurei seu rosto, fazendo um carinho na bochecha. — Posso te contar o meu último pedido?

— Se você quiser, tudo bem, mas eu não aconselho muito. Pode dar azar.

— Meu último pedido foi que eu tenha você pelo resto dos meus dias. Não é simplesmente uma brincadeira o que temos aqui, Carolina, nós estamos evoluindo juntas. Você me ensinou a viver de novo. É como renascer. Sua presença significa que eu ainda tenho uma chance de ser feliz, que nem tudo está perdido e que um coração quebrado pode ser refeito. Tudo que eu sempre esperei, mas que já tinha perdido as esperanças de conseguir, depois da Valerie, encontrei em você. Ouvir seu coração bater, quando deito no seu colo, me dá vontade de chorar. Não de tristeza, mas de felicidade, porque essa é a maior prova de que o que nós temos, o que conquistamos, é real. Não é só sobre quem podemos nos tornar, mas o que podemos construir além do que temos hoje. Olha, sei que, às vezes, posso parecer pouco intensa, que não falo muito, mas o que eu sinto é de verdade, é tão intenso! Vou te provar isso todos os dias que eu puder, Carolina, porque você merece alguém que seja verdadeiro e intenso. Meu pedido foi pra ter você pelo resto dos meus dias e mostrarei que sou digna disso — falei tudo tão rápido que, quando terminei, Carolina ainda estava tentando assimilar.

Só quando sua boca buscou a minha, em um beijo desesperado, foi que eu entendi que ela tinha me dado o aval para tentar. A língua dela fazia uma massagem gostosa, passeando pela minha boca, acariciando meus lábios, e senti seu sorriso no meio do beijo, que me fez sorrir também. Nosso contato só foi quebrado pelo barulho do celular dela vindo da bolsa. Eu sabia o que significava: Eduarda provavelmente precisava dela.

Carolina saiu de cima de mim e atendeu ao telefone às pressas, sorrindo, enquanto falava e fazia um carinho no meu cabelo. Quando encerrou a chamada, suspirou e me deu um selinho.

— Eu não tenho nem palavras pra explicar o que estou sentindo, depois de ouvir tudo isso, Lizzie. É como tirar os pés do chão e passear por aí em uma nuvem. Nós ainda vamos conversar sobre o seu pedido, mas saiba que tem minha total permissão para me ter pelo resto dos seus dias. Eu quero ser sua pelo resto dos meus dias, isso que você precisa entender. — Ela esfregou seu nariz de leve no meu e selou nossos lábios. — Preciso ir embora, Dudinha me ligou e disse que teve um pesadelo. Sabe como é... Minha baixinha não fica sem mim por muito tempo.

— Não, é claro, você tem mais é que ir... Afinal, seu pai chega amanhã cedo e sua irmã precisa de você. Não se preocupe, e qualquer coisa pode me ligar, sabe que vou correndo.

— Pra quê um cavalheiro de armadura, se tenho Lizzie O'Connell? Isso é muito melhor.

— Vai, minha linda, tenha uma excelente noite e durma bem. Mande mensagem quando chegar em casa.

— Boa noite, que Oxum te proteja sempre! — ela desejou.

Os meus olhos seguiram-na até que fechasse a porta do apartamento, me deixando sozinha com meus pensamentos e um Joker animado, mastigando sua galinha de borracha. Eu me estiquei na espreguiçadeira e suspirei. Os outros dois desejos só dependiam do terceiro.

Capítulo 19

Meu Pavilhão

Carolina

"Aqui é o Rio, da chapa quente ao puro suco. Quem é daqui tá ligado, os gringos ficam malucos. Eterna inspiração de canto em verso e prosa, do subúrbio à Zona Sul, Cidade Maravilhosa... É que a cidade tá no sangue, é que o sangue é carioca." [1]

Eu ainda podia sentir o movimento das ondas contra o meu corpo, e a água salgada, que escorria na minha pele, não me deixava esquecer a delícia que se encontrava o mar naquela manhã de sábado. Água cristalina, praia lotada, o sol brilhando forte e tão quente que a cidade fazia jus ao "Rio 40 graus" sem esforço.

A ressaca desgraçada que me sacudiu, ao acordar, me obrigou a descer e dar um mergulho, para me livrar daquela energia pesada, depois de uma noite de bebedeira. Norminha e Alicia me acompanharam muito a contragosto, pois coloquei as duas para fora da cama antes das 9h. Não era nem paga, muito menos obrigada a esperar as duas se levantarem depois do meio-dia.

Como Lizzie tinha que ir até a WorldOfX, fazer hora extra, com Danielle, por conta das grandes demandas de Carnaval, e o meu pai estava de folga, eu havia dormido sozinha naquela noite, depois da nossa ida à Feira de São Cristóvão. Bem, sozinha não é bem a palavra, pois Norminha fez o favor de se encaixar, de conchinha, em minhas costas, como sempre, e me tarar, em meio ao sono.

Para a minha sorte, meu "pau" não subia diante das carícias ou eu ficaria sempre em maus lençóis ao dormir com ela. Nem dormindo aquela desgraçada deixava de ser uma vadia. Por isso, era uma de minhas melhores amigas. De quem mais poderia ser, afinal?

— Carolina, se tu demorar na porra desse banho, eu entro no banheiro e te afogo no chuveiro. Seja rápida, porque quero tomar o meu — Norminha resmungou, enquanto deixava o corpo cair sobre umas das poltronas, em meu quarto, toda suja de areia. Se eu não a amasse o bastante, com certeza, tacaria a primeira coisa que encontrasse, no caminho, na cara dela.

— Me erra, hein? — Revirei os olhos, levando as mãos para trás e

1 Rio, Marcelo D2.

desfazendo o laço que prendia a parte de cima do meu biquíni, o deixando cair no chão, ao lado da pequena cama amarela, na qual Elis dormia toda encolhida.

Nós havíamos acabado de subir para o meu apartamento, depois de passarmos pouco mais de uma hora na praia. Foi o bastante para me deixar bem bronzeada e com as bochechas vermelhas. Meu rosto ardia um pouco, assim como as minhas costas, mas nada que eu não resolvesse com uma boa camada de hidratante.

— O que nós vamos almoçar? — Alicia perguntou, ao sentar-se sobre a minha cama. Ao contrário de Norminha e eu, seu corpo estava seco e limpo, porque ela escolheu não entrar no mar naquela manhã. — Poderíamos comer no shopping ou em Santa Teresa mesmo, no restaurante de sempre.

— Eu tenho que almoçar com o meu pai, Lysh — comentei, com um pouco de desânimo, levando as mãos às laterais da parte de baixo do meu biquíni, descendo-o por minhas coxas e ficando completamente nua na frente das duas. Norminha ergueu as sobrancelhas e o dedo indicador, fazendo movimentos circulatórios com ele, para que eu virasse de costas para ela.

— Você é muito lésbica, Norminha, puta que pariu! — Alicia soltou uma risada, incrédula, e eu gargalhei, virando de costas e olhando Norminha por cima do meu ombro esquerdo.

— Graças a Deus, né Lysh? Já pensou se eu fosse muito hétero, tipo você? Seria uma derrota — Norminha respondeu à Alicia sem nem ao menos olhar para ela, me avaliando de cima a baixo e fazendo sinal de positivo com os dedões. Ela sempre fazia isso, quando voltávamos da praia, para avaliar se as boas horas embaixo do sol haviam dado o resultado esperado.

— E aí, tô marcadinha? — perguntei, sacudindo de leve o quadril, a fazendo sorrir, animada.

— Pra caralho! Tá uma loucura isso daí. Diga à Lizzie que eu já vi e já aprovei. Selo Norminha de qualidade.

— Tu é uma babaca mesmo. — Fiz um movimento de negação, ainda rindo, virando de frente e me curvando um pouco, para pegar as partes do meu biquíni no chão.

Alicia se jogou em minha cama e fechou os olhos, suspirando, fazendo Norminha sacudir as sobrancelhas para mim, indicando a cama com a cabeça. Dei de ombros e sorri para ela, vendo-a me olhar com cumplicidade. Eu não tinha culpa de Lysh ainda se sentir incomodada com a questão que envolvia sua irmã e eu, né?

— Vai logo pra esse banho, viado! — Norminha falou.

— Já vou! Chata pra caralho! — Fui andando na direção do meu closet, puxando o cabelo para cima e o prendendo em um nó no alto da cabeça. — Posso pegar uma roupa, pelo menos? — falei mais alto, ouvindo-a responder qualquer coisa.

Depois de escolher uma roupa, voltei para o quarto, peguei meu celular e mandei um beijo para Norminha, antes de me trancar no banheiro. Coloquei as coisas sobre a grande bancada de mármore e soltei o cabelo, encarando a minha imagem no espelho. A área ao redor da marca do biquíni se encontrava em um vermelho leve, e minha pele estava quente e molhada. Mordi o lábio, enquanto me olhava, deixando que a imagem de Lizzie e de suas mãos em meu corpo passeassem em meus pensamentos. Lizzie. Só de falar nela, eu me sentia arder ainda mais. Precisava fazê-la se sentir da mesma forma o tempo todo.

Estiquei a mão e peguei o celular, colocando na câmera. O que ela acharia de receber um nude de bom-dia? Sorri, maliciosa, e me virei de costas, deixando a cascata de cabelo castanho cair por minha coluna e tocar a minha cintura, quando olhei por cima do ombro direito, verificando a minha imagem nua através do espelho.

Eu amava a minha bunda, preciso dizer, e Lizzie, bem... Lizzie amava também. Se havia algo que a enlouquecia em mim, era aquela parte do meu corpo em especial. Por isso, mordi o lábio inferior e fiz a cara mais safada que eu consegui, capturando a imagem no celular. Soltei uma pequena risada animada e joguei a foto na janela de Lizzie, no WhatsApp, digitando uma mensagem logo abaixo:

Pra você pensar em mim enquanto trabalha e se sentir inspirada. Tô toda quente, sabia?

Acabei de voltar da praia e vou tomar um banho pensando em você. Ah, já estava me esquecendo... Bom dia!

Abri um sorriso de canto e enviei a mensagem, bloqueando o visor e largando o celular de volta na pia. Se eu conhecia aquela mulher o suficiente, tinha certeza de que ela explodiria dentro da roupa no momento em que abrisse a foto. E havia coisa mais gostosa no mundo do que deixar Lizzie explodindo de tesão? Não mesmo. Sorri para a minha imagem no espelho e deslizei os dedos pelo cabelo, entrando no box para um banho bem relaxante. E relaxar nunca foi tão bom.

— Você vai desfilar esse ano, Carol? Não te vi falando nada até agora, tô achando até estranho — Alicia perguntou, deitada ao meu lado, na cama, enquanto Norminha mantinha as pernas dobradas sobre a poltrona. Depois de tomarmos banho e beliscarmos algo na cozinha, nós voltamos para o quarto e começamos a conversar sobre coisas aleatórias. Eu estava um pouco sonolenta, não parava de bocejar, mas não havia maneira alguma de tirar um cochilo antes do almoço, com elas ali.

— É claro que eu vou — respondi, me virando de lado, apoiando minha cabeça na mão. — Você sabe que prometi à minha mãe que não deixaria de desfilar em nenhum Carnaval.

— Carolina vai desfilar no Salgueiro comigo também, Lysh! — Norminha comentou, orgulhosa, abraçando os joelhos dobrados. Alicia se sentou na cama e me encarou, fazendo uma expressão de choque. Rolei os olhos para aquela reação, soltando uma risada.

— Você, desfilando em uma Escola além da Beija-flor? Meu Deus! Esse não é o meu mundo.

— Se tu atacar o Salgueiro, eu vou te atacar, sua branquelinha azeda e hétero — Norminha rosnou, jogando uma almofada pequena na cara de Lysh, que não conseguiu desviar.

— Ei, sem agressão! — eu disse, enquanto ria, me sentando e apoiando as costas na cabeceira de couro branco da cama. — Eu vou desfilar no Salgueiro também, porque esse ano o enredo é sobre o povo de rua, Lysh, e eu não posso deixar de saudá-los. E além do mais, é a minha segunda escola.

— Que traição à nação Nilopolitana. — Alicia torceu o nariz, deitando a cabeça em minhas coxas, depois de tacar a almofada de volta para Norminha. Ela e eu éramos Beija-flor doentes, torcíamos juntas e chorávamos juntas, todo Carnaval, na apuração.

— Para de drama, Alicia Chata O'Connell! — Norminha resmungou, sorrindo, ao ver Lysh rolar os olhos. — E você precisa ver a roupa da Carolina. Eu fui ao barracão, semana passada, e olha, tá um lacre só. Ela vai arrasar como destaque da minha escola do peito. Não é, bunduda? Vai chegar derrubando todo mundo e cantando: *"É que eu sou malandro, batuqueiro, cria lá do morro do Salgueiro. Se não acredita, vem no meu samba pra ver, o couro vai comer"*.[2] — Norminha se levantou e sambou no meio do meu quarto, como uma passista, com direito à quebradinha e tudo. Nós rimos de saírem lágrimas dos olhos.

— É claro que tá um lacre só. Que mundo seria esse, se a roupa de Padilha não fosse um lacre?

— Ah, tia Marta ia morrer de emoção se estivesse aqui. — Alicia choramingou, enchendo o meu peito de nostalgia. Sorri, emocionada, e concordei com a cabeça, iniciando uma pequena carícia em seu cabelo. — Só a imagino fumando e bebendo champanhe adoidado, te vendo desfilar para o povo de rua.

— Representando bem, né? — Norminha disse, divertida, mas seu tom também era de quem morria de saudade.

Ah, minha mamãe... queria tanto que você estivesse aqui. Soltei um suspiro, voltando a encarar Alicia que estava deitada em meu colo.

— Hoje terá uma festa na quadra da Beija-flor, por que não vamos? Quero levar a sua irmã.

— Lizzie numa quadra de Escola de Samba? — Alicia soltou uma gargalhada, e Norminha a acompanhou. Apenas sorri. — Essa eu quero ver.

— Ela vai amar, você vai ver. Vou apresentá-la a Nilópolis.

— Se eu não tivesse marcado de sair com Danielle para outro lugar, bem que ia com vocês — Norminha lamentou, tristonha, soltando um suspiro longo.

— Eu queria muito ir, mas acho que terei que fazer companhia pra minha mãe mais tarde, em um daqueles jantares insuportáveis que ela costuma ir, mas te aviso depois das 16h.

---

2 Samba-enredo *A ópera dos malandros*, dos compositores Francisco Aquino, Fred Camacho, Getúlio Coelho, Guinga, Marcelo Motta e Ricardo Fernandes. Intérpretes: Xande de Pilares, Serginho Porto e Leonardo Bessa.

— Certo! — Dei-lhe um tapinha na testa e vi seus olhos se fecharem. — Meu pai vai infartar, quando eu disser a ele que vou desfilar pelo Salgueiro também.

— Tio Eduardo é bem radical mesmo, pior que Alicia. Cruz credo! — Norminha esticou as pernas na direção da minha cama, apoiando os pés no colchão. — Acho que seria o mesmo que chegar ao pastor de uma igreja evangélica e dizer que vai entrar pra macumba.

— Ele me criou pra ser hétero, filha de santo e Fluminense, né, Norminha? Mas eu só segui as duas últimas, a primeira esqueci como funciona. Nem lembro mais o que é ser hétero e pretendo não lembrar nunca mais.

— Assim que se fala, garota! — Norminha esticou a mão aberta, e eu bati com a minha de volta.

Nós continuamos o assunto entre risadas, e eu estava gargalhando de algo que Alicia disse, quando senti meu celular vibrar, ao meu lado. Era Lizzie, eu tinha certeza, por isso me apressei em pegar o meu aparelho e desbloquear o visor. Era hora de ver sua reação diante do nude que eu lhe mandei há algum tempo. Mordi o lábio inferior e senti um reboliço no ventre, ao ler sua resposta.

Puta merda, Carolina! Você me deixou tremendo de tesão com essa foto, não consigo parar de olhar. Não acredito que terei que me masturbar no trabalho pela primeira vez em minha vida. Olha as coisas que você faz comigo...

É mesmo, é? Eu quero fazer muito mais. O que você achou da minha marquinha de biquíni? Gostou dela?

Adorava provocar Lizzie, amava mais do que tudo deixá-la louca. Excitava-me demais e deixava meu ego lá em cima. Ela levou apenas alguns segundos para responder. Imaginei estar com minha janela aberta, depois daquele presentinho de bom-dia.

Carolina, você não está entendendo o jeito que me deixou. Eu estou latejando por você, louca para ver essa marquinha de perto e dar muitos tapas nessa sua bunda gostosa.

Você vai me bater? Eu fui uma garota má?

Foi, foi muito má. Damn it! Minha calcinha molhada pode te dizer com clareza o quanto você foi má.

Porra! Senti minhas bochechas esquentarem e uma pontada forte no meio das pernas, melando a calcinha, e me ajeitei desconfortavelmente sobre a cama, ouvindo as risadas de Alicia e Norminha, no meio de uma conversa animada, ficarem longe, como se eu estivesse me trancando em um mundo paralelo. Imaginar Lizzie toda excitada, sentada em sua cadeira, estava me deixando nervosa. Então, mandei outra mensagem:

Você vai se masturbar pensando em mim?
Vai abaixar a sua calcinha até as coxas?

Vou... Em alguns segundos.

E vai fazer isso em que lugar?
Vai ficar olhando a minha foto enquanto
usa os seus dedos para se aliviar?

Sim! Sentada na minha mesa, e
vou imaginar você de joelhos
entre as minhas pernas, com sua
boca na minha boceta.
Porra, sim!

Eu respirei fundo, erguendo a cabeça rapidamente, verificando se a conversa ao meu redor ainda acontecia. Eu só queria sair dali e me trancar no banheiro. A cabeça de Alicia sobre as minhas coxas me deixava mais desconfortável ainda. Só podia ser castigo de Deus aquele momento. Mas era culpa minha, afinal, né? E eu estava adorando.

Você gosta do que causa
em mim, não é?

Gostar é pouco...
Me mande uma foto sua, me deixe ter
algo para imaginar também.

O que você quer ver? Me peça
algo fácil, pois Danielle pode
bater aqui a qualquer momento
e me pegar em uma situação vergonhosa.
Você me enlouquece, Carolina.
Por que me faz isso?

Porque eu gosto, e você também...
Abra os botões da sua blusa e me
deixe ver o que há por baixo dela, vai!

Deslizei a mão por minha nuca, sentindo o suor se concentrar ali. Meu coração batia, acelerado, e de repente, o ar pareceu acabar naquele quarto. Eu fiquei ansiosa, enquanto esperava. Minhas mãos tremiam um pouco, e eu concordava com tudo o que as meninas diziam, sem realmente prestar atenção em nada. Três minutos depois, Lizzie me enviou a foto que eu havia pedido, e eu quase desfaleci naquela cama, mordendo o lábio inferior com força, para não soltar um gemido de satisfação.

A foto que Lizzie me enviou enquadrava de sua boca até o começo de sua barriga. Sua blusa estava aberta, e sua pele estava exposta, com seus seios apertados, de uma forma deliciosa, dentro de um sutiã de renda vermelha, e eu tive certeza de que se encontravam loucos para serem libertos daquele aperto e massageados pelas minhas mãos.

A saia social em cinza-grafite abraçava a metade de seu abdômen, completando aquele look erótico com que ela estava vestida. Mas o que me enlouqueceu de verdade, junto à imagem de seus seios fartos naquele sutiã, foram os dentes impecavelmente brancos mordendo a pontinha de uma caneta adornada em metal. Seus lábios avermelhados e abertos, ao redor, davam o toque final àquela imagem, que terminou de destruir, literalmente, a minha calcinha.

Porra! Eu quero te dar tanto agora,
tanto que eu vou gozar umas três
vezes seguidas só de imaginar você me
fodendo de quatro com essa blusa aberta.

Você é muito gostosa.
Só de olhar os seus peitos apertados
nesse sutiã me dá vontade de gemer.

Me fale mais, Carolina...

Me diga mais sobre o que queria
que eu fizesse com você.
Me ajude a acabar logo com o meu
problema aqui embaixo.
Cinco minutinhos, vamos!"

Puta que pariu! Respira, Carol! Respira, porra! Eu comecei a repetir aquilo mentalmente mil vezes seguidas. Ela iria se tocar, naquele momento, para mim, falando comigo, sentada em sua cadeira de CEO. Era demais para mim. O tesão queria ultrapassar o limite da minha cabeça.

— Entendeu, Carol?

Eu estou tão molhada na minha cama.
Você pode imaginar isso?
Pode me imaginar quente e escorregadia

Enviei, tremendo tanto que me segurei para não gemer de novo. Acabei apertando as coxas da forma mais discreta que consegui. Sua resposta demorou mais um pouco para ser escrita, e eu sabia que, naquele momento, ela estava digitando com uma mão só.

E aberta também, na minha mesa,
nua e suada, me pedindo pra te chupar
bem gostoso...

Gemendo como a boa putinha que você
adora enquanto a sua língua me fode
bem devagar.

Você gosta, Lizzie?
Gosta de me foder assim?

— Carol?

Amo, eu amo quando você fica assim...
Estou tão excitada, Carolina!
Posso sentir seus dedos ao invés dos meus.
E a sua boca quente...

Eu estava digitando uma resposta, apressada, louca dentro das minhas roupas, suando, como se fizesse cinquenta graus dentro daquele ambiente, quando levei um dos maiores sustos da minha vida.

— CAROLINA, CARALHO! — Norminha gritou.

Eu dei um pulo na cama, sacudindo a cabeça de Alicia. Olhei para elas, espantada, arfando, enviando a mensagem, que mal tinha acabado de escrever, de forma rápida.

— Porra! Quer me matar? — perguntei, passando a mão pelo rosto, vendo Norminha me encarar com olhos estreitos. Alicia apenas me olhava, confusa.

— Entendeu o que a gente disse? — Norminha perguntou.

— Claro... Eu concordo com tudo — respondi, fazendo um sinal de positivo exageradamente com a cabeça, voltando a prestar atenção no celular e a ajudar Lizzie a chegar aonde eu queria que ela chegasse.

Ela me disse que estava quase lá, e eu também estaria se estivesse trancada dentro do meu banheiro. Mandei mais algumas mensagens bem sujas, e ela respondeu com mais algumas. Quando Lizzie me avisou que estava prestes a gozar, eu pedi para ela me mandar um áudio daquele momento, e ela mandou, poucos segundos depois. Eu me vi mole, sem nem ao menos ouvir, só de ver os segundos de duração daquele áudio, indicando o tempo em que ela ficou ali, gemendo e gozando para mim. Só queria expulsar todo mundo do meu quarto e ouvir repetidamente. Mas teria que esperar, até que estivesse sozinha, mais tarde.

— Carol, presta atenção aqui... — Norminha chamou.

> Você é muito safada.
> Me fez gozar muito gostoso.

Ela respondeu depois de um tempinho, e imaginei que estivesse se recuperando.

> Eu vou ouvir esse áudio sempre
> que estiver sozinha, eu te juro!
> Estou toda dolorida de tesão.

> Queria um beijo agora bem lento,
> daqueles que me arrepiam inteira.
> Não sei se vou me concentrar
> novamente no trabalho depois
> de gozar assim.

Acho que, no momento seguinte, eu consegui ver a minha vida inteira passar diante dos meus olhos, em uma fração de segundos. Um movimento rápido, e o meu celular foi arrancado da minha mão. Eu soltei um berro estridente, que fez Alicia cobrir os ouvidos.

— NORMINHA! — gritei.

Norminha pulou para longe da cama, me deixando apavorada.

— LARGA ISSO, CARALHO! — ela gritou de volta. — ESTOU FALANDO CONTIGO HÁ MIL ANOS, E VOCÊ CAGANDO!

— Norminha, se você tem amor à sua vida, me devolve esse celular — eu disse séria, a encarando, com o rosto pegando fogo. Eu estava de pé, na frente da minha cama, e ela, ao lado da porta do meu banheiro, do outro lado do quarto.

— Não vou devolver nada. Agora, você vai ficar sem ele até a gente ir embora.

Passei a mão pelo cabelo, ofegante, desejando que o chão se abrisse e Norminha caísse até o centro da Terra.

— É melhor você me dar esse celular ou eu juro que coloco teu nome na primeira encruzilhada que eu encontrar — ameacei.

— Não fica me ameaçando com os teus feitiços não, hein? — Ela ergueu o nariz, mostrando que estava cagando para o meu desespero. — Eu bato em você e no espírito ruim que vier me atentar.

— Norminha, sério... — Fiz cara de dor, quando ela ergueu o celular e olhou para a tela. — Norminha... — Gemi, frustrada, vendo-a arregalar os olhos e abrir a boca em um “O” perfeito, enquanto rolava o dedão pela tela.

— Eu sabia que você estava de putaria com a O’Connell mais velha neste celular, sua ridícula do cacete! E eu aqui, falando e falando à toa.

— O quê? — Alicia perguntou quase chocada, se sentando na cama, e olhei para ela, dando um sorriso amarelo.

— Ai, Norminha! Puta que pariu, cara! Porra! Que merda! — comecei a xingar um palavrão atrás do outro, cobrindo o rosto com as mãos e caindo em uma gargalhada, ainda excitada e envergonhada. — Para com isso! — implorei, me aproximando, para tentar pegar o celular outra vez.

— Minha Nossa Senhora da Putaria Liberada! — Norminha me olhou, com os olhos arregalados, e depois voltou a olhar para o celular. — Que peitos são esses, senhor Jesus?! Olha, com todo o respeito, bunduda, mas que delícia essa gringa, hein?!

— Eu vou te matar — eu rosnei, enfurecida. — Norminha, eu vou te jogar daqui de cima em três segundos. Não fale desse jeito da minha mulher. — Eu parti para cima dela, ouvindo-a soltar uma gargalhada tão alta que me deixou mais brava ainda.

— Não encosta em mim, que você tá morrendo de tesão, sua ridícula! — Ela correu na direção da minha cama, em desespero, rindo e deixando Alicia apavorada. — Vai se masturbar no banheiro ou vai acabar gozando aqui.

— CALA A BOCA, NORMINHA! — Pulei em cima dela, me sentando em seu quadril e enchendo de tapas os braços que ela usou para proteger o rosto. — EU VOU TE MATAR SUFOCADA, PRA MORTE SER BEM LENTA!

— Vai nada, leoa. Tu rosna, mas não morde. — Ela colocou o celular embaixo das costas e segurou os meus punhos, me fazendo parar e encará-la, com a respiração agitada.

Não aguentei e acabei gargalhando, negando com a cabeça e me jogando de costas ao seu lado.

— Nossa! Como eu te odeio! — resfoleguei, sentindo meu peito subir e descer rapidamente.

A encarei, e ela me olhou de volta, jogando o celular sobre minha barriga.

— Eu que te odeio por ter me deixado com tesão, lendo essa putaria aí. Aff! — Norminha se sentou e saiu da cama. — Vagabunda nojenta!

— Ai, gente, não sei por que ainda me choco com vocês. — Alicia riu, constrangida, e eu sabia que era porque Lizzie estava envolvida.

— Héteros se impressionam fácil demais, *Lysh Lysh* — Norminha provocou, sorrindo de canto.

— Ah, vai se foder, Norminha! — Alicia pulou para fora da cama, ajeitando o cabelo nos ombros, enquanto ria. — Vou pra casa, tomar banho e dormir, cansei de vocês por hoje. Se ficar aqui, vou acabar me contagiando com essa *sapatonice*.

— Isso, vai mesmo, antes que eu te coma. — Norminha ameaçou andar na direção de Lish, que deu uma corrida até a porta mais rápido que o Diabo fugindo da cruz. Eu só sabia rir.

— Cruz credo! — Ela me mandou um beijinho. — Tô vazando. Amo vocês!

— Também te amo! — Norminha e eu respondemos ao mesmo tempo, e fomos deixadas a sós por uma Lysh mais vermelha que um tomate.

Rapidamente, peguei o celular, para responder à Lizzie, que ficou falando sozinha, por causa da brincadeira de Norminha.

Me perdoa pela demora, ok?
Norminha pegou o celular da
minha mão e leu a nossa conversa.
Odeio essa vagabunda.

Digitei, bufando e observando Norminha se dirigir ao banheiro, sem fechar a porta.

Norminha leu o que acabamos de fazer?
Como vou olhar pra ela agora, Carolina?
Eu estou morrendo de vergonha.
Isso é culpa sua, está vendo?

Carregarei essa culpa com gosto.

Eu vou te pegar de jeito, Carolina,
quando você menos esperar.
Estou te avisando.

Eu amo suas ameaças,
fico toda excitada.

Norminha saiu do banheiro, caminhando na direção da minha cama de forma preguiçosa, soltando um bocejo e outro, subiu de joelhos no colchão e se deitou ao meu lado, verificando algo em seu celular, enquanto eu continuava a troca de mensagens com Lizzie.

Sua gostosa! Cale a boca antes
que eu morra de tesão outra vez.
Preciso continuar a trabalhar agora.
Você me tira do eixo.

Amo quando me xinga...
mas okay, vou te deixar trabalhar,
mas só porque estou satisfeita por agora.

Você não cansa de surpreender.
Vou me limpar e voltar ao trabalho, sweetie.
Te ligo depois do almoço. Até mais tarde!

Até! Tô com saudade, muita... Saia logo daí! <3
Também estou morrendo de saudade de você
e amo quando fica assim, cheia de dengo.
Me espere, logo estaremos juntas.

Não farei mais nada a não ser te esperar. My girl.[3] <3

Eu abri um sorriso tão besta ao ler aquilo que não pude impedir o meu coração de acelerar. Cada dia que passava, eu só me apaixonava cada vez mais por aquela mulher, pela forma que me tratava, como conduzia tudo para me agradar, como demonstrava o que sentia por mim. Lizzie era única, *e era minha.*

— Você está tão apaixonada que estou ficando melancólica.

Ouvi a voz de Norminha soar baixo ao meu lado, e sabia que ela encarava meu perfil.

— Estou. Isso é ruim? — perguntei, ainda encarando o teto.

— Não mesmo, isso é ótimo! Pedi muito a Deus para ver você assim um dia — ela falou, e eu sorri, consciente, suspirando.

— Sua mãe me pediu para conversar com meu pai hoje, o que você acha? Acha que devo contar logo ou que devo esperar?

Norminha virou de lado, para me olhar melhor, e apoiou sua cabeça na mão direita.

— Acho que deve esperar mais um pouco, Carol. Não creio que essa seja a hora certa.

— Por quê?

— Seu pai é meio doido, né? Vamos combinar. — Ela riu, divertida, mas preocupada. — É melhor esperar até que tenha algo mais do que fixo com a Lizzie, para que possa contar com ela ao seu lado.

— Nós temos algo fixo. — Dei de ombros, virando a cabeça para vê-la melhor.

— É, mas não ouvi ninguém falar em namoro até agora. E seu pai vai logo supor que vocês apenas se comem, do jeito que é. Vai xingar a Lizzie de tudo quanto é nome e falar que isso é uma pouca vergonha... Fora a homofobia.

Rolei os olhos. Norminha estava mais do que certa. — Sei bem... — Mordi o lábio, me sentindo tensa. — Não queria expor Lizzie a isso, mas... uma hora terá que ocorrer.

— Que seja depois dela te pedir em namoro e colocar uma aliança bem cara, de compromisso, nesse seu dedinho.

Soltei uma risada, a empurrando de leve pelos ombros, a fazendo cair de costas na cama.

— Tu não perde a chance mesmo — comentei, e ela sorriu para mim, me fazendo um carinho rápido no alto da cabeça. — Te amo muito!

— Também te amo, bunduda! — ela falou. Em resposta, me estiquei e beijei sua bochecha, voltando a me deitar. — Mas, agora, tenho uma pergunta que estou para fazer há alguns dias.

---

3 Tradução: Minha garota.

— Faça. — Encarei-a, curiosa, e Norminha mordeu o lábio, parecendo buscar as palavras, para entrar no assunto. Ela nunca teve receio de falar alguma questão comigo, mas aquela parecia incomodá-la.

— Então...

— Diga! — insisti.

— A Lizzie já tentou foder a sua bunda? — Ela estreitou os olhos, e no momento em que a ouvi, comecei a rir, feito uma hiena louca, e deixei minhas costas caírem de volta na cama.

— Porra, Norminha! — Minha barriga doía de tanto que eu ria de sua expressão.

— Para de rir, sua piranha maldita, e me responde logo. Tentou ou não tentou?

Busquei meu fôlego e respirei fundo, sentindo lágrimas nos olhos.

— Não... Bem, não ainda. Mas ela sempre me dá uns beijos gregos maravilhosos. Eu fico louca!

Norminha coçou a nuca, me encarando.

— Mas e se ela tentasse, tu ia dar?

— Eu ia. Por que não daria? Eu faria qualquer coisa para deixá-la enlouquecida — respondi, e ela soltou um suspiro longo, encarando o teto.

— Ah, sei lá! Danielle tentou há alguns dias, mas eu fiquei um pouco nervosa. Ainda tô pensando se libero ou não — ela falou, e eu voltei a rir, tomando ciência de que aquela era a grande questão da vida de Norminha, naquele momento.

— Libera logo. Não vai querer ir pro caixão virgem aí atrás, né? Imagina que morte horrível. — Sentei-me na cama, puxando o cabelo para cima e o prendendo em um nó.

— Tu não vale nada. Se eu fosse a minha chefinha, tentaria foder esse seu rabo o quanto antes.

— Pode tirar o olho. — Fiz minha melhor cara de cínica e me levantei, andando e rebolando até a cômoda do outro lado, para sacanear com ela.

— *"Kiko lindo, Kiko maravilhoso. Kiko bonito, ai Kiko gostoso"*[4] — Norminha cantou, divertida, me fazendo rir e me sentir leve, como sempre em sua companhia. Eu ainda não tinha visto tanta intimidade em uma amizade como a que nós criamos, não mesmo.

O dia passou rápido, e depois de uma hora da tarde, meu pai, eu e Eduarda estávamos sentados na grande mesa de jantar, que ficava localizada perto da porta da varanda. A tarde lá fora estava calma e quente, e eu me sentia desconfortável na presença daquele homem que passou a ser um pouco desconhecido para mim.

— Como estão as coisas no colégio, Eduarda? Sua irmã tem ajudado com os trabalhos? — Eduardo perguntou, depois de mastigar um pedaço do frango — o mesmo que tia Rita havia preparado especialmente para ele naquela manhã. Suspirei, limpando a boca com um guardanapo de pano.

4 Vídeo *Kiko lindo*, disponível no YouTube.

— Carol sempre tira as minhas dúvidas, papai. Mas eu quase não tenho nenhuma, presto atenção nas aulas — ela contou, e eu sorri, orgulhosa. Minha irmã era o meu maior orgulho na vida, e aquela educação toda era metade culpa minha.

— Muito bem! Fico feliz em saber disso. — Ele me olhou e abriu um sorriso pequeno, me fazendo desviar o olhar. — Carolina sempre foi muito bem no colégio. Quero que seja dedicada, como ela é, aos estudos.

— Eu sou, papai — Duda respondeu, animada, me olhando, como se me agradecesse por ensinar-lhe tudo que eu sabia. — Carol é a melhor irmã do mundo.

— Eu sei... — ele sussurrou para si mesmo, e tomei um gole do suco de laranja em minha taça. Ficamos em silêncio por alguns minutos, quando voltamos a comer, e logo ouvi sua voz mais uma vez. — Me preocupa que não esteja indo ao terreiro, Carolina. Precisa cumprir suas obrigações. O que tem desviado você?

— Como sabe que não tenho ido ao terreiro? — perguntei, curiosa, depois de engolir mais um pouco de arroz.

— Eu ligo pra lá sempre que me sobra um tempo, para saber como andam as coisas. Esqueceu que eu sou amigo de anos da sua mãe de santo? — ele disse, e suspirei um pouco irritada. Detestava quando ele me fiscalizava. — Você nunca deixou de comparecer. O que está havendo? Você está sendo cobrada lá, sabe que é alguém de importância dentro das funções do terreiro.

— Eu sei, pai. Sei de minhas obrigações, só estou com a cabeça cheia ultimamente e não posso realizar minhas funções assim, com os pensamentos em outro lugar — contei, e Eduarda abaixou o olhar, voltando a comer, um pouco constrangida. Ela sabia que minha cabeça estava cheia. — Vou o mais rápido que eu puder.

— Cheia de quê? — Ele largou o garfo e pegou sua taça, bebendo um gole, enquanto apenas me observava. Seus olhos tentavam me decifrar, e eu me senti intimidada diante de seu olhar. — Há algo ocorrendo, que eu não saiba? Algum problema?

— Não... — Desviei o olhar, bufando.

— Então, o que há?

— Questões da faculdade, de coisas novas que quero fazer. Apenas isso, nada demais. — Bebi o resto do meu suco. — Eu vou essa semana ainda.

— É pra ir mesmo. — Ele me avaliou mais um pouco, voltando a comer. — Suas responsabilidades primeiro, o resto vem depois.

Norminha estava mesmo certa. Não existia maneira alguma de contar, naquela hora, a ele sobre quem estava mexendo com a minha cabeça e me deixando ocupada, muito menos de fazê-lo acreditar que nunca me senti tão bem antes em minha vida. A grande conversa teria que esperar.

Eu tinha consciência de que estava em falta com meu Orixá, com o terreiro e tudo que envolvia a minha religião... Mas Oxum sabia, ela sabia! Ela quem colocou Lizzie no meu caminho. Eu tinha certeza de que, apesar da bronca, me perdoaria por falhar. Eu sempre fui uma boa filha, afinal eu sempre a amei com todas as minhas forças. E Oxum era amor, acolhimento, bondade e compreensão. Dona das águas doces que davam vida a esse mundo, que me acolhiam, como braços quentes, quando me deitava em seu leito. Era minha mãe, a quem eu dedicava toda a minha fé e a minha alma. Quem me guiava, me cuidava, me protegia de todo o mal e me mostrava a luz. Meu amor mais bonito, minha rainha soberana, minha guerreira eterna. Aquela em que eu confiava mais do que tudo e a quem entreguei a minha vida nas mãos. Eu sabia que ela nunca me deixaria sozinha, ainda que eu acabasse falhando alguma vez em minha jornada.

Ora yê yê ô!

Quando acordei do meu cochilo, depois do almoço, recebi uma ligação de Lizzie, dizendo que já estava saindo do trabalho. Eu disse a ela para que me esperasse na porta da WorldOfX, que eu passaria para buscá-la, para irmos juntas para seu apartamento. Arrumei minhas coisas em uma bolsa de mão e saí, me despedindo de Eduarda com um beijo na testa.

Meu pai não fez muitas perguntas, apenas me pediu para avisar se fosse dormir fora. Era melhor assim. Por incrível que pareça, as ruas estavam sem trânsito. Eu dirigia calmamente pela orla, com os vidros do carro abertos, deixando que a brisa fresca da praia acariciasse a minha pele. Meu cabelo, preso em um nó, soltava suas mechas aos poucos, em meu rosto, sobre os óculos escuros que descansavam diante dos meus olhos. Aquela era a melhor sensação: sentir o vento e não impedir que ele bagunçasse o que fosse para ser bagunçado.

Sinais de fogo, da Preta Gil, rolava no som, e eu cantava, me embalando no ritmo daquela música que tanto lembrava Lizzie e eu, nos imaginando correndo pela Lapa ou pela Guanabara, nos beijando em cada canto e em cada esquina daquele Rio de Janeiro.

— *"Você deve saber o quanto me ama"* — cantei e mordi os lábios, sorrindo, sozinha, me sentindo boba o suficiente para sentir o coração acelerar apenas com a imagem de nós duas vivendo todo aquele sentimento. Nada me parecia melhor que aquilo.

Estacionei algum tempo depois, em frente ao grande prédio da WorldOfX, na praia de Botafogo; saí do carro e me encostei à porta, enfiando as mãos nos bolsos da frente do short jeans que eu vestia. Pela hora em que falamos ao celular, já era para Lizzie estar ali, mas não me preocupei com a sua demora, porque eu não tinha nada mais para fazer, além de esperá-la.

Fiquei ali, em pé, encostada em meu carro, mais ou menos uns dez minutos. Havia sombra onde eu estava, mas o suor deu sinal de vida em minha nuca. Estava muito quente, e eu queria tomar uma cerveja gelada. Logo, vi Lizzie cruzar a porta de entrada do grande prédio, com Danielle ao seu lado, e abri um sorriso enorme ao vê-la, que foi morrendo aos poucos, ao notar uma mulher ruiva junto, mais perto do que o necessário, fazendo mais gestos do que deveria, tocando o que não podia, sorrindo mais do que sua boca permitia e me irritando mais do que era seguro. Estreitei os olhos e abaixei o ray-ban até a ponta do meu nariz, observando. Quem diabos era aquela criatura que estava rondando a minha mulher?

— Ah, Lizzie O'Connell... — sussurrei, como se ela pudesse me ouvir.

Lizzie ainda não tinha me visto parada ali e conversava animadamente com a mulher desconhecida para mim e com Danielle. Esperei, paciente, até que ela se despedisse das duas mulheres e prestasse atenção ao seu redor. Quando me viu, Lizzie abriu um sorriso enorme e ajeitou a bolsa em seu antebraço, começando a caminhar na minha direção. Não pude impedir o suspiro de sair pela minha garganta. Ela parecia uma modelo na passarela, desfilando sobre seus saltos e sua roupa social, quente como o Inferno. Tão sexy a filha da puta! Seu cabelo voava, por conta do vento, e os óculos de grau em seu rosto quase me fizeram fraquejar, quando ela parou na minha frente. Eu disse quase.

— Olá, linda! — ela disse toda charmosa, se curvando para baixo apenas um pouco, para selar os meus lábios. Não descruzei os braços debaixo de meus seios, e ela ergueu os óculos em meu rosto até a minha cabeça, encarando os meus olhos.

— Oi! — respondi, enciumada, tentando não me deixar afetar por seu olhar destruidor.

— O que foi? Por que esse biquinho lindo? Eu demorei demais? — Ela me analisou, colocando uma mecha solta do meu coque atrás da minha orelha.

— Quem era aquela ruiva? — perguntei, com as sobrancelhas erguidas, erguendo o meu nariz, em desafio. — Estava cheia de assunto com você, te tocando.

Lizzie abriu um sorriso no cantinho dos lábios, me irritando mais ainda. Que mulher absurda, não dava nem para ficar brava sem se excitar. Maldição!

— Ciúmes, *sweetie*?

— Ah, vá pra merda! Não me chama de *sweetie*. Estou zangada. — Bufei, jogando minhas mãos ao ar. — Responda logo quem era.

— Minha secretária, Amanda.

— *Humm*! — Desviei nossos olhares, olhando para o lado, na direção da praia.

— Você fica linda com ciúmes e faz eu me apaixonar mais ainda. — Ela tocou o meu rosto com a mão direita, acariciando minha bochecha.

— Fica me provocando só, pra você ver, fica me provocando... — rosnei, desviando de seu toque e me afastando, dando a volta no carro e abrindo a porta. — E entra logo nesse carro, que eu tô com pressa.

Lizzie só sabia rir, aquele sorriso irritante e sexy não saía de seus lábios. Ela abriu a porta e sentou-se do lado do carona. Eu logo tomei o meu lugar e coloquei os óculos escuros no rosto de novo.

— Eu amo mulheres ciumentas, sabia? — ela comentou, e rolei meus olhos, bufando. Estava mais com meu ego ferido do que qualquer outra coisa.

— Ah, é? Que interessante pra você, Lizzie. — Dei partida no carro, pegando a orla, e ela soltou uma risada longa, largando sua bolsa no banco detrás.

— Inclusive uma mulher em especial.

Não olhei para ela, meus olhos estavam fixos na estrada. Eu sabia que, se a olhasse, não poderia manter minha birra por muito tempo. Ciúme era algo que realmente me tirava do sério.

— Qual?

— A minha.

Senti sua mão tocar a minha coxa, e seus dedos delicados, enfeitados por anéis, me arrepiaram, ao entrarem em contato com minha pele quente.

— Uma carioca dengosa e muito sexy, que me deixa louca de paixão cada vez mais, a cada dia que passo ao lado dela. E ela precisa saber que não importa quem apareça na minha frente, eu não tenho olhos para mais ninguém, além dela. Ela é mais do que eu poderia querer, a mais linda das mulheres, a mais quente e inteligente. Quem eu tenho o prazer de enaltecer e agradar em todos os momentos, porque ela merece. Ela é uma rainha, *a minha rainha.*

Eu só faltei bater com o carro ao ouvir aquilo, e a sua mão quente, acariciando-me a coxa, me deixou em desespero. Meu coração batia como se eu tivesse corrido uma maratona, e eu encostei o carro da forma mais rápida que eu pude, no primeiro acostamento na beira da praia.

— Você não quer matar eu e a essa mulher maravilhosa, não é? — Lizzie perguntou, ofegante por conta da forma que eu parei o carro, e me encarou com aquele olhar que me derretia inteira.

— Cala a boca e me beija logo! — Eu me curvei para frente e estiquei a minha mão, a puxando, pela nuca, na minha direção.

A risada encantada de Lizzie morreu em meus lábios, e eu afundei a minha língua em sua boca com toda a saudade, paixão e desejo que eu sentia. Ouvi-la dizer aquelas coisas fez qualquer rastro de ciúme sumir da minha mente, deixando apenas o pensamento do quanto ela me venerava.

Nós nos beijávamos com intensidade, deixando que nossas línguas se embolassem uma na outra, buscando por mais, muito mais. Suas mãos, femininas ao extremo, foram parar nas minhas costas, por dentro da minha regata branca, me apertando e me instigando. Joguei seus óculos de grau em qualquer canto do carro e enfiei meus dedos entre as mechas de seu cabelo, puxando e acariciando-as, prendendo seu lábio inferior entre os dentes e chupando-o. Lizzie suspirou, ofegante, e separamos nossas bocas depois de longos minutos em um beijo desesperado.

— Odeio sentir ciúmes, odeio que cerquem o que é meu — sussurrei contra seus lábios avermelhados e levemente inchados, e ganhei uma mordidinha no cantinho da boca; suspirei.

— Você disse bem, eu sou sua. — Ela acariciou o meu rosto, colando nossas testas. — Não há nada para você se preocupar. Eu sou sua.

— Minha! — afirmei.

— Completamente.

Se ela dizia que era minha, quem era eu para dizer o contrário?

Ao chegarmos à cobertura que Lizzie mantinha em Copacabana, eu corri para tomar um banho gelado, enquanto ela terminava algumas planilhas no notebook. Não demorei muito embaixo da ducha e saí vestida com apenas um conjunto vermelho de calcinha e sutiã. Estava calor demais, e eu amava ficar pelada. Quanto menos roupa, melhor.

Lizzie estava sentada na varanda, com o notebook no colo, os pés descalços e a blusa com os botões abertos, exatamente igual à foto que me enviou mais cedo. Soltei um suspiro longo, caminhando até a cozinha, sem que ela me visse, abrindo a geladeira e pegando uma das garrafas de Heineken presentes ali. Em seguida, a abri, voltei para a sala, caminhei em direção à varanda, e coloquei a garrafa de cerveja na mesa de vidro redonda ao seu lado, a fazendo erguer os olhos para me olhar.

— Já terminou? Nem vi o tempo passar — ela disse, com um sorriso de canto, me olhando por trás das lentes dos óculos de grau que usava para trabalhar, me avaliando de cima a baixo em alguns segundos.

— Você se perde quando está trabalhando. — Devolvi seu sorriso, me encostando à mesa, e empurrei com as pontas dos dedos a garrafa suada de *Heineken* na sua direção. — Toma! Está calor, e imaginei que pudesse querer algo para matar a sede.

— Leu os meus pensamentos, *hum*? — Lizzie piscou um dos olhos e esticou a mão para pegar a garrafa, levando até a boca e tomando um grande gole. Minha garganta ficou seca, e desejei beber um pouco daquele líquido direto de seus lábios. — Amei essa lingerie. É nova?

— Sim! Comprei essa semana, e aparentemente você conhece todas as minhas lingeries favoritas. Isso significa que temos fodido demais. — Sacudi as sobrancelhas, e Lizzie soltou uma risada gostosa, deixando a cabeça cair para trás.

— Estou feliz com isso, não quero foder menos com você.

Eu mordi meu lábio inferior, ao vê-la tomar outro gole, e automaticamente fiz uma carinha de cachorro sem dono.

— O que houve? — a pergunta saiu cheia de ternura, e ela devolveu a garrafa à mesa. — Esse biquinho de novo.

— Quero colo — choraminguei, fazendo manha, sabendo o quanto aquilo tocava o ponto fraco dela.

— Ah, quer colo, é? — ela perguntou, e balancei a cabeça positivamente, suspirando, observando seu rosto se contorcer em uma expressão regada a carinho. — Eu vou te dar colo, *sweetie*.

— Quero agora... — choraminguei outra vez, piscando lentamente.

Lizzie pegou o notebook com cuidado e o colocou sobre a mesa de vidro, virando a cadeira em que estava sentada na minha direção. Em seguida, retirou os óculos, os colocou, também, sobre a mesa, e bateu com charme e suavidade sobre suas coxas cobertas pela saia social justa.

— Vem aqui, vem! — ela falou. Em resposta, meu corpo se aqueceu inteiro e meu coração bateu aceleradamente, enchendo minhas bochechas de calor. — Vou te dar carinho.

— Sim... — Eu quase gemi de prazer, só com a menção daquela palavra. Não era nada sexual, mas uma sensação tão boa de ser cuidada, protegida. Sentei-me de lado sobre suas coxas, e Lizzie envolveu o meu corpo em seus braços quentes com ternura, me apertando contra o seu peito. Deitei minha cabeça na curva de seu pescoço, deslizando uma de minhas mãos até a sua nuca. Ela chegou para trás e nos acomodou melhor na cadeira, iniciando um carinho gostoso e suave perto das minhas costelas. — Eu gosto de carinho — comentei baixinho contra a pele de seu pescoço e ganhei um beijo delicado na testa. — É tão bom!

— E eu gosto de ter você assim, querendo carinho — ela comentou, e eu sorri, com preguiça, me sentindo mole. Lizzie tinha um efeito devastador sobre mim. — Manhosa!

— Eu sou... Eu sou carente, sabia? — comentei, e a ouvi rir baixinho, acariciando minhas costas. — Mas só de você.

— Minha manhosa... Só minha — Lizzie sussurrou em meu ouvido, me arrepiando.

Sorri, me apertei mais contra ela e ficamos daquele jeito, abraçadas, por longos minutos. O pôr do sol surgia em Copacabana, o mar, lá embaixo, brilhava sob as luzes alaranjadas que o céu exibia, e as ondas batiam calmas, relaxando tudo ao redor. Eu poderia ficar ali por muito tempo.

— Eu iria contar ao meu pai hoje, sobre nós, mas desisti — comentei, correndo meus dedos por sua clavícula. — Ele ia reagir mal, e não quero isso.

— Creio que ele vá reagir mal de qualquer forma. — Lizzie suspirou, deitando a bochecha contra a minha cabeça. — E isso me preocupa um pouco. Tenho certeza de que ele não vai apoiar o que nós temos, por ainda te sustentar. Os pais são assim.

— Ele não me sustenta, Lizzie — assegurei, erguendo a cabeça para olhar seu rosto. — Eu recebo pensão da minha mãe. Eu e Eduarda.

— Isso é bom, né?

Sacudi a cabeça, confirmando, rindo da carinha que ela fazia, e a beijei de novo, me ajeitando em seu colo.

— É, sim — suspirei, torcendo os lábios. — Mas eu quero ganhar meu próprio dinheiro, entende? Digo, não que a pensão que eu recebo não seja minha, ela é. Mas não fui eu que trabalhei para tê-la, entende? Foi minha mãe. Eu quero trabalhar para ter o meu, com o meu esforço, mas a minha faculdade me impede no momento. Eu passo o dia inteiro lá, só saio à noite. Fica complicado.

— Eu entendo. Mas ao menos você não precisa se preocupar no momento, agora você não precisa. Quando se formar, vai ganhar todo o dinheiro por esforço próprio, isso que importa. — Lizzie segurou meu rosto e beijou minha boca com carinho, colocando uma mecha do meu cabelo atrás da minha orelha. — Mas me responda, qual era a profissão da sua mãe? Você nunca me disse.

— Ela fazia parte do oficialato superior do Exército, tenente-coronel. Uma das únicas mulheres a alcançar uma patente tão alta dentro do Exército Brasileiro — contei com orgulho, porque era daquele jeito que eu me sentia em relação à minha mãe, por mais que eu não gostasse da carreira militar. Mas mamãe lutou muito para chegar aonde chegou, e nada mais justo do que ser reconhecida por seus méritos.

— Nossa! Eu nunca iria imaginar. Que legal, Carolina! — Seus olhos brilharam, e ela abriu um sorriso enorme, soltando um suspiro. — É lindo saber que ela chegou tão longe e teve o reconhecimento que mereceu. Quem dera se isso ocorresse com todas as mulheres, independente da profissão.

— Sociedade machista é isso aí. O que impede as mulheres de chegarem tão alto é a falta de oportunidade. Quase nunca se tem. Mas assim como minha mãe, você também conseguiu.

— E você também conseguirá. — Com calma e carinho, ela acariciou o meu rosto, me fazendo fechar os olhos. — Eu tenho certeza.

— Você vai estar comigo? — perguntei com um pouco de timidez, o que era algo novo para mim.

Lizzie me puxou para seus braços outra vez e me apertou do jeito que eu mais gostava.

— Se depender de mim, eu sempre estarei ao seu lado.

Aquela frase era exatamente o que eu precisava ouvir.

No caminho até Nilópolis, eu fui mostrando à Lizzie todos os cantos que eu amava da Baixada Fluminense, contando histórias importantes, sempre lembrando que ali estavam os locais mais gostosos de frequentar no Rio. Ela estava encantada, conhecendo um lado diferente, outro município, completamente oposto daquele com que estava acostumada. As pessoas precisavam saber que o Rio de Janeiro não era e nunca seria só a Zona Sul. Havia muito mais para ver.

Quando o carro de aplicativo, em que estávamos, parou na porta da quadra da minha escola do peito, eu me deixei cair naquela antiga euforia. Já fazia um ano que eu não pisava ali, e sempre me emocionava ao estar de volta. Segurei na mão de Lizzie e a puxei na direção da entrada, passando pelo grande portão azul, depois de poucos minutos na fila, entrando naquele enorme ambiente que era preenchido pelo som potente dos instrumentos que formavam a bateria.

Eu me arrepiei dos pés à cabeça. A minha raiz estava ali, naquela gente, no som do tambor, nos enredos. Eu era o samba, o calor humano, a tradição. Eu fui criada como membro daquela escola, no berço do samba, com a força de todos os Orixás e a beleza da boemia carioca.

Apresentei Lizzie a todo mundo que eu conhecia, e ela virou a graça no meio daquelas pessoas. Eles adoraram o seu sotaque gringo carregado e colocaram um copo da boa e velha cerveja na mão dela, a vestindo com uma camisa da escola. Lizzie ficou encantada com a recepção que teve, e eu pude ver seus olhos brilharem cada vez que ela olhava a blusa que abraçava o seu peito. Aquele calor humano, podia apostar, ela jamais receberia em outro lugar.

— Eu nunca me senti assim antes — ela comentou ao pé do meu ouvido, em um tom alto, por conta do barulho da bateria. — Animada por ver a animação dessas pessoas, me sentindo parte dessa gente. Todo o amor que eles possuem por essa escola e por quem chega. Isso me emociona.

Eu a olhei com carinho, erguendo a mão para acariciar o seu rosto com suavidade. Ela sorriu com timidez e bebeu um pouco da cerveja em seu copo.

— Isso que é felicidade de verdade, Lizzie. A felicidade está no sorriso dessas pessoas. Você pode notar aqui. Parece que há tristeza? Não há. Pode existir lá do lado de fora, mas aqui dentro, não. Todo mundo está feliz, festejando a escola e fazendo o que ama, e não importa, aqui, quem tem mais dinheiro, quem tem menos dinheiro. Todos estão juntos, com um só propósito. Isso é viver, isso faz parte de todas as coisas que eu quero te mostrar por todo o tempo que eu puder.

— Eu sou feliz aqui — ela disse perto o bastante para a sua respiração se misturar à minha, e eu envolvi a sua cintura com os braços, sem me importar com nada nem ninguém. As pessoas estavam preocupadas em curtirem sua própria alegria, sem ligarem para o resto. — Sou feliz aqui com você.

— A minha intenção é apenas essa, te fazer feliz. Do subúrbio à Zona Sul, em qualquer lugar que possamos estar. Eu só quero isso, fazer você feliz.

Ela me beijou, e aquele beijo foi cheio de um sentimento enorme, que me puxou pelos pés e me virou de cabeça para baixo. Era um beijo diferente, profundo e intenso, um beijo que clamava por algo que nós nunca havíamos experimentado. Um beijo que preenchia por dentro e enaltecia a alma, um gesto puro e antigo que nos elevou a outro patamar.

Quando nos separamos, por falta de ar, ficamos, por um curto tempo, com nossas testas coladas, desfrutando daquele momento restaurador. Dentro de mim, tudo estava em histeria, e eu sabia que para a noite começar de verdade, só precisava apresentar Lizzie ao coração daquela escola, de toda aquela comunidade.

Levei-a até a porta-bandeira número um da Beija-flor: a maravilhosa e única Sandrinha Sorriso. Abracei-a com força. Minha mãe e ela eram bastante próximas. Fui criada ali dentro, desde pequena sambava no meio de todo mundo, ao som da bateria. Era toda a minha vida em um só pavilhão.

O pavilhão é o símbolo maior de uma escola de samba. Jamais pode ser chamado de bandeira, muito menos de pedaço de pano. É onde está representada toda a comunidade, toda a história e todas as conquistas. Assim como a cruz é sagrada para o catolicismo e os búzios para o Candomblé, o pavilhão é sagrado para uma escola de samba.

Peguei aquele manto sagrado nas mãos, com todo o cuidado, e o pressionei contra a minha testa com todo o respeito que eu tinha. Aquele gesto sempre me emocionava, pois ali estava todo o enredo de centenas de anos.

— Você pode tocar nele se quiser... — eu disse à Lizzie, olhando-a com lágrimas nos olhos. Ao fundo, o meu samba enredo favorito era cantado com toda a emoção, e eu queria ter a certeza de que a mulher por quem eu era alucinadamente apaixonada seria consagrada oficialmente como parte daquele povo, como parte de quem eu era. — Da mesma forma que eu toquei.

Lizzie me olhou com uma enorme admiração. Aquele sorriso lindo jamais saiu de seus lábios. Ela pediu licença à Tânia que segurava o manto, e o pegou com delicadeza entre as mãos, repetindo o meu gesto. Aquela cena foi uma das mais bonitas que eu já vi. Ver aquela mulher saudando uma das coisas mais importantes existentes em mim me levou às lágrimas. Eu chorei diante daquela visão, sob o som da bateria e abençoada pelo meu pavilhão. A felicidade do mundo inteiro parecia estar dentro de mim.

"O reino de todas as águas, Brasil. A semente brotou, com ela, redenção e paz. Poços de Caldas, tu és Minas Gerais, derrama sobre a terra suas águas milagrosas. Preservação, oh sinfonia da vida! Ouça o lamento da natureza que chora, e o clamor que vem das águas, a eternidade pode começar agora. Sou Beija-flor, Poços de Caldas é a referência do caos inicial à explosão da vida. Sou água, a nave mãe da existência." [5]

---

5 G.R.E.S Beija-Flor de Nilópolis.

Capítulo 20

Rua Santa Clara, 33

Lizzie

Durante minhas férias na faculdade, um grupo de amigos decidiu se juntar para viajar até Nova Orleans e aproveitar o carnaval. Era um ambiente divertido. Pessoas jogavam cordões coloridos, mulheres mostravam os seios, havia jazz em cada esquina e eu achava que jamais veria tanta animação em algum lugar, depois de lá.

Quando pisquei os olhos algumas vezes, para focalizar a minha bela carioca sambando ao lado da porta-bandeira, como Carolina anteriormente havia me explicado, me lembrei daquele carnaval de Nova Orleans e neguei com a cabeça. Eu estava completamente enganada quando pensei que não existia lugar mais divertido, porque o Rio de Janeiro me mostrou o oposto.

As cores azul e branco se misturavam em meio a bandeirinhas e roupas, nos instrumentos musicais da chamada bateria, nos papéis que se espalhavam na multidão, que dançava sem preocupações. Meus olhos acompanhavam Carolina, enquanto ela dançava com um homem, e tomei um gole de cerveja, me controlando para não ter um acesso de ciúme. Quando me viu e percebeu — talvez pelas minhas feições — que eu não estava gostando nem um pouco da aproximação dele, ela revirou os olhos e veio sambando até mim, com um sorriso no rosto.

— Cenho franzido, narinas infladas, olhar concentrado... Deixe-me adivinhar: você está com ciúme. Estou errada? — ela perguntou. Em resposta, dei de ombros, e ela suspirou, sentando no meu colo para tomar um gole da cerveja. — Ele se chama Robertinho, é o mestre-sala da escola. Junto com a Sandrinha, eles formam o casal mais querido da Beija-Flor. Estão há vinte anos juntos.

— São casados, é? Assim, fico mais tranquila.

— Não, sua boba. — Ela colocou um chapéu branco na minha cabeça e me deu um beijo, sugando o lábio inferior e finalizando com um selinho. — Sandrinha é casada com o Paulo, presidente de outra escola. Rivalidades à parte, eles são maravilhosos juntos.

— *Well*[1]... Voltei a me preocupar.

— Não tem a menor necessidade, Lizzie, eu sou só sua, e homem nenhum desse mundo me tira de você. Além disso, não trocaria todo esse seu gingado — ao falar, ela fez aspas com as mãos, e revirei os

1 Tradução: Bem...

olhos, sorrindo para o sarcasmo dela — por nenhum rebolado masculino, fica tranquila.

— Olha, eu posso ser estadunidense, mas isso não quer dizer que eu não saiba sambar.

— Ah, é mesmo? Então, por que não mostra o que sabe fazer?

— *Hmm*... Eu ia pedir pra você me ensinar, depois mostraria o que sei fazer.

— Conheço uma pessoa que vai te ajudar a sambar como ninguém, vem comigo. — Carolina me puxou pela mão e, ainda dançando ao som do samba, chegou até a tal Sorriso.

Sem dúvidas, era uma mulher exuberante e segurava o pavilhão da Beija-Flor com tanto cuidado, que me lembrava a paixão dos estadunidenses pela bandeira do nosso país. Fiquei um pouco afastada, enquanto Carolina gesticulava sem parar, arrancando risadas da mulher. Ao mesmo tempo que esperava por uma resposta, tirei o chapéu da cabeça e reparei nos detalhes da faixa azul que o circulava. Era uma cor bonita, e só parei de admirá-lo quando senti a mão de alguém me puxando.

— Muito bem, vamos colocar o esqueleto pra sambar. Siga os meus passos, não tem como dar errado. O segredo é também mexer o quadril desse jeito. — Sandrinha ficou do meu lado, e observei seus pés se movendo, tentando fazer igual. — Isso, siga o ritmo da música, também ajuda. Um, dois, três. Um, dois, três. Muito bom, estou gostando de ver.

Não era muito difícil, mas também nada fácil. Reparei que Carolina estava filmando, provavelmente para espalhar, para quem quisesse ouvir, que eu estava sambando em uma quadra da escola de samba. Norminha, com certeza, colocaria à prova o que estava aprendendo, e Danielle faria piada, mas nada que uma intimidação não resolvesse.

Sandrinha aumentou gradualmente a velocidade, e tentei acompanhá-la, mas quase embolei as pernas, arrancando risadas de Carolina e algumas pessoas que estavam próximas. Ergui as mãos, em rendição, e dei um abraço de agradecimento na porta-bandeira. Com uma cara divertida e um sorriso de iluminar um país inteiro, Carolina abriu os braços para me receber.

— Por que essa vergonha? Foi muito bom!

— Me sinto uma idiota. Quase caí de cara no chão, quando ela começou a ir mais rápido.

— Isso é normal no início, mas daqui a pouco você está melhor do que eu. Essa bunda vai te ajudar bastante — ela comentou. Eu me afastei um pouco dela e vi seus dentes mordendo o lábio inferior. — Quer mais uma cerveja? A noite está só começando, e temos muito que aproveitar.

— Contanto que, no final de tudo, você durma na minha casa, e não na sua, posso sambar por horas.

— Temos um acordo, senhora O'Connell. — Carolina se afastou de mim, piscou o olho e correu para buscar outra cerveja.

Enquanto o samba-enredo explodia na quadra, graças à bateria, meus lábios se moviam, tentando cantar a melodia que, em pouco tempo, consegui acompanhar. O carnaval do Rio mal tinha começado, e todas as lembranças do quanto Nova Orleans era o melhor lugar do mundo foram varridas da minha cabeça. Naquela quadra, no meio de tanta gente feliz e animada, eu só pensava no quanto tive sorte de ter encontrado a Carolina.

— Boa noite! Está sozinha por aqui?

Ergui a cabeça e encontrei uma mulher negra e muito bonita, cujo rosto lembrava o de Norminha, com os mesmos olhos. O vestido branco, com detalhes em azul, desenhava suas curvas, e ela sorriu ainda mais, passando as mãos pelo quadril. Eu me mexi com incômodo, na cadeira, e torci para Carol não aparecer ou eu não saberia explicar. A moça parecia ser do tipo que não desistia tão fácil e continuou parada, na minha frente, esperando por uma resposta.

— Eu... Estou com alguém. Desculpa! — falei.

— Meu nome é Luisa, sou passista da Beija-Flor. É a sua primeira vez na quadra?

— Ah... Muito prazer! Meu nome é Lizzie. — Estendi a mão para ela, que me forçou a me levantar, abraçando meu corpo com um aperto. — *Hum...* Você é passista? O que é isso?

— Um dia, vou chegar à rainha de bateria, é meu grande sonho. Digamos que ser passista é uma preparação pra isso. Ninguém, nesta quadra, samba melhor que eu, quer ver? — Luisa começou a se mexer, e meus olhos automaticamente seguiram os seus movimentos.

Ela realmente dançava muito bem. Senti meu rosto esquentar, quando encostou a bunda em mim, e tentei me afastar, mas ela se virou de frente, segurando minhas mãos e me obrigando a dançar com ela. *Holy fuck, help me...*[2], pensei comigo mesma, enquanto olhava para todos os lados, tentando encontrar Carolina, mas me arrependi, na mesma hora, de ter me levantado da cadeira.

— Que bonito, hein? Estou perdendo alguma coisa? — Carolina disse, e eu suei frio e respirei fundo. — Mas olha só, pelo visto a gringa caiu no carnaval. Está sambando que é uma beleza.

Aquela voz carregada de sarcasmo fez os pelos da minha nuca se eriçarem, e virei nos calcanhares, para encarar uma Carolina com um sorriso no rosto, segurando duas garrafas de Heineken e um olhar assassino em minha direção e na da Luisa. Dei um jeito de me afastar da passista e fui até Carol, mas a garota me segurou, puxando meu corpo de volta para onde eu estava. Pensei que aquela quadra estava prestes a desabar, quando escutei a risadinha da minha carioca se aproximando pelo meu lado direito. Luisa, percebendo a aproximação de Carol, parou de sambar e colocou as mãos na cintura.

— Carolina Bittencourt, que surpresa! Faz tempo que não te vejo na quadra. Só desce da tua cobertura na Zona Sul no carnaval, patricinha?

— Você sabe que não vou cair nas suas provocações, Luisa, e nada do que você faça vai me fazer perder a linha hoje. Mas eu vou te dar um aviso, e é bom você não esquecer... — Ela empurrou um pouco o peito da mulher, com o dedo indicador, e sorriu. — Não mexe com o que é meu.

2 Tradução: Puta merda, me ajuda...

Suei ainda mais e segurei uma das cervejas que Carolina segurava, virando um gole que me fez engasgar. As pessoas ao redor não pareciam ver que uma guerra silenciosa estava começando a estourar no meio da quadra. As duas se encaravam de igual para igual, mas ambas com um sorriso intocado no rosto.

— Mas eu adorei essa gringa, estava até ensinando essa branquinha a sambar. Por que você não vai procurar outra pessoa? Tem tantas por aqui.

— Me deixa te falar uma coisa, lindinha — Carolina respondeu, e meu corpo tensionou com o seu tom de voz, parecendo tão firme como o de uma pessoa prestes a arrancar o pescoço de alguém. — Não estou aqui pra arrumar confusão com ninguém, muito menos na quadra da minha escola, porém...

— Porém o quê, patricete?

— Porém, se você encostar de novo na minha mulher, vou descer do meu salto. E juro por Deus que não vai ter entidade que me tire de cima de você, entendeu? — Carolina se aproximou do rosto de Luisa, e a mulher deu dois passos para trás. Como última forma de provocação, mandou um beijo para mim e se afastou. — Não posso sair cinco minutos, que as mulheres já caem matando em cima de você, não é, Lizzie O'Connell?

— *But... I wasn't*[3]... Não fiz nada. Estava sentada aqui, na cadeira, como você me pediu.

— Foi só a mulherzinha começar a rebolar a bunda, que você logo levantou, né? Sua safada. — Ela tentou me dar um tapinha no braço, mas a puxei pela cintura. — Me solta, sua sem-vergonha, vai lá roçar naquela passista de quinta.

— Eu só vou roçar em você, mais ninguém. Acha mesmo que eu estava adorando? Só não sabia como tirá-la de perto de mim.

— Faz tempo que Luisa e eu não nos bicamos. Ela tem essa birra porque meu lugar aqui dentro está acima do dela. Pouco me importa posições, o que eu gosto é de vir aqui e mostrar amor ao pavilhão. Não faço do carnaval ou da quadra da Beija-Flor um lugar de disputa, mas também não vou abaixar a cabeça pra ninguém. — Ela pegou o celular e verificou a hora, jogando o aparelho dentro da bolsa. — Está na hora de irmos. Estou morta de cansaço e vou pedir pro motorista parar em Ipanema.

— Você não ia dormir na minha casa hoje?

— Só vou passar em casa, pra pegar algumas roupas e o carro. Acha mesmo que eu vou perder a chance de dormir contigo? Só se eu fosse muito louca.

Carolina e eu nos despedimos de algumas pessoas, e quando passamos por Luisa, a mulher me mandou um beijinho no ar. Engoli em seco e, mesmo sendo ateia, rezei para os Orixás para que Carolina não tivesse visto, mas não deu certo.

A carioca segurou meu pescoço, e quando seus lábios se chocaram contra os meus, senti meu corpo formigar com aquele beijo. A língua dela passava com tanta leveza pela minha que era impossível não ter uma pontada de tesão. Carolina quebrou nosso contato, puxando meu lábio inferior, e encarou Luisa que estava de braços cruzados e com cara de poucos amigos.

---

3 Tradução: Mas... eu não estava.

— Muito bem, provocadora, vamos embora — falei.

— Isso é pra ela não esquecer quem é Carolina Bittencourt.

Passar a noite com ela era sempre a melhor sensação que meu corpo experimentava. Sentir a pele dela com meu toque me dava calafrios. Eram sentimentos inexplicáveis. E cada vez que Carol sorria, pensava no que tinha feito para ter alguém com aquela aura. Nunca, na vida, imaginei que conheceria uma pessoa tão maravilhosa, que me daria vontade de viver fora de um ambiente de trabalho. Quando pensava nisso, me sentia mais tranquila e menos culpada pelo fim do meu primeiro relacionamento.

Carolina mostrou que não importava quanto tempo você trabalhava, contanto que sempre encontrasse uma maneira de se divertir, para não cair em uma rotina cansativa. Naquele momento, olhando para ela, enquanto dormia um sono tranquilo, percebi que minha paixão estava acima de qualquer sentimento que já tive.

Um raio de sol entrava pela fresta da cortina e desenhava uma linha dourada que subia por suas coxas, atravessando a bunda coberta pelo lençol branco. Aproveitei a oportunidade e apanhei minha velha câmera polaroid no armário, para tirar uma foto que eu guardaria de recordação, não importava para onde nossas vidas fossem. Joker que, até então, dormia em sua caminha, abriu os olhos e abanou o rabo para mim. Peguei o cachorro no colo e saí do quarto, para dar a ela mais algum tempo de sono, até ter que a acordar de verdade.

— Vem, Joker, vou colocar sua ração e preparar um café da manhã, pra levar na cama.

Liguei a vitrola e deixei o último disco que Carolina colocou. Uma música animadinha começou a preencher o apartamento, e andei até a cozinha, começando a preparar o café da manhã. Estava com vontade de acordá-la da maneira que merecia, com mimos e surpresas. Enquanto me aguentasse, eu estaria disposta a mostrar o quanto ela era importante para mim.

Arrumei tudo que encontrei de gostoso, na cozinha, em uma bandeja e caminhei com cuidado até o quarto, abrindo um sorriso ao vê-la meio acordada, cantarolando a música que, aos poucos, chegava até nós pela porta aberta. Coloquei a bandeja no meu lado da cama e dei a volta, chegando perto do rosto dela, para roçar nossos narizes, vendo seus olhos abrirem devagar. Seu sorriso era tão bonito que fiquei admirando-a por um tempo, até que ela escondeu o rosto no travesseiro.

— É tão bom acordar com você do meu lado, ouvindo *Fullgás*, de Marina Lima, e vendo esse rostinho lindo — a voz rouca e sonolenta me fez rir, e ela esfregou o rosto. — Achei que fosse te ver na cama, e não no chão.

— Trouxe o café pra você — falei.

— O quê? Como assim me trouxe café?

— Está bem do seu lado. — Levantei-me e fui me deitar ao lado dela, que abriu um sorriso enorme, escondendo novamente o rosto no travesseiro. —

Oh, *come on*[4]! Não fique com vergonha. Trouxe tudo que você gosta... Quer dizer... *I guess*[5].

— *Humm*... nutella, torradinhas, iogurte, frutas frescas, suco de laranja. Em uma análise geral, eu diria que...

Engoli em seco, e ela engatinhou na cama, para se sentar no meu colo, completamente nua. Pegou um morango, mergulhou na nutella e colocou na minha boca, dando um beijo em seguida. Passei as mãos pela lateral do seu corpo, e ela mordeu o lábio inferior, se ajeitando para pegar um pouco de suco.

— Isso quer dizer que você gostou? — perguntei.

— Você sempre me surpreende com sua educação. Nunca pensei que fosse encontrar alguém capaz de me trazer café na cama. Está tentando me conquistar mais ainda, Lizzie O'Connell?

— Você descobriu o meu plano — contei. Ela gargalhou, e eu me afoguei naquela risada gostosa que me deixava flutuando. — Seu sorriso é lindo, sabia? Você é muito linda.

— É difícil me acostumar com tantos elogios vindos de uma única pessoa. Você também é muito linda, Lizzie, e estou completamente apaixonada. Posso dizer isso o tempo todo.

Nosso momento só foi quebrado pelo som do meu celular explodindo na sala. Carolina até tentou me impedir de atender, mas as coisas na empresa estavam uma loucura total, por causa da chegada do carnaval, e ela não me segurou por mais de um segundo. Quando segurei o aparelho e vi o nome de Alicia no visor, franzi o cenho, atendendo com receio.

— *Lizzie?* — ela perguntou.

— *Hey*, Lysh, como você está? Por que perguntou se era eu?

— *Nunca se sabe, hoje em dia, outra pessoa pode atender seu celular* — brincou, e revirei os olhos, e ela riu do outro lado da linha. — *Estou brincando, sua besta. Queria te chamar pra almoçar. Faz tempo que nós duas não passamos um momento juntas, por causa de vários assuntos, incluindo Carol e Beto. Acho que precisamos botar o papo em dia.*

— Claro, acho essa ideia maravilhosa.

Carolina apareceu atrás de mim e me deu um beijo na ponta da orelha, me fazendo arrepiar, mas seu celular também tocou.

— Onde quer que te encontre? Já sabe de algum lugar?

— *Eu te busco aí às 11h, okay? Temos muito chão pra percorrer. O restaurante que quero te levar fica em Niterói, do outro lado da ponte* — Alicia falou.

— Niterói? Nunca ouvi falar.

— *Claro que não ouviu. Bem, são 9h agora. Aproveita um pouco com a Carol, porque hoje você não vai vê-la de novo. Domingo é dia das irmãs, e vai dormir lá em casa. Nossos pais sentem sua falta.*

— Sem objeções, pequena. Nos vemos mais tarde. Te amo.

---

4 Tradução: Vamos lá.
5 Tradução: Eu acho.

Minha irmã encerrou a ligação, e procurei Carolina pelo apartamento, encontrando aquela carioca de tirar o fôlego terminando de tomar o café, enquanto falava no celular. Mordi o lábio inferior, ao mesmo tempo que analisava suas curvas, e ela, ao perceber, revirou os olhos, sorrindo, e cobriu o corpo com um lençol. Em seguida, bateu com a mão no colchão, ao seu lado, e levantei a bandeja, para deixá-la no meu colo. Quando encerrou a chamada, Carolina suspirou.

— Minha irmã me pediu um dia especial hoje. Quer ir ao cinema e dar uma volta comigo. Não vai se importar se hoje não passarmos a noite juntas, né?

— O quê? Não, claro que não, você precisa dar atenção pra Duda. Além disso, Alicia me pediu a mesma coisa. Vai me levar pra Nit... Nite... Algum lugar do outro lado da ponte, segundo ela.

— Niterói, mais conhecida como Cidade Sorriso. É um lugar bem legal e bonito, você vai gostar. Provavelmente, a Lysh vai levar você ao restaurante Seu Antônio do Bacalhau, na Região Oceânica. Tem o melhor bolinho de bacalhau do Rio. Espero que ela tenha feito a reserva. Hoje é domingo, e aquele lugar fica completamente lotado.

— Ela deve ter planejado alguma coisa. *Hey*, quase me esqueci, tenho um presente pra Duda. — Levantei-me da cama com pressa e corri para o closet, procurando, entre as estantes, um embrulho grande, com o papel de presente do XLegion. — Nesta semana, recebemos os lançamentos do mês. Sempre testamos, antes de lançar na loja online. Sabe como é... para fazer uma boa sinopse e capturar imagens do jogo. Trouxe pra ela.

— Meu Deus, ela vai surtar. Duvido muito que vá querer sair de casa, se eu lhe entregar agora. Prefiro fazer isso quando voltarmos do nosso dia de irmãs, aí aproveito pra jogar junto.

— É uma boa ideia. Sabe o que eu pensei? — perguntei. Carolina fez um som de afirmação, enquanto mastigava um morango, e eu passei o dedão em cima de seus lábios, para tirar o excesso. — Acho que as duas combinaram isso, seria possível? Alicia e Eduarda ligarem quase ao mesmo tempo foi meio estranho.

— Se fizeram isso, é porque estamos realmente muito ausentes da nossa família. Não podemos culpá-las, nossa lua de mel de brincadeira está durando bastante.

— Não tenho do que reclamar, e você? — eu quis saber. Carolina mordeu o lábio e me puxou pela nuca, para selar nossos lábios. Respirei fundo e esfreguei nossos narizes. — Você me faz muito bem, Carolina. Seu sorriso me deixa viva, e sou apaixonada pelas sensações que você me dá. Obrigada por me dar uma chance de viver coisas novas.

— Obrigada você por me dar uma chance de conhecê-la, de quebrar barreiras e mais barreiras. Todas as vezes que me permitir, estarei aqui, com uma marreta, para derrubar seus muros. — Carol verificou a hora no celular, e a encarei, um pouco confusa. — Temos duas horas, até a Alicia chegar, e eu ter que ir embora, buscar minha irmã. O que acha de um pouco de diversão? — Ela deixou que o lençol caísse sobre a cama, ficando novamente com o corpo nu diante de mim, e abriu aquele sorriso safado que era sua marca registrada.

— Uma das suas melhores ideias. Vem aqui, vem.

O relógio marcava uma da tarde, quando Alicia e eu finalmente conseguimos chegar ao Seu Antônio do Bacalhau, em Piratininga. Minha irmã foi inteligente em reservar a mesa, e fiquei fascinada pela arquitetura do lugar. Era em um bairro residencial e muito aconchegante. Uma fila enorme esperava, do lado de fora, pela chance de conseguir almoçar antes das 16h, e suspirei, aliviada, quando nos sentamos na parte com ar-condicionado. O calor do lado de fora estava me matando. Um garçom, com sotaque português, se aproximou e fez algumas brincadeiras com Alicia. Pelo visto, ela deveria ir lá com frequência.

— Onde está o Beto, senhorita? Hoje, decidiu trazer uma amiga? — perguntou o garçom.

— Ele está com os pais, seu Carlos, e essa é minha irmã mais velha, que morava nos Estados Unidos — ela disse. O garçom segurou minha mão e a apertou, com um sorriso. Correspondi, e Alicia entregou o cardápio. — Pode trazer uma porção de bolinho de bacalhau e dois chopes, só pra abrir? Depois, queremos um camarão na moranga. Quer outra coisa, Lizz? O filé mignon daqui é muito gostoso.

— Não, eu como o que você quiser, Lysh. Só que acertou em cheio, pedindo esse chope. Estou morrendo de calor e agora só quero cerveja gelada.

O garçom anotou na comanda e se afastou para pegar nossos pedidos, voltando, pouco tempo depois, com a entrada. Alicia e eu engatamos em um assunto sobre o pouco tempo que ela morou nos Estados Unidos, e eu fiquei admirando o quanto minha irmã estava crescendo. Segurei sua mão por cima da mesa, enquanto ela falava, e Alicia suspirou, apertando-a de volta. Sentia falta de ter esses momentos com ela e estava louca para me abrir de verdade.

— Então... você quer me perguntar alguma coisa, Lizz? Está me encarando há tanto tempo. Acho até que estou falando demais.

— *No, no... I mean...*[6] É que... nós duas ficamos tanto tempo afastadas, e te ver desse jeito, tão adulta, ainda me deixa sem palavras. Se tornou uma mulher maravilhosa, e estou orgulhosa de você. — Vi as bochechas de Alicia corarem, e ela tomou um gole do chope. — Você e o Beto assumiram de vez esse relacionamento? Quer dizer, passa tanto tempo com ele, que imagino que já namoram.

— Você não pode falar muita coisa, não é? Parece que se tornou uma única pessoa, junto à Carol. Se ligo pra ela, você está junto, e vice-versa. Enfim... Beto e eu começamos a namorar no mês passado, e me sinto muito bem. Ele tem sido um cara tão legal e educado, respeita meu espaço e meu tempo. Demorei pra encontrar, mas acho que é o certo.

— Fico muito feliz por você, *baby sis*[7]. É muito bom termos uma pessoa que cuida de nós e se preocupa com nosso bem. Nada nos deixa mais realizados do que ter a certeza de que encontramos o que tanto procurávamos.

— É isso que sente em relação à Carol? Acha que ela é a pessoa certa?

— Sim, eu acho. Na verdade, tenho total certeza de que Carolina é a pessoa que eu sempre procurei. — Tomei um gole do chope, e Alicia continuou a me

6 Tradução: Não, não... Quero dizer...
7 Tradução: maninha.

encarar com um olhar ansioso. — Sabe, as situações que passei na mão de Valerie foram completamente varridas da minha vida desde que Carolina chegou. É tudo muito mais fácil quando estou com ela, parece que minha cabeça funciona em uma velocidade impressionante. Conheci tantas coisas boas, pessoas animadas, lugares maravilhosos, que jamais imaginei conhecer. Tudo é melhor com ela: os sorrisos, abraços, beijos e, desculpa falar, o sexo.

— Não precisa pedir desculpa, eu entendo completamente tudo isso — ela falou. Em resposta, olhei para Alicia com um misto de surpresa e confusão, e ela suspirou, encostando na cadeira, com os braços cruzados. — Eu vejo a maneira que você olha pra ela, como fala dela, a devoção e o carinho, e fico pensando que jamais vi ou conheci alguém que fizesse o mesmo. Carol sempre teve o que quis, e isso vai de pessoas a coisas materiais, mas nunca foi esnobe em relação a isso. Infelizmente, muitos que passaram pela vida dela não souberam valorizar quem a garota era por dentro, só por fora. Os meninos olhavam pra Carolina e enxergavam um pedaço de carne valioso, daqueles que a gente exibe em uma prateleira, pra todo mundo ver. Eu sei que ela nunca gostou de nenhum deles, nunca teve aquela sensação de paixão, vontade de fazer tudo por alguém, mas aí você chegou. Sou amiga de infância da Carol, e aquele brilho que aparece nos olhos dela, quando fala seu nome, eu nunca vi com ninguém.

— Eu sou louca por ela, Lysh. Nunca me senti assim em relação a ninguém: ter vontade de faltar ao trabalho, só pra ficar deitada ao lado dela, fazendo nada... ou tudo — falei, e Alicia gargalhou e negou com a cabeça. — Quero ficar com ela por muito tempo, *baby sis*, isso é real. Parece que comecei a viver só quando cheguei ao Rio. Amo olhar enquanto ela faz as coisas que gosta. É tão bonito e inspirador. Você tem uma amiga maravilhosa, e fico muito feliz que tenha mudado seu pensamento. Saiba que não sou criança e que não precisa se preocupar comigo, mas se nós machucarmos uma a outra, você está liberada pra chutar nossa cara. Estamos combinadas?

— Jura? Ah... Agora está melhor, ia propor isso mesmo — ela falou. Então, nós gargalhamos juntas, e lhe dei um beijo na testa, no momento em que o garçom colocou a comida na mesa. — Agora, vamos comer que estou azul de fome, mas pode continuar falando se quiser.

— Nem pensar, eu só quero experimentar isso, que está com uma cara maravilhosa. Inclusive, acredita que fui à quadra da Beija-Flor? É muito bonita.

— Graças a Deus, você agora torce pra minha escola.

— Não falei que torço pra Beija-Flor — disse, e minha irmã me encarou com uma expressão assassina, enquanto segurava alguns camarões com o garfo. — Vou esperar até o desfile das escolas, pra decidir qual eu gosto mais. Sabe que sempre fui assim, e não quero ninguém fazendo minha cabeça, mocinha.

— Com uma namorada como a Carolina, você rapidinho vai se arrepender de ter falado que não torce pra Beija-Flor.

— *Hm... Well... She's not*[8]...

— Ela não é o quê? — Alicia pareceu receber um choque e largou o garfo. — Você não pediu a Carol em namoro? Como assim? Não, isso está errado! Você não é apaixonada por ela?

---

8 Tradução: Hum... Bem... Ela não é...

— *Yes, but... you know.. she...*[9]

— Está nervosa por quê? Olha, Lizzie O'Connell, você não faz a minha amiga de trouxa não, hein? Eu vou unhar sua cara.

— *No! No! No! Wait, wait*[10]... — Tomei um gole do chope e respirei fundo, tentando formular as palavras e evitar que Alicia enfiasse o garfo na minha jugular. — Eu sou apaixonada por ela, disso você não pode duvidar.

— Então, por que ainda não fez o pedido?

— Estou esperando mais um pouco, okay? Quero fazer tudo certo.

— Acho bom você não me enrolar, entendeu? Ou arranco o seu grelo.

— O que é grelo? — perguntei. Um cliente do restaurante passou na hora e nos olhou com espanto, fazendo com que eu e Alicia gargalhássemos. Cobri o rosto com as mãos e respirei fundo. — Você só me faz passar vergonha.

— Eu, né? Aprenda a fazer essas perguntas mais baixo. Grelo é o que você tem no meio das pernas. De qualquer maneira, confio em você e sei que está fazendo a coisa certa. Agora, vamos nos concentrar nesta comida maravilhosa, porque ainda temos que voltar pro Rio. Papai vai fazer uma noite de pôquer e se recusa a perder pra nós duas. Até apostou aquela última garrafa de Green Label fechada.

— Acho que vamos ter que o fazer perder. — Abri um sorriso e beijei a mão de Alicia. — Agora, chega de conversa. Vamos comer de uma vez, que está uma delícia e não quero que esfrie.

O almoço com Alicia me fez pensar em muitas coisas, inclusive na minha relação com Carolina. Estávamos dando um passo de cada vez, e eu esperava que fosse a coisa certa a fazer, mas teria que ser paciente. Era de extrema importância que Carolina conversasse com o pai, para colocar tudo nos trilhos. Não tinha nenhuma intenção de atrapalhar a relação dos dois.

Outra coisa que eu precisava fazer era sentar-me com meus pais e expor meus sentimentos em relação à Carolina. Eu tinha certeza de que os dois estranhariam de início, mas ficariam muito mais preocupados com o grau de seriedade de ambas e aonde essa relação iria nos levar. Na cabeça deles, Carolina era a melhor amiga de Alicia, que cresceu com ela. Esperava que meus pais não achassem estranho que, além de melhor amiga da minha irmã, Carolina pudesse ser muito mais que uma paixão para mim.

Segunda-feira era sempre o pior dia da semana. Trânsito caótico, pessoas estressadas e algumas de ressaca, graças ao domingo. Uma delas era eu. A noite de pôquer com meus pais nos rendeu três garrafas de vinho e pouco tempo para dormir. Troquei algumas mensagens com Carolina e quase fui até sua casa para lhe dar um beijo, mas com Eduardo por lá seria estranho. Aceitei minha derrota e fui dormir sozinha naquela noite, esperando que o dia passasse rápido, para que pudesse me encontrar com ela de novo.

Mal prestei atenção na reunião, via videoconferência, sobre o novo Legion Phone e tentei me segurar para não dormir, por causa daquele escurinho parcial da minha sala. Só consegui esticar as pernas quando a reunião acabou, e pude

9 Tradução: Sim, mas... você sabe... ela...
10 Tradução: Não! Não! Não! Espera, espera...

caminhar pela empresa, atrás de Danielle. Parei em frente à sua sala e fui surpreendida por uma Norminha ajeitando a saia e o cabelo.

— Bom dia, chefia, como você está? Nossa, sua cara está péssima. A Carolina não tem dado descanso, hein?

— Bom dia, Norma. Infelizmente não foi esse o motivo da minha falta de sono. Só bebi demais com meus pais e estava, até agora, em uma videoconferência. Desculpa por atrapalhar vocês, mas preciso falar com a Danielle.

— Ah... com certeza. Vou deixar vocês duas a sós. — Ela se aproximou de Danielle e lhe deu um beijo. — Nos vemos mais tarde, meu amor.

— Vai, minha preta, te busco em casa, pra sairmos.

Norminha passou por mim, e eu arqueei as sobrancelhas para Danielle, que me lançou uma bolinha de basquete miniatura, que ela usava para acertar numa cestinha.

— O que te traz até aqui, senhora presidente? Temos algum problema com o XLegion?

— Não, problema nenhum. Queria saber se está com vontade de almoçar fora daqui.

— Tem um restaurante ótimo na Avenida Atlântica, em Copacabana: o Arab. Eu tenho que fazer umas coisas em Copa mesmo, podemos aproveitar a viagem.

— Vou só pegar minha bolsa, nos encontramos no estacionamento. Não vai levar a Norminha?

— Já convidei, mas ela vai sair com a Carolina e a Alicia. Coisas da faculdade. Não me pergunte o quê. Tudo bem, deixaram as coroas de lado. — Danielle levantou-se e fechou o notebook. — Vamos, eu te acompanho até sua sala e saímos juntas.

Estar com Danielle era sempre uma diversão à parte. A maneira com que eu conseguia me libertar aos poucos, com ela, me deixava bem. Somente duas pessoas no mundo, no quesito amizade, me faziam tão bem, e ela era uma delas. Quando nos sentamos no Arab, para almoçarmos, aproveitamos o buffet e engatamos no assunto Norminha e Carolina. Montamos alguns programas, para discutirmos com as duas depois, e quando terminamos de almoçar, já aproveitando a sobremesa, toquei em um assunto delicado.

— Dani, posso te fazer uma pergunta um pouco... pessoal? — perguntei.

— Nossa, agora estou até assustada. Pode perguntar, sem problemas.

— Você e Norminha... como estão? O que você sente por ela?

— Bem... essa é uma pergunta simples de ser respondida. Amo estar com aquela mulher, de verdade. A preta me pegou de jeito, e eu não faço a menor questão de me soltar. Sabe, passei por muitas coisas ruins nos meus últimos relacionamentos, e encontrar alguém como Norminha fez com que eu chutasse as portas mesmo. Conheci a mãe dela, e a mulher é um encanto, mas te confesso que me borrei quando fui à casa dela. Não por ser no Cantagalo, mas porque a dona Rita de Cássia estava com um rolo de macarrão na mão quando abriu a porta. Foi completamente diferente do que eu imaginava, e hoje estamos aqui, como pode ver. Juntas e felizes. Por que a pergunta? Você e Carolina não estão...

— *No, no*. Nós estamos bem, fique tranquila. Eu perguntei por pura curiosidade. É que escutei vocês falando daquele jeito, achei muito fofo.

Vocês combinam, sabia? Mas preciso pedir mais uma vez: nada de sexo durante o expediente.

— Opa! Sabia que ia acabar recebendo um puxão de orelha uma hora ou outra. — Ela coçou a nuca, e joguei uma bolinha de papel em cima dela. — Fica difícil resistir quando Norminha entra na minha sala, pra entregar algum relatório ou parte de um projeto gráfico. É muito difícil.

— Eu imagino que seja, mas tente controlar um pouco mais esse tesão, mulher.

— Ah... Falando em tesão, você vai comigo em um lugar agora mesmo, antes de voltarmos pra empresa — ela falou. O garçom chegou na hora e limpou a garganta, me fazendo esconder a cara no guardanapo. — Cartão de débito, por favor.

— Ér... O meu também.

— Então, O'Connell, vamos caminhando pela praia. Onze minutinhos até a rua Santa Norah. Se você quiser, pegamos o carro, mas eu acho desnecessário.

— Tudo bem, vai ser uma boa esticar as pernas.

Depois de pagar a conta e fingir que nunca tinha visto o garçom, que nos olhava com uma cara faminta, nós duas caminhamos, lado a lado, pela orla, parando para comprar um coco gelado no quiosque. Levantei as mangas da camisa social e agradeci mentalmente por Carol ter me dado a ideia de vestir uma saia, ao invés de calça. Danielle, que sempre manteve as mangas levantadas, abriu um pouco os botões de cima e colocou uma das mãos no bolso. O vento bagunçava o nosso cabelo, e abri um sorriso para um grupo de jovens que brincavam com um cachorro, lançando uma bolinha para ele pegar.

— Não tenho explicações pro quanto eu amo o Rio de Janeiro, lugar abençoado por Deus e bonito por natureza.

— Não me arrependo nem um pouco de ter largado Washington para vir, a melhor troca da minha vida. Sem contar que conheci a Carolina aqui. — Suguei um pouco da água com o canudo e consultei o relógio. — Não podemos demorar muito, Dani, preciso estar na empresa no máximo às 15h.

— Fica relaxada e curte a brisa que vem do mar, antes de voltar a ficar presa no escritório em um dia maravilhoso de sol como esse. Se eu estivesse de biquíni, daria um mergulho. Vamos atravessar naquele sinal e depois seguir por dentro. É no segundo quarteirão da Santa Norah. Você vai ver o quão maneiro é esse lugar.

Terminamos o nosso coco, e me senti melhor. A ressaca já havia me abandonado, e aquele líquido refrescante a espantou de vez. Danielle e eu seguimos juntas pela rua, e quando entramos no número 33, descobri o motivo de tanta afobação. Tentei dar meia-volta, mas a mão dela se fechou ao redor do meu braço, me puxando para dentro da loja.

— Vamos, Lizzie, eu não poderia fazer isso sozinha.

— Você está brincando comigo, não é? O que estamos fazendo aqui?

— Você vai adorar, deixa de palhaçada.

Quando passamos pela porta da Airumã Sex Shop & Lingerie Erótica, minhas bochechas estavam tão queimadas que algumas pessoas provavelmente estavam rindo da minha vergonha. Danielle olhava tudo com muita curiosidade, e quando a vendedora nos levou até uma área reservada da loja, meus olhos arregalaram. A quantidade de objetos sexuais era tanta que não sabia para onde ir primeiro. Fiquei junto à Danielle e a acompanhei, enquanto a vendedora, que provavelmente pensou que éramos um casal, disse que nos deixaria à vontade.

— Ela provavelmente pensa que viemos comprar um brinquedinho pra nós — Dani falou entre risadas, e eu respirei fundo, morrendo de calor. — Que vergonha toda é essa, O'Connell? Nunca esteve em uma dessas?

— *No*...

— Não sabe o que está perdendo. Vem, vou te mostrar algumas coisas pra comprar e aproveitar com a Carolina.

— *What? No! No!* Danielle, eu não sei usar nenhuma dessas coisas e não quero passar um vexame com a Carolina. Ela vai acabar rindo da minha cara, e não sei se gosta disso.

— Bobagem! Norminha já me contou que ela e Carolina cansam de ir a essas lojas, comprar algumas coisas — contou. Em resposta, olhei para ela de cenho franzido, e Danielle engoliu em seco. — Acho que não era pra contar, mas não tem problema. Agora, você tem carta branca pra comprar alguns brinquedinhos. Dê uma boa olhada, aproveite, imagine a quantidade de coisas que pode fazer com a Carolina, usando alguns desses.

— Mas... eu não sei o que comprar. *Holy fuck*! Olha o tamanho disso! — Segurei um enorme pênis de silicone azul, brilhante, e Danielle gargalhou. — Quem aguenta uma coisa dessas? *Wow*, tem esse outro, com uma mão na ponta.

— São os preferidos dos homens. Tem um cara lá na WorldOfX que deve ter uns três.

— Ele enfia tudo ao mesmo tempo?

— Claro que não, né? Haja bunda pra aguentar isso tudo — ela falou. Em resposta, soltei uma risada alta, e Danielle pegou uma cestinha que estava empilhada com outras. — Vamos, pegue uma dessas, que te ajudo no que levar. Ah... Com certeza, vou querer isso.

— O que é? Parece um pregador de folha.

— São clipes de mamilo, O'Connell. Você coloca desse jeito. — Danielle se aproximou de mim e tentou colocar os tais clipes, mas me encolhi. — É uma delícia. Eu adoro e tenho certeza de que a Norminha vai amar.

— O que são esses frascos? Gel excitante, adstringente, gel anestésico... *wow*.

— As joias da coroa. Te aconselho a levar pelo menos um de cada. O excitante faz os vasos sanguíneos da vagina dilatarem, e o clitóris incha, de forma que a sensibilidade aumenta. Ao espalhar um pouco do produto sobre a mucosa genital, logo ela vai sentir um calorzinho subindo pela barriga. O adstringente você vai espalhar dentro do canal vaginal, e em instantes, as paredes internas vão dilatar, deixando ela mais apertadinha. Sem contar que o aumento na circulação também ajuda a deixar a garota cheia de vontade.

— O último serve pra quê? Anestésico é pra não a deixar sentir que parte? — indaguei. Danielle fez uma cara de quem acabou de cometer um crime e se orgulhou disso, e correu os olhos pelo lugar, pegando um objeto que parecia um pequeno pênis. — O que é isso? — perguntei.

— Plugue anal, você já deve imaginar pra que serve. Aconselho a levar o gel anestésico, porque facilita a penetração, principalmente durante o sexo anal, porque diminui a sensação de dor, sem cortar o prazer. Leva os dois também, tenho certeza de que a Carolina vai curtir.

— Como sabe que ela vai curtir?

— Ela é a melhor amiga da Norminha, e vou te confessar, O'Connell: os chás de boceta que essa mulher tem me dado não estão no gibi. Hoje à noite, ela vai dormir lá em casa, e planejamos loucuras. Você precisa perder um pouco dessa vergonha. Tenho certeza de que na hora que está transando não é assim, encabulada.

— Não é isso, é que... eu nunca usei e...

— Pelo menos, não está levando o Big Black. Esse, sim, faria um estrago. Vamos lá, é só um pluguezinho anal, vai ser gostoso. Dê sensações novas à sua garota — ela insistiu. Em reação, minhas bochechas queimaram, e coloquei os produtos na cestinha, junto aos outros. — Viu mais alguma coisa que te interessa? Vou ali, na sessão de chicotes.

— *Hmm*... acho que vou andar por aí. Nos encontramos no caixa em alguns minutos?

— Tudo bem, quer um pouco de privacidade, não é? — ela perguntou, e concordei com a cabeça, me detestando por sentir tanta vergonha. — Sem problemas, O'Connell, nos encontramos no caixa. Divirta-se.

Uma música sensual saía das caixas de som penduradas, e as paredes estavam enfeitadas de objetos sexuais. Fiquei sem palavras ao ver as outras coisas que a loja oferecia: diferentes tamanhos de pênis, bonecas infláveis, cordões com bolas, para colocar no ânus. As pessoas tinham prazeres sexuais estranhos. Parei na sessão intitulada "Sado" e vi Danielle tentando decidir entre um objeto que lembrava uma coleira e outro que não consegui ver. Eu me aproximei dela e dei uma boa olhada nas opções, me distraindo. Sem aviso prévio, ela bateu com um chicote na minha bunda com tanta força que soltei um gritinho, fazendo a vendedora olhar o que estava acontecendo.

— Está tudo bem aqui? Precisam de ajuda?

— Ah, não, obrigada. Nós estamos testando os produtos. Adorei os chicotes — ela falou. A vendedora, então, fez uma cara de maníaca sexual e mordeu o lábio inferior, olhando para nós duas, saindo depois de Danielle recusar outra ajuda. — Acho que se a gente pedisse pra testar nela, arrancava a roupa sem pensar duas vezes.

— Danielle... você ainda vai me matar de vergonha.

— Ah, sim, claro. Me deixa ver o que você pegou.

— *No! Wait!*

— Meu Deus do céu, que mulher safadinha, hein? — Danielle começou a mexer nas minhas coisas, e eu quis enfiar a cabeça na primeira parede que encontrei. — Essas bolinhas aromáticas são uma delícia, onde encontrou? Quero levar também. Opa, opa... Um conjunto de chicotes e uma calcinha comestível? Parece que alguém está se libertando.

— *Fuck you*[11]. Estou morrendo de vergonha, para com isso! — Ela começou a passar o chicote em mim, e meu rosto pegou fogo. — Vamos, vou acabar devolvendo tudo, se você não parar de me sacanear!

— Alguém vai ser punida em grande estilo. Minha nossa, amarras! Você pegou amarras! Te admiro muito, O'Connell, puta merda!

— Danielle Albuquerque, se não parar agora, eu vou te demitir — ameacei. Ela, então, soltou uma gargalhada e colocou tudo de volta na cestinha, entregando a mim. — Nunca fiquei com tanta vergonha. Não sei como vou mostrar isso pra Carolina, se já estou morrendo com você.

— Tenho certeza de que ela vai adorar. Agora, vamos pagar tudo e ir embora, antes que você decida levar a loja toda.

— *Shut up*[12]*!*

Quando passamos para a parte da frente da loja, percebi que estava cheia de clientes, e alguns nos olhavam com grande curiosidade. Pensei em dar meia-volta, para devolver tudo, mas Danielle me empurrou em direção ao caixa. A vendedora, que antes tentou nos ajudar, nos olhava de uma maneira sedutora, e reparei quando ela colocou, dentro da sacola de Danielle, seu número de telefone. Até pensei em avisar, mas nem precisei.

— Você deixou cair esse papel na minha sacola, mocinha. Desculpa, mas já tenho quem me satisfaça e não preciso de ajuda — Danielle falou. Em resposta, a garota se encolheu atrás do balcão, e eu engoli uma risada. — Obrigada pelo atendimento, tenha uma boa tarde.

— Dani, você é sensacional. A garota teve vontade de se jogar da ponte, passou mais vergonha que eu — comentei, e ela sorriu para mim, ao mesmo tempo que caminhávamos em direção à orla. — Você está muito quieta, o que aconteceu?

— Sabe, eu não gosto dessas pessoas descaradas — ela comentou comigo, enquanto atravessávamos a rua, para pegarmos o calçadão. — Será que aquela garota não percebeu que não estávamos a fim? E se a gente fosse um casal? Isso é até falta de educação. Não vou nem comentar isso com Norminha, senão é capaz de ela querer aparecer nessa loja e enfiar aquele Big Black em todos os buracos da menina.

— É... Eu não duvido que ela faria realmente isso — falei.

— Está preparada pra usar tudo isso com a Carol? Você comprou muitas coisas interessantes, nem me deixou ver tudo. — Ela fez menção de puxar a sacola, mas eu me joguei um pouco para o lado, escapando por pouco de ser atropelada por um patinador. — Não precisa ficar com tanto medo, criatura, isso não tem nada demais. Apimentar o sexo com brinquedinhos e produtos é a coisa mais normal do mundo.

— Só que eu nunca fiz nada disso, Danielle, por isso estou com muita vergonha. Não sei como a Carol vai reagir quando eu mostrar tudo pra ela. Aliás, como vamos entrar na empresa com essas sacolas? Os chicotes estão aparecendo.

— Fala sério, O'Connell, você é a presidente da empresa, pode muito bem andar pra cima e pra baixo com um cintaralho na cintura.

11 Tradução: Vai se foder.

12 Tradução: Cale-se.

— O quê? Cintaralho?

— Eu chamo assim, mas é um consolo que fica preso no cinto e parece que a mulher tem um pênis, sacou? É outra coisa muito normal, capaz da Carolina querer que use um desses com ela — ela comentou. Nós duas paramos em um quiosque, e comprei uma garrafa de água, pois o calor estava insuportável. — Ainda não se acostumou com as temperaturas muito altas, não é?

— Sinto vontade de arrancar a roupa. Como aguenta usar calça? As pessoas que passam por nós pensam que somos aliens, caminhando de salto alto e roupa social na orla.

— É normal aqui no Rio, Lizzie, só você parar pra observar. Muita gente sai dos escritórios para dar uma volta na hora do almoço. Não é muito saudável passar a vida toda dentro de um cubículo e com a cara em frente ao computador.

— Preciso concordar com você. Não está muito longe do seu carro, não é?

— Aproveita a paisagem, daqui a pouco, vamos voltar aos nossos cubículos. Quando pretende mostrar suas compras pra Carolina? Ainda hoje?

— Vou ligar e chamá-la pra dormir no meu apartamento. Sinto falta de sentir o corpo dela do lado do meu, na cama, ou da voz dela tagarelando pelos cômodos, enquanto brinca com Joker.

— Faça isso mesmo, O'Connell. Ter uma pessoa que nos faz feliz é bom pra caralho. Ah, olha o carro, finalmente.

Enquanto Danielle dirigia de volta para a empresa, pensei em todos os momentos simples que tive com Carolina, no apartamento e fora dele. Eu era apaixonada por cada detalhe dela, até mesmo quando cismava comigo, tentando fazer com que eu aceitasse que suas explicações sobre certos assuntos estavam certas.

Alguns dias atrás, entramos em uma discussão sobre a Primeira Guerra Mundial, que só acabou quando eu desci, para relaxar a cabeça, e voltei com um pote de sorvete e flores amarelas para ela. Era bom ter alguém com quem discutir certos assuntos, mas quando são duas cabeças-duras, como nós, era complicado e divertido. Minha distração foi quebrada pelo meu celular, avisando que tinha uma nova mensagem.

Sabe, eu realmente odeio quando você não me manda uma mísera mensagem na sua hora de almoço. Fico muito frustrada. Espero que tenha uma boa explicação pra isso, Lizzie.

Você é muito nervosinha, sweetie. Eu fui almoçar com a Danielle em Copacabana e saímos pra dar uma volta pelo calçadão, nada que fosse necessário colocar a polícia atrás de mim. Estou bem e você?

Foi almoçar tão longe
da empresa por quê? Coloco até o
FBI se você sumir o dia todo.

Estou bem, saí pra almoçar com as
meninas e agora estamos aqui, na
casa dos seus pais, curtindo uma piscina.
Comprei um biquíni novo, quer ver?

Ela me mandou a foto do pescoço para baixo, e senti uma pontada no meio das pernas. Deitada em uma espreguiçadeira e com o corpo molhado, o sol dava ao bronzeado dela ainda mais brilho. Mordi o lábio inferior e respirei fundo, imaginando de quantas maneiras diferentes eu poderia arrancar aquele biquíni.

Deve ser uma das coisas
mais sexys que eu já vi. Já comentei
o quanto você é má?
Não fique mandando essas fotos perto
das meninas, daqui a pouco a Norminha
pega seu celular de novo.

Aliás, era pra essa mocinha estar
na empresa. O que ela está fazendo
na piscina?

— Danielle, você liberou Norminha depois do almoço dela?

— Ah, *putz*, me esqueci de avisar. Ela já terminou de catalogar os últimos gráficos e mandou os designs por e-mail. Não tinha mais o que fazer hoje. Se você quiser, eu posso ligar pra ela e pedir...

— Não, fica tranquila, só queria saber mesmo. Ela está com a Carolina e Alicia na casa dos meus pais, estão curtindo uma piscina.

— Invejo as três, não vou mentir.

Continuei a trocar mensagens com Carolina pelo celular.

Norminha falou que vai dar na cara da
Danielle, e que não era no sentido de sentar,
por não ter te avisado. De qualquer maneira,
não quero falar dela, quero saber de nós duas.
Quando vou te ver? Estou com saudade.

Manda ela ficar tranquila,
Danielle me avisou, eu tinha esquecido.
Era sobre isso que eu queria falar com você.
Que tal dormir lá em casa? Podemos pedir
alguma coisa, pode ser pizza se preferir e
assistir a qualquer coisa na televisão.
Nada de documentários, já nos rendeu
uma discussão.

Quando chegar em casa, me
avisa e eu vou pra lá, prometi pra
Alicia e Norminha que passaria a
tarde com elas. Tudo bem pra você?
Prometo levar o biquíni pra que você
veja pessoalmente.

Estamos combinadas. Saio 8h da
empresa, quero você às 9h lá em casa.
Beijos, baby girl [13]

Até mais tarde, linda.

— Que sorrisinho de otária é esse, O'Connell? Gracinha. — Danielle apertou minhas bochechas, e eu me afastei dela, rindo alto. — Uma fofurinha sorrindo para a namoradinha. Espero que continue assim amanhã.

— Não sei se vamos usar essas coisas hoje. Estava planejando uma noite calma com ela, pelo menos, até a hora de irmos dormir. Na cama, a história pode ser diferente, e acho que até Carolina vai curtir esse programinha tranquilo que tenho em mente.

— Você é quem manda, O'Connell.

Passei o resto do dia com a cara enfiada no notebook, resolvendo mil problemas e outros dois mil que apareceram. Volta e meia, pegava alguns dos produtos que tinha comprado, para analisar, e testei um dos cremes, sentindo uma necessidade desesperada de experimentar em Carolina. Amanda, minha secretária, de quem minha carioca não gostava nem um pouco, saiu para comprar uma caixa, para que eu pudesse arrumar os presentinhos sem deixar na cara o que eram. Organizei tudo e fechei o embrulho com um laço vermelho.

Quase chorei de emoção quando o relógio central da empresa anunciou que o expediente tinha terminado. Danielle e eu saímos juntas, e minha surpresa foi demais para não sorrir, ao caminhar até o estacionamento. Lá estava ela, encostada em seu Mini, girando as chaves no dedo indicador e sorrindo de canto. Eu me aproximei de Carolina e lhe dei um beijo cheio de saudade, segurando seu rosto, para fazer carinho com o polegar em suas bochechas. Quando nos afastamos, ela me abraçou.

---

13 Tradução: bebezinha.

— Você está me deixando mal-acostumada, sabia? Me buscando todo dia... Vou sentir falta, quando suas aulas começarem.

— Não precisa me lembrar disso, sabia? — Ela revirou os olhos, mas reparou na sacola que eu carregava, além da bolsa. — O que é isso? Alguma coisa da empresa?

— Oh... *Hmm*... Eu prefiro te mostrar lá em casa, tudo bem?

— Nossa, pra quê tanto mistério? — Ela destrancou o carro e, de longe, vi Danielle agarrando Norminha e a erguendo no ar, enquanto lhe dava um beijo. — Norminha me pediu pra vir junto, queria fazer uma surpresa pra Dani. Elas fazem um casal lindo, não acha? — Carolina perguntou.

— Não mais do que eu e você — respondi.

Vi as bochechas dela corando e fiz carinho em seu rosto, ao mesmo tempo que Carolina nos levava para Copacabana. Eu amava olhar seu perfil enquanto ela dirigia: tão concentrada, cantarolando as músicas do rádio e sorrindo, quando percebia que eu a analisava. Mordia o lábio, sorria, suspirava e não conseguia evitar os tapinhas que me dava, para que eu parasse. Carolina não fazia ideia do quanto meu mundo parava só para vê-la passar. Um dia, ela saberia muito mais do que eu tentava dizer.

Quando colocamos os pés no apartamento, Carolina nem me esperou falar nada, apenas puxou o embrulho da minha mão e o sacudiu um pouco. Dei de ombros, e ela viu que estava tudo bem em abrir. Peguei Joker e fingi fazer carinho nele, enquanto Carolina rasgava a caixa. Meu rosto pegou fogo quando ela finalmente viu o que tinha dentro. Seu olhar alternava entre mim e os produtos. Com um sorriso safado no rosto, e mordendo o lábio, começou a ver um por um.

— Gel Excitation... Este aqui, eu nunca comprei. — Ela me olhou e sorriu enquanto lia a embalagem. — *Facilitador de orgasmo para mulheres, provoca aquecimento, contração e pulsação.* Você definitivamente me deixou orgulhosa. Nossa, essas bolinhas são uma delícia e de sabor misto! Estou impressionada. Creme de massagem, chicotes, amarras. Lizzie O'Connell, você vai sofrer.

— Carolina, por favor... — Escondi o rosto atrás de Joker e ouvi a risada dela. – Estou morta de vergonha de te mostrar isso.

— Por quê? Foi a melhor ideia que teve desde que nos conhecemos. Estou louca pra testarmos tudo e... Espera um minuto. — Ela puxou uma embalagem do fundo da caixa e arregalou os olhos, de surpresa, sorrindo. — Um plugue anal? Uau, isso é... excitante! Você, definitivamente, vai dominar isso.

— Ah... Você acha? — perguntei. Carolina se levantou de onde estava e sentou-se no meu colo, colando Joker no chão. — Pensei que você, talvez, não curtisse a ideia, sabe?! A Danielle deu a dica.

— Claro que eu curti a ideia. Com você, posso fazer qualquer coisa.

— Sério? Ah... Estou um pouco mais tranquila agora. Você não faz ideia da vergonha que eu passei, naquele sex shop, com a Danielle. Além disso, tinha uma vendedora que pensou que nós estávamos juntas e ofereceu até ajuda.

— Ela não poderá oferecer ajuda se estiver em coma. — Carolina franziu a testa, e eu gargalhei, segurando seu rosto para lhe dar um beijo.

— É impressionante o quanto essas mulheres são descaradas. Duvido que a Norminha vai gostar de saber que deram em cima da mulher dela.

— Por favor, não conta! Danielle disse que ela ia enfiar o Big Black em todos os buracos da menina.

— Ai, meu Deus! — Carolina gargalhou tão alto que eu não resisti e ri junto, inundada por aquele som gostoso. — Sim, com certeza ela é dessas. Espero mesmo que a Danielle não comente ou a tal mulher vai andar de cadeira de rodas por um bom tempo. Posso ser ciumenta, mas a Norminha é mil vezes pior. Bom, vamos falar de nós. O que tem planejado?

— Você escolhe o restaurante, nós pedimos comida e vemos um filme aqui, na sala, juntinhas. Comprei nutella e morango, sei o quanto você gosta. Estão na geladeira. Na hora de dormir, é outra história. — Sorri para ela, que fez um carinho no meu rosto e me analisou em silêncio. — O que foi? Não gostou da minha ideia?

— Não, não é isso. Eu amei sua ideia, gosto de saber que você não quer só transar comigo. Como eu já te falei uma vez, nunca tive uma relação assim. Você é linda.

— Quero te oferecer muitas coisas, Carolina, mostrar que você merece o mundo. Sou uma mulher mais feliz e só devo isso a você, *sweetie*. Poderia passar a noite toda falando sobre isso, mas aposto que você está azul de fome.

— *Hunf,* você me conhece tão bem. — Carolina jogou a cabeça para trás, e lhe dei um beijo no pescoço. — Posso mesmo escolher qualquer restaurante?

— Qualquer um, só pegar o telefone e pedir. Vou tomar um banho e trocar de roupa.

— Prefiro ver pelo iFood, um aplicativo maravilhoso que serve exatamente pra isso. Coloque nossos brinquedinhos no quarto. Quem sabe, mais tarde, a gente já não aproveita algum deles? — Ela piscou o olho, e eu concordei, tentando me levantar. — Ai, não, vou ter que sair do seu colo. Esquece, fica aqui.

— Como vou tomar banho com você assim?

— Me leva junto, sou uma ótima companhia.

— Quer tomar banho comigo? Acho a ideia excelente. — Segurei Carolina no colo e a carreguei em direção ao banheiro. — Já aviso logo, minha mão anda muito boba ultimamente.

— Contanto que ela seja boba só comigo, não vejo problemas. Se for no geral, só me diga se é canhota ou destra, pra eu cortar a que não me favorece muito.

— Sua boba. Vamos tomar esse banho pouco comportadas e pedir algo pra comer.

Não preciso dizer que a palavra "comportadas" passou longe do nosso banho. Foi como tomar uma garrafa de água gelada depois de andar meses no deserto. Eu estava morrendo de saudade dela, do corpo, dos beijos, de sentir sua pele na minha. Carolina me completava em tantos aspectos que eu achava difícil ficar mais do que algumas horas longe dela. Sua presença, no meu apartamento, já era fundamental para que eu dormisse e acordasse bem, mas sabia que nem sempre poderia ser assim. Ela tinha Eduarda esperando em casa e um pai que não sabia nada sobre nós.

— Que tal comida japonesa? — Ela estava rolando a tela do celular, enquanto eu buscava algo na Netflix, para vermos. — Tem um que vem uma boa quantidade de peças, e ainda podemos pedir um Yakisoba.

— Tudo que você quiser, *baby girl*.

— Pronto, agora é só esperar. Decidiu o filme?

— Que tal esse? *O fabuloso destino de Amélie Poulain*. É francês e bem aclamado pela crítica — sugeri. Em seguida, Carolina observou a sinopse, por alguns segundos, e ela mesma apertou o play. — Acho que isso foi um sim.

— Agora que lembrei... Tenho um convite pra te fazer. — Ela se aconchegou no meu peito e se cobriu, por causa da temperatura baixa, graças ao ar-condicionado. — Amanhã, que horas você sai do trabalho? — perguntou.

— Não sei, mas se for algo muito importante, posso não ir — falei, e Carolina se levantou tão rápido que bateu, sem querer, no meu queixo. — Okay, essa doeu.

— Me desculpa, me deixa dar beijo... Então, eu gostaria que você fosse a um lugar especial comigo. Eu gosto muito de ir até lá, e seria legal se você pudesse ir.

— Claro, que lugar seria esse? O seu centro?

— Não. Lá, nós vamos outro dia. Eu sou madrinha de uma garotinha muito linda, de uma ONG do Cantagalo, morro onde a Norminha mora. Amanhã é aniversário dela, e vou levar alguns presentes. E claro, para outras crianças também. Gostaria que você viesse comigo, pra conhecer o projeto. É um lugar muito legal; as moças, que cuidam das crianças, sempre nos recebem de braços abertos. Essa ONG cuida de crianças especiais, e a minha afilhada tem autismo. Você vai ver que são todas muito amorosas, e vão ficar loucas com você, adoram gente nova. O que acha? Acha que pode faltar o trabalho amanhã, pra me acompanhar?

— Não precisa nem perguntar, vou mandar uma mensagem para Danielle e avisar que não vou amanhã. Qualquer problema, posso resolver de casa mesmo. Preciso levar alguma coisa? Comprar algo? Sua afilhada gosta do quê?

— Lizzie, calma, deixa de ser afobada. — Ela sorriu e me deu um beijo, acariciando meu rosto. Como eu amava aquele toque. — Eu fico muito feliz por você ter vontade de subir o morro e ir comigo. Aquelas crianças são muito boas, uns amores, e fico muito triste quando as pessoas as tratam mal por serem especiais. Nenhuma criança deveria receber um tratamento ruim só porque não é considerada "normal". — Carolina fez aspas com os dedos e começou a brincar com a coberta. — Todos os pequenos merecem um tratamento igual. Amor é uma coisa tão bonita para dar a eles, é tudo que alguns querem. Um abraço, um sorriso... Você vai ver o quanto eles vão te oferecer abraços.

— Vai ser uma honra conhecer todos eles, tenho certeza de que são crianças maravilhosas. Já levou Eduarda alguma vez a essa ONG?

— Muitas vezes, mas amanhã ela não vai poder, porque tem uma festinha de aniversário de uma amiguinha, e não posso impor que ela troque suas coisas pelas minhas. Mas Duda sempre é a primeira a pedir pra ir. Enche a boca pra dizer que a madrinha da Julinha é ela, sendo que a menina tem a idade dela. — Carolina revirou os olhos, e eu sorri, fazendo um carinho no seu rosto. — Estou tão ansiosa pra te levar, parece manhã de Natal. Espero mesmo que você goste de lá.

— Tenho certeza de que vou gostar.

Como sempre, aquele sorriso dela me iluminou por inteiro, e eu a beijei com todo sentimento que consegui colocar. Quando Carolina se sentou no meu colo e as coisas começaram a esquentar, o interfone tocou na cozinha, e eu bufei de frustração. Só a risada dela para me fazer relaxar um pouco, e a sua dancinha, comemorando a chegada da comida, me deixou ainda mais animada por tê-la comigo.

Enquanto esperávamos o entregador subir, pensei no que Carolina tinha me falado sobre a ONG e percebi que estava tão ansiosa quanto ela para conhecer o lugar. Em Washington, eu lembrei que a WorldOfX ajudava projetos sociais e, como uma lâmpada acendendo acima da minha cabeça, tive uma ideia. Eu guardaria meus planos até amanhã e falaria quando tivesse uma brecha. Quando ela recebeu o entregador só de calcinha e uma blusa pequena, revirei os olhos e me levantei do sofá, pedindo que fosse arrumar a mesa. O olhar dele tentou segui-la, mas tapei sua visão.

— Seus olhos gostam do que vê? — perguntei ao entregador.

— Ah... É... — ele respondeu sem graça.

— Então, se quiser continuar enxergando alguma coisa, mantenha os dois olhos nesta máquina de cartão — falei. Então, o garoto abaixou a cabeça, colocou o valor na máquina e fez todo o procedimento, sem levantar. — Tenha uma boa-noite.

— Boa...

Bati a porta com força, e Carol colocou a cabeça para fora da cozinha, rindo como uma criança que tinha acabado de aprontar alguma coisa. Seu corpo veio até mim, com sua habitual mania de me atrair, e ela abraçou meu pescoço, me dando um beijo no canto da boca. Respirei fundo, para não abrir a porta e jogar o entregador da minha varanda, mas meus olhos encontraram os dela, e pisquei algumas vezes.

— Sabia que você com ciúme me deixa com muito tesão?

— Eu com ciúmes sou um perigo pra sociedade. Precisava atender a porta desse jeito? — Coloquei as mãos na cintura, e ela riu, dando uma mordidinha na minha orelha. — Aquele virgem estava te comendo com os olhos!

— Como eu já te falei uma vez, ele pode me comer com os olhos, mas só você me come com outras coisas. Vem, acho que todo esse mau humor é fome. Depois de experimentar esse yakisoba, te deixo provar outra coisa.

— Ah, é? Que tipo de coisa?

— Temos tantos sabores que você trouxe, é só escolher. — Ela virou de costas para mim e voltou para a cozinha. Revirei os olhos e neguei com a cabeça. Ela era realmente impossível. Carolina me deixava no limite, e convenhamos... quem ela não deixava?

Capítulo 21

Sensações extremas

Carolina

"Eu vou realizar sua vaidade, ela diz que só fuma comigo. Procurou sua metade a sua vida inteira, hoje esquece essa porra e dorme comigo... Ela diz que já vai, dou razões pra ela ficar, que a noite tá só começando e eu não tô com pressa de vê-la acabar." [1]

— Transtornos mentais são subestimados, Lizzie. Grande parte das pessoas, infelizmente, não dá muita importância a isso.

Aquele era o ponto da conversa que Lizzie e eu mal tínhamos na mesa de um boteco, aos pés do Cantagalo. Nós passamos a manhã inteira e parte da tarde no morro, visitando a ONG que eu ajudava e mais algumas outras essenciais. Lizzie estava encantada e triste ao mesmo tempo. Suas emoções ficaram bem visíveis, ao ser rodeada por todas aquelas crianças especiais. Foi completamente adorável vê-la dedicar um tempo a eles e se mostrar conectada de alguma forma.

Sentadas naquelas cadeiras vermelhas de plástico, com tulipas suando em uma cerveja mais do que gelada, nós debatíamos sobre aquelas crianças e o que as levou até ali. Era um assunto que mexia muito comigo e me fazia pensar bastante em como a desvalorização é algo cruel.

— Como alguém pode subestimar uma doença? Isso é abominável! Eu nunca convivi com alguém que sofra com transtornos mentais, mas hoje, depois de passar um tempo com aquelas crianças, me senti horrível diante do fato de nunca ter procurado saber mais sobre isso. — Lizzie bebeu um pouco de sua cerveja e apoiou os antebraços sobre a mesa. — Você entende o meu ponto? O problema é muito maior, vai muito além.

— Algumas pessoas romantizam doenças mentais, Lizzie. E isso causa um sofrimento muito maior em quem realmente vive essas doenças. — Eu ri, incrédula, negando com a cabeça. — Rola tanta banalização, romantização, glamourização, que é bizarro. Não ver mais sentido na vida, não conseguir sair de casa por medo de tudo e todos, não conseguir realizar tarefas básicas do dia a dia, sofrer de insônias perturbadoras, em que a autocondenação faz parte da tortura, se afundar no próprio caos, não é e nunca será algo que possa ser romantizado, banalizado.

1 *Vai lá*, 3030.

Eu me pergunto quando é que algumas pessoas vão realmente entender isso — coloquei para fora de uma vez só, tomando uma respiração longa ao terminar, e virei o meu copo de cerveja, para molhar a garganta, deixei que meu corpo relaxasse na cadeira. Era difícil falar sobre algo tão sério, que sofria tanta banalização, e não se sentir extremamente irritada.

— Talvez nunca entendam, Carolina. — Lizzie suspirou, abaixando os ombros. — As pessoas só entendem algumas coisas quando acontecem com elas. Só irá parar de ser romantizado e banalizado até que elas passem por isso, até que vivam realmente a doença, até que aconteça de verdade. Infelizmente, é assim que funciona.

— Pois é! — Neguei com a cabeça, bufando, apoiando os meus braços sobre a mesa. — Mas que dá vontade de sair por aí, mandando todo mundo tomar no cu, isso dá.

Lizzie soltou uma risada e esticou a mão, acariciando o meu rosto. Beijei sua palma.

— Amo o quanto sua boca é suja.

Eu sorri, segurei sua mão, beijando as costas, e a soltei antes de beber mais um gole de cerveja.

— Amo a forma que você se expressa, que coloca para fora o que está sentindo, sem receio. Nunca mude isso em você, seja sempre essa Carolina espetacular e sincera — Lizzie declarou.

Minhas bochechas coraram, mas o elogio foi muito bem recebido. Meu ego foi massageado com sucesso.

— Para de me deixar tímida. — Encolhi os ombros, e ela gargalhou, me lançando um beijinho e uma piscadela, pegando sua tulipa e bebendo mais cerveja.

— Sua amiga está demorando.

Nós esperávamos uma conhecida minha, diretora da ONG que visitamos. Lizzie queria debater com ela algumas questões, e eu resolvi ligar, para que ela nos encontrasse ali.

— Deve estar com trânsito, e infelizmente ela não estava na ONG hoje. Já deve estar chegando.

Lizzie concordou com a cabeça. Pedimos mais uma garrafa de cerveja e uma porção de batatas fritas. Eu amava aquele boteco. Na verdade, eu amava botecos. Eram muito melhores que esses barzinhos *mimizentos,* nos quais não se pode nem fumar na porta.

A voz de Seu Jorge, cantando *São Gonça,* encheu o ambiente, e eu me controlei, para não me levantar e dançar ali mesmo. Lizzie me encarava, sorrindo, enquanto eu cantava para ela, paquerando, deslizando o meu pé em sua perna por baixo da mesa. Ela estava linda naquela calça jeans justa e uma blusa decotada rosa-bebê. Puxou o cabelo para cima e prendeu os fios em um nó, por conta do calor, e deixou o ray-ban no rosto, para proteger os olhos dos raios de sol que, virava e mexia, aqueciam sua pele. Eu poderia suspirar por aquela visão por um bom tempo, mas saí de meus pensamentos quando ouvi alguém chamar o meu nome.

— Carolina?

Eu me virei para trás e abri um sorriso, me levantando, para ir ao encontro da mulher que me chamava.

— Quanto tempo! — Abracei-a apertado, sendo retribuída na mesma intensidade — exclamei.

Ela acariciou minhas costas e me deu dois beijinhos nas bochechas.

— Pois é! Temos nos desencontrado. Dias cheios.

Eu sorri, em concordância, e apoiei a mão esquerda nas costas dela, parando ao seu lado. Lizzie se levantou e retirou os óculos.

— Aqui está ela! — eu disse à mulher do outro lado da mesa, sorrindo.

Ela abriu um sorriso gentil e esticou a mão direita para cumprimentá-la.

— Lizzie O'Connell. É um prazer conhecê-la!

— Laura Ferreira. — A mulher ao meu lado abriu um sorriso tímido, sacudindo a mão de Lizzie, em um breve aperto. — O prazer é todo meu, Sra. O'Connell!

— Apenas Lizzie, por favor! — ela pediu, e Laura sorriu, um pouco envergonhada, segurando a bolsa contra o corpo.

— Sente-se, Laura. — Apontei a cadeira ao meu lado e me sentei em meu lugar, com Lizzie fazendo o mesmo. — Temos muito que conversar.

Ela logo atendeu ao meu pedido, e nós iniciamos uma conversa que era de todo interessante para mim, para Lizzie e principalmente para Laura. O papo rendeu. Lizzie quis saber tudo sobre a ONG onde Laura era diretora há alguns anos: como funcionava, de onde vinha a renda e muito mais. Eu estava amando vê-la tão interessada naquela questão que importava muito para nós e para todas aquelas crianças.

— Então, Laura, eu pedi à Carolina para te chamar aqui porque tenho uma proposta a fazer. — Lizzie apoiou as mãos sobre a mesa, me olhando, antes de continuar. — Eu estive lá na ONG hoje, como eu lhe disse, e me apaixonei por aquelas crianças. Quero me tornar madrinha de uma em especial, e começar a financiar essa organização. Vou entrar nisso com a WorldOfX, empresa da qual sou CEO. Quero psiquiatras, psicólogos, clínicos gerais e quaisquer tipos de profissionais da saúde à disposição daqueles pequenos o tempo todo. Conversei com Carolina, e ela achou uma ideia maravilhosa. E bem, e você, o que acha? Acha que posso entrar nisso?

A expressão de Laura era impagável: seu queixo caiu alguns centímetros, e ela encarava Lizzie como se ela não fosse real. Eu não conseguia parar de sorrir. Eu me sentia muito feliz que todas aquelas crianças teriam muito mais apoio e ajuda a partir daquele dia.

— Nossa, eu... — Laura levou a mão ao peito, me encarando, emocionada. — Eu nem sei o que dizer, eu...

— Apenas diga que sim, Laura, e deixe o resto comigo. — Lizzie a incentivou, me arrancando uma risada.

— Sim, claro que sim! — Ela riu, nervosa, com os olhos brilhando de lágrimas. — Muito obrigada, Lizzie! Eu nem sei como te agradecer. — Ela esticou as mãos sobre a mesa e segurou as da minha linda mulher, em total agradecimento. — Que Deus te abençoe muito, viu? Esse seu gesto é de pura bondade, digno, e merece muitos aplausos. Eu estou tão feliz! E as crianças vão ficar também.

— Não precisa agradecer, eu me sinto na obrigação de ajudar essas crianças, como ser humano. — Lizzie deu um sorriso terno, e trocamos um olhar cúmplice. — Agradeça à Carolina, que me levou até lá, para conhecer o trabalho maravilhoso que vocês fazem.

— Ah, Carolina, muito obrigada por nos apresentar a esse anjo!

Lizzie riu, ruborizando com o apelido que ganhou, e eu abracei a mulher ao meu lado bem apertado, a ouvindo fungar.

— Não tem de quê, Lau. Sabe que amo aquelas crianças, e o que puder fazer por elas, farei.

— Que Deus sempre abençoe vocês!

— Amém! — eu respondi, sorrindo, a fazendo sorrir de volta.

— Nos veremos muito a partir de hoje, Laura. Ainda essa semana, te espero, na WorldOfX, para assinarmos alguns papéis, está bem? Peça o endereço certinho à Carolina.

— Com certeza, Lizzie, pode apostar que estarei lá!

— Gostei dessa Laura, me parece uma pessoa muito genuína — Lizzie comentou, quando paramos em um sinal vermelho, na Orla de Copacabana. Segurei o volante com a mão esquerda e depositei a direita sobre sua coxa, acariciando-a.

— Ela é. Não temos muita intimidade, mas a conheço o suficiente para saber que é um ser humano incrível. — Sorri para ela, colocando o carro em movimento, quando o sinal ficou verde. — Não tem preconceito com nada. E olha que alguns evangélicos, a maioria, possuem aquela coisa de serem preconceituosos com a comunidade LGBTQIA+ e tudo mais. Mas não são todos, posso afirmar, e Laura faz parte dessa minoria. Nunca a vi julgar ninguém. Ela vive pra igreja e pra ONG. Ela sabe que sou do Candomblé e nunca me disse algo ofensivo, condenando a minha religião, muito pelo contrário.

— Quem dera se todo mundo fosse como ela, né? — Lizzie colocou a mão sobre a minha, em sua coxa, mantendo uma carícia suave, e dobrei à direita, estacionando o carro em frente ao seu prédio. — Evitaria tanta coisa...

— A maioria das pessoas não sabe praticar sua religião em paz, sem encher o saco dos outros, Lizzie, esse é o problema. — Rolei os olhos, me virando um pouco de lado. — Cada um com sua crença, sem perturbar ninguém. Todo mundo feliz, e pronto!

— Você é muito prática. — Ela riu e se curvou em minha direção, para selar os meus lábios.

— Sou realista. — Beijei-a de volta, chupando seu lábio inferior para dentro da minha boca.

— Eu tenho que subir e trabalhar um pouco, *sweetie*. Tem certeza de que não quer vir comigo? — ela perguntou, e eu suspirei, entediada, beijando sua mão.

— Tenho que ir em casa, ficar com Eduarda um pouco, você sabe... —

falei, e Lizzie concordou com um aceno, fazendo um biquinho lindo. — A gente se vê mais tarde, okay?

— Okay!

Ganhei mais um beijo e depois um abraço apertado.

— Vou te esperar, vê se não demora muito.

— Pode deixar.

Trocamos mais um beijo gostoso, e eu a deixei sair do carro. Fiquei ali, parada, até que ela sumisse do meu campo de visão. Cheguei em casa um pouco depois e passei o resto da tarde jogando XLegion, com Eduarda, e recebendo mensagens sexuais de Lizzie. A mulher me deixou doida dentro da roupa. Será que ela não percebia que sua existência, em si, já era extremamente provocante?

O tempo passou rápido, e eu não poderia agradecer mais a Deus por isso. Eu havia me preparado para qualquer coisa que Lizzie quisesse fazer comigo naquela noite, fisicamente e mentalmente. Ela estava louca para usar nossos brinquedinhos e passou o dia me provocando. Eu sempre fui aquele tipo de pessoa que topa tudo, desde que eu ache que esse tudo envolve sensações boas para mim. Eu já havia feito muitas coisas na cama e estava sempre disposta a provar algo novo, se a pessoa fosse de minha confiança e me deixasse confortável. Timidez não era comigo, pudor muito menos. Na cama, eu era Carolina Bittencourt e muito mais.

Quando entrei no apartamento de Lizzie, lá pelas 22h, a sala estava um pouco escura e fria, o que fez os pelos do meu corpo se eriçarem. Eu olhei ao meu redor, por um instante, e depositei a bolsa que havia levado sobre uma das poltronas, adentrando mais aquele ambiente, com pés descalços.

— Lizzie? — chamei-a em um tom médio, estranhando Joker não aparecer para me receber.

— Na cozinha, *sweetie*.

Sorri ao ouvi-la. Amava tanto o som de sua voz, como a rouquidão nunca a abandonava. Segui em passos calmos para o outro cômodo, ajeitando com as mãos o vestido preto que eu vesti. Sua saia leve e solta caía dois palmos acima dos meus joelhos. Estava um pouco ansiosa, nunca me acostumaria com os momentos que antecediam os meus encontros com aquela mulher. A voz de Tinashe, cantando *Cold Sweat*, ao fundo, preenchendo o apartamento, também não ajudava muito no meu controle. Tomei algumas respirações profundas, para acalmar o meu coração apaixonado, e entrei na cozinha, parando de imediato, ao vê-la.

— Oi... — o restante da minha frase morreu na minha garganta seca. Eu fiquei ali, parada, olhando para aquela... Meu Deus! Como eu poderia defini-la naquele momento? Não havia definição que fizesse jus à Lizzie ali, encostada na grande bancada americana em mármore preto.

Meus olhos demoraram em seus pés, que estavam calçados com aquelas solas vermelhas Louboutin, subindo para as pernas, cobertas, até a metade das coxas, por uma meia-calça preta, presa em uma calcinha minúscula, rendada, por uma cinta-liga da mesma cor. O sutiã também era preto e realçava seus belos seios em um aperto, que julguei serem deliciosos.

Uma camisa social branca e de botões abertos completava seu look erótico, num encaixe perfeito com aquele cabelo bagunçado no maravilhoso estilo *pós-foda*. Eu adorava ser surpreendida, e aquela surpresa era, definitivamente, a melhor de todas que tive em minha vida.

— Olá! — Lizzie deslizou o dedo indicador por dentro de uma pequena tigela branca e o retirou de lá coberto por uma grossa camada de chocolate, o erguendo acima do queixo e o enfiando por entre seus lábios cheios e rosados. Ela o chupou tão lentamente quanto o mundo me parecia girar naquele momento, e eu senti a minha boceta se contrair ao redor do nada. *Puta que pariu!* Ela acabaria comigo. E eu só queria que fosse de tanto me foder.

— Sério, você pode vestir isso pelo resto da sua vida — eu resfoleguei, enquanto me aproximava, e mordi o lábio inferior, ao vê-la sorrir de canto, chupando o dedo mais uma vez. — Gostosa pra caralho! Me deixa chupar também, vai. — A minha boca estava em seu ouvido um segundo depois do sussurro, a fazendo soltar um suspiro baixo e longo. Seu cheiro era delicioso, e meu nariz deslizou por sua bochecha, até que meus lábios roçassem os seus. Estava louca para beijá-la, mas me segurei. A expectativa me molhava, e eu queria que a molhasse também.

— Você quer chupar, é? — ela perguntou, e fiz que sim com a cabeça, passando o braço esquerdo acima de sua cintura, para me apoiar na bancada, atrás dela, deslizando os dedos da mão livre por sua clavícula saliente.

Lizzie deslizou a língua pelos lábios e subiu sua coxa esquerda pela lateral da minha direita, até alcançar a minha cintura. Eu a segurei ali e apertei a carne quente, sentindo nossos corpos reagirem àquele simples toque, com as peles arrepiadas, queimando e molhando mais abaixo.

— Abra a boca pra mim. — Ela afundou o dedo na tigela de chocolate sobre a bancada, e eu atendi ao seu pedido sem pensar duas vezes. Separei os lábios apenas um pouco, e Lizzie enfiou o dedo melado dentro da minha boca com delicadeza. — Agora, chupa!

Eu quis xingar qualquer coisa, para aliviar a minha mente daquele erotismo, mas me concentrei apenas em fechar os lábios ao redor de seu dedo do meio e chupá-lo bem devagar. O chocolate derreteu em minha língua, então eu suspirei, suguei, com uma leve pressão, e fiz movimentos para frente e para trás. Seus olhos verdes, cravados naquela ação, me mostraram que eu havia ganhado um ponto naquele jogo. Ela gemeu, mordendo o lábio inferior e descendo a outra mão por minhas costas, até alcançar a minha bunda.

— *Good girl!*[2]

Deixei que ela retirasse o dedo de dentro da minha boca e lambi meus lábios, para deixar claro o quanto havia gostado. Ela sabia como me provocar, mas eu também sabia como incendiar.

— Eu também tenho uma surpresa pra você aqui embaixo — eu disse, cheia de tesão, doida para me esfregar nela, mas me segurando ao máximo, para que ela ficasse ansiosa.

— Ah é? Me deixe ver — sua voz estava levemente ofegante, e eu conhecia bem aquela reação.

---

2 Tradução: Boa garota!

Sorri, maliciosa, e soltei sua coxa, deixando que seu pé tocasse o chão outra vez. Tirei suas mãos das minhas laterais e me afastei um pouco, virando-me de costas. Joguei as mechas do meu cabelo por cima do meu ombro direito, a olhei sobre o esquerdo, segurando na barra do meu vestido, para erguê-lo, e subi o pano até acima da minha cintura, da forma mais lenta que consegui, expondo a minha bunda, e ouvi Lizzie soltar outro gemido, seguido de um palavrão em inglês.

— Sem calcinha... — ela disse, com a voz carregada de desejo, mostrando que havia aprovado o fato de eu ter ido até o seu apartamento sem a parte debaixo da minha lingerie. Lancei-lhe uma piscadela sexy e vi seus olhos escurecerem. — Vou te mostrar o quanto eu gostei dessa surpresinha.

Em segundos, ela enlaçou a minha cintura com os braços e me puxou contra o seu corpo, chocando a minha bunda desnuda contra o seu quadril. Senti a umidade, que atravessava a sua calcinha rendada, na minha pele, e fiquei completamente enlouquecida. Eu não queria saber de mais nada, muito menos esperar, eu só queria que ela acabasse comigo de uma vez.

Quando nossas bocas se encontraram, eu soltei um gemido que parecia estar guardado apenas para aquele momento. Suguei sua língua, desesperada, buscando por seu gosto, embolando minhas mãos em suas mechas de cabelo. Era insano o que o toque daquela mulher despertava em mim. Seus dedos corriam por minha pele, embaixo do vestido, e eu choramingava de tesão entre os lábios dela, me esfregando em seu corpo gostoso, sentindo a minha excitação molhar as meias presentes em suas belas pernas.

Trocamos de lugar, e Lizzie me apertou contra a bancada, me suspendendo pela bunda e me sentando sobre ela. O mármore frio entrou em contato com a minha pele nua e quente, e eu estremeci, erguendo os braços para que ela retirasse o meu vestido. A peça foi parar no chão, e ela se acomodou de pé, entre as minhas pernas, me puxando para frente, até que a minha boceta melada estivesse pressionada em sua barriga. Gememos juntas, e eu joguei a cabeça para trás, enquanto seus lábios quentes e molhados desciam por meu pescoço, a língua macia lambia a pele necessitada de toques, e os dedos longos e habilidosos tiravam as alças do meu sutiã por meus ombros, abrindo caminho para a boca que queria explorar, e dando motivos para os gemidos sôfregos que eu queria soltar.

Eu me empurrei contra ela, me esfregando nos músculos de sua barriga, a fazendo gemer na minha clavícula. Ela tirou o meu sutiã e o jogou sobre o meu vestido, cobrindo o meu mamilo direito com lábios e língua.

— Oh, sim! — eu gemi, enfiando os dedos da mão direita entre as mechas de seu cabelo, apoiando o meu corpo, com a outra mão atrás das minhas costas. — Chupa assim, por favor! Assim, Lizzie!

Lizzie aumentou a pressão, sugando em um ritmo constante. Sua mão direita maltratava o meu outro seio, e a esquerda corria de cima a baixo pela minha perna, quadril e virilha. Lizzie sabia chupar como ninguém, independentemente do quê. Ela era ótima com a boca, sabia usar aquela língua tão bem que não importava se eram os meus seios ou a minha boceta o que ela estava chupando, porque sempre me deixava à beira do orgasmo.

Puxei seu cabelo com força, e ela passou para o outro mamilo, girando a língua no biquinho sensível, distribuindo chupadas leves e enchendo a cozinha com aquele som delicioso de sucção. Ela me torturou por longos minutos, lambeu e chupou cada canto do meu corpo, ignorando onde eu mais latejava. Eu suava, e o suor deixava um brilho intenso na minha pele fervente. Eu gemia palavras de paixão e tesão, alucinando naquele prazer físico e mental que ela me proporcionava.

Ela impediu que eu a tocasse e que a deixasse nua, e eu adorei saber que seria fodida por aquela mulher sobre aqueles saltos maravilhosos. Uma fantasia realizada sem grandes esforços. Lizzie me desceu da bancada e empurrou o meu peito de encontro com o seu, deixando a minha bunda empinada para trás e a minha cabeça deitada sobre o meu braço direito. Ela se curvou sobre o meu corpo, lambendo da minha nuca até a minha orelha. Gemi, dolorida de tesão, sentindo o líquido quente melar as minhas coxas de forma abundante. Seus lábios beijaram o pé do meu ouvido, e seu dedo indicador desceu pela linha suada na minha coluna, até sumir no meio da minha bunda, acariciando de forma suave aquele buraquinho apertado. Eu choraminguei, mordendo o lábio inferior com força, ouvindo-a sussurrar no meu ouvido.

— Eu quero amarrar os seus braços sobre essa bancada e te foder aqui atrás bem gostoso — ela falou, e prendi a respiração, quase rolando os meus olhos, me empinando mais, para que ela tivesse mais acesso à minha bunda. — Você será a minha safada de sempre e vai me deixar meter aqui? — Lizzie pressionou o dedo do meio contra aquela região incrivelmente sensível, sem penetrar, apenas massageando.

Porra! Como eu poderia negar, quando ela fazia daquele jeito? Não havia outra resposta a dar, e eu já havia me preparado para aquilo de qualquer forma, pois sabia que aconteceria.

— Vou...

Ela sorriu contra a minha bochecha, com a respiração ofegante.

— Muito bem! — Beijou os meus ombros, depois a minha nuca, descendo beijos pelas minhas costelas e coluna, sem interromper a carícia deliciosa na fenda que separava as minhas nádegas. — Serei gentil e só usarei um dedo, para começar. Você acha que pode aguentar, Carolina? — ela estava me provocando, sem dúvidas.

A filha da puta estava sorrindo nas minhas costas. Suas mãos separaram um pouco as minhas nádegas, e eu sabia que ela estava admirando o seu prêmio. Sua respiração era feroz, e pude ouvi-la engolir a saliva. Lambi os lábios e respondi, soando a mais provocante que consegui.

— Com certeza, eu posso aguentar mais do que isso. — Sorri, e ela gemeu.

— Boa resposta. — Lizzie estapeou a minha bunda uma vez, depois apertou o mesmo local com carinho. Um gritinho excitado e manhoso escapou pela minha garganta. — Você terá mais do que isso essa noite, acredite em mim.

— Por favor! — implorei, latejando, tremendo e ansiando para o que ela tinha a me oferecer.

— Eu volto já! Não saia dessa posição, quero você assim. — Ela beijou as covinhas que eu tinha nas costas e se afastou, me deixando ver o seu rebolado sensual, enquanto andava para fora da cozinha. Ela era o Diabo ou algo parecido, e eu estava no Inferno, queimando, ardendo em brasas de luxúria que jamais se apagariam.

Lizzie não demorou muito, logo a vi aparecer na cozinha outra vez, com a caixa dos nossos brinquedinhos em uma das mãos; na outra, uma pequena toalha vermelha. Comecei a tremer um pouco, tensionada e ansiosa. Expectativas acabavam comigo de um jeito delicioso. Ela abriu um sorriso safado e colocou a caixa na minha frente, apenas para que eu visse o que ela usaria para me torturar. Ela estava tão maravilhosa naquela cinta-liga preta, com aquele cabelo bagunçado e o rosto ruborizado pela excitação. Era linda e quente, *e era minha.*

— A expectativa está te matando, não é? — sua voz saiu rouca e profunda, me arrepiando.

— Sim... Porra! Definitivamente, sim — respondi.

— Eu sei. — Ela sorriu, maliciosa, tirando as amarras, em couro preto, de dentro da caixa rosa. — E eu amo isso — ela falou. Minha boceta latejava e contraía apenas com aquela visão, e eu só queria que ela acabasse de vez com aquilo. — Estique os seus braços e junte as mãos.

Fiz o que ela pediu imediatamente, me debruçando mais sobre a bancada. Do outro lado, Lizzie se esticou em minha direção e passou as tiras de couro ao redor dos meus punhos umas três vezes, amarrando com firmeza e verificando se havia chances de que eu me soltasse.

— Isso! — Ela suspirou, pegando a toalha e dando a volta na bancada, parando ao meu lado. Uma de suas mãos subiu por minhas costas suadas, em uma carícia terna. — Se erga um pouco.

Novamente, atendi ao seu pedido, sem hesitar, ergui o peito, vendo-a empurrar a toalha dobrada para baixo dos meus seios, e entendi que ela não queria que a posição me causasse alguma dor, por ter aquela parte do corpo pressionada contra o mármore duro e frio.

— Está confortável?

Até naqueles momentos ela era atenciosa. Não era possível que ela fosse mesmo real. Pelo amor de Deus! Eu gemi, derretida, me deitando de volta, com a cabeça sobre os meus braços esticados.

— Muito melhor agora.

— Bom... Muito bom! — Lizzie me deu um sorriso de canto, descendo o dedo indicador pela minha coluna, arrepiando os meus pelos, e a senti me rondando, parando atrás de mim, suspirando. — Você está tensa, posso sentir.

Sim, eu estava, e senti minhas bochechas esquentarem, ao ser flagrada. Lizzie soltou uma risadinha sexy, quando escondi o rosto entre os meus braços, e desceu as palmas abertas pela minha bunda.

— Você precisa relaxar, *baby*. Eu serei carinhosa com a *minha mulher*. Eu sempre sou — ela disse.

Oh, sim, ela seria, e falando daquele jeito estava me deixando alucinada. Eu poderia gozar a qualquer momento. — Você confia em mim, Carolina?

— Mais do que tudo — resfoleguei.

— Então, relaxe e aproveite — pediu, e eu mordi o lábio com força, ao senti-la se abaixar atrás de mim e sua respiração quente tocar a minha bunda. — Você vai implorar para ter outra vez.

Porra! E eu implorei. Pelo quê? Eu não sabia, mas estava implorando em voz alta, enquanto ela violava a minha bunda com aquela língua deliciosa, lambendo de cima para baixo, de baixo para cima. *Beijo grego*. Sem sombra de dúvidas, era uma das melhores coisas presentes no meu sexo com Lizzie. Jamais iria entender o porquê daquilo ser considerado um tabu, quando era capaz de deixar o corpo em um estado vergonhoso de excitação.

Eu amava não ter preconceito em relação a nada e amava mais ainda o fato de Lizzie ter me apresentado isso. Suas mãos desciam e subiam por minhas pernas bambas, apertando a minha bunda e a abrindo mais, estapeando vez ou outra, ignorando completamente o meu clitóris latejante. Eu estava quase gritando de desespero, quando ela se ergueu, se debruçando sobre mim.

— Lizzie, por favor! — choraminguei. — Por favor! Me fode logo. Acaba com isso, eu não posso aguentar mais, eu...

— *Shiii* — ela sussurrou na minha nuca, depositando um beijo. — Vai valer a pena, segure o orgasmo pra mim. Não seja apressada, eu vou te dar isso.

— Oh, por favor! Agora! — Remexi, inquieta, empurrando o meu quadril contra ela.

Eu a ouvi gemer e esticar a mão até a caixa sobre a bancada, pegando um dos frascos de gel que ela havia comprado. Não sabia qual era aquele, e aquilo era o que menos importava naquele momento. Ouvi o barulho do frasco sendo aberto e o gel sendo despejado em sua mão. Imediatamente, o cheiro de uva veio ao meu nariz, me deixando louca.

— Empina mais essa sua bunda gostosa pra mim.

Lizzie esperou que eu o fizesse, e quando me ofereci a ela o máximo que pude, seus dedos melados pelo gel tocaram o buraco apertado e sensível da minha bunda. Meu corpo tensionou, e eu fechei os olhos com força, empurrando o meu quadril na direção dela, doida para sentir aquela invasão nova.

— Vou fazer bem gostoso... Você quer isso? — ela perguntou, e eu sacudi a cabeça, desesperada, tremendo muito. — Eu estou quase gozando só por te ver assim, toda ansiosa para sentir os meus dedos dentro de você — ela dizia enquanto acariciava, com a mão livre, as minhas costas, subindo, para puxar o meu cabelo, pressionando o dedo do meio contra aquela fenda minúscula. — Você é muito apertadinha aqui também, Carolina.

Eu respirei fundo, quando metade de seu dedo deslizou para dentro com dificuldade, enquanto meu rosto se contorcia em uma expressão de leve prazer e incômodo. Aquela invasão era totalmente desconhecida para mim, uma dorzinha gostosa que me fez morder o lábio inferior com força. Lizzie gemeu e se curvou para distribuir beijos por toda a minha coluna, enquanto terminava de empurrar o seu dedo até o fundo, me deixando extasiada.

— Lizzie... porra! — eu gemi, torcendo os meus dedos dos pés, incapaz de abrir os meus olhos. Era confuso e estranho, um pouco doloroso naquele primeiro momento, mas muito prazeroso também.

— Oh, Carolina... tão quente!

Puta merda! Eu não sabia como reagir.

— Isso é bom? Você gosta disso? Gosta de me ter aqui? — Ela ficou parada alguns segundos para que eu me acostumasse, e logo depois puxou o dedo para fora e o empurrou para dentro de novo.

Eu gemi baixinho, cravando minhas unhas pequenas contra o mármore.

— Sim... Eu quero mais — implorei, suando tanto que sentia as mechas do meu cabelo colado nas minhas costas. — Por favor! Me fode de uma vez.

— Eu amo te ouvir implorar por mim, me enche de tesão. — Lizzie deu um tapa na minha bunda, enviando vibrações para a minha boceta inchada e dolorida. — E seu desejo é uma ordem, *baby*!

Depois disso, eu perdi a noção de onde estava e de quem eu era. Lizzie começou a foder a minha bunda intensamente, deslizando para dentro e para fora, enquanto me masturbava no mesmo ritmo. Eu gemia tão forte que minha garganta ardia, e quando ela meteu dois dedos da outra mão entre os lábios da minha boceta, se enfiando no meu canal apertado e muito mais do que conhecido por ela, eu virei os olhos para trás, sentindo todo o meu corpo tremer.

— Você é gulosa, Carolina! — ela dizia, selvagem e ofegante, me penetrando duplamente, por trás e pela frente. Eu não conseguia mais raciocinar. Nunca antes foi tão intenso, tão esmagador. A sensação de ser preenchida por seus dedos em dois lugares diferentes e que causavam sensações tão extremas, me levou à loucura. — Olha como a sua boceta e a sua bunda gostosa engolem os meus dedos. Eu vou gozar te fodendo assim.

Aquilo foi o bastante pra mim, eu não precisava ouvir e nem sentir mais nada.

— Lizzie! — eu gritei seu nome, quando a sensação aterrorizante me invadiu, levando lágrimas aos meus olhos e um gemido estridente na minha garganta.

— Assim, Carolina! — ela exclamou, e eu sacudi, tentando me agarrar na bancada. — Goza bem forte pra mim. — Ela se curvou sobre o meu corpo, aumentando o ritmo de suas estocadas em minha boceta e na minha bunda, e eu deixei vir aquele orgasmo que me arrebentou de dentro para fora.

Gemi, desesperada, xingando todos os palavrões que eu conhecia e louvando a Lizzie de todas as maneiras existentes. Meu ventre se contorcia em contrações musculares assustadoras, e minha boceta sensível expelia um jato de gozo tão forte que minhas pernas ficaram bambas. Incrível e assustador, completamente fenomenal!

Lizzie retirou seus dedos de dentro de mim, enquanto gemia e empurrava o seu quadril contra a minha nádega esquerda, me deixando com uma sensação terrível de vazio. Eu ameacei me abaixar, e ela me segurou pela cintura com força, soltando uma risadinha excitada na minha orelha.

— Você ejaculou — ela comentou, e eu ruborizei, mordendo o lábio inferior e tentando controlar a minha respiração. — Estou tão orgulhosa! *So sexy*[3]*!*

— Isso foi...

— Foi uma delícia! — Lizzie me interrompeu, tirando algumas mechas de cabelo do meu rosto suado. — Eu gozei só de sentir você me molhando todinha. Foi muito gostoso, e eu quero mais.

Ah, e ela queria mesmo, e eu mais ainda. Fomos nos agarrando na direção do quarto e paramos três ou quatro vezes, para nos beijarmos contra as paredes existentes. Minhas pernas ainda estavam bambas, e minhas mãos desesperadas arrancaram o blusão branco que ela vestia; logo depois, o sutiã. Nossos seios suados se roçaram, e eu gemi na boca dela, ansiando para tê-la dentro de mim outra vez, para me enfiar nela.

Quando caí de costas sobre o colchão, em seu quarto, Lizzie veio por cima de mim, já sem calcinha, apenas usando aqueles saltos fodidos que me davam uma vontade insana de fodê-la. Eu espalhei as coxas na cama, e ela se meteu entre elas, grudando sua boceta molhada na minha, nos fazendo soltar um gemido longo, que terminou ao mesmo tempo, apenas para dar espaço a outros.

Lizzie começou a se esfregar em mim em um ritmo intenso, selvagem, do jeito que eu mais gostava. E ainda assim, ela não deixava de ser carinhosa, sempre beijando o meu rosto, meu pescoço, entrelaçando nossos dedos sobre a minha cabeça, descendo e subindo, rebolando de um lado para o outro, me encharcando com o seu líquido quente e abundante, me fazendo esvair em minha própria essência. Ela gemia, enlouquecida, com nossos corpos suados deslizando, enquanto sua boca descia, acariciando os meus seios, barriga, virilha.

Eu não aguentava mais, sentia que poderia desfalecer a qualquer momento. Estava fraca de tanto tesão por ela, nunca senti tanto prazer na minha vida. Ela me puxou pelo quadril até a beirada da cama, meu corpo deslizou pelo lençol de seda e eu a vi ajoelhar-se sobre o tapete felpudo que cobria o chão daquele quarto.

— Você é linda, Carolina! — Sua mão desceu por minha barriga suada, e logo as duas mãos afastaram as minhas coxas, até que as minhas pernas estivessem bem abertas para ela. — E fica ainda mais linda assim, toda exposta pra mim, rosada, molhada e inchada. — Seus dedos tocaram a minha boceta sensível, e eu fechei os olhos, enfiando as mãos entre as mechas do meu cabelo, no topo da minha cabeça.

— Eu amo a sua boceta, sabia? — falei. Mordi o lábio inferior com força, sentindo seus dedos massagearem o meu clitóris e a sua boca quente descer pela parte interna da minha coxa direita.

— E ela ama o que eu posso fazer com ela.

— Então, faz! — Eu rugi, entre dentes travados, curvando a minha coluna. — Me faz gozar logo pra você... Não me torture assim — pedi.

---

3 Tradução: Tão sexy!

— Quietinha! — Lizzie esticou a mão para o lado e pegou um dos nossos brinquedinhos sobre a cama, que havíamos levado entre nossos amassos. Eu tremi dos pés à cabeça, engolindo a saliva que se formou em minha garganta. — Fica quietinha e me deixe brincar mais um pouco.

Puta merda! Respirei fundo, para controlar o gozo que queria vir, e senti o cheiro de uva do gel que ela havia usado em mim na cozinha. Eu me apoiei nos cotovelos, para olhá-la, e Lizzie melava o pequeno plug anal rosa com aquele líquido lilás e cheiroso presente no frasco.

— Isso é mais grosso que o meu dedo, *baby* — ela comentou. Ah, sim, era, eu podia ver. — Por isso, abra bem as pernas e relaxe, vou colocar com carinho. Você confia na *sua mulher*, não confia? Me lembro de te ouvir dizer isso.

— Sim... Confio! — Lambi os lábios. — Lizzie!

— Isso mesmo... — ela sussurrou, quando eu abri mais as pernas, na beirada da cama, deixando metade da minha bunda para fora. — Oh, eu amo isso! — Seu dedão da mão esquerda iniciou uma massagem no meu clitóris, me fazendo gemer, manhosa, e senti o plug ser pressionado na fenda apertada em minha bunda. — Serei boazinha, eu prometo! — ela repetiu e forçou o plug para dentro, de um jeito extremamente lento, suave, me causando novamente aquela dorzinha, por ser mais grosso que seu dedo, e aquele prazer desconhecido. Uma vez que o plug estava dentro, o senti começar a vibrar e retraí o corpo, soltando um gemido de pura surpresa e prazer. Lizzie soltou uma risadinha excitada, massageando as minhas coxas. — Me esqueci de avisar que ele vibra — ela disse, só para me provocar, e eu me agarrei nos lençóis de seda com força, para não gritar. — É gostoso, Carolina? Diz pra mim!

— Uma... delícia! — gemi, me contorcendo.

— Eu posso ver... — Lizzie segurou minhas coxas abertas e me olhou por baixo de seus cílios longos. — Seja a minha putinha e rebola bem gostoso na minha boca.

— Oh, merda! Porra, assim! — eu praticamente gritei quando ela afundou a língua na minha boceta molhada, fazendo a minha coluna se curvar e meus músculos se contraírem ao redor daquele plug anal, que vibrava intensamente dentro de mim.

A sensação era incomparável. Se antes havia sido bom com aquela dupla penetração, naquele momento, ser chupada e penetrada naquele lugarzinho, em especial, era melhor ainda. Eu dizia coisas desconexas enquanto gemia, perdida no meu delírio, bagunçando o cabelo de Lizzie, ao mesmo tempo que sua língua subia e descia contra o meu clitóris, lambendo e sugando, girando. Suas mãos mantinham minhas pernas bem abertas, suas unhas pequenas, pintadas de vermelho, estavam cravadas em minhas coxas. A vibração que o plug causava atingia em cheio a minha boceta.

Lizzie desceu a língua, brincou com ela na minha entrada inchada, voltou para o clitóris, em uma chupada longa, e enfiou dois dedos tão fundo em mim que a xinguei ferozmente, perdida em um prazer insano. Seus dedos entravam e saíam rápido da minha boceta encharcada, enquanto o plug vibrava forte na minha bunda e sua boca quente e macia chupava o meu clitóris. Todos os meus pontos de prazer eram estimulados ao mesmo tempo, e nada, nada que eu já havia vivido em minha vida foi tão intenso e gostoso quanto aquilo.

A minha coluna se curvou para cima, e uma vibração assustadora surgiu entre as minhas pernas e se espalhou de forma lenta e dolorosa, pelo resto do meu corpo. Meus músculos do ventre travaram, antes de explodirem em milhares e milhares de contrações que me fizeram chacoalhar sobre o colchão. Eu gritei, me debatendo e tentando fechar as minhas coxas, para me livrar daquela agonia prazerosa que parecia não ter fim. Ela vinha em ondas seguidas, e aquele foi o primeiro orgasmo múltiplo da minha vida.

Os dedos de Lizzie saíram, para que o gozo abundante, que escapava de mim, enchesse a sua boca, enquanto ela empurrava o pequeno plug, vibrando para dentro e para fora, para dentro e para fora, em um ritmo constante, ao mesmo tempo que bebia de mim. Quando eu tremi uma última vez e relaxei o corpo na cama, eu coloquei para fora o pensamento que predominava a minha mente.

— Você acabou comigo. — Fechei meus olhos, fisicamente e mentalmente exausta, sem conseguir mover um músculo e falar mais nada.

Aquilo que era foder.

E Lizzie O'Connell sabia foder como ninguém.

No começo daquela madrugada, depois da nossa maratona de sexo, Lizzie encheu a banheira e me deu um banho quente de espuma. Lavou o meu corpo e o meu cabelo, massageando os meus ombros, minhas pernas, cada cantinho necessitado, depois me secou com uma toalha macia e depositou um beijo doce em meus lábios e em minha testa, antes de me pegar no colo e me levar de volta para a cama.

Seu corpo também cheirava a sabonete, e ela me deitou sobre ele, puxando o lençol gelado para cobrir a minha bunda. Copacabana parecia calma lá embaixo, eu podia ouvir o barulho das ondas quebrando na areia e nada mais. A janela aberta dava espaço ao cheiro de maresia e à luz da lua, criando um clima relaxante e gostoso. Eu me sentia um pouco sonolenta.

— Quer dormir? — sua voz também parecia exausta, e a carícia suave que ela mantinha em minha cabeça me fez bocejar.

— Estou com sono, mas não quero dormir agora. — Acomodei melhor a cabeça sobre seus seios.

— Você está dolorida aí embaixo, *sweetie*? — seu tom era de preocupação, e eu apoiei o queixo entre seus seios, para olhar seu rosto, soltando uma pequena risada. — O quê?

— Um pouco... — Senti minhas bochechas corarem, e o rosto de Lizzie se contorceu em uma expressão de dor.

— *I'm so sorry, my sweet girl!*[4] — Lizzie envolveu meu corpo com os braços, me puxando mais para ela. Sua boca beijou as minhas bochechas

4 Tradução: Sinto muito, minha doce menina!

e minha testa, me rendendo um sorriso e vários arrepios. — Me desculpe! Tentei ser carinhosa.

— E você foi. — Selei seus lábios, roçando nossos narizes. — Não se preocupe com isso, eu amei.

— Mesmo? — Ela ergueu as sobrancelhas, acariciando as minhas costas nuas.

— Mesmo.

— Que bom ouvir isso. — Lizzie sorriu, aquele sorriso lindo que me tirava o fôlego, e colocou uma mecha de cabelo atrás da minha orelha. — Vou conversar com os meus pais essa semana, Carolina.

— Sobre? — Ergui as sobrancelhas.

— Sobre nós — ela confirmou, e senti um friozinho na barriga, como se estivesse prestes a subir em um palco.

Nossa relação me pareceu muito mais real naquele momento. Ela queria aquilo de verdade, como eu queria. O fato de querer contar aos seus pais sobre nós, me deixou receosa e feliz ao mesmo tempo.

— Você acha que... eles vão reagir bem? — Mordi o lábio inferior, nervosa.

— Eu não sei, linda, eu realmente não sei te dizer. — Lizzie suspirou, acariciando a minha bochecha com as pontas dos dedos. — Tenho certeza de que vão se chocar, de início.

— Não quero causar problemas pra você, não quero que brigue com seus pais por minha causa. — Aquilo me incomodava, saber que talvez uma discórdia se iniciasse por minha causa. E Lizzie tinha uma relação tão bonita com os pais.

— Carolina... — Ela segurou o meu rosto entre as mãos, olhando em meus olhos. Era um olhar cheio de paixão e milhares de sentimentos que não consegui decifrar. — Eu brigaria com o mundo por você.

Meu coração acelerou tanto que me senti envergonhada e abri um sorriso enorme, me perdendo naquele sentimento que me consumia por dentro e por fora.

— Eu amo quando me diz esse tipo de coisa, me deixa tão... — Abaixei a cabeça, rindo sem graça, escondendo o meu rosto entre seus seios. Lizzie riu baixinho, me abraçando com força, me passando todo o seu calor naquele abraço.

— Pois eu direi sempre que pra ficar contigo, eu faço qualquer coisa, eu brigo com todo mundo se for preciso, mas não sairei do seu lado.

— Promete? — perguntei, com meus olhos úmidos. Ela sacudiu a cabeça positivamente, e a emoção me atingiu com força. — Você não pode me falar uma coisa dessas e não cumprir.

— Eu jamais deixaria de cumprir algo que prometi a você, Carolina. — Ela beijou a minha testa. — Eu não seria capaz de machucá-la assim. Acredite em mim, *sweetie*, você é o que tenho de mais precioso agora.

Eu não podia mais controlar aquele turbilhão de sensações dentro de mim. Eu não sabia o que Lizzie fazia comigo, talvez, um dia, eu tivesse uma explicação para isso.

— Você é incrível — eu sussurrei, perdida em seu olhar, me ajeitando melhor sobre seu corpo, para aproximar nossos rostos. — E eu quero que me beije. Por favor!

— Vem cá!

Ah, amava quando ela falava daquele jeito, ficava toda derretida e manhosa. Eu me entreguei de corpo, alma, coração... Coração esse que já era dela desde a primeira vez que a vi. Nós nos beijamos com ternura, deixando que nossas línguas explorassem o interior de nossas bocas como se fosse a primeira vez. Beijá-la era sempre insano.

Aquele era o beijo mais gostoso que eu já havia provado. A forma como ela movia os lábios sobre os meus, como deslizava a língua na minha, me fazia pensar que jamais existiria alguém que beijasse melhor do que Lizzie. Ficamos naquele beijo por muito tempo, não queríamos parar. Quando nossos pulmões reclamaram de falta de ar, separamos nossas bocas e ficamos abraçadas em silêncio, apenas curtindo aquela energia leve que nos envolvia.

Em certo momento, uma ideia diabólica surgiu em minha cabeça. Eu nunca poderia perder a chance de provocar Lizzie. Perdia a mulher, *mas nunca a piada.* Levantei-me e dei a desculpa de que iria fazer xixi. Lizzie resmungou e me soltou, se ajeitando na cama e cobrindo apenas o quadril com o lençol. Aquele corpo era lindo demais, e mordi o lábio, enquanto entrava no banheiro.

Peguei, em cima da pia, o pequeno plug anal que havia feito parte da nossa foda há algum tempo. Nós o havíamos limpado com água morna e sabonete, secado e deixado por ali mesmo. Seria muito ruim da minha parte fazer uma brincadeirinha com Lizzie? Sorri, tentada, voltei para o quarto, vendo-a colocar os braços atrás da cabeça e me encarar, sorrindo daquele jeito que me excitava, e ergui a mão com o plug, o sacudindo de leve.

— O que é isso? — ela perguntou, alarmada, erguendo as sobrancelhas. Eu queria rir, mas me controlei. Fiz cara de cínica, ligando o pequeno objeto, que começou a vibrar na minha mão.

— Como é isso? É a minha vez de ter a sua bunda — eu disse, me fazendo, e vi que seus olhos quase saltaram de sua face e segurei a risada que queria sair de maneira escandalosa.

— Não, não, não mesmo, Carolina! — Lizzie sentou-se na cama, encostando as costas na cabeceira de couro. Ela estava apavorada com aquela ideia, e eu me aproximei com alguns passos.

— E por que não? *Pimenta no cu dos outros é refresco*, né, gringa? Ou melhor dizendo, um plugzinho.

Lizzie tossiu, negando com a cabeça e esticando a mão, indicando que eu deveria parar onde estava.

— Eu não entendi essa frase, mas, dessa vez, eu realmente não quero entender. — Chegou para trás na cama, como se quisesse se afastar e fugir.

— Vamos lá, não seja tímida agora. — Eu me aproximei mais, deixando que ela visse o plug vibrar na minha mão. — Vira essa bunda gostosa pra mim e me deixe brincar um pouco com ela.

— Nem pensar. *Holy shit, Carolina! Fuck you*[5]*!* Fique parada onde você está e só suba, nessa cama, quando largar isso. — Lizzie engoliu a saliva com força, nervosa e apavorada, começando a misturar inglês e português na mesma frase sem parar. Seus olhos verdes estavam arregalados, e ela já estava deslizando para fora da cama, quando cheguei mais perto.

Eu queria tanto rir de sua reação que o sorriso não saía de meus lábios.

— Ah, seja boazinha com a sua garota! — Subi de joelhos na cama. — Vai ser gostoso, e você vai se sentir muito bem. Vamos! Fique de quatro — pedi.

— *Go to Hell*![6] — Lizzie se levantou, enrolando o lençol no corpo, mais vermelha que um tomate e rindo de nervoso. Parecia que ela havia esquecido como falava português, de tanto desespero em sua mente. — *Stay away from me*[7]!

— Eu vou, sim, mas só depois de foder a sua bunda. — Comecei a deslizar na direção dela, de quatro, como uma caçadora. — Vem aqui, gostosa, vem!

— Você está louca! — Lizzie quase gritou quando tentei tocar sua bunda e agarrei o lençol, a puxando para trás. — *Don't touch me!*[8]

Eu não aguentei e caí na gargalhada, puxando o lençol com força e a deixando nua. Ela começou a gargalhar de nervoso, e se desvencilhou do meu toque em sua cintura, fugindo de mim.

— Ah, é? Vai fugir? Quando eu te pegar, vai ser pior. — Coloquei os pés para fora da cama. — Eu vou meter com força. Você quer que eu meta com força?

— Carolina! — ela choramingou. — *Carolina, please! Please! Don't do this to me.*[9]

Saí da cama e fui atrás dela, que cruzou o quarto quase correndo, me fazendo gargalhar tão alto que a deixou mais apavorada ainda. Eu tinha que contar aquela brincadeira à Norminha, ela iria se orgulhar de mim.

— Faço, sim! Tô doida pra brincar nessa bunda gostosa — falei, e ela negou com a cabeça, andando para o lado. Mostrei o plug a ela de novo, mordendo o lábio, enquanto me aproximava. Lizzie ria e choramingava ao mesmo tempo, com as mãos esticadas para frente. — Vira de costas pra mim, vira. Vamos acabar logo com isso.

— Nem morta, Carolina! — Ela passou os olhos entre mim e o banheiro, e demorou menos de cinco segundos até que corresse para lá e trancasse a porta.

Eu não estava me aguentando de tanto rir. Minha barriga doía, e eu a ouvia me xingar de tudo quanto era palavrão, lá de dentro. — Lizzie, abre essa porta! — Eu bati à porta, gargalhando, ouvindo-a choramingar.

— Não! Sai daqui!

— Lizzie... — Tentei respirar fundo para parar de rir, mas foi em vão. — Para de ser boba e abre essa porta, é só um plugzinho anal.

---

5 Tradução: Puta merda, Carolina! Vai se foder!
6 Tradução: Vá pro Inferno!
7 Tradução: Fique longe de mim!
8 Tradução: Não me toque!
9 Tradução: Carolina, por favor! Por favor! Não faça isso comigo.

— *Arrrgh*! Você não vai meter nada na minha bunda — a voz saiu abafada, por causa da porta fechada, e eu sabia que ela estava segurando a maçaneta.

— E por que na minha pode?

— Por... Porque... — ela gaguejou, e eu voltei a rir. — Porque eu gosto da sua bunda e fico com muito tesão nela. E fiquei com vontade e comprei esse plug pra usar em você, e não em mim. *Damn it!*

Eu segurei a risada e respirei fundo, tentando me controlar. Ela era hilária e linda. Tentei a minha melhor voz fofa.

— Está bem, então, sua boba, pode sair daí. Não vamos usar hoje, mas outro dia iremos, sim. Eu decido.

— Larga esse plug. — Ela chiou, e eu o escondi atrás de mim.

— Já larguei.

— Jura? — ela perguntou, e eu cruzei os dedos.

— Juro!

Alguns segundos depois, Lizzie abriu a porta, com o rosto vermelho e suado e, com uma expressão assustada, olhou o meu corpo e continuou dentro do banheiro.

— Quem diria, hein? Uma CEO, toda fatal, dessas com medo de um plug anal.

— Você para de me provocar — ela rosnou, vindo à minha direção. Eu adorava quando ela perdia a linha. — Ou vou usá-lo em você outra vez.

— Estou aqui pra isso, Lizzie. — Chamei-a com o dedo indicador, andando de costas na direção da cama. — E deixei bem claro que aguento muito mais.

Ela avançou em cima de mim, sem me dar tempo de respirar e raciocinar. E eu aguentei mesmo, aguentei até o fim, aguentei todos os orgasmos arrebatadores que ela me proporcionou. Aguentei o plug, o dedo, a língua, o frenesi, a paixão desmedida, o tesão alucinante. Aguentei, porque não era do meu feitio fugir de uma prova de fogo. E fogo, queridos, era o que não faltava entre mim e Lizzie.

Na tarde do dia seguinte, estava em meu apartamento com Norminha, que havia saído mais cedo do trabalho, para resolver algumas coisas da faculdade, e depois foi me encontrar. Eduarda havia ido a um passeio do colégio, e meu pai, como sempre, estava trabalhando. Eu me levantei, para pegar um pote de sorvete de creme e duas colheres, para comermos enquanto assistíamos ao *The Walking Dead*, e quando voltei para a sala, vi Norminha me encarando do sofá, com as sobrancelhas erguidas. Eu ia perguntar que porra de cara era aquela, mas ela falou antes.

— Viado, tu deu esse cu, não deu? — Norminha perguntou.

Eu me engasguei com a saliva e comecei a tossir, desesperada, tentando não rir, para não piorar a minha situação.

— Não engasga não, maldita! — Ela riu da minha cara, e tentei me recuperar da crise de tosse, antes de voltar a caminhar na direção do sofá. — Deu ou não deu?

— Por que tu acha que dei? — perguntei, ao me sentar ao lado dela, colocando as pernas sobre a mesinha de centro e lhe entregando uma colher.

— Porque tu tá andando estranho. — Norminha enfiou a colher dentro do pote de sorvete, levando-a a boca. — Meio aberta, meio torta, sei lá... Tá com dorzinha, é?

— Ai, Norminha! — Eu neguei com a cabeça, gargalhando.

— Ah, lá, sabia! Filha da puta! — Ela me empurrou pelo ombro e começou a rir, comendo mais uma colherada de sorvete. — Aposto que Lizzie fez um bom trabalho aí atrás, tá até com dificuldade pra andar. Adoro! A chefinha é das minhas.

— Tu gosta, né? — Retribuí o empurrão, comendo um pouco de sorvete. — Foi ótimo, não tem coisa melhor que penetração dupla. — Lambi a colher e arregalei um pouco os olhos, vendo-a abrir a boca alguns centímetros.

— Ela te comeu na frente e atrás ao mesmo tempo? — Norminha virou de lado no sofá, indignada, apoiando o braço direito no encosto, e eu sacudi a cabeça positivamente. — Ai, eu não acredito! Eu não acredito que Danielle não fez isso comigo. Eu vou processar aquela ridícula.

Eu comecei a rir e joguei a cabeça para trás, sentindo meu rosto esquentar.

— Não fui a única a dar a bunda ontem pelo visto, né? — eu disse.

Ela estava claramente brava, comendo o sorvete com raiva, sujando toda a boca.

— Nossa, eu tô muito puta! — Norminha começou a falar, enfiando mais e mais sorvete na boca. — Vou até comer, pra passar a minha *putice*. Não acredito que não tive penetração dupla na minha primeira vez ao liberar a porta dos fundos.

— *"Tá indignada, bicha?"* — perguntei, sem conseguir parar de rir de sua expressão revoltada, e ela mexeu no cabelo, balançando a cabeça.

— *"Tô eliminada!"* — ela falou, e eu não aguentei, acabei perdendo o ar de tanto rir.

— Ai, eu amo esse meme! — comentei, lambendo outra vez a minha colher.

— Ai, Carol, não me arrasa não! — Norminha choramingou, se encolhendo no sofá.

— Foi tão ruim assim?

— Não foi ruim, foi ótimo! Mas ela só me masturbou, enquanto me fodia atrás. Tô triste! — Norminha negou com a cabeça, suspirando. — Vou ter que cobrar isso pelo visto.

— Ela vai adorar ser cobrada, preta. — Comi mais sorvete, passando os olhos pela TV. — Pelo pouco que conheço Danielle, vi que ela é bem safada. E foi ela quem levou Lizzie ao sex shop, então...

— Nos arranjamos bem com essas mulheres, hein, Carol! — Norminha me cutucou com o braço, afundando de novo sua colher no sorvete de creme. — Quando que eu ia pensar que, um dia, fosse dar a minha bunda?! *Não tem terror, não tem caô mesmo, mermão!*

— Já dizia a rainha soberana, Inês Brasil, né, querida? *"Só no trenzinho do amor, me chama que eu vou, que vou."*

— Essa porra aí, se Inês disse, tá dito! *"Só no trenzinho do amô, me chama que eu vô, que vô."* — Norminha ergueu a colher, eu ergui a minha e nós a chocamos uma contra a outra, enquanto ríamos.

— Amém! — eu disse, para finalizar o assunto.

Nós nos deixamos rir e nos abraçamos no sofá, com o porte de sorvete no colo e os olhos vidrados na TV. Aqueles momentos com Norminha eram sempre inesquecíveis. Ela era tudo para mim. Ela e Alicia ocupavam um espaço no meu coração que jamais poderia ser substituído. Era encontro de almas, e nada e nem ninguém mudaria aquilo.

Capítulo 22

Aos pés do Redentor

Lizzie

"É, você, que é feita de azul. Me deixa morar nesse azul, me deixa encontrar minha paz, você que é bonita demais." [1]

— Certo, Joker, hoje você vai pro banho e tosa. Está calor demais, e sei que está sofrendo com tanto pelo — falei. Em resposta, o cachorro latiu e sentou-se em frente à porta. — Não me olha assim, eu prometo que vou te buscar mais tarde. Aliás, vou pedir ao rapaz da pet shop para te deixar na casa dos meus pais.

O interfone do apartamento tocou, e eu já sabia o que significava: meus pais estavam aqui pra me buscar. Marquei com eles, na noite anterior, um dia em família, mas eu tinha outros planos além desse. Coloquei a coleira no Joker, e saímos do apartamento para pegar o elevador, no qual uma música calminha saía pelas caixas de som. A cada andar que descíamos, meu coração batia mais devagar. Estava apavorada com a ideia de uma possível rejeição deles, mas lutaria para manter o que disse à Carolina: nada me separaria dela.

Quando cheguei à calçada e vi os dois com um sorriso no rosto, me esperando, me senti ainda mais desesperada. Não podia perder esses sorrisos, mas minha felicidade vinha sempre em primeiro lugar. O tempo estava um pouco frio, talvez por ser 7h, mas o céu era de um azul lindo e claro.

— Vai na frente, filha, eu seguro o Joker no banco detrás. — Minha mãe se aproximou, deu um beijo na minha bochecha e segurou o cachorro. — É o amorzinho da vovó, ele é, sim. Coisa mais gostosa e peludinha.

— Se você já se comporta assim com um cachorro, nem imagino o que vai fazer quando Lizzie ou Alicia tiverem filhos.

— Praticamente a mesma coisa, né? — Eu me sentei ao lado dele e ganhei um beijo na têmpora esquerda. — Pode parar no pet shop? Vou deixar esse peludo lá, antes de irmos. Ele precisa de uma tosa.

— Tudo bem, estamos saindo cedo de qualquer maneira.

Depois de deixar Joker e pedir ao pet shop para deixá-lo na casa dos meus pais, nós três seguimos caminho em direção ao destino escolhido por

1 *Só Tinha de Ser Com Você,* Tom Jobim.

eles. Sentada ao lado do meu pai, enquanto ele dirigia com tranquilidade pela orla de Copacabana, abri um sorriso de canto, ao me lembrar de todas as vezes que andamos de carro juntos, quando ainda morávamos nos Estados Unidos. Muitos foram os momentos em que meu pai, com o intuito de me acalmar ou contar algo importante, me colocava no carro e dirigia por horas, até achar a hora certa.

Minha mãe que, até então, estava em silêncio, no banco detrás, começou a cantarolar uma música de Elis Regina, acompanhando a melodia que saía do rádio. Comecei a batucar na coxa, e ela, percebendo minha inquietação, se aproximou, ficando entre os bancos do motorista e do passageiro.

— Gosta de Elis Regina, filha?

— Carolina me ensinou a gostar das músicas do Brasil — respondi. Em resposta, dona Norah franziu o cenho e fez uma cara de curiosidade. — *Hmm... I mean...* quando eu e Alicia estamos com ela.

— Sua irmã não tem saído tanto com a Carolina ultimamente, pelo menos desde que começou a namorar o Beto — meu pai comentou, enquanto me observava pelo canto dos olhos, e respirei fundo, virando o olhar para a estrada. — Vamos ter um bom-dia hoje, Lizz, estamos te levando pra conhecer o Cristo Redentor. Carolina já te levou lá?

— Não, ela... — Percebi a manobra do meu pai e revirei os olhos, enquanto ele gargalhava, negando com a cabeça para a minha reação boba, ao cair nos jogos dele.

A verdade era que eu sabia que Antony O'Connell me conhecia como ninguém, e percebeu que minha proposta, para dar uma volta com eles, escondia outra intenção.

— Sabe, minha filha, acho que está na hora de você ter seu próprio carro. Não aguentamos mais pegar carro de aplicativo pra ir a qualquer lugar — dona Norah comentou comigo, enquanto cutucava o celular. — Sem contar que alguns motoristas não são muito simpáticos.

— Sei disso, mama, prometo que vou resolver isso o mais rápido possível. Não tenho tido tempo livre pra pensar no assunto, entende?

— A empresa anda puxando muito de você, não é? — meu pai perguntou.

Aquele olhar do meu pai estava me deixando desconfortável, e fiz um som nasal de afirmação.

— Compreendo perfeitamente que agora você tem muitas coisas pra fazer, mas aconselho que procure se divertir um pouco ou vai acabar estressada. Apesar de que não parece prestes a ter um colapso nervoso, talvez porque esteja se distraindo de alguma maneira.

— Fiz alguns amigos na empresa, faço caminhadas com o Joker pela orla, antes de ir trabalhar, e arrumei alguns seriados pra ver na Netflix. Acho que isso significa que estou me distraindo.

— Amigos, *hun*? Aquela moça que foi com você até nossa casa, pra dar a notícia sobre Norminha?

— Ela mesma, Danielle Albuquerque.

— Esse nome não me é estranho, onde será que já ouvi? — minha mãe perguntou. Olhei para ela por cima do banco, e ela estava coçando o queixo, buscando uma resposta. — Ah, lembrei! Rita conversou conosco que Norminha assumiu um relacionamento com essa Danielle.

— *Really? Wow... I'm happy for them.*[2]

— Está surpresa, minha filha? Achei que a Danielle fosse sua amiga.

— *She is*[3]... Bem, ela não é obrigada a me contar sua vida pessoal. As duas trabalham juntas, e acho que estão mantendo o profissionalismo dentro da WorldOfX. Prezo muito por isso.

— É... Você está certa. Tenho que admitir que sempre pensei que Carolina e Alicia, em certo momento, tinham alguma coisa. Só que vendo a Lysh com o Beto e Carol com a cabeça nas nuvens, duvido que, algum dia, minhas suspeitas foram reais.

— Carolina e Alicia? No, no, no.

Minha mãe soltou uma risada e bateu no meu ombro, atendendo ao celular que estava tocando. Meu pai me olhou mais uma vez, antes de acelerar pelo Túnel Rebouças, me deixando com o coração batendo a mil por hora. Fingi interesse em qualquer coisa no celular e permaneci em silêncio, até chegarmos ao local em que estacionamos, para pegarmos o conhecido Trem do Corcovado. Meus olhos iluminaram, ao ver a estação, e quis ler toda e qualquer placa que estava na parede, mas minha mãe me puxou para ver uma escultura do Cristo perto do local em que embarcaríamos no trem.

— Lindo, não é? Não me arrependo, em momento algum, de ter vindo pra esse lugar.

— Tirem logo as fotos, minhas rainhas, já temos que embarcar. — Meu pai apareceu atrás de nós e pediu para que nos aproximássemos da escultura de metal. — Perfeito, assim está ótimo. Vamos, filha, você vai adorar a vista até lá. São vinte minutos de subida de trem.

— É de graça? Não vi você comprando ingressos.

— Ah, comprei pela internet, é impossível tentar por aqui e ser rápido. Vamos, hora do nosso passeio.

Abri um sorriso infantil ao ver o trem vermelho e charmoso parado na estação, enquanto aguardava todos os passageiros entrarem. Eu não sabia para onde olhar primeiro e tirei o celular do bolso para fotografar qualquer coisa durante o percurso. Meus pais sorriram, ao me verem tão entusiasmada, e senti minhas bochechas queimarem.

— Por que ficou envergonhada, Lizz? É realmente tudo muito lindo — meu pai falou.

— Vocês sempre me olham assim, quando faço alguma coisa boba.

— Não pode nos culpar, certo? Faz tantos anos que não te vemos, dê um desconto aos seus velhos. — Meu pai abriu um panfleto e começou a ler, mas limpou a garganta, para me chamar atenção. — Então... você nos convidou para um passeio em família, mas tenho certeza de que quer nos dizer alguma coisa. Estou errado?

— *Hum... no... I mean... kind of*[4]. — Mordi o lábio inferior e brinquei

---

2 Tradução: Sério? Uau... Estou feliz por elas.

3 Tradução: Ela é.

4 Tradução: Hum... Não... Quer dizer... Mais ou menos.

com os dedos. — Eu realmente queria ter esse tempo com vocês, não saímos muito desde que cheguei. E sim... Tenho algo pra falar.

— Você está começando a me preocupar, Lizzie. Está grávida? — minha mãe perguntou.

— *What? No! No! I'm not.*[5] Mãe, você sabe que isso é impossível de acontecer.

Algumas pessoas, que estavam perto de nós, pareciam realmente interessadas no nosso assunto, e respirei fundo, fazendo um sinal para os meus pais que conversaríamos ao chegarmos ao Cristo Redentor. Aproveitei a concordância silenciosa dos dois e comecei a tirar fotos e a filmar alguns trechos do passeio. O Rio de Janeiro era tão lindo em tantos aspectos que eu não me cansava de admirá-lo todas as vezes que tinha chance.

Foram bons vinte minutos de subida, e agradeci mentalmente por ver uma escada rolante que nos levava até o Cristo. Meus pais não cansavam de falar sobre quantas vezes já tinham estado lá, das aventuras dos dois para tentarem descobrir como chegar a muitos locais quando ainda não sabiam falar muito bem o português, mas todo o papo deles foi calado quando tive a visão daquele monumento conhecido mundialmente.

O Cristo Redentor abria os braços para abraçar todos do Rio de Janeiro, e a primeira coisa que pensei em fazer foi chamar minha mãe, para tirarmos uma foto. Estava louca para contar à Carolina o quanto me senti viva ao ver o Rio de cima.

— É um lugar maravilhoso, não? Não canso de agradecer por ter tido a chance de vir com sua mãe e sua irmã pra cá. — Meu pai se aproximou de mim, na mureta, e entrelaçou os dedos. — Lizzie, eu estou muito feliz de te ter por perto. Só Deus sabe a minha aflição quando não tinha notícias suas, e saber que agora basta um telefonema ou uma caminhada até Copacabana pra te ver, já enche meu coração de alegria.

— Eu senti muita falta de vocês dois e da Alicia, pai. Passei muitos dias sozinha em Washington, e trabalhar se tornou minha única distração. Talvez tenha sido esse o motivo da Joana me dar o Joker. Aquele cachorrinho foi minha única companhia por meses, pelo menos, até descobrir que vinha pra cá.

Uma brisa gelada bateu no meu rosto, e fechei os olhos, respirando fundo aquele ar puro. Encarei a paisagem de tirar o fôlego, na minha frente, e tirei outra foto, enviando para Carolina pelo WhatsApp. Meu pai, que estava ao meu lado, percebeu e sorriu.

— Você tem falado com a Carolzinha? É uma menina ótima.

— *Oh... Hum... Yeah, she's great.*[6]

— Está um pouco frio aqui em cima, não? — Minha mãe se aproximou e abraçou meu pai. — Do que estavam conversando?

— Lizzie mandou uma foto de onde estamos pra Carol. Ela concordou que a menina é uma ótima pessoa.

— Sei que você implicou com ela no início, Lizz, mas Carolina é a melhor amiga de infância da Alicia, e jamais deixaríamos sua irmã sair com alguém

5 Tradução: O quê? Não! Não! Eu não estou.
6 Tradução: Oh... Hum... Sim, ela é ótima.

em que não confiamos. Sem contar que Eduardo e seu pai trabalharam juntos no hospital. Criamos uma grande amizade — minha mãe falou.

— Mãe, não se preocupe, não tenho mais nada contra a Carolina.

Meu coração batia tão forte que era nítido o meu nervosismo. O que eu tinha para falar com meus pais foi embora com a mesma rapidez que veio, e suspirei de exaustão. Ao mesmo tempo que queria falar tudo de uma vez, precisava medir palavras, para não dar motivos que fizessem os dois me jogarem lá de cima. Olhei mais uma vez para a estátua do Cristo Redentor e voltei minha atenção para os dois, que me observavam com uma curiosidade quase infantil.

— Vamos, minha filha, pode falar o que quiser conosco.

— Eu e Carolina estamos juntas — fui direta.

Foi como se eu tivesse apertado os botões de pausa e de mudo ao mesmo tempo. Tudo em volta, de repente, desligou, e encarei meus pais que pareciam petrificados. Minha mãe que, até então, sorria, adotou uma expressão de choque.

— Juntas? Como assim? Quer dizer... como casal? — meu pai perguntou.

— Sim, como um casal. Estou apaixonada por ela e nunca me senti tão viva em todos os meus anos de vida, como me sinto agora. Carolina me dá fôlego para fazer qualquer coisa, me ensinou a viver de verdade, sem tantas preocupações. Sim, pai, eu não ando estressada, porque passo todo e qualquer tempo livre ao lado dela. Por isso, Carolina e Alicia ficaram um tempo afastadas, porque minha irmã não tinha aceitado muito bem nossa relação. *Well*... Agora, ela compreende e respeita. Por isso, eu quis chamar vocês pra sair hoje. Pensei muito e acho que estava na hora de contar.

— Lizzie, eu... Isso me preocupa muito. — Meu pai estava com a testa franzida, e passou a mão pela barba, respirando fundo.

Minha mãe, por outro lado, estava séria, admirando a paisagem. Independentemente do que os dois pensavam sobre isso, estava certa de que não me afastaria de Carolina.

— Antony, por que isso te preocupa? — a voz da minha mãe saiu quase inaudível, e meu pai olhou para ela com dúvida. — Não acho que seja uma questão que exija preocupação. Lizzie tem a própria vida, não depende de nós para absolutamente nada.

— Sei que ela não depende, Norah, mas o que vai acontecer com nossa relação com Eduardo? Você sabe bem como ele é — meu pai respondeu.

— Se na sua cabeça a relação com Eduardo é mais importante que a relação com nossa filha, então precisamos rever suas prioridades, Antony O'Connell. Sei que sua educação te faz fechar a cabeça para muitas situações, mas estamos falando da felicidade da Lizzie. Acabamos de recuperá-la, quer perdê-la de novo?

— Não vamos perdê-la, Norah.

— *Excuse me, I'm still here*[7]. — Estalei os dedos na frente deles, e os dois me olharam. Minha mãe se aproximou e me deu um beijo no rosto. — Não vão me perder, isso é real, mas eu não quero chegar à casa de vocês, ao

7 Tradução: Com licença, eu ainda estou aqui.

lado da Carolina, e receber olhares feios. A aceitação e respeito de ambos são muito importantes pra mim.

— Filha, entenda uma coisa... — Meu pai se aproximou e segurou minhas mãos. — Não sou contra sua relação, só me preocupa o que vocês possam passar, entende? Considero Carolina como se fosse minha filha e não gostaria que ela sofresse com uma possível, quase provável, rejeição do Eduardo.

— Não estou pedindo que se preocupe, não somos crianças. O que eu gostaria de saber é se aprovam essa relação, se vão nos olhar da mesma forma que sempre olharam, se a afeição vai continuar a mesma. Me preocupo muito com a Carolina. Ela é uma garota maravilhosa, e não quero, em momento algum, que ela saia prejudicada por minha causa. Quando estamos juntas, eu não sinto nada além de nós. É como se o universo inteiro parasse e aquele momento fosse só nosso. Quero ficar com ela.

— O que fizer você feliz, me fará feliz, meu amor. — Dona Norah me deu um beijo na bochecha e me abraçou. — Antony?

— Se você está bem e feliz, então é isso que importa. Cuide dela, filha. Carolina merece, no mínimo, um príncipe... Quer dizer, uma princesa. Mas estamos falando de você, que é uma rainha. Marta iria gostar de ver a filha sendo bem tratada. — Ele me deu um beijo estalado na bochecha e nos apertou, eu e minha mãe, em um abraço. — Agora, vamos aproveitar um pouco mais dessa paisagem e descer pra almoçar.

Não é exagero quando dizem que tirar um peso das costas faz sentido. Ao abraçar meus pais, aos pés do Cristo Redentor e acima do Rio de Janeiro, meu corpo parecia leve. Estava louca para contar à Carolina, beijá-la, até que perdêssemos o ar, me deitar com ela e admirá-la, até que pegasse no sono. Sentia minha alma ainda mais jovem com a perspectiva de finalmente poder mostrar a qualquer um que Carolina e eu nos pertencíamos.

> O Rio de Janeiro é ainda mais lindo quando você mostra pra mim. Estou em casa com a Elis, Duda, Norminha e Alicia.

> Estamos tendo uma tarde de meninas, mas estou sentindo falta da minha mulher. Vou passar na sua casa mais tarde, tenho que te explicar algumas coisas antes de viajar para São João de Meriti.

> Mande um beijo para os seus pais, espero que esteja tudo bem.

A resposta dela para a foto que tinha mandado, um pouco mais cedo, me fez sorrir, e tive uma ideia para a nossa próxima noite. Enquanto meus pais davam uma olhada na loja de souvenir, me afastei um pouco deles, para ligar para Danielle. A cada toque de chamada, minha ansiedade aumentava. Ela precisava me atender. Observei algumas pessoas tirando fotos no Cristo e segurei o riso, ao ver as diferentes poses e até alguns fotógrafos deitados no chão, para conseguirem o melhor ângulo. O Rio era bom... e maravilhoso.

— *O'Connell? Alô?*

— Ah... Hey, Dani! Como está?

— *Muito bem. Desculpa a demora, eu estava no banho. Voltei agora do treino de muay thai e pensei em ir até a Lagoa depois do almoço. Quer me acompanhar?*

— Seria um prazer, mas, no momento, estou com meus pais no Cristo Redentor, e vamos almoçar. Que tal se você for comigo até a Barra?

— *Barra? Por que tão longe?* — ela perguntou.

— Eu andei pesquisando alguns modelos de carro e achei o perfeito, mas a concessionária fica na Barra, na Avenida Érico Veríssimo.

— *Tudo bem, podemos fazer isso. Já estava mesmo na hora de você comprar um carro e deixar o do seu pai em paz. Bom, nos vemos mais tarde. Passo no seu apartamento, quando me avisar que chegou.*

— Combinado, e obrigada.

— Lizzie, vamos! A fila já está enorme pra descer. — Meus pais estavam com uma sacola de compras na mão, e minha mãe me entregou uma. — Alguns presentes pra você e Carol. Sei que ela vai adorar a havaiana amarela.

— *Thank you*[8], mama!

Depois de almoçar com meus pais e me encontrar com Danielle, já estava me sentindo muito melhor em relação ao meu futuro com Carol. A conversa com meus dois velhos foi tranquila, e tive que desviar das milhões de perguntas que eles não cansavam de fazer, o que me rendeu momentos de vergonha.

— Então, quer dizer que você contou tudo aos seus pais? — Danielle e eu estávamos sentadas no lobby da Volvo, esperando pelo vendedor, e ela me deu um tapinha no ombro. — Estou orgulhosa de você, O'Connell.

— Até que foi bem fácil... Meus pais não são difíceis de lidar depois de um tempo, mas acho que eles ficaram mais tranquilos porque passaram muito tempo longe de mim.

— Acha que aceitaram tudo isso só porque não convivem com você há anos?

— Talvez, sim; talvez, não... Acho que nunca vou saber. A verdade é que eu estou perfeitamente feliz e completa. Sinto minha vida indo pra frente cada vez mais. Quanto a você e Norminha? Olha, preciso te dizer que aqueles brinquedos foram perfeitos. Carol e eu tivemos uma noite mágica.

— Ora, ora, ora, estou realmente impressionada com você, Lizzie O'Connell. Sua "vergonhinha" na sex shop era tudo fachada, né? Safadinha. Norminha e eu estamos muito bem. Acho que estou como você... nas nuvens. Esse relacionamento com ela é algo real, mana. Quando eu olho pra minha preta, eu fico sem ar, não consigo acreditar que tudo aquilo é meu, sabe? Em qual outro

8 Tradução: Obrigada.

lugar do mundo eu ia encontrar uma mulher como Norminha? Impossível dizer. Quero muitas coisas com ela, O'Connell. O mundo, de preferência.

— Eu fico muito feliz por você. Olha, eu sei que nunca falei nada disso, mas... você é uma boa amiga, Dani. Eu não esperava ter uma amizade assim com alguém quando me mudei pro Brasil, já que, em Washington, eu nunca permiti que chegassem tão perto. É muito bom ter uma pessoa para quem posso contar minhas dúvidas e vergonhas, sem ser a Carolina. Só queria te agradecer por ser assim...

— Tá vendo essa parede aqui? — Ela encostou a mão, e eu fiz um sinal afirmativo com a cabeça. — Essa parede aqui não tem como ficar triste, ela é concreto. Mas nós, né?!

— Está brincando comigo?

— Só um pouquinho. — Danielle me abraçou e me ofereceu um sorriso. – Preciso confessar que seus sentimentos de amizade são recíprocos, O'Connell. Que bom que você não é só minha chefe, porque seria uma merda ter uma pessoa insuportável na presidência da empresa. Valeu por tudo.

O vendedor, de cara limpa, se aproximou, com um sorriso enorme no rosto, e estendeu a mão para mim, apontando para a mesa. Estava louca para sair dali e encontrar Carolina. Tinha tantas novidades para contar a ela, que acabaria explodindo, se tivesse que demorar mais duas horas dentro da concessionária.

— Muito bem, senhora Lizzie O'Connell, você pode assinar onde os "xis" estão. — Ele entregou uma pequena pilha de papéis, e comecei a rabiscar minha assinatura. — Você tem um excelente gosto, o XC90 Inscription é um carro top de linha.

— Aqui estão seus papéis, obrigada por tudo que fez hoje.

— Eu que agradeço pela sua preferência, senhora.

Enquanto caminhava para fora da Volvo, com o envelope do carro embaixo do braço, fiz um malabarismo, para pegar o celular na bolsa e responder à mensagem que tinha acabado de receber. O nome de Carol piscava na tela, e sabia o quanto ela ia reclamar por eu ter sumido boa parte do dia. Dani estava no telefone com alguém, dando explicações, e concluí que, gritando daquele jeito, só poderia ser com a Norminha.

Onde você se enfiou? Já estou aqui na sua casa, seus pais me ligaram, pra que eu fosse buscar o Joker na casa deles, e não paravam de sorrir como dois bananas pra mim.

Acho que isso é um bom sinal, né? Anda logo, quero te dar um beijo.

Estou na Barra com a Danielle, mas logo chego em casa, se o trânsito não atrapalhar, é claro.

Barra? Espero que tenha uma boa explicação pra ter ido até aí com a Danielle, ela disse pra Norminha que ia pra Lagoa. Estão de mentira, é?

Nada a esconder, acho que ela está conversando com a Norminha agora. Te explico quando chegar. Beijos, sweetie!

— Problemas no paraíso, Danielle Albuquerque? — perguntei.

— Puta que pariu! Norminha gritou tanto no meu ouvido que estou escutando um zunido até agora. — Ela ligou o carro e partiu em direção à estrada. — Reclamou tanto que eu sumi o dia inteiro. Mas não tive culpa, esqueci a porcaria do celular no silencioso e, quando fui ver, trinta ligações perdidas dela e quase cinquenta mensagens. Meu Deus, acho que até minha próxima encarnação vai ouvir os ecos desse esporro.

— Bem, você quem pediu. Por que deixou o celular no silencioso?

— Coloquei sem querer, não tinha motivos pra não atender às ligações. Ela só se acalmou quando eu falei que você estava comigo. Aposto que deve ter mandado mensagem pra Carolina, confirmando.

— Se ela mandou, eu não sei, mas preste atenção no que eu vou te pedir...

Estar com Danielle era realmente rejuvenescedor. Não sentia nem uma ponta de saudade das pessoas que conheci em Washington. Na verdade, apenas Joana e Noah faziam falta. Eram meu casal hétero favorito. Estava determinada a ligar para eles algum dia, só para dizer que estava viva e saber como andavam as coisas em solo norte-americano.

Quando cheguei ao meu prédio, o relógio marcava 20h. Sabia que Carol estaria me esperando com um chinelo, mas minhas novidades, com certeza, desarmariam minha leoa. Peguei a correspondência com o porteiro e lhe dei um breve aceno de cabeça, antes de entrar no elevador. A cada andar, eu sentia meu sorriso crescer, e admirei o buquê de rosas amarelas que tinha comprado antes de vir para casa.

Quando girei a chave, o latido ensurdecedor de Joker se expandiu pelo corredor, e ao abrir a porta, fui recebida com festa. Eu me abaixei para ficar na altura dele, e recebi lambidas na bochecha, lutando para mantê-lo afastado do buquê.

— Achei que não viria mais pra casa — a voz de Carolina levou calafrios à minha espinha.

Levantei, correndo meus olhos pelos pés dela, me perdendo nas coxas, salivando pela barriga exposta, desejando beijar a caveira mexicana, perfeitamente desenhada na costela, e perdendo o fôlego, ao encarar seu rosto. Carolina estava só de short e um cropped de renda branca, mas não tinha tempo de admirá-la, pois precisava pedir desculpa antes de me aproximar. Fechei a porta atrás de mim e lhe estendi o buquê.

— Me perdoe pela demora, estava resolvendo alguns assuntos importantes. Essas são pra você — falei. Ela segurou as rosas e me encarou com os olhos semicerrados, mas tinha um sorriso bobo e pequeno nos lábios, por conta das flores. — Primeiro de tudo, preciso tomar um banho, depois nos sentamos pra conversar. Quer pedir alguma coisa pra jantarmos?

— Não precisa, eu fiz uma lasanha.

— Você me surpreende. Okay... *Hmm... Shower*[9]. — Arranquei as roupas pelo caminho e, quando cheguei ao banheiro, vi que ela estava me seguindo. Virei nos calcanhares, para encarar aquela garota que tirava meus pés do chão, e arregalei os olhos, quando ela começou a se despir. Não tinha como controlar, Carolina me deixava louca com muito pouco.

— Estava esperando você pra tomar banho. Que tal começar a falar?

— *Hum... I... yeah... sure*[10].

— Vem, Lizzie, me conta sobre o seu dia, enquanto eu passo sabonete nas suas costas. — Ela passou por mim, e perdi o ar ao ver seu quadril e sua bunda balançando.

Como eu amava admirar aquela perfeição da natureza. Saí da minha auto-hipnose, por causa do barulho do chuveiro caindo, e entrei atrás dela no box. Carolina pegou o sabonete e começou a passar nas minhas costas com calma, mas eu sentia suas unhas passando pela minha pele com mais força que o habitual.

— Está me castigando, *hum*? — perguntei.

— Você tem sorte de eu ser bem calma. Por que não começa a contar tudo?

— *Well*... Fui ao Cristo Redentor com os meus pais, depois de deixar o Joker na pet shop... *Ouch*! — Soltei um gemido de dor, e ela passou o sabonete devagar na área que tinha acabado de unhar. — Ah, obrigada por buscar o pequeno na casa dos meus pais. Depois disso, eu liguei pra Danielle, e nós fomos até a Barra porque... *Ouch*! Carolina!

— Continue, estou escutando.

— Danielle me levou à Barra porque eu precisava ir até a Volvo, comprar o meu carro, finalmente.

— Você comprou?

— Sim, é bem bonitão e espaçoso. Espero que goste — falei. Ela me virou de frente, e senti seus lábios se chocando com os meus, enquanto a água morna caía entre nós. — *Hum*... Isso quer dizer que não estou mais encrencada.

— Você nunca esteve, eu só estava brincando um pouco.

— *Hahaha, very funny.*[11] Vamos terminar o banho. Quero conversar sobre algo muito mais importante com você. E não acho que estar em um local com você nua, na minha frente, vá me deixar muito calma.

---

9 Tradução: Banho.

10 Hum... Eu... Sim... Claro.

11 Tradução: Muito engraçado.

— Eu já tinha tomado banho mesmo, só estava te provocando. Termine o seu, vou colocar a lasanha no forno.

Carolina me deu um último beijo e saiu do box, deixando aquele perfume doce espalhado pelo banheiro. Neguei com a cabeça e me enfiei embaixo d'água com os olhos fechados, agradecendo mentalmente por ter conseguido alguém como ela. Nunca me cansaria disso.

Depois de sair do banho e colocar um dos meus shorts de dormir, com uma camisa larguinha com a estampa da Malévola, fui guiada pelo cheiro maravilhoso que vinha da cozinha. Joker não estava em nenhum lugar à vista, e gargalhei quando o encontrei de pé, nas patas traseiras, fazendo graça, para que Carolina lhe desse um pedaço de lasanha.

— Nada disso, bola de pelos, você não vai comer isso. — Agarrei o cachorro e lhe enchi de beijos. — Quem é o amor da mamãe? É você! Está tão lindo com essa gravatinha-borboleta azul-neon. Coisa mais linda.

— Você mima muito o Joker, sabia? — Carolina falou.

— Estamos falando de uma criança ou do cachorro? — perguntei. Em resposta, ela revirou os olhos, e eu notei as rosas amarelas em um vaso no centro da mesa de jantar. — Não vai levar pra casa? Pensei que tivesse gostado.

— Eu amei, mas não vou ficar em casa durante três dias, e sei que aqui elas vão ficar vivas por mais tempo. Isso me lembrou do que eu preciso conversar com você. Vamos nos sentar pra jantar.

Carolina retirou a travessa de dentro do forno e colocou no descanso da mesa. Minha boca salivava, ao vê-la cortar um bom pedaço e colocar no meu prato, colocando ainda mais queijo, com a ajuda de uma espátula. Quando, enfim, tive permissão para comer, senti meu corpo ir até a lua e voltar. Estava deliciosa.

— Você vai me fazer engordar bastante, mocinha.

— Esse é o meu plano. Quanto mais carne pra apertar, melhor — ela respondeu.

— Você sempre tem segundas intenções. Bem, mas me diga, por que vai viajar por três dias? — perguntei.

— Tenho minhas obrigações com o meu Orixá, Lizzie, com o meu terreiro. Sou importante para as funções da casa, e toda ajuda é bem-vinda. Não posso deixar minha mãe de santo na mão. Ela precisa de mim, e eu preciso fazer a minha parte. E como médium, não posso ficar sem me cuidar por muito tempo. Eu poderia optar por cumprir no meu apartamento, mas não terei a concentração que preciso lá, por isso permanecerei no terreiro. Quero te explicar que serão três dias sem poder falar comigo, sem contato algum. Tenho que ficar reclusa, não posso ter e nem quero nenhuma energia de fora. Preciso focar em mim e em meus Orixás.

— Isso será sempre? Quer dizer... toda semana vai precisar ficar fora três dias? — eu quis saber.

— Não, toda semana não. Vou ficar esses dias lá porque estou em falta com minhas tarefas e minhas obrigações, diante de Oxum e meu povo, e tenho muito que fazer. Preciso ajudar. Não vou mais faltar nos xirês e nem nas funções. E essas, sim, acontecem toda semana, por algumas horas, mas espero que você compreenda. Queria saber... Tipo... Você estaria disposta a ficar bem com isso? Me dar o espaço que eu preciso pra cuidar do meu lado espiritual? Ficaria chateada? Eu estou realmente preocupada com o que você pode pensar disso.

— Hey, não se preocupe, *sweetie*, eu entendo o seu lado. É a sua religião. Não vou ficar chateada, eu prometo, mas quero uma compensação quando você voltar.

— É mesmo? Que tipo?

— Isso a gente conversa. — Pisquei o olho para ela e dei uma boa garfada na lasanha. — Não precisava ficar preocupada, eu jamais pensaria que isso é uma coisa ruim. Você tem que cuidar das coisas que acredita e te fazem bem. Três dias vão passar voando, não é? Provavelmente, vou enfiar a cara no trabalho como sempre fiz a vida toda, mas talvez saia com a Danielle pra dar uma volta.

— Eu espero que essas saídas sejam à tarde, Lizzie O'Connell. Não quero você perambulando pelo Rio de Janeiro à noite.

— Ciumenta, *hum*? Sim, terão oportunidades de saídas noturnas, não vou mentir pra você. Inclusive, Danielle nos convidou para ir ao show do Caetano Veloso amanhã, mas como você não vai estar...

— Quer ir? Não tem problema, você vai amar o Caetano. — Ela sorriu e comeu um pedaço da lasanha, sem tirar os olhos de mim. — Pelo menos, não vai ficar na rua, enchendo a cara. Você e Danielle são perigosas quando o assunto é Heineken.

— *I don't*... Eu não vou fazer bobagem. Tudo bem, vou confirmar com ela, pra comprar os ingressos. Norminha disse que vai sair com Alicia amanhã, está sabendo de alguma coisa?

— Ela comentou comigo que vão pra uma festa em Niterói, na casa de um dos amigos do Beto. Coisa de hétero. De qualquer maneira, vá, sim, e divirta-se. Você e Danielle parecem se dar muito bem.

— É... Ela é uma boa amiga. Agora, uma coisa que eu estava pra te falar e quase esqueci. Falei com meus pais sobre nós.

Carolina que erguia o garfo, para abocanhar mais um pedaço, parou no meio do caminho. Seus olhos arregalaram-se de surpresa, e sua boca permaneceu aberta. O pedaço de lasanha que estava no garfo caiu no prato, e ela pareceu acordar, engolindo em seco e umedecendo os lábios. — Você... contou? Como foi? O que eles disseram?

— De início, meu pai ficou muito preocupado, porque tem medo que a relação dele e seu pai fique muito abalada, mas minha mãe interveio e disse pra ele ficar mais tranquilo. De um modo geral, meus pais aprovaram a nossa relação e me pediram pra ter cuidado, além de me mandarem cuidar muito bem de você, porque não merece menos que um príncipe. Já que sou uma rainha, a senhorita está muito bem.

— Está falando sério? Eles aprovaram a nossa relação?

Fiz um sinal positivo com a cabeça, e ela paralisou. Aquele brilho em seus olhos fez minhas pernas bambearem. Carolina tinha um sorriso tão grande no rosto que eu poderia admirá-lo por horas a fio. Aquela expectativa juvenil de quem esperava os presentes que tanto desejava, estava estampada na cara dela, e meu coração derreteu mais um pouco, ao vê-la se levantar da cadeira e pular no meu colo. Seus lábios avançaram nos meus, e me deu uma série de selinhos demorados. Quando nos afastamos, ela estava rindo com lágrimas nos olhos. Fiz um carinho em sua bochecha, e ela suspirou com o meu toque.

— Espero que essas lágrimas sejam de felicidade.

— São, com certeza são. Estava tão preocupada com o que os seus pais pensariam de nós. Eles são como uma segunda família pra mim. Ai, Lizzie, nunca me senti tão aliviada antes. O melhor de tudo é que, se meu pai me expulsar de casa, posso morar lá, com a Alicia.

— *What? No...* Não fala bobagem! Seu pai não vai te expulsar de lugar nenhum — eu disse. A risada dela aumentou, me fazendo perceber que estava brincando, e lhe dei um beliscão na bunda. — Tenho certeza de que ele vai compreender. Além disso, caso Eduardo complique as coisas, planejo eu mesma conversar com ele.

— *Hum...* Teria coragem de encarar o meu pai por mim? — Carolina perguntou.

— Por você, eu faço qualquer coisa — respondi.

Tivemos um jantar tranquilo e quase adormecemos juntas na minha cama, mas um barulho vindo do meu notebook me fez despertar, e me levantei de má vontade, para ver o que era. Minha maldita mania de deixar o computador ligado, para videochamadas de emergência, nunca tinha me tirado do sério quanto naquele momento. Quando virei o notebook no sofá e vi o nome de Joana brilhando na tela, me arrumei um pouco e chamei Joker. Ao aceitar a chamada, não demorou nada para o rosto da minha amiga aparecer na tela, e seus olhos lacrimejaram, ao ver os dois.

— *Oh, my God! Oh, my God! Look at you both! My babies!*[12]

— Hey, Joana. How...

— *Wait... wait... Eu estou aprendendo português* — ela contou. Em resposta, arregalei os olhos e sorri com tanta vontade que senti meu rosto doer. — *Entrei para um curso só pra conseguir conversar com você na sua nova língua. Estou indo bem?*

— Fala engraçado como eu, mas está muito bom. Como anda o Noah?

— *Ele está na casa da mãe, logo chega aqui, e também está fazendo o curso. Somos os alunos número um. Não tente falar inglês com a gente, queremos testar nosso português* — falou. Ergui as mãos, em rendição, e soltei Joker, para que ele ficasse à vontade. — *Ele está muito lindo, Lizzie, que bom que transformou o Joker em um membro da sua família. Você também está magnífica, olha essas bochechas coradas. Não lembra em nada aquela pessoa pálida que conheci aqui, em Washington. Conta, como é o Rio de Janeiro?*

— Você fala como o Google tradutor, sabia? — Soltei uma gargalhada, e ela me mostrou o dedo do meio. — Estou brincando. O Rio de Janeiro não é nada como eu esperava que fosse, Joana.

12 Tradução: Oh, meu Deus! Oh, meu Deus! Olha pra vocês dois! Meus bebês!

— *Puxa, que pena!*

— É muito melhor! Você precisa conhecer as praias, os pontos turísticos, a comida, a música... Estou tão apaixonada pelo Rio de Janeiro que não sei colocar em palavras tudo que esse lugar representa pra mim. Quer ver a vista do meu apartamento? — perguntei.

— *Por favor, eu gostaria muito.*

Segurei o notebook e caminhei para a varanda, mostrando a orla, já escura, de Copacabana.

— *Não vejo muita coisa porque está de noite, mas, ainda assim, estou impressionada. Você está muito bem de vida, Lizzie. Falando nisso, os projetos que a sua equipe enviou, na semana passada, estão impecáveis. O demo, intitulado Lifeline, tirou o fôlego de muita gente. Que gráficos maravilhosos! Com certeza, será um campeão de vendas quando for concluído. Alguns estúdios estão se matando para conseguir o direito de produzir.*

— Danielle e Norma são uma dupla incrível, você precisa ver todas as ideias que elas já têm. Fico babando quando entro na sala de desenvolvimento.

— *Falando nisso, tenho uma excelente notícia para te dar. Vou viajar para o Rio no mês que vem, com o Noah. Além de te visitar, vamos avaliar a WorldOfX que você está presidindo. Não é ótimo?* — ela contou.

— Que notícia fantástica, Joana! Mal posso esperar pra recebê-los.

— *Deixando todo o trabalho de lado, como anda esse coração de pedra? Alguém já conseguiu amolecer?*

— Well... I...

— Lizzie? Onde você tá? — era a voz de Carolina vindo do corredor, e eu engoli em seco.

Joana que, até então, estava afastada da câmera, pareceu grudar a cara no notebook. A silhueta da garota apareceu no corredor, e ela veio na minha direção, coçando os olhos, provavelmente tentando espantar o sono que a invadiu. Carolina me deu um beijo e se aconchegou no meu colo, mas pareceu ter levado um choque quando olhou para a tela do computador.

— *Hello! I'm Joana!*[13]

— Então... *sweetie*, essa é a Joana. Ela é minha amiga e trabalhava comigo na WorldOfX de Washington. Foi, também, a pessoa que me deu o Joker. Diga "oi".

— *Hmm*... É... Oi. — Ela se levantou, com um pouco de receio, e sentou-se ao meu lado.

Senti seu corpo esquentar de vergonha e não consegui controlar a gargalhada, fazendo com que Joana me acompanhasse. Carolina, então, enfiou o rosto no meu pescoço, para se esconder. Dei-lhe um beijo na testa e respirei fundo, dando de ombros para uma Joana alegre, que agora estava acompanhada de Noah.

— *Well, well, well... sooooooo...?*[14]

— Como vai, Noah? Não adianta falar em inglês, Joana já me contou

13 Tradução: Olá! Eu sou Joana!

14 Tradução: Ora, ora, ora... então...?

que vocês estão fazendo um curso de português brasileiro e que são os melhores da classe. Vamos, fale comigo.

— *Está tudo bem, Lizzie? Quem é a moça?*

— Essa é a carioca que tem derrubado todas as minhas barreiras e defesas. Vocês dois sabem o que eu passei com aquela pessoa e até brincavam que meu coração de gelo, um dia, seria derretido. Bom, estavam certos. Essa é a responsável pela minha felicidade. Carolina Bittencourt é a mulher da minha vida.

— *Wow* — os dois falaram juntos, e senti Carolina se afastar do meu pescoço, para olhar meu rosto. Nossos olhares se encontraram, e vi o paraíso naquele mar castanho. Dei-lhe um beijo, e os gritinhos de comemoração, do outro lado da tela do computador, me fizeram cortar o contato, para observar meus dois amigos.

— Vamos, eu sei que querem brincar comigo.

— *Não mesmo, Lizzie, estamos tão felizes que vamos abrir uma garrafa de vinho para comemorar. Você encontrou uma pessoa tão bonita, merece muitas felicidades.*

— Obrigada, Noah — Carolina foi quem agradeceu, e os dois sorriram para ela. — Eu gostaria muito de continuar aqui, conversando com vocês, mas eu preciso ir pra casa, porque viajo amanhã bem cedo. Por favor, não desliguem. Foi um prazer, espero falar com vocês mais vezes.

— *Muito prazer, Carolina, boa viagem* — Noah e Joana falaram ao mesmo tempo.

Acompanhei minha morena até a porta e quase chorei de tristeza, ao ter que me despedir dela. Carolina não poderia dormir comigo, porque precisava estar em casa, antes de sair para São João de Meriti, e tinha prometido passar a noite com Eduarda. Nem mesmo meu beicinho infantil a convenceu do contrário, e me dei por vencida, depois de Carol prometer que, depois dos três dias, seria totalmente minha. Quando nos despedimos e fechei a porta, ouvi gritinhos vindos do computador. Joana e Noah estavam, cada um, com uma taça de vinho, e ergueram as sobrancelhas.

— *Vai pegar uma taça de vinho, e beba com a gente, Lizzie. Vamos comemorar essa relação que, se não fosse pela minha grande força de vontade em te ligar, jamais saberíamos.*

— Muito engraçado. Esperem aqui, eu vou abrir o vinho.

Foram quatro horas de videochamada. O relógio do notebook marcava 3h, e eu já estava meio alta, depois de tomar uma garrafa de vinho inteira com os dois. Noah e Joana me contaram tantas coisas que fiquei zonza: estavam noivos e marcaram o casamento para dezembro, porque, segundo a tradição da família de Noah, casar perto do Natal era sinal de prosperidade. Ambos tinham conseguido uma promoção dentro da WorldOfX e agora trabalhavam em setores diferentes. A pior e mais estranha notícia foi dada um pouco antes de eu finalizar a garrafa.

— *Valerie foi farejar perto da empresa essa semana, atrás de você, acredita? A cadela sente o cheiro de felicidade alheia e dinheiro.*

— Vamos lá, Joana, não xingue a mulher. — Massageei as têmporas e a vi franzir o cenho. — Não estou defendendo ninguém, antes que pense, só acho que você precisa ignorar a existência dela. Valerie é um passado tão distante que nem ao menos me lembro do rosto dela.

— *Está falando sério? Você não lembra?*

— Não, e não me esforço pra isso. Tenho uma pessoa de verdade ao meu lado, que, apesar de ter 20 anos, é muito mais madura que Valerie foi um dia.

— *Wait a minute. Wait a fucking minute. Are you kidding me? Twenty years old? Are you insane?*[15]

— *Shut up, Noah.* — Joana deu um tapa na cabeça dele e lhe mandou pegar mais vinho. — *Isso é sério, Lizz? A Carolina tem 20 anos? Eu realmente reparei que ela parecia bem mais jovem, mas não esperava que fosse tanto. Você tem certeza disso? Acha que ela está pronta pra ter um relacionamento com alguém bem mais velha?*

— Eu não me importo com a idade dela, Jo. A Carolina é diferente de toda e qualquer pessoa que já passou pela minha vida. Quando olho aquela garota, é melhor que mergulhar em um universo sem me preocupar em ficar presa no chão. Hoje, conversei com meus pais e contei a eles sobre nós. Carolina é a melhor amiga da minha irmã, sabia?

— *Alicia baby? Como ela está? Você se envolveu com a melhor amiga da sua irmã, Lizzie O'Connell? No mínimo, a Lysh ficou louca, estou errada?*

— Não está errada, ela demorou um pouco a aceitar. De qualquer maneira, estamos todos bem agora. Meus pais sabem e aprovam, e minha irmã também. Só falta o pai da Carolina.

— *Essa é sempre a parte mais difícil, não? Ela quem vai contar ou você vai conversar?* — perguntou.

— Dependendo da reação dele, vou conversar, sim. Espero que ele entenda que estou disposta a tudo pra ficar com a Carol. Estou tão apaixonada que isso me sufoca — suspirei um pouco embriagada, e revirei os olhos para as expressões bobas de Noah e Joana. — *Fuck you both*[16].

— *Eu estava esperando por esse dia, sabia? Aguardei com esperança, porque eu tinha consciência de que você encontraria uma pessoa que te faria sentir como se fosse a única do mundo. Valerie nunca te mereceu, aquilo não era mulher pra você, mas essa Carolina... Olhe só pra ela, Lizzie! Uma menina bonita, tem cara de ser bastante inteligente e de personalidade forte.*

— Eu só quero fazê-la feliz, tanto quanto ela me faz. Joana, eu sei que Carolina é a pessoa que foi feita pra mim, eu sinto isso.

— *Deus sabe... Ah... Esqueci que você é ateia. De qualquer maneira, as forças do universo, a Física, a Química, a Matemática e a Biologia sabem que é ela. Cuide bem desse seu coração, Lizzie, é muito precioso.*

— Carolina vai saber como cuidar. Aliás, ela já sabe. Pessoal, se importam se eu for dormir agora? Estou bêbada e amanhã tenho alguns compromissos pra resolver.

— *Nós dois também, vamos ver algumas coisas para o casamento.* —

15 Tradução: Espere um minuto. Espere um minuto, porra. Você está brincando comigo? Vinte anos? Você está louca?

16 Tradução: Fodam-se vocês dois.

Noah soltou um soluço alto, e Joana lhe deu alguns tapinhas nas costas. — *Você precisa vir, okay? Vamos casar em Beaufort, na Carolina do Norte. Vamos mandar um convite extra pra Carolina!*

— Obrigada, pessoal. Nos vemos em breve.

Os dois beijaram a tela do computador, e eu encerrei a chamada, fechando a tampa do notebook. Fiquei sentada na sala, de olhos fechados, escutando o mar batendo lá fora, com os pensamentos focados no sorriso que eu mais adorava no mundo. Três dias sem ela. O que vou fazer, durante três dias, sem poder sequer falar com Carolina? Levantei-me um pouco desengonçada do sofá e, sem querer, pisei na pata de Joker, que dormia nos meus pés.

— *I'm sorry, baby. Please. Oh... sorry, Joker. Sorry, my baby.*[17] — Peguei o pequeno no colo, retirei sua gravata, me arrastei até o quarto e me joguei na cama, sem pensar duas vezes. Joker, que parecia ter me perdoado pelo incidente, deitou-se ao meu lado e adormeceu mais rápido que eu. Sorri para ele e, antes de apagar, como se estivesse sonhando, senti um beijo na minha bochecha e ouvi a voz dela perto do meu ouvido.

— Nos vemos em três dias, sonha comigo.

Quando chegamos ao Aterro do Flamengo, fiquei tão maravilhada com as luzes dos postes altos, que imitavam a luz da lua, que nem percebi quando nos aproximamos do local do show. O Vivo Rio estava lotado, mas Danielle tinha conseguido bons lugares no camarote. Tínhamos uma visão perfeita do palco, e eu estava ansiosa para ver Caetano Veloso ao vivo. Pedimos um balde de Heineken e brindamos pela noite sem nossas mulheres, mas sentindo uma saudade enorme de ambas. Quando as luzes diminuíram, e ele entrou no palco, Danielle gritou tão alto que algumas pessoas, que estavam próximas, nos olharam, sorrindo. — Eu amo esse homem, acho que seria hétero por ele.

— *Hum*... Não faz o meu tipo.

— Claro que não, Lizzie, é só um jeito de falar. Ah... Olha essa melodia gostosa que sai do violão desse cara. Que perfeição!

A música *Samba de Verão* começou, e meus pensamentos foram automaticamente levados até Carolina. Tudo, naquela melodia, lembrava a carioca que me tirava o fôlego. Cantarolei e brindei novamente com Danielle, me sentindo bem em estar ali, me divertindo e morrendo de vontade de vê-la logo. Tinha planos para o retorno de Carolina e mal podia esperar para colocá-los em prática.

— Dani, você acha que pode conseguir aquilo que te pedi ontem?

— Já está arranjado, O'Connell. Preciso dizer que você tem um gosto muito bom, minha querida, mas difícil pra caralho de arrumar. Tem noção do quanto eu tive que dar em cima da vendedora, pra que fosse feito com

17 Tradução: Eu sinto muito, bebê. Por favor. Oh... desculpa, Joker. Desculpa, meu bebê.

tanta rapidez? — Ela nem ao menos me olhava, sua atenção estava toda no palco. — Posso entregar na sua casa no sábado. Que horas ela vai chegar?

— À tarde, mas marcamos de noite, pra que ela possa chegar com calma e descansar.

— Faz você muito bem, dar um tempinho pra ela descansar, porque as coisas serão intensas no sábado. — Danielle sorriu e bateu de leve sua garrafa na minha. — Vamos curtir o show, não é todo dia que temos Caetano Veloso assim, tão perto.

Concordei com ela e me virei de frente para o palco. A letra de outra música, já iniciada por Caetano e que eu já sabia bem, saiu da minha boca com facilidade, me inundando de pensamentos e expectativas.

— *"Linda e sabe viver, você me faz feliz. Esta canção é só pra dizer e diz. Você é linda, mais que demais, você é linda, sim. Onda do mar do amor que bateu em mim."*

Sábado, 19h30. Carolina estava chegando e, a qualquer momento, passaria pela porta. As luzes do apartamento estavam baixas, o som preparado, e meu coração quase parando dentro do peito. Ouvi o barulho dos saltos dela vindo pelo corredor, e minha respiração foi interrompida quando ela girou a maçaneta. Apertei o botão do play no rádio, e a melodia da música de Elis Regina invadiu o apartamento. Carolina estava com um vestido vermelho que não chegava até seus joelhos, e um sapato preto, do qual reconheci a marca pelas solas vermelhas. Que mulher.

— Lizzie, o que...

— Hey, *sweetie*. — Eu me aproximei dela e lhe dei um beijo calmo, provando com ternura seus lábios macios, abraçando seu corpo, como se não tivesse sentindo aquele calor há meses. — Que saudade, *holy fuck*!

— Eu também estava morta de saudade, quase saí correndo do ilê só pra voltar pros seus braços. Só que... me explica tudo isso. Está a coisa mais perfeita. *Só tinha de ser com você*, da Elis Regina, tocando. Eu amo essa música.

— *"É, só eu sei quanto amor eu guardei, sem saber que era só pra você"* — cantarolei no ouvido dela, e Carolina riu, me dando mais um beijo. — Você está linda, *sweetie*. Como sempre me deixando sem ar.

— Posso dizer o mesmo de você, Lizzie O'Connell. Adorei o terninho preto, te deixou com uma cara de poder, que minhas pernas tremeram, de pensar no quanto.

Segurei-a pela mão e caminhamos por um caminho de pétalas de rosas amarelas, até a varanda, onde uma mesa estava posta com nosso jantar. Eu sabia o quanto Carolina amava as costelas do Outback e pedi para entregarem, arrancando um suspiro de fome que reconheci muito bem, quando saiu dela. O céu estava com tantas estrelas que agradeci ao universo por se mexer ao meu favor. A lua quase não fornecia sua luz, mas as velas, em vários pontos da varanda e na piscina, deram ao ambiente um charme.

— Vamos jantar, tenho algo importante pra lhe dar.

— Você me impressiona, são as costelas do Outback! Ai, esse molho é uma delícia, puta merda! — Ela mordeu um pedaço e colocou a mão na boca, sorrindo. — Desculpa o palavrão, mas não consigo soltar outra coisa quando como isso.

— Está tudo bem, eu concordo que são maravilhosas a esse ponto de prazer.

— Tudo isso foi para me receber, é? Acho que vou viajar mais vezes.

— Por favor, não faça isso. Eu sofri de saudade esses três dias. Só saí um dia com a Danielle, fomos ao show do Caetano Veloso e... Ah... Depois do expediente de sexta-feira, saímos com Norminha, pra beber no Saloon 79, em Botafogo. Foi horrível ficar com as duas e não ter você. Elas me chamaram de vela. — Carolina soltou uma risada, e eu revirei os olhos, puxando a carne de costela do osso. — Por que está rindo? Até agora estou tentando entender o porquê desse apelido.

— Vela é quando alguém está sozinho entre um casal, ou seja, você estava segurando vela. Não se preocupe, sabe que podemos dar o troco em breve.

— Bom... eu espero. Ah, me esqueci de contar. Na quinta-feira, a Laura me ligou e marcou uma visita na ONG. Os computadores chegaram, e as crianças não pararam de sorrir. Mal posso esperar para ver aqueles pequenos.

— Você é uma boa pessoa, Lizzie. — Ela segurou minha mão e deu um beijo. – Agradeci tanto a Oxum por ter me dado você que ela já deve estar de saco cheio de mim. Minha felicidade é completa quando te sinto por perto.

— Passei esses três dias falando pra quem quisesse ouvir o quanto estava morrendo de saudade de você, que não aguentava mais ficar sem ouvir sua voz e te beijar. Foi uma tortura, e prefiro a morte a ter que passar por isso de novo.

— Mas você vai passar por isso de novo outras vezes, não é? Conversamos sobre isso.

— *I know... I know...*[18] mas isso não me impede de sofrer.

— Você, às vezes, é muito dramática, sabia? — A risada dela saiu de forma leve, e eu parei de comer para admirá-la. Era uma obra de arte. Eu queria eternizá-la de todas as maneiras possíveis, só meus olhos e ouvidos não davam conta.

Acompanhei os movimentos dela, enquanto cortava a carne, sua língua passando gentilmente pelos lábios, para tirar o excesso de molho, a maneira que seus olhos se perdiam na imensidão do mar de Copacabana e voltavam para mim, me esquentando por dentro.

— Já acabou de comer?

— Me sinto tão cheia que, se tivesse de calça, abriria os botões.

— Ótimo, acho que já posso fazer o que estou esperando desde que você viajou.

— Lizzie, não podemos transar agora, eu acabei de comer.

— Quem falou em transar? — Sorri para ela e assobiei, fazendo Carolina franzir o cenho.

De dentro do apartamento, ouvimos as patinhas de Joker se aproximando da porta da varanda. O cachorro estava com uma gravata borboleta preta e vinha caminhando com uma cestinha na boca. Carolina soltou um gritinho ao vê-lo desse jeito, e eu me aproximei do filhote, fazendo um sinal que ele entendeu.

Joker levantou as patas da frente, se apoiando nas traseiras, e deu dois passos em direção à Carolina. Ela tirou a cestinha da boca dele, e o latido

18 Tradução: Eu sei... Eu sei...

do cachorro fez com que uma risada emocionada saísse pela boca dela, derretendo mais ainda meu coração. Dei a Joker um bom pedaço de carne, como prêmio por ter feito direitinho, e ele disparou para a área da piscina, para comer.

— Lizzie, o que é isso?

— Muito bem, agora que a parte um foi feita com sucesso, apesar de eu ter morrido de medo do Joker não conseguir levantar com a cestinha na boca, vamos para a parte dois. — Apanhei a rosa amarela da cesta, entreguei a ela, que passou as pétalas no rosto, e vi seus olhos encherem d'água. — Está chorando? Por favor, eu...

— Estou chorando de felicidade, não se preocupe.

— Oh... okay. *Well... hmm...* Carolina, em todos os meus anos de vida, eu nunca tinha encontrado alguém que me fizesse sentir como uma adolescente vinte e quatro horas por dia. Eu não considero isso uma coisa ruim, acho que você está me ajudando a recuperar algo que eu perdi, que não fiz questão de aproveitar, por achar que o trabalho era mais importante que minha felicidade como pessoa. Felizmente, em dezembro de 2015, recebi a proposta que mudaria minha vida. Eu não fazia ideia de que, a partir do momento em que entrei naquele avião, seria outra pessoa. Muito menos esperava que ficaria tão alucinada por alguém que se assustou, ao me ver na cozinha, de madrugada, e derrubou a garrafa de vidro no chão.

— Ai, meu Deus, você me assustou, sabia? — Ela sorriu e fez um carinho na minha bochecha. — Mas que bom que isso aconteceu, porque foi ali que eu me prendi a você.

— Carolina, quando meus olhos encontraram os seus naquela cozinha, não esperava que fossem os mesmos que me assombrariam pelo resto do mês, até o dia primeiro de janeiro. Eu já estava louca por você, não conseguia pensar em outra coisa. Estava difícil até de trabalhar, e isso nunca tinha acontecido. Eu me apaixonei perdidamente por você, por esse jeito solto e livre, desinibido, selvagem. Tudo é melhor com você: os abraços, as risadas, os toques, os beijos, o sexo... É como se meu sangue corresse mais rápido todas as vezes que te tenho por perto. Contei aos meus pais sobre nós, e por mim, gritava agora, pra toda Copacabana escutar o quanto sou sua, o quanto te pertenço, porque é isso que eu sinto. Quero logo que você conte pro seu pai sobre nós, anseio pelo momento em que vou dormir e acordar com você do meu lado, sem me preocupar que seu pai esteja pensando o pior de você. Você é a única mulher que eu quero na minha vida, Carolina Bittencourt. Nós vamos fazer tudo devagar, um passo de cada vez. Não quero atropelar fases, quero viver tudo bem intensamente. Esse é um passo importante na nossa relação, e eu farei de tudo pra que você perceba que estar comigo vai te fazer bem, vai nos fortalecer. — Eu me abaixei em frente a ela e abri a caixinha de veludo que estava na cestinha. Um anel de brilhantes, com uma única pedra amarela, estava acompanhado de outro, com uma pedra preta. Carolina colocou as mãos na boca, e eu tive que puxar sua mão direita. Seus olhos estavam cheios de lágrimas, e vi algumas descerem pela sua bochecha.

— Meu Deus!

— Isso não é um pedido de casamento. Eu não vou fazer isso... não agora — falei. Em resposta, ela sorriu, e eu beijei sua mão, colocando o anel no dedo anelar. — Estou lhe pedindo pra namorar comigo oficialmente, pra que todos entendam, ao olhar pra esse anel de compromisso, que você tem alguém, que esse alguém é ciumenta demais e que, em poucos minutos, pode conseguir uma arma com o pai. — A risada dela me fez suspirar, e eu me levantei, forçando Carolina a se levantar comigo. — Eu sempre farei tudo por você, cada dia da minha vida, vou viver pra te provar que o que eu sinto é tão puro e único que você jamais vai duvidar. Eu sei que tenho esse problema em ser viciada em trabalho, mas ao contrário do que acontecia antes, você é sempre a primeira coisa que me vem à cabeça. Posso quebrar outros milhões de protocolos por você, não me importo. A vida que eu tenho agora é a que eu pensei que jamais conseguiria conquistar. Você tem a mim, Carolina, mas eu gostaria de saber se você quer oficialmente se doar a mim. Você quer? Quer namorar comigo?

Carolina me encarou com os olhos molhados e pegou a caixinha de veludo. Seus dedos trêmulos seguraram o anel com a pedra negra, e ela o colocou no meu dedo anelar direito, dando um beijo em seguida. Senti algo molhar meu rosto, e me surpreendi ao entender que estava chorando, não de tristeza, mas, pela primeira vez, de felicidade. Carolina tinha conseguido outra coisa inédita na minha vida. Dei-lhe um beijo cheio de vontade, e ela me afastou, fazendo um carinho na minha bochecha.

— É claro que eu quero, claro que sim, aceito qualquer coisa que você me oferecer. Nunca imaginei que teria tanto sentimento assim direcionado só pra mim, jamais pensei que alguém pudesse ser capaz de lutar por mim. Em você, eu vejo tudo que sempre quis, mas que achava que não passava de uma fantasia de criança. Não quero príncipes em cavalos brancos, como seu pai disse, eu já tenho a minha rainha. Eu te pertenço, Lizzie, sou toda sua, de corpo e alma.

— Olhe nos meus olhos agora, não desvie deles, okay? — Eu consegui captar o olhar dela e respirei fundo. Meu coração batia tão forte que, quando minha boca abriu, ele podia sair por ela. — Eu te amo. Cada fibra do meu ser, cada molécula do meu corpo está gritando o quanto eu te amo. Demorei a entender que tudo isso era muito mais do que uma paixão. Mas o amor é assim, ele vem sem avisar, de repente ele apenas está lá. Me desculpa não conseguir expressar meus sentimentos como você faz, sempre fui muito fechada e nunca me imaginei falando essas coisas com tanta facilidade, ainda mais em português... Mas eu estou aqui, firme e forte, me preparando pra gritar.

— Gritar? Como assim? Lizzie, o que você vai fazer? — Ela segurou meu braço, tremendo e fungando, sem deixar de sorrir, mergulhada em emoções que eram as mesmas que as minhas. Seus lábios abriam e fechavam, ela queria falar algo, mas eu não podia parar a minha euforia. — Lizzie, espera! Eu...

Sorri para ela, me virei para o mar, respirei o mais profundamente que consegui e pisquei, antes de berrar, literalmente, até os pulmões doerem, o quanto eu amava aquela garota, o quanto eu era louca por ela. Eu estava transbordando sentimentos e queria que o mundo inteiro pudesse escutar. Toda Copacabana era testemunha do meu amor. Carolina me puxou pelo braço e selou nossos lábios, chorando na minha boca, me deixando beijar seu sorriso e aconchegá-la em mim.

Senti o gosto salgado de suas lágrimas, e minha língua passou devagar pelo seu lábio inferior, antes de nos separarmos. Olhei em seus olhos, naquela noite, como nunca tinha olhado.

— Eu te amo muito, Carolina! – Beijei sua testa e fechei meus olhos, deixando que meus lábios descansassem ali. — Com tudo de mim.

Capítulo 23

Codinome Beija-flor

Carolina

"E cada verso meu será pra te dizer que eu sei que vou te amar, por toda a minha vida." [1]

Não havia nada que pudesse explicar aquele momento nem como eu estava me sentindo. Nada do que eu dissesse ou tentasse dizer chegaria perto do que realmente me dominava. Ah, aqueles dias que queríamos dizer tudo e nem mesmo sabíamos por onde começar. Mas deveríamos tentar, precisávamos arriscar. O tempo passa e leva as oportunidades, e se você tiver a chance de dizer algo que queira muito a alguém, não deixe para depois, porque o amanhã pode não existir.

Os braços dela, ao meu redor, me seguravam como se fosse o último dia de nossas vidas. E se fosse, eu realmente não me importaria. Eu a tinha bem ali, comigo, e não havia nada que eu pudesse temer, tinha apenas a dizer. Afastei minha cabeça de seu peito quente, erguendo meus olhos até seu rosto, de traços marcantes e celestiais.

Seus olhos verdes brilhavam mais que a luz da lua sobre nossas cabeças, e naquele momento, de uma entrega mútua e intensa paixão, me pareceu a coisa mais linda do mundo. E era. Ela sorriu, transbordando lágrimas de felicidade, naquele oceano profundo e verde que eu tanto amava. E como amava. Eu me senti desnuda, e não era nada sexual, mas, sim, em alma. Ali, de frente para ela, sob o céu do Rio de Janeiro e sobre o mar calmo de Copacabana, eu tive a certeza de que ela era o meu destino. Não existia nada mais íntimo do que desvendar alguém em espírito, do que conhecer, verdadeiramente, toda a sua aura. E Lizzie conhecia a minha, *como nunca ninguém a conheceu.*

— Sabe o que eu sinto quando olho pra você? — perguntei em um tom de voz baixinho, erguendo a mão, para acariciar com suavidade a sua bochecha quente. — Plenitude. Eu paro e digo a mim mesma: "eu não preciso de mais nada". E eu não preciso, eu tenho tudo. Eu tenho agora, aqui, exatamente tudo o que nunca pensei em ter. Você é o diferente, aquele algo novo que me faz desejar coisas diferentes. E o diferente é tão bom, e me sentir diferente é extraordinário. O dinheiro, o status, as vantagens que sempre tive em minha vida nunca me fizeram sentir do mesmo jeito que me sinto

1 *Eu sei que vou te amar*, Vinicius de Moraes.

agora. Nenhuma dessas coisas foi capaz de fazer com que eu me sentisse plena. *Mas você faz*. Você é a materialização do incomum, tudo em você é incomum. Sua beleza, sua bondade, sua mente, sua alma... Nada pode ser rebaixado ao nível de comum. É incomparável. É elevado. O que você é e que faz com que eu queira ser é sobrenatural. Você trouxe a *novidade* pra minha vida, trouxe a verdade, trouxe o que é raro, Lizzie, trouxe o que me transborda e me deixa ser a melhor Carolina que eu posso ser — eu falava, enquanto seu sorriso branco e doce recebia as lágrimas que escapavam de seus olhos, em uma emoção tamanha, que jamais tive a chance de ver. Meu coração batia com pressa, e eu trouxe o seu rosto para mais perto do meu antes de dar continuidade. — Você, desde o primeiro dia em que pisou nesta cidade, invadiu a minha rotina com paixão, ternura, carinho e amor. Você deveria saber ao olhar para mim, mas eu faço questão de dizer: *eu te amo!* Essas palavras adoçam tanto a minha boca que eu posso repeti-las a noite toda, pelo resto da semana, mês e ano. Eu te amo! E é um amor tão grande que foge do tempo. Ele apenas está aqui, dentro de mim, me consumindo inteira, me afogando em felicidade infinita. E eu não me importo se é uma semana ou são dez anos de convivência, o meu amor por você é a coisa mais intensa que já senti em toda a minha vida. Quem é o tempo para dizer algo? Quem pode dizer que eu estou amando errado? A única coisa que eu sei, Lizzie, é que nada pode ser mais certo do que o amor que eu tenho por você — declarei e senti meu corpo inteiro transbordar em uma sensação de calmaria, como as ondas que quebravam no mar lá embaixo.

Meu coração foi preenchido por calor, um calor gostoso que relaxou todos os músculos do meu corpo. Com carinho, limpei, com os dedões, as lágrimas que escorriam por suas bochechas, e beijei cada um de seus olhos com o máximo de delicadeza que eu consegui. Chorei, e aquele choro veio repleto de prazer e alegria. Ela era a felicidade para mim, e nada mais me importava.

— Diga outra vez! — ela pediu, segurando o meu rosto com as duas mãos e me encarando com a mais profunda admiração. Eu sorri, descendo minhas mãos por suas costas. — Por favor!

— Eu te amo! — repeti com toda a certeza em mim, depositando um pequeno beijo na ponta de seu nariz e deixando que minhas lágrimas de alegria molhassem meus lábios. — *Meu amor*.

— Meu amor... — Lizzie choramingou, me chamando da mesma forma carinhosa, e meu coração bateu tão forte que perdi o fôlego. Como era bom ouvi-la me chamar de *amor*, como era bom ser amada, como era bom ter Lizzie pra mim. — Meu doce e mais bonito amor!

Nós nos abraçamos, e foi um abraço diferente de todos os outros. Agarrei-me a ela, como se quisesse fundi-la em mim, enterrando o meu rosto na curva de seu pescoço, enquanto nos perdíamos no choro, quase silencioso, que nos dominava. Meu coração estava em prantos, e até mesmo o céu devia estar. Quem não estaria, afinal? *O amor recíproco é a personificação da felicidade*. Não existe nada neste mundo melhor do que amar e ser amada.

— Eu vou proteger você todos os dias, *sweetie*. — Ela beijou a minha cabeça e roçou o nariz entre as mechas do meu cabelo, para aspirar o meu cheiro. — Eu te prometo: ninguém fará mal a você, enquanto eu estiver por perto. Serei tudo que você precisar que eu seja: amiga, amante ou apenas um colo para deitar a cabeça em dias ruins, sem nada falar. Eu serei, para você, tudo que nunca fui para ninguém. Todos os dias, Carolina, todos os dias em que permanecer ao meu lado. Jamais esqueça, minha garota dengosa — ela falou, e eu sorri entre lágrimas, quase ronronando como uma gatinha manhosa, esfregando minha cabeça em seu peito, no mais profundo conforto. Ela sorriu, eu pude sentir. — Jamais esqueça!

— Não irei me lembrar de mais nada — respondi baixinho, sentindo seus braços me apertarem ainda mais forte, antes de sua mão esquerda subir e se perder entre as mechas do meu cabelo.

Aquele gesto era um pedido mudo para um beijo, e não havia o que eu pudesse querer mais do que beijá-la naquele momento. Colei nossos lábios, e o suspiro que soltamos juntas deixou claro o quanto esperávamos por aquele contato. De início, apenas um roçar, um louvor, uma adoração àquela maciez, àquele calor, àquele sabor. Depois, um enroscar de línguas, devorando e lambuzando na mais intensa paixão, ardendo por dentro e por fora. Seus dedos se embolavam em meu cabelo, puxando e clamando, me amolecendo e aquecendo. Seus dentes mordiscaram o meu lábio inferior, e eu gemi, perdida em seu gosto, apertando sua nuca, forçando-a mais contra mim.

— Tão linda! — sua voz saiu em um tom rouco e baixo, e senti seu hálito quente e cheiroso banhando todo o meu rosto. — Tão linda e minha — ela disse, e eu sorri.

Não havia como não sorrir, não havia como não desejar que aquele momento durasse toda a eternidade.

— Me beije! — implorei e me coloquei nas pontas dos pés, para ficar na altura dela, esfregando nossas bochechas e nossos narizes, cravando minhas unhas em sua nuca. — Me beije até me tirar o fôlego, até me amolecer. Me beije, Lizzie, em todos os momentos, todos os dias. Quando não houver o que dizer ou depois que tudo for dito. Só me beije, e tudo valerá a pena.

Não havia nada mais para ser dito, e ela me beijou, me beijou a alma, o coração, todo aquele conjunto de sentimentos que nós compartilhávamos. E todos aqueles dias que me senti sozinha foram esquecidos, eu não me lembrava mais da solidão desde o dia que Lizzie chegou. Tudo floresceu com a sua chegada, tudo cresceu em mim. Como dizia Djavan, com sua doce voz, na música que tocava ao fundo, preenchendo o apartamento com a melodia de *Oceano*: *"Vem me fazer feliz, porque eu te amo. Você deságua em mim, e eu oceano, e esqueço que amar é quase uma dor. Só sei viver se for por você."*

O domingo amanheceu com o céu mais bonito que eu já tinha visto, o sol mais ardente, o mar mais limpo, o ar mais fresco, ou talvez fosse apenas eu me sentindo a mulher mais feliz do mundo. E realmente estava. Saí da cama nas pontas dos pés, para não acordar Lizzie que dormia de bruços, com as mãos sob o travesseiro macio e o lençol de seda vermelha cobrindo apenas sua bunda. Tão linda! Soltei um suspiro, enquanto a admirava dormir, descendo os olhos por suas costas marcadas suavemente por minhas unhas. Mordi o lábio inferior, controlando a vontade de voltar e me juntar a ela, e me forcei a seguir para o banheiro e tomar um banho quente e relaxante.

Quando saí do banheiro, meia hora depois, ouvi meu celular tocar de forma irritante, sobre uma das poltronas presentes no quarto, e corri para atender, antes que acabasse acordando Lizzie. Enrolada em uma toalha e com o cabelo e os pés molhados, levei o celular até a orelha com pressa, sem nem ao menos olhar quem era no visor.

— Alô? — sussurrei, passando os olhos pela cama, antes de entrar no banheiro novamente e fechar a porta.

— Tá sussurrando por quê, caralho? Tu sabe que sou meio surda, porra! Fala alto.

— Tu me ligando uma hora dessa, Norminha — resmunguei, mas sem conseguir prender a risada, tirei a toalha do corpo e a larguei sobre a pia de mármore. — Por que não está dormindo?

— Porque eu acordo cedo, não tenho a tua vida não, rapaz — ela respondeu, e eu prendi o celular entre a orelha e meu ombro esquerdo, para poder vestir a calcinha. — *Mentira! Acordei cedo hoje porque quero ir à praia, e vou passar aí pra te arrastar comigo.*

— Eu estou na Lizzie — avisei, ajeitando a calcinha rendada vermelha na minha bunda, e virei de um lado e do outro na frente do espelho.

— Jura? Estranho seria se não estivesse. — Ela riu, e eu rolei os olhos. *— Tô nem aí, larga essa mulher um pouco e desce pra praia comigo. Tô com saudades. Três dias que a gente não se vê.*

— E se eu não quiser? — provoquei, segurando uma risada, e deslizei uma escova de dentes abertos pelo cabelo, desembaraçando.

— Você não tem querer comigo não, querida. E se ficar de graça, te dou um tapa só e resolvo essa porra — ela ameaçou, e soltei uma risada conformada. Norminha não tinha jeito mesmo. *— E veste logo o biquíni, tô com pressa, não quero perder minhas horas de sol por tua causa.*

— Você vai ter que subir aqui, na Lizzie, um pouco. Eu vou preparar um café da manhã pra ela, antes da gente ir. — Larguei a escova sobre a bancada, deslizando os dedos da mão livre pelos fios molhados logo depois.

— Tu tá uma idiota apaixonada mermo, hein? Puta que pariu, mermão! — ela comentou. Sorri enquanto me olhava no espelho, e a minha cara, realmente, deixava claro que eu era uma idiota apaixonada. Mas quem ligava? *— E só de lembrar que, no passado, tu só faltava correr dos caras na manhã seguinte. Tô gostando de ver.*

— Ai, me deixa em paz, viado! — Ri, sem graça, abrindo a porta do banheiro um pouco e voltando a falar baixo. — Vou desligar, Lizzie ainda tá dormindo e não quero acordá-la. Vou te esperar aqui. Te amo!

— Okay, Bella Swan, até daqui a pouco. Também te amo!

— Bella Swan? — Ergui as sobrancelhas.

Norminha era doida.

— Sim, tu tá igualzinha à Bella de Crepúsculo, toda idiota pelo vampiro

lá. E Lizzie de vampira tem tudo, né?! Tô começando a achar que, se ela sair sob o sol, vai se desfazer em cinzas em cinco segundos.

— Norminha, sério... — Comecei a gargalhar, levando a mão até a boca, para abafar o som. — Cala a boca, vai tomar no cu!

— *Tchau, piranha!* — Ela ria daquele jeito escandaloso de sempre, e eu desejei tacar uma almofada naquela carinha bonita.

Nem me dei o trabalho de responder, apenas finalizei a ligação e neguei com a cabeça. Amava Norminha demais, nem sabia o que seria dos meus dias se ela não fizesse parte deles.

Graças ao dom que herdei da minha mãe, eu sabia cozinhar muito bem, nunca tive dificuldades na cozinha. Inventava minhas próprias receitas, e por incrível que pareça, sempre ficavam boas. Preparei para Lizzie ovos com bacon — coisa que ela estava acostumada a comer nos EUA e devia sentir muita falta. Também fiz panquecas com mel e derreti meia barra de chocolate no creme de leite, para que ela pudesse jogar por cima. Cortei morangos e uvas, assei torradas, separei fatias de queijo branco, queijo suíço e peito de peru em um prato, e espremi laranjas, para fazer uma jarra média de suco bem fresquinho. Arrumei tudo em cima da mesa e deixei os ovos com bacon em um compartimento que os mantinha bem quentinhos. Estava com uma cara ótima, além do gosto, pois fiz questão de provar. O cheiro era melhor ainda. Cobri os alimentos com papel filme, para não posar mosca, coloquei uma rosa vermelha em um pequeno copo com água, no centro da mesa, e em um papel branco, que achei em uma das gavetas, escrevi um recado:

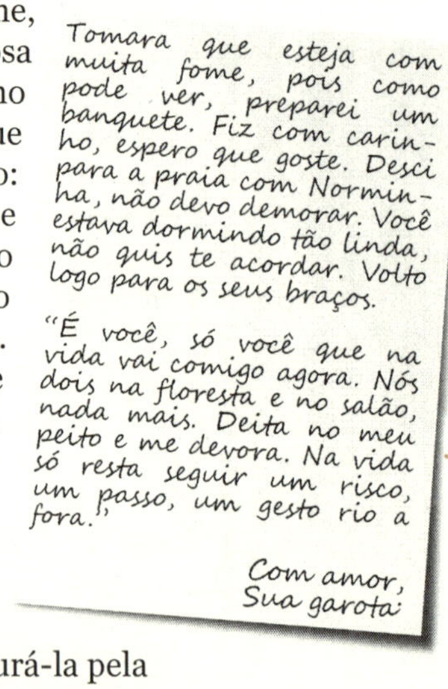
Tomara que esteja com muita fome, pois como pode ver, preparei um banquete. Fiz com carinho, espero que goste. Desci para a praia com Norminha, não devo demorar. Você estava dormindo tão linda, não quis te acordar. Volto logo para os seus braços.

"É você, só você que na vida vai comigo agora. Nós dois na floresta e no salão, nada mais. Deita no meu peito e me devora. Na vida só resta seguir um risco, um passo, um gesto rio a fora."

Com amor,
Sua garota.

Sorri, sozinha, mordi o lábio inferior e coloquei o papel, aberto, embaixo do copo com água, ouvindo a campainha tocar no segundo depois. Com certeza, era Norminha. Ela tinha passe livre para subir sem que fosse preciso usar o interfone. Quando abri a porta do apartamento, Norminha praticamente pulou no meu colo, me fazendo tombar para trás, por conta do peso de seu corpo contra o meu.

— Norminha! — eu disse, sufocada por seus peitos na minha cara, tentando segurá-la pela bunda. — Vai me ma... — Nem consegui terminar a frase.

— Que saudade, branquela! Cala a boca e me abraça! — Ela me apertou mais forte, e eu ri do jeito que pude, a colocando no chão e a abraçando apertado pela cintura. Norminha encheu as minhas bochechas de beijos. — Não fica mais tanto tempo longe de mim assim.

— Foram só 3 dias, dramática. — Beijei sua bochecha, ela me deu um selinho, me fazendo rir, e dei um tapa em sua bunda, fechando a porta atrás de nós.

— Foda-se! Me deixa sentir saudade em paz, troço. — Ela largou a bolsa de praia sobre o sofá em L, que enfeitava a enorme sala, e me acompanhou para a cozinha. — Cadê Lizzie? Ainda dormindo? Tu sentou na cara dessa mulher ontem? Porque não é possível esse cansaço todo.

— Norminha, ainda são 8h de um domingo, nós que pulamos da cama mesmo. — Mordi uma torrada com queijo que havia separado para comer, encostando na bancada americana que cortava a cozinha ao meio.

— Eu só queria saber se você sentou na cara dela. Por que tu nunca responde o que eu quero? — Ela rolou os olhos, e eu comecei a rir, tomando um gole do suco de laranja.

— Sentei não, ontem nós fizemos amor — respondi, com um sorriso bobo, e senti minhas bochechas corarem. Norminha me encarou com uma cara incrédula e se debruçou na bancada, me analisando.

— Fizeram amor? Que porra é fazer amor, viado? Que brisa é essa?

— Norminha! — resmunguei, largando o copo no mármore, me virando de frente para ela e comendo mais da minha torrada. Em seguida, limpei a boca com as costas da mão e voltei a falar. — Fazer amor é... Ah, não sei explicar, é algo mais suave, mas igualmente intenso, sabe? É outro lance, e foi tão bom — contei, suspirando, encarando um ponto fixo na parede atrás dela. Só de me lembrar da forma que Lizzie me tocou, na noite passada, fiquei toda arrepiada.

— Que maconha foi essa que tu fumou, cara? — ela me perguntou, com uma expressão de "que porra tá acontecendo?", e depois soltou uma risada, me encarando. Senti minhas bochechas arderem. — Me dá um pouco dessa erva aí, quero fazer amor também.

— Para de palhaçada, não fumei nada, só... — Mordi o lábio inferior, estendendo minha mão direita para ela, mostrando o anel de compromisso, que Lizzie havia me dado, no meu anelar.

— Mentira? — Ela deixou a boca abrir alguns centímetros, encarando o meu anel.

— Verdade! — Sorri.

— Mentira!

— Verdade! — repeti, rindo, recolhendo minha mão e encolhendo os ombros.

— CARALHO, VIADO! — ela gritou, praticamente dando pulos de alegria em seu lugar, e em dois segundos, deu a volta na bancada e agarrou minha mão de novo, quase a colando em seu rosto. — FINALMENTE, NAMORANDO. CACETE! VAMOS *BEBEMORAR*.

— Para de gritar, maldita! — Dei-lhe um tapa no ombro, a fazendo se encolher. — Vai acordar Lizzie.

— Ai, tô nem aí. Finalmente, ela te pediu em namoro, e olha esse anel. — Norminha suspirou, tocando a pedrinha amarela e delicada com a ponta do dedo indicador. — Deve ter custado mais do que a minha casa inteira. Vamos vender isso, Carol.

Eu caí na gargalhada, vendo-a fazer o mesmo, e neguei com a cabeça, a empurrando pelos ombros.

— Tu é ridícula!

— Sou. — Com o braço direito, Norminha me puxou contra o seu corpo, me abraçando com força. — E estou muito feliz por você, branquela, você merece ser feliz.

— Obrigada, preta! — Abracei-a de volta, me pendurando em seu pescoço e beijando sua bochecha. Ficamos daquele jeito um tempinho, e eu sorri antes de voltar a falar. — Ela disse que me ama.

— Disse? — Norminha me olhou, abrindo um sorriso doce e cúmplice, e sacudi a cabeça positivamente. — Ah, Carol... Ah, droga! Vou chorar.

— Sua boba! — eu disse a ela, rindo, mas me sentindo completamente emocionada.

— E você? Disse o mesmo? Você a ama, eu sei. Mas você disse a ela com todas as letras?

— Disse, e ela chorou tanto. Nunca me senti assim antes, não quero perdê-la.

— Você não vai perdê-la, nem pense nisso. — Norminha me abraçou de novo e beijou meu rosto. — Vai se casar com essa mulher ainda, tu vai ver. — Acabei sorrindo diante de sua fala, querendo ficar naquele abraço mais um pouco.

— Será?

— Tenho certeza, bunduda. Pode apostar!

Norminha e eu ainda ficamos conversando mais um pouco. Ela me encheu de perguntas sobre a noite passada, e não tive como fugir. Depois de vestir o biquíni e um vestidinho de praia branco, voltei para a sala e encontrei aquela vadia, que eu chamava de amiga, roubando o café da manhã de Lizzie.

— Vagabunda! — Dei um tapa em sua mão, a fazendo levar um susto e resmungar. — Pode largar isso.

— Ai, Carol, é só um pedaço de queijo. Credo! — Ela comeu o pequeno pedaço que roubou, desviando, quando tentei dar outro tapa.

— Não é pra comer merda nenhuma. Não posso nem fazer um agrado pra minha mulher, que tu quer estragar.

— Lizzie não vai sentir falta de um pedacinho de queijo, deixa de ser ruim. Ela pode comprar até as vacas pra dar o leite. — Norminha fez beicinho, e eu quase cedi à sua chantagem emocional. Eu disse *quase*.

— Não! — Cobri o prato outra vez, a puxando pela mão para longe da mesa, sob suas reclamações. — Peça para Danielle fazer um pra você. *Vambora*!

— Tomara que tua bunda fique presa na privada quando tu for mijar. Filha da puta! Ridícula! — Norminha pegou a bolsa sobre o sofá e abriu a porta, me olhando, por cima do ombro, com cara de esnobe.

Eu soltei uma gargalhada, negando com a cabeça, lhe dando um tapa na bunda e a empurrando para fora. Ela, definitivamente, melhorava os meus dias.

Nós ficamos na praia por bastante tempo, perdemos a hora conversando e comendo qualquer besteira que alguém passasse vendendo. Eu não conseguia resistir às empadas nem aos espetinhos de queijo coalho, muito menos ao famoso biscoito Globo. Comi uns três sacos, e se Norminha não tivesse me impedido, teria comido mais.

De volta à cobertura, encontramos Lizzie sentada à mesa, perto da porta da varanda, onde eu havia arrumado o café da manhã. Ela abriu um sorriso ao me ver, e deixou de lado o jornal que lia. Estava linda, coberta por um roupão preto, com o cabelo molhado, e tão cheirosa que pude sentir de longe.

— Pensei que não voltaria mais para casa, *sweetie* — ela comentou, sorridente, arrastando a cadeira para trás e percebendo, de maneira perfeita, o que eu faria a seguir.

— A praia estava boa demais, perdemos a hora. — Meu corpo ainda estava molhado pela água salgada do mar, mas eu não me importei com isso e me sentei de lado sobre suas coxas, abraçando seu pescoço. — Bom dia!

— Bom dia, linda!

Trocamos um sorriso apaixonado, um selinho e, logo depois, outro selinho e outro e outro, e quando iríamos aprofundar o beijo...

— Gente, eu ainda estou aqui, okay? Nada de dar uma sentada nervosa agora.

Ouvimos a voz de Norminha e caímos na gargalhada, a observando se sentar no braço do sofá.

— Desculpa, Norma — Lizzie pediu, corando nas bochechas, me rendendo um suspiro.

— Bom dia pra você também, chefinha! — Norminha acenou, despreocupada, abrindo um sorriso pequeno.

— Onde está Danielle? Não foi à praia com vocês?

— Não — respondi e lhe dei mais um selinho, pulando de seu colo. — Danielle é sua irmã gêmea, acha mesmo que ela iria à praia essa hora da manhã?

Comi um pedaço de queijo que havia sobrado no prato, levando as mãos até a borda do vestido de praia e o retirando, ficando apenas de biquíni. Vi os olhos de Lizzie rolarem, desde os meus pés até a minha cabeça, e fiz questão de abaixar um pouco a parte de cima, para que ela visse a marquinha feita em meu seio esquerdo. Ela engoliu a saliva com dificuldade, visivelmente agitada. Sabia que ela queria me tocar, mas a presença de Norminha a impedia. O que era bom, pois tudo o que eu queria era provocá-la.

— *So... I don't...* — Lizzie deslizou a mão pela nuca e sacudiu a cabeça, como se tentasse clarear seus pensamentos. Eu ri, de jogar a cabeça para trás, ouvindo a risada de Norminha soar alta atrás de mim. — Merda! Vá para o banho, Carolina. Você está coberta de areia.

— Eu vou e te espero lá. — Peguei um morango no pote e mordi, me virando de frente para Norminha. — Por que não almoça comigo e Lizzie hoje? Acredite, ela cozinha melhor do que eu.

Norminha desceu do braço do sofá, pegando sua bolsa. — Bem que eu queria provar a comida da minha chefinha, mas não vai dar, Carol. Já marquei com Danielle hoje. Preciso ir, falando nisso, estou atrasada.

— Ah... tá bom, então! — resmunguei, entristecida.

— Você vai de ônibus pra Botafogo, Norminha? — Lizzie perguntou, se levantando, apertando o nó que prendia o seu roupão.

— Vou, sim. Pego ali no calçadão.

— Vou pedir um carro pra você, assim chega mais rápido.

— Não precisa, Lizzie. Sério! — ela respondeu, sem graça, fazendo um gesto rápido com a mão. — Botafogo é aqui do lado, não se preocupe.

— Precisa, sim, e já pedi. — Lizzie mexia no celular, concentrada, e eu amava aquela expressão que deixava sua mandíbula rígida. — Chega em cinco minutos, ele está aqui perto. E eu vou te fazer um cadastro no aplicativo amanhã, no cartão da empresa, e você pode usar quando quiser.

Norminha ia protestar, mas Lizzie foi mais rápida e ergueu o dedo indicador em advertência.

— E nem adianta discutir. Agora, vai!

— Só não vou discutir pra você não me demitir — ela falou, e eu ri de sua resposta e sua cara contrariada. — Mas obrigada, de verdade!

— Não precisa agradecer. — Lizzie sorriu com ternura. Ela gostava muito de Norminha, e aquilo me deixava feliz.

— Tchau, Carol! — ela se despediu, e a abracei apertado, beijando a pele salgada de sua bochecha.

— Tchau, gostosa! Me avise quando chegar.

— Pode deixar — ela me deu um beijo na bochecha e sussurrou em meu ouvido. — Agora, pode dar uma sentada, daquela nervosa, nessa gringa.

Acabei gargalhando, a empurrando na direção da porta.

— Eu te amo, sua escrota!

— Também te amo, bunduda! — Norminha segurou a porta e me mandou um beijinho no ar, acenando para Lizzie. — Tchau!

Acenei de volta, vendo-a fechar a porta. Ela não tinha jeito. Eu me virei nos calcanhares com calma, encontrando o olhar doce de Lizzie sobre mim. Fui caminhando na direção dela com leveza, enroscando meus braços em seu pescoço, quando fiquei perto o bastante. — Gostou do café da manhã? — perguntei, com um sorriso de canto, beijando o cantinho de sua boca.

— Adorei! — Ela selou meus lábios; depois, a minha testa. — Não vou me importar se quiser fazer sempre. Estava uma delícia.

— Eu farei, com certeza. Mas falando em delícia... — Mordi meu lábio inferior, descendo as mãos pelo tecido macio de seu roupão. — Bem que a gente podia...

— Carolina... — Lizzie suspirou, com seu tom de voz mais rouco, daquele jeito que eu amava.

Com calma, desfiz o nó de seu roupão, abrindo e afastando as laterais, para deixar à mostra seu corpo nu e perfeito. Meus olhos se perderam ali por longos segundos, admirando desde a clavícula saliente até as coxas grossas e definidas. Mas meu olhar insistiu em focar o meio de suas pernas, e eu amava o quão lisa ela estava ali. E quente, porque eu coloquei a mão para constatar o quão quente ela estava.

— Não faça isso. — Ela soltou um pequeno gemido, e eu sorri, com o lábio inferior mordido com força, dando dois beijinhos molhados em seu pescoço.

— Vem me dar um banho, vem, preciso de ajuda para me ensaboar.

— Precisa, é? — Ela me olhou com malícia, já visivelmente excitada, abrindo aquele sorriso no canto dos lábios, que me deixava louca.

— *Uhum*... — Segurei em seu roupão com a mão direita e a puxei, a levando comigo pelo corredor. — Eu tenho muita dificuldade em lavar as costas, sabia? E acho que mais embaixo também.

— Sua provocadorazinha. — Lizzie me abraçou por trás e começou a beijar o meu pescoço, me arrepiando. Adorava aqueles joguinhos baratos. — Vou te dar um banho bem gostoso.

— Oh, sim! Eu sei que vai.

E ela deu. Ensaboou cada canto do meu corpo, e enquanto suas mãos deslizavam em minhas coxas, que estavam cobertas pela espuma do sabonete, ela lambia e chupava os meus seios, molhados pela água quente que caía da ducha. E fez isso em várias outras partes, até me deixar dolorida e encharcada de tanto tesão. O amasso que estávamos dando dentro daquele box era delicioso.

Eu adorava me esfregar nela, amava a sensação de tê-la toda melada contra a minha bunda, ficava alucinada com as putarias que ela sussurrava em meu ouvido. E já estava gemendo, toda dengosa, antes mesmo de seus dedos deslizarem para dentro da minha boceta sensível. Ela deu três estocadas bem fundas, lentas, e eu me preparei para pedir, contra a sua boca, que me fodesse com força, quando fui drasticamente interrompida pelo barulho irritante de seu celular, tocando sobre a bancada da pia.

— Caralho! Não! — eu rosnei quase em desespero, cravando as unhas sobre os ombros dela, de pé, contra a parede.

— Puta merda! — Lizzie xingou na minha boca, apertando com força a minha coxa, que ela segurava contra a sua cintura. — Eu vou...

— Se você parar e atender a esse celular... eu juro que... eu te jogo daqui — eu dizia e gemia, empurrando o meu quadril para baixo, contra os seus dedos, literalmente sentando, para que ela continuasse a se mover. — Faz!

— *Fuck*! — ela xingou novamente, irritada e excitada, me beijando com força e voltando a meter dentro de mim.

Quase louvei aos deuses, me abrindo mais, para que pudesse recebê-la tão fundo quanto era possível. O toque irritante do celular não parava, e eu tentava me concentrar apenas nela e esquecê-lo.

— Sim... Mais forte, mete mais for... *Aaah*! — grunhi mais alto com as novas estocadas, rápidas e certeiras, batendo direitinho no ponto que deveria. Tão bom, tão gostoso e intenso. Seus lábios beijavam o meu pescoço, chupando a pele molhada, e eu enrolava seu cabelo em meus dedos, em desespero, puxando-o a cada nova investida.

— Gostosa! — Ela mordeu minha boca, metendo uma, duas, três vezes. Rápido, devagar, rápido, devagar. — Eu amo a sua boceta, tão apertada...

— Lizzie! — gemi, sentindo meu ventre apertar. Eu estava lá, quase lá, eu iria ter um orgasmo delicioso. — Eu vou... — Eu só iria mesmo. Fiquei naquela de só ir, porque o orgasmo, que sairia glorioso, foi embora com rapidez quando o celular voltou a tocar, estridente, naquele cômodo abafado.

— Ah, caralho, vai se foder! — eu gritei, realmente zangada. — Puta que pariu! Não acredito.

— Porra! Não é possível — Lizzie rosnou, socando a parede atrás de mim com raiva, retirando seus dedos da minha boceta e se afastando. — *Go to hell!*[2] — Ela saiu do box, molhada e xingando em inglês, como sempre fazia quando ficava nervosa, e eu me enfiei embaixo da ducha quente, para tentar acalmar os ânimos. Em vão! — Não se pode nem foder em paz, porque... — Vi Lizzie levar o celular até a orelha, se apoiando na pia. — Alô? Quê? — Ela estava irritada, e eu me deixaria rir da situação, se não estivesse realmente brava. — Ah... Oi, mãe!

Aff! Rolei meus olhos. Não tinha outra hora pra ligar, sogra?

— *Aham... Ér...* Eu estou bem, mãe... Sim... O quê? — Lizzie coçava a nuca, mudava o peso das pernas e suspirava. — Está aqui, sim, por quê? — Ela olhou para mim, com as sobrancelhas erguidas. — Falar com ela? Está bom, espera aí! — Lizzie se aproximou do box, e eu fechei a ducha, abrindo o vidro.

— O quê? — perguntei, quando ela me estendeu o celular.

— Ela quer falar com você.

Não bastava interromper minha trepada, ainda queria falar comigo quando eu ainda estava excitada. *Boa, sogra!*

— Oi, Norah! — tentei fazer a minha voz mais doce para que ela não percebesse o que eu fazia antes.

— *Olá, querida! Está tudo bem?*

— Ah, tudo ótimo! — falei, e Lizzie prendeu o riso. — E por aí?

— *Tudo bem também, mas pode melhorar...*

Poderia mesmo. Se eu gozasse, tudo iria melhorar.

— *Venha almoçar aqui em casa hoje, com Lizzie. Faremos um almoço de domingo especialmente pra você. Pudim, como você ama, de sobremesa* — ela convidou.

Ah, tinha como ficar brava com ela? Ela estava me oferecendo comida, não tinha mesmo como me irritar. Acabei sorrindo. — Claro que eu quero, faz tempo que não como pudim. Me deu até fome — falei, e Lizzie soltou uma risada, negando com a cabeça. — Nós vamos, sim, pode deixar. Que horas?

— *Daqui a pouco sai, é bom que venham agora. Aí, podemos conversar um pouco antes do almoço.*

— Está bem, então logo estaremos aí!

— *Isso, querida. Até daqui a pouco!* — ela falou, e pude ouvir um barulho estalado de beijo. — *Espero vocês.*

Nós nos despedimos e finalizamos a ligação. Em seguida, eu devolvi o celular à Lizzie e tornei a ligar a ducha.

— Eu amo a sua mãe, sabe?! Mas ela, às vezes, liga em alguns momentos...

— Ela está animada com o fato de estarmos juntas. — Lizzie entrou no box outra vez, fechando o vidro atrás de si. — Vai querer que a chame de sogra.

Eu ri, envolvendo seu pescoço com os braços.

— Ah, com certeza, irei chamar. — Beijei-lhe a boca. — Mas, agora, vamos lá... Só me beije e me faça gozar.

---

2 Tradução: Vá para o inferno!

— Com todo o prazer, baby!

E coloca prazer nisso. Não foi preciso nem dez minutos para que ela me fizesse tão forte que eu gemi seu nome incontáveis vezes e ainda continuei murmurando, enquanto aproveitava o restante daquela sensação.

O almoço na casa dos O'Connell's foi ótimo. Comi tanto que fiquei passando mal depois. Conversamos muito, e Norah fez questão de me mostrar todas as fotos de Lizzie quando pequena, o que a deixou morrendo de vergonha. Eu me derreti inteira. Ela era a coisinha mais fofa do mundo. Em nenhum momento, saiu do meu lado, ficou o tempo todo segurando a minha mão, me abraçando e beijando a minha testa. Meus sogros, como assim passei a chamá-los, ficaram imensamente felizes em ver a filha feliz. E o que mais poderia importar além daquilo?

Foi uma quarta-feira, à tarde, que escolhi conversar com o meu pai sobre o meu relacionamento com Lizzie. Ele estava de folga, e eu não queria perder tempo. Não vou mentir, estava nervosa, com medo até. Nunca me importei muito com a opinião dele sobre outros assuntos, mas, apesar de tudo, o amava e estava receosa com sua reação diante daquela situação. Queria seu apoio.

No telefone, com Lizzie, deixava transparecer toda a minha insegurança, e já fazia mais de vinte minutos que ela tentava me acalmar de qualquer forma.

— Eu não sei como começar a falar — eu disse a ela, roendo o restante das minhas unhas.

— *Apenas seja sincera, diga que está apaixonada, conte a ele como se sente.*

— Ele não vai reagir bem, *amor*, eu sei — choraminguei, me afundando no colchão.

— *É a segunda vez que me chama assim, e eu gosto tanto* — ela falou, e sua voz saiu tão carinhosa que não pude evitar um sorriso. Senti minhas bochechas corarem. — *Eu fico toda boba.*

— Não me deixe com vergonha. — Cheguei a cobrir o rosto com a mão livre. Não podia evitar me sentir daquela forma por causa dela.

— *Me desculpa, sweetie*! — ela pediu. Queria que ela estivesse na minha frente e que me beijasse até ficar tudo bem. — *Não precisa sentir vergonha de mim... Mas voltando, diga o que tem que dizer, vá com calma. Se ele não quiser entender, não se desgaste, okay? Finalize a conversa.*

— E depois? — perguntei, abraçando os joelhos com o braço livre, encarando a porta do meu quarto.

— *O depois nós resolveremos juntas. Agora, vai*! — ela mandou, e eu suspirei. — *Eu estarei aqui, esperando. Qualquer coisa, me ligue, e eu saio do trabalho, na mesma hora, para ver você.*

— Okay! — Respirei fundo e coloquei os pés para fora da cama, me levantando. — Estou indo, me deseje sorte.

— *Boa sorte, meu amor!* — Ela desejou, e meu coração bateu forte. Seu tom era puro carinho, e eu desejei um abraço. — *Vai ficar tudo bem*!

— Espero!

Ficamos em silêncio por alguns segundos, e eu alcancei a porta.

— Lizzie? — chamei-a.

— *Oi!*

— Eu te amo! — respirei fundo e disse baixinho.

Aquela era uma certeza, e diante dela, eu não deveria temer nada.

— *Eu também te amo!* — ela respondeu no mesmo tom que o meu, e pude sentir a emoção em sua voz. — *E estarei aqui.*

— Até mais tarde!

— *Até!*

Ainda demorei mais alguns segundos para finalizar a ligação, e quando o fiz, joguei o aparelho sobre a cama e saí do quarto. Encontrei meu pai sentado na sala, diante da enorme televisão acoplada na parede. Nela, um jogo de futebol passava, e eu nem me preocupei em saber qual era, de tanto nervosismo. Eduarda ainda estava no colégio, e eu agradeci a Deus o fato de ela não presenciar aquela conversa.

— Pai? — chamei, parada, um pouco distante, enfiando as mãos suadas nos bolsos traseiros do jeans que eu usava. Eduardo me olhou por cima do ombro, com as sobrancelhas erguidas.

— Oi, filha! — Ele estava incrivelmente acessível naquele dia, e aquilo só me deixou mais nervosa ainda. — O que houve?

— Podemos conversar? — Pressionei os lábios.

— Claro! — Ele tirou os pés de cima da mesinha de centro, enquanto eu me aproximava. — Aconteceu algo no terreiro? Está tudo bem por lá?

Eu me sentei ao seu lado, esfregando as minhas coxas, em um nítido sinal de ansiedade.

— Está tudo bem no terreiro e com todo mundo lá, não se preocupe. Não é sobre isso que eu quero conversar.

— Então, diga de uma vez, me deixou preocupado.

Respirei fundo, tomando nota mental de me lembrar de engolir um calmante da próxima vez que fosse dar alguma notícia bombástica a alguém.

— Pai... — comecei, travando, quando ele ergueu as sobrancelhas. Ah, qual é? Eu nunca fui daquela forma, nunca fui de enrolar em nada, muito menos de agir como uma verdadeira frouxa. Então, o que diabos estava acontecendo comigo? Medo da rejeição? Ser rejeitada dói, não dói? Eu não queria sentir essa dor. — Eu... — Mordi o lábio com força, escolhendo as palavras.

— Você... — ele incentivou, coçando a barba rala em seu rosto.

— Eu estou apaixonada — disse a melhor coisa que veio à minha mente naquele momento, e o vi me encarar com uma expressão séria por alguns segundos, antes de abrir um sorriso pequeno.

— Apaixonada?

Confirmei, e ele respirou fundo, coçando a nuca.

— Bem... Nunca imaginei que você me dissesse isso um dia. Sempre agiu como se paixão não fosse pra você. Mas isso é bom, muito bom, filha! É por isso que tem se distraído tanto, não é?

— É, sim, mas... — Apertei a ponta do meu nariz entre o dedo indicador e o dedão, um pouco mais agitada. — Tem outra coisa que eu quero falar.

— O quê? Ele não é um cara bacana? Espero que sim. Quero conhecê-lo, quero saber com quem minha filha anda, saber mais da família dele. Não te quero metida com marginais.

Ah, Oxum, me dê coragem! Pedi mentalmente incontáveis vezes, tomando uma respiração longa antes de voltar a falar.

— É isso que eu quero falar, pai, não é ele... — Encarei-o, segurando seu olhar confuso. — *É ela.*

Era como se tudo tivesse passado a girar em câmera lenta, até mesmo o som do mar lá embaixo chegou devagar aos meus ouvidos. Ficamos nos olhando por minutos, o que me pareceu horas, sem dizer nada. Ele tentava assimilar o que eu havia dito, e eu tentava manter a minha postura. Eu já estava ficando incomodada com aquele silêncio, detestava o silêncio.

— Quem? — foi o que ele perguntou quase petrificado. Parecia que estava com dificuldade para falar.

Lá iria eu, mais uma vez...

— Lizzie.

— Lizzie? — ele perguntou com um tom de voz que nunca tinha ouvido antes, e senti um medo terrível de que ele explodisse bem ali, na minha frente. — Lizzie O'Connell? A filha mais velha de Antony e Norah?

— Sim. — Engoli a saliva amarga que se formou em minha boca.

— Você só pode estar brincando comigo, Carolina.

Eu me senti ofendida quase que automaticamente e me controlei, para não me alterar.

— Estou com cara de quem está brincando? — Minha expressão dizia tudo, e vi Eduardo se levantar do sofá, dando passos pesados até o meio da sala, de costas para mim. Respirei fundo, fechando os olhos por alguns segundos. Havia tirado um peso das costas de certa forma, mas eu sabia que teria que enfrentá-lo, se quisesse limpar de vez a minha consciência e manter o meu relacionamento.

— Desde quando? — Ele não me olhou, mas eu nem queria que o fizesse. — Desde quando anda tendo... isso com ela?

Eu sempre fui alguém bem sensitiva, e não era preciso muito para notar que ele sentia nojo daquela situação, além de medo.

— Desde quando ela chegou, desde sempre.

— Tem se encontrando com ela aqui, debaixo do meu teto?

— Não! — respondi em um tom mais alto, começando a me irritar, e deslizei os dedos pelo cabelo, buscando controle e rezando para os meus Orixás mentalmente.

— Eu nem consigo dizer o tamanho do absurdo que... — ao falar, ele se virou de frente para mim, fazendo um gesto com as mãos — que isso é. Você... Carolina, você tem noção do que você está fazendo? Você perdeu o juízo?

Lá estava. Respirei fundo outra vez, me sentando na ponta do sofá.

— Nunca estive tão certa de algo antes. — Ri contra a minha vontade. — E por que é um absurdo? Amar é um absurdo pra você?

— Por Deus! — Ele levou as mãos ao ar. — Isso não é amor, não. Você não percebe? Olha pra você, Carolina.

— Olhar o quê? O que tem de errado comigo? — Levantei-me, ficando de frente para ele, e todo o controle que eu tentei manter se foi em dois segundos.

— Você só tem 20 anos, e Lizzie... Pelo amor de Deus! Quantos anos Lizzie tem?

— O que importa a porra da idade dela? — Meu rosto começou a esquentar.

— QUANTOS ANOS ELA TEM? — ele gritou, e eu soube que aquilo não daria certo.

— 33 anos — respondi com raiva, querendo sair dali sem nem ter começado direito.

Eduardo soltou uma risada de indignação, negando com a cabeça e levando as mãos até a cintura, andando de um lado para o outro.

— Por que você se envolveu com essa mulher? Olha pra esse absurdo, minha filha, você não pode estar tão cega assim. — Cega? Que porra ele estava falando? — Ela tem 33 anos, é uma pessoa vivida, formada. Acha que ela vai levar uma menina de 20 anos a sério? Ela só quer brincar com você, se divertir. Você é uma garota linda, e tenho certeza de que é só isso o que ela vê. Conheço esse tipo de gente. Eu duvido que ela queira ter algo sério com você.

— Nós estamos namorando — eu disse por trás dos dentes, sentindo as lágrimas de raiva brotarem em meus olhos. — Isso não é sério o bastante pra você?

— E quem te garante que ela vai levar isso como deve ser levado? — Seu rosto estava vermelho, e ele se aproximou de mim mais um pouco, completamente enfezado. — Quem te garante que ela não fala de você, rindo para as amigas dela? Quem te garante que você não vai sair dessa machucada? E eu ainda estou passando por cima do fato dela ser uma mulher e... É coisa demais pra assimilar, Carolina!

— Você vai começar um discurso homofóbico? Porque se for, me avisa, que eu finalizo essa conversa agora, pois nem sou obrigada. — Eu não era obrigada a nada, muito menos a ouvir aquele bando de merda. — Você não conhece Lizzie, você não sabe nada sobre ela. Não fale como se a conhecesse.

— Você era pequena quando ela já estava na faculdade, Carolina. — Ele apontou o dedo pra mim. — Você era uma criança.

— Você disse bem, eu *era*. — Deslizei as mãos pelo rosto, tentando controlar a minha respiração rápida. — Não sou mais, não sou há muito tempo, e não há nada de errado no nosso relacionamento. Não tente fazer isso.

— Você só tem 20 anos.

— E daí, porra? — estourei, elevando tanto a minha voz que senti as veias em minha cabeça latejarem. — E daí que eu tenho 20 anos? Eu sou maior de idade faz tempo, eu sei da minha vida, eu sei o que eu faço. Qual é o problema? Não estamos cometendo nenhum crime. Somos adultas. O que nós sentimos uma pela outra nunca será questão de vergonha.

— Você não pode achar que isso é normal, porque não é. Todo esse conjunto não é normal. — Seu olhar era de reprovação total, e eu só queria sair dali, para não ter que olhar para a cara dele.

— O que não é normal é esse teu preconceito — rebati, negando com a cabeça em desgosto. — Anormal é esse teu pensamento antiquado, anormal é essa escrotidão, anormal é o que você está me falando, porque Lizzie e eu, nós não temos nada de anormais.

— Antony e Norah estão de acordo com isso? Estão de acordo com essa merda?

— Por que não estariam? São pessoas sensatas, ao contrário de você. — Sentia vontade de chorar. Já sabia que ele não iria reagir bem, mas estava me afetando mais do que achei que afetaria.

— Não fale comigo desse jeito, Carolina, eu ainda sou o seu pai. Me preocupo com você, com as coisas que faz. Você agiu assim sua vida toda, por que não para? Pare de fazer como se não houvesse problemas, como se o mundo fosse bom, porque ele não é. Está entendendo? É esse tipo de exemplo que você quer dar à sua irmã?

Ele estava perto demais, e eu não gostei nem um pouco de ouvi-lo dizer aquilo. Não era justo comigo, não comigo, que sempre me dediquei completamente à educação de Eduarda. Se ela era uma criança exemplar, era graças a mim e à minha mãe.

— Não fale de Eduarda. — Limpei a lágrima que escorreu quente, por minha bochecha. — Não fale dela, sabe por quê? Porque você não sabe quase nada sobre ela. Mas eu, sim. Eu sei que faço o meu melhor, eu sei que sou boa pra ela, e ela também sabe. Menos você, você não está aqui para ver, para nos enxergar como deveria.

Ele se afetou. Seus olhos marejados me mostraram que minhas palavras tocaram bem no fundo do seu consciente. E era aquela a minha intenção: fazê-lo ver que estava errado sobre muitas coisas ou sobre tudo.

— Eu sei que sou ausente, mas me esforço, o tempo todo, para dar o melhor a vocês, a melhor educação. Eu dei tudo isso. Melhores colégios, melhores brinquedos, melhores viagens.

— E amor? — perguntei, o encarando, sentindo meus olhos embaçados, por conta das lágrimas. — E amor, pai? Até quando me deu amor? Eu já esqueci qual foi a última vez que você disse que me amava, quando foi a última vez que saímos juntos, que você me chamou para deitar no seu colo e me contou uma história pra dormir. Eu tô falando de amor. Qual foi a última vez que você realmente me deu isso? Sou difícil, Eduardo, eu bem sei. Mas tudo o que eu queria de você era que tivesse me consolado quando minha mãe se foi, e tudo o que você fez foi se afastar de nós, de mim e de Eduarda, como se não fôssemos duas crianças sofrendo pela perda da mãe. Você nos deixou da pior maneira que uma pessoa pode deixar a outra. E está me deixando agora, mais uma vez, quando eu só quero que você me apoie e me entenda. Eu só queria que me amasse como eu sou, porque, independente de tudo o que já fiz na vida e do que faço, sou uma boa pessoa. E você, pai, jamais enxergou isso. — Nem me dei conta de que já estava chorando, enquanto desabafava, e me senti envergonhada. Tinha uma sensação de terror, ao mostrar fraqueza na frente dele, de chorar a perda de algo que me doía todos os dias, mesmo que eu fizesse questão de esconder.

— Não é verdade — ele disse, parecendo desolado, pressionando os lábios, com os olhos vermelhos. — Não fale assim.

— Como eu deveria falar? — Eu ri, jogando minhas mãos ao ar. — Olhe ao seu redor, faz tempo que não somos família. — Meu coração doía como nunca. Sentia saudade da minha mãe, e disse isso: — Sinto falta da minha mãe, queria lhe contar quem eu amo, queria poder dizer tudo que sinto e ouvi-la falar que está feliz por mim, por Lizzie, por tudo. Sinto falta dela. Às vezes, só queria que fosse como ela. Por que simplesmente não pode me apoiar, pai? Ao menos uma vez. Me ajude a pensar diferente sobre você.

— Eu não posso concordar com isso, Carolina, não posso simplesmente aceitar que você se entregue ao desconhecido, a alguém que mal conhece, alguém muito mais velho — ele falou, e eu abaixei a cabeça, chorando, sentindo um gosto amargo na boca. E doía tanto toda aquela dor da rejeição que implorei para não sentir. — É isso que você sempre fez de errado: ser impulsiva, se entregar sem pensar duas vezes, sem medir as consequências, sem raciocinar. Você precisa crescer, Carolina! Você precisa crescer. Só pare de me decepcionar e seja a mulher que sua mãe queria que você fosse.

Nada me machucou mais do que ouvir aquelas palavras, nada me parecia mais errado do que aquele momento. Era errado, tudo estava errado ali, mas uma coisa era certa, e eu jamais abriria mão dela.

— Você está certo, sou impulsiva, me entrego sem pensar duas vezes, não penso nas consequências, me arrisco, e foi me arriscando que eu encontrei quem, hoje, me mostra o que é felicidade. Foi me arriscando e sendo impulsiva que eu descobri o que é amar, o que é ser amada, que eu entendi o que é felicidade plena. Não importa há quanto tempo eu conheço Lizzie, eu sei quem ela é, eu sei o que ela tem aqui dentro. — Coloquei minha mão trêmula sobre o meu peito, sentindo meu coração bater forte como nunca. — E ela tem amor, ela me dá amor. É tudo o que ela faz: me dar amor em todos os momentos desde que nos conhecemos. Ela me ama, e isso é o bastante pra mim. Você pode dizer absurdos sobre ela, pode pensar o que quiser, sem procurar conhecê-la, mas jamais, jamais fará com que eu me afaste dela. Ela é a mulher que eu amo, quer você goste ou não. Ela é uma pessoa fantástica, com a alma limpa e um coração bom. E a melhor parte: ela me ama e me trata como ninguém antes me tratou. E quer saber de uma coisa? — Eu me aproximei mais dele, o encarando de igual para igual, sentindo as lágrimas caírem, furiosas. — Minha mãe, onde quer que ela esteja, tenho certeza de que está muito feliz por mim. Ao contrário de você, pai, ela sempre confiou em mim e na boa educação que me deu. Ela me apoiaria e saberia entender que esse é o grande momento da minha vida.

Não esperei que ele respondesse, eu não poderia, não queria escutar mais nada. Já havia sido o suficiente. Sequei meu rosto e o deixei para trás, andando em passos largos na direção do meu quarto e com a certeza de que ele não viria atrás de mim. Não naquela hora, talvez em momento algum. Entrei no meu quarto com pressa e arrumei uma bolsa de roupas, colocando o suficiente para mais ou menos uma semana. Eu tinha pressa, pressa em sair dali e respirar ar puro, respirar Lizzie.

Peguei um papel e escrevi um bilhete para Eduarda, deixando-o sobre sua cama.

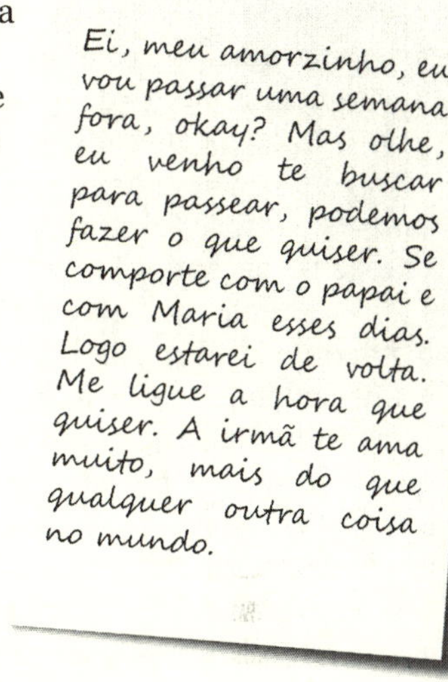

Reli umas três vezes e suspirei, antes de deixar seu quarto. Em seguida, peguei Elis, que dormia, toda encolhida, em sua caminha, lhe beijei entre as orelhas, a segurei contra o meu peito, coloquei a bolsa em um dos ombros, saí, passando pela sala vazia, batendo a porta logo depois, e entrei no elevador, sem olhar para trás. Precisava ficar longe dali o mais rápido possível. Eu me sentia sufocada, pressionada, magoada, decepcionada.

Quando entrei em meu carro, coloquei Elis, já desperta, no banco do carona com cuidado, pegando o meu celular e ligando para o único número que eu precisava. Ela atendeu no terceiro toque, e ao ouvir sua voz, desabei.

— Lizzie... — Chorei, encostando a testa no volante. Nunca fui dramática, nunca me senti vivendo um drama, além da morte da minha mãe, mas eu me sentia completamente perdida naquele momento, por milhares de motivos, e me permiti chorar.

— *Shiiu, meu amor, vai ficar tudo bem*! — Ela sabia, eu nem precisava dizer, e era por isso que eu a amava. — *Vá para o apartamento, estou indo te encontrar*.

— Não demora. — Funguei, apertando os olhos com força. — Por favor!

— *Não irei.*

Ouvi alguns barulhos, e sabia que ela estava se movendo.

— *Estou saindo, já irei abraçá-la. Apenas respire fundo e vá ao meu encontro.*

— Estou indo — sussurrei, e nos despedimos da forma que deu.

O caminho até Copacabana durou mais do que qualquer outra vez. Parecia que tudo estava indo contra mim. Peguei trânsito, quase atropelei alguém que nem mesmo pude ver quem era, e quando finalmente cheguei ao prédio de Lizzie, subi quase correndo, com Elis, assustada, em meu peito. Ela estava lá quando eu entrei, parada, de pé, no meio da sala, e tudo o que eu fiz foi colocar Elis e minha bolsa no sofá, antes de me jogar em seus braços.

— Estou aqui... *Shiiiu*! — Ela beijou a minha testa, me abraçando com força. — Vai ficar tudo bem, confia em mim... Vai ficar tudo bem! Só não chore, eu não posso aguentar, *sweetie*.

— Foi horrível — eu disse contra o seu peito coberto pela blusa social de seda, molhando o tecido todo, enrolando os meus dedos na gola perfeitamente arrumada. — Ele me disse absurdos, nunca me senti tão perdida desse jeito. Só queria que ele me apoiasse, amor.

Eu me sentia indefesa. Apesar da minha relação com o meu pai sempre ter sido de altos e baixos, saber que, mais uma vez, ele não iria me apoiar em algo, na minha vida, me deixava totalmente sem esperanças, magoada. Eu só queria que ele fizesse o seu papel de pai e que me amasse, independentemente de qualquer coisa.

— Ele vai entender, tenha calma. — Ela beijou a minha cabeça, me abraçando com tanta força e carinho. Queria ficar naquele abraço para sempre. — Você foi sincera, disse o que tinha para dizer. Deixe ele assimilar tudo, e irá entender.

— Ele não vai, eu conheço ele, sei como ele é. — Olhei-a, com o rosto banhado em lágrimas, e ela o segurou entre as mãos, enquanto seus olhos brilhavam, úmidos. *Doía nela quanto doía em mim.* — Ele acha que tem razão sobre tudo. Disse que nem mesmo conheço você, que só quer brincar comigo, que você não vai me levar a sério e que muito menos me ama. Disse que eu só o decepcionava, praticamente dizendo que dou maus exemplos à Eduarda. Cheio de preconceitos nojentos, como se o que eu sinto não valesse nada.

— Vale muito! — Ela sorriu, triste, limpando minhas lágrimas, acariciando minhas bochechas. — O que você sente vale tudo pra mim, é o que mais importa na minha vida. O que nós sentimos é valioso demais, e nem ele e nem ninguém pode dizer o contrário, Carolina. — Com suavidade, ela beijou os meus lábios molhados e, logo depois, a minha testa. — E ele vai entender isso.

— Como? — Enterrei meu rosto em seu pescoço, sentindo seus braços me envolverem outra vez. — Ele é cabeça dura demais pra isso. O orgulho é maior do que o amor que deveria sentir por mim.

— Ele vai entender tudo que tiver para entender, pois eu vou, até lá, conversar com ele. — Lizzie acariciou o meu cabelo, afagando, sem pausa. — Vou mostrar a ele quem eu sou, vou deixar que ele veja, em meus olhos, e perceba, nas minhas palavras, o tamanho do sentimento que eu tenho por você, que tudo o que eu quero é te fazer feliz. E vou repetir, até que ele compreenda, *que eu te amo e te protegerei com a minha vida, se for preciso.* Nada te fará mal, nunca! Eu não vou deixar, vou cuidar de você.

Ela me protegeria contra tudo e contra todos, eu sabia, nunca tive dúvidas. Mas havia, no fundo, bem no fundo da minha mente, aquela intuiçãozinha chata, me dizendo que, por mais que Lizzie tentasse... *as coisas não iriam acabar bem.*

"Eu protegi o teu nome, por amor, em um codinome beija-flor." [3]

---

3 *Codinome Beija-flor*, Cazuza.

CONTINUA EM...

ÁGUAS de MARÇO

VOLUME 2

Agradecimentos

Primeiramente, gostaríamos de agradecer à Espiritualidade e ao nosso sacerdote, Bàbá Alabemi, dirigente do T.U.C.E, nosso terreiro, pois, sem eles, não teríamos dado esse grande passo. Obrigada, pai, por todos os conselhos que nos deu, com a permissão dos Orixás e das entidades, para concretizarmos a publicação desta história!

Também agradecemos às nossas amigas, por servirem de inspiração para as personalidades das personagens Norminha, Danielle e Alicia. Meninas, vocês sabem o quanto foram e são importantes para nós, quantas inspirações para essa história nos deram, com nossas vivências dia após dia, em todos esses anos de amizade. Amamos vocês!

Agradecemos aos leitores fiéis de Águas de Março, que esperaram pacientemente, por mais de dois anos, pelo final da história. É também graças ao amor, à dedicação e à insistência de vocês que este livro foi lançado. Nosso mais sincero "obrigada"! Esperamos que este livro possa fazer parte da vida de vocês, como faz da nossa, trazendo uma mensagem de que amar e ser amado é uma das maiores felicidades da vida.

E, principalmente, agradecemos uma à outra, por termos iniciado juntas a aventura de escrever esta história, lá em 2015. Com certeza, essa foi a nossa melhor decisão. Obrigada!

Sobre as autoras:

Hannah (31) e Gisele (30) se conheceram através do Twitter, em meados de 2013, quando faziam parte do fandom de um famoso grupo feminino e escreviam *fanfics*. Apaixonaram-se uma pela outra e começaram a namorar em dezembro de 2014. Desse relacionamento nasceram frutos, e um deles é o livro que aqui está: Águas de Março, esta linda história de amor, renovação, liberdade, amizade e fé, que é só um pouco da alegria que as autoras querem compartilhar com os leitores, por todos esses anos de união, aprendizagem, evolução pessoal, espiritual e, principalmente, apoio, pois, sem ele, este livro não aconteceria.

Você pode encontrá-las
nas redes sociais:

@giss.han

@gissmcomer
@HvonKaiser

CONHEÇA A
EDITORA EUPHORIA
e fique por dentro de todos
os lançamentos!
@editoraeuphoria
editoraeuphoria.com.br